南北朝 现代白话版

蔡东藩 中华史

蔡东藩◎著　张小稳◎译释

北京联合出版公司
Beijing United Publishing Co.,Ltd.

一批年轻的文化人，为了让更多读者体会蔡东藩《中国历朝通俗演义》的魅力，经过艰苦努力，以专业的精神和严谨的态度，将蔡著的"旧白话"——这种"白话"今天已经不大读得懂了——重新译为今人能够轻松理解的当代白话。毫无疑问，这是让蔡著得到传承的最好方式。他们的工作"活化"了蔡著，既是对于原著的一次致敬，也是一种新的可能性的展开。翻译整理后的作品，为普通读者提供了方便，无论任何人，都可以轻松地进入中国历史的深处。

蔡东藩的《中国历朝通俗演义》是一部让我印象深刻的书，少年时代曾经激起过我的强烈兴趣。那是二十世纪七十年代中期，可以读的书少得可怜，但一个少年求知的兴致是极高的，阅读的兴趣极强，加上当时的课业没有什么压力，因此可以读现在的青少年未必有时间去读的"杂书"。当时中华书局出版的蔡东藩的《民国通俗演义》就是让我爱不释手的"杂书"，它把民国时期纷乱的历史讲得有条有理，还饶有兴味。虽然一些大段引用当时文件的部分比较枯燥，看的时候跳过了，但这部书还是深深吸引了我。后来就要求母亲将《中国历朝通俗演义》都借来看。通过这部书，我对历史产生了兴趣。历史的复杂、深刻，实在超出一个少年人的想象，看到那些征战杀伐、宫闱纷争之中人性的难测，确实感到真正的历史与那种黑白分明的历史观大不相同。当时，我们的历史知识都是从"儒法斗争"的框架里来的，历史在那个框架里是那么单纯、苍白；而蔡东藩所给予我的，却是一个丰富和芜杂得多的历史。在这部书里，王朝的治乱兴衰，人生的枯荣沉浮，都让人感慨万千，不得不去思考在渺远的时间深处的人的命运。可以说，我对于中国历史的真正了解，就是从这部历史演义开始的。

三十多年前的印象一直延续到今天。不得不承认，这部从秦朝一直叙述到民国的煌煌巨著，确实是了解中国历史的最佳读本。这是一部难得的线索清楚、故事完整、细节生动的作品。它以通俗小说"演义"历史，以历史知识"丰富"通俗小说，既可信又可读。

蔡东藩一生穷愁潦倒，他的经历是一个普通中国人的经历，他对于历史的描述是从普通人的视角出发的。他不是一个鲁迅式的启蒙者，但他无疑具有一种另类的现代性，一种与五四新文学不同的表达策略。蔡东藩并不高调激越，他的现代性不是启蒙性的，不是高高在上的"我启你蒙"，而是讲述历史，延续传统。他的作品具有现代的想象力，表现了现代市民文化的价值观。

　　在《清史通俗演义》结尾，蔡东藩对于自己做了一番评价，足以表现一个落寞文人的自信："录一代之兴亡，作后人之借鉴，是固可与列代史策，并传不朽云。"他自信自己的这部著作，足以与司马迁以来的史学名著"并传不朽"。

　　蔡著的不可替代之处，不仅在于他准确地挑出了历史的大线索，更重要之处在于，他关注了历史深处的人的命运。有些历史叙述者，过于追求所谓"历史理性"，结果常常忘记历史是鲜活生命的延展。在这些人笔下，历史变成了一种刻板和单调的表达。而蔡著不同，他的历史有血液、有温度，是可以触摸的。他的历史是关于人性的故事。

　　从蔡著中，我们可以感受到活的历史，体验到个人命运与国家、文化之间密不可分的关联。冯友兰先生在《西南联大纪念碑》的碑文中这样阐释中国文明的命运："我国家以世界之古国，居东亚之天府，本应绍汉唐之遗烈，作并世之先进。将来建国完成，必于世界历史，居独特之地位。盖并世列强，虽新而不古；希腊罗马，有古而无今。惟我国家，亘古亘今，亦新亦旧，斯所谓'周虽旧邦，其命维新'者也。"今天，中国文化所具有的历史连续性和不断更新的魅力正在焕发光芒，冯先生对于中国未来的期许正在成为现实。

　　在这样的时机，蔡著《中国历朝通俗演义》的新译，就更显其价值。我们期望读者能够从中获得阅读的乐趣，并从历史中得到启示，走向更好的未来。

　　让我们和读者一起进入这个丰富的世界。

　　是为序。

張頤武

　　张颐武：著名评论家、学者，北京大学中文系教授，博士生导师。

目　录

龙护神畏的奇人

东晋哀帝兴宁元年，江南丹徒县出了一位乱世枭雄，名叫刘裕，字德舆，小字寄奴。他的远祖是汉高祖的弟弟楚元王刘交。刘裕出生的那天晚上，整个屋子突然焕发光亮，就像白天一样。可是小刘裕一坠地，他的母亲赵氏就撒手而去，父亲刘翘认为他是个不祥之人，想把他扔了，幸亏姨母怜惜他，硬是把他留了下来。后来，刘翘娶萧氏为继室。萧氏对这个可怜的孩子很好，呵护备至。刘裕十九岁的时候，已是七尺有余的壮小伙儿。不料刘翘突然病逝，留下一对孤儿寡母，凄凉度日。刘裕向来不喜欢读书，只认识几个字，平日喜欢舞枪弄棒，骑马射箭。但乡里无从施展技艺，为了生计，刘裕不得不做鞋谋生，日子困苦不堪。虽然自己吃不饱穿不暖，刘裕却总是毕恭毕敬地奉养继母，宁可自己饿着，也不让继母受苦。

一天，刘裕在竹林寺游玩，觉得有些疲倦，便在讲堂前打盹儿。僧徒见他衣衫褴褛，顿生逐客之意，正要上前喝逐，忽然看见他身上现出龙的图腾，周身还发出五色光。众僧异常惊骇，禁不住哗噪起来。刘裕被他们惊醒，问他们怎么回事。众僧仍是目不转睛地瞧着他，交口称奇。刘裕再三诘问，众僧才各述所见。刘裕微笑着说："现在还有龙光吗？"众僧回答说："没有了。"刘裕说："请师傅们不要乱说！恐怕是你们被太阳迷住了眼睛，所以才产生五彩光芒的幻觉。"众僧不等他说完，齐声喧嚷道："我们明明看见有五色光罩住你的身体，怎么能说是被迷住了眼睛呢？"刘裕也不跟他们多辩，起身就走。回家后，细细一想，众僧应该不会无缘无故地欺骗自己，难道果真有五色光护体，这会不会是大富大贵的预兆？左思右想，忐忑不定。到了黄昏就寝，刘裕还是狐疑不决，辗转反侧，蒙眬睡去。迷迷糊糊中，好像身旁果真有两条龙，左右盘着，他便跃上龙背，驾龙腾空，霞光绚彩，紫气盈途，也不知是何方何地，任龙游走。经过了许多山川，忽然前面笼着一道十分阴浓的黑雾，就像黎明前的黑暗一样，十分混沌。刘裕伏在龙背上向下一看，只见下面露着一线河流，河中隐隐现出黄色。那龙到了此处，似乎也有些惊惧，悬空一翻，坠落河中。刘裕惊骇极了，一声狂呼，便醒了。睁开眼睛，四下一瞧，仍然是一张破床，唯独案上一盏残灯，临睡时忘记吹熄，所以余焰犹存。回忆梦中的情景，他迷惑不解，但想到乘龙上天，刘裕觉得好歹是个吉兆，将来时来运转，也说不定。于是吹灭灯，想再睡会儿。不料却怎么也睡不着，没过多久，便是晨鸡四啼，窗前露白了。

第二天一早，刘裕伺候继母用过早膳，便去祭拜父亲。途中遇到一个叫孔恭的风水先生，刘裕趁机与其攀谈。得知孔恭正在为一户富人挑选墓地，刘裕便决定与他结伴而行。到了候山，刘裕的父亲就葬在这里。因为家穷，没钱为父亲筑墓，只有一堆黄土耸在那里，除了刘裕，没人认得。刘裕戏逗孔恭说："这墓怎么样？"孔恭绕墓地走了一圈，说道："是谁挑的这块地，这可是一块发王地呢！"刘裕骗他说不知道，只问他什么时候会显贵。孔恭回答说："不出数年，必有征兆，前途不可限量！"刘裕笑道："敢情做皇帝不成？"孔恭也笑道："你怎么知道这墓主的子孙不会做皇帝？"彼此评笑一番，孔恭说者无心，刘裕却是听者有意。二人作别，刘裕欣然回家，从此心中有了大志向。不过时机未至，生计依然要顾，刘裕整天外出劳作，不是卖鞋，就是砍柴；有时看到飞禽走兽，也会射中几只，拿来充饥。

这年秋天，刘裕在湖边割芦苇。正割着，突然觉得一股腥风扑面而来，又听见流水齐嘶，四面八方的芦苇都发出一片秋声，震动耳鼓。刘裕觉得有异，忙跳开几步，跑到一个高冈上，凝神四望。突然，从芦苇丛中窜出一条鳞光闪闪的巨蟒，张目吐舌，十分恐怖。刘裕从没见过这么大的蟒蛇，吓了一跳，急忙摘下腰间的弓箭，搭弓上箭，仗着天生的神力，向蟒蛇射去。只听"嗖"的一声，不偏不倚，正中蛇颈。蟒蛇负痛难忍，昂首怒视刘裕，好像要扑咬过来。刘裕连忙又是一箭，正中蛇眼，蟒蛇垂下脑袋，蜿蜒而去，过了许久才不见踪影。刘裕估算了一下，蟒蛇竟有数丈长，不禁失声道："好大的恶虫！幸好我动作利索，才躲过这一劫。"说完，又回到原来砍柴的地方，捆好已割下的芦苇，然后扛回家。第二天，刘裕又来到湖边，隐隐听到捣药的声音，刘裕越发诧异。随即依声寻觅，走到莽丛中，竟看见几个青衣童子正在轮流捣药。刘裕朗声问道："你们为什么在这里捣药？"一个童子回答道："我家大王被刘寄奴射伤，所以我们在这里采药。"刘裕又问："你家大王是谁？"童子回答说："我家大王是这儿的土神。"刘裕笑道："你家大王既然是神，那他为什么不杀掉寄奴?"童子说:"寄奴以后定会大富大贵,我家大王又怎么能杀掉他呢?"刘裕一听这话,胆气益壮,呵斥道:"我就是刘寄奴,专门来此除掉你们这些妖孽!"童子一听到"刘寄奴"三字,立即骇散,连捣好的药都不敢带走。刘裕将草药拿回家,后来每被刀箭所伤,便用草药敷治伤口,一敷即愈。历经几次征兆后,刘裕自知前程远大,不应长栖于田垄,埋没终生。于是与继母商议投身从戎,想伺机大展宏图。继母知道他志向远大,就没阻拦他,由着他去从军。

刘裕辞别继母,投到孙无终旗下。孙无终见他身材高大,气宇不凡,料知他绝非庸碌之徒,于是先让他做自己的亲兵,不久又便提拔他为司马。晋安帝隆安三年,会稽妖贼孙恩作乱,晋卫将军谢琰及前将军刘牢之奉命讨伐孙恩。刘牢之久仰刘裕的大名,想将刘裕收到自己旗下。刘裕也不推辞,立即投到刘牢之的大营。刘牢之令刘裕率数十人前去侦探敌人的踪迹。途中遇到几千名贼人,刘裕持着长刀,冲锋陷阵,惊得贼众霎时溃散。随后,刘牢之的儿子刘敬宣又带兵前来接应,杀得孙恩片甲不留,逃到海上去了。

不久,刘牢之回朝,刘裕也随军同去。孙恩无所忌惮,又攻陷会稽,杀死谢琰。刘牢之再次奉命东征,令刘裕前往勾章。刘裕边战边守,屡胜贼军。孙恩随后北犯海盐,刘裕忙移兵前去堵截,修城筑垒。等孙恩前来攻城时,刘裕亲自率数名死士迎击,大破孙恩。孙恩转走沪渎,航海到丹徒。丹徒是刘裕的故乡,刘裕得到警讯,日夜兼程赶往故乡。途中正好与孙恩相遇,一阵兜头痛击,孙恩军霎时溃散。晋廷因刘裕屡建奇功,升任他为下邳太守。刘裕受命后,继续率军剿贼。孙恩慌忙从郁州逃往临海,逃亡途中徒众被刘裕杀死大半。临海太守辛景趁势追击,杀得孙恩上天无路,入地无门,只好投入海中,做水妖去了。

孙恩有个妹夫叫卢循,神采清秀,逃亡的残众推他为主,于是一波才平,一波又起。当时,荆州刺史桓玄正统领荆、江八州的军事,威焰逼人。他因受到司马元显的猜忌而举兵作乱,并授任卢循为永嘉太守。晋安帝当即任命司马元显为骠骑大将军、征讨大都督,令他调兵征讨桓玄;又任命刘牢之为先锋,刘裕为参军,令大军即日出发。

大军走到历阳,正好与桓玄相遇。桓玄让刘牢之的舅舅何穆去当说客,劝刘牢之倒戈归附他。刘牢之也十分憎恨司马元显,便打起了先除元显,再除桓玄的算盘。刘裕得知后,与刘牢之的外甥何无忌极力劝阻,刘牢之不肯听从。刘裕又请刘牢之的儿子刘敬宣从旁劝阻,刘牢之反而大怒道："我怎么不知道现在取桓玄的性命易如反掌？但是荡平桓玄以后，朝内的骠骑大将军司马元显对我的猜忌会更深，到时我还能保全身家性命吗？"随即投入桓玄的旗下。

桓玄将刘牢之收归旗下，然后进军建康。司马元显丝毫不能抵抗，任由桓玄入城。桓玄一除掉司马元显及其党羽，就自称丞相，掌管国政；同时任命刘牢之为会稽内史，收了他的兵权。刘牢之惊叹道："桓玄一入京城，便夺去我的兵权，这可怎么办？"

刘敬宣劝刘牢之袭击桓玄，刘牢之担心兵力不足，忙召来刘裕商议："我真后悔当初没听你的话，以至于被桓玄逼到这个地步。如果现在去攻打广陵，匡扶社稷，你还愿意追随我吗？"刘裕回答说："将军率领数万禁兵，却没能讨伐叛贼，反而为虎作伥。如今贼人得志，威震天下，全天下都对将军失望透了，将军还能得到广陵吗？我情愿回京口，也不忍心见到将军孤危的局面。"说完就走了。

刘牢之又召集幕僚商议，说是想占据江北，讨伐桓玄。幕僚因刘牢之反复多变，都萌生离意，尽管当时勉强赞成，但一到起程之际，他们都陆续散去。何无忌也不愿追随刘牢之，与刘裕密议以后的打算。刘裕说："刘将军此去必定失败，你就跟我回京口吧。桓玄如果能谨守做臣子的本分，你我二人不妨去投靠他，不然的话，就设法除掉他。"何无忌点头称是，没和刘牢之打招呼，就跟着刘裕去了京口。

刘牢之到了新洲，见部众都已离散，感叹一番，拔刀自尽；他的儿子刘敬宣逃往山阳。唯独回到京口的刘裕被徐、兖刺史桓修召为中书参军。永嘉太守卢循表面上虽听命于桓玄，但贼性不改，暗地里派党羽徐道复偷袭东阳。得到情报后，刘裕及时领兵截击，杀退徐道复，然后回军。

不久，桓玄篡位，把晋安帝废为平固王，并将都城迁到寻阳，改国号为楚，建元永始。桓修是桓玄的堂兄，桓玄令桓修入朝。刘裕也只得随着桓修前往建康，跟随桓修谒见桓玄。桓玄和颜悦色地接见他们，慰劳备至，并对司徒王谧说："刘裕风骨非凡，的确是当今的人杰啊！"王谧趁机献媚说："上天特意把刘裕赐给陛下，就是让他来匡辅新朝的！"桓玄听后，更加欢喜，每逢宴会，必召刘裕前来，殷勤款待。桓玄的妻子刘氏聪慧敏锐，她曾躲在屏后窥探，见刘裕相貌奇伟，知道刘裕非等闲之辈，忙找机会对桓玄说："刘裕龙行虎步，气度不凡，在朝的所有臣子竟没有一个比得上他，大王不可不防！"桓玄说："我也觉得刘裕气度不凡，所以格外优待他，想让他知恩图报，效忠于我。"刘氏说："臣妾见他器宇深沉，未必会甘为人下，陛下不如趁早灭掉他，免得养虎为患！"桓玄慢慢回答道："我正想靠他来荡平中原，等到关陇平定，再除掉他也不迟。"刘氏着急地说："恐怕到那时，已经来不及了！"桓玄始终不听，仍让桓修回去镇守丹徒。

桓修想邀刘裕一同回去。刘裕托词旧伤复发，无法骑马，没有随桓修一起回去，却与何无忌一同坐船返回京口。二人在船上密谋许久，制定了讨伐逆贼的计划。到了京口，何无忌立即去拜见沛人刘毅，与他商议规复事宜。刘毅说："以顺讨逆，还怕不会成功吗？只是军中没有主帅。"何无忌没有立即说出刘裕的名字，只是试探道："你也太轻视天下人了，难道草泽中就没有英雄？"刘毅奋然道："据我看来，只有一个刘裕！"何无忌微笑不答，回来禀报刘裕。来京城办事的青州主簿孟昶，回青州时刚好经过京口，便与刘裕叙谈起来，二人说得很是投机。刘裕问孟昶："草泽间有英雄崛起，您知道是谁吗？"孟昶回答道："当今的英雄，除了阁下还有谁？"刘裕不禁大笑，随即与他一同谋划起兵事宜。

刘裕的弟弟刘道规是青州中兵参军，青州刺史桓弘是桓修的表弟。刘裕便让孟昶回去嘱咐刘道规谋杀桓弘。交代妥当之后，刘裕一面让刘毅前往历阳，约同豫州参军诸葛长民谋取豫州刺史刁逵的性命；一面致信建康，让朋友王元德、辛扈兴、童厚之等人做内应，以便自己与何无忌刺杀桓修。这就是刘裕奋身建功的第一步！

刘裕的发家史

主意已定，刘裕当即与何无忌召集一百多名义士。何无忌假称是朝廷派去的使臣，一骑当先，扬鞭驰入丹徒城。桓修丝毫没有察觉，他听说朝廷派来的使臣已到，忙出署相迎。见了面，还没开口，就被何无忌一刀结束了性命。紧接着何无忌一声令下，党徒大呼讨逆，桓修的部下惊骇不已，霎时溃散，没有一人敢反抗。刘裕驰入府署后，安抚百姓，并将桓修安葬在城外。然后任命东莞人刘穆之为府主簿，让刘毅前往广陵嘱咐孟昶、刘道规即日响应。

孟昶与刘道规立即杀掉桓弘，渡江前往丹徒，与刘裕会合。徐州司马刁弘听说丹徒有变，忙率部下赶到丹徒城，探问虚实。刘裕登城对刁弘说："我们奉旨拨乱反正，除掉逆党。现在贼人桓玄的首级已经高挂城门。你们都是大晋的臣民，现在无故纠众来此，到底是何居心？"刁弘等人信以为真，当下退去。碰巧刘道规、孟昶已率一千人马赶来，刘裕当即让刘毅去追杀刁弘。刘毅回来报捷，刘裕又致信在京中任职的兄长刘迈，让他立即起事。没想到，刘迈做贼心虚，竟如实禀告桓玄。

桓玄听说刘裕已经发难，不禁十分惊惧，忙任命刘迈为重安侯。刘迈拜谢而出。然而有人对桓玄说："刘迈说不定是刘裕的同谋。"桓玄随即将刘迈打入大牢，并捕获刘裕的党朋王元德、辛扈兴、童厚之三人，将他们三人与刘迈一同斩首。又召来弟弟桓谦及丹阳尹卞范之等人商议御敌之策。桓谦建议立即发兵，桓玄则想屯兵覆舟山，以守为攻。经桓谦等人再三力请，桓玄才令顿邱太守吴甫之与右卫将军皇甫敷北上遏制刘裕军。

刘裕得知桓玄已经发兵，也锐意进取。他先是封自己为徐州总督，任命孟昶为长史，让孟昶守住京口；然后召集两千名讨逆义士，南下进军；同时令何无忌写好檄文，声讨桓玄。

刘裕起兵后，桓玄天天惊慌万分。有人对桓玄说："像刘裕这种乌合之众，一定干不出什么大事，你有什么好担心的？"桓玄摇头说："刘裕是当世的英雄，而刘毅家底虽薄，赌博时却能一掷百万，何无忌也是一员有谋略的勇将。这三个人凑在一块儿，怎么能说他们干不出大事呢？"果然警报连连传来，先是吴甫之战死江乘，随后皇甫敷在罗洛桥战亡，而刘裕军中只损失了一个檀凭之，并且兵锋越发锐利。桓玄急忙让桓谦屯驻东陵，卞范之屯驻覆舟山的西面，两军共计两万人。刘裕率军来到覆舟山东面，令各军饱餐一顿，然后丢掉所有存粮，誓死作战。刘毅持长矛做先驱，刘裕也握刀随后接应，众将士踊跃冲入敌阵，以一当十，以十当百，呼声惊天动地。凑巧一阵顺风吹过，刘裕军趁风纵火。霎时烟焰蔽天，将桓谦、卞范之两军烧得焦头烂额，与鬼为邻。桓玄料知刘裕军不好对付，已先派殷仲文在石头城准备船只。一接到桓谦战败的消息，他就策马出都前往石头城，乘船逃往江南。刘裕乘胜长驱，直入建康。

刘裕入城安定民众后，让刘毅追捕桓玄，又让尚书王嘏率百官去迎进晋安帝，同时下令诛杀桓氏宗族。司徒王谧本是桓玄的爪牙，桓玄篡位时，王谧曾亲手把晋安帝的印玺夺去，捧给桓玄。众人都视他为罪魁，劝刘裕杀掉王谧，但是刘裕不答应。原来，刘裕少年孤贫时，王谧曾代他偿还债务，所以刘裕不忍心杀掉他，仍让他在朝中做事。王谧对刘裕大献殷勤，举荐刘裕统领扬州军事。刘裕一再推辞，任命王谧为侍中，兼任扬州刺史。感恩的王谧更是大力推举刘裕督领八州军事，兼任徐州刺史。这次，刘裕不再推辞。受任后，刘裕任命刘毅为青州刺史，何无忌为琅玡内史，孟昶为丹阳令，刘道规为义昌太守，并将所有军政，交由刘穆之审定。

与此同时，诸葛长民与趁机起事的历阳军民围攻刁逵。刁逵虽然逞刁，最终也是落得饮刀毙命的下场。

桓玄逃到寻阳，在刺史郭昶之的支持下，仍自称楚帝，威福依旧。随后听说刘毅率军追来，将到城下，桓玄惊慌失措，急忙派部将庾雅祖、何澹之堵住湓口，然后挟持晋安帝以及皇后王氏、穆帝后何氏西逃江陵。刘毅与何无忌、刘道规诸将在桑落洲大破何澹之的水军，夺下湓口、寻阳，然后派使者回去报捷。刘裕因为晋安帝被桓玄劫走，于是迎奉武陵王司马遵为大将军，请他入居东宫，同时令刘毅等人继续追击桓玄。

桓玄在江陵召集了两万多名荆州兵，挟持晋安帝东下。在峥嵘洲被刘毅军烧得一塌糊涂，狼狈的他慌忙改乘小船，带着晋安帝逃回江陵。桓玄的部将殷仲文向刘裕投降，带着两位皇后回京。跑回江陵的桓玄众叛亲离，只得乘夜逃往汉中。南郡太守王腾之、荆州别驾王康产将晋安帝迎入南郡府，不久又迁到江陵。

益州刺史毛璩有个侄子叫毛修之，是桓玄的屯骑校尉。毛修之诱骗桓玄去四川，桓玄听从他的建议西行。走到枚回洲，碰到几只从上游来的丧船，船头立着一员大将，与毛修之打了一个照面。大将厉声喝道："你们船上有没有窝藏逆贼？"毛修之没有回答，桓玄却颤声说道："朕是当今的新天子，哪里来的盗贼，敢在朕面前胡言乱语！"话还没说完，对面船上又跳出两员大将，搭弓上箭，将护在桓玄面前的人全部射倒。桓玄正惊慌失措，突然见数人持刀跃入自己的坐船，为首的正是刚刚问话的大将。桓玄惊骇地问道："你……你们是什么人？竟敢对天子无礼！"那员大将应声道："我们来杀天子的贼臣！"说到这里，只见刀光一闪，桓玄身首分离。这员大将正是益州督护冯迁。

益州刺史毛璩有个弟弟叫毛瑾，在宁州担任刺史时病逝。毛璩请兄长毛祐之及参军费恬将弟弟的遗体带回故里，并派冯迁护丧。恰巧途中遇到桓玄的坐船，毛修之一声令下，冯迁一行人便一齐动手，杀死贼人桓玄。不用说，刚刚放箭的两员大将便是费恬、毛祐之了。冯迁砍下桓玄的首级，擒住桓玄的儿子桓升，杀死桓玄的族人桓石康、桓浚，然后令毛修之带着桓玄的首级并将桓升押往江陵。晋安帝封毛修之为骁骑将军,并将桓玄的首级挂在东市,颁诏大赦天下,唯独桓氏族人除外。

桓玄的侄子桓振逃到华容,召集了数千名党徒。得知刘毅退到寻阳,他立即袭击江陵城。躲在沮川的桓谦也纠众响应。江陵城内只有王腾之、王康产二人驻守,二人手下的将卒不多。一场恶战,王腾之、王康产战死。晋安帝当时正在江陵的行宫里,桓振持刀闯进来,正要一刀结果晋安帝的性命,幸亏桓谦及时赶来劝阻,他才罢手,向晋安帝跪拜而出。安葬桓玄后,桓谦率百官觐见安帝,先是把御玺还给他,然后撤换他的贴身侍卫,改用自己的党羽,并趁势攻取襄阳等城。

退驻寻阳的刘毅还以为逆贼已除,可以高枕无忧,哪知死灰复燃,又有二桓余孽袭取江陵。刘毅急忙令何无忌、刘道规二将讨伐二桓。大军走到马头,正碰上桓谦的人马。当下杀了一场,桓谦的部众败退,何无忌、刘道规直逼江陵。桓振令党徒冯该在杨林设伏,然后亲自率部众到灵溪迎战。何无忌仗着刚打完胜仗的锐气轻率进军,不料深陷埋伏,大败而还。幸亏刘敬宣及时接济他们粮草和船只,刘军才得以迅速恢复元气。

刘敬宣是刘牢之的儿子,他屡次想募兵讨伐桓玄,始终没能如愿。桓玄死后,刘敬宣投靠刘裕,刘裕任命他为晋陵太守,不久,又授他为江州刺史。因为刘毅大军去讨伐桓玄的余党,总想出力的刘敬宣便筹备舟械,随时接应刘军。

何无忌、刘道规得到援助后,再次进兵夏口。刘毅也督军攻入鲁城。等刘道规攻克偃月垒,两路大军会师,向巴陵进军。大军号令严整,沿途秋毫不犯,深得人心。桓振挟持晋安帝屯兵江津,派使者求和,说只有割让江、荆二州,才肯奉还天子。刘毅等人不答应。南阳太守鲁宗之,突然起兵袭击襄阳,桓振还军迎战,令桓谦、冯该留守江陵。桓谦派冯该驻守豫章口,后来得知冯该战败,桓谦立即弃城逃走。刘毅军径直驰入江陵,斩杀逆党卞范之等人。

这次晋安帝没被挟持走,仍在江陵。刘毅到行宫觐见晋安帝,晋安帝慰劳他一番,令他主持一切事宜。刘毅正打算追剿桓振和桓谦,刚巧桓振回军救援江陵,途中听说江陵城已经失守,部众霎时骇散,桓振只好逃到溳州。后来,桓振又袭击江陵,结果中了将军刘怀肃的埋伏,被一网打尽。桓氏余孽,只有桓谦逃到后秦。

晋安帝改元义熙,大赦天下。桓氏宗族中唯独桓冲的孙子桓胤得到赦免。晋安帝令他迁居新安,下令保存桓冲的宗祀,以保全功臣一脉。桓冲是桓玄的叔父,有功于晋室,曾被封为丰城公。刘裕令刘毅、刘道规留驻夏口，让何无忌护送晋安帝回建康。晋安帝回到建康，令百官复职，任命琅珰王司马德文为大司马，武陵王司马遵为太保，并且重赏刘裕、刘毅、何无忌、刘道规等功臣。

刘裕力辞官爵，乞求归乡。晋安帝不答应，派百官劝慰他。刘裕又请求在京外供职，于是晋安帝令他督管荆、司、梁、益、宁、雍、凉等十六州军事，并允准他回丹徒镇守。又封刘毅为左将军，何无忌为右将军，二人分别督管豫州、扬州的军事；刘道规为辅国将军，督管淮北的军事。

南燕败亡

晋安帝复辟几年后，追叙讨伐逆贼的功绩，封刘裕为豫章郡公，刘毅为南平郡公，何无忌为安成郡公。不久，司徒兼扬州刺史王谧病故，按资望本应由刘裕继任王谧的职位。但刘毅等人已是十分忌惮刘裕，不希望他入朝辅政，便向晋安帝提议让中领军谢混担任扬州刺史一职。有人怕刘裕反对，于是又建议安帝说："不如令刘裕兼管扬州军事，但是由孟昶处理扬州内部事务。"安帝犹豫不决，特意派尚书右丞皮沈前往丹徒，征询刘裕的意见。皮沈到丹徒后，先去拜见刘裕的书记官刘穆之，将朝廷的意思告诉他。刘穆之借口如厕，偷偷禀报刘裕，并对刘裕说："皮沈的两个建议，都不可取。"刘裕出来见皮沈时，支吾以对，请他暂时住在客舍，然后又回屋与刘穆之商量。刘穆之说："晋朝已是今非昔比，公匡扶社稷，功高望重，难道甘愿一直做藩将吗？况且刘毅等郡公与你同是布衣出身，一起为国家扫平逆贼，取得富贵。不过因为事有先后，而暂时推崇你，并非是诚心敬服。虽然你和他们之间向来存有主仆名义，但一旦他日彼此势均力敌，终会相互吞噬。扬州是国家的根本，关系重大，怎么能将扬州拱手让给他人？之前任命王谧为扬州刺史，已非长远之计，如今再将扬州让给他人，我担心公将受人所制。一旦失去权柄，就不好重新争取了。现在先答复皮沈，说事关重大，需要入朝奏陈，与朝臣共同决议。等公到了京都，相信朝内的权贵，绝对不敢再将扬州刺史之职授任他人，公便可坐取此位了。"

刘裕极口称赞，依议而行。果然，安帝立即降旨，任命刘裕为侍中扬州刺史。刘裕又摆出十分谦恭的态度，上奏恳请将督管兖州军事的职权让给别人；并令诸葛长民镇守丹徒，刘道怜屯驻石头城，让将军毛修之与益州刺史司马荣期会师，共同讨伐谯纵。

谯纵原本是益州参军，他杀掉刺史毛璩，自称成都王，搅得蜀中动荡不安。晋廷任命司马荣期为益州刺史，令他率兵讨伐谯纵。司马荣期在白帝城击败谯纵的弟弟谯明子后，向晋廷请求支援。刘裕于是让毛修之去援助司马荣期。司马荣期抵达巴州，却被参军杨承祖杀死，杨承祖自称巴州刺史。毛修之接到司马荣期的死讯，不得已退驻白帝城。当时，益州督护冯迁已升任汉嘉太守，忙发兵援助毛修之。两军会师后，击毙杨承祖，正打算乘胜进军，不料朝廷新派来的益州刺史鲍陋与毛修之意见不合。毛修之据实上奏，刘裕忙向晋安帝推荐刘敬宣为襄城太守。晋廷随即令刘敬宣率领五千人马，前往蜀中讨伐逆贼，并任命荆州刺史刘道规为征蜀都督，令他调度各军。

谯纵听说大军将到，忙向后秦称臣，乞求援兵。秦主姚兴派部将姚赏等人去援助谯纵。刘敬宣转战而前，在距城约五百里的黄虎岭，遭到秦、蜀二军的抵死守御。相持六十天后，刘敬宣只得带着残军退还。刘敬宣自然被贬职，刘道规也被降为建威将军。刘裕因为刘敬宣失利，上奏自愿削职。晋廷只是把刘裕降为中军将军，其他官职如故。

刘裕正打算亲自去讨伐谯纵，突然又传来南燕入侵淮北的消息。刘裕于是决定先讨伐南燕，再荡平西蜀。南燕主慕容德是前燕主慕容皝的小儿子，后燕主慕容垂的小弟弟。慕容皝建都龙城，慕容垂建都中山。龙城的燕王传三世而亡，中山的燕王传四世而亡。范阳王慕容德召集两燕的遗众，向南迁到滑台，向东侵占晋朝的青州，将广固城作为京都。慕容德起初自称燕王，后来改称燕帝，改名为备德，历史上称为南燕。慕容备德窃据帝位七年，因为没有子嗣，死时册立兄长的儿子慕容超为嗣帝。慕容超宠信部属公孙五楼，猜忌亲族，屡次诛杀皇族的人，并派部将慕容兴宗、斛谷提、公孙归等人率骑兵入攻宿豫，又大肆侵犯淮北。刘裕令刘道怜屯兵淮阴，严加防堵，又上奏请示北伐。

晋廷的文武大臣因西南还没有荡平，想先解决蜀中问题，但左仆射孟昶、车骑司马谢裕、参军臧熹三人赞同刘裕北伐，晋安帝便令刘裕出师。刘裕让孟昶处理中军府内事务，然后调集水军出发。到了下邳，刘裕留下船舰辎重，麾众登岸，向琅玡进发。每过一处，刘裕都让人筑城防守，手下的大将对此产生异议，叩马谏阻道：“燕人听说我军远道而来，都避而不战，如果他们占据大岘山，清除四周的粮草，使我军无从觅食。到那时，我军进退两难，怎么办？”刘裕微笑着说：“你们不要担心！我早已摸清鲜卑贪婪的习性，他们眼光浅陋，不会有长远打算，有东西可抢时，他们就掳掠；没有东西可抢时，他们就吝惜禾苗。我们孤军深入，他们便认为我军无法打持久战，因而他们只会进据临朐，或者退守广固。但是我军一进入大岘山，人人自知必有一死，以破釜沉舟的勇猛去制敌，还怕不会胜利？我敢打赌，只要我军奋勇向前，这一战我们定能大获全胜！"各将于是督兵疾进，昼夜不息。果然，南燕主慕容超不听公孙五楼据守大岘山的计策，只是修固城池，坚固壁垒，静待一战。

晋军安全走到大岘山，仍不见有燕兵阻击，刘裕不禁举手指天道："上天保佑我军，使我军安全走过这个天险。因粮破虏，在此一举！"

当时，慕容超已授任公孙五楼为征虏将军，令他与辅国将军贺赖卢、左将军段晖等人，率五万军兵屯驻临朐。得知晋军进入大岘山，慕容超亲自督率四万士兵赶来援应。两军一相逢，就是一场恶斗，杀得山川并震，天日无光。转眼间，夕阳西下，两军仍旗鼓相当，不分胜负。参军胡藩对刘裕说："现在南燕兵力基本上都在临朐城外，城中必定十分空虚，我军为什么不从小路出兵，偷袭城内呢？这可是韩信破赵的奇计呀！"刘裕连声称赞，依计而行，临朐城霎时沦陷。

段晖赶紧飞报慕容超，慕容超大吃一惊，掉头就往回跑。南燕兵没了主帅，立即溃退。刘裕率将士们奋勇追击，杀掉段晖。慕容超在公孙五楼的帮助下仓皇逃脱。

回到广固，慕容超还来不及整顿人马，晋军就已经杀入外城。慕容超忙与公孙五楼入内城把守，同时派张纲去后秦乞援。后秦当时正遭到夏主赫连勃勃入攻，无暇分兵援救，但却假意应允发兵，让张纲先回去等消息。张纲回国时，在泰山被太守申宣擒住，送入刘裕的军营。刘裕大喜，亲自为他松绑，赐酒压惊。张纲深感刘裕的恩惠，愿意投降。

之前，刘裕积极准备攻城的战具，城上的守卒揶揄他说："你们即使有攻城的战具也没用，我们尚书郎张纲请的援军马上就要到了！"如今张纲投降，刘裕立即请他登上楼车，让他告诉城上的守卒，说后秦不会前来救援。守卒大为惊惧，慕容超也惊慌得很，忙派使者向刘裕请和，愿割让大岘山，向晋称臣。刘裕将来使斥回。慕容超急得没有办法，只好再次派遣尚书令韩范向后秦乞求援军。秦主姚兴要挟刘裕，说如果刘裕不立即退兵，后秦将派十万铁骑进驻洛阳，攻打晋国。刘裕大怒，对使者说："你回去告诉姚兴，我平定青州，就进攻函谷，姚兴如果自愿送死，就让他速速前来！"

后秦的使者离开后，录事参军刘穆之进帐劝谏道："您的话不仅不足以畏敌，说不定还会激起他们的怒意。如果我们还没有拿下广固，而后秦又真的杀来，那时又该怎么办？"刘裕笑道："这你就不懂了吧。你想后秦如果真能发兵援救南燕，就会趁我不备发兵偷袭我军，好出奇制胜。但是他们为什么先派使者前来放话呢？这分明是虚张声势，恫吓我们，不足为虑！"刘穆之听了，恍然大悟。

刘裕随即令张纲制造攻守战具，装备极其巧妙，城上的守兵逐渐抵抗不住晋军了。眼看着城内的形势岌岌可危，自后秦回来的韩范又向刘裕投降，城中的民众和士兵越发沮丧，于是大批大批地溜出来投降。刘裕一看时机到了，于是誓众猛攻。南燕尚书悦寿料知不敌晋军，偷偷打开城门，向晋军投降。慕容超率数十骑亲信仓皇逃窜，结果被晋军一个不留地逮回，押回城中。

刘裕派人将慕容超押解入京，随即上奏请示移师下邳，向关洛进军。晋廷诛杀慕容超，任命刘裕为青、冀二州刺史，让他自主行事。

不料，卢循攻陷长沙，徐道复攻陷南康、庐陵、豫章，两军顺流而下，直逼晋朝国都。江东大震，晋廷君臣急得不知所措，只好飞召刘裕率军回援。原来，刘裕灭掉桓玄，将晋安帝迎回建康后，因为朝廷刚刚安定，无暇顾及南方，便任命卢循为广州刺史，徐道复为始兴相，想借此维系南方的安定。没想到，徐道复等人趁刘裕出师讨伐南燕，竟然起兵谋反。

刘裕接到京城的告急谕旨，忙率精锐军队赶往建康。路上接到江荆都督何无忌的噩耗，刘裕更是惶急万分，唯恐京都失守。正巧碰到晋廷派来的使者，使者说："贼人还没来，只要刺史大人赶紧回去，京都便可无忧。"刘裕当下略为放心。赶到江边，只见风急浪腾，部将都面露难色，刘裕激昂地说："要是上天助我，风就会马上平息，否则大不了一死，没什么好怕的！"随即麾众登舟，舟移风止。到了京口，江岸上的民众一望见刘裕军的大旗都挥手欢呼，就像久旱逢甘霖一样，欣喜不已。

第二天，刘裕入都向晋安帝陈述抵御贼寇的计策，朝廷不再惊慌，于是下诏令京师解严。豫州都督刘毅自告奋勇，愿率军南征。刘裕正整治舟械，准备出师，见刘毅请令，便让刘毅的堂弟刘藩带信给刘毅说："贼众接连获胜，兵锋锐不可当，等船械整治完毕，我愿与老弟在江上会师，伺机破贼。"

刘藩到了姑熟，把信交给刘毅。信还没看完，刘毅就怒目瞪着刘藩说："从前讨伐逆贼，不过是因刘裕首先发起，我才推他为首，难道我就真的不如他？"说着，把来信一扔，立即召集两万水军，从姑熟出发。急驶到桑落洲，刘毅军却被兵锋锐利的卢循、徐道复两军一举击败，刘毅只好带着数百人登岸，狼狈逃走。

战败的消息传到京都，全城大为惊惧，刘裕急忙招募士兵，修固石头城。由于刚征讨完南燕，京都还没恢复元气，全城的士兵不满数千，即使算上诸葛长民、刘道怜等人随后带来的人马，士兵人数仍是不到一万。

卢循、徐道复击毙何无忌，挫败刘毅，一连攻破江、豫二镇。纠集了十多万贼众，舟车竟绵延一百多里，楼船高达十二丈，横于江中。但贼军心中还是惧怕刘裕，听说刘裕率军回京防御，未免心惊。卢循想退回寻阳，转攻江陵，徐道复却坚持乘胜进取。二人争论了好几天，最后决定按徐道复的提议联樯东下。

警报雪片似的飞达都中，逃回来的将士也声称贼势十分强盛，不应以卵击石。孟昶、诸葛长民随即建议避开贼寇，请晋安帝过江暂避风头，只有刘裕不答应。参军王仲德对刘裕说："公刚刚荡平南燕，威震四海，那些乘虚入犯的妖贼突然听说你回京护驾，想必都十分惊惧。此刻，如果我们不战而逃，像懦夫一样，将来怎么号召将士？公如果因误信流言而撤军的话，我不想随公退去，只好就此告辞！"刘裕忙慰抚道："南山可改，此志不移，请不要怀疑我的决心！"

孟昶仍是坚持撤军，刘裕勃然大怒："都什么时候了，还能轻举妄动吗？试想，现在各重镇都有谋变的可能，而强寇又紧逼而来，已是牵一发而动全身的局势。朝都一迁，全体瓦解，我们怎么可能平安抵达江北？就算到了江北，也不过是苟延时日。眼下，京都的兵士虽然少，但还足以打一仗，如果我军得胜，是再好不过了；万一挫败，我定会横尸庙门，以身殉国，绝不苟且偷生！我意已决，你就不要再多说了。"孟昶仍是啼哭陈词，自愿先死，惹得刘裕性起，厉声呵斥道："你先看我打一仗，再死也不迟！"孟昶悲愤不已，回到府第，颤着手写下遗书："都怪臣当初力排众议，赞成刘裕北讨，以致强贼乘虚进逼，危及社稷，臣以死向天下谢罪。"写完后，竟服毒自尽。

不久，卢循已到淮口，京都内外戒严。琅琊王司马德文督守宫城，刘裕亲自屯驻石头城，谘议参军刘粹屯驻京口。刘裕不时登城眺望西方，起初还没有发现贼寇的踪迹，只见烟波一碧，山水同青。不一会儿，鼓声传入耳中，远处有敌船出现，直逼新亭，刘裕不由得旁顾左右，微露忧容。随后见敌船掉头停泊在蔡洲，刘裕转忧为喜道："果然不出我所料。贼军虽强盛，却也无能为力了！"

原来，徐道复进入淮口后，本想从新亭进兵，焚舟直上。但是卢循优柔寡断，想计出万全，所以徘徊江中，一会儿东，一会儿西，犹豫不决。徐道复叹息道："总有一天，卢循会误大事，跟着他，我事必无成。如果能凭一己之力举事的话，我取建康易如反掌。"一面说，一面起锚向西驶去。

计平谯纵

在蔡洲静驻了好几天，卢循、徐道复见石头城畔的军容井然有序，没有一丝慌乱，不禁有些后悔，忙派发十多艘战舰攻打石头城外的防护栅栏。刘裕下令用神臂弓迎敌，一发数箭，敌船无不摧毁，卢循只好退去。不久，卢循用调虎离山之计，攻扑石头城，但仍旧碰壁；转攻各郡，各郡守都早已加固壁垒。卢循见毫无所得，便对徐道复说："我军已疲惫不堪，不如退据寻阳，合力攻取荆州，然后再来谋取建康吧。"随即令贼党范崇民率五千名士兵据守南陵，大军则退往寻阳。

晋廷封刘裕为太尉中书监，并赐给他一把黄钺。刘裕随即保荐王仲德为辅国将军，刘钟为广川太守，蒯恩为河间太守。让他们与谘议参军孟怀玉率兵追击贼众，自己则操练水军，广修战舰。楼船一修成，刘裕便令将军孙处、沈田子率领一百多艘战舰走海路，径直奔往番禺，直捣卢循的老巢。各位将领认为海路迁远，也十分艰险，并且容易分散兵力。刘裕笑而不答，只是嘱咐孙处说："十二月大军必破妖虏。你们先捣破贼巢，使他们走投无路，到那时，贼人自然手到擒来！"孙处等人只好领命而去。

卢循回到寻阳想方设法联络谯纵，约他夹攻荆州。谯纵当即答应，并向后秦求援。秦主姚兴封谯纵为大都督，兼相国、蜀王，并调桓谦协助他。谯纵任命桓谦为荆州刺史，谯道福为梁州刺史，令二人率两万多名士兵入侵荆州。后秦将军苟林也奉秦主姚兴之命率骑兵赶来会师。一时间，卢循声势十分浩大。

卢循率兵东下时，荆、扬二州有些闭塞，还不知道这一消息。当卢循退而攻打荆州时，荆州刺史刘道规正派司马王镇之前去，会合天门太守檀道济、广武将军到彦之，一同去援救建康。途中，王镇之突然遭到后秦将军苟林与卢循的夹击，一阵拼杀，王镇之败退。卢循重重犒赏秦军，令苟林进攻江陵，苟林随即入驻江津。桓谦也召集两万贼众，进据枝江。敌众两路大军交逼，江陵大震，城中的兵民大多怀着观望的心态。刘道规默察民情，索性大开城门，令士兵自行选择去留，同时严阵等待敌寇。士兵不禁惮服，没有一个人出逃，城中十分安定。

当时，鲁宗之已升任雍州刺史，自襄阳率兵前来支援荆州。有人说鲁宗之不安好心，刘道规却毫不在意。他不但单骑出城，将鲁宗之迎入城中，与他开怀畅谈，甚至还让他留守荆州城，自己则亲自带兵出击，讨伐贼人。大军水陆并进，在枝江击毙桓谦，苟林闻风而逃。参军刘遵奉刘道规之命追击，在巴陵一带击毙苟林。

刘道规返回江陵，刚送走鲁宗之，就收到徐道复率领三万士兵长驱而来的消息。当时，已经来不及追回鲁宗之军，刘道规只得部署各军，准备迎战。碰巧刘遵得胜而归，于是一前一后的两支军队，杀得轻敌的徐道复大败，逃回溢口。江陵转危为安。

刘裕听说江陵无恙，贼众连吃败仗，便令刘毅监管太尉府，全权处理府内事务，然后亲自率领刘藩、檀韶等将领南讨贼党。大军刚出发，便接到王仲德的捷报，说已赶走悍贼范崇民，夺回南陵。刘裕很是欣慰，当即赶到南陵城与王仲德会师，进军雷池。在雷池一带，刘裕军杀得卢循孤舟窜往番禺，徐道复退守始兴。晋将军刘藩、孟怀玉不依不饶，继续追剿卢、徐两贼，刘裕则率余军凯旋而归。晋安帝要封刘裕为大将军、扬州牧，并赏他二十名仪卫，刘裕推辞说："卢循、徐道复两贼还没有除掉，臣怎么能接受陛下的封赏？"晋安帝于是收回成命。

在逃亡途中，卢循一路上召集了不下万人的残众，准备退回番禺。徐道复也召集兵马，退守始兴。只是始兴虽然安然无恙，番禺却早已落入晋军手中。卢循听说巢穴已被攻破，惊慌失措，忙率部众与晋军争抢番禺，却被晋将军孙处、沈田子、刘藩击败。卢循慌忙逃往南方的交州，最后在晋军的堵截中投水自尽。徐道复也被孟怀玉斩杀。南方逆党，至此都被荡平。

不久，荆州刺史刘道规因病请求离职。晋廷派刘毅前往荆州继任刺史，调任刘道规为豫州刺史。刘道规在荆州数年，秋毫无犯，体恤百姓，没想到调到豫州不久，就病逝了。荆州人得知，都垂泪不已，很是伤心。

刘毅自豫州战败后，虽然在刘裕面前谦逊不少，但心里却越发猜忌他。刘裕向来不善舞文弄墨，刘毅却很有文才，所以朝中词臣都喜欢与刘毅交往。仆射谢混、丹阳尹郗僧施与刘毅往来尤为密切。刘毅出任荆州刺史后，将刘道规之前施行的政策尽改无遗，又将豫州文武旧吏调到荆州，安置在自己麾下；并上奏要求兼管交广，任命郗僧施为南蛮校尉，毛修之为南郡太守。

刘裕一一照允，将军胡藩说："公以为刘将军会一直屈服于你吗？"刘裕沉思半晌，才问道："什么意思？"胡藩回答说："公统领百万雄师，战必胜，攻必取，刘毅原是自愧不如；但如果谈及文才，一谈一咏，刘毅却自命为豪雄。最近，有许多文士争相归附他，我担心刘毅未必甘心一直屈居于公之下。"刘裕微笑着说："我与刘毅同心协力规复朝廷，他有功无过，我怎么能无故陷害他？"胡藩默然退去。

刘裕因刘毅的堂弟刘藩讨逆有功，提拔刘藩为兖州刺史，令他镇守广陵。不久，刘毅身患疾病，郗僧施便劝他上奏，请求调任刘藩为荆州副帅，刘毅当即照做。刘裕这才有些提防刘毅，假意允准刘毅的请求，召刘藩入朝。刘藩自广陵进入京都，刚到宫阙门外，便被逮入大牢。刘裕又向晋安帝诬告说："刘毅、刘藩两兄弟与仆射谢混图谋不轨，请陛下立即下令赐死谢混、刘藩，讨伐刘毅！"晋安帝不经调查便下诏允准。刘裕立刻召集各军，准备西征。

刘裕任命司马休之为荆州刺史，令他随同前往，并令参军王镇恶、龙骧，将军蒯恩率领前队军士，袭击江陵。王镇恶率领一百多艘战船昼夜兼程，打着刘藩的旗号，直达豫章口。荆州人还没收到刘藩的死讯，以为是刘藩西来，丝毫没有防备。王镇恶舍舟登岸，径直奔往江陵城。刘毅探悉实情，当即下令关闭城门，谁知城门还没来得及关上，兵士还没披上铠甲，王镇恶已闯入城中，全城顿时鼎沸。刘毅率数百亲兵杀出城去，到佛寺投宿，寺僧不肯收纳他。无奈之下，刘毅自缢身亡。王镇恶搜到刘毅的尸首，将他的头颅砍下示众，并杀掉他的族人。

过了几天，刘裕军抵达江陵，杀死郗僧施，赦免毛修之，又调整了赋税，并抚慰人心，荆民大悦。荆州刺史司马休之上任，刘裕立即率大军返回京师。

西行时，刘裕曾令豫州刺史诸葛长民监管太尉军府，处理内部事务，又任命刘穆之为建威将军，辅佐诸葛长民。诸葛长民听说刘毅被杀，便私下对亲属说："昨天杀彭越，今天斩韩信，恐怕我们也将大祸临头了！"诸葛长民的弟弟诸葛黎民说："刘氏灭亡，诸葛氏怎么可能幸免于难？我们最好趁刘裕还没回来，赶紧起事！"诸葛长民犹豫不决，偷偷问刘穆之说："有人说太尉对我不满，他为什么对我不满呢？"刘穆之说："刘公远征，将家人托付给你照顾，如果他猜忌你的话，怎么会把家人托

016

付给你？"

诸葛长民还是不放心，又致信冀州刺史刘敬宣，劝他共谋富贵。刘敬宣竟然将信件交给刘裕，刘裕随即放出消息，说将抵达京都。诸葛长民于是天天出城恭候，却不见刘裕回来。不料，刘裕半夜入京，回到府第，除了刘穆之外，无人知晓。第二天天刚亮，刘裕就升堂处理京中之事，诸葛长民这才得到消息，惊慌地赶来谒见刘裕。刘裕忙下堂迎接诸葛长民，并喝退堂上其他的人；与诸葛长民握手言欢。诸葛长民渐渐放松警惕，刚想告辞，帐后突然窜出一名壮士，一把抓住他，把他勒死了。诸葛长民的弟弟诸葛黎民、诸葛幼民以及堂弟诸葛秀之相继被斩首。

当时，京都流传一句话："别嚣张，小心把你交给丁旿。"为什么京都会流传这么一句话呢？原来，刘裕府中埋伏着的壮士叫丁旿。勒死诸葛长民，击毙善斗的诸葛黎民，都是丁旿。众人畏惧他的强悍，所以才有这句话。

刘裕灭掉诸葛氏后，任命朱龄石为益州刺史，令他与宁朔将军臧熹、河间太守蒯恩、下邳太守刘钟率两万大军讨伐西蜀。当时许多人都说朱龄石威望太浅，难当重任，刘裕却力排众议说："龄石文武全才，此去必能成功。你们要是不信，以后便知！"当下召来朱龄石，和他密谈了几句，又交给他一封锦函，上面写着："到了白帝城再打开"。朱龄石随即出都，逆江西行。各位将领也不知道朱龄石究竟怎么进攻，只是一路跟着他晓行夜宿。到了白帝城，朱龄石才打开锦函，拿出信函，只见上面写着：

众军从外水攻取成都，臧熹从中水攻打广汉，老弱兵士乘高舰从内水前往黄虎，全军速战速决。违令者斩！

原来，从前刘敬宣讨伐谯纵时，取道黄虎，结果无功而返。此次，刘裕令众军取道外水，是吸取上次的教训。又怕谯纵预料到，所以刘裕特意令朱龄石派老弱士兵走内水，作为疑兵，牵制敌人；又令臧熹从中水进军，无非也是分散敌军的兵力。蜀王谯纵果然怀疑晋军仍然取道黄虎，急忙派谯道福驻守涪城，严防内水。那时，朱龄石已自外水趋往平模，距成都城只有两百里。谯纵得到情报后，忙派秦州刺史侯晖、尚书仆射谯诜率一万多名贼众驻守在平模对岸，筑城据守。

当时正值盛夏，赤日炎炎。朱龄石有些踌躇，对刘钟说："现在天气这么热，贼众据险自固，我军不容易攻入。我想先养精蓄锐，再伺机发兵，你认为怎么样？"刘钟回答道："这就错了！我们专门派老弱士兵从内水进军，迷惑敌人，使得谯道福驻守涪城。侯晖等人虽然前来抵抗，但十分惊慌，我军如果趁他们惊疑未定时全力进攻，相信一定能够取胜。平模一被攻克，我军乘胜杀过去，谯纵自然守不住成都。相反，如果我军就此裹足不前，反而会暴露我军的虚实。一旦谯纵调谯道福军赶来援应，我军既不能进，又不能退，师衰食绝，两万人都将成为蜀虏！"朱龄石惊愕道："幸亏你点醒我，我差点误了大事！"随即麾兵齐进，才半天就拿下平模。臧熹也从中水趋入，一路过关斩将，占据广汉。两军会师，直逼成都，势如破竹。

谯纵接连收到兵败的消息，吓得魂飞天外，急忙弃城出逃。他十五岁的女儿哭着劝他说："逃跑也难免一死，只能自取其辱，不如到先人墓前，一死了事。"谯纵不听，拜辞先人墓，掉头就走了。他的女儿竟撞死在墓旁。谯道福听说平模失守，忙从涪城回军救援，途中与谯纵相遇，见到谯纵狼狈的模样，不禁愤恨地说道："你怎么能这么轻易放弃好不容易才建立起来的功业？人生总有一死，有什么好畏怯的？"随即拔剑掷向谯纵，正中马鞍。谯纵慌忙逃避，后来见身边的侍卫都已经离散，只好解带自缢。王志斩下他的首级，献给了朱龄石。

谯道福犒赏军士，打算背水一战，可是军士得了赏银，仍然散去。谯道福孑身远逃，被当地人送到朱龄石军前，斩首示众。入城后，朱龄石只杀了谯纵的亲属，其他人一概不问罪。捷报传到京城，晋廷令朱龄石监管梁、秦州六郡军事，赐封他为丰城县侯爵。

后秦的消亡

荡平四川，刘裕功不可没。晋安帝封他为太傅、扬州牧，刘裕推辞了一番。晋安帝于是另封他的二儿子刘义真为桂阳县公。当时，司马休之的儿子司马文思已入继谯王。司马文思性情暴虐，滥结党徒，刘裕十分厌恶他。不久，又传来司马文思打死京都小官吏的消息，有官员上奏弹劾他。晋廷下诏诛杀司马文思的党羽，却赦免了他的死罪。司马休之在江陵获悉后，立即上奏谢罪。刘裕将司马文思押送到江陵，令司马休之自行处治。司马休之于是上奏表示愿意废了司马文思，并满含讥讽地向刘裕道谢。刘裕很是不悦，便令江州刺史孟怀玉兼督豫州六郡，监督并制约司马休之。

第二年，刘裕赐死了司马休之的二儿子和侄子，让弟弟刘道怜掌管太尉府事，令刘穆之辅助，然后亲自率领荆州刺史讨伐司马休之。

司马休之联合雍州刺史鲁宗之、鲁宗之的儿子竟陵太守鲁轨，共同抵御刘裕。刘裕想招降司马休之的书记官韩延之，但遭到拒绝。刘裕当即令参军檀道济、朱超石率兵驻守襄阳，又檄令江夏太守刘虔之聚粮以待。檀道济等人还没筹集粮草，刘虔之却已被鲁轨击毙。刘裕又令女婿徐逵之率领参军蒯恩、王允之、**沈渊子**等人出江夏口，与鲁轨对垒。鲁轨计歼徐逵之、王允之、沈渊子三人。蒯恩持重不动，全军退还。

收到消息，刘裕勃然大怒，亲自率将士渡江。鲁轨与司马文思率领四万名士兵在岸边列阵以待。江岸高达数丈，各将士都不敢贸然登岸，面面相觑。刘裕怒不可遏，披上甲胄就往岸上跳，将军们一番苦谏，他就是不听。主簿谢晦一把扯住他的胳膊，气得刘裕头筋暴涨，怒目扬须，拔剑指着谢晦说："你要再拦我，我就杀了你！"谢晦从容答道："天下可以没有我谢晦，但不能没有将军呀！"刘裕要登岸，将军胡藩急忙用刀尖凿穿岸土，然后攀上陡峭的河岸。众士兵也奋勇登上岸，杀向敌军，鲁轨的部众稍稍后撤。刘裕麾军登陆，大刀阔斧地冲杀过去，鲁轨与司马文思军立即溃败。一逃一追，直抵江陵城下。司马休之与鲁宗之、韩延之弃城而逃，鲁轨退守石城。刘裕令阆中侯赵伦之、参军沈林子攻打鲁轨，另派内史王镇恶率水军追杀司马休之等人。司马休之听说石城被围攻，忙与鲁宗之赶去支援。哪知途中，却遇到狼狈奔来的鲁轨，说石城已被攻陷，三人于是相偕奔往襄阳。可是，襄阳参军紧闭城门，拒绝迎纳，司马休之无可奈何，只得向西投奔后秦。

当时司马休之的亲戚司马道赐也与将军王猛子，密谋刺杀青、冀二州刺史刘敬宣，以响应司马休之，结果却被刘敬宣府中的部将砍成肉泥。青、冀二州仍然安定如常。

刘裕凯旋班师，晋安帝再次加封他为太傅、扬州牧，并允准他带剑上殿，朝见时不用跪拜。但刘裕仍不肯接受。晋安帝便加封他为平北将军，令他督管南秦的二十二个州郡。不久，又晋封他为中外大都督，封他的长子刘义符为兖州刺史兼豫章公，三儿子刘义隆为北彭城县公，弟弟刘道怜为荆州刺史。

刘裕因为后秦屡次收纳逃犯，决意声讨后秦。后秦国君姚兴即位后，灭前秦、降后凉，在位二十二年，国势颇为强盛。姚兴死后，骨肉相争，关中大乱。刘裕决定趁机西征，晋安帝随即任命他为征西将军，兼任司、豫二州刺史；封他的长子刘义符为中军将军，令他监管太尉府；封刘穆之为左仆射，任命他为监军中军二府军司，令他入居东府，掌管内外朝政，司马徐羡之为副手；令左将军朱龄石守卫宫禁，徐州刺史刘怀慎守卫京师。

起程时，刘裕将大军分为数路：龙骧将军王镇恶、冠军将军檀道济自淮淝进军许洛；新野太守朱超石与宁朔将军胡藩趋往阳城；振武将军沈田子率同建威将军傅弘之趋往武关；建武将军沈林子、彭城内史刘遵考率水军出石门，自汴州趋往黄河。刘裕又任命冀州刺史王仲德为征虏将军，令他督领前锋，从巨野进入黄河。刘穆之对王镇恶说："刘公将伐秦的重任交付你们，你们一定要奋力而行，不要让刘公失望！"王镇恶回答道："不攻克关中，誓不回都！"当下兵马出都，陆续西进，大军浩浩荡荡抵达彭城。

王镇恶、檀道济进入秦境，所向披靡。秦将王苟生将漆邱城献给王镇恶，刺史姚掌将项城献给檀道济。各处守军都望风归附，唯独新蔡太守董遵固守城池，拒不投降。檀道济一举攻入城中，将董遵斩首。大军接着攻克许昌，擒获秦颍川太守姚垣及大将杨业。

沈林子自汴州驶入黄河。襄邑人董神虎赶来投降，引着沈林子攻占仓垣，降服刺史韦华。后来，董神虎因擅自回襄邑，被沈林子杀死。

王仲德率水军渡过黄河，经过滑台。北魏昏庸懦弱的守吏尉建，以为晋军是来攻城的，当即弃城北逃。王仲德随即入城抚慰百姓说："我军已备好七万匹布帛，用来向北魏借道，不料北魏守将却弃城而逃。因此我特意入城向你们解释，请你们不要惊慌，我军待几天就走。"魏主接到军报后，立即令部将叔孙建、公孙表等人自河内前往枋头，率兵渡河。途中遇到奔逃的尉建，叔孙建将他捆回滑台，投尸河中，然后质问城上的晋兵："你们为什么突然侵犯我朝领土？"王仲德派人回答说："刘太尉令我家征虏将军前往洛阳，清扫山陵，我们只是借道而行，并不敢侵掠魏境。没想到北魏守将弃城而去，丢下一座空城，我家将军便借城息兵。我军入城后，秋毫无犯，打算休整几天，立即西去。我军始终坚守晋魏和好的约定，请你们不要误会。"叔孙建无词可驳，忙派人报告北魏主。北魏主又令叔孙建致信刘裕，刘裕婉辞回复说："洛阳是我朝的旧都所在，如今却被西羌占据，陵寝都变成了废墟，并且羌人总是收留我朝的罪犯，所以我朝发兵西征。我朝只想向贵国借道，相信贵国定会坚守和好的约定，绝对不会违约。滑台的军队将立即西去，贵国不要多虑！"北魏主于是让叔孙建按兵不动，等晋军退去，再收复滑台。

晋将军檀道济率兵一连攻下秦阳、荥阳二城，直抵成皋。秦征南将军陈留公姚洸驻军洛阳，急忙向关中求救。秦主姚泓令武卫将军姚益男、越骑校尉阎生率领一万多名士兵去支援洛阳；又令并州牧姚懿屯驻陕津，遥作声援。然而，不等姚益男等人赶来救援，洛阳已经支撑不住，向晋军投降了。檀道济俘获了四千多名秦兵，有人劝他将秦兵全部活埋，檀道济却说："讨伐暴君，招抚百姓，就在今天。我为什么还要多杀呢？"随即释放所有俘虏，秦人大悦，相继依附。

秦将军姚益男、阎生等人听说洛阳已经失陷，不敢进军，退到关中。秦廷惶恐得很，可是，并州牧姚懿到陕津后，听信司马孙畅的计策，反而攻打长安。秦主姚泓急忙令东平公姚绍攻打姚懿，姚懿战败被擒，司马孙畅也被诛杀。不久，征北将军齐公姚恢又自称大都督，借口保护君主，向关西进军。秦主飞召姚绍率军攻打姚恢，姚恢战败而死。姚懿、姚恢都是秦主姚泓的亲族，国难当头，却倒戈相向，姚氏至此还能保全国家吗？虽然叛贼已经除掉，但秦兵已伤亡过半。

晋太尉刘裕令三子彭城公刘义隆据守彭城，兼管徐、兖、青、冀四州军事，然后亲自率水师西进。

王镇恶攻入渑池，趋往潼关；檀道济、沈林子自陕北渡过黄河，进攻蒲阪。此时，秦东平公姚绍已经升任鲁公，官居太宰，他带着武卫将军姚鸾等人，率领五万士兵支援潼关，并派副将姚驴援救蒲阪。沈林子见一时难以攻克蒲阪城，便对檀道济说："蒲阪城坚兵多，恐怕难以攻陷，我们不如先去会合王镇恶，再合力进攻潼关。潼关一得手，蒲阪就唾手可得了。"檀道济依计而行，与王镇恶会师，合攻潼关。姚绍出城迎战，被檀道济等人杀得退守定城。

秦兵屡战屡败，秦主姚泓急得不知所措，忙派人向北魏主求援，并请妹妹西平公主即北魏夫人代为恳请。北魏主拓跋嗣正想发兵，碰巧刘裕逆流而上，向西进军，发来借道的信函。北魏主左右为难，不得不召集众臣商议。朝臣齐声说："潼关号称天险，刘裕用水师攻打潼关，肯定很难得胜，如果他们登岸北犯，却容易得多。况且刘裕虽然声明是讨伐后秦，但谁也无法预料，他明天会不会来攻打我们。我朝又与后秦是姻亲关系，更应相救，还请陛下立即发兵驻守上游，阻止刘裕军西进。"只有崔浩不赞成，朗声说："不行！不行！刘裕早就想攻打后秦，如今姚兴已死，他的儿子姚泓又懦弱无能，国家多灾多难，势已危蹙，刘裕大举入秦，志在必得。我朝如果阻遏了他的去路，刘裕必定记恨我朝，上岸北侵，到那时局势一变，我朝竟代后秦受敌！不如放刘裕军过去，听凭刘裕军西上，然后发兵塞住东路。刘裕如果取胜，必定感谢我朝，决不会与我朝为敌；如果他战败，我朝也有救秦的美名，这才是一举两得的上策。况且南北风俗迥异，就算我朝放弃恒山以南的地方，任由刘裕占据，他也不能驱散吴越士卒，与我朝争夺河北的地方，刘裕军不足为患。"

北魏主十分犹疑，见朝臣大多坚持阻遏刘裕军，夫人拓跋氏也不断恳请，他便令司徒长孙嵩督率山东士兵，与将军娥清、刺史阿薄干屯驻河北岸。只要有晋军的船只由南岸漂到北岸，不管是什么原因，魏军一概杀掠。刘裕大怒，立即派人去北岸痛击魏军，狠狠地给了魏军一个教训。魏主得知，万分后悔。

那时，潼关的驻兵因为没有粮草越来越喧器。王镇恶想率军撤退，沈林子拔剑击案道："如今洛阳已经平定，关右也即将荡平，将军怎么能自挫锐气，前功尽弃？况且将军率领的前锋是全军的耳目，前锋一退，后军必乱，那时就别想取胜！"王镇恶于是派使者赶往后军，请求刘裕接济粮草。刘裕曾经叮嘱王镇恶等人静待洛阳，等大军到了，再齐头并进。哪知王镇恶贪利邀功，竟然不听军令，径直趋往潼关。对此，刘裕已十分不满，再加上当时他正与魏军交战，无暇顾及，于是就令使者回去告诉王镇恶无粮可济。王镇恶只得亲自到弘农劝谕百姓，让他们输送粮草。部队得到百姓输送的粮草后，逐渐安定下来。沈林子又击败河北的秦军，阵斩秦将姚洽、姚墨蠡、唐小方，派人向刘裕报捷说："姚绍气盖关中，如今却一蹶不振，性命垂危，我军不动一兵一卒就能取胜了。姚绍一死，关中就没有几个挑大梁的人了，那时我军攻取长安易如反掌！"果然不到几天，姚绍愤懑成疾，呕血而亡。临死前，姚绍把军事托付给东平公姚赞，姚赞轻率出兵偷袭沈林子，结果被沈林子打得落荒而逃。

不久，沈田子、傅弘之攻入武关，进驻青泥。秦主姚泓亲自率数万大军去攻打沈田子，却禁不起沈田子麾下一千多名骑兵轻轻一扫。秦主姚泓从来没有遇到过劲敌，突然见到这么勇悍的晋军，不由得魂飞魄散，掉头就逃。主子一逃，全军立即溃散，沈田子一阵追杀，削掉一万多颗脑袋。

刘裕到了潼关，正担心沈田子兵少，急忙命令沈林子率领数千精兵赶去支援。到了青泥，秦主已经败退，二沈一同追击而去。关中郡县多望风迎降。捷报陆续传来，刘裕大喜。

将军王镇恶也在刘裕的应允下，率水军进逼长安。秦主姚泓屯兵逍遥园，令姚赞屯驻灞东，胡翼度屯驻石积，姚丕屯驻渭桥。王镇恶逆流直上，所乘坐的战舰都是蒙冲小舰，水手都在舰内。秦军见晋船行驶如飞，却没有一个水手，都吃惊地以为晋军有天神相助。到了渭桥，王镇恶等士兵吃完饭，便传令军中："各将士带上武器立即登岸，落后者立斩!"众将士得令后，火速登岸，战舰都随水漂去，不知所向。王镇恶对众将士说："我们世代居住江南，如今来到离家万里的长安，舟楫、衣粮都已随水漂没，如果这一仗得胜，功名利禄全不在话下；否则就死在他乡，骸骨都不能够回归故里。我愿与你们齐头并进，生死与共!"众人齐声应命，声震如雷。王镇恶身先士卒，冲向敌军，部众也竞相上前，奋击姚丕。姚丕军大败，向西奔逃。

冒冒失失的秦主姚泓率兵前来支援，却遇到败退的姚丕军，两军自相践踏，不战即溃。王镇恶追杀过去，乱杀乱剁，就像割草一样。秦镇西将军姚谌、前军将军姚烈、左卫将军姚宝安等人都死在战场，只有秦主姚泓一人逃回京都。王镇恶追入平朔门，姚泓带着妻儿逃往石桥。姚赞率部众赶去救驾，不料部众都溃散而去，胡翼度也向晋军投降。晋军在石桥将姚泓团团围住，姚泓束手无策，只好送款求降。姚泓十二岁的儿子姚佛念哭着对父亲说："陛下想要向晋军投降，但晋军必定不会就此罢休，陛下终究难免一死，还是请自裁吧!"姚泓不愿。姚佛念当即从宫墙上面一跃而下，脑裂身亡。姚泓率妻儿及群臣来到王镇恶军营前请降，王镇恶将他们一群人监禁起来，等候刘裕处置。

几天后，刘裕率领大军进入长安城，王镇恶赶到灞上迎接刘裕军。刘裕当面慰劳他说："我的霸业得以成就，你立了首功!"王镇恶拜谢说："这全仗您的威灵和各将士的齐心努力，我王镇恶何功之有啊?"刘裕笑着说："你这样谦虚，是要学汉朝的冯异吗?"随即与王镇恶一起入城。后来，王镇恶盗取府库里的钱财，违反军纪，刘裕也置若罔闻。秦镇东将军平原公姚璞与并州刺史尹昭在蒲阪投降，抚军将军东平公姚赞率姚氏子弟，共计一百多人，也向晋军投降。刘裕不肯赦免，将他们一律处斩，并将姚泓押入都城，斩首示众。

刘宋初建

司马休之、鲁宗之、韩延之等人本来投奔后秦。后秦被晋朝灭掉以前，鲁宗之已死，司马休之等人则见机逃到北魏，并在北魏做了官。刘裕灭掉后秦，搜查几天，始终没有发现他们，只好罢休。晋廷已先后派琅琊王司马德文与司空王恢之先后赶赴洛阳修谒五陵。刘裕想上奏请求将都城迁到洛阳，王仲德劝他说："将士们在外作战已久，个个疲惫不堪，归家心切，迁都之事还是缓些进行吧。"刘裕只好暂时打消迁都的念头。晋廷已加封刘裕为相国，令他管理百官，处理朝事，并赐给他十个州郡，封他为宋公，刘裕仍假装推辞。晋安帝于是封他为王，又赐给他十个州郡，刘裕还是上奏推辞。刘裕正想进军西北，忽然京中递来急报，竟是前将军刘穆之得病身亡的消息。刘裕心中不禁悲痛，流下数行泪。

刘穆之是刘裕的心腹。自刘裕西征后，刘穆之内总朝政，外供军需，决策时刚毅果断，大小事情都处理得恰到好处。属吏抱来的奏章堆满了一屋子，刘穆之目览耳听，手批口酬，不用多久就全部处理完了。刘穆之平时喜欢结交名士，常常是宾客满堂，对答时没有一丝倦容。刘穆之只在饮食方面比较奢华，即便是他一个人吃饭，也常常是满桌子的山珍海味。一次，他对刘裕说："我出身贫贱，差点连自己都养不活，要不是遇到您，我哪有今天的荣华富贵。我知道您对我每天的奢侈饭食不满，但除了这点我让你失望以外，其他方面，我一丝一毫也不敢辜负您。"刘裕当然笑着应允，对刘穆之始终信而不疑。每次出师，无论国事还是家事，刘裕全部委托他处理，刘穆之也极尽心力，勉力报效。不久，晋安帝降旨，赐给刘裕九锡礼，刘穆之异常惊异，因为他竟不曾知晓这件事。后来，了解到是刘裕密派行营长史王弘，向安帝婉转恳请九锡礼，刘穆之因自己不曾参与此事而深感愧疚。不久，愧惧成疾，竟然逝世。

刘裕失去一位贤才，自然不放心国内。于是决意东归，随即封二子刘义真为安西将军，令他督管雍、梁、秦州军事，镇守关中。刘义真当时只是一个十三岁的小孩子，刘裕任命咨议将军王修为长史，王镇恶为司马，沈田子、毛德祖、傅弘之为参军从事，令他们辅佐刘义真。三秦父老听说刘裕整装欲返，都跑到他的营房，哭着挽留说："这里的汉民饱受胡人的压迫已一百多年，今天能有幸再次目睹汉仪，大家都十分高兴。长安十陵是汉室的祖墓，咸阳宫阙是汉室的旧宅，公舍弃这里，还能去哪儿啊？"刘裕也黯然泣下，劝慰他们说："我受命于朝廷，不得擅自留在此处，我深感你们的诚意，所以让儿子刘义真及文武贤才留在这里，守护你们。你们就安心在这里生活吧！"众人听了这话才退去。

沈田子嫉妒王镇恶，经常对刘裕说："王镇恶的家人都在关中，很难保证他不会叛变。"刘裕只是好言劝慰沈田子。一天，沈田子又与傅弘之一同劝谏刘裕。刘裕叹道："古人说'猛兽不如群狐'。我留下你们十几位文武将才，令你们统帅一万多名士兵，却没想到你们还怕一个王镇恶？"说完，随即起程。

当时后秦西北，有一座统万城，是夏主赫连勃勃的领地。赫连勃勃原本姓刘，父亲名叫卫辰，曾建立牙代他。后来刘卫辰被北魏杀死，刘勃勃逃到后秦，后秦任命他为安北将军，令他镇守北部。秦魏通好以后，刘勃勃背着后秦自称夏王，将姓氏改为赫连氏，并屡次骚扰后秦边疆。刘裕攻打后秦的消息传来时，赫连勃勃对群臣说："刘裕这次肯定能拿下关中，但不会久留，如果他让儿子及将吏留守关中的话，那么关中必定是我们的囊中之物！"随即秣马厉兵，进据安定，降服岭北郡县。刘裕曾致信赫连勃勃，想和他结为兄弟，赫连勃勃含糊答复。不久，刘裕仓促东归，赫连勃勃立即令儿子赫连璝率两万名士兵向长安进发，令前将军赫连昌出兵潼关，长史王买德率兵攻打青泥，自率大军做后援。

关中守将沈田子与傅弘之督兵出击，听说夏兵声势浩大，二人不敢前进，退守留回堡。沈田子派使者向王镇恶求援，王镇恶对王修说："刘公将十岁幼儿托付给我们，我们应该竭力辅佐。现在大敌当前，我军却拥兵不进，以后怎么退敌呢？"随即令来使回去，然后亲自率部将赶去支援。沈田子得知后，越发憎恨王镇恶，于是假意邀请他商议军事，伺机将他杀害。

傅弘之非常惊惧，跑回去告诉刘义真，刘义真急忙召来王修商议。王修当即在城外设下埋伏，当沈田子带着亲信前来，然后将他们一网打尽。王修斥责沈田子擅自杀害大将，当即将他斩首。而后任命冠军将军毛修之为安西司马，令他与傅弘之一同出城迎战。晋军大胜赫连璝于池阳，随后大破夏兵于寡妇渡，斩杀无数敌将，夏军撤退。

刘裕回到彭城，还没来得及入朝，便听说王镇恶遇害。他当即上奏恳请追封王镇恶为左将军青州刺史；任命彭城内史刘遵考为并州刺史，兼任河东太守，镇守蒲阪；任命荆州刺史刘道怜为徐、兖二州刺史，调任徐州刺史刘义隆为荆州刺史，令到彦之、张邵、王昙首、王华等人为参佐。刘义隆年少，府事都由张邵裁决。刘裕又召来刘义隆，对他说："王昙首器宇深沉，是宰相之才。你记住不管遇到什么事，都要去咨询他。"刘义隆应命而去。

忽然，关中又传来急报，说长安大乱，夏兵四逼，这位雄才大略的刘寄奴顿时惶急起来。原来，刘义真年少好玩，喜欢亲近同龄人，又滥赏无度。王修经常劝谏刘义真，并限制刘义真赏赐他人。没想到，一些小人对刘义真吹耳旁风："王镇恶想谋反，结果被沈田子杀掉，王修又杀掉沈田子，难道他就不想谋反？"久而久之，刘义真便相信了那些谗言，随即让亲信除掉王修。王修一死，夏兵伺机进兵，直逼长安。刘义真又悔又恨，慌忙让人回国求援。刘裕急忙令辅国将军蒯恩率兵速去救援，并召刘义真回国；又任命右司马朱龄石为雍州刺史，令他代为镇守关中。朱龄石临行时，刘裕对他说："你抵达长安后，告诉义真，务必轻装速发，到了关外再慢慢行进。如果关右实在守不住了，你就和义真一起回来。"

朱龄石出发后，刘裕又派中书侍郎朱超石前去抚慰河洛。蒯恩抵达长安，催促刘义真整装东归。刘义真的奇货珍玩非常多，足足收拾了三五天，直到朱龄石赶来，他还没起程。朱龄石一再恳请，他才慢慢悠悠地从长安出发。一路上，他的亲信又不断劫财劫色，行进的速度自然缓慢。途中接连遇险，得到消息的夏兵屡次追杀过来，多亏傅弘之、蒯恩二人奋力断后，刘义真才暂时脱险，然而他仍不肯舍弃辎重。到了青泥，傅弘之、蒯恩力竭被擒。司马毛修之与刘义真失散，正四处寻觅，谁知冤家路窄，竟遇到夏将王买德，毛修之也被擒去。刘义真躲在草垛中，形单影只，极其凄苦。当时，天已昏黑，辨不出路径，刘义自觉凶多吉少。突然听到一阵呼声，声音竟然十分耳熟，刘义真连忙匍匐出来，一看是参军段宏，喜极而泣。段宏将刘义真捆在背上，策马飞奔，逃离青泥。

赫连勃勃进攻长安，长安百姓驱逐朱龄石。朱龄石焚去宫殿，奔往潼关，途中被赫连昌擒住。朱龄石的弟弟朱超石赶往蒲阪，打探兄长的消息，结果也被夏军抓获，送到赫连勃勃军前，后来与兄长一道奔赴黄泉。赫连勃勃听说傅弘之骁勇，让他投降，傅弘之不肯屈服。赫连勃勃便扒掉傅弘之的衣服，把他扔到雪窖中，傅弘之叫骂而死。赫连勃勃随即攻入长安，占据关中。

刘裕得到青泥战败的消息，又不知刘义真的死活，愤恨地想立即出师。侍中谢晦等人一番苦劝，他就是不听。不久，段宏飞奔而回，说刘义真已被救出。刘裕这才打消发兵的念头，只是登城北望，慨然流涕。刘义真回到彭城，晋廷贬黜他为建威将军兼任司州刺史，升任段宏为黄门郎。刘裕将刘遵考召回，令毛德祖前去接替，退守虎牢。随后，听说赫连勃勃称帝，刘裕也不禁雄心思逞，想做个江南天子，以度遗年。于是，相国、宋公的荣封，刘裕受了；九锡殊礼，他也领了；并尊继母萧氏为宋公太妃，封世子刘义符为中军将军。任命太尉军咨祭酒孔靖为宋国尚书令，青州刺史檀祗为领军将军，左长史王弘为仆射，从事中郎傅亮、蔡廓为侍中，谢晦为右卫将军右长史，郑鲜之为参军，殷景仁为秘书郎。其他的僚属都依晋朝制度分封，差不多成了晋宋分邦。孔靖不愿受职，慨然辞去。

接下来，刘裕就为自己的大事做准备了。什么大事？当然是篡位的大事。刘裕密嘱中书侍郎王韶之入都贿通内侍，让他伺机对晋安帝下毒。晋安帝的弟弟琅玡王司马德文，谒陵回京都后，见刘裕权位日隆，怕他会进逼晋安帝，因此随时留心防备。司马德文每天入宫仔细检查，就是晋安帝的饮食，他也总是先尝，然后才让晋安帝用膳。王韶之等人无隙可乘，晋安帝得以苟活几天。也许是晋安帝命数该绝，司马德文竟无故生病，不得不在宫外的府第休养，王韶之伺机指挥内侍勒死晋安帝。

当下，宫中传出晋安帝暴毙的消息，并传出一道遗诏，奉请司马德文继位。司马德文明知有变，无奈宫廷内外都是刘裕的爪牙，只好得过且过，登上帝位。史家称之为晋恭帝。第二年，司马德文改晋安帝元兴年号，称为元熙元年，册立王妃褚氏为皇后，大赦天下，加封百官。晋封刘裕为宋王，又加赐他十个州郡。刘裕这次全部受封，并将幕府迁到寿阳，又令朝臣代他向恭帝申请加赐殊礼。晋恭帝不敢怠慢，立即允准刘裕佩戴帝王礼冠，建天子旌旗，拥有天子规格的仪仗。刘裕当即封王太妃为太后，世子为太子，居然与晋廷无二。

勉强过了一年，刘裕已六十五岁，自思来日无多，急欲篡位。一时又不好开口，只得宴饮群臣，向他们暗示自己的心思。酒至半酣，刘裕捋着胡须，慢慢说："桓玄谋权篡国，我倡义复兴，平定四海，功成业著，这才敢接受九锡礼。但是，现在我已老迈，这备极尊荣的地位让我觉得很不安，我想奉还爵位，归老京师，你们觉得怎么样？"群臣听了，摸不着头脑，只得随口敷衍，把功德巍巍、福寿绵绵之类的话说了一大堆，刘裕不但没有一丝喜悦，反而流露出一种惆怅的情绪。群臣始终不解，挨到日暮撤席，才各自散去。

中书令傅亮到了门外，才恍然大悟道："我懂了！"随即又转身进去，谒见刘裕说："臣应该暂时回京。"刘裕不禁点头，面露喜色。傅亮知道自己已猜中刘裕的心意，当即告辞出门。抬头一看，竟发现天空中出现一颗长星，光芒烛天，傅亮拍着大腿长叹道："我以前不信天文，现在才知道天象真会应验啊!"第二天,他就急匆匆地赶回京都。

刘裕遣走傅亮后,就安心等着好消息。过了几日,果然有圣旨召他回京。刘裕令四子刘义康镇守寿阳,任命参军刘湛为长史,裁决府事,然后带着亲军即日起程。刘裕刚到京师,傅亮已纠集满朝文武逼迫晋恭帝禅位,并将早已拟好的诏书呈给晋恭帝。晋恭帝看完后,对身边的亲信说:"桓玄跋扈,我晋朝已经失去天下,全靠刘公仗义兴师,我朝才得以延续到现在。我早知会有今天,就是禅位也甘心!"随即提笔写下令刘裕受禅的诏书,并于第二天昭告天下。光禄大夫谢澹、尚书刘宣范当即将御玺捧送给宋王刘裕。

刘裕又上奏推辞,装出一副谦恭的模样。那时,晋恭帝已被逼出宫,退居琅玡王旧宅。百官送旧迎新,扬扬得意,唯独秘书监徐广面带哀愁。刘裕三揖三让,装腔作势了一番,然后才在南郊登坛,祭告天地。回宫后,刘裕驾御太极殿,接受百官的朝贺,大赦天下,改晋元熙二年为宋永初元年。册封晋恭帝为零陵王,令他迁居秣陵城,并让将军刘遵考率兵监管。

北魏崛起

宋主刘裕开国定规,追尊父亲刘翘为孝穆皇帝,母亲赵氏为孝穆皇后,奉继母萧氏为皇太后,追封弟弟刘道怜为长沙王,亡弟刘道规为临川王。刘道规没有子嗣,刘裕将刘道怜的二子刘义庆过继给刘道规。同时,追册亡妃臧氏为皇后,谥号敬;立长子刘义符为皇太子,封二子刘义真为陵王,三子刘义隆为宜都王,四子刘义康为彭城王;加封尚书仆射徐羡之为镇军将军,右卫将军谢晦为中领军,领军将军檀道济为护军将军。那些迎奉新主的晋氏旧吏基本上都得到封赏,只有始兴、庐陵、始安、长沙、康乐五公被贬黜为县侯,令他们仍供奉晋朝旧臣王导、谢安、温峤、陶侃、谢玄的宗祀。晋临川王司马宝也被降为西丰县侯。刘裕还晋封雍州刺史赵伦之为安北将军,徐州刺史刘怀慎为平北将军,征西大将军杨盛为车骑大将军,西凉公李歆为征西大将军,西秦主乞伏炽磐为安西大将军,高句丽王高琏为征东大将军,晋升百济王扶余映为镇东大将军。抚慰新旧官吏以后,刘裕又减免租税,放宽刑罚,安抚百姓。宋朝初定。

西凉公李歆,相传是汉朝将军李广的后裔。父亲叫李暠,曾在北凉担任敦煌太守。后来,李暠自称西凉公,与北凉脱离,攻取沙州、秦州、凉州等地，在酒泉建立都城。李歆嗣位后，曾派使者到江东向晋廷朝贡。当时，晋朝还没有灭亡，封他为酒泉公。刘裕受禅后，加封李歆为大将军。再后来，李歆被北凉主沮渠蒙逊击毙，李歆的弟弟敦煌太守李恂也以身殉国。李恂的儿子李重耳逃往江左，因路途遥远，便投入北魏，传到第五世，有子孙叫李渊，就是后来的唐高祖。

宋主刘裕听说西凉被灭，却无暇讨伐北凉，想到自己已经老迈，而儿子们还小，便决定暂时停止远征，先巩固国内。那时，晋朝虽已灭亡，但仍留有一个零陵王。刘裕左思右想，决定再下辣手，斩草除根，于是令琅玡郎中令张伟带着毒酒去毒死零陵王。张伟叹息道："毒死君主以求自保，只能遗臭万年，不如由我来喝下这杯酒！"随即一口喝干毒酒，倒地而亡。宋主得知后，叹息一番，过了几个月，又派人去送毒酒。零陵王看到毒酒，摇头说："佛家说，人如果自杀，就不能转世为人了。"士兵见他不肯喝，索性用被子将他捂死，然后回去报告。宋王得到消息，很是欣慰，却装出一副哀悼的模样，率百官在朝堂哀思。并派太尉持节护丧，一切丧葬仪式全部依照晋朝礼制，并赐谥号恭。

除掉晋恭帝，刘裕觉得没有后患了，于是重用徐羡之、傅亮、谢晦三人，一心想要好好治理国家。无奈岁月不饶人，刘裕的精力逐渐衰退，饭量也逐渐减少，疾病却越来越多了。永初三年春季，刘裕卧床不起。长沙王刘道怜、司空录尚书事徐羡之、尚书仆射傅亮、领军将军谢晦、护军檀道济入宫探望，见他经常呓语，便请他前往神祇祈祷。刘裕不允，只是令侍中谢方明去太庙祷告，又令医官入宫诊治，静心调养。没过多久，病情逐渐好转。身体一痊愈，刘裕便令檀道济镇守广陵，督管淮南各军。

太子刘义符向来喜欢和下人嬉戏亲昵，刘裕得病后，他更是如此。谢晦颇为忧虑，刘裕病稍好些，他便对刘裕说："陛下年事已高，应为万世江山着想，好不容易取得的社稷，应该交给稳妥的人。"宋主一听，慢慢说道："庐陵王义真怎么样？"谢晦回答："待臣先去看看庐陵王。"庐陵王刘义真喜好修饰，这次当然是盛装出来与谢晦交谈。聊了好一会儿，谢晦回来对宋主说："庐陵王才华有余，但德量不足，臣觉得他没有人君的气度。"宋主于是令刘义真镇守历阳，督管雍、豫等州军事，兼任南豫州刺史。

不久，宋主刘裕再次病倒，病势比上次更严重。有时蒙眬睡着，竟看见无数冤魂前来索命，甚至晋安帝、晋恭帝二人也时常前来。刘裕常常被噩梦惊醒，吓得汗流浃背，暗想，连鬼魂都经常在我面前出现，看来这次是在劫难逃了。于是，他将太子刘义符召到面前，说："檀道济虽有武略，却没有远大的志向；徐羡之、傅亮追随朕已久，他们二人应该没有异图；谢晦屡次随我征战，颇懂得应变，将来他们中间如果有人叛变，这人一定是谢晦。你嗣位后，立即把他调到会稽、江州等郡，这样才能免除忧患。"随后，刘裕又亲自写下遗诏，说幼主嗣位，朝事全部委托宰相处理，皇后不得监朝。弥留之际，刘裕又召来徐羡之、傅亮、谢晦等人，让他们尽心辅佐嗣君，说完就去世了。刘裕在位只有两年多，享年六十七岁。永春三年七月，刘裕安葬在蒋山初宁陵，谥号武皇帝，庙号高祖。

太子刘义符即位后，尊皇太后萧氏为太皇太后，生母张夫人为皇太后，册立皇妃司马氏即晋恭帝的女儿海盐公主为皇后。任命尚书仆射傅亮为中书监、尚书令，令他与司空徐羡之、领军将军谢晦同心辅政。不久，长沙王刘道怜病逝，新帝刘义符追封他为太傅。太皇太后萧氏已经八十多岁，因儿子去世，过于伤心，没过多久，也与世长辞，新帝追赐谥号孝懿。宋廷接连遇到大丧，忙碌不已。新帝刘义符才十七岁，童心未泯，只知道嬉戏玩耍，一切居丧礼仪，全由辅佐他的大臣操办。特进致仕范泰上奏规劝，刘义符丝毫听不进去。连徐羡之、傅亮、谢晦等人的劝导，他也左耳朵进右耳朵出。内臣正惶急国君不堪辅佐，不料北方强寇又乘隙而来。河南各州郡遍遭兵革，累得宋廷调兵遣将，又惹起一场战事。这就是宋、魏交兵的开始。

魏太祖拓跋珪是鲜卑族人，世代居住北荒，晋朝初年开始向晋廷朝贡。晋怀帝时，拓跋犄虚与并州刺史刘琨结为兄弟。在刘琨的恳请下，晋朝廷封拓跋犄虚为大单于，封赐代郡，号为代公。后来，晋廷又晋封他为王。传到第六世拓跋什翼犍时，拓跋氏的民众壮大到十多万，定都盛乐，威震云中。匈奴酋长刘卫辰被拓跋什翼犍逼得投奔后秦，秦主苻坚大举讨伐代郡，令刘卫辰做向导。拓跋什翼犍大败，退回盛乐，被儿子拓跋寔君杀死，部落分散。秦主又诛杀拓跋寔君，将代郡一分为二，令刘卫辰统辖西部，拓跋什翼犍的外甥刘库仁统辖东部。拓跋什翼犍有个孙子叫拓跋珪，由刘库仁精心抚养。随着年龄的增长，拓跋珪越发智勇，遭到刘库仁的儿子刘显的嫉妒。拓跋珪随即投靠贺兰部的舅舅。当时，后秦已经衰灭，代郡也十分混乱。北方的大小部落都推举拓跋珪为主子，请他即代王位。拓跋珪即位后，将盛乐作为都城，赶走刘显，改国号为魏，纪元天赐。史家称为后魏，也称北魏。

刘卫辰攻打拓跋珪，战败而死。刘卫辰的儿子刘勃勃逃奔后秦，后来建立夏国，并且改姓氏为赫连。拓跋珪接着破柔然、掠高车，蹂躏后燕，将都城迁到平城，立宗庙社稷，然后称帝。拓跋珪起初十分宠爱刘库仁的侄女，并生有一个儿子，取名拓跋嗣。等到后燕灭亡，燕主慕容宝的小女儿被收进北魏宫廷，拓跋珪见她姿色过人，立即册立她为皇后。后来，又见到了更为美艳的姨妈贺氏，拓跋珪竟杀掉她的丈夫，硬把她夺来做妃子，并生有一个儿子，取名为拓跋绍。拓跋珪晚年服食丹药，性情变得异常暴躁，常常杀掉惹怒自己的人。贺夫人偶然忤逆他，他竟也拔刀相向，吓得贺氏躲在冷宫，向儿子求救。贺氏的儿子清河王拓跋绍趁夜入宫，杀掉父亲。齐王拓跋嗣得知变故，立即入都杀死了拓跋绍与贺氏，登上帝位，尊父亲拓跋珪为太祖道武皇帝。即位后，拓跋嗣勤问国事，劝课农桑，任用崔浩等人，兴利除弊，国家渐渐富强起来。

自从和刘裕军鏖战一场，失利而回，滑台始终没能收复，北魏将此事引为国耻。只因刘宋开基，气焰强盛，北魏只好虚与周旋，请和修好，每年互通使者。宋主刘裕去世的消息传到北魏，宋朝使者沈范正要回国，刚要渡河，魏兵突然追来，将他带走。原来，魏主拓跋嗣想趁宋国办丧期间大肆南侵，报复旧怨。于是捉回刘宋使者，调兵遣将，进攻滑台以及洛阳、虎牢。崔浩对此十分反对，认为这样做很不道义，并说应该派人去吊丧，抚慰幼主，以义服人。拓跋嗣反驳道："刘裕趁姚兴去世，迅速灭了姚氏。现在我趁刘裕去世讨伐宋朝，为什么不行？"崔浩说："姚兴一死，骨肉相争，刘裕看准后秦国内动乱，才大举兴兵，因而取得成功。但眼下江南安定，我们哪有兴兵的机会？"拓跋嗣仍然不听，任命司空奚斤为大将军，令他督率将军周几、公孙表等人渡河南行。

晋宗室司马楚之召集一万多士兵屯驻长社，要为故国复仇。宋主刘裕曾派刺客沐谦去刺杀司马楚之，沐谦不忍下手，并因受到司马楚之的殷勤厚待，做了司马楚之的卫士。司马楚之一直苦于没有机会复仇，一听说魏兵渡河讨伐刘裕，立即向北魏投降，愿做前驱。北魏主封司马楚之为征南将军，任命他为荆州刺史，令他侵扰刘宋北境。并令奚斤等人攻打滑台，与司马楚之遥为掎角，夹攻河洛。

屯驻虎牢的宋司州刺史毛德祖立即派司马翟广去支援滑台，又檄令长社令王法政率五百名士兵驻守召陵，将军刘怜率两百名士兵驻守雍丘，以防御司马楚之。司马楚之率兵偷袭刘怜，未能得手，奚斤围攻滑台，也以失败告终，只有北魏尚书滑稽率兵成功偷袭仓垣。宋陈留太守严稜抵挡不住魏军，向奚斤投降。奚斤屯兵城下，仍无法攻下滑台城，便派人回平城求援。北魏主拓跋嗣亲自率领五万大军，越过恒岭，声援奚斤。令太子拓跋焘屯兵塞上，并斥责奚斤，促令他猛攻。

奚斤畏罪思奋，冒着箭林石雨，亲自督众登城，攻陷滑台。滑台守吏王景度力竭而逃，司马阳瓒战死。奚斤乘胜奔袭虎牢，赶走翟广，直抵虎牢城东。毛德祖边守边战，屡次大破魏军。魏军虽多被杀伤，但人多势众，始终不肯退去。

两边相持不下，北魏主又派黑稍将军于栗磾出兵河阳，进攻金墉。于栗磾是北魏有名的骁将，擅长用黑稍①，所以被封为黑稍将军。毛德祖忙令振威将军窦晃戍守河滨，堵截于栗磾。拓跋嗣随即令将军叔孙建进犯青、兖二州，从平原越过黄河。宋豫州刺史刘粹忙派属将高道瑾据守项城。徐州刺史王仲德亲自督兵驻守湖陆，与魏兵相持。北魏中领军娥清、期思侯、闾大肥又率兵赶来与叔孙建会师，联合进军碻磝。宋兖州刺史徐琰望风而逃。泰山、高平、金乡等郡相继被魏兵攻陷。叔孙建东入青州，镇守东阳城的青州刺史竺夔忙向建康求救。宋廷令南兖州刺史檀道济统帅全军，与冀州刺史王仲德一同出师东援。庐陵王刘义真也派龙骧将军沈叔狸，带三千名士兵去支援刘粹。

好不容易过了残冬，宋主刘义符改元景平，随即晋官封爵，南郊祭祀，颁诏大赦。京都里面，一派国泰民安景象，哪知河南的警信却日紧一日。北魏将军于栗磾渡黄河南下，与奚斤联合攻打宋军，振威将军窦晃等人都被杀败。于栗磾又进攻金墉城，河南太守王涓之弃城而逃，金墉沦陷，河洛失守。北魏主随即任命于栗磾为豫州刺史，令他镇守洛阳，虎牢因而更加吃紧。奚斤、公孙表两军合力攻扑虎牢，魏主又拨兵相助。毛德祖昼夜不懈，竭力抵御，并在城脚边凿通六个通往城外的地道，招募了四百名死士偷袭魏军。这群死士出了地道，恰好在魏营后面，一声呐喊，突然杀入魏兵军营。魏兵还以为他们是天外飞来，异常惊骇，一时反应不过来，被死士一阵扫荡，击毙数百名士兵。毛德祖趁势开城，出兵大战，又击毙数百名魏兵，然后召集死士一同回城。

过了几天，魏兵又将虎牢团团围住，展开更加急迫的攻势。毛德祖特别用了一出反间计，致信公孙表，表示愿意结约交好。公孙表收到信后，交给奚斤，表明自己没有二心。没想到，奚斤却对他起疑。毛德祖

---

① 黑稍：黑色长槊，一种马上用的长矛。

又发出第二封信，信函上的收信人是公孙表，信件却故意投入奚斤的营寨。奚斤展开一看，发现里面的内容竟比上封信更为亲密，便立即派人将这封信送给北魏主。北魏太史令王亮向来与公孙表不和，忙不失时机地对北魏主说："公孙表有二心，陛下不可不防。"北魏主当即派人趁夜潜入公孙表的营帐，将他勒死。公孙表足智多谋，既然他已死，虎牢城外就少了一个敌手。毛德祖当然高兴，随后一攻一守，又坚持了好几个月。

北魏主拓跋嗣亲自赶到东郡，令叔孙建急攻东阳城，又任命刁雍为青州刺史，令他协助叔孙建攻城。刁雍与前豫州刺史刁逵同族，刁逵被杀，全族被诛。唯独刁雍脱逃，奔到后秦，后秦灭亡后又逃到北魏，北魏主任命他为将军。这时，调他去助叔孙建一臂之力，分明是借刀杀人。东阳守吏竺夔、济南太守桓苗调集东阳全城兵民共同抵御，与北魏军相持不下。时间一久，北魏军疲惫不堪，接着又传来檀道济的援军即将到来的消息，刁雍与叔孙建只得毁掉营垒，向西逃去。

檀道济到了临朐，因为粮草不够用，只好放弃追击敌军。竺夔因东阳城几乎已成废墟，一时之间无法修筑加固，于是移屯不其城，青州得以保全。

魏主因东路军丝毫没有进展，索性西趋河内，将全部兵力集中到虎牢城，亲自督军攻打。真是杀气弥空，战云蔽日。

虎牢被围困了两百多天，这两百天里没有一天停战过，刘宋劲兵几乎伤亡殆尽，怎么禁得起北魏大军的狠命进击？毛祖德拼死抵御，仍固守了二十多天。守城的士卒一个个眼睛生疮，面如枯柴，却仍然昼夜奋战，毫无二心。当时，檀道济出军湖陆，刘粹驻扎项城，沈叔狸屯驻高桥，但他们都畏惧魏兵的强盛，竟没有一人敢出兵援救。眼看着虎牢失陷，守将想护卫毛德祖出逃，毛德祖却大呼："城亡我亡，城存我存！"仍率众继续抵抗，挺身死斗。

魏主传令军中，一定要生擒毛德祖。最终虎牢沦陷，司、兖、豫诸郡县都为北魏所有。北魏主劝毛德祖投降，毛德祖不肯屈节，最后因伤势过重而亡。

迎立新主

宋廷接连收到兵败的消息，大为惊慌，徐羡之、傅亮、谢晦三相纷纷上疏自责。宋主刘义符只知道游玩嬉戏，还管什么贬黜、升迁事宜，只说了毋庸议处，就算了事。当时，内外朝臣担心魏兵会继续进逼淮泗，随后听说魏主北归，才稍稍放心。不久，留守河南的北魏将军周几又攻陷许昌、汝阳。宋豫州刺史刘粹屯兵项城，唯恐魏兵深入，日夜戒严。北魏主拓跋嗣回到平城，没多久就病逝了。太子拓跋焘即位，尊父亲拓跋嗣为太宗明元皇帝，改元始光，仍旧重用崔浩。崔浩劝拓跋焘休兵息民，魏将周几于是停止攻城，战争的硝烟渐渐散去。宋军早已疲于奔命，再加上刚刚战败，元气大损，巴不得相安无事，暂停兵戈。

第二年为景平二年，宋主刘义符依旧整天游玩，对朝事漠不关心。庐陵王刘义真更加觊觎皇位。刘义真与太子左卫率谢灵运、员外常侍颜延之以及慧琳道人走得很近。他曾傲然地说："我如果得志，一定任命灵运、延之为宰相，慧琳为西豫州都督。"这话传入京都，徐羡之等人心中十分担心，随即调任谢灵运为永嘉太守，颜延之为始安太守。刘义真听说二人被调离京都，料知执政的人与自己作对，十分不悦，怀恨在心。不久，向京都索要俸禄，俸禄竟被缩减，刘义真因此恨上生恨，上奏要求回京。徐羡之等人正密谋废黜刘义符，又看到刘义真出言不逊的奏章，更激得一腔怒意，决意先除掉刘义真，再废掉嗣主刘义符。于是徐羡之、傅亮、谢晦三相联合，贬刘义真为平民，随后派人将他勒死。

南兖州刺史檀道济、江州刺史王弘突然接到诏书，朝廷要求他们立即回京。二人刚回京，徐羡之便将他们召入密室，谋划废立事宜，二人一致赞成。谢晦觉得府舍狭小，便将家人全部安顿在外面，腾出地方调来将士入府，决定黎明时分起事。约好中书舍人邢安泰、潘盛做内应后，谢晦便邀檀道济过府同宿。没想到，檀道济一躺下，便发出熟睡的鼾声，傍徨顾虑的谢晦看着渐渐发白的天空，不由得佩服檀道济。

景平二年六月，天气炎热，宋主刘义符在华林园避暑。傍晚，刘义符与亲信乘坐龙舟同游天渊池，觉得困倦，便留宿舟中。第二天天刚亮，檀道济从谢晦府中出来，率兵攻入云龙门，徐羡之、傅亮、谢晦紧随其后。门内的侍卫已由邢安泰等人预先安排妥当，此刻都是袖手旁观，任凭檀道济等人闯进华林园。宋主刘义符仍在舟中做着美梦，一阵喧噪声猛然传入船中，他这才从梦中惊醒，忙披衣而起，却见来兵早已闯进龙舟舱内。还没来得及开口，刘义符就被士兵推上小船，你推我揉地逼到东阁。徐羡之随即收去御玺，召集百官，宣读皇太后谕旨，将宋主刘义符废为营阳王，皇后司马氏废为营阳王妃；奉迎宜都王刘义隆入承大统。宣读完毕，百官拜辞刘义符。刘义符当即被送到太子宫，收拾行装，准备迁往吴郡。徐羡之一面令檀道济入守朝堂，一面令傅亮率领百官去江陵迎奉宜都王。

祠部尚书蔡廓随同傅亮赶到寻阳，因病不得不与傅亮告别。临别时，蔡廓对傅亮说："营阳王迁往吴郡，要好好奉养他，他如果有什么不测，恐怕大臣都会背上杀主的恶名，将来我们还有什么面目活在人世？"傅亮出都前已经与徐羡之议定，让邢安泰一到吴郡就杀掉营阳王。这时听蔡廓这么一说，觉得十分有理，忙派人前去阻止邢安泰，然而刘义符的死讯已经传来。傅亮十分羞愧和懊悔，但人死不能复生，也只能付诸一叹。

傅亮赶到江陵，奉请宜都王刘义隆入京都。刘义隆身边的亲信听说庐陵、营阳二王相继遇害，劝刘义隆不要东下。司马王华却说："先帝为天下立功，四海畏服，虽然嗣主没有先帝的雄才，但人心仍然未改。徐羡之、傅亮二人出身卑微，威望不足，并不是晋宣帝司马昭、王敦大将军一样的人物；并且他们深受先帝的重托，绝对不敢违背纲常伦理。只不过因为庐陵王刘义真过于刚断严正，怕将来无法相容，才决意奉迎王爷，并借此邀功。况且，徐羡之等人的官阶一样，功劳相同，就算是图谋不轨，彼此也不肯相让，很难取得成功。再说废主如果还活在世上，始终是个祸患，所以他们才下此毒手。他们应该不会再有什么逆谋，陛下大可放心入都。臣大胆先向殿下贺喜！"刘义隆微笑着说："你是想成为劝汉文帝治国的宋昌吧？"长史王昙首、校尉到彦之也劝刘义隆东行。刘义隆随即令王华镇守荆州，到彦之镇守襄阳，随后前往京都。

临行前，刘义隆召见傅亮。问到营阳、庐陵二王的事情时，刘义隆悲痛呜咽，他身边的部将也跟着流泪。傅亮惊得直冒冷汗，几乎无言以对。伤心过后，刘义隆立即带着傅亮等人上船。中兵参军朱容之手执佩刀在刘义隆身边护卫，寸步不离，就是晚上就寝也衣不解带。

船只驶到京师，群臣在新亭迎驾。徐羡之偷偷问傅亮："当今的圣上怎么样？"傅亮回答说："在晋文帝和晋景帝之上。"徐羡之感叹道："如果当今的圣上真有这么英明，一定能明鉴我们的一片赤心。"没想到，傅亮却慢慢回答说："恐怕未必。"徐羡之也无暇细问，引着刘义隆入城。刘义隆顺道拜谒宋武帝陵，然后乘车入宫。百官奉上御玺，刘义隆谦让再三才接受。登上皇位，宋主刘义隆改景平二年为元嘉元年，追尊生母胡婕妤为太后，谥号章，恢复庐陵王刘义真的爵位。加封彭城王刘义康为骠骑将军，加封南豫州刺史刘义恭为江夏王。册封六皇弟刘义宣为竟陵王，七皇弟刘义季为衡阳王。晋升司空徐羡之为司徒，卫将军王弘为司空，中书监傅亮为左光禄大夫，南兖州刺史檀道济为征北将军。

徐羡之本来兼任录尚书事，他怕刘义隆入都后将荆州重地委任他人，所以抢先一步擅用职权，任命谢晦为荆州刺史，好让谢晦做个外援，并令所有的精兵旧将都听从谢晦的调遣。还没来得及起程，新皇已经到了，谢晦只得跟着同僚一起朝贺新主。没想到又被加封为抚军将军，谢晦当然非常欢喜，临行时他暗问蔡廓："你看我能不能躲过此劫？"蔡廓说："你受先帝遗命辅佐君主，为江山社稷着想，废黜昏帝，拥立明帝，道义上是没错。但杀掉了新主的两个兄长，而且仍然手握重权，援古推今，希望你多加小心！"谢晦听了这话，唯恐还没离开京城就遇害，忙率军出城。回头望着那渐行渐远的石头城，谢晦心中感叹道："总算是逃过此劫了！"

谢晦一去，宋主刘义隆立即将王华召回京都，任命他为侍中，兼任骁骑将军；王昙首为侍中，兼任右卫将军；朱容之为右军将军。不久，宋主又召到彦之回京都，封他为中领军，委以重任。到彦之自襄阳回京都，经过江陵时，顺道拜访刚刚上任的荆州刺史谢晦。为表示诚意，他还将自己的坐骑和宝刀赠给谢晦。谢晦也十分殷勤地为他饯别，心想朝内有个援应，从此可以高枕无忧。宋主刘义隆虽然只有十八岁，但器宇深沉，与两个兄长截然不同。刘义隆虽然忌恨徐羡之、傅亮、谢晦三人，表面上却不露声色，遇到军国重事，仍然咨询他们三人。册立皇后袁氏时，刘义隆又将所有事宜都委托徐、傅二人酌定，徐、傅二人都被他笼络，一致颂称主上宽仁，丝毫没有对他起疑心。

元嘉二年，徐羡之、傅亮上奏请求归政，宋主刘义隆没有答应。徐、傅二人再三奏请，刘义隆才准奏。宋主刘义隆亲自处理朝政后，才将平时累积的愤懑慢慢发泄出来。不久，他便下决心除去徐、傅二人以及荆州刺史谢晦。

谢晦有两个女儿，一个许配给彭城王刘义康，一个许配给新野侯刘义宾。当时，谢晦的妻子曹氏在大儿子谢世休的陪伴下，送女儿入京完婚。刘义隆随即任命谢世休为秘书郎，让他留在京都。然后托词讨伐北魏，筹备水陆军，并令南兖州刺史檀道济回京，统领各军。王华得到消息，急忙入宫问道："陛下召檀道济入京，难道真是要讨伐北魏？"宋主让左右退下，对王华说："你难道还不知道朕的意思？"王华忙说："臣也知道陛下的用意，但檀道济与他们三人是一伙的，陛下怎么能召用他？"刘义隆微笑着说："实际上檀道济只是帮凶，不是元凶。况且营阳王遇害一事，更是与他无关。如果朕先招抚他，推诚相待，他必定会为朕效力，相信他绝对不会有二心！"不久，宋主刘义隆又封王昙首的兄长王弘为车骑大将军。

徐羡之、傅亮二人虽在朝堂辅政，却还不知宋主刘义隆真正的用意。他们不赞成北伐，因而联合百官上奏劝谏。宋主刘义隆将奏章搁置，弄得徐、傅二人莫名其妙。随后，宫中传出消息，说是宋主派外监万幼宗去征徇谢晦的意见，然后再决定是否北伐。傅亮连忙暗中致信谢晦，告诉他朝廷里的事情，并说如果万幼宗到了江陵，让他千万不要附和。谢晦自然答应。

转眼间，已是元嘉三年，宋主还没有发作，而他与王华的密谋已稍稍泄露。谢晦的弟弟黄门侍郎谢嚼急忙派人去江陵告知兄长。谢晦不信，召来参军何承天，给他看傅亮的信件，并说："万幼宗想必就要来了，傅公怕我坏事，所以预先送信通报我。"何承天说："外面都在说陛下决定北征。既然朝廷即将出师，陛下还让万幼宗过来做什么？"谢晦又说："谣传不足为信，傅公怎么可能骗我？"随即令何承天拟写奏章，劝宋主来年再征讨胡虏。

忽然，江夏参军乐冏奉内史程道惠之命，前来投送密函。谢晦急忙展开一看，竟是寻阳人给程道惠的信，信上说朝廷不久将会有大动作。谢晦这才有些不安，忙召来何承天商议，又给他看程道惠的来信，并说："这么久了，万幼宗还没来，难道朝廷真有变动？"何承天说："万幼宗来这里，本就没有道理，现在再看这封信，事已确凿，刺史就不要再疑惑了！"谢晦急了，说："如果朝廷真要对我不利，那该怎么办？"何承天感慨地说："承蒙将军厚爱，我一直想要报答将军，如今事已至此，只怕一言难尽！"谢晦不禁失色道："难道你要我自裁？"何承天说："还不至于自裁，只是江陵一镇的兵力不足以抵挡六军，如果将军出逃以求自保，是最好不过的了；不然就派心腹将士屯驻义阳，将军亲自率大军在夏口迎战，万一战败，就立即从义阳出逃，这也不失为一条好退路。"谢晦踌躇好久，才说："荆州是用武之地，粮饷容易供给，我们还是先决战，战败再逃，应该不会迟吧。"

当下，全城戒严，谢晦与谘议参军颜邵商议起兵事宜。颜邵劝谢晦忠心事主，谢晦诘责了他几句，颜邵退出去后竟然服药自杀。谢晦又对司马庾登之说："我打算举兵东下，想让你率三千人守城。"庾登之忙说："下官的家人都在京都，而且下官从来没有带过兵打过仗，还请您另请他人！"谢晦更觉得怅闷不已，传问属下部将，有谁愿意守城。突然有人闪出来说："末将不才，愿担当此重任！"谢晦一眼瞧过去，原来是南蛮司马周超，便又问道："给你三千人，够用吗？"周超回答说："三千人已足够守城，就算是外寇来了，我也会与他们拼死作战，奋勇图功！"庾登之忙说："周超一定行，事成之后下官愿将官职让给他。"谢晦于是封周超为行军司马，又任命他为南义阳太守，将司马庾登之贬黜为长史。

才筹备了两天，忽然有人慌张地跑进来说："不好了，司徒徐羡之、左光禄大夫傅亮已身死家灭了！"谢晦不禁跳起来说："真的？"话还没说完，又有人闯进来说："不好了！不好了！黄门侍郎二相公、秘书郎大公子都惨死都中了！"谢晦"哎呦"一声，晕倒在座椅上。

檀道济平逆

谢晦听说弟弟、儿子已被斩首，一阵心痛，晕倒在座椅上。左右急忙施救，灌入姜汤，他才缓过来，接着就放声痛哭。平静下来之后，谢晦先令江陵将士哀悼徐羡之、傅亮，然后发放亲人的讣告，办理丧事。不久，朝廷声讨的谕旨又传到江陵。谢晦一把撕碎谕旨，扔到地上，当即调集三万精兵，准备东下。出发前，谢晦亲自写了一本奏章，先是表明自己天地可鉴的赤胆忠心，然后惋惜徐羡之、傅亮两名遇害的忠臣，最后劝宋主不要亲近像王弘兄弟以及王华这样擅弄权术的佞臣，不要误国误民。

宋主刘义隆看到奏章，怒不可遏，当即下诏戒严，传令讨伐谢晦。那时檀道济早已入都，宋主亲切慰问他，并与他商讨讨逆事宜。不等宋主开口，檀道济便请求亲自率领大军征讨谢晦，并说："臣曾同谢晦一起北征，那些入关的计策，十之八九都是谢晦想出来的。谢晦确实雄才大略，当今世上没有几个人是他的对手。但他从不曾孤军决胜，打仗始终不是他所擅长的。臣佩服谢晦的才智，谢晦也深知臣的骁勇。这次臣奉命讨伐他，以顺诛逆，一定能为陛下擒获他！"宋主刘义隆大喜，当即召入江州刺史王弘，授任他为侍中司徒，兼任扬州刺史；又令彭城王义康督管荆、襄等八州军事，兼任荆州长史，留守京都。部署妥当之后，宋主刘义隆率六军亲征，到彦之为前锋，檀道济为统帅。大军陆续出都，逆流西进。

之前，袁皇后产下一个男婴，相貌十分凶恶。皇后令人禀报宋主刘义隆说："这个孩子相貌异常，将来必定破国亡家。臣妾愿杀了他，以绝后患！"宋主得知后，异常惊异，连忙赶到皇后的寝殿中，阻止皇后。于是这个小孩就被留了下来，名叫刘劭。

因为要出征，小皇子还没有满月，宋主刘义隆特意令皇姐会稽长公主入宫，总摄六宫诸事。会稽长公主是宋武帝皇后臧氏的女儿，下嫁给振威将军徐逵之。徐逵之战死江夏，会稽长公主寡居守节，经常出入宫中，所以宋主让她暂时管理后宫。后宫也安排妥当，宋主随即率大军出都，放胆西行。

谢晦令弟弟谢遁率一万多名士兵，与兄长的儿子谢世猷、司马周超、参军何承天等人留驻江陵，然后带着司马庾登之，率领三万名士兵从江津直达破冢。只见舳舻相接，旌旗蔽空，谢晦长叹道："我恨不能用这支大军为国君效力！"大军顺流而行到达江口，进据巴陵。前哨探知宋军将至，大军随即备战。当时正值雨季，总参军庾登之不发一令，只在舟中闲坐。参军刘和之不解，对谢晦说："现在正值雨季，我们这儿降雨，宋军那儿也一样，为什么不进军速战？"于是谢晦催促庾登之进军，庾登之说："水战不如火攻，现在天还没有放晴，我们应当准备火具，等天气晴了再发兵。"谢晦觉得有道理，于是全军逗留不前。

拖了十五天，天终于放晴了，庾登之这才令中兵参军孔延秀进攻彭城洲。彭城洲由到彦之的部将萧欣率兵驻守。萧欣懦弱无能，躲在阵后，抱着盾牌发抖。看到孔延秀率兵杀来，他当即丢下部队，乘船逃走。霎时全军溃散。孔延秀乘胜占据彭城洲。到彦之听到消息，不免心惊，各部将请求退守夏口，等待后面的大军。到彦之担心宋主怪罪，忙派人催促檀道济速来会师。

谢晦听说孔延秀取胜，忙上奏声明自己和檀道济无罪。他以为檀道济也被惩处，却没想到辅助君主西征的大元帅正是南兖州刺史檀道济。

奏章刚发出去，军报已来，说檀道济与到彦之会师，渡江而来。惊得谢晦仓皇失措，不知如何应对。正在焦急时，孔延秀也战败而回，说彭城洲又被宋军夺去。谢晦忙出船张望，见远处只有一二十艘战舰，便以为来兵不多，也就没放在心上，只令各舰呐喊扬威。那来舰停泊江心，也不前来交战，谢晦便也勒兵不战。

傍晚时分，东风大起，敌舰四集，前后绵亘，看不出有多少兵船，只见处处悬着"檀"字旗号。突然，鼓声大震，敌舰如飞而至。这一惊非同小可，谢晦慌忙下令迎战。仗还没打，部众却不战先溃。谢晦也只好撤兵退回巴陵，随后又逃回江陵。

前豫州刺史刘粹调到雍州后，奉旨攻打江陵，在沙桥被周超率军杀败。周超收军回城，见谢晦狼狈而回，料知全军溃败，不由得忧惧交加。

谢晦十分惭愧地拜谢周超，并嘱咐他全力坚守。没想到，周超竟在晚上偷偷出城，投靠到彦之了。

谢晦失去周超，更加着急。又听说守兵也溃散，忙与弟弟谢遁及兄长的儿子谢世基、谢世猷出城北逃。谢遁身体肥壮，无法骑马，谢晦沿途守候，一行七个人没办法疾奔，才到安陆，就被守吏光顺之抓住。七人全部被塞进囚车，押往宋主刘义隆的军营。庾登之、何承天、孔延秀等人全部投降。

宋主刘义隆奏凯班师，入都后诛杀谢晦、谢遁、谢世基、谢世猷等人，投降的人中只有庾登之、何承天得以幸免。宋主加封檀道济为征南大将军，兼任江州刺史，到彦之为南豫州刺史，永嘉太守谢灵运为秘书监，始兴太守颜延之为中书侍郎，左卫将军殷景仁、右卫将军刘湛与王华、王昙首同为侍中，镇西谘议参军谢弘微为黄门侍郎。

魏主拓跋焘嗣位后，休养生息，国内安定无事。忽然传来柔然国入侵，攻陷云中的消息。魏主拓跋焘不好坐视不理，当即督兵去援救。柔然国是匈奴的另一个支派，先辈中有个木骨闾，他曾是魏主远祖的骑兵。因为受到牵连，要被斩首，木骨闾慌忙逃入沙漠。后来生下一个儿子，名叫车鹿会。车鹿会有勇有谋，召集番人，自成一部，建国柔然，将木骨闾作为姓氏，转音读作郁久闾。传到第六世，孙子社仑十分骁勇，又有智谋。社仑与魏太祖拓跋珪两雄相遇，免不了互起兵戈，拓跋珪军大破社仑军。社仑退到漠北，吞并高车，同时兼并匈奴的其他支派。这时候的社仑十分张狂，自称豆代可汗。"可汗"二字，就是中原人所称的皇帝，"豆代"二字，则是驾驭的意思。社仑死后，他的兄弟们为篡夺皇位而自相残杀。他的堂弟大檀先后征服西部的部落，并且平定国乱，自称纥升盖可汗。"纥升盖"有制胜的意思，纥升盖可汗继承社仑的遗志，又想攻打北魏。听说北魏换了一代国君，他便心存轻视，竟率领六万骑兵大举攻入云中。

魏主拓跋焘率军日夜兼程赶到已被大檀夺去的旧国都盛乐，大檀随即纵兵迎战。柔然兵多势盛，将魏主密密匝匝地围了五十多重。魏兵大为惊惧，魏主拓跋焘却神色自若，亲自搭弓上箭，射倒了柔然大将于陟斤。柔然兵不战自乱，魏主又麾兵力战，大檀忙率军撤退。魏主拓跋焘收复盛乐，回到平城，又派出五路大军，齐头并进，将大檀逐出漠北。经过这一战，魏主拓跋焘认为大檀非常无知，于是将其国号"柔然"改为"蠕蠕"。

第二年，夏主赫连勃勃病逝，儿子赫连昌嗣位。北魏主曾经称赫连勃勃为"屈丐"，意在羞辱他。但赫连勃勃凶狠狡猾，善于用兵，北魏主也很惧怕他。得到赫连勃勃的死讯，魏主就想趁机讨伐夏朝。群臣建议先讨伐蠕蠕，再向西进军，唯独崔浩提议先讨伐夏朝。魏相长孙嵩不满地说："如果我朝先讨伐夏朝，大檀乘虚而入，那时怎么办？"崔浩反驳道："赫连氏残虐，人神共弃，并且夏朝的国土不过千里，我军一到，夏朝势必瓦解。蠕蠕刚刚打了一场败仗，一时还不敢来侵犯我国，等他袭击时，我军早已奏凯归来了！"魏主拓跋焘采纳崔浩的建议，决定西征。随即令司空奚斤率四万五千人袭击蒲阪，将军周几率众袭击陕城，向西进发。魏主拓跋焘亲自率军做后应。大军进到君子津时，天气暴寒，河面上结了一层厚厚的冰，魏主随即率两万名轻骑渡河，偷袭夏朝的都城统万城。当时，夏主赫连昌正在宴饮群臣，突然听说魏兵杀到，惊慌得不得了，慌忙撤去筵席，召集将士，亲自督军，出城迎战。但仓促召集来的部众，怎么敌得过百战雄师？一经交锋，夏军立即溃败，夏主赫连昌匆忙回城。北魏将军豆代田带着轻骑伺机入城搅扰了一会儿，才回到大营。魏主拓跋焘当即封他为勇武将军，然后又分兵四扰，俘获大量牲畜。夏主赫连昌登城据守，防备十分严谨。魏主拓跋焘见状，对部将说："看来，这城一时还不好拿下，明年我们再共取此城吧！"随即收军回国，掠走了一万夏民。

当时，周几已攻破弘农，但是入城不久，周几竟一病身亡。奚斤代周几统率各军，继续进攻蒲阪。守将乙斗逃往长安。长安的守将赫连助兴是夏主的弟弟，见乙斗逃往长安，也弃城奔往安定。大好关中，就这样被奚斤唾手取去。

北凉王沮渠蒙逊、氐王杨盛的儿子杨玄听说魏兵连战连捷，都十分惶恐，各自派使者去北魏朝贡。魏主拓跋焘当然很是欣喜，随即大造战具，打算讨伐夏朝。可巧，夏主的弟弟平原公赫连定奉命率领两万人马攻打长安，却与北魏统帅奚斤相持好几个月，不分胜负。魏主拓跋焘随即打算再偷袭统万城。

逼近统万城时，魏主拓跋焘分派部分士兵埋伏在深谷，自己则只带了几千人来到城下。夏主赫连昌急忙召平原公赫连定回京救援。赫连定却要等擒获奚斤，才回京救援。夏主正急得没有办法，突然得到消息说魏兵没有后续部队，也没有什么辎重，赫连昌心中大喜，当即督众出击。

魏主拓跋焘边战边撤，夏兵分成两翼，鼓噪追来。退了五六里，突然间，暴风骤雨劈头而来。霎时，扬沙走石，天地晦暗，宦官赵倪慌忙

041

对魏主说："这风雨是顺着贼人的方向来的，贼人顺风，我军逆风，天不助人，还请陛下速避贼锋！"话还没说完，崔浩在一旁呵斥道："乱说什么！我军千里远来，全靠这一仗决胜。贼人大意轻敌，追了过来，他们又没有援军，我军正好把他们引到埋伏圈里，杀他个片甲不留！天道无常，全凭人力！"

魏主连声称是，继续将夏兵诱引到深谷。一声鼓号，伏兵齐起。魏主拓跋焘将士兵分为两队，抵挡夏兵，又一马当先，杀入夏兵阵内。夏尚书斛黎文举着长矛刺了过来，魏主拓跋焘手握缰绳纵马一跃，马失前蹄，身随马倒。斛黎文见魏主坠马，立即下马去捉。正在这紧要关头，魏将拓跋齐急忙扑上前救护，大呼："勿伤我主！"并拦住斛黎文，拼死力斗。斛黎文还没来得及上马，魏主拓跋焘已腾身跃起，拔刀刺死斛黎文。又乘马突围，杀死十几名夏兵，魏主虽然身中数箭，但仍然奋击不退。魏兵一起杀上来，夏兵大败。

夏主赫连昌想逃回城中，可是魏主绕到他的前面，截住了他的去路。赫连昌慌忙逃往上邦。魏主拓跋焘乘胜攻城，统万城瞬间被攻下。

赫连氏族灭国亡

攻入统万城，魏主拓跋焘巡阅夏都。夏宫城高基厚，就连宫墙也备极崇隆，宫内的台榭都经过雕镂刻画，饰以绮绣。看着眼前壮观、奢华的宫殿，魏主不禁感叹道："这么小的一个国家，竟如此劳民费财，怎么会不灭亡？"随即将宫中所有财物分给将士，令常山王拓跋素镇守统万城。在夏都待了一两天后，魏主带着部众，押着俘虏，回到平城。夏朝的太史令张渊、徐辩颇有才学，魏主任命他们为太史令。原晋将军毛修之之前被掳到夏国，如今又成了北魏的俘虏，因他善于烹调，魏主便任命他为大官令。夏朝的皇后、妃嫔全部收入后宫。夏朝公主中有三人天生绝色，都是赫连勃勃的女儿，魏主拓跋焘迫令她们侍寝，随后封她们为贵人。不久，赫连勃勃的大女儿被封为皇后。

魏主拓跋焘因奚斤在外作战已久，召令他息兵回国。奚斤却要求增兵，一举灭掉夏国。魏主便令宗正娥清、太仆邱堆率领五千人马进军关右，援应奚斤；又拨调一万多名精兵，三千匹战马，发往军前。赫连定听说统万城失守，又见魏兵与日俱增，慌忙逃往上邦。奚斤没有追上赫连定，便进军安定，与娥清、邱堆会师，打算进取上邽。怎奈天气不好，马匹多半病死，营中的粮食也逐渐不够，军队不便继续前进，只得加固壁垒，以求自保。奚斤派邱堆前往民间，勒令百姓输送粮草，又派士卒四出劫掠，城中的戒备渐渐放松。夏主赫连昌伺机偷袭，杀败邱堆军，邱堆带着残骑回到安定城。后来，夏兵时常到城下掠夺，魏军无法筹得粮草。

奚斤颇为忧虑，监军侍御史安颉说："赫连昌做事轻率，没什么谋略，又常常亲自出城叫战。如果我军设置埋伏，突然袭击，一定可以擒获他。"奚斤却认为不妥，说城中粮少、缺乏战马。安颉急了，说："今天不战，明天又不战，粮食只会越来越少，战马也只会越来越缺乏，到时性命都保不住了，还怎么破敌？"奚斤还是想静守待援，安颉料知他无能，就去跟将军尉眷密议。二人意见一致，随即挑选精骑，静待敌军。果然，夏主赫连昌亲自来攻城，安颉、尉眷当即打开城门，率精骑冲杀过去，奋力搏战。突然刮起一阵大风，尘沙飞扬，魏兵趁风突围，专向夏主杀去。夏主知道抵挡不住，掉头就往回跑。安颉策马追上，戳伤他的坐骑，赫连昌坠落马下，被魏兵活捉。

安颉、尉眷押着夏主赫连昌回到平城。魏主拓跋焘封安颉为建威将军，兼西平公；尉眷为宁北将军，兼渔阳公。同时，封赫连昌为会稽公，让他居住在西宫门内。群臣对此都十分不解。赫连昌仪容俊伟，擅长骑射，魏主越来越欣赏他，竟将妹妹始平公主嫁给他为妻，还经常与他一同深入山谷打猎。群臣都怕赫连昌有异心，一再劝谏魏主以后不要信赖赫连昌。魏主却说："一切自有天数，不必顾虑太多。"对待赫连昌依旧如前。

奚斤因属下违逆自己却立功得赏，深感耻辱，又探知夏主的弟弟赫连定在平凉称帝，便带足三天的粮草去攻打赫连定。谁知赫连定不但大破魏军，还将奚斤、娥清、刘拔等人也捉了去。太仆邱堆刚刚将辎重送到安定，就得到奚斤等人被擒的消息，他忙丢下辎重，奔回长安。夏主赫连定乘胜进逼，邱堆弃城逃往蒲阪。

消息传到京都，魏主拓跋焘当即让安颉去斩杀邱堆，率领邱堆的部众抵御夏兵。魏主本打算督军讨伐赫连定，不料，柔然趁机侵边。魏主考虑再三，决定先进攻柔然，随即率军日夜兼程杀奔栗水。柔然酋长大檀来不及抵御，仓皇逃往西部，部落四下溃散。从此，大檀一蹶不振，郁愤而死。大檀的儿子吴提嗣位，自称敕连可汗。敕连是神圣的意思。敕连可汗自知国势衰弱，于是派人到平城向魏主称臣纳贡。魏主当然愿意，随即罢兵。

宋主刘义隆嗣位时，曾派使者去北魏示好，魏主拓跋焘也派使者与宋修好。就在魏主即将讨伐柔然时，北魏使者正好回国，说："宋主想索回黄河南岸，并说如果我朝不给，他们就发兵攻取。"魏主大笑道："他能有什么能耐？等我先灭了蠕蠕，除了后患，再与他大战一场。"崔浩也赞成这个主意，魏主于是率军北行。果然马到成功，征服柔然。凯旋后，魏主任命崔浩为侍中，晋封他为抚军大将军。从此，一有军国大事，魏主总是要先咨询崔浩，然后才下令施行。

宋元嘉七年春季，宋主刘义隆挑选出五万名精壮士卒，令右将军到彦之、安北将军王仲德、兖州刺史竺灵秀三人做统帅，泛舟入河。又令骁骑将军段宏率八千名骑兵直指虎牢，豫州刺史刘德武率领一万名士兵做后应。并令长沙王刘义欣率三万士兵驻守彭城，督管征讨。

一切部署妥当，宋主又派殿前将军田奇去北魏传话："黄河南岸是我刘宋的属地，所以我主派兵去收复，与魏国无关。"魏主拓跋焘勃然大怒："自打我从娘胎爬出来，就听说黄河南岸是我北魏的属地，你们怎么能随意侵犯？如果宋主一定要这么做，悉听尊便！我就看看你们有没有能耐夺走我北魏的土地？"随即将田奇打发回去，然后召集群臣商议。群臣都认为应先发制人，并且诛杀黄河北岸的流民，免得有人做宋军的向导。唯独崔浩有异议，说："入夏以后，河水暴涨，南方草木茂密，地气郁结蒸腾，容易滋生瘟疫，不利行军。如果宋军真的北来，我军正好以逸待劳，等到宋军疲惫，我们再突然出击。那时，秋高马肥，还能取食于敌军，才不失为万全之策！"魏主向来听信崔浩，自然按兵不发。

不久，南方诸将一再上奏请求派兵支援，并恳请在漳水修造战舰，以抵御敌军。朝臣对此都十分赞成，并想让司马楚之、鲁轨、韩延之等人去招降宋军。崔浩又出来谏阻道："司马楚之等人都深为宋人所憎恨。一旦刘宋的兵民听说我国派发所有精兵，大造舟舰，想存立司马氏，诛灭刘氏，他们一定十分震骇，拼死相争。我国虚张声势，招来祸害，岂不是自找麻烦？况且司马楚之这种人只能召来无赖之徒，绝对不能成就大事，帮助这种人，只会使我国兵祸不断！"魏主十分踌躇，崔浩说："今年不适合兴兵，宋朝今年发兵，一定出师不利，陛下尽可无忧。"

魏主不想违背众人的意思，于是下令修造三千艘战舰，将幽州以南的守兵全部调集河上；并授任司马楚之为安南大将军，封他为琅玡王，令他驻守颍川。

宋右将军到彦之自淮河入泗水，正碰上淮水暴涨，逆流而上，每天只能行进十里。走了三个月，到彦之军才到达须昌，随即逆河西上。到了碻磝，魏兵早已撤走；再进军滑台，那里只留有一座空城；又进军洛阳、虎牢，结果仍是城门大开，不见一兵一卒。到彦之大喜，令朱修之驻守滑台，尹冲驻守虎牢，杜冀驻守金墉，其他部将屯驻灵昌津。部众都十分高兴，唯独王仲德面有忧色，对各将说："你们不看清局势，必定误入敌人的诡计。胡虏仁义不足、狡猾有余，虽然现在都退回北方戍守，但一定会在天寒地冻的时候，全力冲杀过来，我们还是要有所防备才好！"到彦之等人不信，都说他多心。

才过一个多月，天气就转寒了。魏主拓跋焘大举南侵，令冠军将军安颉督率各军攻打到彦之军。到彦之的部将姚耸夫渡河接战，但他哪里挡得住魏军。安颉不仅顺利过河，还攻取了金墉、洛阳。

到彦之自魏兵南渡以后畏缩得很，一边退守东平，一边向宋廷请求支援。宋主刘义隆令征南将军檀道济负责征讨，出兵讨伐北魏。北魏也派寿光侯叔孙建、汝阴公长孙道生渡河南下接应安颉。眼看北魏大军就要杀来，而檀道济军却还没到，到彦之不禁异常惶急，想率全军撤退。将军垣护之忙写信劝阻他说："现在最好派竺灵秀协助驻守滑台，将军应该督率大军向黄河北岸进军。"到彦之怎么肯听，甚至还打算焚烧船只，改走陆路。王仲德对他说："洛阳沦陷，虎牢肯定是守不住的，您不必过于忧惧。现在，我军与胡虏相距不下千里，滑台还有强兵驻守，如果我军突然舍舟撤军，军心必定动摇。我们还是先乘船去济南，再决定是否撤兵吧。"到彦之当即督率舰队，自清河赶往济南。刚到历城，便传来魏兵追来的消息，到彦之慌忙焚舟弃甲，登岸步行，一溜风似的逃回彭城。竺灵秀也丢弃须昌，奔向南方的胡陆。青、兖二州大震。

长沙王刘义欣誓众死守，部将都害怕北魏大军杀来，劝他退回都城。刘义欣慷慨激昂地说："天子令我镇守彭城，我应与城共存亡，怎么能弃城而去？"城内因此稍稍安定。

各路兵败的消息陆续传入宋都，宋主刘义隆勃然大怒，下诏诛杀竺灵秀，将到彦之、王仲德打入监牢。升任垣护之为北高平太守，并催促檀道济速去援救滑台。

魏军一面在清河截击檀道济，一面猛攻滑台。因军中粮草被焚毁，檀道济无法全速前进。而滑台官兵已经吃了几个月的老鼠，最后终是抵挡不住北魏各路大军的围攻，滑台沦陷，守将朱修之被擒。因为滑城已经失守，再加上军中缺粮，檀道济只得还军。

魏主拓跋焘因为已经攻克河南，于是令安颉班师。朱修之被押到平城，魏主因他固守城池，封他为侍中，并选了一个宗室里的女子给他做妻子。司马楚之恳请趁机进讨刘宋，魏主不赞成，但封他为散骑常待。

夏主赫连定擒获奚斤等北魏将领，占据关中，声势浩大。他还派人去刘宋，约宋主一同攻打北魏，并许诺事成之后平分北魏。魏主拓跋焘正打算讨伐夏朝，一听到这个消息，愤恨不已，当即率军出击，直逼平凉。夏主赫连定刚刚屯驻安定，得到消息后，他忙率兵回援。途中却中了魏军的埋伏，士兵被杀得东倒西歪，赫连定只得带着残众奔往上邽。于是，安定被拿下，几个月后，平凉全城官兵投降，长安一带又为北魏所有。魏主令巴东公延普镇守安定，镇西将军王斤镇守长安，然后率军回到平城。仅仅保住上邽的夏主赫连定又开辟西境，打算等时机成熟再报仇雪恨。

当时，陇西有个鲜卑族建立的西秦国。苻秦战败而亡后，乞伏国仁占据凉州、临洮、河州，自称大单于，统领秦、河二州。乞伏国仁死后，他的弟弟乞伏乾归嗣位。乞伏乾归占据陇西，自称秦王，历史上称为西秦。后来，乞伏乾归被兄长的儿子乞伏公府杀死，乞伏公府又被乞伏乾归的儿子乞伏炽磐杀死。乞伏炽磐吞并南凉秃发氏，广拓国土。乞伏炽磐的儿子乞伏暮末即位后，经常与北凉打仗，弄得国势衰弱，众叛亲离。最后，乞伏暮末不得已向北魏投降，魏主派人去迎接乞伏暮末。乞伏暮末焚城邑、毁宝器，带着民众前往北魏，却在上邽遭到夏主赫连定的攻杀，乞伏氏宗族的五百多口人被杀得一个不留。赫连定驱赶十多万秦民自治城渡河，想夺占北凉疆土，作为根据地。不料，吐谷浑王慕瓌率三万劲旅突袭赫连定，赫连定兵败身亡。

吐谷浑也是鲜卑族的一支，远祖名叫吐谷浑，与晋初鲜卑都督慕容廆是兄弟，原先居住辽西。迁到阴山后，出了一个颇有能耐的子孙，名叫叶延。叶延用王父的字作为姓氏，建国号为吐谷浑。又传了三世，传到阿豺。阿豺占据并、氏、羌等数千里的地方，自称骁骑将军、沙州刺史。宋景平初年，阿豺派使者去江南朝贡，宋少帝封他为浇河公，但是直到宋主刘义隆嗣位，他才接受册封。阿豺有二十个儿子，阿豺临死时，他让每个儿子献上一支箭，共得二十支箭。然后，他把胞弟慕利延召进营帐中，让弟弟从中取出一支箭折断。这支箭不费吹灰之力就断了。阿豺又让人把另外十九支箭捆作一束，让弟弟再试着折断。这次，慕利延费尽腕力，也不能损伤分毫。于是，阿豺对弟弟和儿子们说："你们都看到了吧。我希望你们戮力同心，保全社稷！"说完，他就闭上了眼睛。

阿豺的弟弟慕璝嗣位后，向刘宋称臣纳贡，刘宋封他为陇西公。慕璝又派使者去北魏上贡，魏主封他为大将军。这次，听说夏主率兵西来，慕璝当即让慕利延率三万劲旅沿河截击。慕利延杀败夏军，擒获夏主赫连定。慕璝随后派人将赫连定押到北魏，魏主拓跋焘斩杀赫连定，并嘉奖慕璝，加封他为西秦王。

不久，赫连昌背叛北魏，逃往西部，途中被河西将军击毙。赫连昌的儿子以及兄弟也全部被诛杀。夏朝只传了三个国君就灭亡了，赫连勃勃的子孙也被诛杀殆尽。

刘湛冤杀檀道济

关陇南面有一胜地，叫做仇池。地方百顷，平地凸起，四面陡峭险峻，高约七里，环绕着羊肠曲道，必须经过三十六座山峰，才能登上顶端。山顶水草丰美，还可以煮盐，向来被氐族占据。东汉末年，有个叫杨腾的氐族头目占据此地。他的孙子杨千万曾向曹魏称臣，被封为百顷王。传到杨飞龙这一代，氐族逐渐强盛，晋朝封杨飞龙为平西将军。杨飞龙没有子嗣，只有一个外甥令狐茂搜。令狐茂搜改姓杨氏，又传了三代到杨初。杨初自称仇池公，他的曾孙杨纂为苻秦所灭。苻秦亡国后，杨氏遗族杨定逃到陇右，招集一千多名氐族旧众，仍然据守仇池。后来，杨定迁居距仇池二十里的历城，夺取天水、略阳等地，自称陇西王，后来为西秦王乞伏乾归所杀。杨定的堂弟杨盛留守仇池，自称仇池公，出兵汉中，向晋朝称臣。晋主封他为征西大将军，兼仇池王。刘裕篡夺晋朝后，宋主又封杨盛为车骑将军，晋爵武都王。

元嘉二年，杨盛去世，儿子杨玄即位。魏主封杨玄为征南大将军兼南秦王。才过了四年，杨玄也去世了。死前，杨玄对弟弟杨难当说："眼下，国家还没有安定下来，更需要励精图治。我儿子保宗年幼无知，还劳烦弟弟你继承大统，不要辜负先父的重望！"杨难当极力推辞，说愿辅立侄子。杨玄过世后，他果然拥立杨保宗为嗣主。可是杨难当的妻子姚氏不停地吹耳边风，说："现在国势衰微，应该有个年长一点儿的国君，才能稳定人心，你怎么就去辅佐一个小孩子呢？"杨难当听信妇言，竟废黜杨保宗，自称征西大将军、秦州刺史、武都王，督管雍、凉、秦三州的军事。

那时赫连族已经灭亡，上邽空虚，杨难当令儿子杨顺占据上邽。又

047

任命杨保宗为镇南将军，令他驻守宕昌。杨保宗想夺回王位，不料事情泄漏，被逮捕入狱。

当时，梁州刺史甄法护不善治理城镇，宋主特意派刺史萧思话前去代任。萧思话还没到任，觊觎汉中的杨难当已经发兵袭击梁州。甄法护带着妻儿逃奔洋州。

萧思话到了襄阳，得知梁州失守，忙令司马萧承之率五百人做前锋，长史萧汪之率五百人做后应，前去攻敌。萧承之就是后来齐太祖的父亲，他曾是济南太守，此次调任汉中太守，和萧思话一同东行，兼任行军司马。萧承之奉令做前驱，自思所带将士太少，于是沿途招募一千多名壮丁，进据磝头。

杨难当在汉中大肆掠杀，而后率部众返回仇池，令将军赵温留守梁州。赵温又令魏兴太守薛健据守黄金山，副守姜宝据守铁城。铁城与黄金山相对，两地仅隔一里，萧承之派阴平太守萧坦进军两地。萧坦连拔铁城和黄金山，杀得薛健、姜宝大败而逃。赵温亲自出来对仗，也被杀得落荒而逃。因萧坦受伤，退回大营养伤，萧承之另派司马锡文祖戍守黄金山。此时，后队萧汪之已率部众赶来，将军裴方明也奉临川王刘义庆之命赶来助战。萧承之随即率各军一路追击，在汉津杀败杨难当的儿子杨和以及赵温。

不久，萧思话也率兵赶来，与萧承之合力进攻，连战连捷，不但将退守大桃的敌众全部赶走，连梁州也唾手取来。以前，被杨盛夺去的魏兴、上庸、新城三郡，都被宋军收复，汉中全境没有一个氐族人。杨难当担心宋军入境，慌忙上奏赔罪。宋主刘义隆得好便收，因而赦免了杨难当的死罪；令萧思话镇守汉中，加封他为宁朔将军；召回萧承之，任命他为太子屯骑校尉；将甄法护逮入大牢，令他自尽。

话说回来，魏主拓跋焘得到河南后，分兵戍守，又加封崔浩为司徒，长孙道生为司空。崔浩劝魏主偃武修文，招贤纳士，于是一群贤才得以入朝辅政。崔浩又改订律令：除四岁、五岁这两个年龄阶段的刑律不变以外，其他各年龄层都增加一年刑罚；如果妇女在刑罚前怀有身孕，则缓期执行刑罚，等婴孩百日以后，再按律处决。在崔浩的建议下，宫门前悬着一面登闻鼓，百姓一有冤屈，便可以击鼓鸣冤。这些政策深得人心，北魏国内安定承平，国势蒸蒸日上。崔浩又想通好江左，息争安民。于是，在他的一再恳请下，魏主令散骑侍郎周绍出使宋朝，并乞求和亲。宋主刘义隆含糊作答，也派使臣魏道生去北魏通好。此后，两国互通使节，往来不绝。

不久，魏主册立儿子拓跋晃为太子，再次派散骑常侍宋宣去刘宋为太子求婚。宋主仍然支吾以对。虽然亲事始终没有定下来，但南北也安宁了十多年。

宋主刘义隆听说魏主求贤恤民，于是也下了几道劝农务桑和招揽贤才的诏书。无奈亲贵擅权，吏胥徇私枉法，即使有几个博学遗老，又怎肯冒昧出山？晋武帝曾召武阳人李密为太子洗马。但李密一心只想奉养祖母刘氏，于是写了一篇《陈情表》，决意辞官。武帝无可奈何，只好收回成命，允准他为祖母养老送终。此外，还有许多有贤能的人被宋廷召用，但都辞官不就。其中最著名的是寻阳人陶渊明。陶渊明名潜，字元亮，是晋朝大司马陶侃的曾孙。陶渊明担任彭泽县令时，太守曾派督邮去彭泽县考核县令的政绩。按惯例，县令应扎束官带出去迎接，陶渊明不禁感叹道："我岂能为五斗米折腰！"随即自辞官职，回归乡野。随后写了一篇《归去来辞》，自明志趣。他家门前种有五棵柳树，因而作《五柳先生传》。妻子翟氏与他志同道合，二人一同隐居乡里，陶渊明耕种，翟氏锄地，二人都安于清贫，不慕荣利。司徒王弘担任江州刺史时，曾让陶渊明的朋友庞通之准备酒宴，邀请陶渊明共饮。陶渊明嗜酒，欣然前往，入座便喝。不久，王弘到了，陶渊明仍是一个劲地喝酒，并不通报姓名，等到微有醉意，他立即告辞离去。陶渊明每次写好文章，都会署上具体年月，但这个习惯在宋初就改了，每次写成只署"甲子"二字，暗寓不会效命宋室之意。宋主刘义隆正对此不满，恰逢陶渊明病故，他便不再追究。后世称陶渊明为靖节先生。

王弘得知陶渊明病故，叹息不已。元嘉九年，王弘晋爵为太保，才过了一个多月，突然去世。王华、王昙首也都病故。彭城王刘义康已回京担任司徒一职，兼录尚书事。至此，因元老丧亡殆尽，刘义康得以独揽大权。随即任命领军将军殷景仁为尚书仆射，太子詹事刘湛为领军将军。刘湛能够入朝为官，多亏殷景仁的引荐，但他却十分嫉妒殷景仁，一心只想把殷景仁排挤出去。然而殷景仁深得宋主的宠信，不但没被朝廷疏离，反被任命为中书令兼中护军。刘湛却没能升官，只是兼任太子詹事。刘湛于是更加憎恶殷景仁，他仗着彭城王对他的宠信，大肆挑拨离间，诋毁殷景仁。宋主始终不信，反而更加恩宠殷景仁。殷景仁也知道刘湛排斥自己，时间一久，他不禁感叹道："引虎入室，终将噬人！"随即称病辞官。宋主不答应，只令他在家养病。刘湛心里还是不平，想令士兵装成劫盗，晚上去刺杀殷景仁。还没行动，就有人向宋主告密。宋主立即令殷景仁迁居西掖门，住在宫禁附近。因此，刘湛的诡计才没有得逞。

后将军司马庾炳之颇有才华，他和殷、刘二人都十分投缘，但更忠于宋主。宋主和殷景仁之间的密函全靠司马庾炳之暗中传递。对此，刘湛全然不知，他听说庾炳之出入殷府，还以为只是探病，丝毫不起疑心。

这时，恃才放达的谢灵运因郁郁不得志，而没有恪尽职守，遭到刘湛等人的弹劾。宋主派使者将他逮回来治罪，但是他非但不服，还捉住来使，并赋诗道："韩亡子房奋，秦帝鲁连耻，本自江海人，忠义感君子。"于是，有人说他逆迹昭著，当即兴兵逮捕他。宋主怜惜谢灵运是个人才，力排众议，免去他的死罪，将他流放到广州。不料又有人诬陷谢灵运，说他私买兵器，纠集壮士，要在三江口起事。这时，宋主只好割爱，令他在广州就刑。谢灵运只是一介文人，怎么能造反？无非是文辞狂放，触怒当道权贵，落得身首异处，贻恨千秋！

不久，刘湛等一群佞臣，竟然毁坏了宋室长城檀道济。宋室的良将首推檀道济。檀道济自历城回来后，升任司空，仍然镇守寻阳。檀道济自身的地位已十分显赫，再加上他的左右心腹个个身经百战，他的儿子也都在朝中担任高官，功高震主，自然遭到中伤。

当时，宋主卧床已久，刘湛私下里对彭城王刘义康说："皇上要是有什么不测，除了檀道济，朝野上下也没什么让人担心的。"刘义康点点头说："你说我们该怎么办？"刘湛连忙献计说："不如召他入都。我们可以借口胡虏侵犯边界，要他入都商议对策。这样的话，我们就好下手了。"刘义康点头称是，忙入宫禀报宋主，让他召回檀道济。那时，宋主神疲意懒，无暇问明详情，只模糊答应了一声。刘义康立即飞诏召檀道济入京。檀道济接到诏书后，当即准备起程。妻子向氏忙劝他说："你功高位尊，必定遭人嫉恨，如今朝廷无故召你回京，恐怕是想对你不利！"檀道济安慰妻子说："诏书中说有边患，我得去京都一趟，这应该没什么问题，你大可放心！"随即扬鞭起程。

到了建康，檀道济与刘义康晤谈时，刘义康沉缓地说："胡虏已经退走，我们不用再忧心了。唉，只是陛下的病……"檀道济听了，忙拜辞彭城王，入宫探望宋主。果然，宋主十分虚弱。后来，宋主的病势日益严重，檀道济也只好待在京都，随时入宫问安。熬过隆冬，直到第二年春季，宋主的病情终于好转了。檀道济这才辞行，起程回寻阳。然而刚上船，中使突然赶来说："皇上又病重了！"檀道济连忙掉头入京。刚到宫禁前，檀道济就被刘义康手下的禁军捉住，不得不跪听刘湛宣读圣旨。听完那些莫须有的罪名，檀道济不禁大愤，怒目而视。转念一想，自己已落入奸人手中，多说无益，索性丢下冠帽，愤愤地说了最后一句话："就是你们这些奸小之人，毁了宋室的万里长城！"随即自己走入狱中。

那阴险狠毒的刘湛竟怂恿刘义康诛灭檀道济全家，只留下檀道济一个小孙子檀孺，以续檀氏宗祀。檀道济的部将薛彤、高进之，被时人比作关羽、张飞，他们也被杀害。北魏听说檀道济被杀，私下庆贺道："檀道济一死，灭宋就轻而易举了！"

魏主灭凉

燕主冯弘是后燕中卫将军冯跋的弟弟。冯跋得罪后燕，亡命山泽。后燕主慕容熙荒淫失德，冯跋趁势讨伐后燕，拥立慕容熙的养子高云为主，杀掉慕容熙。不久，冯跋又杀掉高云，成为燕主，定都龙城。史家称为北燕。魏主派使臣于什门出使北燕，令北燕称臣，冯跋不愿意，反而拘禁于什门，迫令他投降。于什门宁死不屈，冯跋也不肯放他回国。从此，北魏与北燕经常鏖兵。没过多久，冯弘趁哥哥冯跋病重，入宫篡夺帝位。冯跋受惊而死，太子冯翼及其兄弟全部被杀。

魏主拓跋焘再次督兵讨伐北燕，连连打败燕兵。北燕尚书郭渊劝燕主冯弘向北魏朝贡求和，冯弘摇头说："两国结怨已久，就算我屈身向敌国投降，也未必能保全，还是奋力抗敌吧。"于是调兵遣将，仍与北魏相抗。北魏降将朱修之心系故国，他趁魏主亲征之机，联络被掳掠到北魏的宋将，约定一起袭击魏主。偏偏宋将毛修之被掳多年，情愿事魏，不愿意背叛北魏。朱修之担心他泄密，忙逃到北燕。燕主冯弘随即请朱修之回宋国求援，朱修之立即航海南行，返归故都。那时，彭城王刘义康及领军将军刘湛正忙着自毁长城，冤杀良将，哪儿还有心思去支援北燕，讨伐北魏？朱修之没有帮燕主搬来救兵，因此只得到一个黄门侍郎的官职，任由时间蹉跎过去。

魏主拓跋焘听说国内的宋人谋变，立即率军回京。北燕还没缓过气来，内乱又相逼而来。原来，冯弘的妻子王氏生有三个儿子，长子名叫冯崇，次子名叫冯朗，三子名叫冯邈。此外，宠妾慕容氏也生有一个儿子，名叫冯王仁。冯弘篡位后，竟册立慕容氏为皇后，立冯王仁为太子。

冯崇被封为长乐公，镇守辽西。冯朗私下对冯邈说："灭亡就在眼前，可是父皇却听信慕容氏的谗言。只怕还没等到国家灭亡，我们兄弟几个早已先赴黄泉！三十六计，走为上计。"二人随即奔到辽西，劝兄长向北魏投降。冯崇当即让冯邈向魏主请降。

消息传入北燕京都，冯弘勃然大怒，立即派部将封羽去讨伐三个不肖子。冯崇忙向北魏求救。魏主封冯崇为车骑大将军，兼辽西王；并派永昌王拓跋健、左仆射安原前去支援辽西，进攻龙城。拓跋健杀到辽西，封羽不战而降。冯弘大惧，忙向北魏表示愿意献上女儿，以求和解。魏主拓跋焘要求他放于什门回国，并将太子送到北魏做人质。冯弘当即放于什门归国。于什门被拘禁北燕长达二十一年，始终不肯屈节，魏主将他比作苏武，封于什门为治书御史。

只是，冯弘的儿子冯王仁仍未送到北魏，魏主派使者前去催促。冯弘本来就不愿割舍小儿子，再加上宠后慕容氏啼哭不已，他便赶走来使，向宋称臣乞援。宋廷称北燕为黄龙国，封冯弘为燕王，但并不出师相救。冯弘知道刘宋不可靠，慌忙又令部将汤烛带着贡品前往魏都，借口太子生病，暂时无法去北魏做人质。魏主拓跋焘当即下了逐客令，先是令永昌王拓跋健讨伐北燕，割取禾稻；又令乐平王拓跋丕、镇东大将军徒河屈坦率领四万骑兵直捣龙城。冯弘大惊失色，急忙备好酒肉，派太常卿杨崏带着酒肉去求和。拓跋丕给了燕主冯弘一个月的时间，让他决定要不要交出太子。拓跋丕随即带着四万大军，押着六千名俘虏，从容退去。

一转眼，期限已到。冯弘仍不打算交出太子。杨崏一再入宫劝谏，冯弘却回答说："我还是割舍不下我儿。万一事情紧急，先投奔东边的高丽，再作打算。"杨崏不赞成，他说："如果这次再不交出太子，北魏将出动全国的兵力，我国自然招架不住。陛下想投奔高丽，但高丽也是异族。虽然刚开始他会迎纳我们，但最后一定会变心，陛下不可不防！"冯弘仍是密派尚书阳伊去高丽，恳请高丽主发兵护送。但是，阳伊搬来的数万救兵还不如魏军，他们进入北燕都城，见城中百姓生活殷实，竟彻夜恣意打劫。对此，燕主冯弘都是睁一只眼闭一只眼，只求迅速迁往高丽。可怜百姓不仅无故遭劫，还要背井离乡。

北魏平东将军娥清、安西将军古弼已奉魏主之命，率一万多骁骑杀入北燕境内，并与平州刺史拓跋婴会师，入捣燕都。魏将古弼见高丽兵多，便扎下营寨，作壁上观。燕主东行时，古弼正举酒独酌，陶然忘情。部将高苟子急忙入帐汇报军情，并恳请立即发兵追击燕人。满含醉意的古弼却拔刀劈案道："谁敢打断老夫的酒兴？再敢多说，立即斩首！"高苟子吓得赶紧退下。古弼酒醉就寝。第二天醒来时，燕主早已逃远了。古弼后悔不迭，急忙率兵驰入北燕都城，据实奏报。不到几天，就有囚车送古弼回京，娥清也被召回京都，二人被贬为看门的侍卫。魏主另派散骑常侍封拨前去高丽要人。

没想到，高丽王高琏不但不肯交出冯弘，甚至还要求魏主向高丽称臣。魏主拓跋焘气得牙痒痒，恨不得立即将高丽夷为平地，幸亏乐平王拓跋丕苦劝一番，他才打消这个念头。冯弘一行人到了高丽京城的郊外，高琏派人去慰劳说："龙城王冯君，你们远道而来，兵士劳苦吗？"冯弘又惭愧又愤恨，却还要摆着皇帝的架子，派人给高琏带去一道禅位的诏书。高琏当即动怒，不许他们入城，先是令冯弘居住在平郭，随后让他们迁往北丰。到了北丰，冯弘仍像在自己国家里一样独断独行，很是自大。顿时，惹得高琏怒上加怒，竟派骑士掠走他的爱儿和亲信大臣。

冯弘为了爱子娇妻，甘心弃国，没想到仍弄得父子生离，哪能不悲愤交集？当下又秘密向宋廷求援。宋主刘义隆派王白驹去迎接冯弘，并要求高琏负责冯弘一行人前往刘宋的费用。高琏更加愤恨，索性杀掉冯弘一家。北燕自冯跋篡立以来，传一代国君而亡。高琏表面上追封冯弘谥号为昭成皇帝，并通报宋主，说冯弘因病暴毙。宋主听说冯弘病故，也就作罢，没有深究。

魏主拓跋焘灭掉北燕后，打起北凉的主意来。北凉沮渠氏，世代都是匈奴左沮渠王，他们以官职为姓氏。后凉主吕光背着西秦自立，任命沮渠罗仇为尚书，然后率兵讨伐西秦。战败后，吕光归罪于沮渠罗仇兄弟，将他们处斩。于是，沮渠罗仇的侄子沮渠蒙逊推举太守段业为凉州牧，并率兵复仇。后凉被击败后，段业自称凉王，封沮渠蒙逊为尚书左丞，历史上称为北凉。由于沮渠蒙逊功高权重，段业任命他为西平太守，将他调离凉州。沮渠蒙逊于是发兵攻入凉州，杀死段业，自称凉州牧，兼张掖公。后来，后秦灭掉后凉，南凉主秃发傉檀奉命据守姑臧。沮渠蒙逊赶走秃发傉檀，把姑臧夺来作为国都，将族人全部迁到姑臧，又加封自己为河西王。西凉破灭后，北凉的国土更加广阔。沮渠蒙逊先是派人朝贡刘宋，接受宋主的册封。然后，将儿子沮渠安周派到北魏，让他在魏主身边做事，也获得北魏的封赏。

治国二十多年，沮渠蒙逊不免骄淫起来。北魏大臣李顺数次出使北凉，沮渠蒙逊的态度一次比一次狂傲。李顺回国后，魏主拓跋焘问起北

053

凉，李顺回答说："沮渠蒙逊控制河右将近三十年，应当有些谋略。虽然他没有为后代留下什么好的治国之策，但仍足以传及一代。然而礼是德舆，敬是德基。沮渠蒙逊非但无礼而且不敬，死期将至，不出一两年，就会毙命。"魏主又问道："他死后，北凉什么时候会灭亡呢？"李顺不紧不慢地说："沮渠蒙逊的儿子，臣都见过，全是庸才，只有敦煌太守沮渠牧犍比较有见识，皇位一定非他莫属，但他终不及他父亲有能耐。这是上天要将北凉送给陛下啊！"魏主大喜，说："如果事情果真如你所说，朕一定为你记功！"果然过了一年，北凉派使者告知北魏，说沮渠蒙逊去世，世子沮渠牧犍嗣位。魏主欢喜地对李顺说："你的话果真应验了，看来朕攻取北凉也不远了。"随即晋封李顺为安西将军，让他带着诏书去北凉，封沮渠牧犍为凉州刺史兼河西王。

沮渠牧犍的妹妹兴平公主，魏主拓跋焘曾要求娶她做夫人。沮渠蒙逊生前早已允诺，只是还没有将女儿送到北魏。沮渠牧犍奉父亲遗命，特派右丞李绲将妹妹送入北魏。魏主也愿意将亲妹妹武威公主嫁给沮渠牧犍。彼此联姻，还以为是亲戚关系，可以无虞。偏偏魏主想让沮渠牧犍的儿子沮渠封坛来自己身边做事。沮渠牧犍虽然不愿意，也只能唯命是从。因为有收受贿赂的李顺从中周旋，所以魏主始终没对北凉发起进攻。两国因而暂免兵戈。

一天，忽然有一位老人在敦煌东门投入信函，里面写着："凉王三十年如七年"。门将得到信函后，觉得十分奇怪，忙四处寻找，却始终没有找到投函的人。那封信被递到沮渠牧犍面前。沮渠牧犍看了半天也没看懂，随即召来宦官张慎。张慎说："臣听说虢国即将灭亡时，有神人启示。如果陛下崇尚道德，勤修政治，就会保有三十年的福运；如果陛下痴迷狩猎，沉迷酒色，臣怕七年之后，国家必有大变。"沮渠牧犍听了，心中十分不快。

恰巧这一段时间，魏主拓跋焘频繁派人去探察沮渠牧犍的行迹。尚书贺多罗奉命去凉州探察沮渠牧犍的举动。回来后，贺多罗对魏主说："牧犍表面上对我朝颇敬臣礼，实际上却十分违逆。"魏主又询问崔浩，崔浩说："牧犍已露逆心，不可不杀！"于是魏主召集王公大臣商议出师。朝臣大多不希望出征，并陈述了出征的诸多不便。由于李顺常去北凉，魏王便详细询问他。李顺收受了沮渠蒙逊父子的贿赂，自然祖护北凉。他回答说："姑臧附近一带都是枯石，野外也没有水草。只有城南天梯山上，冬天的积雪有一丈多深，春夏季时冬雪消融，流成河川，居民引以灌溉。如果我军前去征讨，他们必定决通渠口，泄去积水，到时我军没有粮草吃，也没有水喝，人马饥渴，必定无法久留。请陛下三思！"

魏主又将崔浩召入宫，征求他的意见。崔浩驳斥李顺说："《汉书·地理志》上面说，凉州的畜产十分丰饶。如果没有水草，这畜产是怎么来的？并且先人之所以在那里筑造城郭，建设郡县，肯定是因为那里的地理环境不错。难道没有水，又没有草，他们会愿意在那里立足吗？至于说居民全靠雪水来生活，更是荒谬。试想雪水消融，那点水仅可以润湿尘土，怎么能通渠灌溉呢？这样的话，只能用来欺骗别人，哪能骗得了我！"李顺又接口道："眼见为实，耳听为虚。我亲眼所见难道还会有假，哪用得着你来强辩！"崔浩厉声道："你受人钱财，乐得替人掩饰，不是吗？你别以为我不知道！"李顺被崔浩说中心病，满面羞惭，低头而退。

等众人散去，振威将军伊馛对魏主说："凉州如果没有水草，凉人怎么立国呢？众大臣说的都不足信，还请陛下相信崔浩！"魏主随即在西郊练兵，下诏亲征。然后令太子拓跋晃监国，宜都王穆寿辅政；又令大将军秸敬率两万人屯驻漠南，防御柔然。同时，下诏列出沮渠牧犍的十二条罪状，诏书最后有几句是："你最好立即带着你的臣民，在我的马前，悔罪认错；不然六路大军一起杀过去，你被捆送到我的马前时就晚了；如果你执迷不悟，困死孤城，甘心灭族，那你就真的没救了。"

沮渠牧犍接到诏书没有理会，魏主拓跋焘立即率大军亲征。沮渠牧犍惶急不已，向柔然求救。柔然因路途遥远，不肯发兵，沮渠牧犍只得督众守城。魏主亲自督兵攻城，发现姑臧附近的水草十分丰美，不禁有些愤恨，对崔浩说："还是你说得对！可恨这个李顺，竟敢欺骗朕！"崔浩忙回话说："臣不敢对陛下不敬。"魏主又派使者入城，令沮渠牧犍投降。沮渠牧犍刚开始还不肯听令，等到城中守兵溃散，侄子沮渠万年高举白旗，他也只得让人把自己捆起来，出城请降。沮渠牧犍自嗣位到投降，刚好七年整。北凉灭亡。

魏主只诘责了沮渠牧犍几句，便令人给他松绑，以妹婿礼相待。并让他带着宗族以及部吏民众，共计三万户，随大军回平城。平王拓跋丕及征西将军贺多罗奉命镇守凉州。

后来，沮渠牧犍的弟弟沮渠无讳等人因叛变被剿杀，沮渠牧犍因暗藏毒药被赐死，沮渠牧犍的弟弟沮渠万年以及嫁到北魏的妹妹也都坐罪被赐死。沮渠氏宗族死了数百人。唯独沮渠牧犍的妻子武威公主，因为是魏主的亲妹妹而得以幸存。

魏主灭掉北凉后，大河南北尽为北魏所有，只有氐王杨难当尚占据上邽。

范晔伏法

氐帅杨难当自梁州兵败后，不敢再向外侵略，而且每年准时向宋、魏两国朝贡。一年后，杨难当又自称大秦王，册立妻子为王后，世子为太子，并大赦改元。杨难当的侄子杨保宗因大赦而被释放出来，奉命镇守薰亭。魏主拓跋焘听说杨难当称王，立即派平东将军崔颐去斥责杨难当，并令乐平王拓跋丕、尚书令刘絜率军征讨。杨难当大为惊恐，忙将上邽送给北魏，令儿子杨顺率部众返回仇池。魏主这才作罢，令拓跋丕入据上邽城，抚慰百姓，然后全军还朝。

东晋时，五胡并起，中国大地上先后出现了十六国，分别是二赵（前赵、后赵）、四燕（前燕、后燕、南燕、北燕）、三秦（前秦、后秦、西秦）、五凉（前凉、后凉、南凉、西凉、北凉）以及成夏。到了晋亡宋兴，只有夏赫连氏、北燕冯氏、北凉沮渠氏三胡还在。魏主拓跋焘连灭夏朝、北燕、北凉三国。十六国中，唯独李雄据蜀称王，传三代后被晋朝所灭，期间谯纵攻取蜀地，后来被刘裕收复。刘裕篡夺晋帝位后，蜀地归宋所有，此外其他国家都被北魏吞并。当时，中国的疆域，刘宋得三四成，北魏得六七成，两国对峙，划分南北，后世因此称为南北朝。

此时，北魏的国力最为强盛，威震塞外。西域各国，如龟兹、疏勒、乌孙、悦般、渴槃陀、鄯善、焉耆、车师、粟特九大部落都先后朝贡；此外，破落那、者舌二国也派使者去往一万五千里外的魏都向魏主称臣；就连西边的波斯，东边的高丽也都臣服于北魏。唯独柔然不服，屡次侵扰北魏。后来，在魏主拓跋焘的征讨下，柔然迁出漠北，部落逐渐离散。魏主拓跋焘随即一心治理国家，令司徒崔浩、侍郎高允修订国史，订定律历；令尚书李顺征考百官，严定赏罚制度。李顺向来贪财，难免收受贿赂。魏主得知，勃然大怒，当即以欺君误国罪，赐他自尽。

魏主也有一大失误。当时，有个名叫寇谦之的嵩山道士，崇尚道教，他说自己遇到老子的玄孙李谱文，不仅得到图籍真经，还受到点拨，特来辅佐北方太平真君。于是，将神书献给魏主，魏主又忙拿给崔浩看。崔浩竟把它当成河图洛书，并极力劝魏主说："这正是天人相契！陛下应顺承上天的旨意。"魏主欣慰无比，下诏改元，称为太平真君元年，尊寇谦之为天师。紧接着，魏主又是立道场，又是筑道坛，准备亲自领受神谕。寇谦之奏请修建静轮宫，要求尽量往高修筑，说只有站在上面听不见地上鸡犬的喧噪，才可以感应到天神。再加上崔浩的怂恿，魏主当即拨款施工。静轮宫耗费巨资，数年都没有完工。太子拓跋晃一再入宫劝谏道："天人道殊，高下有定，我们凡人怎么能与天神相接？如今耗费府库，劳苦百姓，只会有损无益，还请陛下下令停工。"魏主不听，仍是一心听信寇谦之。

且说宋主刘义隆的身体本就羸弱，自从迷上绝色的潘淑妃后，精神更加恍惚，病体越发虚弱。于是，一切军国大事都交由彭城王刘义康处理。

刘义康一面处理国事，一面侍奉生病的宋主，几乎日无闲暇。连宋主吃药，他也要亲自尝过，才准献入。友爱益笃，倚任益专，只要是刘义康经手的奏章，宋主无不允准。彭城王刘义康渐渐权倾朝野，势倾远近，引起了宋主的疑忌。并且刘义康的亲信领军刘湛越来越傲慢放肆，丝毫没有为人臣子的样子，宋主因而更加疑忌刘义康。殷景仁密奏宋主，说相王的权势过重，为社稷着想，应稍加裁抑，宋主觉得十分有理。

当时，长史刘斌、王履、刘敬文、孔胤秀等人见宋主刘义隆多病，便悄悄对刘义康说："宋主驾崩以后，应立年长者为君主。"这句话明明是在挑动刘义康篡夺帝位。不久，袁皇后病逝，宋主十分哀痛，渐渐骨瘦如柴，不能视朝。宋主与袁皇后二人本来非常恩爱，只因潘妃得宠，二人的感情才逐渐变淡。袁皇后死后，宋主悲悔交加，病情也随之加重。几天后，气息奄奄的宋主将彭城王刘义康召入宫中，商议后事。刘义康回府后，将遗诏的意思转告刘湛。刘湛一听，愤愤地说道："国势艰难，幼主哪能稳定大局？"刘义康哭着不做声。刘湛竟背着刘义康与孔胤秀等人串通，预谋推戴刘义康。没想到，宋主的病渐渐好转，并且知悉刘湛等人的阴谋，以为刘义康也参与其中，因而对刘义康疑上加疑。不久，刘义康奏请任命刘斌为丹阳尹，宋主却不同意。刘义康倒也作罢，但刘湛却从旁窥察，嗅到了危险气息。不巧的是，刘湛的母亲突然去世，刘湛不得不辞官守孝。官印一交，刘湛仓皇地对亲属说："这下大祸临头了！"果然，当天晚上，殷景仁出谋划策，沈庆之拿人等一系列举措悄悄进行着。黎明时分，刘湛以及他的儿子、党羽全部被处斩。

刘义康得到消息，慌忙上奏辞官，宋主将他贬黜为江州刺史，令他镇守豫章。江夏王刘义恭取而代之，担任司徒一职，兼录尚书事。刘义

057

康入宫辞行，宋主一句话也不说，只是对着他痛哭，刘义康也泣涕而出。佛门僧人慧琳奉命为刘义康送行，刘义康抱着一丝希望问道："弟子还能回来吗？"慧琳感叹道："只恨你未曾读数百卷书！"刘义康将信将疑，惆怅而去。

刘湛的党羽骁骑将军徐湛之，经母亲会稽长公主求情，才免除死罪。此外，王履因叔父吏部尚书王球求情，得以免除死罪，但被罢职除名。宋主任命殷景仁为扬州刺史，尚书刘义融为领军将军。又看在会稽长公主的情面上，特意任命徐湛之为中护军，兼丹阳尹。

会稽长公主入宫道谢，宋主留她吃饭，席间言谈十分欢洽。公主忽然站起来，离座下拜，"咚咚咚"地磕起了头。宋主不知她是什么意思，慌忙去扶她，却听公主悲咽着说："陛下如果答应我的请求，我才敢起来。"宋主忙应声允诺，公主这才站起来说："车子以后肯定不被陛下所容，所以我今天是特意来为他求情的！"说着，又泪如雨下。宋主也觉得十分伤感，便对公主盟誓道："公主放心，朕如果违背诺言，那就是对不起宋武陵！"公主这才破涕为笑，入座继续喝酒，兴尽告辞。公主口中的"车子"是彭城王刘义康的小字。公主离开后，宋主将席间的残酒赐给了刘义康，并致书说："刚刚与皇姐饮宴，想起了弟弟你。所以，朕将席间残酒赐给你，算是共饮。"刘义康当即上奏谢恩。

殷景仁设计除掉刘湛，成为了扬州刺史，却忽然精神错乱，与从前判若两人。一天，刚下过雪，殷景仁出厅观望，愕然失色道："外面怎么有一棵大树？"然后又突然省悟道："坏了！坏了！"随即返回卧室，躺在榻上，呓语不休。没过几天，竟一命呜呼！宋主追封他为司空，谥号文成。随即任命二皇子始兴王刘浚为扬州刺史。

宋主的长子刘劭已被立为太子。因二皇儿刘浚年幼又肩负重任，宋主让后军长史范晔、主簿沈璞二人辅佐幼主。范晔十分有才华，《后汉书》的一百二十卷全部出自他之手，他几度与司马迁、班固齐名。只是范晔举止轻佻，广置姬妾，常被世人鄙夷。范晔时常为朝廷大材小用而有所抱怨，宋主爱才，任命他为扬州长史，随后又提拔他为左卫将军兼太子詹事，令他与右卫将军沈演一同掌管禁军，参与机密。吏部尚书何尚之入宫劝谏宋主说："范晔怀有异心，陛下不该将他留在京都，最好让他出任广州刺史。那里距离京都较远，他应该不会闹事，这样他的性命也能够保全。如果让他留在京都，将来他在京内作乱，最终难逃铡刀当头的厄运。到那时，陛下本是爱才却成了害才！这样不是与陛下的初衷相背离了吗？"宋主摇头说："刚除掉刘湛，又贬黜范晔，世人会以为朕好信谗言。只要朕知道范晔的性情，有所防范，他是无法伤害朕的！"何尚之不便再多说，只好退出去。

彭城王刘义康奉命镇守江州，上任后的第二年，他便上奏辞官。宋主没有应允，令他督管江、处、广三州军事，但始终对他充满疑忌。会稽公主一面保全刘义康，一面恳请宋主重用已经长大的竟陵王刘义宣、衡阳王刘义季。宋主只好任命刘义宣为荆州刺史，刘义季为南兖州刺史。不久，宋主又调刘义季镇守徐州。

之前广州刺史孔默之因收受贿赂被治罪，多亏刘义康代他求情，他才免受刑罚。孔默之的儿子孔熙先博学文史，兼通天文、历法、占卜，担任员外散骑侍郎。孔熙先深感刘义康的大恩大德，总想报答刘义康。孔熙先曾观测天象，算出因骨肉相争，宋主的皇位必定保不住，江州将出一名天子。当下，他属意刘义康，想趁江州起事之际，趁机效命。这样一来，既能报恩，又能立功。

等了两三年，江州仍平安无事。孔熙先自知孤掌难鸣，便决意联合几个重臣，干一番大事。左瞻右瞩，只有范晔自命不凡，并且满腹怨言，孔熙先决定联合他。于是，孔熙先先拉拢范晔的外甥谢综。谢综身为太子中书舍人，与范晔一同在都中做事，天天碰面，当然乐得为孔熙先引见。范晔与孔熙先谈论今古，孔熙先应对如流；范晔又与孔熙先玩赌博的游戏，孔熙先愿赌服输的气度让范晔更为喜欢。时间一久，范晔便当孔熙先是好友。孔熙先见时机已经成熟，于是他从容地对范晔说："彭城王英明聪敏，神人所归，没想到竟被调到遥远的南方，这真让人愤恨！我受先父遗命，愿至死报答彭城王的恩德。最近，我发现天象有些异常，百姓似乎也有些骚动不安。只要是识时务的人，都知道利用这个机会建功立业！如果我们顺从天意，密结英豪，里应外合，肯定能铲除异己，拥立明君，不知大人觉得怎么样？"范晔一听，惊愕失色。孔熙先忙又说："大人没看到刘湛刘领军的下场吗？他手握大权多日，最后竟被处斩。您现在的权位虽然不及刘领军，但说不准哪一天，也沦落到相似的境地。所以，不如和我一道顺应天意，建立奇功。这样，不仅可以转危为安，还能名利双收！"范晔仍是沉默不语，孔熙先继续下狠药道："有些话我不敢不对大人直说。大人父辈几代官位显赫，却一直没能和帝室联姻，人家将大人看做猪狗，你怎么能不知羞耻，还为他效力呢？"这几句话激起了范晔的愤恨，他不由得叹起气来。原来范晔的父亲范泰曾任职车骑将军，叔叔范弘之袭封武兴县五等侯，只因在朝中没有靠山，所以没能与帝室联姻，范晔一直引以为耻。孔熙先见范晔已经动摇，便与范晔附耳说了几句，范晔点头同意，他便告辞而去。

谢综曾是刘义康的记室参军，谢综的弟弟谢约娶刘义康的女儿为妻，谢综当然常与刘义康来往。道人法略、尼姑法静都曾受过刘义康的恩惠，想着报恩，也与孔熙先有所往来。孔熙先约法静的妹夫许曜做内应。中护军徐湛之本来就是刘义康的亲信，孔熙先也与他商议妥当，并将前彭城府史仲承祖也拉拢进来，天天密议废立事宜。三个臭皮匠顶个诸葛亮，况且是十多个人在一块儿想办法。当下，众人想出一计，决定嫁祸领军将军赵伯符，诬陷他逞凶行刺宋主，范晔、孔熙先等人托词入京平乱，迎立彭城王刘义康。主意一定，孔熙先立即派奴婢彩藻随尼姑法静一同前往豫章，与刘义康接洽。法静、彩藻回来，孔熙先立即毒死彩藻，以防她泄密。起事前，孔熙先又以刘义康的名义给徐湛之发去一封书信，让他做内应。

适逢衡阳王刘义季出任徐州刺史，宋主的三子武陵王刘骏出任雍州刺史，四子南平王刘铄出任南豫州刺史，三人同一天起程。宋主亲自在武帐冈为他们饯行。席间，范晔、许曜二人站在宋主两旁持刀护驾。当宋主与刘义庆等人共饮时，许曜再三暗示范晔。但范晔到底是个文人，胆小如鼠，慌得心惊肉跳，始终不敢动手。

没过多久，宴席已散，刘义季等人已经离去，宋主也回到了宫中，行刺以失败告终。徐湛之怕引火烧身，竟向宋主告密。宋主立即令他查找证据，搜出范晔等人预先写好的檄文。宋主大怒，捉拿范晔等一干人犯，并派人讯问口供。范晔矢口否认。宋主又令孔熙先与他对质，孔熙先笑着说："檄文都由范晔一人主稿，他怎么能诬赖别人呢?"范晔还是不肯供认，直到宋主拿来由他签署的檄文，他才耷拉着脑袋承认。宋主当即愤恨地下令斩杀所有人犯。

宋魏交战

余怒未息的宋主又夺去彭城王刘义康的官爵，将他贬为平民，令他迁居安成郡。并任命宁朔将军沈邵为安成相，让他率兵监管刘义康。刘义康到了安成，这才想起离京时慧琳对他说的话，于是他开箱看书。当读到汉朝淮南厉王刘长的故事时，刘义康合上书卷叹息道："古时候早已经出过这类事，我竟然不知晓，怪不得会受到重罚！"

衡阳王刘义季得知刘义康被废后，不禁心灰意冷，终日饮酒麻痹自己。两三年之后，刘义季病死，年仅二十三岁。宋主追封他为侍中司空，又调任三子武陵王刘骏为徐州刺史，令他护卫京畿，遏制入侵的北虏。

宋、魏之前已经修好，怎么又会开战呢？

原来，氐王杨难当向北魏投诚前派侄子杨保宗镇守薰亭，杨保宗竟悄悄投奔北魏。魏主拓跋焘封杨保宗为征西大将军，令他督管陇西军事，兼任秦州牧、武都王，镇守上邽，并将公主嫁给他；并封杨难当为征南大将军，让他任秦、凉二州牧，兼南秦王。杨难当于是觊觎起刘宋的四川，竟派兵偷袭益州等地。宋龙骧将军裴方明与梁、秦二州刺史刘真道会师，大破杨难当，捣入仇池，擒住他的儿子杨虎和侄子杨保炽，杨难当逃入上邽。宋军令杨保炽留守仇池，将杨虎押到京都，杀死了事。宋主任命辅国司马胡崇之为北秦州刺史，令他监管杨保炽，助守仇池。魏主却派人将杨难当接到平城，并任命古弼为统帅，令他与杨保宗一起出兵祁山，向仇池进军。胡崇之督军作战，战败被擒，杨保炽逃走，仇池被北魏夺去。魏主派河间公拓跋齐与杨保宗一起镇守骆谷。弟弟杨文德劝杨保宗趁机背叛北魏，收复故国，杨保宗怕妻子不答应，所以一直不敢行动。哪知妻子魏公主窥透隐情，竟说出"出嫁从夫"四字，愿与杨保宗一起背叛北魏。有人劝公主不要忘本，公主却说："事成之后，我就成为国母，不再是一个小小的公主了。"于是，杨保宗下定决心背叛北魏。拓跋齐听到风声，计擒杨保宗，把他送往平城。

杨文德立即占据白崖山，进军仇池。魏将军古弼率军击败杨文德。杨文德忙向宋廷乞援，宋主封他为武都王，并派将军姜道盛去援助他。魏将拓跋齐击毙姜道盛，将杨文德逼入汉中。杨文德的妻儿、部吏全部被斩，甚至连杨保宗的妻子魏公主也被押到平城，被赐自尽。宋主刘义隆因杨文德失守故土，将他削爵罢官。自此，刘宋和北魏又成为仇敌。

偏偏一波未平，一波又起。原先向北魏称臣的卢水胡盖吴纠众叛魏。战败后，胡盖吴又向刘宋称臣乞援。宋主也忘了杨文德的事情，竟又封胡盖吴为北地公，并调发雍、梁的兵力屯驻境上，声援胡盖吴。没过多久，北魏击毙胡盖吴，魏主拓跋焘亲自督率十万大军渡河南来。

南顿太守郑琨、颍川太守郑道隐望风而逃。豫州刺史南平王刘铄正镇守寿阳，急忙派参军陈宪前去驻守悬瓠城。悬瓠城中的士兵不满一千，面对北魏大军，却丝毫没有惧色。魏主几次督令猛攻，都以失败告终。

眼看着悬瓠还没攻陷，全军人数却在锐减，魏主只得下令暂时撤退。

魏永昌王拓跋仁沿途掳掠，驻扎汝阳。徐州刺史刘骏奉宋主之命，派参军垣谦之、左常侍杜幼文、殿中将程天祚等人率兵袭击拓跋仁。结果五千人马之中，只有杜幼文带着九百人逃脱。宋主收到兵败的消息，把杜幼文打入大牢，将武陵王刘骏贬黜为镇军将军，又令南平内史臧质、司马刘康祖率一万多名士兵前去援救悬瓠城。

那时，魏主已在悬瓠城下待了四十二天，正在忧虑不知道什么时候才能夺得城池。突然又接到败报，说是派去的魏军不敌刘宋援军。魏主叹了口气，下令撤围北归。陈宪因守城有功，被提拔为龙骧将军，兼任汝南、新蔡两郡太守。

宋主因与北魏失和，便想一统中原。彭城太守王玄谟向来自大，屡次请求北伐，丹阳尹徐湛之、吏部尚书江湛更是从旁怂恿。新任步兵校尉沈庆之却入朝谏阻道："我朝惯用步兵，北魏惯用骑兵，两军势不相敌。昔日檀道济两次出军无功而返，到彦之也失利而还，现在我朝不过有王玄谟等几员大将而已，兵力也不强盛。所以，不如休养生息，等到合适的机会再大举出兵！"宋主刘义隆愤怒地说："檀道济是因为纵容敌寇，到彦之是因病而中途折返，所以才没有成功。朕想北虏所倚仗的就是他们的马匹，现在是盛夏天气，河水盛涨，河道畅通，如果我军泛舟北进，必定能拿下碻磝、滑台、虎牢、洛阳。等到了冬天，他们再纵马过河，这一片已经是我们的了。那时，就算他们的骑兵过河，也无能为力，说不定还会被我们擒获。朕怎么能轻易放过这个机会呢？"沈庆之仍坚持说不可行，宋主授意徐湛之、江湛当面和他辩驳。沈庆之说："治国如治家，耕地就该问奴隶，织布就该问婢女。陛下现在想讨伐北魏，反倒与白面书生商议，怎么能商量出个结果？"江、徐二人面有惭色，宋主大笑作罢。

太子刘劭及护军将军萧思话也奏称不宜出师，宋主始终不听。随后，魏主拓跋焘一封充满讥讽的来信，让宋主更加恼怒。没过多久，有消息说，北魏有名的谋士崔浩被杀。宋主当即觉得有隙可乘，于是毅然下诏北征。王玄谟被封为宁朔将军，与步兵校尉沈庆之、咨议参军申坦率水军北渡黄河，归青、冀二州刺史萧斌调度。新任太子左卫率臧质、骁骑将军王方回，出兵许洛。徐州刺史武陵王刘骏、豫州刺史南平王刘铄各率部众出发，东西并进。梁、秦二州刺史刘秀之迅速出兵沔陇。江夏王刘义恭出驻彭城，调度各军。

建武司马申元吉率兵赶到碻磝，魏刺史王买德弃城北逃；将军崔猛率兵赶到安乐，魏刺史张淮之也弃城逃去。随后萧斌与沈庆之留守碻磝，王玄谟率领大军进攻滑台。魏主听说宋军大举出击，便对亲信说："现在战马还不够健壮，天气也很炎热，我军如果迅速出击，未必能成功。如果敌兵还要继续前进，我们就退避阴山，等到了冬天，我们再大举出兵。"滑台被围时，已是暮秋，魏主令太子拓跋晃屯兵漠南，防御柔然，又令庶子南安王拓跋余留守平城，然后亲自率兵南救滑台。

宋将王玄谟不会用兵，他令钟离太守垣护之率一百艘战舰作为前锋，去攻占石济。石济在滑台西南一百二十里的地方，王玄谟打算扼截援军，作为掎角。垣护之离开后，王玄谟率领各军驻扎滑台城下，四面环攻。由于城中的房屋大多都是茅屋，将领们提议将火箭射入城中，引发城中内乱。王玄谟却摇头说："城中的一草一木都很值钱，而且将来都会属于我，我怎能眼睁睁地看着它们烧毁？"一天后，城中的居民都带着家产转移到地穴，而城上的官兵也昼夜防备。王玄谟又贴出告示，招募士兵。河洛壮丁络绎赶来，投入军营，王玄谟却只发给他们每户一匹布，还要求他们每人上供八百枚大梨。众人大为失望，军心逐渐涣解。

营寨一扎就是几个月，军中士气日益衰竭。一天，王玄谟忽然接到垣护之的来信，上面写着："魏兵即将杀来，请将军立即督兵攻城，越快越好！"但是王玄谟却没有放在心上，将时间蹉跎过去。又过了十多天，探子仓皇奔入营帐说："魏主已经率百万人马杀到枋头了！"王玄谟听了这话，吓得面如土色，急忙召部将商议对策。众人提议立即摆车阵，做好迎战准备，王玄谟仍迟疑不决。到了夜间，鼓声隐隐自远处传来，王玄谟更加惊慌失措。三更已过，突然有铁骑冲破营阵，径直驰入城中，王玄谟不敢下令截击，一任来骑入城。这位将领名叫陆真，他奉魏主拓跋焘之命，先来抚慰城中兵民，带给他们援军即将到来的消息。陆真只不过率领几名骁骑突围，王玄谟都不敢截击，更何况魏主带来的百万大军？

第二天晚上，北魏大军杀来，鼓声大作，比昨晚还要震耳。王玄谟出营一望，只见月光下敌军密集，迎面而来，王玄谟慌忙入帐，传令撤军。将士们早已没了斗志，一听撤军，争先恐后地逃跑。王玄谟也上马疾奔，只恨爹娘少生了两个翅膀，不能马上飞回江东。魏兵从后面赶来，趁势乱砍，把宋军后队的将士一股脑儿杀了个精光。就是宋军前队的人马也大多逃散。沿途被丢弃的军械几乎堆积成山，眼看着是送给北魏了。

垣护之当时还在石济，得知魏军渡河，他正打算致信王玄谟，约王玄谟一道夹攻魏军。不料王玄谟未战先溃，魏军夺去王玄谟的战舰，反过来截住垣护之的归路。垣护之又惊又怒，把百艘战舰列成一排，横驶杀向中游的敌舰。魏军见他来势凶猛，却也不敢拦阻，由他冲过去。垣护之随即率军南下。

驻守碻磝的萧斌听说魏主率大军支援滑台，忙令沈庆之率五千名士兵去援救王玄谟。沈庆之不肯去，还振振有词地说："王玄谟的将士都懈怠得没有丝毫锐气了，哪还能打仗？况且敌寇已经逼近，五千人根本无济于事，不如不去！"萧斌强令他前去，沈庆之只好率兵出城。刚走了不到几里路，就看见王玄谟狼狈逃奔回来，沈庆之料知无法挽回局势，只好中途折回，与王玄谟一同回去见萧斌。萧斌将王玄谟痛骂一顿，要将他处斩，沈庆之忙谏阻道："魏主拓跋焘威震天下，率领的千军万马哪是王玄谟所能抵挡的？况且杀掉战将，只能示弱，还请您慎重！"萧斌于是作罢，想固守碻磝。沈庆之不同意，说："现在青、冀势力薄弱，如果胡虏东趋，我们就是想守，也是守不住的。"萧斌便打算回军。偏偏诏书下来，令萧斌守住碻磝，再图进取。沈庆之便劝萧斌说："将在外，君命有所不受。陛下远在京城，不明局势，所以下达这个命令。但我们身在战场，应该更明白局势，更能做出正确的决策！"萧斌叹道："还是先召集众将商议，再决定去留吧。"沈庆之一脸的不悦，说："眼下有个范增就在将军眼皮底下，你却不用，非要召集众将来商议，空议又有什么用？"萧斌笑着对身边的人说："没想到沈公这么有学问。"沈庆之更加生气，厉声道："众人肚子里的古今，都不如下官用耳朵听来的东西实用。"萧斌于是令王玄谟留守碻磝，申坦、垣护之据守清口，然后率余军退回历城。

宋主刘义隆出师时，除了令徐州、豫州两亲王分道发兵外，又命六皇子随王刘诞为雍州刺史，令他镇守襄阳。并暂时停办江州军府事务，将所有文武官吏移到雍州，归刘诞调拨。刘诞派中兵参军柳元景、振威将军尹显祖、奋武将曾方平、建武将军薛安都、略阳太守庞法起等人从西北进军。大军攻入卢氏县，攻陷弘农，捷报连连。宋主晋封柳元景为弘农太守。柳元景在弘农督办粮饷，然后派庞法起、薛安都、尹显祖继续向西进军。庞法起等人又攻陷陕城，攻入潼关。宋军军威大振。关中的豪杰以及附近的羌胡都将粮草输送到军前，情愿投效。柳元景正想继续深入，不料宋廷下诏，让他还军。柳元景只好奉诏班师，回到襄阳。

张畅智答李孝伯

宋廷召回柳元景大军，是因为王玄谟败还，柳元景军不宜独自深入，所以叫他们东归。柳元景不便违命，只好令薛安都断后，退回襄阳。可是这一退，魏军却趁机全力南下，趁势蹂躏尉武，进逼寿阳。南平王刘铄登城固守寿阳。魏主拓跋焘将豫州军事全部交托给永昌王拓跋仁，然后率精骑赶赴徐州，直抵萧城。

萧城距彭城只有十多里。彭城内兵多粮少，江夏王刘义恭担心固守不住，想弃城南归。沈庆之说历城粮多，让二王及王妃、子女直趋历城，由护军萧思话留守彭城。长史何勖则表示反对，他建议二王东奔郁州，走海路回建康。沛郡太守张畅见沈庆之、何勖二人争执不已，便对刘义恭说："历城、郁州两地都去不得，而且也不容易过去。现在城中缺少粮食，百姓都想离开，只因全城戒严，城门严闭，他们才待在这儿。如果主帅一走，民众一定溃散，到那时，胡虏从后面追来，难道还能平安抵达历城、郁州吗？现在粮食虽然少，但总还可以支持一个多月。哪有舍安就危，自寻死路的道理？如果他们的建议行得通，下官愿先溅颈血，以洗马蹄。"话还没说完，武陵王刘骏也进来说："叔父调度全军，要去要留，不是我所敢干预的。只是我本是这城的守吏，如果今天将责任一推，跟着您出城奔逃，将来我有什么面目回朝廷？城存与存，城亡与亡，我愿意依张太守所言，死守此城！"刘义恭于是不再提出城之事。

魏主拓跋焘到彭城后，在戏马台上叠毡为屋。瞭望城中，见守兵行列整齐，器械精利，魏主倒也不敢急攻。魏尚书李孝伯来到南门，代魏主赠给刘义恭一袭貂裘，送给刘骏数头橐驼、骡马，并对刘骏说："我主嘱咐我向安北将军致意，想请将军暂时出城相见。我主不过到此巡阅，并不想攻城，将军不用劳苦将士如此严守！"武陵王刘骏曾受封为安北将军，因此魏尚书称他为安北将军。刘骏怕魏主不怀好意，便令张畅出城答话。张畅对李孝伯说："安北将军也很想拜见魏主，但为人臣子，未经君王允许不得与别国结交，守城是城主的职责所在，并非针对魏王，请不要多疑！"李孝伯随即回去禀报魏主。

魏主想喝酒，吃橘子、甘蔗，并借用赌博用品，刘骏一一照给。魏主随即派人送去毛毡及豆豉、盐，并要借用乐器。刘义恭便让张畅出城答复。张畅刚出城，城中守将见北魏尚书李孝伯率数骑人马前来，忙拽起吊桥，关上城门。李孝伯走上前来，张畅对他说："我和二王奉命镇守此城，并没有带乐器，还请见谅！"李孝伯说："这也没什么关系。倒是将军一出城，城内就立即闭门绝桥，我有些不明白。"张畅不等他说完，便接口说："那是因为二位王爷顾及到魏主刚来这儿，营垒还没有扎驻好，将士也十分劳累，担心城内的十万精甲会挟怒出城，冒犯魏主，所以下令闭门阻止。等到魏主的将士们士气恢复，双方再各下战书，指定战场，一决胜负。"李孝伯正要回答，忽然又有一人奉魏主之命赶来，来人对张畅说："向太尉和安北将军致意，我主想问大人为什么不派人来我军大营瞧瞧？就算不能尽兴畅谈，也可以知晓我的年纪样貌，了解我的为人。如果身边的部将不能随易调遣，也可以派身边的侍僮来呀！"张畅从容地回答说："魏主的样貌才力，耳闻已久。李尚书亲自前来，彼此已能尽兴畅谈，不用再派使者了。"李孝伯接口道："王玄谟是个庸才，南国怎么会误用他，以致战败？我军入境七百里，魏主遗憾连亲自动手的机会都没有。我想这偌大的彭城，也未必能守得住！"张畅立即反驳道："王玄谟是南土的一个小部将，我国不过用他来做前驱。只因魏主的大军还没来，我家将军便让王玄谟乘夜还军，共商大计，那些将士们不晓得实情，所以大军才稍稍有些散乱。至于魏军入境七百里，无人相拒，这是因为我太尉神机妙算，自有镇军之策。至于什么计策，军事机密，恕不便奉告。"李孝伯于是又换了一套说辞："魏主原本无意围城，像这样长驱直入的话，说不定过几天就能率军直趋瓜步①。如果一路顺手，哪还用得着攻打彭城？即便出师不捷，这城也不是我主想要的。我军就当南饮江水，聊以解渴了！"张畅微笑道："去留悉听尊便，不过北方的马饮南方的江水，恐怕会触犯天忌；如果魏军的马真能喝下江水，那就没有天理了！"这话一说，顿时令李孝伯大吃一惊。这是为什么呢？原来，之前有一首童谣说："虏马饮江水，佛狸死卯年。"魏主出征的这年，正是辛卯年。李孝伯忙匆匆与张畅告别说："大人真是一个让人敬佩的贤能之人，我自叹不如。请多加保重！"张畅接口说："李尚书也多加保重。他日平定中原，尚书本是汉人，回到我朝，我们还会再相聚！"随即一揖而散。

第二天，魏主督兵攻城，城上矢石如雨，击伤许多魏兵。魏主便移兵南下，令中书郎鲁秀攻打广陵，高凉王拓跋那攻打山阳，永昌王拓跋

---

①瓜步：山名，瓜步山。

仁攻打横江，所过城邑，无不残破。江淮大震，建康戒严。宋主刘义隆急忙任命臧质为辅国将军，令他率一万多士兵援救彭城。宋军行进到盱眙，听说魏兵已渡过淮河，臧质急忙令部将臧澄之、毛熙祚分别屯驻东山及前浦，然后大军在城南驻扎。哪知臧、毛两营垒相继被破，魏燕王拓跋谭驱兵直进，进逼臧质的营寨。宋军惊散，只剩下七百人，随着臧质奔往盱眙城。

盱眙太守沈璞莅任不久，便将城郭整治一新，而且储财存粮，连刀矛矢石也无不具备。当时，僚属还觉得他多事，等到魏军杀过来，僚属又劝他退回建康。沈璞愤然道："我之前筹备守具，为的就是今天，如果敌寇见我城郭甚小，而不愿攻打，那我刚好省些气力。如果他们攻打，那我正好精忠报国，你们也可以趁机立功邀赏。听说过昆阳、合肥的故事吧？新莽、苻秦拥众数十万，却被昆阳、合肥两个小城打得一败涂地。我们现在的条件比它们好，还有什么好怕的？"僚属这才有了斗志。

沈璞召来两千名精兵，闭城待敌。等到臧质叩关，僚属又劝沈璞不要放他进来，沈璞叹道："同舟共济，胡越一心，况且人越多越容易击退胡虏，我们怎么能将臧将军拒之门外呢？"随即打开城门，将臧质迎入城中。臧质入城后，见城中守备充足，顿时喜出望外，当即与沈璞一同坚守。

魏兵出征从来不带粮草，专靠沿途打劫粮草作为军需。因此，这次南下，魏军吃了大亏。南方的百姓不等魏军过河，便已藏匿起来。魏军渡过淮河后，沿途一无所获，累得人困马乏。听说盱眙有存粮，魏军恨不得一举入城，满载而归。然而攻打许久，都不见盱眙有所动摇。魏主无计可施，只得留下数千人驻扎盱眙，然后率大军继续南下。

行军到瓜步，魏主拓跋焘毁掉民舍，做了竹筏，扬言将渡江深入。建康城内大震，众臣都急得没有办法。宋主刘义隆忙令领军将军刘遵考率兵扼守入京的要隘，自采石至暨阳，绵亘六七百里，全部陈舰列营，严加防备。太子刘劭镇守石头城，调度水军。丹阳尹徐湛之驻守石头仓城。吏部尚书江湛兼职领军，调度各陆军。宋主忧心忡忡，登上石头城，一转头，见江湛在身边，宋主叹道："北伐之事，本来就没几个人赞同。如今百姓怨苦，百官忧虑，回想起来，这都是朕的过失，真是后悔啊！"江湛不禁脸红，低头无语。宋主又叹道："如果檀道济还在，胡马怎么能嚣张至此呀？"

就在宋主惶恐万分，束手无策的时候，魏主因不想长久对峙，特意派使者带着橐驼和名马前去请和求婚。宋主也派田奇送去珍馐美味。魏主见有黄柑，当即取来往嘴里送，并大口大口地往嘴里倒御酒。魏主身边的亲信担心食物里面有毒，忙偷偷提醒他。魏主不理，只是把孙子叫到面前，对田奇说："我大老远来这里，并不是想霸占你们的土地，而是想与你们和好如初，永结姻缘。宋主如果愿意将女儿许配给我孙子，我就把我的女儿许配给武陵王刘骏，并且从此不让一匹战马踏入南方！"田奇随即回去禀报宋主。宋廷大臣多半主张和亲，只有江湛对宋主说："胡虏言而无信，不如拒绝和亲。"忽然有一人说："如今三位王爷在外危急万分，陛下也忧劳过度，难道你还要主战吗？"这几句话响彻殿宇，吓得江湛大惊失色，忙回头一看，说话的不是别人，正是太子刘劭。江湛自知太子不好惹，慌忙退下。刘劭向身边的部属使了个眼色，就见江湛险些被挤绊倒。宋主看不过去，出言呵斥，刘劭仍抗议道："北伐战败，数州沦陷，只有斩杀江湛、徐湛之二人，才能向天下谢罪！"宋主刘义隆皱着眉头说："北伐是我的意思，不能怪他们！"刘劭怒气冲冲地退了出去。

碰巧魏主拓跋焘也不再请和，在瓜步山上度过新年后，便下令拔营北归。经过盱眙，魏主又派使者入城，赠送刀剑以求美酒。守将臧质给了他几坛。魏主酒兴正浓，立即开封取酒，哪知一股臭气直冲鼻头。仔细一看，坛中并不是什么美酒，而是混浊的小便。魏主大怒，令将士攻城。然而盱眙城虽小，却不易攻下。第一天攻不下，第二天还是攻不下，过了一个月，仍然没拿下盱眙城，魏兵却死了一万多人。春和日暖，尸气熏蒸，免不了酿成瘟疫，魏兵多半染病，骨软神疲。紧接着，又传来宋主派水军自海入淮，支援盱眙的消息。魏主担心彭城的武陵王刘骏和江夏王刘义恭会阻住自己的归路，忙毁掉战具，率众北归。

废王刘义康就是在这场战争中结束生命的。当时，将军胡藩的儿子胡诞世想奉迎刘义康为主，他纠集两百多人潜入豫章，杀死太守桓隆之，据郡作乱，却被卸职归乡的檀和之击毙。太尉江夏王刘义恭举荐檀和之为司马，并奏请将刘义康迁到远方。宋主于是下令把刘义康迁到广州，并派人通知刘义康。刘义康对来使说："人总有一死，我也不想再活了。但如果我一定想作乱，哪儿还会分远近？要死就死在这儿吧，我已不愿再迁了！"宋主得知后，很是犹豫。当魏兵入境时，内外戒严，太子刘劭及武陵王刘骏怕刘义康趁机作乱，便屡次用"大义灭亲"四字来劝说宋主。后来，宋主派中书舍人严龙拿毒药前往安成郡。刘义康看着毒药，皱眉说："佛家不许人自杀，你随便处置我吧。"严龙随即用被子捂住刘义康，将他捂死。

江夏王刘义恭、武陵王刘骏二人因没能抵制住胡虏，而遭到谴责，刘义恭被降为骠骑将军，刘骏被降为北中郎将。青、冀刺史萧斌、将军王玄谟也被罢官。经过这次交锋，南兖、徐、兖、豫、青、冀六州的城邑都变成废墟，萧条不已。刘宋从此衰败了。

弑主

魏主拓跋焘回到平城，改元正平，将五万多户投降的兵民分别安置在京城附近，以示威武，夸示功绩。北魏自拓跋嗣开始强大，拓跋焘即位后，国势日益强盛，但推究前因，其实多靠崔浩。崔浩在魏主南下之前，已被诛杀。但这个北魏的功臣到底是怎么得罪魏主，而使得魏主痛下狠心呢？

原来，崔浩与崔允等人编修国史已有数年。魏主曾对他们说："务从实录。"崔浩便据实叙写魏主的先世，毫不避讳。著作令史闵湛、郗标却十分奸诈，他们对崔浩的撰著极口称赞，并劝崔浩刊刻国史，将国史毫无保留地刻写在石碑上，以彰示史书的客观、真实。崔浩便将北魏主祖宗的事迹，无论善恶都刻写进去。于是，那些嫉恨崔浩已久的朝臣竞相诬陷他，将他逼入死地。魏主拓跋焘一纸诏书灭了崔浩以及他的族人。崔浩死后，魏主也有悔意。当时，尚书李孝伯病重，京中讹传说他已经病死。魏主信以为真，呜咽道："李尚书可惜！"半晌又改口说："不对，是崔司徒可惜！李尚书可哀！"不久，李孝伯病愈，魏主便让他代任崔浩的职务。不管遇到什么国事，魏主都会与李孝伯商量，就像之前对待崔浩一样。

太子拓跋晃处理政事精细严察，因而与中常侍宗爱不和。给事中仇尼道盛和太子关系很好，也与宗爱有嫌隙。但是魏主总是听信宗爱的话，宗爱便常在魏主面前说太子的不是，并指责仇尼道盛误导太子。魏主竟信以为真，将仇尼道盛以及东宫的十多名官吏全部处斩，害得太子拓跋晃惊吓成疾，没过多久，就病逝了。

后来，拓跋晃的冤情得到昭雪，魏主很是悲悼，追谥他为景穆太子，封他的儿子拓跋浚为高阳王。后来因为拓跋浚是皇长孙，不能做藩王，没过多久，魏主又收回成命。拓跋浚年仅十二，但聪颖过人，深得魏主的宠爱。不料，宗爱见魏主经常追悔，生怕有一天魏主会怪罪自己，于是心一横，做出弑主的大事来。

魏正平二年春，魏主拓跋焘因喝醉酒，独自一人睡在永安宫。宗爱伺机进去，也不知他怎么动手的，竟令这英武果毅的魏主拓跋焘死得不明不白。过了许久，魏主的侍臣进去伺候魏主。那侍臣刚进去，便惊骇得狂呼而出。那时，宗爱早已溜出宫外，装出一副惊愕的模样与尚书左仆射兰延、侍中和疋、薛提等商量后事。他们决定暂时秘不发表，先拥立嗣君。然而在挑选嗣君的问题上，却产生了争议。薛提引经据典，想拥立皇长孙；和疋认为皇长孙还小，想立年长一点的君主。彼此争论不休，无法统一。和疋竟召入东平王拓跋翰，先将他安顿好，然后与群臣商议拥立拓跋翰为嗣君；宗爱则秘密地将南安王拓跋余从便门引入宫中，让他在灵柩前嗣位。东平王拓跋翰及南安王拓跋余都是魏主拓跋焘的儿子，太子拓跋晃的弟弟，拓跋翰排行第三，拓跋余排行第六。宗爱曾间接害死太子，当然不愿意拥立太子的儿子，而他又与拓跋翰存有芥蒂，因此也不愿推立拓跋翰。拓跋余嗣位后，宗爱假传赫连皇后的谕旨，将兰延、和疋、薛提三人召进宫，指使宦官削落三人的首级。东平王拓跋翰安心待在室内，还痴心等着群臣来迎接他，好去做嗣皇帝。哪知房门突然一响，闯入许多阉人，执刀乱砍，拓跋翰狂叫数声，一命呜呼！

宗爱立即拥立拓跋余即位，并宣召群臣入宫谒见。一群贪生怕死的魏臣哪个还敢抗议，都忙向拓跋余跪拜，俯首齐呼万岁。魏主拓跋余依照惯例大赦天下，改元永平，尊赫连氏为皇太后，追尊魏主拓跋焘为太武皇帝；任命宗爱为大司马、大将军、太师，督管全国军事，还封他为冯翊王。拓跋余因越位继立，怕群臣不服，于是拨发库中财帛赏赐群臣。不到一个月，府库一空。偏偏南方突然兴兵入侵，拓跋余束手无策。幸亏黄河南岸一带的边将顽强抵抗，奋力将南军击退。

宋军一退，魏主拓跋余又放心大胆地沉湎于酒色和游猎。宗爱总揽大权，权焰滔天，不但群臣侧目，连魏主拓跋余对他也有些戒心，总会时不时地压制他。宗爱不免含愤，又想将他亲手扶上去的嗣君拖下来。正逢拓跋余晚上在东庙祭祀，宗爱便让人伺机一刀杀了拓跋余。

那时候，群臣还不曾知晓，唯独羽林郎刘尼已知事变。他忙找到宗爱，恳请宗爱顺应民意，拥立皇长孙拓跋浚为嗣主。宗爱惊愕地说：“你不是痴人说梦话吧！如果拥立皇长孙为嗣君，他肯忘记正平年的事情吗？”刘尼默然退出，转而向殿中尚书源贺揭发宗爱的逆行。源贺有志除奸，当即与刘尼一同拜访尚书陆丽。陆丽一听二人的话，大惊而起说："嗣主又被杀害了吗？宗爱一再忤逆，那还了得！我一定与你们共诛此贼，迎立皇长孙！"当即召来尚书长孙渴侯，商定密计。长孙渴侯与源贺一同率禁兵守卫宫廷，陆丽忙与刘尼去恭迎皇长孙。这天晚上，十三岁的皇长孙拓跋浚被他俩护送入宫。刘尼率禁兵回到东庙，对众人大呼道："宗爱谋杀南安王，大逆不道，按罪论处，应该灭族。现在皇长孙已登大位，传令卫士回宫，各守原职！"众人一听，欢呼万岁。刘尼立即麾众拿下宗爱，押回大殿。拓跋浚驾御永安殿，即皇帝位，召见群臣，改元兴安。魏主拓跋浚诛杀宗爱，并灭他三族；追尊父亲景穆太子拓跋晃为皇帝，庙号恭宗，追封早已过世的闾氏为恭宗皇后，册立乳母常氏为保太后。原来，拓跋浚一出生，母亲便过世了，他是由常氏抚育长大的。没过多久，拓跋浚竟尊常氏为皇太后。同时封陆丽为平原王，刘尼为东安公，源贺为西平公，长孙渴侯为尚书令。国家逐渐安定下来，转危为安。而南朝的宋天子却死于非命，仿佛铜山西崩，洛钟东应一般。这真是一个纷扰的乱世。

宋朝自袁皇后病逝后，潘淑妃得以总掌内政。太子刘劭性情本就凶残，又想到母后病亡都是潘淑妃所致，因而十分仇恨潘淑妃以及潘淑妃的儿子刘浚。刘浚担心刘劭会加害自己，于是极力讨好刘劭，因此二人表面上关系还算不错。刘劭与刘浚两人都不会为人处世，因而总是遭到父亲的责骂。一个偶然的机会，二人认识了女巫严道育。于是，他们请严道育做法，祈求日后如果有了过错，宋主刘义隆不会知晓。严道育便有模有样地设起香案，对天膜拜，念念有词，也不知她念的是什么咒语。过了一会儿，她对着天空问问答答，好像真有天神下凡，与她对话一般。大约过了半个时辰，才算祈祷完毕。她神情严肃地对刘劭、刘浚二人说："我已转告天神，你们大可放心。"二人大喜，都称她为天神。严道育做完法后，怕自己的法术不灵，索性用巫蛊术再次为刘劭、刘浚二人做法。她先在一块玉石上雕出宋主的样貌，然后派人把玉石偷偷埋在含章殿前。后来，事情败露。宋主令人严查此事，查明详情后，下令捉拿女巫严道育。严道育早已闻风逃匿，不知去向。宋主一连几天都不高兴，对潘淑妃说："太子贪图富贵，这没什么说的。但刘浚竟然也这样，真是让朕意外呀！你们母子没有朕，能有今天吗？"于是派中使严厉斥责刘劭、刘浚，二人无从抵赖，只得上奏请罪。宋主虽然十分生气，但心存仁厚，不忍诛杀自己的两个儿子。

时光荏苒，转眼已是元嘉三十年。刘浚自京口上奏，乞求移镇荆州。

宋主允准，令他入朝听令。当时，传言严道育藏居京口张家，宋主派人搜查，结果仍让她给溜了，只捕获她的两个女婢。一审讯，两名女婢就供称严道育曾以尼姑的身份躲在东宫，后来到京口投靠始兴王刘濬，现在已随始兴王回京了。宋主大怒，立即令京口官吏送二女婢入都，与刘劭、刘濬当面对质。

刘濬到了京都，听到些风声，忙偷偷溜入宫中，去见潘淑妃。潘淑妃抱着儿子大哭道："之前因为巫蛊的事情，你父皇差点杀了你，还亏我极力劝解，你才得以免罪，可你怎么又窝藏严道育呀？我刚刚替你向皇上求过情了，皇上始终不答应，看来这次是无可挽回了。你去取毒药来，我先自尽，免得看见你惨死！"刘濬听了这话，把母亲一推，站起来说："路都是自己走的，还请母亲把心放宽些，我一定不会连累你的！"说着，头也不回地出宫了。宋主召入侍中王僧绰，和他密商说："太子不孝，刘濬也一样，朕想废黜太子刘劭，赐刘濬自尽。你去找些汉魏时期废储立储的典故来，然后把诏书送交江湛、徐湛之二相裁决。赶紧去办！"王僧绰听令而去。只是江湛的妹妹嫁给了南平王刘铄，徐湛之的女儿是随王刘诞的王妃，刘、徐二人各怀私心，因而入宫谒见宋主，一个请示立刘铄，一个请示立刘诞。宋主偏爱七皇子建平王刘弘，想越序立刘弘为太子。因此，三人讨论许久，始终没有决定。

王僧绰入宫进谏道："立储一事，应由陛下做主，臣以为陛下应速下决定，不能再拖下去了。古人说，当断不断，反受其乱。还请陛下立即裁决！如果陛下不忍心废黜太子，那就该像从前一样包容太子，这样，陛下也不用这么忧虑。而且这种机密事情很容易传播出去，还请陛下明断，不可让这件事引发意外，贻笑千秋！"宋主说："事关重大，朕不能不三思而后行！况且彭城王刚去世不久，朕再这样做的话，世人会说朕无情，这可怎么办？"王僧绰说："臣倒是怕千载以后，世人会说陛下舍得对兄弟动手，却舍不得对儿子动手！"宋主默不作声，王僧绰随即退了出去。

后来，宋主每晚将徐湛之召入宫中，和他秉烛商议。潘淑妃想方设法从宋主口中套出话，然后派人通报儿子刘濬。刘濬立即去通知刘劭。刘劭随即与陈叔儿、斋帅张超之等人密谋杀掉宋主。

一天晚上，刘劭一面让人假造诏书，谎称从北魏归国的鲁秀谋反，宋主令东宫卫兵入宫护卫；一面召见中庶子萧斌、左卫率袁淑、中舍人殷仲素、左积弩将军王正见等人。一见面，刘劭就哭着说："陛下尽信谗言，打算将我废黜，我自问没有犯下大的过错，所以不愿受这种委屈。

明天一早，我决定干一番大事，还请你们尽力帮助我，共图富贵！"说到这里，起座下拜。萧斌等人慌忙避开，顾虑了半天才说："从古至今，还没有发生过这种事，还请太子三思！"刘劭不禁变色，怒容满面。萧斌忌惮刘劭的凶威，立即改口说："臣一定竭力效命！"殷仲素等人也随声附和。唯独袁淑呵斥道："你们真以为太子会谋逆？太子小时候曾患疯病，今天可能是旧疾复发。"刘劭愈发愤怒，瞪着袁淑说："你是说我不可能成功？"袁淑从容说道："太子可能会成功，但成功以后，恐怕不为天地所容！如果太子真有谋反的念头，还请早点打消！"陈叔儿在一旁说道："现在都走到这一步了，还能轻易罢手吗？"随即将袁淑赶了出去。

袁淑回到寓所，绕床而走，直至四更才就寝。第二天早晨，宫门还没开，刘劭便与萧斌同乘车辇赶往宫禁。一出东宫门，刘劭便催呼袁淑上车。袁淑这时还没有起床，刘劭连番催促，他才披衣出来相见。刘劭让袁淑上车，他不肯，刘劭的侍卫上前就是一刀，结果了他的性命。车辇径直来到常春门前，宫门正好打开，车子随即驶了进去。按照旧制，东宫的人马不得进入禁城，刘劭取出伪造的诏书，对门卫说："奉陛下密令，入宫征讨逆贼，后面的人马也可以进来。"门卫不知是诈，便将他们全部放进去了。于是，张超之领着数十名卫士率先闯入云龙门，径直杀入含章殿。宋主刘义隆与徐湛之密谋了一整夜，刚睡下不久，卫兵也都还没起床。

张超之等人一拥入殿。宋主一惊，慌忙起身，举起榻上的案几去挡。张超之一刀劈来，剁落宋主的五个手指。案几随之而落，宋主扑倒在地。张超之上前又是一刀，眼看着宋主不能动弹，一命呜呼！享年四十七岁。

徐湛之当时留宿殿中，被惊醒后，得知宫中变乱，慌忙逃往北户。

刘骏枭恶锄奸

徐湛之逃奔到北户，正打算开门逃生，不料乱兵已经追到，一阵乱刀，他也当即毙命了。留宿尚书省的江湛，早起听到喧噪声，料知事情有变，不禁喟然叹道："如果早点采纳王僧绰的意见，就不会有今天啊！"随即藏匿在小屋中，也被乱兵搜到，结果了性命。

刘劭进入含章殿中阁，杀死中书舍人顾嘏，宿卫旧将罗训、徐罕以及左卫将军尹弘等人都望风屈附。刘劭又派人去东阁杀潘淑妃。潘淑妃刚起床，还没梳洗，突然见乱兵冲进来，顿时吓得她花容失色。粗野武夫哪管她什么玉骨冰肌，一刀把她砍死，又挖出她的心来，献给刘劭。宫中的侍役，只要是宋主的亲信，也都做了刀下鬼，随着潘淑妃的芳魂一同到冥府侍奉宋主刘义隆去了。

刘浚住在西府。舍人朱法瑜跟跄跄来喊道："不好了！不好了！宫中事变，外面都说是太子造反了！"刘浚装出一副吃惊的样子说："真的吗？怎么办？怎么办？"朱法瑜说："不如赶紧去石头城，据城观变。"将军王庆呵斥道："宫中有变，还不知道陛下的安危，做臣子的理应投袂赴难，怎么能往石头城跑呢？"刘浚还没弄清楚状况，便带着一千多名文武僚属从南门直奔石头城。

石头城由南平王刘铄留守，他见刘浚突然奔来，忙问他宫里的情况。刘浚还没回答完，张超之就来了，奉命宣召刘浚入朝。刘浚令身边的人退出去，向张超之问明详情，当即一身戎装上马疾驰而去。朱法瑜极力劝阻刘浚，刘浚不听。王庆又提出"声罪讨逆"四字，更是惹得刘浚怒火中烧，愤愤呵斥道："太子有令，多嘴者，立斩！"随即与张超之匆匆入朝。一见面，刘劭迎上前说："皇弟，你可来了！只是，可惜了潘淑妃……"说到"妃"字，不禁停下。刘浚从容问道："难道她死了？"刘劭见他神色如常，这才回答说："都是为兄的不是，没想到潘淑妃竟被乱兵杀害了！"刘浚轻快地说："她自寻死路，没什么好可惜的！"

刘劭十分欢喜，又伪造诏书，将江夏王刘义恭以及尚书令何尚之召进宫，囚禁起来，逼他们屈服。并宣召百官入宫，朝见新帝。可是，零零落落的只来了数十人。刘劭也不管那么多，立即穿上龙袍，戴上皇冠，登上帝位。接着宣读诏书，大赦天下，改元太初，算是即位。

回到永福省，刘劭不敢见宋主的遗体，只是令亲党入宫为宋主及潘淑妃殓棺。等亲党收拾妥当，刘劭立即追封宋主刘义隆为景皇帝，庙号中宗，将他葬在长宁陵。办完丧事，刘劭任命萧斌为尚书仆射兼领军将军，何尚之为司空。同时，令前太子右卫率檀和之戍守石头城，征虏将军侯义綦①镇守京口。并任命殷仲素为黄门侍郎，王正见为左军将军，张超之、陈叔儿各将也都加官晋爵。刘劭又令辅国将军鲁秀与屯骑将军庞秀之一同掌管禁军，任命王僧绰为吏部尚书，兼官司徒。后来，刘劭翻

---

① 侯义綦：是侯道怜的幼子。

出王僧绰先前草拟的废储诏书，便杀了王僧绰；并诬陷宗室王侯与王僧绰是同谋，趁机除掉刘义欣和刘义庆的儿子。同时，任命江夏王刘义恭为太保，南谯王刘义宣为太尉，始兴王刘浚为骠骑将军兼雍州刺史，臧质为丹阳尹，随王刘诞为会州刺史；册立妃子殷氏为皇后，任命皇后的叔叔殷冲为司隶校尉；尊女巫严道育为神师，释放曾参与巫蛊事件的女婢王鹦鹉。王鹦鹉入宫向刘劭谢恩，刘劭见她妖冶善媚，竟对她有了非分之想。王鹦鹉本性淫荡，突然得此奇遇，更是喜出望外，流连枕席，曲意承欢，引得刘劭心花怒放，通宵取乐，恨不得立即册立她为皇后。只因正宫有主，一时不便废黜，刘劭便先将王鹦鹉列为姬妾，再作打算。

武陵王刘骏移镇江州后，在江州府处理事务。正值江州贼寇四出，刘骏屯兵五州，步兵校尉沈庆之也从巴水前来会师，一同讨伐贼寇。刘劭表面上任命刘骏为征南将军，暗中却飞传密诏，示意沈庆之除掉刘骏。碰巧，典签董元嗣也自建康来到五州，跟刘骏说起刘劭大逆不道的事情。沈庆之私下里对僚属说："萧斌妇人之心，其他将帅都不足为虑，看来和东宫一路的也不过三十人。如果我辅助武陵王讨伐太子，定会成功！"于是，他来到刘骏帐前求见。刘骏此时已略知密诏的事情，因而对沈庆之怀有戒心，借口生病，拒不见客。沈庆之竟擅自闯进去，当面宣读刘劭的诏书。刘骏无从避匿，只能哭着对沈庆之说："我不怕死，但我上有老母，能不能让我再见我的母亲一面？"原来，刘骏的母亲路淑媛曾随子出宫，迁居藩地。沈庆之愤慨地说："将军把庆之看成什么人了？我曾蒙受先帝的恩遇，现在更应辅顺讨逆，将军为什么如此多疑？"刘骏忙起身拜道："国家的安危，全靠将军了！"沈庆之拜谢一番，立即操练兵士，准备征讨京师。

江州府主簿颜竣说："刘劭占据天府，而天府一时又不好攻克，如果单靠我们，未免孤危，不如先联络各镇将，共同谋划，然后起事。"沈庆之一听，厉声说道："现在我们正要仗义出师，这黄头小儿竟来扰乱军心，我军怎么会不败？只有将他斩首，才能振作士气！"刘骏见沈庆之动怒，忙让颜竣向沈庆之谢罪。沈庆之这才温和地对颜竣说："你是个执笔的文官，行军打仗的事，不是你所能明白的。"刘骏欣喜地说："就照将军说的去做！"当下戒严誓众，任命沈庆之为江州府司马，襄阳太守柳元景、随郡太守宗悫为谘议参军，内史朱修之为平东将军，颜竣为录事，长史刘延孙为寻阳太守，负责处理府事。

沈庆之当即部署内外，十天不到，便已准备妥当，时人视之为神兵。刘骏当即令颜竣起草讨伐檄文，传示四方，号召各镇将士一起讨伐刘劭。南谯王刘义宣、丹阳尹臧质、司州刺史鲁爽首先响应，举兵相从。刘骏令鲁爽留守江陵，然后与臧质前往寻阳。

刘劭听说刘骏出师，忙调任兖、冀二州刺史萧思话为徐、兖二州刺史，任命张永为青州刺史。萧思话随即率兵响应刘骏，建武将军垣护之也自历城赶到寻阳，与刘骏会合。就是随王刘诞也致信刘骏，表示愿与他共同讨逆。不到一个月，已是义师四起，鼓声密集。刘劭自以为擅长用兵，傲然地对朝臣说："你们只需要为我处理文书，不必担心军旅，如果贼寇发难，我自能抵御，恐怕贼寇还不敢妄动呢！"随后听说四面八方的兵士陆续响应刘骏，刘劭才担心起来，忙下令戒严。

春去夏来，警信日益频繁。柳元景率领宁朔将军薛安都等人自溢口出发，共计十二支军队。武陵王刘骏也自寻阳出发，令沈庆之总掌中军，大军浩浩荡荡，杀奔建康。

讨伐檄文传入建康，刘劭一看，探知是颜竣的手笔，便召来太常颜延之，问他说："你知不知道这是谁写的？"颜延之刚刚应征，被任命为光禄大夫，而颜竣就是他的长子。颜延之从容看完檄文，料知刘劭故意质问他，便坦然说道："这檄文出自微臣的儿子颜竣之手。"刘劭又问道："你怎么知道？"颜延之说："微臣从上面的笔迹看出来的。"刘劭责问道："颜竣怎么能如此不敬地诋毁朕呢？"颜延之缓缓说道："他连老父都不顾，又怎么会知道顾念陛下？"刘劭的怒气这才平息些，呵斥他退下。随后，刘劭将颜竣的儿子拘禁在侍中下省，将刘义宣的儿子拘禁在太仓空舍，并且想杀尽三镇将士的家人。江夏王刘义恭、司空何尚之劝他说："一个干大事的人，一定不会顾念他的家人。陛下如果将他的家人全部杀掉，只会令贼人心生杀意，更会增长贼人的势焰呀！"刘劭觉得有理，便就此作罢。

只是，刘劭总觉得朝廷旧臣都靠不住，他忙用重金招抚辅国将军鲁秀、右军参军王罗汉，委以军事；并任命萧斌为军师，令殷冲掌管兵符。萧斌劝刘劭亲自率领水军出京决战，或者占据梁山，固垒扼守。江夏王刘义恭偏向刘骏，他担心刘骏仓促起事，装备还不够齐全，不利于水战，便劝刘劭养精蓄锐，并说现在还不适合远征。萧斌厉色道："武陵郎一个二十岁的少年竟能做出这样的大事来，让人不可小瞧。况且他还有三个厉害的帮手占据上流，沈庆之深谙军事，柳元景、宗悫屡次立功。形势如此严峻，他们是我们的劲敌！现在，京都的军民还算齐心，我们还能勉力一战，如果端坐台城，等到人心涣散了，还怎么能久持？"可刘劭仍是没有采纳萧斌的意见，他只是慰劳将士，督造战舰，想等敌军逼近，再决一死战。当时，还有人劝他固守石头城，刘劭却说："前人据守石头城，无非是等着各路诸侯前来勤王，我如果守在那里，谁来救我？只有与他决战，才能取胜。"随后派庞秀之戍守石头城。不料，庞秀之竟投奔刘骏，京都人心大震。

刘骏率军到了鹊头，宣城太守王僧达前来投诚，刘骏便授任他为长史，将他留在身边。柳元景担心舟舰不够坚固，不利于水战，忙昼夜行进，在江宁登岸。登岸后，柳元景令薛安都带领铁骑在淮上耀武扬威，随后致信京中的文武官吏，陈述利害关系。于是，在朝官吏大多偷偷溜出建康，投奔刘骏。

柳元景率军潜到新亭附近，依山为垒。刘劭令萧斌统率步军，褚湛之统率水军，让他们与鲁秀、王罗汉率领一万多名精兵进攻新亭。大军出发后，刘劭登上朱雀门督战，指望着一举击败柳元景军，没想到大军却突然溃退。刘劭慌忙亲自率余众继续攻垒，结果又被柳元景杀败，伤亡无数。萧斌受伤逃亡而去。鲁秀、褚湛之、檀和之都奔降柳元景的军营。刘劭单骑逃脱，回到建康。

柳元景亲自迎接鲁秀等人。一经交谈，才知刚刚作战时，一万多名官兵突然溃退，是由鲁秀的那一声退鼓造成的。柳元景大喜，忙向各方告捷，并将武陵王刘骏迎到新亭。

刘骏随即来到新亭慰劳各将士，趁机进入江宁城。凑巧，江夏王刘义恭从建康脱身，恳请刘骏即位。随后，骑侍郎袁爱，借口追捕刘义恭，也来到武陵王这里投顺。袁爱对朝仪非常了解，刘骏便令他兼任太常丞，负责即位大礼。随后在新亭筑坛，武陵王刘骏即皇帝位，大赦天下。即位后，刘骏赐各文武官吏一等爵位，将大行皇帝的谥号改为文，庙号太祖；任命大将军刘义恭为太尉，录尚书事，兼任南徐州刺史；封南谯王刘义宣为中书监，兼任扬州刺史；封随王刘诞为卫将军，兼任荆州刺史；臧质为车骑将军，兼任江州刺史；封沈庆之为领军将军，萧思话为尚书左仆射，王僧达为右仆射，柳元景、颜竣为侍中，宗悫为右卫将军，张畅为吏部尚书。最后，刘骏将新亭改为中兴亭。

刘劭自新亭奔回建康，听说刘义恭已经逃走，便将他的十二个儿子全部杀死，然后立自己的儿子刘伟之为太子，又大赦天下。同时，任命刘浚为南徐州刺史,令他与南平王刘铄一起负责尚书事宜。刘浚听说刘骏即将杀来,冥思苦想,终于与刘劭想出一个办法。二人于是天天对着神像顶礼膜拜,虔诚祈福。然而臧质等人步步进逼,直指建康。刘劭派出去的军队,溃散的溃散,投降的投降。刘劭连忙关闭六扇城门,并在城内凿堑立栅。城中一日数惊,非常慌乱。丹阳尹尹弘溜出建康城请降,萧斌也从石头城到刘骏军前投降。鲁秀等人请示过宋主刘骏后,认为萧斌等人罪情较重,当即将他们处斩。

这时候,刘劭自知大势已去,打算逃走。刘浚劝他带着珠宝航海远逃,刘劭却觉得带着珠宝会引起别人的注意,反而不利于出逃,想轻骑逃生。两人商议半天,也没个定论。那边阊阖门外的守兵已跑回宫殿,薛安都、程天祚等人领着义师趁乱杀进来。臧质、朱修之也分别从别的门杀进来,众人会合于太极殿前。逆党四处逃奔,王正见当场被斩,张超之在含章殿被乱刀分尸。

刘劭无法出逃,便凿通西墙,藏入武库井中。义军将领高禽率兵进去,七手八脚地把他擒住,反捆起来。刘劭问道:"天子在哪里?"高禽回答说:"就在新亭!"当下把他拉出来。臧质一看到刘劭,便对着他痛哭不止。刘劭羞愧地说:"天地不容我,你哭什么?"臧质这才止住眼泪,把刘劭捆在马背上,押送到新亭。皇后殷氏、皇子刘伟之兄弟四人以及严道育、王鹦鹉等人都被捕获,妇女全部押入监狱,男子则都戴着刑具,押往新亭。传国御玺也自严道育身上搜出,送到宋主刘骏手里。

刘劭与四个儿子来到新亭,江夏王刘义恭先声呵斥道:"我背逆归顺,有什么错?你竟把我十二个儿子全部杀害了!"刘劭回答说:"杀死了各位弟弟,是我对不起叔父。"江湛的妻子庾氏专门乘车赶来咒骂,庞秀之也在一旁冷嘲热讽。刘劭厉声道:"你们说够了没有?就让我去死吧!"刘义恭大怒,让人先斩杀刘劭的四个儿子,然后斩杀刘劭。轮到刘劭时,刘劭临刑叹息道:"我从没想过会把宋室弄成这个样子!"随即,刘劭父子暴尸于市曹。

刘义恭奉命先回建康,经过越城,碰到正狼狈逃来的刘浚父子,刘铄也在队伍里。见了刘义恭,刘浚下马问道:"武陵王现在怎么样?"刘义恭恭敬地说:"皇上已君临万国!"刘浚叹道:"我来得太迟了!"刘义恭说:"确实是太迟了。"刘浚忙问:"我们还保得住性命吗?"刘义恭微微一笑说:"说不定可以,你们自己去请罪吧。"说完,便勒令他们上马。刘浚刚要上马,刘义恭便剁下了他的脑袋。刘浚的三个儿子也被斩首。

不久，诏书传入建康，赐刘劭的皇后殷氏等人自尽。殷氏对狱丞江恪说："我又没有犯罪，为什么要杀我？"江恪说："你被册封为皇后，怎么会没有罪呢？"殷氏说："这只是一时的册封，再过几个月，王鹦鹉就是皇后了。"随即上吊自尽。姬妾相继自我了断，唯独严道育、王鹦鹉二人被押到市曹，鞭笞致死。殷冲是殷氏的叔叔，尹弘、王罗汉也曾为刘劭效命，自然都被赐死。淮南太守沈璞坐守湖上，观望不前，也被处斩。

宋主刘骏自新亭进入京都，住进东府，百官接踵而来，诚恳请罪。刘骏下诏，一概不问罪，并派建平王刘弘去寻阳，接生母路淑媛以及妃子王氏入都。家眷抵达建康后，刘骏尊母亲为皇太后，册立妃子王氏为皇后；追封袁淑为太尉，徐湛之为司空，江湛为开府仪同三司，王僧绰为金紫光禄大夫；同时，毁掉刘劭所住的东宫斋室，改建为园池；封高禽为新阳县男，追封潘淑妃为长宁国夫人；晋升江夏王刘义恭为太傅，南平王刘铄为司空，建平王刘弘为尚书左仆射，随王刘诞为右仆射。不久，宋主又改封南谯王刘义宣为南郡王，随王刘诞为竟陵王。其他人等都论功行赏，褚湛之虽是刘浚王妃的父亲，但他及时归顺，且刘浚与王妃也已死去，因而免去他的死罪。何尚之则因刘义恭从中调解而被授为尚书令，他的儿子何偃为大司马长史。

宋主刘骏随即居住大内，略享太平。没想到，过了两个月，南平王刘铄竟突然去世了。

乱伦引发的乱事

南平王刘铄随刘义恭回到建康，虽然宋主晋升他为司空，但因为他归附的最迟，宋主刘骏始终很忌惮他。刘铄也十分忧惧，寝食难安。晚上睡觉，他总是突然惊醒，与家人闲聊，也经常说些荒谬的话。一天，刘铄竟然暴毙。当时，京都传言说是宋主暗中派人毒杀他的，宋主只得追封他为司徒，将此事掩饰过去。

第二年是宋主刘骏元年，年号孝建。才过了一个月，江州又起乱事，免不得又要兴师。宋主刘骏即位后，将刘劭拘禁的各王公大臣的儿子都放了出来，这中间也包括刘义宣的儿子。随后，宋主册立大皇子刘子业为皇太子，并封刘义宣的儿子刘恺为南谯王。刘义宣一再推辞，宋主便封刘恺为宜阳县王。刘恺有十六个兄弟，姐妹也多，有的随刘义宣住在藩地，有的留住京都。宋主本想让刘义宣兼镇扬州，刘义宣却不愿去，情愿只镇守荆州。宋主刘骏便恩准他的请求，刘义宣拜谢而去，他留住京都的子女仍然住在京都的府第。

宋主刘骏当时才二十四岁，正是血气方刚、振奋有为的时候。可是他却十分好色，无论亲疏贵贱，只要稍有几分姿色，被他瞧见，便要召入御幸，不肯轻易放过。路太后住在显阳殿，宫廷内外的命妇①以及宗室的女子都免不了要去谒见太后，刘骏趁机闯进去，选美评娇，只要看上，便将该女引入宫，迫令她侍寝。有时，刘骏竟在太后房内上演几出龙凤缘。太后非常溺爱他，听任他胡闹，不加禁止，因此宋主的艳事在京都传得沸沸扬扬。

刘义宣的女儿曾出入宫门，有几个生得貌美如花，被宋主刘骏瞧见，也不管她是堂姐还是堂妹，一概抢入宫中。刘义宣的女儿不敢违逆，只好勉强遵旨。天下事若要人不知，除非己莫为。丑闻渐渐传到刘义宣的耳中，刘义宣怎能不又气又恨？

当时，雍州刺史臧质被调任为江州刺史。臧质自以为功高赏薄，因而有了造反的心思，他听说刘义宣也十分憎恨宋主刘骏，便暗约刘义宣一同起事。臧质是臧皇后的侄子，与刘义宣也算表兄弟，而且两家是儿女亲家，关系自然不一般，再加上二人都怨恨宋主，不谋而合，刘义宣便也有了谋逆之心。谘议参军蔡超、司马竺超民二人一心谋图富贵，也趁机怂恿刘义宣。刘义宣于是决定起事。

豫州刺史鲁爽向来与刘义宣交好，与臧质也有往来。兖州刺史徐遗宝从前是荆州部将，刘义宣便派使者密约鲁爽、徐遗宝秋季举兵。鲁爽喝醉了酒，还没听明白，就立即调集将士，首先发难。徐遗宝也整兵向彭城进军。鲁爽的弟弟鲁瑜在建康听到风声，忙投奔鲁爽。鲁瑜的弟弟鲁弘是臧质的僚属，朝廷降旨，令臧质逮捕鲁弘。臧质随即也举兵，同时催促刘义宣赶紧响应。

刘义宣本想在秋季兴兵。突然听说鲁爽、臧质已经提前发难，自己也不得不仓促起事。只因不能无故兴兵，他与臧质商量半天，想出一个讨伐奸佞、匡扶君主的借口，并将檄文发往建康。刘义宣自称都督中外诸军事，设置左、右长史及司马官位，加封鲁爽为征北将军。鲁爽立即

---

① 命妇：指有封号的妇女，也可指命夫的妻子。命夫，指受爵命的人。

将车辇和龙袍送到江陵，并投递文书，称刘义宣为天子，称臧质为丞相。刘义宣看到后，很是诧异，忙致信臧质，让他多加注意。臧质想笼络鲁爽，特封鲁弘为辅国将军，令他戍守大雷。刘义宣也派谘议参军刘湛之率一万多人支援鲁弘；并召来司州刺史鲁秀，想让他带领人马做刘湛之的后应。鲁秀到江陵与刘义宣见过面后，不禁叹息道："我兄弟害了我啊，让我与呆人做贼，这下子我将身败家亡了！"

宋主刘骏听说刘义宣叛乱，不禁惊慌起来。由于刘义宣镇守荆州十多年，兵强财富，刘骏怕自己抵挡不住，便与王公大臣商议，想把皇位让给刘义宣。竟陵王刘诞劝阻道："兵来将挡，火来水灭。况且是刘义宣犯上作乱，陛下怎么能将帝位让给逆贼呢？"宋主只好作罢，令江夏王刘义恭致信劝降刘义宣。刘义宣不肯理会，宋主便封领军将军柳元景为抚军将军，兼任雍州刺史，左卫将军王玄谟为豫州刺史，安北司马夏侯祖欢为兖州刺史，安北将军萧思话为江州刺史。四将一会集，宋主便任命柳元景为统帅，令他统率各军，讨伐刘义宣、臧质以及鲁爽等人。

雍州刺史朱修之收到刘义宣的檄文，表面上答应起事，暗中却向宋主刘骏示意效忠。宋主起初还很担心朱修之归附刘义宣，所以令柳元景兼任雍州刺史，得知朱修之的心意后，宋主十分欢喜地将他奖励一番，任命他为荆州刺史。益州刺史刘秀之斩杀刘义宣的使者，派人袭击江陵。刘义宣还不知情，他令臧质、鲁爽两军先出发，自己随后督率十万部众也自江津出发。出发前，刘义宣封儿子刘恺为辅国将军，令他与左司马竺超民留守江陵，檄令朱修之出兵接应。朱修之决心为刘骏效命，哪里还肯发兵？刘义宣这时才知朱修之怀有二心，慌忙任命鲁秀为雍州刺史，让鲁秀带一万多名士兵攻打朱修之。

王玄谟听说鲁秀北去，不由得十分欢喜，暗想："鲁秀不来，一个臧质，还怕他做什么！"随即扼守梁山。冀州刺史垣护之是兖州刺史徐遗宝的姐夫，徐遗宝邀垣护之一同谋反，桓护之不愿意，并与夏侯祖欢一同夹击徐遗宝，歼灭兖州的叛兵。徐遗宝脱逃，投靠鲁爽。

鲁爽率兵直趋历阳，与臧质水陆齐进。结果，臧质军先在南陵落败，又在梁山受挫，随后臧质的得意部将庞法起也阵亡了。鲁爽被薛安都阵斩。鲁爽的弟弟鲁瑜自然陪兄长一块儿去见阎王了。剩下一个徐遗宝，还能怎么逃？逃到东海后，徐遗宝便被当地人杀死。豫州叛众自此被消灭。

鲁爽生于将才之家，骁勇善战，曾被称为"万人敌"，现在却尸首分家，顿时令刘义宣、臧质胆战心惊。**沈庆之又将鲁爽的首级呈送给刘义**宣，刘义宣更加惶惧，好不容易才镇定心神。刘义宣一路磕磕碰碰，勉强到了梁山，与臧质商量对策。臧质当即献上一计：由刘义宣攻打梁山，臧质率一万多人趋赴石头城。刘义宣迟疑未决。原来，江夏王刘义恭屡次与刘义宣通信，说臧质不正派，不值得信任。因此，刘义宣十分怀疑臧质。刘湛之又偷偷对刘义宣说："臧质竟然请求做前驱，看来此人城府很深，不可不防。不如让他一同攻打梁山，等到攻克梁山再东进，这才是万全之策呀！"刘义宣于是没有采纳臧质的建议，只是令他进攻东城。

那时薛安都、宗越都已经赶到梁山，垣护之也来了，王玄谟慷慨誓师，督众大战。等臧质军一登岸，这边的大军就冲杀过去。薛安都进攻臧质的东南军，一枪刺死刘湛之；宗越进攻臧质的西北军，也击毙数十名贼党。臧质军招架不住，纷纷掉头上船，跑回西岸。不料，垣护之从中流杀来，顺风纵火，臧质军几乎全军覆没。

刘义宣在西岸遥望，正在着急，没料到垣护之、薛安都、宗越各军已乘胜杀来，吓得他不知所措，仓皇坐船向西逃去。臧质也单舸逃去，梁山内外解严。臧质逃回寻阳，想与刘义宣议事。不料刘义宣根本没进城，他只是接走自己留在寻阳的女儿，便径直西去。臧质自知保不住寻阳，便毁掉府舍，带着妻妾逃往西阳，太守鲁方平将他们拒之门外。到了武昌，臧质又吃了闭门羹。日暮途穷，无处藏身，臧质无可奈何，只得躲入南湖，采莲为食。不久，有追兵到来，他忙躲在水中，将荷叶盖在头上，只露出鼻子。没想到，仍被追兵瞧见。可怜的臧质先是被一箭穿心，紧接着又挨了无数兵刃，肠胃尽出，首级也被人取去。

刘义宣跑到江夏，想逃往巴陵，却见巴陵有益州军驻扎，他只好返回迳口，一路上要饭回到江陵。竺超民得知消息，忙率众人出城迎接。见了竺超民，刘义宣边哭边叙说惨败的情况。竺超民怕军心有变，慌忙劝阻他。刘义宣左右一望，发现鲁秀也在旁边，一问才知鲁秀被朱修之杀败，逃回江陵。刘义宣垂头丧气地带着众人入城。

鲁秀、竺超民本想重整士气，拼死一搏，无奈刘义宣越发昏庸沮丧，心腹都已溃散，城中的将卒也多半溜走。鲁秀见大势已去，随即北行。刘义宣听说鲁秀北去，也想随之而去。他赶忙让五名爱妾穿上男装，然后带着儿子刘愔跨马而出。城中兵民兵刃交加，拦住他们的去路，吓得刘义宣惊慌无措，从马上掉落下来。幸亏竺超民扶他起来，送他们出城。竺超民将自己的坐骑送给刘义宣，然后缓缓回城，闭门自守。

刘义宣走了几里路，始终不见鲁秀的踪影，身边的将吏又都逃散，只剩下儿子刘恺以及五名爱妾。举目苍凉，满心悲怆，刘义宣深深地叹了口气，又折回江陵。这时，竺超民已改变心意，竟给他一乘破车，将他们送到刺奸狱中。刘义宣坐在狱中潮湿的地上，不禁长叹："都是臧质老奴，把我害成这样！"没过多久，狱吏要带走刘义宣的五名爱妾，刘义宣悲痛道："原来平常说的苦，并不是真的苦，今天的分别，才是真苦啊！"

鲁秀本打算投奔北魏，没想到一路上随从陆续离散，到头来他只好单骑返回江陵。没想到，他刚到城下，城上的守兵便争相放箭。鲁秀急忙掉头，背后已中一箭，自觉逃生无路，于是投河自尽。守兵出城割下他的首级，送入京都。宋主刘骏令左仆射刘延孙前往荆、江二州处理叛军投降事宜。刘义宣和儿子刘恺被赐自尽，竺超民也被一并诛杀。刘义宣的其余十六个儿子、臧质的子孙也全部被杀。宋主杀光叛党后，加封沈庆之为镇北大将军，柳元景为骠骑将军。王玄谟等将领也都有赏赐。

以前晋室东迁，将扬州作为京都，荆、江二州为外藩，扬州盛产粟、帛，荆、江二州利于练兵，由诸位大将镇守。宋朝沿用晋朝的制度，才使得各镇将领有了叛乱的机会。宋主刘骏惩前毖后，划扬州、浙东五郡为东扬州，在会稽设置总府，并从荆、湘、江、豫四州划出八个郡，称为郢州，在江夏设置总府，撤去南蛮校尉，把戍守的兵士都移到建康，以削弱荆、扬二镇的势力。太傅刘义恭见宋主志在集权，便恳请撤销录尚书事职衔，并裁减王侯车服器用，乐舞制度等共计九条。宋主照准，自此威福独专，谁也不得违背君主意志。

七十高龄的沈庆之，担心自己功高望重会遭到君主的猜忌，于是上奏恳请告老还乡。宋主不答应。沈庆之便入朝对宋主说："像张良这样的贤人，汉高祖都舍得放他恬然退隐，更何况像臣这样庸碌的人，哪还有什么用呢？还请陛下允许臣离职还乡，臣将感激不尽！"宋主仍是劝慰他，让他留下。沈庆之又是叩头，又是哭诉，过了好久，宋主才允准他罢职，封他为始兴公。柳元景也辞官离去，宋主另调南兖州刺史守卫京师。连刘义恭、沈庆之、柳元景这样功高位勋的重臣都请求离职，朝臣哪个还敢趾高气扬？众人都小心翼翼、兢兢自守。就算宫廷里有再重大的事情，也不敢进谏，个个都做了寒蝉。

宋主刘骏乐得放肆，除了照例视朝外，每天在后宫宴饮，纵情取乐。之前，是与刘义宣的女儿偷欢，现在，宋主则将她们全部召入后宫，公然排入妃嫱，追欢取乐。姐妹花们性情模样都有所不同，其中有一个生得姿容娇冶，面似芙蓉，腰似杨柳，水汪汪的一双媚眼，勾魂动魄，脆生生的一副娇喉，曼音悦耳，宋主刘骏几乎离不开她，把她当做活宝。几度春风，这名女子竟生下一个皇子，取名子鸾。宋主更加欢喜，封她为淑仪。但她终究是自己的堂妹，不便传扬出去，宋主便假称她是殷琰的家人，进了刘义宣家，又由刘义宣家进入宫廷。

头颅山

宋主刘骏杀了刘义宣，又将他的女儿纳为淑仪，假称殷氏，这自然引起朝臣的不满。于是，宋主采取强硬手段压制满朝的王公大臣，怎知他越专制，臣民越强烈反对，他的亲弟弟竟第一个起来反对他。宋主刘骏有两个兄长，一个是刘劭、一个是刘浚，这二人已被杀死。宋主的亲弟弟却有十六人，最长的就是中毒身亡的南平王刘铄，接下来就是去世较早的陵王刘绍，然后是为刘骏建功的建平王刘弘，他也死了，再下来是担任右仆射的竟陵王刘诞，紧跟其后的是东海王刘祎、义阳王刘昶、武昌王刘浑、湘东王刘彧、建安王刘休仁、山阳王刘休祐、海陵王刘休茂、鄱阳王刘休业、新野王刘夷父、顺阳王刘休范、巴陵王刘休若。

孝建元年，柳元景辞去雍州刺史的职务，宋主便让武昌王刘浑继任雍州刺史。刘浑年轻有为，身材高大。莅任后，他常与身边的僚属戏作檄文，自称楚王，年号元光，备置百官。长史王翼之将此事上报朝廷，宋主立即收回刘浑的王爵，逼他自尽。竟陵王刘诞年龄较长，功绩最高，宋主晋升他为太子太傅，任命他为扬州刺史。刘诞造立亭舍，穷极工巧，园池华美，冠绝一时；又招募壮士做幕府的侍卫，甲仗鲜明，在京都十分惹眼。宋主刘骏本就多疑，再经刘义宣谋反，他的疑心更重了。见到刘诞这番夸耀奢侈，宋主表面上十分推崇，加封刘诞为司空，调任他为南徐州刺史，出镇京口。随后因京口靠近都城，宋主又调任刘诞为南兖州刺史，并另调右仆射刘延孙镇守南徐，暗中戒备刘诞。朝内，宋主将"两戴一巢"作为自己的心腹，遇有军国大事，必先与他们三人商议，然后再施行。"两戴"中一个名叫戴法兴，一个名叫戴明宝，都是宋主刘骏在江州时的僚属，刘骏即位后，提拔他们为南台侍御史，并兼任中书通事舍人；"一巢"名叫巢尚之，涉猎文史，颇有声誉，他与两戴官衔相同。

孝建三年冬，"两戴一巢"上奏献谀，无非是说宋主声名远播，国内承平。宋主刘骏也踌躇满志，特改孝建四年元旦为大明元年正朔，大赦天下，大肆庆贺，粉饰太平。第二年，北魏镇西将军封敕文入攻清口，被守将傅乾爱击败；北魏征西将军皮豹子又入寇青州，也被青、冀刺史颜师伯击败。北魏军不能得志，相继退还。

南兖州刺史竟陵王刘诞竟然想趁乱起事，他托词防魏，巩固城垒，召集兵士，想与宋主刘骏一决雌雄。参军刘智渊料知刘诞即将作乱，请假回京向宋主告密。宋主任命刘智渊为中书侍郎，决定等刘诞一叛乱，便立即声讨。不久，吴郡民刘成、豫章郡民陈谈之都上奏揭发刘诞。宋主一连得到两份检举刘诞的奏章，便暗示朝臣上奏弹劾刘诞，说应将刘诞交付廷尉治罪。等到批示奏章时，宋主却假仁假义地说看在手足亲情以及刘诞曾建功的分上，免去他的死罪，只将他降为侯爵，希望他早些觉悟。暗地里，宋主却封义兴太守桓阆为兖州刺史，拨给他羽林禁兵，并派遣中书舍人戴明宝做桓阆的军师，伺机偷袭刘诞。

桓阆到了广陵，还没来得及行动，便被已经知情的刘诞一举击毙，戴明宝侥幸逃脱。宋主得到消息，忙起用始兴公沈庆之，任命他为车骑大将军，兼任南兖州刺史，令他率兵讨伐刘诞。

刘诞将城外的居民赶入城内，一面号召远近镇将起事，一面派人去建康投放征讨宋主的檄文。宋主刘骏看到揭露宫阙丑闻的檄文，恼羞成怒，当下派人缉捕刘诞的亲友，将他们满门抄斩。一千多人死于这场屠杀。出居宣武堂后，宋主刘骏下令内外戒严，催促沈庆之前往广陵，令豫州刺史宗悫、徐州刺史刘道隆在广陵城下会师，限期破城。

宗悫是南阳人，自小就有远大的抱负。他的叔父宗炳性情恬淡，不喜欢当官，曾问及侄子的志向，宗悫回答说："我愿乘长风破万里浪！"宗炳叹道："你不仅谋求不到富贵，还会弄得家破人亡！"宗悫的兄长宗泌娶妻的那天晚上，有盗贼进来行窃。宗悫当时只有十四岁，却一个人摞倒了十多个盗贼，吓得其他的盗贼转身就逃，宗悫的英勇之名也开始传出去。后来，宗悫成为江夏王刘义恭的得力部将，曾随刘义恭南略林邑，奏绩北归。成为随郡太守后，宗悫又多次征服雍州的蛮寇，在讨伐刘劭时，他也立下了很大的功劳。宋主任命宗悫为左卫将军，封他为洮阳侯。刘诞占据广陵，图谋不轨时，宗悫正镇守豫州，接到宋主的诏书，他立即赶往京城，为宋主效命。这时的宗悫虽然已是六十多岁的人了，但言谈仍然无比豪迈，宋主勉励一番，让他听从沈庆之的调遣。

刘诞得知宗悫到来，颇为畏惧，却传令于军中说："宗悫是来帮助我的，你们尽可以放心。"宗悫到了城下，得知刘诞的谎言，随即绕城一周，跃马大呼道："我就是宗悫！但我只知道讨伐逆贼，别妄想我会放过你们！"刘诞后悔不迭，忙登城俯望。沈庆之这会儿正指挥众将士，即将攻城。刘诞忙凄声大呼道："沈公，你都是该享受天伦之乐的人了，为什么还要来此受苦呀？"沈庆之朗声回应："你不仅狂妄还很愚钝。朝廷觉得对付你，不必劳烦那些年少有为的俊杰，所以让老夫前来。"

见城下的兵势十分强盛，刘诞越发畏惧，他当即下城整装，令中兵参军申灵赐固守城池。交代妥当，刘诞带着数百名士兵，托词出战，开门向北行进。走了大约十多里，队伍后面突然尘土飞扬。众人已猜到刘诞的心意，也明白有追兵到来，于是喧哗起来："怎么都要打一场硬仗，我们还不如回去呢？"刘诞皱着眉说："如果回城，你们能为我尽力御敌吗？"众士兵都应声许诺。部将杨承伯牵住刘诞的坐骑，哭着说："不管怎样我都会追随王爷，还请王爷立即回去，否则来不及了！"刘诞这才往回走。没走几步，便与追军相遇。为首的大将戴宝之，单骑手执长矛直冲而来，那矛头险些刺入刘诞的咽喉，幸亏杨承伯及时用刀挡去，挡住了戴宝之的长矛。这时，其他人护卫着刘诞，杀开一条路，匆匆还城。杨承伯边战边撤，戴宝之因为人马不多，便放杨承伯他们走了。

刘诞回城，封申灵赐为骠骑府录事，参军王屺之为中军长史，世子刘景粹为中军将军，别驾范义为中军长史，此外府州文武将佐都获得封号。然后筑坛歃血，誓众固守。刘诞任命主簿刘琨之为中兵参军，刘琨之是宋宗室将军刘遵考的儿子。刘琨之不肯就职，先是拜谢刘诞，然后严肃地对刘诞说："自古以来，忠孝不能两全，我的老父亲还在京都，恕我不敢奉命！"刘诞于是杀了他。右卫将军垣护之、虎贲中郎将殷孝祖之前曾奉命防范北魏，现在也都回到广陵，与沈庆之一同攻城。刘诞派人给沈庆之送去美味，沈庆之看都不看，便把它们全部毁掉。刘诞又在城上捧出一道奏章，请沈庆之代为转达朝廷。沈庆之则说："我奉命讨伐贼臣，不能替你传话，你如果真是诚心悔过，那就应该打开城门，派使者回京请罪，我可以为你护送他！"刘诞无话可说，于是派部将从四扇城门出去袭击宋将的军营，结果都被宋将杀退。

沈庆之鼓励各军奋勇进攻，刘诞屡战屡败，穷蹙至极。城中的兵民大批大批地溜出去投降，记室参军贺弼几次劝谏刘诞，刘诞就是不听。有人劝贺弼出城投降，贺弼说："叛君不忠，背主不义，我不能不忠不义，只好以死明志!"随即服药自杀。参军何康之等人出城投降,刘诞便将他的母亲绑在城楼上,活活饿死。沈庆之于是亲自率部众攻城,趁势攻破外城和内城,斩了刘诞、申灵赐的首级。刘诞的母亲和妻妾全部自尽。

沈庆之向京都报捷,左右朝臣争相欢呼万岁,唯独侍中蔡兴宗静静地站在一旁,默不作声。宋主刘骏便问他说:"你怎么不向朕庆贺呢?"蔡兴宗正色道:"陛下现在应该为手足的惨死而伤心难过,臣怎么能向陛下庆贺呢?"宋主非常不高兴,于是下令屠城。沈庆之急忙劝阻,恳请饶过老人和小孩。宋主虽然同意,但是下令诛杀广陵城的所有壮丁,并将妇女充作军赏。更有杀人不眨眼的宗越在监刑时,备极苛虐,又是挖肠,又是抠眼,又是鞭笞,血肉横飞,然后才剁落头颅。江陵城的三千多颗头颅,没几天便摆在石头城南岸堆成了一座头颅山。

沈庆之班师回朝,宋主封他为司空,兼任南兖州刺史。但沈庆之上任不久,便把司空职衔让给柳元景,然后带着家眷迁居娄湖。到了娄湖,沈庆之广辟田园,优游自乐,蓄有数十名姬妾,一千多名奴僮,除了入京朝贺,轻易不出家门。

颜峻曾辅佐刘骏登上帝位,封为丹阳尹后,过起了十分奢侈的生活。然而他的父亲颜延之仍是一身布衣,居住茅屋,不改书生本色。有一次,颜延之坐着老牛笨车去郊外游玩,路上遇到颜竣极为夸耀的仪仗队伍,颜延之立即让到路边。从郊外回来后,颜延之步入颜竣的署中,当面训诫儿子说:"我生平最讨厌碰到达官贵人,没想到今天竟碰到你了!"但颜竣仍是不改旧习,广筑居室,华丽无比。颜延之忍耐不住,劝他说:"你如果富有,最好做些善事,不要让后人笑你愚蠢、笨拙!"可颜竣仍是一味的大摆宴席,挥金如土。颜延之怒斥儿子说:"你突然从粪土升到云霄,所以才这么骄傲、堕落,但是这样的日子又怎么可能长久呢?"不久,颜延之病故。颜竣为父亲守孝仅一个月,就返回朝廷,仍旧担任丹阳尹。看到宋主骄奢荒淫,颜竣居然也想沽名钓誉。于是,他经常劝谏净言,惹得宋主十分厌恶他。颜竣见自己的意见大多没有被采纳,便乞请外调,宋主当即调任他为东扬州刺史。颜竣这才明白自己已经失宠,他的仇家又趁机恶意中伤他。于是,宋主指责颜竣是刘诞的同党,勒令他自尽,并将他的妻儿发配交州。

大明五年,宋主的十四弟刘休茂阴谋造反,结果兵败被杀。

太宰刘义恭为迎合宋主的心意,竟将竟陵王、海陵王作为话柄,列出依据,恳请宋主裁抑诸王。宋主本想准奏,但侍中沈怀文强烈谏阻,宋主只好将这个提议暂时搁起，但心中未免怏怏不快。沈怀文向来与颜竣交好，颜竣被杀，沈怀文仍是直言不讳。宋主曾对他说："颜竣如果知道自己有一天会死，他绝对不敢再向朕多嘴了。"沈怀文听后，默不作声。

古往今来，正直的朝臣明知君主不喜欢听诤言，只因一腔热血，忠心报国，总要冒死谏言。况且宋主刘骏好色好货，好博好饮，好猜忌群下，好狎侮大臣，种种行为都大失人君之风，刚直不阿的沈怀文又怎能隐忍过去？每过十几天，总是有一二本奏牍，数十句谏言传入宫中。只是一心劝谏的沈怀文高估了宋主的器量。大明六年正月，宋主诬陷他谋变，一道诏书将沈怀文全家赐死。

从此，朝中又少了一个正直的大臣，于是正人气短，奸佞扬镳。"两戴一巢"一边向宋主邀宠，一边收受贿赂。还有晋升为侍中的颜师伯，天生一张阿谀奉承的脸，宋主经常与他赌博。奸猾的颜师伯知道只要他越是输钱，就越能换得宋主的重用。于是，颜师伯天天输钱，自是不用细说。宋主平时总是喜欢戏谑大臣，常称光禄大夫王玄谟为老伧，仆射刘秀之为老悭，颜师伯为齞。齞有露齿的意思，因为颜师伯唇不包齿，所以得到这个绰号。没几天，朝中人人都有一个绰号。宋主还宠养了一个昆仑奴。这个昆仑奴长得像昆仑国的人，而且力大无比。宋主总是让他提着一根棒子站在自己身边，稍不惬意，便令他殴打群臣。满朝文武中，只有蔡兴宗由于仪容严肃，而被宋主忌惮，没有遭受侮辱。宋主还任命蔡兴宗与给事中袁粲同为吏部尚书。袁粲也是一个贤明的大臣，因此这混乱的吏治才有些清明。

刘义恭看到自己的兄弟一个又一个遇害，也害怕起来。他本兼任扬州刺史，因怕权力过重而遭到宋主的忌恨，于是一再恳请辞官。宋主便任命自己还没满十岁的二皇子西阳王刘子尚为扬州刺史；随后又封六岁的八皇子刘子鸾为新安王，让他担任南徐州刺史。刘子鸾的母亲就是受宠的殷淑仪。红颜薄命，大明六年四月，殷淑仪一病身亡。宋主刘骏悲悼不休，就好像死去的是自己的母亲一样。

殷淑仪死后，宋主更加疼爱八皇子，晋封刘子鸾为司徒，加号抚军，任命谢庄为抚军长史，令他用心辅佐自己的爱儿。又过了两年，宋主刘骏也要归天了。

昏淫的刘子业

宋主刘骏只要一想到宠妃殷淑仪，便悲痛不已。后宫的佳丽虽多，但自从殷淑仪死后，宋主觉得没有一个让他中意的。渐渐的，宋主情思昏迷，不能理政。大明八年夏季，宋主得了一场大病，没几天，便归西了。刘骏在位共十一年，享年三十五岁。临死前，他令太子刘子业嗣位，加封太宰刘义恭为中书监，仍录尚书事，骠骑大将军柳元景为尚书令。并嘱咐刘子业不管遇到什么事，都应先咨询刘义恭、柳元景二人的意见；遇有大事，就请始兴公沈庆之参决。宋主还令仆射颜师伯处理尚书内部事宜。

十六岁的太子刘子业即位后，追尊父亲刘骏为孝武皇帝，庙号世祖，尊皇太后路氏为太皇太后，皇后王氏为皇太后。刘子业是王氏的亲生儿子，王太后守丧三个月，染上重病。刘子业只知道玩乐，却不知道去向母亲问安。等到王太后病重，专门派宫人去宣召刘子业时，刘子业竟摇头说："生病的人房间里鬼很多，朕怎么能去呢？"宫人回去禀报王太后，王太后愤愤地说："你快给我拿把刀来！"宫人忙问拿刀干什么，王太后一脸怒意说："拿刀来剖开我的肚子，看看里面是什么样的，竟孕育出这样的孩子！"宫人慌忙劝慰，王太后的怒气才稍稍平复。没过多久，王太后就去世了，与刘骏同葬于景宁陵。

当时，戴法兴、巢尚之等人仍在朝中担任重要官职，参与国事。刘义恭辅佐刘骏时，唯恐罹祸，等到刘骏病逝，他才松了一口气，禁不住私下庆贺说："从今以后，我再不也用过那种提心吊胆的日子了！"话虽这么说，但他始终不敢放胆做事，这次受遗命辅佐新帝，他仍是能躲就躲。戴法兴等人趁机总揽大权，专制起来。蔡兴宗因职掌铨衡①，常劝刘义恭选拔、任用贤能之人，刘义恭不依从。蔡兴宗便上奏举荐，结果举荐上去的人名又被戴法兴、巢尚之等人掉换。因此，蔡兴宗对刘义恭及颜师伯说："陛下年幼，无法亲自处理国务，然而我递上去的奏章常被人换掉，我推荐的人名大多被篡改，而上面的批示又不是出自二公之手。难道现在有两个天子？"刘义恭、颜师伯羞愧得说不出话，反而转告戴法

---

① 铨衡：负责选拔人才，授予官职。

兴。戴法兴趁机诬构蔡兴宗，将蔡兴宗贬为新昌太守。诏书下发后，刘义恭不禁有些悔意，他忙令蔡兴宗仍留住京都。尚书袁粲被降为御史中丞，袁粲辞官而去。戴法兴向来嫉恨领军将军王玄谟，趁机将他贬黜为南徐州刺史，另授湘东王刘彧为领军将军。第二年改元永光，他又将刘彧贬黜为南豫州刺史，另封建安王刘休仁为领军将军。不久，雍州刺史宗悫病故，戴法兴又调任刘彧为雍州刺史。

刘子业嗣位一年，便想收揽大权，亲自处理朝政。怎奈戴法兴从旁掣肘，令他懊恨不已。宦官华愿儿也怨恨戴法兴裁减自己的赏赐，他便对刘子业说："外面盛传，戴法兴是真天子，陛下是假天子。况且陛下静居深宫，没怎么与外人接触，戴法兴与太宰颜师伯、柳元景串通一气，朝中内外王公大臣都十分畏服他们，恐怕陛下皇位将不保了！"刘子业被他这么一吓，当即写下诏书，将戴法兴赐死，并将巢尚之罢职。颜师伯本来与戴法兴、巢尚之二人勾结，权倾内外，突然听说新帝亲自降下圣旨，不禁大惊。才过了几天，刘子业又降下一道圣旨，任命颜师伯为尚书左仆射，晋升吏部尚书王彧为右仆射，令二人一同处理尚书部的事务，并撤了颜师伯的所有兼职。颜师伯又惊又怕，慌忙与柳元景密谋废立事宜。

柳元景、颜师伯想废掉刘子业，改立刘义恭。当下，二人忙和沈庆之商议。偏偏沈庆之向来与刘义恭不和，并且看不惯颜师伯的蛮横专断，二人一走，他立即向刘子业告密。刘子业当即率领羽林兵包围刘义恭的府第，然后麾众闯进去，杀死刘义恭和他的四个儿子。可怜的刘义恭，被砍断肢体，捣烂肠胃，挖出眼睛。并将他的眼睛做成粽子，称为鬼目粽。刘义恭被抄斩，柳元景、颜师伯二人当然也带着全家共赴黄泉了。

刘子业正式接掌朝政，改元景和，接受百官的朝贺。任命沈庆之为太尉，兼任侍中；袁顗为吏部尚书，并赐爵位；尚书左丞徐爰善于逢迎，自然也获赏，并得到爵位。从此，刘子业狂暴昏淫，毫无忌惮。他有个同胞姐姐山阴公主，芳名叫楚玉，已嫁给都尉何戢为妻。刘子业却将姐姐召入宫中，不让她回去，和她同餐同宿，过起了夫妻生活。二人有时还一同乘车出游，由沈庆之陪乘，徐爰护驾。

刘子业封姐姐为会稽长公主，让她监管各郡王，并且应姐姐的要求为她征得三十名美男子。公主有了美男子，刘子业只好另寻新欢。妃子何氏颇有姿色，无奈已经去世，刘子业只好追封她为皇后，另外寻觅美人。新任皇妃路氏是太皇太后的侄女，虽然她年轻秀美，但是貌不妖冶。

刘子业在后宫没有找到中意的人，猛然想起宁朔将军何迈的妻子，宋太祖①的第十个女儿新蔡公主。新蔡公主生得杏脸桃腮，千娇百媚，虽然已有些年纪，但是风韵犹存。刘子业立即宣召公主入宫。没过多久，公主姗姗而来。才几个晚上，二人的热情急剧升温，刘子业越发喜欢公主，公主也越发迷恋刘子业。没过几天宫中突然传出公主暴毙的消息，刘子业派人将一具棺材送往何迈的府第殡葬。这棺材里面确实有一具尸体，可这尸体是一个硬被灌入毒药的宫婢。而在宫中，活蹦乱跳的新蔡公主被封为贵嫔，诈称谢氏，宫人称她为谢娘娘。

一天，刘子业与谢贵嫔一同去太庙，见庙里只供着牌位，没有绘像，他便传召画匠，要画匠把高祖等人的遗容一一画出来。画匠当然遵旨。画完后，刘子业入庙亲自察看。他先指着宋高祖的画像说："他也算是一个大英雄，能活捉数名天子！"接着指着宋太祖的画像说："他长得也不差，可惜到了晚年，被儿子砍去了头颅！"然后指着宋世祖的画像说："他的鼻子上面有小包，怎么没有画出来？"当下令画工添上去，这才欣然回宫。

新安王刘子鸾为父亲守丧，暂时还没回藩地。刘子业忽然想起当年自己的储位几乎被刘子鸾夺去，便勒令他自尽。这年，刘子鸾才十岁。临死时，他对身边的人说："希望下辈子不要再生在帝王家！"刘子鸾的同胞弟弟以及妹妹都被杀害。然后，刘子业又下令挖掘殷贵妃墓，毁了碑石。刘子业毁掉殷贵妃的陵墓后，还想毁掉父母的景宁陵，太史忙劝他说毁陵对嗣主不利，他才作罢。

义阳王刘昶是刘子业的九皇叔。当时他担任徐州刺史，他向来性情急躁，有什么不满，总会立即说出来，因而京都讹传他将要造反。刘子业正想用兵，出些风头，碰巧刘昶派使者请求回京，刘子业便对来使说："义阳王曾与太宰串通一气，我正想发兵讨伐他，他却自请还朝，好得很，好得很！你回去叫他赶紧前来。"刘昶得知消息，急忙募集士兵，传檄各镇将，然而没有一人响应。眼看着刘子业渡江而来，刘昶急得丢下老母和妻儿，带着女扮男装的爱妾投奔北魏。当时，魏主拓跋浚已去世，太子拓跋弘继承皇位。拓跋弘听说刘昶博学能文，对他很是器重，不但赐他爵位，还将公主嫁给他。刘昶的母亲谢容华等人回京，刘子业特别开恩，没有怪罪她们。

① 宋太祖：指刘义隆。

吏部尚书袁顗原本很受刘子业的宠信，失宠后，袁顗请求将自己外调，刘子业便任命他为雍州刺史。袁顗的舅舅蔡兴宗会观天象，极力阻止他去襄阳。袁顗则回答说："局势紧迫，侄儿我只求能脱离虎口！"刚巧朝廷降旨，令蔡兴宗镇守南郡。蔡兴宗上奏乞求辞官，袁顗便劝舅舅说："朝廷的形势，人所共知，京内的大臣都自知朝不保夕。现在陛下让舅舅出居南郡，占据上流，侄儿我就在襄阳，与舅舅很近，水陆交通也很便利。一旦朝廷有什么事，我们可以共建齐桓公、晋文公的大业。你为什么要推辞，自陷罗网呢？"蔡兴宗微笑着说："你想外出求全，我想居中免祸，我们想的都是一样，只是做法不同而已。"袁顗匆匆辞行，连夜赶路，到了寻阳，他才松了一口气说："现在我总算是保住了自己的性命！"待在京都的蔡兴宗，后来又恢复了吏部尚书的职位。

　　没过多久，新蔡公主又被加封为夫人，出入宫的排场不亚于皇后。只是驸马都尉何迈平白无故地把结发妻子让给刘子业，心中很是委屈。于是他暗中蓄养死士，想伺机除掉刘子业，拥立宋世祖的第三个儿子晋安王刘勋。刘子业得知消息后，立即带着禁军偷袭何迈。何迈虽然很能打，终究双手不敌四拳，白白丢了性命。

　　沈庆之对刘子业的种种行为也看不过去，经常从旁规劝，但刘子业就是不听。碰了许多钉子后，沈庆之灰心敛迹，闭门谢客。吏部尚书蔡兴宗伺机谒见沈庆之，劝沈庆之顺应人心，除掉暴君，而后入承大统。但是，沈庆之始终不同意。蔡兴宗只好快快而回。

　　沈庆之的侄子沈文秀被调任为青州刺史，起程前，沈文秀哭着劝叔父除掉暴君，沈庆之仍是不听。果然不到几天，大祸临门。原来，刘子业杀掉何迈后，想册立谢贵嫔为皇后，他生怕沈庆之入宫劝谏，便先堵住青溪各桥，断绝沈庆之来的路。八十岁的沈庆之怀着愚忠，想入朝进谏。等到发现桥路已被堵死，他才怅然折回。当晚，直阁将军沈攸之带着毒酒来到沈庆之的府第，说是奉旨赐死。沈庆之不肯喝，沈攸之竟扑上前去，用被子捂死叔父。收到沈庆之的死讯，刘子业对外诈称沈庆之病死，将他厚葬，赐谥号忠武。沈庆之的儿子中，只有二子沈文季逃离京城。

　　沈庆之一死，老一辈的功臣几乎丧亡殆尽。刘子业更加肆无忌惮，想立即册立谢贵嫔为正宫。谢贵嫔自觉惭愧，再三辞谢，刘子业便仍册立路妃为皇后。不久，刘子业又担心那些在京外供职的叔父会造反，于是索性将叔父们一起召回京都，全部囚禁起来。湘东王刘彧、建安王刘休仁、山阳王刘休祐都长得十分高大强壮，而且年龄又长，因而为刘子业所忌惮。刘子业称刘彧为猪王，刘休仁为杀王，刘休祐为贼王。他曾让人在地上挖出一个大坑，里面灌上水和泥土，和成稀泥状，然后扒下刘彧的衣服，将赤裸的刘彧丢入坑中。笑闹一会儿，刘子业觉得不过瘾，又让人在坑中安置一个木槽，往槽里倒入剩菜剩饭，勒令刘彧吃食，以此为笑谑。刘子业屡次想杀这三位叔父，多亏刘休仁机智聪明，说笑取悦他，众人才得以保全。东海王刘祎又丑又笨，刘子业称他为驴王，对他也没怎么猜忌。桂阳王刘休范、巴陵王刘休若二人还年幼，所以刘子业也没怎么为难他们。

少府刘蒙的小妾即将临盆，刘子业将她迎入后宫，想等她生下一个男婴，立为太子。湘东王刘彧不愿做猪，感到莫大的耻辱，十分怨恨刘子业。刘子业便让人把他捆到一根粗木棒上，扛往厨房，说是要杀猪。刘休仁在一旁笑道："现在还不是杀猪的时候。"刘子业问他是什么意思。刘休仁笑着说："等皇太子出生了，我们再杀猪取肝。"刘子业不等他说完，便大笑道："好！好！你去跟廷尉交代，缓几天再杀猪。"第二天，刘休仁向刘子业奏请说："猪应该好好饲养，这样拘禁的话，猪会变瘦的，到时肉不好吃。"刘子业这才释放刘彧。等到皇太子出生，刘子业给他起名叫皇子，然后大赦天下，竟将杀猪的事情忘了。湘东王刘彧九死一生，后来做了八年的天子。

晋安王刘子勋是刘子业的三弟，他五岁时封王，八岁时出任江州刺史。刘子业因历代先皇在兄弟中都是排行第三，怕刘子勋将来也会将自己的皇位抢去，所以想趁早除去他。又听说何迈曾想拥立刘子勋为帝，刘子业心中更加疑忌，于是派侍臣朱景云拿毒药赐死刘子勋。刘子勋的典签谢道迈得知消息后，连忙报告长史邓琬。邓琬立即以刘子勋的名义令全城戒严，并动员同僚协力讨伐昏君。参军陶亮表示愿做先驱，众人随即纷纷响应。邓琬任命陶亮为咨议中兵，令他统率全军，长史张悦为司马，功曹张沈为谘议参军，南阳太守沈怀宝、岷山太守薛常宝、彭泽令陈绍宗三人同为将帅。不到几天邓琬就召集五千多人马，屯兵于大雷。

那时，还不知情的刘子业仍是整天荒淫。他召集各王妃、公主，将她们关在一个房间，然后令自己的亲信宠臣随意取欢。南平王刘铄的妃子江氏抵死不从，刘子业愤怒地说："你如果不依我，我马上派人杀了你三个儿子！"江氏仍然不依，刘子业更加愤恨，他一面令人鞭打江氏，一面派人杀了江氏的三个儿子刘敬深、刘敬猷、刘敬先。刘铄早已过世，自此也绝嗣了。刘子业因江氏的事情而有些扫兴，但他很快又想出了新的花样。他召集后宫的所有妃嫔、婢女、侍卫去华林园游玩，然后在宽敞的竹林堂里，令男女裸体追逐嬉戏。可憎的刘子业甚至想入非非，令宫女与羝羊猴犬交媾。一个宫女不肯照他说的去做，结果立即被处斩。其他宫女大为惊惧，只好勉强遵命，可怜一群红粉娇娃，竟供犬马蹂躏。刘子业反而得意扬扬，一直玩到傍晚才回宫休息。睡梦中，刘子业恍惚看见一个浑身是血的女子突然闯了进来，指着他痛骂道："你悖逆不道，我看你还能不能活到明年？"刘子业一惊而醒，回想梦境，仿佛就发生在眼前。第二天早起，刘子业照例巡阅宫禁，刚巧有个宫女的面貌与梦中的女子很相似，刘子业立即将她处斩。当晚，刘子业又梦见那个被杀的宫女披头散发而来，对着他厉色痛骂："我已经跟天上的神仙说了，他们马上就会来取你的狗命！"说到这里，竟将手中的头颅砸向刘子业。刘子业大叫一声，晕死过去。

湘东王刘彧即位

刘子业被睡梦中的女鬼吓晕后，醒来的第一件事便是赶紧除鬼。

以前，刘子业杀掉各王公后，怕臣民不服以致发生暴动，便召入宗越、谭金、童太一、沈攸之四人，任命他们为直阁将军，让他们做自己的贴身侍卫。有了保护符的刘子业越发恣意妄为，朝中人人都想除掉他，只因四大护卫几乎寸步不离地守着刘子业，所以一时还没人敢动他。湘东王刘彧屡次濒危，朝不保夕，就与主衣阮佃夫、内监王道隆、学官令李道儿、直阁将军柳光世等人密商除掉刘子业的办法。主衣寿寂之因遭到刘子业的嫉恨，也与阮佃夫等人联合，并串通刘子业身边的人，如淳于文祖、姜产之等，伺机开刀。

刘子业不提防身边想杀自己的人，却去防备那些看不见的鬼。他竟带着几名男女巫师去华林园的竹林堂猎鬼。会稽长公主也随他前去，建安王刘休仁、山阳王刘休祐奉命在前面开路，湘东王刘彧还被软禁在秘书省中，没有与他们同行。当时民间传闻，说湖南将出现真命天子，刘子业便令宗越等人去部署各军，暗杀湘东王。这次猎鬼，刘子业觉得几名巫师已经够用，便没将四大护卫召回来，因而他身边一个护驾的勇士都没有。

到了竹林堂，已是黄昏，巫师先开始作法，好像在招鬼，然后由刘子业亲自射发三支箭，再由侍从依次射击。乱射了一阵，巫师对他说鬼已经死光了，刘子业大喜，立即令人摆宴奏乐，想要庆贺一番。正要入座喝酒，突然有一群手持寒刀的人闯了进来，为首的正是寿寂之、姜产之、淳于文祖等人。刘子业大为吃惊，见他们来势凶猛，料知有变，忙引弓搭箭，向寿寂之射去。偏偏一箭射空，寿寂之不但没有后退，反而向前逼近。刘子业手乱脚忙，无法继续放箭，慌忙向后逃去。此时，刘休仁、刘休祐等人早已奔逃出去，巫师、婢女等人也已仓皇四窜。刘子业边跑边喊，口中叫了数声，已被寿寂之追上，一刀刺入背中，再一刀断送了性命。

刘休仁跑到景阳山，正惊慌失措，寿寂之等人已经找了过来，说是暴君已除，应当立即迎立湘东王为帝。刘休仁忙径直赶往秘书省，向湘东王刘彧下拜称臣。刘彧虽然也有心杀刘子业，却没有料到手下的人行动如此迅速。被人从梦中惊醒后，他迷迷糊糊地随刘休仁赶往内廷，仓促登座。群臣依次谒见，都没有什么异言。

天大亮时，四大护卫才听说宫中有变，踉跄赶来，湘东王好言慰抚，宗越等人也只有唯唯从命。扬州刺史豫章王刘子尚傲慢无礼，会稽长公主淫乱宫闱，二人都被太皇太后赐死。刘子业的尸首仍暴露在竹林堂，没人收尸。蔡兴宗便对仆射王彧说："刘子业虽然悖逆、凶残，但好歹曾是一国国君，我们还是将他粗粗埋葬，免得百姓说闲话。毕竟人言可畏啊！"王彧转告新帝，奉旨将刘子业葬在秣陵县南面。刘子业死时年仅十七岁，改元不到一年，时人称他为废帝。

湘东王刘彧的母亲沈婕妤死的早，他是由路太后抚养大的，因而对路太后很是孝顺，路太后也十分疼爱他。即位后，刘彧封路太后的侄子路休之为黄门侍郎，路茂之为中书侍郎，以报答太后养育之恩。随后又论功行赏，寿寂之等十几人都得到封赏。刘彧又改封东海王刘祎为江王，令他兼任中书监太尉；建安王刘休仁为司徒尚书令，兼任扬州刺史；山阳王刘休祐为荆州刺史，桂阳王刘休范为南徐州刺史，晋安王刘子勋为车骑将军。这年十二月，湘东王刘彧即位。

即位完毕，照例又有一番封赏。宋主刘彧特晋封南豫州刺史刘遵考为光禄大夫、辅国将军，建平王刘景素为南豫州刺史，荆州刺史临海王刘子顼为镇军将军，徐州刺史永嘉王刘子仁为中军将军，左卫将军刘道隆为中护军。建安王刘休仁听说刘道隆升官，立即上奏辞官，说是不愿意与刘道隆同朝任官。宋主刘彧莫名其妙，经过一番调查，才知道刘子业在位时，曾将刘休仁的母亲杨氏召入宫中，然后嘱令刘道隆取乐。刘道隆乐得趁机行乐，竟将杨太妃按倒在榻上，大肆奸淫。刘休仁不堪忍受这样的侮辱，所以情愿辞官。宋主刘彧当即赐死刘道隆，并想将宗越、谭金、童太一调离京城。三人得知宋主要将他们外调，忙与沈攸之密谋作乱。沈攸之竟偷偷向宋主告密，于是宗越三人当即被捕，最后死在狱中。尚书右仆射王彧因避讳宋主的名字，便改名为景文，担任正仆射，总尚书事。朝中的一切渐渐步入正轨，唯独晋安王刘子勋不肯服从命令，仍然兴兵作乱。

其实，年仅十岁的刘子勋哪晓得什么军事，都是长史邓琬在他背后唆使。宋主刘彧曾封刘子勋为车骑大将军。诏书传达江州后，刘子勋的僚属相互贺喜，邓琬却忽然夺过诏书，一把扔在地上，说："这天下本该是王爷的，而车骑将军等职位也应该是我们的，为什么京里头的人一句话便把这车骑将军授给了王爷？"众人异常惊骇，邓琬却与陶亮合谋，准备出兵。

雍州刺史袁顗与谘议参军刘胡起兵响应，诈称是奉太皇太后的密令出师，同时劝在寻阳的刘子勋迅速即位。邓琬便替刘子勋向远近发放檄文。一时间，郢州、荆州、会稽、徐州、冀州、青州等各州的刺史、太守竞相归附。邓琬见势力逐渐聚集，竟于宋主刘彧泰始二年，奉刘子勋为帝，改元义嘉。

宋主刘彧只保有丹阳、淮南几个州郡，形势十分危急。他忙令建安王刘休仁负责征讨各军，任命王玄谟为江州刺史，令他做刘休仁的副手；任命沈攸之为寻阳太守，令他率一万多名士兵屯驻虎槛。刘休仁等人出都西去。才隔几天，东南忽然传来警报，说是会稽太守寻阳王刘子房已进军至永世县。永世县距建康只有几百里，霎时，人人震惧，风鹤惊心。宋主急忙召集群臣商议，蔡兴宗建议说："如今普天同叛，人人怀有异心，越是这个时候，陛下越要镇定处事，推诚待人。那些留居京中的叛党亲戚，还请陛下立即下诏安定他们，让他们觉得陛下是个可以信赖的仁君，使他们甘心为陛下效命。只要人心安定，再犀利的兵器都算不了什么，陛下哪儿还用得着担心呢？"宋主连声称赞，立即依议施行。

刚过了两天，又有豫州附逆的消息。宋主刘彧再添忧愁，蹙着眉头对蔡兴宗说："各地还没平定，豫州刺史殷琰又投靠叛军，怎么办？"蔡兴宗却沉稳地说："臣没空分辨谁投顺谁附逆，但却发现，眼下商旅虽

096

然中断，粮食却很便宜，而且四方兵马虽然正逐渐云集，百姓却丝毫不惊惧，反而十分安定。照这样看来，叛军一定会被荡平。让臣忧虑的不是今日，而是将来。晋朝时的羊祜说真正让君主忧愁的事情都发生在平乱之后，臣觉得他说得很对。"宋主叹道："希望真如你所说，叛乱很快就被平定。你之前说不要乱杀无辜，朕决定好好安抚豫州刺史的家属，怎么样？"蔡兴宗称赞道："这真是安定百姓、招纳贤士的好决策呀！"宋主随即令侍臣去抚慰豫州刺史殷琰的家属，令他们劝降殷琰，并派兖州刺史殷孝祖的外甥苟僧韶宣召殷孝祖回朝。

苟僧韶到了兖州，谒见殷孝祖说："刘子业荒淫残暴，从古至今还没出过几个像他这样的君主。现在，陛下诛杀狂徒，再造河山，不料又有人制造谣言，混淆视听。如果让这样的恶人得逞，你我以及广大黎民百姓又将无辜受难。我知道大人自小就胸怀大志，如果能召集义勇，辅佐朝廷，不但会成为当朝的功臣，还能名垂青史。"殷孝祖听了这番话，奋袂而起，也不顾妻儿，立即率两千名文武僚属随苟僧韶前往建康。

当时，会稽各郡的叛军越逼越近，京都人人忧惧，都想出城逃命。多亏殷孝祖及时赶到，所带的随兵也是雄赳赳的气象，人心这才安定下来。宋主刘彧当即晋封殷孝祖为抚军将军，令他立即前往虎槛督率前锋各军；又任命山阳王刘休祐为豫州刺史，令他督率辅国将军刘勔、宁朔将军吕安国北讨豫州的殷琰；并令巴陵王刘休若率同建威将军沈怀明、尚书张永、辅国将军萧道成东讨会稽郡的孔觊。

殿中御史吴喜恳请去战场效命，宋主便封他为建武将军，令他率一千多名羽林勇士前往军前。吴喜曾出使东吴，由于性情宽厚，颇得百姓的敬爱，此次出兵，他竟自成一路，径直捣向贼巢。吴人听说吴喜到来，多半望风迎降。义兴太守刘延熙正筑栅自固，保郡自守。吴喜长驱直进，一举击毙刘延熙，收复义兴。

义兴兵败的消息传到晋陵，孔觊不寒而栗。宋主又派积射将军江方兴、御史王道隆出击晋陵，大军屡战屡胜，攻克晋陵。叛军纷纷弃郡出逃，吴郡、吴兴、晋州各地也相继荡平。捷书陆续传达宋廷，宋主调张永出兵彭城，江方兴出兵寻阳，令建武将军吴喜与建威将军沈怀明东击会稽。吴喜率兵攻入柳浦，攻克西陵，兵威所至，无不披靡。上虞县令王晏又趁势起兵攻打郡城，孔觊逃往嵊山，会稽郡城内单剩一个寻阳王刘子房。刘子房是刘子勋的弟弟，与刘子勋同年，也是一个乳臭未干的小毛孩，怎么能自保呢？当即就被王晏捉住，押送到建康。王晏又悬赏求取孔颛的首级，没过多久，孔颛就被抓获了，与堂弟孔璪一起被诛杀。

会稽平定，各叛将纷纷乞降，宋主一一恩准。甚至连押解到建康的刘子房，宋主也因他年幼无知，特别宽免，只是将他贬为松滋侯以示惩处。

山阳王刘休祐到了历阳，令刘勔率兵先向小岘进军。殷琰的属下南汝阴太守裴季之慌忙将合肥城献给刘勔。宁朔将军刘怀珍奉宋主之命与龙骧将军王敬则率五千名军兵前来与刘勔会师，一同进讨寿阳。庐江太守刘道蔚被击毙，派去的援军又都溃败逃散，刘勔率军逼近寿阳。殷琰非常惶急，忙与杜叔宝召集散兵，固城自守，但是势孤援绝，势必无法保全了。

张永与萧道成进军彭城，彭城属于徐州的管辖范围，被薛安都占据。薛安都的侄子薛索儿带着太原太守傅灵越夺据睢陵，阻截官军。张永、萧道成两将向睢陵发起进攻，薛索儿战败而死。傅灵越逃往淮西，途中被捕，送到建康。宋主见傅灵越骁勇英武，想免去他的死罪，傅灵越却出言不逊，宋主大怒，当即杀了他。各路大军相继报捷，唯独殷孝祖这路大军受挫，殷孝祖阵亡。原来，殷孝祖到了虎槛，与寻阳太守沈攸之一同进攻赭圻。殷孝祖仗着勇猛，督令部众只许前进，不许后退，要尽威风。当时，其他将领都料知他威武不了多久。果然，在赭圻之战中，殷孝祖中箭身亡。

四州沦陷

殷孝祖阵亡，部众异常惊骇，多亏沈攸之及时安抚部众，镇定人心，军队才没有溃散。此时，江方兴已从南方调到北方，他与沈攸之名位不相上下，众人都想推举沈攸之为统领，沈攸之却让江方兴统率全军。江方兴大喜，当即督令各将，准备开战。

赭圻的守将是寻阳左卫将军孙冲之、右卫将军陶亮二人，他们手下的兵士将近两万。孙冲之对陶亮说："殷孝祖是出了名的骁将，谁知才交战一次就死了，看来天下没有什么事情可以难倒我们。我们不需要再死守此地，干脆直取京师，怎么样？"陶亮不肯依从，仍旧与部将薛常宝、陈绍宗、焦度等人出兵对垒，与官军决一胜负。江方兴与沈攸之夹攻敌阵，有进无退，杀得寻阳军士弃甲曳兵，一哄而散，逃往姥山。陶亮惊惧不已，急忙与孙冲之退守鹊尾，令薛常宝留守赭圻。

寻阳长史邓琬听说前锋战败，忙派豫州刺史刘胡率三万大军前去支援。刘胡是沙场上的老将，有勇有谋，颇为将士所崇敬。孙冲之、陶亮二人便以为有了刘胡这个靠山，再没有什么好担心的了。当时宋廷已任命沈攸之为辅国将军，令他代替殷孝祖督管前锋军事，又将建武将军吴喜从会稽调往赭圻。沈攸之随即率领各军围堵赭圻城。

扼守赭圻的薛常宝因城中缺粮，忙向刘胡求援。刘胡亲自率领一万多名步兵护送粮草，在赭圻城下被沈攸之阻拦。沈攸之一声号令，万箭齐发，刘胡三退三进，直至身中数箭，暗觉支撑不住，才向后撤退。沈攸之趁势奋击，大破刘胡军。刘胡狼狈折回。薛常宝见刘胡战败而去，自知孤城难守，忙开门突围，逃入胡寨。城中的其他将领慌忙出降。沈攸之随即入据赭圻城，建安王刘休仁也从虎槛赶到赭圻。宋主刘彧派人犒劳军将，勉励士兵再接再厉。

邓琬打着刘子勋的旗号，征召袁顗到寻阳，令他率军赴敌。袁顗将雍州全部兵力带往寻阳，与寻阳各军会师。一千多艘楼船，两万名兵士，如火如荼，奔赴鹊尾。刘胡等人将袁顗迎入军营，谈及军情，袁顗略略交谈，便算了事。在军营里待了几天，袁顗并没有讨论用兵方略，而是天天衣着雍容，赋诗饮酒，就像没事一样。刘胡因官军还没有杀到，军饷匮乏，想向袁顗借调襄阳的军资，袁顗却不答应。又传来消息说建康米价暴涨，袁顗更是安慰各军说可以坐取建康，因而连续几天，各军都是按兵不动。刘胡屡次恳请出战，袁顗才令他出屯浓湖，堵截官军。

当时，青、兖各郡吏纷纷起兵响应建康，青州刺史沈文秀勉强与宋廷相持，情势很是危急。弋阳的山贼田益之也为宋室效命，率领一万多山贼围攻义阳。司州刺史庞孟虬率兵击退田益之，然后奉邓琬之命赶去援应殷琰。刘勔忙向刘休仁求援，刘休仁派龙骧将军张兴世去支援。张兴世本想绕过鹊尾，占据钱溪的上游，好截击寻阳军的粮道，可是刘休仁却令他北援，这未免背道而驰，让人很是叹惜。沈攸之忙去找刘休仁说："像庞孟虬这样的人，将军随便派个人去援助刘勔就可以制服他，但张兴世提出的截击叛军粮道的建议却是战事的关键所在，还请将军慎重考虑！"刘休仁于是另派部将段佛荣率兵援应刘勔，抵抗庞孟虬军。同时，令张兴世挑选七千多名精锐去截击叛军的饷道。

张兴世当即率二百艘轻舸逆流而上，途中几次遭遇逆风，全军屡进屡退。刘胡得知后大笑道："我都不敢轻率地越过他们，顺流而下，攻取扬州，他张兴世能有什么能耐，敢来占据我军的上流？"因此，也没怎么戒备。哪知，一天东北风大起，张兴世悬帆直上，径直越过鹊尾。当刘胡获悉情报，派部将胡灵秀去追击时，已经来不及了。张兴世竟在钱溪扎住营寨，堵截要道。刘胡忙亲自率各部水军出攻，不料，袁顗的人突然跑来，说是浓湖危急，请他赶紧回援，刘胡只得折回浓湖。原来，刘休仁为了遥应张兴世，特意令沈攸之、吴喜率战舰进击浓湖，以牵制刘胡。等刘胡回军浓湖，沈攸之他们早已退了回去。

当时，庞孟虬到了弋阳被吕安国击败，逃回义阳。王玄谟的儿子王昙善又起兵占据义阳城，追击庞孟虬，庞孟虬在逃亡中被山贼杀死。殷琰的部将皇甫道烈等人听说庞孟虬战败而死，相继向刘勔投降。刘勔于是让段佛荣回守浓湖。

刘胡由于无法抢回钱溪的粮食，便派人去南陵征粮，结果征粮部队又被官军杀了回来。刘胡大惊，想逃回寻阳。他假装让人通知袁顗，说是准备继续攻打钱溪和大雷。自己却坐上薛常宝秘密备好的船只，径直趋往海根，毁去大雷各城，逃往寻阳。袁顗当天晚上才得到确实的消息，禁不住顿足愤恨道："没想到被这小子捉弄了，真是后悔啊！"一面说，一面出帐乘马，对部众说："我去把刘胡追回来，你们就守在这里，不得轻举妄动！"说完，袁顗就带着一千多人径直赶往鹊头。

浓湖以及鹊尾各营的兵士总共不下十万人，但主帅不在还怎么坚守？索性全部向宋军投降。建安王刘休仁占据浓湖、鹊尾后，派沈攸之追击袁顗。

袁顗与鹊头守将薛伯珍又逃往寻阳。晚上留宿山间，袁顗对薛伯珍说："不是我怕死，我只是想亲自到寻阳向王爷谢罪，这样才能安心自尽。"薛伯珍不发一言。第二天早上，薛伯珍入帐说是有密计相商，请袁顗让帐中的闲人都出去。袁顗不知他有什么妙计，便依他的话做了。哪知众人刚退出去，薛伯珍竟拔剑出鞘，向袁顗刺来。袁顗惊骇至极，想闪身躲避，偏偏身不由己，手脚反而笨滞得很，只见剑光一闪，一道魂灵已飞入幽都。

薛伯珍提着袁顗的首级，号令众人向宋军投降，众人都没有异议。薛伯珍当即提着袁顗的首级前往钱溪，途中遇到将军俞湛之，薛伯珍便给他看袁顗的首级。俞湛之表面上道贺一番，暗中却趁薛伯珍不备，削下了他的首级，然后带着两颗头颅去刘休仁的大营邀功。

寻阳接连收到兵败的消息，邓琬仓皇失措。刘胡这时忽然出现，声称袁顗叛变，军队溃散，只有自己全军而回。邓琬听后，先是感叹，然

100

后又勉励他一番。刘胡当即恳请加拨粮饷，并信誓旦旦地表示自己将全力以赴。邓琬当即拨给他粮饷器械，令他出屯溢城。没想到，刘胡一出寻阳，竟转向沔口去了。

得知刘胡离去，邓琬更加惶急，急忙召集众人商量对策。众人绞尽脑汁，也没想出一个好计策。尚书张悦却想出一条妙计，他诈称生病，召邓琬前来议事。邓琬应召而来，张悦对着他叹道："我这病还不是被国事累出来的？事已至此，危亡就在眼前，既然大人当初能想出这个谋略，那么我想现在也应该能想出解决的办法，是不是？"邓琬踌躇半天，才嗫嚅答道："看来只好斩杀晋安王向宋主谢罪，说不定还能保全大家的性命。"张悦冷笑道："大人不觉得这样太残忍了吗？难道出卖王爷就可以换得一线生机吗？唉！我们还是先喝一杯，再慢慢想办法吧。"说到这里，张悦向帐后一望，令人拿酒。帐后一声响应，突然闪出许多死士，他们手中哪有什么美酒，个个是明晃晃的刀械！邓琬走投无路，被当场斩首。张悦派人杀光邓琬的儿子，然后单舸来到刘休仁军前，献上邓琬的首级，认罪乞降。

刘休仁军随即占据寻阳。可怜十一岁的刘子勋做了半年的寻阳皇帝，只落了个身首分离的下场。

刘胡逃到石城后，被竟陵丞陈怀直诛杀。临海王刘子顼被宋主勒令自杀，安陆王刘子绥也被赐死，邵陵王刘子元，即刘子勋的弟弟，也被诛杀，死时年仅九岁。所有归附刘子勋的党羽除了几个见机归顺的人以外，大多被诛杀。

当时，路太后已中毒身亡。宋主追谥她为昭太后，将她安葬在孝武陵东南，称为修宁陵。原来，路太后听说刘子勋建号，心中十分高兴。到刘子勋将战败时，路太后竟准备好酒宴，宴请宋主。宋主刘彧全然没有防备，直到内侍偷偷扯他的衣服，他才知道酒中有毒。于是他将计就计，将手中的酒盅捧给路太后，祝愿太后千岁，请太后喝下祝寿酒。路太后不好推辞，只好拼死饮尽。当晚，路太后中毒身亡。宋主刘彧秘不发丧，等到寻阳告捷，才将路太后草草安葬。

刘休仁回到京都，私下对宋主说："刘子勋的弟弟都还活在世上，陛下还是早除遗患为好！"宋主随即将剩下的十多个侄子一同赐死。孝武帝刘骏的二十八个儿子至此已死亡殆尽。

寿阳的殷琰听说寻阳败没，于是率全军向宋主投降，宋主封他为镇南谘议参军。因叛乱已平，宋主又想向淮北示威，于是他封张永为镇军

101

将军，沈攸之为中领军，令他们统率十五万大军去迎接徐州刺史薛安都。蔡兴宗劝谏宋主说："薛安都已经归顺我朝，陛下只需要一纸诏书，便可以将他征召回京，何必动用大军，引起他的疑忌呢？如果叛臣的罪名重大，不能不杀，陛下就该当机立断除掉他，而不应在赦免他之后，又去逼迫他！陛下这样做，只能逼他再次叛变，给北魏一个侵袭我国的好机会。到那时，我国又将遭遇兵戈了！"宋主听后不以为然，转而询问萧道成的意见。萧道成也说这样做不妥，宋主却说："我军如此猛锐，战无不利，你们未免多虑了！"随即令大军出发。

薛安都听说大军将来，果然十分疑惧，他急忙以儿子为人质，向魏主拓跋弘求救。汝南太守常珍奇也怕遭到官军的进击，而向北魏乞降。魏主拓跋弘是拓跋濬的长子，拓跋濬在位十四年后病故，拓跋弘与宋主刘彧同年即位，追尊拓跋濬为文成皇帝。即位时，拓跋弘年仅十二岁，国事都由丞相太原王乙浑处理。第二年，王乙浑想谋权篡位，最后被太后冯氏设计诛杀。冯氏不是拓跋弘的生母，但颇有智略，因而临朝听政，稳住了大局。当薛安都、常珍奇二人向北魏乞援时，冯太后与中书令高允商议一番，决计出兵。于是，北魏镇南大将军尉元、镇东将军孔伯恭率一万多名骑兵东救彭城；西河公拓跋石与张穷奇率一万多步兵西救悬瓠。同时，薛安都被封为镇南将军，兼任徐州刺史、河东公；常珍奇被封为平南将军，兼任豫州刺史、河内公。

兖州刺史毕众敬想投靠宋室，于是向建康发去奏章，恳请宋主允准自己率兵讨伐薛安都。奏章刚发出去不久，竟突然传来儿子毕元宾坐罪被杀的消息。毕众敬不禁大怒，拔刀劈柱，悲叹道："我已是知天命的人了，这辈子就这么一个儿子，没想到，他竟不让我儿为我养老送终！我跟他拼了！"不久，魏军来到瑕邱，毕众敬当即向魏军投降。魏将尉元派部将占据兖州城，并夺去毕众敬的大权。毕众敬这才万分悔恨，好几天不吃饭，不喝水，然而后悔也没用了。

魏西河公拓跋石来到上蔡，也用与尉元一样的谋略，占据城池，夺取常珍奇的大权。常珍奇也心生悔意，想要谋变，无奈拓跋石已严密防备，无从下手，常珍奇也就只能这样蹉跎过去了。

此时，薛安都还没有收到瑕邱、上蔡两处的消息，只是听说张永、沈攸之等已到下磕，他急忙派使者催促魏军。北魏大将军尉元长驱至彭城，夺下薛安都的实权。薛安都十分愤慨，想谋叛北魏，归附刘宋。不料风声走漏，受到尉元的讥讽。薛安都又羞愧又惊骇，只好重资贿赂尉元，并将过错全部推到女婿头上，把女婿杀死。尉元这才令部将李璨守城，薛安都为助，然后亲自率大军偷袭张永的粮道。张永被杀得措手不及，不仅辎重全部被魏军夺去，还死伤无数士兵。

宋主刘彧接到消息，后悔不迭，忙召来蔡兴宗说："都怪朕当初没有采纳你的建议，现在徐、兖两州失守，朕无颜面对你呀！"蔡兴宗再次提议说："徐、兖二州已失守，青、冀二州局势肯定不妙，还请陛下立即派人去抚慰青、冀两州！"宋主于是派沈文秀的弟弟沈文炳前去发抚沈文秀，又令辅国将军刘怀珍与沈文炳同行。途中竟然传来青、冀二州叛变的消息，刘怀珍兼程赶去，一路平定各城。青州刺史沈文秀、冀州刺史崔道固于是仍抵御北魏，归顺刘宋。沈怀珍随即安心回京。

北魏得到徐、兖二州，又打算攻取青、冀二州。令北魏平东将军长孙陵赶赴青州，征南大将军慕容白曜做后应。一路上，大军势如破竹，据无盐、破肥城，夺去糜沟、垣苗，又进陷升城。城中守将要么战死，要么投降。沈攸之与萧道成的援军也无法阻挡北魏的进攻，只好退守淮阴。一时间，下邳、宿豫、淮阳各守将纷纷弃城而逃。

青、冀二州援军没有等来，却等来了魏军。崔道固孤守历城一年，最后力竭投降。沈文秀困守东阳三年，最后城陷被擒。魏兵将沈文秀捆到慕容白曜面前，慕容白曜喝令沈文秀下拜，沈文秀厉声道："你是北魏的臣子，我是南宋的臣子，我们都为人臣子，凭什么我要向你下拜？"慕容白曜肃然起敬，酒食款待沈文秀，然后将他押送平城。魏主任命沈文秀为中都下大夫，青、冀二州也为北魏所有。

幼主即位

豫州刺史刘勔刚上任，就传来北魏司马赵怀仁侵犯武津的消息。刘勔急忙派龙骧将军申元德出兵拦截。魏军受挫，移师入犯义阳。参军孙台灌又及时出击，将魏军驱逐出去，豫州因而平安无事。刘勔忙致信常珍奇，叫他归顺刘宋。常珍奇也有悔意，忙单骑奔往寿阳，北魏这才停止南侵。宋室也无力收复失地，却假意设置徐、兖、青、冀四州的官吏。虚置了些郡县，不过空摆一个场面。那时徐、兖、青、冀的民众都已沦为北魏的百姓，无力南迁了。

宋主刘彧经此一挫，不但不发奋图强，反而纵暴肆淫。即位初年，宋主册立王妃王氏为皇后。王氏是仆射王景文的妹妹，安静贤淑，与宋主互相敬爱。后来，宋主挑选了数百名妃嫔，渐渐疏远皇后，王皇后却也不生气，随遇而安。只是王皇后只育有两个公主，其他后宫众多嫔妃也没有为宋主生下一个男婴。

宋主因好色过度，逐渐丧失生育能力，惶急之下，他只好向别人借种。他先把宫人陈妙登赐给宠臣李道儿，等陈妙登怀孕，他当即又把陈妙登接回宫中。十个月后，陈妙登产下一名男婴，宋主硬说婴儿是自己的亲骨肉，并取名慧震。又怕婴儿活不长，宋主派人密查各王公的姬妾，遇有孕妇，便将她们迎入宫中。哪个妇女生下男婴，宋主便杀掉母亲，留下孩子，然后让宫中的宠姬代为抚养，视为己出。一转眼，刘慧震已经三岁，咿呀学语，惹人怜爱，宋主册立他为太子，改名为刘昱。立储这一天，宫中大摆宴席，很是热闹。

晚上，宋主又在宫中召集皇后和妃嫔以及所有公主、命妇，入坐欢宴。饮到半酣，宋主却下了一道新奇的命令，令所有妇女裸体入席，恣为欢谑。唯独王皇后用扇子遮住脸，不笑也不说话，宋主冲着她发火道："你有多久没享受这种有趣的生活？今天难得高兴，你却用扇子遮住脸，到底什么意思？"王皇后愤慨地回答说："找乐子的方法很多，难道有姑嫂姐妹齐集一堂，以裸体取乐吗？我宁愿过我清苦的生活，也不想这样找乐子！"宋主不等她说完，便怒骂道："不知抬举的贱骨头，给我滚出去！"王后当即起身，掩面还宫。宋主觉得十分扫兴，于是下令罢宴。第二天，消息传入王景文耳中。王景文对舅舅谢纬说："皇后在家时，很是懦弱，没想到这次却如此刚正，真是难得呀！"谢纬也赞叹不已。

古来昏淫的主子没有一个不好色信谗，宋主刘彧既然选入若干妇女，不免也有若干奸臣小人。游击将军阮佃夫、中书舍人王道隆、散骑侍郎杨运长三人当时在文武百官的面前作威作福，只手遮天。三人狼狈为奸，在朝中安插党羽，铲除异己，随着野心的增大，他们竟然想除掉皇亲国戚，永窃宋室国权。于是，宋主的耳中时常飘入谗言。

宋主刘彧本就喜欢猜疑，再加上阮佃夫等人煽风点火，他越发觉得至亲骨肉都不可靠，都可能会突然谋变。于是，他伺机除掉八皇兄庐江王刘祎。扬州刺史建安王刘休仁得到消息后，忙上奏请求辞去扬州刺史的兼职。宋主当即调任桂阳王刘休范为扬州刺史，并改封山阳王刘休祐为晋平王，令他自荆州回建康，另调任巴陵王刘休若为荆州刺史。刘休祐刚愎自用，屡次抗旨不遵，宋主对他不满已久，将他召回京城后，就设法除掉了他。

一波未平，一波又起。都中忽然谣传，说巴陵王刘休若有一副大富大贵的面相。宋主当即调任刘休若为南徐州刺史。刘休若的部将都劝他不要回京，中兵参军王敬先更是苦劝他说："荆州地方辽阔，物产丰富，而且大王的手下还有十多万将士等着替你效命，你进一步可以匡扶天子，除掉奸臣；退一步可以保有此地，保全己身。你怎么能自投罗网，自寻死路呢？"刘休若表面上应允，等王敬先出府，他就让人将王敬先抓起来，请旨处斩，随即起程回京。

当时，宋主身患重病，卧床不起。他唯恐自己无法再站起来，忙召来杨运长等人商量后事。杨运长却诬陷建安王刘休仁，说此人不除，必是后患。宋主踌躇不决，毕竟刘休仁不仅救过他的命，还为他平定了天下。随后，宋主听说宫廷内外大多数人都等着自己咽气，好推刘休仁为主，便决定先发制人。

这天晚上，刘休仁奉旨来到尚书省值夜。在尚书省闲坐多时，看看已是半夜，刘休仁便和衣就寝。突然，宋主的诏书到来，说是赐他毒酒自尽。刘休仁怒喝道："陛下的江山是谁给他打出来的？现在国家刚刚安定，他便要我死！我死后，看这忘恩负义的人还能活多久，这大宋还能存多久？"说完，他将毒酒一饮而尽，不一会儿便毒发身亡了。宋主怕事情有变，忙支撑着病体乘车出端门，直到听到刘休仁的死讯，他才返回寝宫。黎明时分，宋主降下一道诏书，对外宣称刘休仁谋反，畏罪自杀。

后来，宋主对身边的亲信说："我与休仁年龄相近，性情相投，是从小玩到大的亲友。我能有今天，还得多亏他，但为后世着想，我不得不出此下策。事后追忆起来，我真是难过呀！"说着说着，潸然泪下，悲不自胜，亲信都来劝慰，还说是情法两全，也算是没有遗憾。

吏部尚书褚渊此前在京外担任吴郡太守，宋主决定谋杀刘休仁时将他召回来，对着他痛哭流涕说道："我可能不久于人世，但太子还年幼，希望你以后尽心辅佐他。"褚渊婉言劝慰。接着谈及谋杀刘休仁的事情，褚渊却极力谏阻，宋主当下愤恨道："你太迂腐了！还不够资格与朕谋划大事！"褚渊惶恐而退。不久，宋主晋升右仆射袁粲为尚书令，褚渊为尚书左仆射，令二人一同参与国政。

巴陵王刘休若到了京口才得知刘休仁的死讯，正在惊惧交加，进退两难时，竟接到宋主调任他为江州刺史，邀他参加七夕群宴的诏书。刘休若只好鼓起勇气入朝，席间宋主对他很是殷勤，并没有什么嫌疑。散席回家，刘休若正准备就寝时，却来了一道诏书，并赐他一杯毒酒。刘休若无可奈何，只能将性命交付出去。

不久，宋主又调任刘休范为江州刺史。刘休范在兄弟中最为朴实憨厚，宋主刘彧曾对王景文说："休范虽然不适合担当镇守一州的重任，但既然我做了皇帝，我这个当哥哥的就想让他富贵些，让他不后悔这辈子生在帝王之家。"王景文唯唯而退。其实宋文帝刘义隆的十九个儿子，除了宋主刘彧以外，现在也只有刘休范一个还活着。要不是刘休范庸愚寡识，他哪能苟延残喘到现在？但现在也是死多活少，命在须臾了。

宋主不但除掉了自己的兄弟，还将那些有勇有谋的功臣铲除殆尽，却单单没杀萧道成，只将他从淮阴调回京城，改封为散骑常侍，兼太子左卫率。

宋主又想收复淮北，他令北琅玡、兰陵太守垣崇祖出师。当时北琅玡、兰陵两郡已被北魏陷没，垣崇祖屯驻郁洲，只带着数百人入侵北魏，占据蒙山。北魏得到消息后立即出击，垣崇祖怕寡不敌众，仍然退了回来。

北魏自拓跋弘即位，第一年改元天安，第二年又改元皇兴。皇兴元年，后宫李夫人生下一个皇儿，取名为宏。冯太后将婴儿接到自己身边，精心抚养，随后把政权归还给了魏主。魏主拓跋弘追尊生母李贵人为元皇后。原来在北魏只要皇子被选立为太子，他们的生母便立即被赐自尽。所以，拓跋弘回忆从前，不免感伤，便追尊生母为皇后。魏主拓跋弘亲政后，不管国事大小，他一概亲自处理，而且不滥赏，不苟刑，严黜贪官，崇尚清廉，保境息民。一个十五六岁的北朝天子居然将朝政整治一新。中书令高允也竭诚辅佐，知无不言。所以皇兴年间，北魏的国势逐渐强盛。

魏主拓跋弘尊崇释迦牟尼与老子，因而做了三五年皇帝，他已十分不耐烦，就将那褓褓中的婴儿册立为储君。皇兴五年，太子拓跋宏年仅五岁，一时不便禅位，魏主就想传位给京兆王拓跋子推。拓跋子推是文成帝拓跋濬的弟弟，魏主拓跋弘的叔父。拓跋弘见他器宇深沉，便想请他治国，自己好修身养性，参悟佛经。当下召集王公大臣商议禅位事宜，群臣都异常惊骇，没有一个敢上前应对。唯独拓跋子推的弟弟任城王拓跋子云劝谏说："陛下刚安享太平，君临四海，怎能上违祖宗的意旨，下弃数万百姓呢？如果陛下一意托付国事，那也应该传位于储君，这样才不会乱统呀？"太尉源贺、尚书陆馛等人也相继应声说："任城王说得

106

很对，还请陛下三思而后行！"魏主拓跋弘不禁变色，似有怒意。中书令高允插嘴说："臣不敢多言，但愿陛下仔细想想先帝为什么要将如此重大的责任托付给陛下，请陛下三思而后行，才不会惊动内外呀！"魏主拓跋弘这才慢慢说道："就照你们说的，传位于储君。不过太子年幼，还请你们好好辅佐。"高允等人还来不及回答，魏主拓跋弘又说："陆馥向来正直，必能保全我的儿子。"陆馥听后忙叩首谢恩，魏主当即任命他为太保，令他与太尉源贺准备禅位事宜。

拓跋宏天生聪颖，善解人意，先前魏主生毒疮，小小的他竟亲自为父亲吮毒。听说父亲要禅位，他哭着拒绝受禅。魏主拓跋弘问他为什么。拓跋宏稚气地说："儿臣年幼无知，怎能代父亲治国？"魏主拓跋弘叹道："你这么懂事，将来一定会是个好国君。我意已决！"陆馥等人筹备好以后，拓跋弘立即传位。

于是，五岁的小太子穿着帝王的衣冠，登上御座，接受文武百官朝拜，改年为延兴元年。礼毕还宫，公卿大夫又奉魏主拓跋弘为太上皇帝，恳请他仍总掌国政。魏主拓跋弘准奏，然后迁居崇光宫，过起了清静的生活。他将禅僧召来同住，天天研究佛学，朝臣不便打扰，遇有大事，才向他上奏。

北魏禅位以后，派使者告知刘宋，宋主也派使者回访，南北再次和好，暂时息兵。多病的宋主刘彧此时已是骨瘦如柴，他突然想到假如自己某天离去，太子又很年幼，宋室的江山就会落入王皇后家族手中。想着想着，他便写下诏书，派人送到王皇后的兄长王景文府中。诏书下来时，王景文正与客人下棋。见有诏书传来，王景文便展开看了起来，看完后，他又慢慢地将诏书搁在一边，继续下棋。等到棋局已终，棋子收入匣子，他才将诏书拿出来说："陛下赐我自尽。"客人不禁大惊。王景文却神色自若，写好向宋主致谢的奏章，从容服毒自尽。使者将王景文的死讯传入宫中，宋主这才安心。当晚，宋主又梦见有人对他说："豫章太守刘愔谋反了！"宋主猛然惊醒，天亮后，他便派人杀了刘愔。

后来，宋主更加心力交瘁，精神恍惚，每当夜深人静时，他总看见有无数冤魂围在床榻旁，争相来索命。他无计可施，于是先下令改泰始八年为泰豫元年，寓意安详；又令人在湘宫寺中日夜忏悔、祈祷。无奈神佛无灵，鬼魂催逼日紧，刘休仁、刘休祐也来索命，宋主整天呓语不绝，常说司徒宽恕我，骠骑饶了我等胡话。模模糊糊地喊了几天，稍稍有些清醒，他忙任命桂阳王刘休范为司空，褚渊为护军将军，刘勔为右

107

仆射，嘱托他们与尚书令袁粲、镇东将军蔡兴宗、郢州刺史沈攸之好好辅佐太子。褚渊等人受命而出。不久，萧道成被保举为右卫将军，和各大臣共掌朝政。

当晚，宋主命绝归天，享年三十四岁。改元两次，在位共八年。太子刘昱即位，大赦天下，尊先帝刘彧为明皇帝，庙号太宗；嫡母王氏为皇太后，生母陈氏为皇太妃。即位时，刘昱年仅十岁，却有一个妃子江氏，妻随夫贵，被册立为皇后。一对小夫妻统治朝野内外，眼看着宫廷紊乱，有人要夺取那宋室河山了。

萧道成计除暴君

虽然有尚书令袁粲、护军将军褚渊等人辅政，但是阮佃夫、王道隆等人仍然专政，而且气焰越发张狂。镇东将军蔡兴宗在宋主刘彧末年曾出镇会稽，刘彧病故，他只好回朝领受遗命。阮佃夫等人忌惮他的正直，不等宋主下葬，便令他出京督管荆、襄八州军事。随后，又怕蔡兴宗控制上游，尾大难掉，便将他召回京都，任命他为中书监光禄大夫，另调沈攸之代任其原职。蔡兴宗奉召回京，拜辞官职，随后病故府第。临死前，他要求自己的丧葬一切从简，并嘱咐家人退还爵位。

蔡兴宗去世后，宋廷又少了一个正直的人，朝政越发混乱，权臣更加骄横。袁粲等人遏制不住，只好搬出宗室里的权臣做帮手。当时，宗室里的人几乎被前几任皇帝诛杀殆尽，只剩下一个侍中刘秉，他是长沙王刘道怜的孙子，不久被引荐为尚书左仆射，只是刘秉廉静有余，才干不足，在官场中于事无补。还有安成王刘准，名义上是明帝刘彧的三子，其实是桂阳王刘休范的儿子，被养在宫中。刘昱即位后，任命他为抚军将军兼扬州刺史。但刘准只是一个年仅五岁的幼童，哪晓得什么国家大事？只能任人摆布罢了。

第二年，宋改元元徽，由袁粲、褚渊二相勉力维持，总算太平地过去了。第三年五月，江州刺史桂阳王刘休范竟然兴兵造反。刘休范正是因他自身没什么才干，不被刘彧疑忌，才侥幸活了下来。明帝过世后，贵族执掌朝政，刘休范自命是皇族的人，想辅佐幼帝，但却不得志，于是他心怀怨恨。在典签许公舆的劝导下，他礼贤下士，招揽不少人马，便想伺机发难。宋廷有所耳闻，对他十分戒备。刚巧寻阳上流的夏口没人镇守，朝臣便想让皇五弟晋熙王刘燮去镇守，以便监视、挟制刘休范，特封其为郢州刺史。刘燮年仅四岁，朝臣特意举荐长史王奂，为他打点一切。宋廷又怕刘燮赴任时，寻阳的刘休范会将他扣留，便让刘燮一行人绕道而行。

刘休范得到消息，料知朝廷已经生疑，忙与许公舆谋袭建康。于是，两万水军、五百名骑兵自寻阳出发，日夜兼程，直攻大雷。大雷守将杜道欣立即向宋廷告急，朝廷异常惊骇。护军将军褚渊、征北将军张永、领军将军刘勔、尚书左仆射刘秉、右卫将军萧道成、游击将军戴明宝、辅国将军阮佃夫、右军将军王道隆、中书舍人孙千龄、员外郎杨运长等人同集中书省议事，商议了半天，也没结果。

萧道成奋然道："从前，上流的逆贼都是因出兵过缓而失去战机，这次刘休范必定惩前毖后，轻兵疾下，妄想杀我们个措手不及。所以，我军不宜远出，只需屯驻新亭、白下，防卫宫城与东府、石头城，静待贼军。贼军自千里远来，孤军深入，一旦遭遇挫败，自然瓦解。我愿率军驻守新亭，挡住贼军的兵锋，征北将军可驻守白下，领军将军屯驻宣阳门，调度各军。大人们只需要安坐殿中，等着我们的好消息。我相信不出十天，定可破贼！"说到这里，他便停下来，征求众人的意见。众人都没有异议。唯独孙千龄想袒护刘休范，说应该立即派兵据守梁山。萧道成正色道："贼军已经杀过来了，我们还有什么闲军去据守梁山？新亭正是贼锋必取的地方，我定当誓死报国，不负陛下的深恩。"说着，挺身而起，对刘勔说："既然领军将军已同意我的主意，那么事不宜迟，我这就去新亭。"刚说完，外面突然走进来一个人。此人一身素衣麻服，拄杖而来。这人是谁呢？就是尚书郎袁粲。这时的袁粲正在为母亲守孝，一听说刘休范叛变，他便急忙赶过来，得知萧道成的谋略后，他也极力赞成。萧道成立即带着前锋兵去戍守新亭。张永屯兵白下，南兖州刺史沈怀明戍守石头城。袁粲、褚渊率兵护卫大内。

萧道成到了新亭，将城池巩固一番。尚未完工，刘休范军的前锋已到新林，距离新亭不过数里。萧道成镇定军心，执旗登城，令宁朔将军高道庆、羽林监陈显达、员外郎王敬则等带领水军堵截刘休范。双方交战半天，互有伤亡，未分胜负。

第二天黎明，刘休范舍舟登岸，亲自督率大军攻打新亭，又派部将丁文豪攻打台城。萧道成麾兵奋战，自早上杀到中午，杀得江鸣海啸，天日无光。他见刘休范的兵士没有后退分毫，而鼓声越来越震耳，敌军也越来越多，城中将士不禁面露惧色，萧道成笑着说："贼人的气势虽然强盛，但是他们的军阵不够严整，相信不久，我们就会大破贼军！"话还没说完，忽然城内射入了刘休范的檄文。萧道成不等看完，便将檄文一把撕破，扔到地上。旁边闪出二人说："他们一定是想招降将军，将军不如将计就计，除掉逆贼首领？"萧道成一瞧，见是屯骑校尉黄回与越骑校尉张敬儿，他便应声说："你们说的是诈降计吗？"二人齐声称是。萧道成面露喜色说："你们二人如果能将此事办妥，我绝不吝惜重赏！"二人大喜，立即出城，跑到刘休范的轿子前，大呼投降。

当时，刘休范正穿着一身白袍，乘着轿子，在城南的临沧察看形势，他身边的护卫不过十多人。见有二人前来投降，他便将来人召到近前，细细询问。二人满脸诚意，跪拜说："末将奉萧将军的密令，向王爷请降。萧将军愿意拥立王爷为主，只请王爷回信定约。"刘休范异常欣喜说："这有什么困难？我派我的两个儿子德宣、德嗣去道成那儿做人质，这样萧将军总该相信了吧。"于是他将两个儿子遣派出去，将黄回、张敬儿二人留在身边。亲信一再苦劝，但扬扬自得的刘休范这时哪听得进去？他径直回到舟中，置酒畅饮，乐以忘忧。所有军事，全部委任前锋将领杜黑骡处理。他哪里知道，自己那两个做人质的儿子早已被萧道成斩首了。

在黄回、张敬儿二人的劝诱下，刘休范天天游弋江滨，吃喝玩乐。一天傍晚，刘休范已喝得醉醺醺的，却还是吵着要喝酒，他身边的侍卫取酒的取酒，取菜的取菜，一时间都离开了。黄回当即向张敬儿递个眼色，张敬儿猫手猫脚地走到刘休范的背后，抽取他的佩刀。刘休范稍稍察觉，正要回头，刀锋却已经来到，刘休范一声狂叫，身首分离。左右都惊骇溃散，张敬儿拿着刘休范的首级，与黄回跳到岸上，赶回新亭报功。萧道成大喜，立即令属下陈灵宝拿着首级入京。然而陈灵宝刚出城，就碰到杜黑骡麾兵进攻，情急之下，陈灵宝将刘休范的首级丢入河中，自己扮成乡民模样，走小路回京城报捷。陈满朝文武因他没有证据，不敢轻易相信他的话，但仍然加封萧道成为平南将军。

杜黑骡还不知道刘休范已被斩首，所以仍与萧道成相持不下。突然有消息说丁文豪已大破台城军，向朱雀桁进发，杜黑骡便舍去新亭，赶往朱雀桁。右军将军王道隆正率领羽林精兵驻扎朱雀门内，突然听说叛军杀来，他急忙召刘勔助守。刘勔赶到朱雀门，下令撤掉城外的浮桥以便断截叛军。王道隆却生气地说："贼军来了，我们应该奋力出击，怎么能自断浮桥，向贼军示弱？"刘勔于是不敢再提，随即率众出城迎战。然而刚过桥，还没来得及摆阵，杜黑骡已麾众进逼，与丁文豪左右夹攻，刘勔顾彼失此，战死在桥上。王道隆听说刘勔已经阵亡，慌忙退走，被杜黑骡长驱追上，一刀丧命。张永、沈怀明得知兵败，忙弃守阵地逃回宫中。抚军长史褚澄大开东府门迎纳叛军。叛众劫获安成王刘准，令他入居东府，并且假传刘休范的命令说："安成王本是我的儿子，不得侵犯！"中书舍人孙千龄也大开承明门向叛军投降，宫廷大震。

皇太后王氏、皇太妃陈氏急忙搜集宫中的金银器物，将它们充作军赏，嘱令朝臣齐心合力抵御贼人。这时，贼众也已听到刘休范的死讯，不禁懈怠。丁文豪厉声道："我们就是不靠桂阳王，也能成就大事！"许公舆却诈称桂阳王刘休范在新亭歇息，将吏十分惶惑，大多跑到新亭求见。萧道成登上北城，俯瞰城下，对将吏们说："刘休范父子已死，暴尸于南冈下，你们要是不信，可以自己去看看！我是萧道成，请你们看清楚！"说到这里，便将城下的将吏们投来的名帖全部烧掉，接着说："你们的名帖都已经被烧毁了，所以不要担心，还请你们及时归顺。"各将吏一哄散去，萧道成又派陈显达、张敬儿率兵入京护卫。

袁粲慷慨激昂地对各将领说："现在贼寇已逼到眼前，军心逐渐离散，你们又如此沮丧，怎么能保住国家呢？我愿与你们一同奋勇杀敌，战死沙场，共报国恩！"说着，披甲上马，一马当先，各将领争相效命，相随并进。碰巧，陈显达等人也到了，两军合力夹击杜黑骡，杜黑骡战败退到宣阳门，与丁文豪会合。张敬儿督兵进剿，阵斩杜黑骡，击退了丁文豪，收复东府，平定叛党。

萧道成率军回京都时，道路两旁都聚满百姓，同声欢呼道："保全国家，全靠将军啊！"入朝以后，萧道成与袁粲、褚渊、刘秉三人同时引咎辞官。宋主不答应，晋封萧道成为中领军，兼任南兖州刺史，令他留守建康，与袁粲、褚渊、刘秉三相一同执掌朝政。当时，京中称他们四人为"四贵"。

桂阳王刘休范袭取建康前，留下两个儿子守卫寻阳。现在，寻阳也被荆州刺史沈攸之、南徐州刺史建平王刘景素、湘州刺史王僧虔、雍州刺史张兴世等人联合攻克。刘休范的两个儿子都被诛杀。宋主下诏，说叛乱已平定，各镇兵可以回原地镇守。于是战乱暂休，又有一番升平景象了。

时光飞逝，一转眼又过了两年。荆襄都督沈攸之的威望越来越高，萧道成为防他叛变，特意任命张敬儿为雍州刺史，令他镇守襄阳。世子萧赜出驻郢州，也防备着沈攸之。不料，沈攸之还没发难，京口却已经先起兵。原来，南徐州刺史建平王刘景素礼贤下士，深受众人的好评，再加上幼主残暴失德，于是，朝臣都想拥立刘景素为新帝。但杨运长、阮佃夫等人却要辅佐年幼的君主，以谋私利，因而他们暗中唆使人诬陷刘景素造反，想伺机除掉他。萧道成、袁粲窥破阴谋，为刘景素挡过这一劫。刘景素也派世子刘延龄入京，为自己辩护。无奈杨运长、阮佃夫等人还不肯善罢甘休，他们硬是削去了刘景素征北将军的职衔。刘景素因此怀恨，竟暗中与将军黄回、羽林监垣祗祖通信，相约谋变。

酝酿了好几个月，垣祗祖忽然率数百人逃到京口，说是京城大乱，台城军士已溃散，应立即趁机发兵。刘景素信以为真，仓皇起事。杨运长、阮佃夫得到消息，立即派黄回去征讨刘景素。萧道成料知黄回图谋不轨，特意派将军李安民做前驱。李安民率军夜袭京口，一举攻破叛军，斩杀刘景素。

宋主刘昱因京口告平，更是恣意妄为，每天都要出宫玩乐。每当遇到牲畜，他便令随从拿长矛戳刺，以此为乐。民间大为惊恐，一遇到刘昱出宫，商贩立即收摊回家，关门闭户，宽阔的道路上瞬间空无一人。有时，刘昱在宫中觉得无聊，便拿针去戳刺宫人，身边的人只要稍稍让他不满意，他便斩杀。好像一天不杀人，他便觉得心里不快活。因此，不管是朝内还是朝外，个个惊慌，人人自危。

阮佃夫与直阁将军申伯宗、朱幼等人密谋，想废黜刘昱，拥立安成王刘准为帝。刘昱得知消息后，立即率领卫士捉拿阮佃夫、朱幼，将他们勒死，申伯宗也被施以重刑。有人向刘昱告密，说散骑常侍杜幼文、司徒左长史沈勃、游击将军孙超之也曾参与密谋。刘昱又带人抓捕杜幼文、孙超之二人，然后亲自动手，一片一片的割取他们身上的肉，同时边笑边骂。折磨死二人之后，刘昱又赶到沈勃家。正在守孝的沈勃忽然见刘昱持刀闯入，不由得冲上前，揪住刘昱的耳朵，怒骂道："禽兽不如的东西，我看你的死期就要到了！"还没骂完，卫士一拥而进，把沈勃劈成两段，刘昱又亲自肢解他的尸体，并下令屠杀杜、沈、孙三家的老幼。杜幼文的兄长长水校尉杜叔文也被抓去，裸捆在玄武湖北岸的树下。十四岁的刘昱跨马执槊，纵马奔驰前去，用槊刺入杜叔文的腹中，钩出肝肠，嬉笑不止，卫士齐称万岁。

刘昱尽兴回宫，却听到皇太后宣召。勉强进去，挨了几句骂，无非说他残虐无道，令他立即改过，惹得刘昱满腔懊闷，怏怏退出。最后越想越恨，刘昱竟召入太医，想毒死太后。他身边的人忙劝谏道："陛下不能这么做，要这样做的话，以后出宫入宫就没那么自由了！"刘昱点点头说："有理。"于是斥退医官，不再提起这件事。

一天盛暑，刘昱突然溜进领军府。那时，萧道成正躺在帐中呼呼大睡。刘昱不许他人通报，悄悄地来到帐前，揭看帘帐审视，发现萧道成袒露出来的肚脐很大，他不禁痴笑道："好一个箭靶子！"萧道成被惊醒，睁眼一瞧，见是当今的小皇帝，他忙起身整衣下拜。刘昱摇手说："不必不必，你的小腹不错，刚好用来让朕试试箭法。"说着，便令身后的侍卫拥着萧道成，让他站直身体，露出小腹，然后在上面画出靶心。刘昱当即在前面拉弓，准备放箭。萧道成忙用手遮掩小腹，说道："老臣无罪！"刘昱身边的卫队长王天恩也帮萧道成解围说："领军的肚脐大，的确是个很好的箭靶，但陛下只要放一箭，他就死掉了，那陛下以后想玩，就没得玩了，这样多可惜啊！陛下不如用骨头做的骲箭射击，这样他不会受伤，陛下以后想玩，可以随时找他玩。"刘昱觉得王天恩说得有理，便让左右取来骲箭，搭上弓弦，轻喝一声，正中靶心。当下，刘昱扔弓大笑道："朕的箭法怎么样？"王天恩极口赞美，连称："陛下只用一箭便正中靶心。好箭法！好箭法！"说得刘昱喜上眉梢，出署而去。

萧道成无话可说，将御驾送走后，回到署中暗想："这次幸亏是用骲箭射击，才保住了一条老命。但终究没有那么多的侥幸，还得赶紧想办法，才好保全自己。"于是，他密访袁粲、褚渊二人，商议废立事宜。褚渊默然不答，只有袁粲说："陛下还是一个孩子，就算有过错，也一定能改过。而且领军的想法也不容易实现，就算能成功，也非万全之策啊！"萧道成点头离去。

不久，宫中传出消息，说刘昱曾磨利器，想杀萧道成，还是陈太妃从中呵斥阻止，刘昱才作罢。萧道成更加惊惧，屡次与亲党密谋，想先发制人。有人劝他出驻广陵，调兵起事，有人劝他让世子萧赜率郢州兵东下京口，以做外应。萧道成却想挑衅北魏，等北魏入侵，再伺机除掉暴君。结果，这三个计策却没有一个可行，害得萧道成天天踌躇不安。领军功曹纪僧真说不如在京内伺机发难，比较妥当。萧道成的二子骠骑从事中郎萧嶷、堂弟镇军长史萧顺之都劝他说："幼主喜欢微服出行，我们只要联合数人，便可下手，何必这么麻烦，自找苦吃呢？"萧道成因而决定在京中起事。他秘密联合校尉王敬则，令他贿赂卫士杨玉夫、杨

113

万年、陈奉伯等人，伺机行事。

夏去秋来，新凉已到，宋主刘昱喜欢晚上出游。七月七日，刘昱乘露车到台冈，与身边的侍卫比赛跳高。晚上，他到新安寺偷狗，然后在昙度道人那里杀狗喝酒，直喝得酩酊大醉，才回到仁寿殿就寝。睡前，刘昱对跟在他后面的杨玉夫说："今天晚上织女应该要渡河了，你给我好好盯着，如果看到织女，马上向我汇报。如果我今晚错过织女，明天一定取你的狗头，剖你的肝肺！"杨玉夫听着刘昱的醉话，又笑又恨，答应了一声，就出去了。

自从刘昱嗣位以后，由于他出入宫没个定准，殿省的大门整夜都不关，就连守夜的将士都躲在居室里，不敢出去巡逻。守兵们唯恐与刘昱撞个正着，丢掉性命。因而，杨玉夫、杨万年二人得以在半夜一同潜入殿内。二人轻手轻脚地走到御榻左边，侧耳细听，只听到呼呼的鼾声。再走进几步，掀开帘帐，见刘昱仍在熟睡，枕边放着一把防身刀。二人立即将刀抽出来，向刘昱的喉管砍去。刘昱一声未出，手足一动，呜呼而去！刘昱死时年仅十五岁，在位只有五年。后人称刘子业为前废帝，刘昱为后废帝。

沈攸之栎林自缢

杨玉夫提着刘昱的首级，刚走出殿门，便与一个人相遇。杨玉夫不禁惊慌万分，仔细一瞧，原来是同党陈奉伯，他这才放心，忙将刘昱的首级交给陈奉伯。陈奉伯连忙诈称奉旨出宫办事，将刘昱的首级转交给等在承明门外的王敬则。王敬则立即赶往领军府，叩门大呼。门内的萧道成听到叩门声这么急，怎么也不敢开门。王敬则便把首级丢进院子，萧道成将首级清洗一遍，一看是刘昱的头。他立即一身戎装，和王敬则等人一起驰入宫殿。殿中的人都十分惊恐，从萧道成的口中得知刘昱的死讯后，他们才同声欢呼万岁。萧道成便在殿廷的槐树下，以王太后的名义，召来袁粲、褚渊、刘秉三人议事。

萧道成对刘秉说："这是帝王家的私事，外人不敢擅自决断。"刘秉一看萧道成，只见他胡须根根直竖，目光如炬，令人觉得万分恐怖，不由得嗫嚅道："将军可以将尚书省的事情交给我们，至于军旅之事，还是请将军做主！"萧道成又让给袁粲，袁粲也不敢接受。王敬则拔刀跃入道："萧公应该马上即位，你们谁如果不同意，就先问问我的刀，看它怎么说！"随即将白纱帽扣在萧道成头上，劝他即位，又说："今天还有谁敢来多嘴？打铁须趁热，将军不要再迟疑下去了！"萧道成摘掉纱帽，正色呵斥道："你这是胡闹！"袁粲想趁势发话，又被王敬则怒目制止，不敢开口。褚渊接口道："眼下只有萧公才能稳定大局！"萧道成缓缓回答说："既然你们都这么说，我也不好再推辞了。我决定今天就去迎立安成王。"刘秉、袁粲等人模糊答应。王敬则仍想拥立萧道成，道成看了他一眼，示意他安静，然后令刘秉、袁粲、褚渊三相在东城等待，自己则去迎接安成王刘准。

刘秉前往东城时，刚好与表弟刘韫相遇。刘韫急忙问："今天的事是不是你主张的？"刘秉说："是萧领军主张的。"刘韫惊叹道："你们怎么就这么傻呀？这下坏了，今年要被灭族了！"刘秉似信非信，与刘韫告别而去。

没过多久，安成王刘准已被接入东城，萧道成替太后宣令，追废刘昱为苍梧王，迎奉安成王刘准即位。这年，年仅十一岁的安成王刘准被迎入朝堂，登上皇位，接受百官的朝拜。即位后，幼主颁诏大赦天下，改永徽五年为升明元年；尊生母陈昭华为皇太妃，将陈太妃降为苍梧王太妃，江皇后为苍梧王妃；任命萧道成为司空，录尚书事，兼骠骑大将军、南徐州刺史，留镇东府；刘秉为尚书令，加封为中军将军；袁粲为中书监，出京镇守石头城，晋封为荆州刺史；沈攸之为车骑大将军，兼任尚书左仆射；王僧虔为尚书仆射，刘韫为中领军，兼任金紫光禄大夫，王琨为右光禄大夫；晋熙王刘燮为抚军将军，调任扬州刺史，武陵王刘赞为郢州刺史，邵陵王刘友为江州刺史，南阳王刘翔为湘州刺史；杨玉夫等人也各有赏赐，此外文武百官各加官二级。

以前，刘秉认为尚书部关系国家根本，如果由自己主持，国家便不会发生变乱，所以在与萧道成商议时，他情愿将兵权让给萧道成。等到萧道成将军权、政权集于一身，在朝内外安插自己的心腹，并笼络褚渊，被孤立的刘秉，这才后悔将兵权交付出去。袁粲性格比较恬淡，每次朝廷有任命，他总是一再推辞，迫不得已才就职。看穿萧道成的野心后，朝廷令他镇守石头城，袁粲毫不推让，当即上任去了。

荆襄都督沈攸之与萧道成关系不错，萧道成又将长女嫁给沈攸之的儿子萧文和为妻，两家人相处得十分融洽。沈攸之出镇荆州时与萧道成还没有嫌隙，只因朝局日益紊乱，沈攸之不免野心勃勃，打起了帝位的主意。当时，直阁将军高道庆告假回家，路过江陵，沈攸之邀他过府叙谈，沈攸之说话不加注意，高道庆将他的话谨记在心，假满入朝，便上奏说沈攸之口出狂言，已有谋反之心，并请求发兵袭击江陵。刘秉不以为然，萧道成顾念亲情，更是力保沈攸之，说他不可能造反。唯独杨运长等人嫉恨沈攸之，与高道庆密谋，派刺客刺杀沈攸之。结果刺客行刺失败，被沈攸之所杀。沈攸之自此怨恨朝廷，并怀疑萧道成不肯帮助自己，而与萧道成有了嫌隙。

主簿宗俨之、功曹臧寅劝沈攸之立即举兵，沈攸之因长子沈元琰在建康做官，投鼠忌器，所以一直不肯起事。刘昱一死，朝政大变，萧道成任命杨运长为宣城太守，将他调到外省，然后让沈攸之的儿子沈元琰将刘昱的遗物带给沈攸之。一是想向沈攸之表示他已贬黜仇人，为亲家出了气；二是借以炫耀自己的功绩。偏偏沈攸之一直认为萧道成不如自己，现在看到萧道成在朝中专揽朝权，沈攸之心中越发愤懑不平。碰巧沈元琰来到江陵，沈攸之便认为老天在帮助自己，他高兴地对亲信说："儿子都回来了，我还怕什么呢？"于是将沈元琰留在自己身边，又上奏表示庆贺。

刚巧朝廷派人到江陵，给沈攸之加封号，太后也赐给他十只蜡烛。沈攸之趁机伪说在蜡烛中得到太后的手谕，要将社稷一事委托给他。自此，沈攸之公然招兵买马，准备起事。他的小妾崔氏、许氏一同劝谏说："大人都这把年纪了，怎么还想举事？就算不为自己着想，也要为儿孙们想想呀！"沈攸之便将他与宋主刘准的密誓拿给她们看。二人看完后，也不再多说什么了。

沈攸之又派使者去约雍州刺史张敬儿、豫州刺史刘怀珍、梁州刺史范柏年、司州刺史姚道和、湘州行事庾佩玉、巴陵内史王文和等一同举兵。张敬儿本是奉萧道成之命来监视沈攸之的，一听说沈攸之即将造反，他立即斩杀来使，并将消息上报朝廷。刘怀珍、王文和也效仿张敬儿，立即向朝廷奏报。范柏年、姚道和、庾佩玉三人模棱两可，持观望态度。王文和胆子最小，沈攸之刚发兵，他便弃城逃往夏口。

沈攸之又致信萧道成，斥责他私结党羽，杀害幼主，包藏祸心。萧道成看到信后，勃然大怒，当即入宫守卫朝堂，令侍中萧嶷守卫东府，抚军行参军事萧映镇守京口。萧嶷、萧映都是萧道成的儿子，所以得此重任。长子萧赜身任长史，辅佐晋熙王刘燮镇守郢州。刘燮调任扬州，萧赜升任左卫将军，也随刘燮东行。刘怀珍致信萧道成，说夏口是军事

116

重地，不能没有人镇守。萧道成便致信萧赜，让他挑选贤能的人镇守夏口。萧赜推荐郢州司马柳世隆，柳世隆随即被封为郢州长史，奉命辅佐武陵王刘赞镇守郢州。临行时，萧赜对柳世隆说："我走之后，沈攸之必将作乱，如果他烧毁夏口的舟舰，顺流东下，你我都挡不住他；如果你留守郢城，牵制他的兵力，我率军做外援，沈攸之就不足为虑了！"柳世隆点头答应，萧赜这才放心起程。

刚到寻阳，就传来沈攸之起兵作乱的消息，但还不见朝廷采取防御措施。有人劝萧赜立即奔赴建康，萧赜摇头说："寻阳地处中流，我如果屯兵溢口，不仅能护卫朝廷，还能顾及夏口，控制西南，这么好的地势，这么好的机会，我怎么能丢弃呢？"左中郎将周山图也极为赞成。萧赜立即奉请刘燮镇守溢口，将军事全权委托给周山图。周山图不久便筹备好防御事宜，并派人告知萧道成。萧道成大喜道："赜儿真不愧是我儿子呀！"随即任命萧赜为西讨都督，周山图为副都督。萧赜又担心寻阳城孤危，便奏请将邵陵王刘友调过来，和晋熙王刘燮一同镇守溢口，令别驾胡谐之留守寻阳。

湘州刺史王蕴因母亲去世，辞官回京，经过巴陵时，被沈攸之招纳。等到入居东府，为母亲发丧时，王蕴想趁萧道成前来凭吊，把他刺死。然而萧道成十分狡猾，他只是派人去凭吊，并没有亲自去。王蕴见计划落空，便与袁粲、刘秉谋划别的计策，并拉拢将吏黄回、任侯伯、孙昙瓘、王宜兴、卜伯兴等人。

萧道成担心袁粲叛变，亲自到石头城与袁粲议事。袁粲拒不见面，通直郎袁达说他不该拒绝。袁粲回答说："他如果托词时局艰险，逼我回京辅佐幼主，我能拒绝吗？一旦落入他的圈套，我还出得来吗？"因而，始终没有采纳袁达的建议。

萧道成另召褚渊入宫议事，凡事都要征求褚渊的意见，待他格外友善。褚渊担任卫将军时因母亲去世而离职，朝廷让他一边守孝一边任职，他不愿意，经袁粲亲自劝导，他才从命。等到袁粲担任尚书令时也因母亲去世而辞官，褚渊便亲自去劝说他，让他一边守孝一边莅任，可是袁粲始终不答应。褚渊因此与袁粲有了嫌隙，他对萧道成说："沈攸之起事，必定以失败告终。将军还是先防备内变，斩除祸患！"萧道成点头称是。

不久，袁粲与刘秉等人议定诛杀萧道成的计策，想去告知褚渊。众人说褚渊不值得信赖，说他极有可能向萧道成告密。袁粲则坚持说："褚渊虽与萧道成友善，但事关社稷，褚渊应该不会有异议。而且如果我们不告诉他，说不定将来我们又多了一个敌手。"随即把密谋告诉了褚渊。褚渊当即便把消息透露给萧道成。萧道成立即派军将苏烈、薛渊、王天生等人去戍守石头城，名义上是协助袁粲，实际上是监视他；又因中领军刘韫、直阁将军卜伯兴与袁粲串通一气，萧道成又派王敬则去牵制他们二人。

袁粲打算假传太后的命令，让刘韫与卜伯兴率宫中侍卫突袭萧道成，黄回等人做外应，定期举事。到了这一天，待在京都的刘秉禁不住心惊肉跳，本来起事的时间是半夜，偏偏胆小如鼠的他竟在傍晚时分带着家属奔往石头城，随行的数百名部将也慌慌张张地行进着。袁粲一听刘秉前来拜访，忙出来相见说："你怎么突然跑到这里来了？看来我们的计划要失败了！"刘秉哭着说："能见将军一面，我死而无恨了！"正说着，孙昙瓘也自京都奔来。袁粲越发惶急，但也想不出什么方法，只能顿足长叹。

丹阳丞王逊赶紧向萧道成报告，说刘秉率全家出京，萧道成立即派人密嘱王敬则动手。当晚，王敬则提着刀赶到中书省。那时，刘韫正列烛戒严，端坐室内，突然见王敬则闯入，他大吃一惊，跳起来问道："你怎么三更半夜擅自闯入？"王敬则瞪着他说："你怎么敢谋逆？"当下就是一刀。杀死刘韫后，王敬则又赶到卜伯兴那里，也将他一刀毙命。

苏烈、王天生已占据仓城，正与袁粲对抗，萧道成又派军将戴僧静去助阵。袁粲忙派孙昙瓘出城迎战，与苏烈等人相持一晚。黎明时分，戴僧静攻毁西城门，刘秉在城东望见城西起火，竟与儿子出城逃去。袁粲也料知保不住石头城，下城对儿子袁最说："我早知独木难支大厦，但至少我是为国尽忠，我死而无憾了！"话还没说完，戴僧静已攻入城内。袁最奋身保护父亲，不幸被戴僧静砍伤。袁粲哭着地对儿子说："我不失为忠臣，你不失为孝子，人生至此也无憾了。"父子二人一同遇害。

刘秉父子、王蕴等人也被击毙，孙昙瓘逃去。黄回由新亭进攻，经过石头城时，获悉同党都战败，他忙声称自己是赶来支援萧道成的。萧道成知他刁滑，但也不想多加诛杀，所以将他抚慰一番，仍然令他驻守新亭。此外，袁粲的党羽也全部被赦免。萧道成任命尚书仆射王僧虔为左仆射，新除中书令王延之为右仆射，度支尚书张岱为吏部尚书，吏部尚书王焕为丹阳尹。

当时，满朝文武都是萧道成的心腹，萧道成这才向宋主刘准恳请率兵讨伐沈攸之。宋主当即令萧道成统率全军，屯驻新亭。沈攸之也派中兵参军孙同等五将率五万人做前驱，司马刘攘兵等五将率两万人做后应，中兵参军王灵秀等四将分道进击夏口，占据鲁山。

沈攸之仗着自己兵多势众，颇有骄态，派人对郢州的柳世隆说："我军奉太后之命暂时回京，如果你也忠心为国，就该明白怎么做。"柳世隆派使者答复道："承蒙雄师问候，但是郢城镇小，我军只能自守，恕不能相从！"沈攸之一听，不禁动怒，准备发兵攻打郢城。功曹臧寅劝他说："郢城地势险要，易守不易攻，进攻郢城只能白白耗费兵力，我们不如长驱东下，直取建康。"沈攸之于是令派小部队攻取郢城，自己率大军准备东行。

柳世隆奉萧赜之命，去牵制沈攸之的兵力，看到沈攸之就要东下，柳世隆忙出城邀战，故意挑起沈攸之的怒意。沈攸之被这么一激，当下改变主意，全力攻打郢城，大有不拔郢城，誓不罢休的劲头。可是占据有利地势的柳世隆有时出击，有时防守，游刃有余。相持了一年多，郢城分毫未损，沈攸之却伤亡惨重。萧赜也派军将桓敬屯据西塞，援助柳世隆。

沈攸之向来不懂得收买人心，手下的将士大多是受形势所迫才作乱，因而每天都有大批的士兵叛逃。沈攸之大怒，当即召集部将们说："我奉太后之命仗义兴师，事成之后，我定会与你们共享富贵；如果战败，朝廷只会杀我全家，你们不用怕受到连累。最近，逃亡的士兵越来越多，都是因为你们管教不严。从今以后，再有士兵叛逃，我拿你们是问！"各部将虽然表面服从，但心里越发不平。这时，又传来消息说萧道成派黄回等人西袭荆州，逆流而上，众将更加惊骇，都有了叛逃的心思。刘攘派人将乞降的书信射入郢城，恳请柳世隆代为上表，以洗脱罪名。柳世隆回信应允，刘攘当即自毁营寨，径直离去。其他营寨的士兵见军中突然起火，顿时骇散，连将帅都喝止不住。沈攸之怒火中烧，气得咬牙切齿，立即将刘攘留在军营的侄子和女婿处死，然后率领残众东归。

走到鲁山，众人纷纷溃散，各将领也四散而去。只有臧寅感慨道："得势即从，失势即散，真没想到会是这样的结局啊！"说完，投水自尽。沈攸之忙宣令说："荆州城中还有很多钱财，我们一同回去取来，作为资粮！"军令下达后，四散而去的兵士才逐渐趋集。哪知途中接得急信，江陵城已被张敬儿夺去。沈攸之进退无路，只好转奔华容，途中队伍再次溃散。到了栎林，沈攸之身边只剩下了儿子沈文和。沈攸之下马伫立，长叹数声，然后解带悬林，自缢而死。沈文和也自缢而亡。村民斩下二人的首级，献入江陵。

原来，张敬儿探知沈攸之攻打郢城，江陵空虚，便率兵偷袭江陵。江陵城由沈攸之的儿子沈元琰与长史江义、别驾傅宣三人留守。晚上听到鹤唳声，江义与傅宣以为是官军杀来，慌忙夺门逃去，吏民相继逃散，沈元琰在逃亡途中被杀。当时，张敬儿还在沙桥，得到这个消息后，急忙率兵入城，将沈攸之的亲族诛杀殆尽。经过栎林时，村民献上沈攸之父子的首级，张敬儿立即派人送往建康。

萧氏建国

萧道成还镇东府，自封太尉，督管南、徐等十六州军事。并任命长子萧赜为江州刺史，二子萧嶷为中领军兼尚书左仆射；命王僧虔为尚书令，右仆射王延之为左仆射，柳世隆为右仆射，卫将军褚渊为中书监司空。平西将军黄回没有得到任何加封，萧道成将他召回东府，历数罪状后，把他送到阎王那儿去了。

叛乱初定，萧道成开始为自己的大业发愁。太尉右长史王俭窥破他的心思，悄悄对他说："从古至今，劳苦功高的大臣却没有得到封赏的例子很多。将军有如此大的功劳和威望，难道就甘愿一直北面称臣吗？"萧道成当即喝止他，但脸上却露出了欢快的神色。王俭又说："承蒙将军的青睐，所以我言人所不敢言，将军不要阻止我，请让我说下去。宋氏失德，要不是将军，他们哪还能坐拥天下？如果将军一再谦让下去，让众人失望，即使有一天觉悟，只怕机会已经溜走了。那时不但无法实现大业，就连身家都保不住呀！"萧道成这才慢慢说道："你说得有理。"王俭继续出谋划策道："以将军现在的名望，不能只担当一朝的宰相，应该加礼。眼下满朝文武，只有一个褚公，还能放心与他议事，我愿意先去和他商量。"萧道成阻止道："不用了，我自己去吧！"

过了两天，萧道成亲自拜访褚渊，寒暄片刻后，切入正题："我梦见自己得了帝位。"褚渊支吾着说："现在国内刚刚安定，一二年内将军的事情恐怕还不好办。而且就算有吉梦，也未必会立即应验，还请慎重行事！"萧道成回去后，将原话转告王俭，王俭安慰道："褚公还没认清局势。将军放心，我一定为你想方设法取得褚公支持。"随即倡议加封萧道成为太傅，令中书舍人起草诏书。萧道成的亲信任遐说："这样的大事应让褚公知道。"萧道成说："褚公不愿意，怎么办？"任遐笑道："褚渊贪生怕死，又没有才能，怕他干什么？我现在就去劝他，不怕他不依！"任遐当即前往褚渊的府第。褚渊起初还犹豫不决，经任遐晓以利害，果真没有异议了。

诏书很快就颁下来了。萧道成被加封为太傅，奉命督管国内外各军，担任扬州牧，可以佩剑上殿，入朝不用参拜等等。萧道成假意推辞一番，才勉强接受一两条。随后，宋主又封萧赜为领军将军，调任萧嶷为江州刺史，任命他的三子萧映为南兖州刺史，四子萧晃为豫州刺史。

不久，宋主刘准册立谢氏为皇后。皇后是原光禄大夫谢庄的孙女，骠骑长史谢脁的侄女。皇后册立后，宋主重提上次的封赏，要加封萧道成，萧道成仍旧不肯接受。第二年正月，宋主晋封江州刺史萧嶷，令他督管荆、湘等八州军事，兼任荆州刺史，调任左仆射王延之为江州刺史。萧道成想将谢脁纳为自己的心腹，于是推举他为左长史，结果谢脁不领情，决心一生只侍奉一主。

萧道成闷闷不乐，改任谢脁为侍中，另外任命王俭为长史。王俭格外效力，又一再劝萧道成不必推辞殊礼。后来，宋主加封萧道成为齐公，晋升他为相国，令他统率百官，辅助处理大小国事，还赐他九锡礼。萧道成谦让一番后，一概接受。自此，萧道有了自己的小朝廷，并封王俭为齐尚书右仆射，兼领吏部。

当时，宣城太守杨运长离职回家，萧道成趁机派人将他勒死。并除掉了阻挠自己好事的临川王刘绰，武陵王刘赞也被他毒死。萧道成召回雍州刺史张敬儿，封他为护军将军，又任命萧长懋为黄门侍郎，令他出任雍州刺史。萧长懋是萧道成的孙子，萧赜的长子。萧赜被任命为南豫州刺史，兼任副相国。随后，宋主晋封萧道成为齐王，又封给他十郡，并赐他种种殊礼。萧道成改称世子萧赜为太子，好把那刘宋四世六十年的皇位轻松夺来。

没过几天，萧道成就逼宋主刘准禅位。可怜十三岁的小皇帝，在位只有三年，便要他宣诏禅让。在那帮狐群狗党的恳请下，阴鸷险狠的萧道成推辞一番，也就不客气了。

第二天行禅位礼，宋主刘准本应亲临，他却畏缩得很，躲在宫中不敢出来。王敬则率兵入宫，准备带走幼主，找了半天，连个影子都没找着。王敬则不禁动怒，大肆咆哮。王太后等人十分惊骇，只好带着身边的宫人四处找寻。不久，幼主被找着，送交到王敬则手上。可怜幼主刘准鼻涕眼泪一大把，瞧着那为他准备的坐轿，好像囚车一样，硬是不肯坐进去。经王敬则一番强逼才勉强坐进去，一行人即将出宫时，刘准止住眼泪问道："今天就要杀我吗？"王敬则回答说："没有这事，只不过请你住到别的地方去！"刘准又哭起来："只愿下辈子不要再生在帝王之家！"太后以及所有婢女、宫监无不哭着送幼主离开。

过了一会儿，刘准又拍着王敬则的手说："如果我能保住性命，一定会重赏你！"王敬则没有做声。一行人来到朝堂，百官早已经候着，唯独侍中谢朏进入直阁，还没出来。诏使奉命去宣召时，他拒不接旨。诏使大呼道："侍中有为齐王解下宋主御玺的职责！"谢朏回答道："齐王自有侍中，哪还需要我去！"说着，便躺下休息。诏使不禁着急了，问道："侍中是不是身体不舒服？我马上回去通报。"谢朏又说："我能有什么病？不劳你通报了。"诏使没有办法，只好离去。谢朏待他走后，径直出了东掖门，登车回家。

仆射王俭将宋主的御玺拿走，宋主随后被遣出朝堂，送到东邸，静待新皇的命令。司空褚渊、尚书令王僧虔立即捧着御玺，率领百官赶到齐宫请萧道成即位。萧道成谦让一番，就不再推辞了，随即在南郊即位，祭告天地，改元建元，登坛受贺。褚渊、王僧虔等人率领百官三呼万岁，大拜新皇。

即位礼毕，齐王回宫，颁诏大赦天下。将宋主刘准废黜为汝阴王，王太后为汝阴王太妃，谢皇后为汝阴王妃，撤去陈太妃苍梧王太妃的名号，令她们全部迁到宫外，移居丹阳；并派士兵监管她们，限制她们的自由。宋晋熙王刘燮被降为阴安公，江夏王刘跻被降为沙阳公，随阳王刘翽被降为舞阴公，新兴王刘嵩被降为定襄公，建安王刘禧被降为荔浦公，郡公主被降为县君，县公主被降为乡君。萧道成还撤去所有宋室功臣子孙的袭爵、封国，只留下南康、华容、萍乡三邑的封爵，让他们供奉刘穆之、王弘、何无忌的宗祀。同时，晋封褚渊为司徒，柳世隆为南豫州刺史，陈显达为中护军，王敬则为南兖州刺史，李安民为中领军，其他人如王俭、张敬儿等各被加官晋爵。

褚渊的表弟褚炤先前担任安成太守，现在离任闲居家中。当褚渊捧着御玺去劝齐王即位时，褚炤问褚渊的儿子褚贲说："司空今天去哪里了？"褚贲回答说："父亲捧着御玺去齐王府了。"褚炤叹道："我不知道司空把这户人家的东西送给另一家是什么意思？"等到褚渊升任为司徒，贺客盈门，褚炤又叹道："唉，家门不幸！如果褚渊做中书郎时就病死了，那么现在我们家应该会出一位名士吧。"褚渊得知褚炤的话后，很是惭愧，于是上奏辞官。萧道成准奏。太子萧颐请示杀掉谢朏，萧道成摇头说："这人不怕死，我如果杀了他，反而成就了他的名声，不如放他回去，以示我朝的仁厚。"谢朏因此保全性命，辞官回家。

废主刘准徙居丹阳，一天，门外忽然传来马蹄声。卫士以为外面起兵作乱，当即奔入刘准的卧室，将他杀死，然后上奏谎称刘准病死。萧道成不但没有怪罪这些卫士，反而将他们嘉奖一番，只追赐刘准为宋顺帝，将他草草安葬。宋朝自武帝至刘准，共历经四世八个国君，存在了六十年。齐主萧道成一不做二不休，索性把刘宋宗室，如阴安公刘燮等人全部杀害。只有刘遵考的儿子刘澄之因为与褚渊有些交情，才得以幸免。

萧氏建国号为齐，追尊祖考，他本是汉相国萧何的第二十四世子孙，所以以萧何为始祖。萧道成的父亲萧承之是宋朝的右军将军，屡立战功。宋元嘉二十四年，萧承之病故。那时，萧道成刚满十八岁，却已是一表人才，声如洪钟，而且遍体鳞纹，时人将他视为奇人。又有一种传言，说是萧道成的母亲陈氏生下萧道成后，没有奶水。一天夜里，陈氏忽然梦见有个神人拿着两碗粥，嘱令她喝下。粥刚喝完，陈氏便醒来了，她惊奇地发现自己竟然有奶水了。萧道成有两个兄弟，一个叫萧道度，一个叫萧道生。一天有个会看相的人对陈氏说："夫人应该生有贵子，只可惜你无法等到孩子飞黄腾达的那一天。"陈氏叹道："我有三个儿子，不知哪一个有福相？"看相的人指着萧道成说："这孩子将来必成大器！"自从萧道成的父亲去世后，家里的生计全靠陈氏操劳。萧道成做建康令后，虽然仍没有多少闲钱，但他总是将母亲的饭食置办得很丰盛。陈氏却经常撤去过多的菜式，只留下一盘，对萧道成说："居家过日子，务宜勤俭，我儿给我一盘肉，我便知足了。"不久，陈氏去世。

萧道成受禅后，追尊父亲萧承之为宣皇帝，母亲陈氏为孝皇后；分别追封已故的两个兄弟为衡阳王和始安王，追立已故妻子为皇后；将长子萧颐立为皇储，封二子萧嶷为豫章王，三子萧映为临川王，四子萧晃为长沙王，五子萧晔为武陵王，六子萧暠为安成王，七子萧锵为鄱阳王，八子萧铄为桂阳王，十子萧鉴为广陵王，十一子萧钧为衡阳王，皇长孙萧懋为南郡王。九子早夭，因而没有得到封邑。萧道成于是安国定邦，又有一番兴盛气象。

突然传来北魏梁郡王拓跋嘉拥戴丹阳王刘昶，并且南侵寿阳的消息，齐主萧道成泰然自若道："我早就料到有这一天，所以已派垣崇祖出镇豫州。以垣崇祖的智勇，制服胡虏不在话下。"因此没再调兵遣将，只是拨运粮饷，接济寿阳。

北魏主拓跋弘自从传位给太子后，便居住在崇光宫，不怎么处理朝政。柔然侵犯魏境，拓跋弘因嗣主年幼，只得亲自督军北讨，赶走敌军。接着拓跋弘又南巡西幸，一再外出。而冯太后正值盛年，常居深宫，不免十分寂寞，便与宫内侍卫李奕勾搭起来。尚书李䜣出任相州刺史期间，贪赃枉法，被人揭发，尚书李敷暗中袒护李䜣，想替他掩饰。没想到太上皇拓跋弘竟得知实情，当即下令斩杀李䜣，并罢黜李敷和他的弟弟李奕。李䜣的女婿裴攸替岳父想办法说："不如揭发李敷兄弟，说不定还能免罪。"李䜣本不想背叛李敷，转念一想，这已是生死攸关的时候了，也顾不得许多了。他便向太上皇揭发李敷的罪状以及李奕的奸情。拓跋弘不禁大怒，当即下令诛杀李敷兄弟，赦免李䜣的死罪，不久，又起用李䜣为尚书。

冯太后见情夫被杀，很是心痛，她竟嘱令身边的亲信往拓跋弘的饮食里下毒。不知情的拓跋弘随即被毒死，年仅二十三岁。魏主拓跋宏追尊父亲为献文帝，庙号显祖。当时是魏主拓跋宏延兴六年，宋主刘昱元徽四年。

拓跋弘死后，冯太后趁魏主年幼，再次执掌朝政，改元太和。魏主拓跋宏尊冯太后为太皇太后，任命冯太后的兄长冯熙为太师中书监。冯熙怕群臣不服，一再推辞，魏主便任命他为洛阳刺史，仍封他为太师。没过多久，重掌朝政的冯氏便瞄上长相俊美的太卜令王睿，令他做了第二个李奕，升任他为尚书。秘书令李冲，也因长相秀美而被冯太后宠幸。

丹阳王刘昶自从投奔北魏，接连受到魏主的恩宠，当得知萧氏篡位的消息时，他立即上奏恳求声讨。冯太后与群臣商议一番，允准了刘昶，令他在江南称王，做北魏的藩属。于是，北魏朝廷发兵数万，号称二十万大军，由梁郡王拓跋嘉统率，和刘昶一道南下。寿阳大震。

王僧虔辞封

齐豫州刺史垣崇祖听说北魏大军前来，不慌不忙，反利用魏军轻敌的心态设下一计，狠狠地给了魏军一个教训。梁郡王拓跋嘉狼狈北逃，退出豫州。捷报传到京都，齐主萧道成高兴地对朝臣说："朕就知道他能制敌，崇祖真是朕的韩信呀！"随即将垣崇祖召进宫，封他为平西将

124

军。垣崇祖担心魏军转而入侵淮北，因而上奏恳请将下蔡城迁到淮东。

这年夏天，魏兵果然来攻下蔡。听说下蔡城已经迁址，魏军扬言要踏平下蔡城旧址。垣崇祖麾下的部将都怕胡虏在下蔡旧城屯驻，垣崇祖却说："下蔡距离这里很近，胡虏怎敢屯兵？不过在平城示威罢了。走，给他们一个下马威去！"随即率军渡过淮河。魏兵正在毁掘城址，突然见垣崇祖军杀来，顿时吓得丢下器械，匆匆撤退。垣崇祖趁势追杀数十里，斩获数千人，才收军回城。自此，垣崇祖威名远震。

第二年，魏兵入侵淮阳，又被齐军杀得大败而还。从此，北魏再也不敢窥探齐境了。刘昶也打消了光复故国的念头，沮丧地回到平城。

不久，齐主派参军车僧朗去北魏通好。魏主拓跋宏问车僧朗说："齐主原本辅助宋主，怎么突然就登上大位了呢？"车僧朗回答说："因时制宜。"魏主也不加辩驳，只是在赐宴的时候，安排刘宋的使者坐车僧朗的上手。这位使者因刘宋破灭、萧齐篡位而被迫留住北魏都城。车僧朗不肯就席，又见使者出言不逊，一怒之下，拂袖而出，回客馆待命去了。刘昶随即派人刺杀了车僧朗。魏主拓跋宏对此很不赞成，当即用隆重的仪仗队伍将车僧朗的灵柩送回萧齐，并将刘宋使者打发回去。齐主萧道成本想趁机兴兵北伐，只因年将花甲，精力不济，只得作罢。

好不容易过了四年，褚渊已晋升为司徒；豫章王萧嶷晋升为司空，并获得骠骑大将军的称号，兼任扬州刺史；临川王萧映为前将军，担任荆州刺史；长沙王萧晃为后将军，兼护军将军，南郡王萧长懋为南徐州刺史；安成王萧暠为江州刺史；江州刺史王延之被召回宫，担任右光禄大夫。不久，齐主疾病缠身，疼痛难忍，自知大限已到，忙将司徒褚渊、左仆射王俭召到临光殿，嘱咐他们用心辅佐新帝。

两天后，齐主在临光殿逝世，享年五十六岁，在位四年。太子萧赜嗣位，追尊父亲为高皇帝，庙号太祖，将父亲安葬在泰安陵。齐主萧道成秉性勤俭，喜怒不形于色，博涉经史。即位后，穿着简朴，并将后宫所有铜装饰品换成铁制品。他还曾对身边的人说："十年之内，我要让黄金与土地一个价格。"萧道成病故后，嗣主萧赜继承父亲的遗风，将俭约的之风发扬光大。萧赜小字龙儿，母亲为刘昭皇后。据说刘皇后生萧赜时，曾梦见有巨龙盘踞在屋顶上空，所以萧赜的字为龙儿。萧赜自小得到父亲萧道成的亲自教导，颇具韬略，后来屡立战功，深受父亲的器重，得以继承大位。

即位后，萧赜任命司徒褚渊为录尚书事，尚书左仆射王俭为尚书令，车骑将军张敬儿为开府仪同三司，司空豫章王萧嶷为太尉，追册已故太子妃裴氏为皇后。裴氏是左军参军裴玑的女儿，建元三年病故，谥号穆，即穆皇后。齐主萧赜册立长子萧长懋为太子，二皇子萧子良为竟陵王，三皇子萧子卿为庐陵王，四皇子萧子响过继给豫章王萧嶷，所以没有封邑，五皇子萧子敬为安陆王，六皇子早夭，七皇子萧子懋为晋安王，八皇子萧子隆为随郡王，九皇子萧子真为建安王，十皇子萧子明为武昌王，十一皇子萧子罕为南海王，其他的皇子因为年幼，暂时没有封爵。齐主还有几个弟弟，也因为年幼，暂时没有封爵。太子萧长懋的儿子萧昭业被封为南郡王。司徒褚渊又晋升为司空。

不久，齐主萧赜在东宫宴饮群臣。席间，右卫率沈文季与褚渊互相揶揄，二人越谈越不投机。褚渊不肯相让，沈文季愤怒地说："你自以为是忠臣，只是不知你死了，怎么去见九泉下的宋明帝？"褚渊恼羞成怒，起座想走，还是齐主萧赜好言劝解，他才忍耐到散席。

第二天入朝，天气盛热，红日东升，褚渊用扇子遮住脸。功曹刘祥当即从旁揶揄道："做了那样不堪的事，怪不得没脸见人！但是用扇子遮脸，有什么用呢？"褚渊一听，羞惭地低下头。自此，越发觉得羞愧，竟愤懑谢世，享年四十八岁。褚渊的长子褚贲曾是翊军校尉，父亲去世后，他便辞官守孝。孝期过后，齐主想起用他，他却委婉推辞。甚至连父亲南康公的爵位，褚贲都推让给弟弟褚蓁，随后远离仕途，终生为父亲守墓。

第二年，齐主改元永明，任命豫章王萧嶷为太子太傅，长沙王萧晃为南徐州刺史，竟陵王萧子良为南兖州刺史；并召回豫州刺史垣崇祖，任命他为五兵尚书；改任司空谘议荀伯玉为散骑常侍。萧赜是太子时，为人稳重，办事老练，齐主萧道成经常将朝政交由他处理。朝臣张景真仗着太子萧赜对他的宠信，骄奢蛮横，恣意妄为。当时朝内外竟没有一人敢站出来指责他，唯独司空谘议荀伯玉暗中向萧道成禀报实情。萧道成当即斩杀张景真，并派人诘责太子。太子萧赜因此差点失去储位，因而十分憎恨荀伯玉。荀伯玉越是得到齐主的宠信，萧赜越是憎恨。又因为垣崇祖从来不曾附会萧赜，并且还曾在大破北魏、奉旨回朝时，与萧道成密谈了一晚，萧赜因此也十分猜忌垣崇祖。永明元年，嗣位后的萧赜将垣崇祖召回京都，然后唆使宁朔将军孙景育诬陷垣崇祖与荀玉伯煽动北魏，图谋不轨，将二人处斩。不久，车骑将军张敬儿贪图富贵，敛聚钱财，齐主萧赜误以为他图谋不轨，将他满门抄斩，只赦免了他的小

126

儿子张道庆。张敬儿在襄阳做员外郎的弟弟张恭儿一得到消息，立即率着数十骑逃入蛮中。

侍中王僧虔是宋太保王弘的侄子。萧道成与王僧虔关系一直很好，所以开国后，特别重用他。萧道成爱好文辞，王僧虔也喜欢文辞，二人曾各自写下一篇文章比试高低。写完后，萧道成笑着拿给王僧虔看，问道："谁是第一？"王僧虔回答说："臣是第一，陛下也是第一。"齐祖又笑道："你可以说是善自为谋了啊！"建元三年，王僧虔出任湘州刺史，督管湘州诸军事。永明改元，齐主萧赜将他召回京都，任命他为侍中左光禄大夫、开府仪同三司。王僧虔几次推辞，他的侄子尚书令王俭很是不解，王僧虔叹道："你现在已是朝中高官，我再接受官职的话，那就是一门有两位台司，这样岂不更加危险吗？"不久，齐主收回成命，改封王僧虔为侍中特进左光禄大夫。

有人问王僧虔为什么要辞掉殊荣，王僧虔回答说："君子只担心自己被别人痛骂无德，不担心没人推崇。现在我丰衣足食，正惭愧自己不称职，没能报效国家，哪能再接受更高的爵位呢？而且你又不是没有看见张敬儿的惨祸，全家几乎被诛杀殆尽。就连门第清明的谢超宗也受到连累，你说可怕不可怕？"原来，谢超宗是谢灵运的孙子，勤学好问，颇善文辞。宋孝武帝时，谢超宗是新安王刘子鸾的常侍，后来被孝武帝提拔为新安王参军。齐祖萧道成做领军时，看重谢超宗的才华，引荐他为长史。萧氏禅位后，谢超宗任职黄门郎，后来因失仪而被罢官，谢超宗心中不免有些埋怨。萧赜即位后，竟陵王谘议参军被杀，负责编纂国史的谢超宗更觉得怏怏不得志。谢超宗曾迎娶张敬儿的女儿为儿媳，张敬儿死后，谢超宗对丹阳尹李安民说："先前杀韩信，现在杀彭越，你也要多为自己打算啊！"没想到李安民竟向齐主告密。齐主萧赜于是将谢超宗罢职，勒令他自尽。

永明三年，王僧虔病逝，齐主追封他为司空，赐谥号简穆。王俭的父亲王僧绰遇害后，王俭便由王僧虔抚养成人。自此，身为养子和侄子的王俭上奏辞官，恳请为叔父守孝。齐主没有允准，只是改任他为太子少傅。太子萧长懋聪明好学，每次与王俭讨论经义时总是问得很仔细，王俭也总是耐心讲解。竟陵王萧子良、临川王萧子映也曾在太子身边陪读，几人互相引证，天演讲学，望重一时。萧子良尤好宾客，招揽文士。永明五年，宋主晋封萧子良为司徒，萧子良却移居鸡笼山，在西邸召集名流，联为文字之交。当时范云、萧琛、任昉、王融、萧衍、谢朓、沈约、陆倕八人都十分有才学，萧子良与他们八人关系很好，号称

"八友"。只是太子信佛，萧子良也信佛。东宫曾专门辟出一块地筑造楼观塔宇，萧子良也在西邸中修建几间经室，招揽名僧，天天诵经。范缜屡次劝他说："这个世界不存在佛祖。"萧子良问道："没有因果，那为何人生来就有富贵贫贱之别呢？"范缜回答说："人生与花蕊相似，随风飘荡，有的被吹入帘帐，落在茵席上，有的被吹向篱墙，落在粪坑边。殿下是落在茵席上的花，而我这朵花就落在粪坑边，虽然贵贱悬殊，但这之间并没有什么因果关系。"范缜著有《神灭论》，他认为神附于形，形存神自存，形亡神也亡，绝对没有形亡神存的道理。萧子良因而派王融劝他说："你这么有才，中书郎的官职可以说是招之即来，为什么你非要矫情立异，浪费自己的才学呢？"范缜笑道："如果我改变自己的信念去谋取官位，就算不做尚书令，也能做仆射。"

范云是范缜的族兄，萧子良曾恳请齐主晋升范云为郡守。齐主萧赜却说："听说范云喜欢卖弄小才，我想依法惩治他，就算不重罚，我也想令他远徙。"萧子良为范云辩护道："臣一有过失，范云便会及时规谏儿臣。范云的劝谏奏章，儿臣都保存着，陛下要是不信，儿臣拿给你看。"范云的劝谏奏章当即被呈了上去，齐主萧赜一看，奏章竟有一百多张，而且张张言辞恳切，直言无忌。他便对萧子良说："没想到范云竟如此直言不讳，我应该令他好好辅助你，怎么能把他调走呢？"

太子萧长懋曾在东田看百姓收割水稻，对身边的僚佐说："收割的场面可真壮观啊！"众人都唯唯称是，没有什么评论，唯独范云走上前说："农务关系着国计民生，臣只愿殿下知道百姓的辛苦，庄稼得来不易，不要贪恋安逸！"太子听了这话，一改笑颜，严肃地向范云道谢。

因国家安定，齐主有志实行文教，于是特意令王俭任国子监祭酒，在王俭的宅第开学士馆，将前代四部书全部充入馆中。王俭向来熟悉礼学，谙熟朝仪、国典，晋、宋两朝的所有旧事，他都牢记心中，当朝办事，判决如流，发言下笔都十分精彩。永明七年，王俭病故，年仅三十八岁。追谥文宪，追封太尉，仍享有南昌公封号。

萧嶷病逝

永明八年，传来巴东王萧子响谋反的消息。

巴东王萧子响是齐主萧赜的第四个儿子，曾过继给豫章王萧嶷。萧

128

嶷早年无子，后来却连生了五个男孩，齐主于是将萧子响接回身边，封他为巴东王。永明七年，齐主调任萧子响为荆州刺史，督管荆、襄、雍、梁、宁、南、北秦七州军事。萧子响从小就喜欢舞刀弄枪，长大后臂力惊人，甚至能拉开四斛重的硬弓。他身边的六十名死士，也都是他一手调教出来的。莅任一年多，萧子响在内斋杀牛置酒，犒飨壮士，又令夫人为他缝制锦袍，并向蛮人购买兵器。长史刘寅将这些事情密报齐主。齐主萧赜当即派使者去调查，萧子响却闭门不见，并派人杀掉刘寅。朝使逃回京都禀报齐主，齐主大怒，当即令将军戴僧静带兵征讨。

戴僧静劝齐主说："巴东王还只是一个小孩子，为人处世不知审慎，长史也操之太急了，所以才导致现在这个局面。试想，天子的儿子因一时失误而杀人，也没有什么大罪。陛下如果突然兴兵征讨，反而会弄得人心惶惶，还请陛下三思啊！"齐主于是另派卫尉胡谐之、游击将军尹略、中书舍人茹法亮带数百人去江陵，要求他们查捕萧子响身边煽风点火的人，并传诏说："子响如果愿意回京，就保全他的性命。"

胡谐之等人抵达江津，在燕尾洲修筑城池，然后派石伯儿去江陵城抚慰萧子响。萧子响闭门谢客，一身白袍登城，对石伯儿说："天下哪有儿子背叛父亲的道理？长史捏造谣言，欺我太甚，所以我派人杀了他。我自知有错，也打算回京请罪，你们何必筑城逼我，利用我邀功呢？"石伯儿将消息带回燕尾洲，尹略听后气愤地说："他擅自杀害长史，罪名已经不小了，现在又拒绝诏使，还能说是无心谋反吗？"随即整治全军打算攻城。萧子响得到消息，立即杀牛备酒，派使者去燕尾洲犒军。尹略却将来使囚禁起来，并将所有酒肉都丢弃江中。

萧子响又派使者去见茹法亮，说要看看诏书。不料，茹法亮也把来使拘禁起来。萧子响大怒，洒泪誓众，召集两千名府州兵卒，以亲手训练出来的六十名死士为前驱，直逼燕尾洲。尹略不假思索，一听说叛兵到来，便杀了出去，结果被判军头目王冲天一刀结果了性命。王冲天持盾逼到城下，茹法亮十分胆怯，立即开城出逃，胡谐之也弃城退去。燕尾洲的城垒被王冲天毁去。

齐主萧赜接得消息，又派丹阳尹萧顺之率军讨伐逆子。萧顺之是齐祖萧道成的族弟，他曾为萧道成立下汗马功劳，萧道成也将他视为自己的左右手。萧赜做太子时，萧顺之曾去东宫拜访他，刚巧豫章王萧嶷也在，萧赜便指着萧顺之对萧嶷说："要没有他，我家就不会有今天的大业！"萧赜即位后，与萧顺之彼此忌惮，萧赜便封萧顺之为临乡县侯、领军将军，兼丹阳尹，将他调离京都。此次，萧顺之奉命西行，人还未到，威声先达，叛兵望风生畏，纷纷散去。

萧子响料知大事不妙，立即乘着小舟赶往建康。太子萧长懋向来忌惮萧子响，他秘密致信萧顺之，让萧顺之早些了结萧子响。被截住的萧子响乞求萧顺之代自己向齐主说情，萧顺之不答应，萧子响便请萧顺之带他回京，想当面向齐主请罪，萧顺之还是不答应。萧子响只好写下遗书，托萧顺之转呈齐主，然后自尽，死时年仅二十三岁。

萧顺之将遗书篡改几句，然后才呈了上去。齐主便在群臣的奏请下，将萧子响除籍，贬为平民，改姓为蛸。萧子响的余党也陆续被捕而后被处斩。后来，齐主萧赜游华林园时，见一只猿猴跳上跳下，悲鸣不止，不禁惊诧。他身边的亲信说：“前天，猿猴的孩子掉落悬崖摔死了，所以它如此哀鸣。”齐主萧赜听后，不禁悲从中来，眼泪随之掉落下来。先前，高祖弥留之际，曾告诫他说：“宋氏要不是骨肉相残，别人怎么会有机可乘呢？切记，切记！”萧赜涕泣受教。然而嗣位后，不管是对儿子，还是对兄弟，他虽不苛刻，但也不亲近。

长沙王萧晃卸职回京，随身带了数百名士兵。齐主萧赜曾明令禁止王公大臣蓄养士兵，他见萧晃明知故犯，便想将萧晃治罪。豫章王萧嶷连忙赶到宫中，磕头为萧晃求情说：“萧晃只是一时冲动，忘记禁令，还请陛下追忆先帝，看在手足的情分上饶了他吧！”说到这里，已是泣不成声。萧赜也禁不住落泪，便不再追究了。

武陵王萧晔曾入宫陪齐主喝酒。醉酒后，萧晔趴在酒桌上休息，不料帽冠上的羽毛碰到了盘子上的骨头。齐主萧赜笑道：“好端端的貂羽被肉屑弄脏了，真是可惜！”萧晔醉得忘乎所以，接口说：“陛下未免太爱惜羽毛，疏远骨肉了！”齐主不禁变色，隐约有怒容。不久齐主在东田宴饮各位王爷，唯独没有宣召萧晔。豫章王萧嶷对齐主说：“风景这边独好，各位弟弟都来了，好像还差了一个武陵王。”齐主萧赜这才将萧晔召来。酒后各王比赛射箭，萧晔连发数矢，无不中的，随即问在座的人说：“我的箭法如何？”在座的人多半喝彩，唯独齐主面露不悦。萧嶷见状，忙对齐主说：“阿五平时从来没有这么好的箭法，今天有陛下坐镇，他才发无不中。”齐主萧赜这才开颜为笑，畅饮而归。

萧嶷身长七尺八寸，宅心仁厚，待人接物，很有礼节，深得百官敬仰。每次出入殿省，人人瞻仰，他却深自敛抑，对待齐主审慎有礼，对待群下也很恭敬，始终保全同气，曲意周旋。每当看见父亲向兄长发怒，他便婉言劝解，总是能片语回天。父亲萧道成很钟爱他，他和兄弟间的友爱也一天比一天深，连内外大臣也无不敬服他。

永明五年，萧嶷被晋封为大司马。永明七年，萧嶷奏请回府。齐主令萧嶷的儿子萧子廉代镇东府。一有军国重事，齐主总是将萧嶷召入宫中商讨，或是亲自去他的府第商议。偶尔驾车出游，齐主也必令他相随。萧嶷的妃子庾氏生病，齐主屡次派内监探病。等王妃痊愈，齐主便带着妃嫔去萧嶷的宅第庆贺，走之前他还交代外监说："朕要去大司马家，暂时不回宫了。如果有什么人要见朕，你们负责为朕挡回去。"到了萧嶷的府第，一群人张乐设宴，欢宴了一天。萧嶷向齐主敬酒时说："古来为君主祝寿的颂词，无非是寿比南山这样的话，即便世俗相沿，也一定称皇帝万岁。臣以为这样的祝词过于虚浮，不切实际，所以臣祝愿陛下长命百年，臣也知足了！"齐主笑道："百岁还不简单，你我的年龄一凑，不就绰绰有余？"萧嶷惊慌地看着齐主说："陛下已年过五十，而臣也即将满半百，我们的确已经超过百岁，难道不能再越过一个百岁吗？"齐主也自觉失言，一笑而罢。一直喝到月上更催，齐主才率妃嫔回宫。

没想到齐主的一句玩笑话，竟然成真了。转瞬间，已是永明十年，这年萧嶷四十九岁，身体一向健康的他突然病倒了。齐主屡次去探望萧嶷，并召来名医医治，但他的病却每况愈下。萧嶷自知大限已到，对在身边侍奉的儿子说："人生在世，本就无常，我已年近半百，没什么好遗憾的了。只是希望你们兄弟间能够团结互助，和睦相处。对于财富不要强求，要学会为人处世，保全自己。我死后丧葬从俭，你们兄弟依礼而行，我便死也瞑目了！"儿子们垂泪受教。不久，齐主又亲自前来探望萧嶷，握着他的手叹息不已。二人哭了一场，齐主又叮嘱他保重，抹着眼泪离开了。傍晚，齐主又过来慰问他，这时，萧嶷已不能开口说话，对着齐主一喘而终。齐主悲不自胜，掩面回宫。

萧嶷死后，因府中没有什么现钱，一切丧葬费用全部由国库支给。齐主又每月发给数百万钱，供养他的子孙，并追赐他谥号文献。自夏到秋，内廷没有摆过一次宴席，也算是君臣兄弟，善始善终了。这年，齐主任命司徒竟陵王萧子良为尚书令，兼任扬州刺史，任命西昌侯萧鸾为尚书左仆射。萧鸾的生父始安王萧道生去世得早，所以萧鸾是由叔父萧道成抚养长大的。

此时的北魏，魏主拓跋宏秉性孝谨，不论什么国事，他都会预先报知冯太后。因生母李夫人在他很小的时候就被赐死，所以拓跋宏是由冯太后抚养成人的。于是不知生母是谁的拓跋宏便将祖母视为生母，父亲遇害后，他更是将冯太后当成唯一的亲人，很是孝顺。太后冯氏当时已被尊为太皇太后，临朝听政，恣行威福，任意欢娱。尚书王睿深得太后的宠爱，没过几年便升为宰相，并加封为中山王。他死后，冯太后又追赐他谥号并且为他立庙。秘书令李冲是冯太后的第三任情夫，也得到诸多恩赐，宦官王琚、张祐、符承祖等人也因此受宠，被晋封为朝中的大官。

冯太后自知作风不检，令宦官严密监视朝廷内外，一旦发现有人谈论宫闱情事，不等禀报魏主，她便立即除掉此人。青州刺史南郡王李惠是魏主拓跋宏的舅舅，他曾历任几个州郡的郡王，很受百姓的拥护，只因看不惯宫中丑事，稍微谈论一番，太后获悉后，竟指使人诬陷他谋反，杀了他全家。虽说冯太后心狠手辣，但是她赏罚分明，有功就赏，有过就罚，就连她的宠臣也不例外。往往今天受刑，明天升官，所以朝中没几人有怨言，反而愿意为她效死。

中书令光禄大夫高允辅佐了五代君主，做官五十多年，资望最高。已经九十多岁了，他还在朝中做事。原来，高允之前因老乞归，但冯太后因他老成，仍派人将他接回平城，封他为中书监，还特意令他乘车入殿，恩准他朝贺时不必跪拜，并令他申定律令。高允虽然一把年纪，但老眼不花，按律审刑，非常公允。他曾感慨道："刑狱关系着人命，不容轻忽呀！"太和十一年，高允在都城病故，享年九十八岁。魏主拓跋宏追封他为司空，赐谥号文。

三年后，冯太后病逝，享年四十九岁。魏主拓跋宏哀悼数日，几天不吃不喝。群臣几次恳请安葬，魏主都不答应，想再多留太后几天。后来在群臣的再三劝谏下，魏主拓跋宏才令群臣隆重办理丧葬，号哭退朝。不久魏主下诏，决定为太后守孝一年，令满朝文武也穿一年的丧服，朝中王公大臣没有一个敢有异议。而后魏主追尊太皇太后为文明太后，并屡次率领百官去祭拜太后的陵墓。第二年元旦，魏主才临朝听政。

齐主萧赜特意派散骑常侍裴昭明、侍郎谢竣去北魏吊丧。魏主也命散骑常侍李彪，随使者回访齐国。李彪到了齐廷，齐主专门为他置办酒宴，李彪再三推辞说："我国君主正哀痛地为太后守孝，就是满朝文武也都穿着丧服办事，现在我虽然脱去孝服，但在举国哀悼的情况下，我怎么敢一人欢乐呢？"齐主见他尽礼，对他非常器重，就按他的意思撤去酒宴。当李彪要回国时，齐主还特意为他饯别。此后，南北又开始互通使者，李彪六次往返，都不辱使命。而魏主拓跋宏却有心复古，正祀典、作明堂、营太庙，每年都要祭祀太后，脱下孝服后，他仍旧经常拜谒永固陵，极为哀伤。

冯太后在时，十分忌惮拓跋宏的英敏，怕他对自己不利。曾在天气最为严寒的时候，将拓跋宏幽禁起来，三天不给他吃的，一心想废黜他，多亏朝臣极力劝谏，冯太后才打消了废黜的念头。不久，冯太后又因相信宠监的谗言，将拓跋宏重笞一顿，但是拓跋宏始终不记恨。冯太后去世，他万分哀痛。

冯太后生前为了让自己的家族一直显贵，特意将兄长冯熙的两个女儿选入宫，充作魏主拓跋宏的妃嫔。后宫的林氏生下一个皇子，取名为拓跋恂，魏主拓跋宏想废除旧制，不想让林氏自尽①。然而冯太后却不同意，硬要他遵守旧规，结果皇子拓跋恂还没有被立为储君，林氏已先自尽了。太和十七年，魏主才知道自己的生母是李夫人，他将生母追尊为思皇后，册立已故皇妃林氏为贞皇后。但魏主拓跋宏仍是念念不忘冯氏的旧恩，将冯熙的二女儿继立为皇后，册封冯熙的长女为昭仪。冯昭仪是冯熙的小妾所生，所以妹尊姐卑。只是娥眉争宠，狐媚工谗，免不了要扰乱宫闱了。

北魏迁都

齐主萧赜永明十一年，太子萧长懋突然患病去世，年仅三十六岁。太子久在储宫参政议事，深得齐主的赞赏，朝臣都说齐主渐老，眼看着帝位就将是太子的了，没想到他竟突然逝世，真是让人惋惜。齐主萧赜更是悲痛欲绝。

齐主随后立皇长孙南郡王萧昭业为皇太孙，并将东宫旧吏全部派给了他。夏去秋来，突然接得魏主入侵的消息。齐主正想调兵遣将，捍卫边境，不料身体不适，寒热交加，只好徙居延昌殿静养。轿子刚登上殿阶，突然听到殿屋传出阵阵风声，齐主不由得毛骨悚然，暗自惊慌，但一时不便说出，只好勉强进去，卧床静养。没料到北寇的警报，日盛

①北魏旧制，立皇太子之前，必须将其生母先赐死。

一日，齐主急忙调任江州刺史陈显达为雍州刺史，又令徐阳士兵扼守边疆要地。竟陵王萧子良担心兵力不足，便在东府招募士兵，并奉命封中书郎王融为宁朔将军，令他全权负责招募事宜。齐主令萧子良入宫护卫，萧子良立即入宫，陪在齐主身边。皇太孙萧昭业也隔一天就过来探望齐主，并汇报军情。齐主怕人心变动，便召来乐部演奏乐曲，以示自己的从容。无奈病情越来越严重，一天，齐主竟突然晕厥过去，惊得宫廷内外仓促地换上丧衣。唯独中书郎王融年少不羁，竟想推立萧子良为帝，并写好伪诏，意图颁发。皇太孙萧昭业一收到齐主晕厥的消息，便急忙赶来探病，可是王融将他堵在门外，不放他进去。萧昭业正进退两难，内监忽然跑出来说皇上已经苏醒，要见皇太孙。王融不敢再阻挠，只好让他进去。其实萧子良本人并没有什么妄想，与齐主谈及后事时，他只想与西昌侯萧鸾分掌国政。齐主当即将皇太孙托付给他和萧鸾二人。这天傍晚，齐主去世，享年五十四岁，在位十一年。

中书郎王融还想拥立萧子良，于是派萧子良的兵士分头扼守宫禁。萧鸾赶到云龙门时受到卫士的阻拦，不禁怒上心头，厉声呵斥道："有圣旨宣我入宫，你们还敢如此无礼？"兵士被他这么一吓，立即让开，萧鸾趁机冲了进去。到了延昌殿，萧鸾见皇太孙萧昭业还没有嗣位，而各位王公都在交头接耳，也不知在讨论什么。他便走到王公当中辈分最长的武陵王萧晔面前问道："嗣君在哪里？"萧晔立即朗声说："现在如果要立辈分高的君主，那就是我；如果要依据立储次序，那就是皇太孙。"萧鸾应声说："如果要立皇太孙，那就应该立即让他登殿。"萧晔便将萧鸾带到御寝前，请出正守在齐主身边的皇太孙，请他坐上御座。然后二人指挥王公，部署仪卫，率领大臣匍伏拜谒，三呼万岁。

萧子良居住在中书省，嗣主萧昭业立即派虎贲中郎将潘敞率禁军屯居太极殿西阶，以防备萧子良。萧昭业曾被萧子良的王妃袁氏悉心照顾过一段日子，因而与萧子良夫妇关系很好，后来发生王融谋变的事情，萧昭业才与萧子良有了嫌隙。萧子良请求留居殿省，等先帝安葬了，再回私邸，萧昭业不答应。王融痛恨计谋没有得逞，于是脱掉丧服，见到萧子良时，他还恨恨地说道："公误我！公误我！"萧子良只是一笑而罢。第二天，宫中传出先帝的遗诏，授任武陵王萧晔为卫将军，西昌侯萧鸾为尚书令，太孙詹事沈文季为护军，竟陵王萧子良为太傅。又过了几天，嗣主萧昭业追尊先帝萧赜谥号武皇帝，庙号世祖；追尊文惠皇太子萧长懋为世宗文皇帝，文惠皇太子妃王氏为皇太后；并册立抚军将军何戢的女儿何氏为皇后。

萧昭业当南郡王时，曾跟着萧子良居住西州，文惠太子常令人监视他的起居，严禁他奢侈浪费。萧昭业表面上一副谦恭的模样，背地里却极为轻浮放荡。他常常在晚上带着仆从偷偷溜出去召妓饮酒。若没有钱花，他便向富人借贷，有借无还，那些富人不敢伸手要债，只能自认倒霉。师史仁祖、侍书胡天翼二人奉太子之命教导皇长孙，见萧昭业恣意妄为，便苦苦劝谏，但萧昭业就是不听。无奈之下，二人叹息道："如果我们将皇长孙的劣迹上报给皇上和太子，只怕会触怒皇长孙，也会惹皇上和太子伤心。但如果隐瞒不报，放任皇长孙继续堕落，我们又没脸见皇上和太子。唉，将来要出个什么事的话，不但你我保不住性命，连我们的家室也会受到连累。我们都是年过七十的人了，还贪恋什么余生呀？"说完，二人一同服毒自尽。

得到老师的死讯，萧昭业不但不悔过，反而喜出望外，越发恣意行乐。他甚至曾私下令女巫杨氏诅咒祖父和父亲，以求能早些获得帝位。不久，太子患病，将他召回。萧昭业见到父亲时，一副悲痛哀愁的模样，一回到府第，却是喜笑颜开，纵情玩乐。文惠太子病逝，萧昭业哭得撕心裂肺，宛若一个孝子；回到府内，仍是纵酒酣饮，欢笑如常。世祖萧赜打算立萧昭业为嗣君时，曾将他召来问话。每当说到文惠太子，萧昭业便不胜呜咽，装出一副哀痛的神情。世祖还以为他至情至性，因而再三安慰他，立他为储君。等到世祖生病，萧昭业又令女巫杨氏诅咒世祖，希望老头子早些去世。当时何妃还在西州，萧昭业给她发去一封密信，信中不谈别的事，只在纸的中央写了一个大大的喜字，外面环绕着三十六个小喜字，表明大庆的意思。有时入殿问安，见世祖的病情日益加剧，萧昭业心中非常畅快，脸上却很是忧愁。世祖每次与他谈及后事，他总是一边应允，一边流泪。世祖始终被他欺骗，临危时还叮嘱他说："你是个厚道的好孩子，将来必成大器。但是要记住我的话，五年以内，不管什么大事，你都要谦逊地咨询宰相，五年以后，你就自己处理朝政。我相信你一定可以做得很好。"萧昭业哭着听命。到世祖弥留的时候，他还握着萧昭业的手，边喘边说："你…你只要心中有父亲和祖父，你…你就知道怎么做！"说到这里，气逆痰冲，翻目而逝。萧昭业为世祖送终时，已不再像之前那么悲痛了。到了登殿受贺，早已是满面喜容。礼毕回宫，他竟把丧事撇到脑后，召来后宫所有的歌伎，饮酒作乐，欢闹的声音都传到宫外去了。

过了十多天，嗣主萧昭业密令禁军收捕王融，并给他扣上诽谤朝廷的罪名，要将他处斩。王融急忙向萧子良求救，但萧子良已是泥菩萨过河自身难保，哪还敢伸出援手。因而，王融年仅二十七岁就含怨而去了。王融临死前还叹道："要不是为了我的百岁老母，我一定要揭穿萧昭业的丑恶嘴脸！"

嗣主萧昭业泄恨后，晋封弟弟萧昭文为新安王，萧昭秀为临海王，萧昭粲为永嘉王；并将女巫杨氏尊为杨婆，格外优待她。安葬祖父的灵柩时，萧昭业还没出端门，就借口身体不适，跑回后宫继续作乐去了。

世祖生病时，边境的警报一日紧过一日，到了萧昭业嗣位，他反而乐得荒淫自乐，哪还管什么北魏，什么人不入侵。魏主到底有没有南侵呢？原来魏主拓跋宏雅怀古道，慨慕华风，兴礼乐、正风俗，把从前的辫发旧制毅然更张，仿效汉人束发为髻，又变革衣袍，制成汉服式样。随后魏主又祀尧舜、祭禹周公，尊孔子为文圣尼父，告诸孔庙，另在中书省悬设孔子的画像，并亲自去拜祭；改中书学为国子学，尊司徒尉元为三老，尚书游明根为五更，大力仿效中原制度。

魏主还想将都城迁到洛阳，只因担心群臣反对，他便提议伐齐。群臣自然有异议，认为时机还不成熟，尚书任城王拓跋澄反对得尤为强烈。魏主拓跋宏生气地说："社稷是我的社稷，任城王怎么能长他人志气，灭自己威风呢？"拓跋澄从容地说："社稷原是陛下所有，但臣是社稷之臣，怎能知危不言？"魏主拓跋宏觉得有理，这才缓缓说道："你们都说说自己的想法，这样很好。"说完，起驾回宫。而后，魏主拓跋宏又召入拓跋澄，撤走闲人，悄悄对他说："你以为朕真要伐齐？朕只是想将我国都城从平城迁到洛阳。北方虽然辽阔，但它只便于用武，不便修文，如果想移风易俗，就必须将都城迁到中原。所以朕借南征的名义，打算迁都，做一番改革。你觉得怎么样？"拓跋澄一听，这才欣然说道："陛下想占有中土，统治四海，臣也极力赞成！"这时，魏主拓跋宏反而皱眉说："北方人恋乡，朕这样做必将惊扰他们，你说该怎么办呢？"拓跋澄应声劝慰道："非常之事，原本就不是常人所能理解的，只要陛下果断行事，相信他们也不会那么固执。"魏主听了这话，乐开了花，当下准备南征事宜。两个月后，大军从平城出发，渡河南行，直达洛阳。

此时，正是秋凉天气，霪雨连绵，魏主拓跋宏令各军前进，自己也一身戎装，上马执鞭指挥。尚书李冲叩马谏阻道："此次南下，全国臣民都不愿意，而陛下却毅然起程，臣不知陛下一意孤行，怎么成事，所以冒死前来进谏。"魏主拓跋宏发怒道："我想统领天下，有志四海归一，你这读书人，如果不明白我的心意，就退下吧！"说着，就要扬鞭前进。安定王拓跋休又在马前跪下，哭着劝谏。魏主拓跋宏坚定地说："这次我军大举南侵，震惊远近，如果一事无成，如何面对后人呢？如果不想南伐，那就迁都，这样才不至于师出无名。你们如果赞成迁都，就站在左边；不赞成，就站在右边。"定安王拓跋休等人都站在右侧，唯独南安王拓跋桢上前对魏主说："干大事的人，从来都是坚持自己的主意。陛下如果真愿撤回南征的成命，迁都江南，这也是百姓之福。"说完，又对群臣说："与其南伐，宁可迁都！"群臣勉强应诺，齐呼万岁。于是迁都的决议就这样定下了，魏主当即入城休兵。

李冲又对魏主拓跋宏说："宗庙、宫室不是马上就能迁移的，还请陛下暂时回平城，等群臣安排妥当，再恭请陛下莅临新都。"魏主拓跋宏不高兴地说："朕现在打算巡行州郡，等到明年春天再回去吧。"李冲不敢再多说，当即退下。魏主随即令任城王拓跋澄回平城，动员留京百官迁都，钱行时还特意叮嘱拓跋澄说："今天才是变革的开始。你回去要好好劝慰他们，不要辜负使命啊！"拓跋澄离去后，魏主拓跋宏还是担心群臣有异议，因而又召来卫尉卿镇南将军于烈问道："你觉得迁都怎么样？"于烈回答说："陛下的远见，不是臣所能及的，不过平心而论，群臣一半乐意迁都，一半不愿迁都。"魏主拓跋宏温和地说："你既然不反对，那便是赞同，朕真是欣慰啊！朕想让你回平城，与太尉拓跋丕等人悉心善后。记住，不要搅扰百姓！"于烈受命而去。

巡阅东塘城时，魏主拓跋宏令司空穆亮与尚书李冲去洛阳营建都城。二人受命离去后，魏主便从东塘趋往河南城，顺道在滑台设坛告庙，颁诏大赦，然后又起驾赶赴邺城。凑巧，齐国雍州刺史王奂的次子王肃投奔北魏，在邺城谒见魏主，哭着恳请魏主讨伐萧齐。魏主不愿意南伐，但见王肃是个人才，便将他留在自己身边，不久，封王肃为辅国将军。

任城王拓跋澄自平城赶到邺城向魏主报捷，魏主高兴地说："要是没有任城王，朕还干不成这番大事呢！"随即召入王肃，对他说："眼下朕正要迁都，一时不便南伐，等都城一定，朕立即为你复仇。你从前是江左的名士，应该深谙中原朝廷的典故，朕想将我朝的改革事宜全部委

137

托给你，希望你不要推辞。"王肃唯唯遵命，当即将一切礼仪起草好，呈给魏主看，深得魏主嘉奖。

转眼残冬已过，魏太和十八年春天，魏主拓跋宏起驾北还平城。留守京都的百官迎驾入都，魏主拓跋宏登殿商议迁都事宜。大臣中又有人说不宜迁都，但都被魏主驳斥回去。到了初冬，听说洛阳宫殿已经告竣，魏主当即亲自祭告太庙，令高阳王拓跋雍及镇南将军于烈将神主迁到洛阳，然后率领六宫嫔妃以及文武百官赶往洛阳。

萧鸾废帝

北魏迁都之时，恰逢齐主废立。

萧昭业登上帝位，成为齐主，改元隆昌。大权在握后，萧昭业为所欲为，每天在后宫厮混，不论尊卑长幼，他都恣意笑谑。因见世祖的妃嫔都年华已逝，萧昭业便将心思放在了父亲的几个宠姬身上，这些妃嫔多半正值韶华，风韵犹存。其中有一个霍家碧玉，年龄最小，体态风骚，文惠太子在世时，也因她柔情善媚，对她格外怜爱。寡居寂寞的霍氏正感物伤怀，无限凄楚。萧昭业知情识趣，眉来眼去，一个是衣衫不整，自得风流，一个是若即若离，巧为迎合，你有情，我有意，二人竟勾搭在一起。宦官徐龙驹又从旁怂恿，密为安排。于是云房月窟，暗里绸缪，海誓山盟，居然结为伉俪，说不尽的鸾颠凤倒，描不完的蝶浪蜂狂。为了更好地撮合二人，徐龙驹又想出一个方法，他跑去对皇太后说霍氏想出家为尼。不知情的王太后便让他把霍氏带出宫去。没想到，徐龙驹竟将霍氏带到西宫，让她和萧昭业彻夜欢情。萧昭业当即将霍氏改为徐氏，以杜绝宫廷里的私议。

萧昭业不仅好女色，还喜欢出游。他经常带着侍从微服出宫，有时在集市嬉戏，有时跑到父亲的陵寝涂抹乱画，有时肆意赌博，一高兴就大赏群小。一次，萧昭业对着手中的钱说："从前我想多用你一枚都不行，现在由不得你不愿意了！"

世祖萧赜生平节俭，库中存有无数钱财、珍宝。萧昭业却任情挥霍，将它们视如沙土。他曾带着皇后和宠姬取出库中的宝器，然后相互投掷，只听"砰砰"几声，这些宝物全碎了，萧昭业却乐得哈哈大笑。即位没多久，府库空了，宠臣富了，宫廷乱了。

这一切惹恼了当朝的一位宰相，他屡次上奏劝谏，萧昭业不但不听，还让他吃闭门羹。情急智生，由忧生愤，这位宰相便想出了废立的计谋。这位宰相到底是谁呢？就是尚书令西昌侯萧鸾。萧鸾因拥立萧昭业而得到重任，朝政几乎全由他把持。武陵王萧晔虽然也被萧昭业倚重，但因资历不及萧鸾，所以他遇事总是推让。竟陵王萧子良因要避嫌，遇事往往缄口不言。

萧鸾打定主意废黜萧昭业后，便去找前镇西谘议参军萧衍商量。萧衍当即表示赞成，但劝他静待时机，不要轻举妄动。萧鸾怅然道："世祖那些儿子多半庸弱，唯独荆州刺史随王萧子隆看起来是个人才，我想先将他召回京都，只是怕他不肯回来。"萧衍回答说："大人别担心。随王徒有美名，实际上不过是个庸碌之人，否则他身边也总会有一两个智士。现在他手中只有司马垣历生、太守卞白龙两个爪牙，二人唯利是图，如果给他们显赫的职位，他们肯定愿意来。至于随王，大人只要给他发去一封信函，他肯定应邀入京。"萧鸾随即保荐垣历生为太子左卫率，卞白龙为游击将军，果然二人喜悦而来。萧鸾又封萧子隆为抚军将军，不久，萧子隆也来了。萧鸾又担心三代元老豫州刺史崔慧景会反对，于是任命萧衍为宁朔将军，让他戍守寿阳。崔慧景还以为自己不小心得罪了萧鸾，得知萧衍前来赴任，连忙一身白袍出城迎接。见面之后，萧衍好言抚慰崔慧景，和他一同入城。萧鸾没了后顾之忧，便专心对宫廷下手。第一个便是萧昭业的亲信杨珉。

征南谘议萧坦之、卫尉萧谌二人本是萧昭业的心腹，因见萧昭业怙恶不悛，二人也担心受到连累。萧鸾趁机把他们二人拉拢过来，令萧坦之向萧昭业奏请诛杀杨珉。萧昭业转告何皇后，何氏异常惊骇，哭着说："杨郎年少无罪，为什么要杀他？"萧昭业也觉得奇怪，忙出去问萧坦之，萧坦之便悄悄告诉他说："杨珉与皇后有奸情，众所周知，此人不可不杀！"萧昭业愕然道："真有这回事？那你就快去动手吧！"于是，不等何皇后求情，杨珉就人头落地了。

萧鸾第二个要除掉的是萧昭业的宠监徐龙驹。萧坦之奉命贿赂内监，让内奸向何皇后告密，说杨珉之所以获罪，是徐龙驹唆使人去告发的。果然，何氏不辨真假，跑到萧昭业面前恳请斩杀徐龙驹。同时萧鸾也上奏弹劾徐龙驹。于是，内外夹迫，萧昭业也保不住自己的宠监，只能让徐龙驹去见阎王了。

萧鸾第三个要对付的，是萧昭业的宠臣、直阁将军周奉叔。周奉叔恃勇挟势，恣意侮辱朝中的王公大臣，甚至连萧鸾也不放在眼里。对待猛士还要用硬办法，萧鸾与萧谌假造诏书将周奉叔召入尚书省。一等他进门，两旁突然杀出几名壮士，你一锤，我一斧，周奉叔顿时脑浆迸流，死于非命。萧鸾随即上奏说，周奉叔侮蔑朝廷，应当诛杀。萧昭业拗不过萧鸾，又听说周奉叔已经死了，也只好允准。

溧阳令杜文谦警觉朝中的变故，对萧昭业的另一位宠臣、中书舍人綦母珍之说："由此可观知天下事！灰尽粉灭，就在旦夕，请你早些为自己打算吧！"綦母珍之忙问道："大人说我该怎么办？"杜文谦建议道："不如先下手为强，你负责杀萧谌，我负责杀萧鸾，即使失败，我们也还有些名望。如果再迟疑不决，到时候一纸伪诏下来，我们自身难保不说，全家也会陪葬！"綦母珍之听后，犹豫未决。果然不出十天，萧鸾就将他抓捕，说他谋反，将他斩首。连杜文谦也被斩首于市曹。

武陵王萧晔突然病故，年仅二十八岁。竟陵王萧子良本已忧闷成病，一场吊丧下来，病情更加严重，眼看着也快不行了。这天，他对身边的亲信说："我怕是不行了。你们出去瞧瞧，门外应该有异常的征兆。"亲信出门瞭望，只见淮水中有数万尾鱼浮到水面上，一起向城门游去。亲信异常惊讶，慌忙回来报告。这时萧子良已痰喘交作，没过多久，便去了，年仅三十五岁。

萧子良是当时贤能的王公，他广交名士，天下文才会集一门。他去世时，名士们都十分悲伤，可是向来十分戒备他的萧昭业却很是欣慰，只是表面上总还得伪装哀伤。武陵王萧晔与竟陵王萧子良二人位高望重，这次接连传出噩耗，齐廷连丧重臣，顿时满廷静寂，军国重权全归萧鸾所有。自此，权势越大，萧鸾的阴谋越发急着实现，于是废立二字渐渐传入萧昭业耳中。萧昭业慌恐不安，私下问自己一手提拔的鄱阳王萧锵说："你说萧鸾会不会谋反？"萧锵颇为谨慎，回答说："萧鸾现在是宗族里面威望最高的一个，而且他深受先帝的重托，应该不会谋反。眼下满朝文武，也只有他一人可以主持大局，还请陛下以诚相待，不要猜疑！"萧昭业默然不语。过了几天，萧昭业召来皇后的表叔中书令何胤，想与他密谋除掉萧鸾，结果何胤不敢有所动作，只是劝萧昭业耐心等待时机。

不久，萧昭业想把萧鸾调到西州，让他远离京城。萧鸾知道萧昭业已经疑忌自己，忙请来左仆射王晏以及丹阳尹徐孝嗣商议。不料一个老尼姑知道了这件事，将消息带入宫中，萧昭业慌忙召来萧坦之问道：

140

"现在到处都在传说萧鸾与王晏、萧谌等人密谋废黜我，不知道你有没有听说？"萧坦之脸色一变，坚决地说："不可能！好好一个天子，谁乐意废立？朝中应该没人敢造这种谣言，一定是那个老尼姑挑拨是非，混淆陛下的视听。陛下千万不要相信！"萧昭业似信非信，又召来直阁将军曹道刚商议。曹道刚是萧昭业的心腹，他明白萧昭业的意思后，立即与朱隆之密议除掉萧鸾。萧鸾听到风声，急忙告诉萧坦之。萧坦之又转告萧谌，萧谌却回答说："我正在等始兴内史萧季敞、南阳太守萧颖基，他们一到，我马上行动！"萧坦之一着急，便说："曹道刚、朱隆之等人已开始密谋，我们如果不赶紧除掉他们，他们便会杀害我们，大人明天如果再不行动，恐怕就来不及了！我还要照顾百岁的老母亲，不能坐等杀身之祸，看来我只好另作打算了。"萧谌被他这么一吓，不由得惶急起来，急忙向他问计。萧坦之在他耳边悄悄说了几句，萧谌连连称是。二人约定第二天起事，当晚就开始紧急部署，准备发难。

转眼天已大亮，萧谌与将士们吃过早饭后，匆匆入宫，正巧与曹道刚相遇。曹道刚吃惊地问道："你们怎么来了？"才说了一句，刀刃已刺进他的胸膛。除掉曹道刚后，萧谌继续麾众前进，一阵乱刀又将迎面而来的朱隆之砍成数段。直后将军徐僧亮怒气直冲，扬声号召道："现在是我们为君主报效的时候了！"说着，就拔刀冲上来，结果寡不敌众，也被萧谌杀死。萧鸾此时也跟进云龙门，他里面一身戎装，外面罩着袍服，踉跄跑进来，急得鞋子掉了三次。王晏、徐孝嗣、萧坦之、陈显达、王广之、沈文季也都紧随其后，宫中一片惊乱。

萧昭业在寿昌殿听说事情有变，急忙令内监关闭殿门。门刚关上，外面已喊声大震，萧谌率领数百人闯了进来。萧昭业惊骇至极，急忙奔入徐姬的房间，与她诀别。徐姬也抖作一团，涕泪滂沱。二人正无计可施，偏偏喊声又起，萧昭业不禁站起来，拔剑出鞘，吞声饮恨道："他，他……不就是要我的命吗？我给他好了！"说着，便要自尽。徐姬急忙抢上前来，将他一把抱住，连呼："陛下使不得，使不得呀！"萧昭业见徐姬满面泪容，凄声欲绝，禁不住心软手颤，剑坠落地。不久，萧谌杀进来，逼萧昭业走出殿庭。萧昭业将丝帛缠在自己的脖颈上，然后跟着萧谌走出延德殿，一边的侍卫都作壁上观。萧昭业一言不发地走到西斋，被萧谌勒死，年仅二十一岁。那改姓埋名的徐姬也被人牵出，了结了残生。萧鸾环顾众臣说："现在应由谁来继承大统呢？"徐孝嗣应声说："看来只好拥立新安王了。"萧鸾微笑道："我也是这样想，现在应当赶紧起草太后的诏书。"徐孝嗣开口道："早已准备好了。"说着，从袖中取出一纸，呈给萧鸾。萧鸾大略看了一遍，便说："就这样吧。"当下颁诏，令新安王继承皇位。

新安王就是萧昭文，是文惠太子的二皇子，曾为中军将军，兼任扬州刺史，这年刚满十五岁。萧昭文即位后，封萧鸾为骠骑大将军，录尚书事，并兼任扬州刺史，晋封宣城郡公。随即颁诏大赦天下，改隆昌元年为延兴元年。不久，萧昭文奉太后命令，追封废故主萧昭业为郁林王，何皇后为王妃。萧昭业在位仅一年。

残戮诸王

新安王萧昭文嗣位后，封赏各王公大臣。封鄱阳王萧锵为司徒，随王萧子隆为中军大将军，卫尉萧谌为中领军，司空王敬则为太尉，车骑大将军陈显达为司空，尚书左仆射王晏为尚书令，西安将军王玄邈为中护军。其他的亲戚勋旧各有迁调。只是萧鸾的侄子萧遥光、萧遥欣二人本没有立功，萧遥欣却凭借自己是始安王萧道生长孙的身份承袭爵位。这次萧遥欣又被萧鸾保荐为南郡太守，并留在京中做参谋。萧遥光被任命为兖州刺史，萧遥欣的弟弟萧遥昌也出任郢州刺史。萧鸾已有心篡位，因此将三个侄子安插在朝廷内外，为以后的大业打好基础。

鄱阳王萧锵、随王萧子隆二人虽然年纪轻轻，但名望很高。萧鸾心中十分忌惮他们，但表面上却装得十分友好，每次与萧锵谈论国事，都是声随泪下。萧锵不知有诈，还以为他是真情流露，没有歹意，但朝廷内外都已看透萧鸾的诡计，十分警惕他的一举一动。

制局监谢粲，私下劝萧锵及萧子隆说："萧鸾的跛扈，人所共知，此时不杀，更待何时？如果二位殿下打着辅佐陛下的旗号讨伐萧鸾，相信群臣会争相效命的。到那时，去除大害，绝对易如反掌！"萧子隆正想点头同意，岂料萧锵却摇头说："萧鸾大权在握，京都的兵力全归他调遣。兔子被逼急了，还会咬人，更何况像猛虎一样的萧鸾！"

不久，马队长刘巨又来萧锵的府第，叩头苦劝。萧锵逐渐动摇，正准备起驾入宫，又转念一想，此去凶多吉少，也不知能不能活着回来，还是再回去听听老母亲的意见吧。于是他又折回府中，将讨伐之事告诉了母亲陆太妃。陆太妃究竟是个女流之辈，一听到这样的大事，吓得魂不附体，慌忙劝阻他，弄得萧锵迟疑不决，只好在家中徘徊。考虑了好半天，也没个主意。不一会儿，风声传入东府萧鸾耳中。萧鸾立即派发两千多名精兵围攻萧锵府。萧锵毫无防备，只好束手待毙。谢粲、刘巨随后也被杀死。

萧子隆一直等萧锵入宫，但等了一天仍不见萧锵前来，正打算就寝，忽然传来消息说鄱阳王府已经被东府兵包围了。萧子隆料知有变，可又没有办法自保，只得听天由命。没过多久，东府兵就蜂拥前来，乱刀砍死了萧子隆。两家的眷属全部遇害，家产也都被抄没。

江州刺史晋安王萧子懋是萧子隆的七哥，他听说二位王爷罹祸，便想起兵复仇。转而一想，母亲阮氏还留居建康，应该先将她接过来，免得受害。于是，他秘密派人入都，接母亲来寻阳。然而阮氏起程时，派人通知侄子于瑶之，令他赶紧为自己作打算。没想到于瑶之反而向萧鸾告密。萧鸾当即向齐主萧昭文上奏说萧子懋谋反，并擅自下令内外戒严，令中护军王玄邈率兵讨伐萧子懋，同时又令军将裴叔业与于瑶之袭击寻阳。

萧子懋与防阁军将陆超之、董僧慧商议，担心京都来的大军会逆流袭击湓城，便令参军乐贲率三百名精兵前去驻守。没想到，乐贲大意轻敌，湓城还是丢了。裴叔业占据湓城后，听说萧子懋的部将都骁勇善战，便让于瑶之先去寻阳城招抚萧子懋。

萧子懋因为湓城失陷，正急着召集府州的将吏登城抵御。忽然，见表兄于瑶之前来叩门，他忙打开城门，将于遥之请进来。于瑶之对萧子懋行过礼，便劝慰道："王爷孤军奋战，怎么能守得住一座孤城呀？不如放下兵器，入京向陛下请罪，相信陛下一定不会怪罪你的。而我也会尽力保全你的富贵。"萧子懋被他这么一说，禁不住心动起来。于遥之的兄长寻阳参军于琳之，也不失时机地从旁闪出来与弟弟一唱一和，说得萧子懋越发心动。于琳之又劝萧子懋贿赂裴叔业，请裴叔业代为申诉，洗刷罪名。萧子懋已被迷惑，当即拿出钱财交给于琳之，并嘱托他好好办事。没想到，于琳之见了裴叔业，非但不为萧子懋说情，反而劝裴叔业偷袭萧子懋。秦叔业随即令部将徐玄庆率四百人，跟着于琳之前往寻阳城。

萧子懋此时还坐在斋室里等好消息，突然门外传来纷沓的脚步声，他惊慌地起来一看，只见于琳之带着外来的兵士闯了进来，每人手中都有一把亮晃晃的刀。萧子懋异常惊骇："你从哪里召来的兵？"于琳之瞪着他说："我奉朝廷之命，特来取你的性命！"萧子懋不禁怒斥道："刁

143

诈小人，卖主求荣，你的良心被狗吃了！"话还没说完，于琳之已跳到他的面前，顺手一刀，头随刀落。

府中僚属见势不妙，早已逃散一空，将士们也跑得不剩几个。王玄邈大军随即占据寻阳城，并派人搜捕余党。董僧慧与陆超之二人慷慨赴死。

萧鸾又嘱令平西将军王广之杀掉南兖州刺史安陆王萧子敬①。王广之得手后，萧鸾又令徐玄庆除掉荆州刺史临海王萧昭秀。

徐玄庆率领轻骑来到江陵，假传诏书，令萧昭秀立即起程随他回京。荆州长史何昌寓知道有变，因而出城去见徐玄庆说："王爷受朝廷之命镇守此地，又没有犯过错，朝廷为什么要召他回去呢？而且就凭你的一面之词，便要王爷同你一起回京，这似乎说不过去！如果朝廷一定要王爷回京，也应当由王爷亲自上奏，问过陛下以后，再做定夺。"徐玄庆见他理直气壮，也不好发作，便告辞而去。不久，正式的诏使前去宣召，任命萧昭秀为车骑将军，另由萧昭秀的弟弟萧昭粲继任荆州刺史，萧昭秀这才安然回京。

萧鸾随后又密嘱吴兴太守孔琇之，令他杀害晋熙王萧銶②。孔琇之不肯，绝食自尽。萧鸾又改派裴叔业西行，令他除掉镇守各地的王爷。裴叔业于是自寻阳县出发，先来到湘州，杀死湘州刺史南平王萧锐；又赶到郢州，逼死十六岁的萧銶；接着赶到南豫州，杀掉豫州刺史宜都王萧铿③。

上游的各位王爷已被消灭殆尽，裴叔业欣然东还，向萧鸾报捷。萧鸾随即自封太傅，领扬州牧，晋爵宣城王。然后召集当时名士，商讨大计，指日篡位。侍中谢朓不愿依附萧鸾，因而恳请出任吴兴太守，齐主允准。将要起程时，谢朓派人给弟弟吏部尚书谢渝送去一壶美酒，并附上一封信，信上说："喝干这壶酒，记得，千万不要干预人事！"

萧鸾担心群臣不服，骠骑咨议参军江祐安慰他说："大人的两个肩胛上各有一块红色的胎记，这不就是肩擎日月吗？你为什么不让众人看看你的胎记，好让他们知道你生来就有重大的使命！"萧鸾略略点头。于是，晋寿太守王洪范入都谒见他时，萧鸾便给王洪范看自己的胎记，并故意密嘱说："人人都说这是日月相，你可千万不要泄露出去呀！"王洪

---

① 萧子敬：萧道成第五子。

② 萧銶：萧赜第十八子。

③ 萧铿：萧道成第十六子。

范不解道：“大人怎么能隐瞒身上有日月的事呢？我一定要为您极力宣扬！”萧鸾装出一副惊慌的样子，王洪范离开后，他却暗暗欢喜，欣慰不已。桂阳王萧铄①与鄱阳王萧锵齐名，萧锵擅长作文章，萧铄擅长名理，时人称他们为鄱桂。鄱阳王遇害后，萧铄由前将军升任中军将军，开府仪同三司。他本就流连诗酒，不愿参政，此时勉强受任，明知萧鸾不怀好意，但也没法推辞，只好虚与周旋。一天，萧铄去东府见萧鸾，回来后，他对侍读山惊说：“我前几天去见宣城王时，他对着我呜咽不止，当天鄱阳、随郡二王就死了；今天宣城王又对着我痛哭流涕，十分惭愧的样子，恐怕我也要遇害了！”这晚，萧铄心惊肉跳，觉得很不安。果然到了半夜，一群东府士兵突然闯进来，把他杀死了。没过多久，萧铄的弟弟始兴王萧鉴②、建安王萧子真③纷纷遇害。

萧鸾仍不满足，又令中书舍人茹法亮去杀巴陵王萧子伦④。萧子伦虽然只有十六岁，但颇有英名，当时正担任南兰陵太守一职，镇守琅玡。听说茹法亮到来，萧子伦从容不迫地整肃衣冠，出来接旨。当茹法亮读完伪诏，递给他一杯毒酒时，萧子伦欷歔道：“古人说，人之将死，其言也善。从前，齐建国时几乎将宋的子孙杀光，现在萧齐的子孙一个个遭祸，也是天理循环，我没什么好怨恨的。只是你是我萧齐的旧臣，此次奉命前来，应该是迫不得已吧？你也不用劝酒，我不会为难你的。”茹法亮心中有愧，低头不语，见他已喝下毒酒，就退了出去。片刻功夫，萧子伦毒发归天，茹法亮为他收尸时，也忍不住掉了几点眼泪。收到捷报，萧鸾当即派人杀掉衡阳王萧钧⑤。

面对萧鸾的恣意虐行，朝中没有一人敢违背他的旨意，更别说站出来说话，于是高、武两帝传下的宝座就这么轻易地被他篡夺了去。延兴元年十月末，齐廷竟颁布一道王太后的诏书，将齐主萧昭文废为海陵王，令宣城王萧鸾登上帝位。

齐主萧昭文只好出宫居住私邸，他的皇后王氏也降为海陵王妃。太后王氏本来居住在宣德宫，萧鸾嗣位后，她只好搬到宫外，住在经过翻

①萧铄：萧道成第八子。
②萧鉴：萧道成第十子。
③萧子真：萧赜第九子。
④萧子伦：萧赜第十三子。
⑤萧钧：萧道成第十一子。

145

新的鄱阳王故邸。萧鸾还假惺惺地再三谦让，才入殿登基，改元建武，颁诏大赦天下。萧鸾自称入承太祖，然后加封太尉王敬则为大司马，司空陈显达为太尉，尚书令王晏为骠骑大将军，左仆射徐孝嗣为中军大将军，中领军萧谌为领军将军，兼任南徐州刺史，中护军王玄邈为南兖州刺史，平北将军王广之为江州刺史，晋寿太守王洪范为青、冀二州刺史，长子萧宝义为扬州刺史。因为萧宝义自小有些残疾，不便出京镇守，萧鸾便安排始安王萧遥光前去代任；又令萧遥光的弟弟萧遥欣镇守荆州，萧遥昌镇守豫州。这三人因与萧鸾最为亲近，所以得到萧鸾的重用。

过了几天，齐主萧鸾追尊生父始安王萧道生为景皇帝，生母江氏为景皇后，追封已故兄长萧凤为侍中骠骑将军，任命始安王的弟弟萧缅为侍中司徒，并封他为安陆王。萧凤是刘宋时期病故的郎官，他的儿子就是萧遥光兄弟。萧缅在齐太祖时被封为安陆侯爵，在世祖永明九年病故，他的儿子萧宝晊承袭爵位，出任湘州刺史。萧宝晊的弟弟萧宝览被封为江陵公，萧宝宏被封为汝南公。齐主萧鸾册立已故王妃刘氏为皇后，追封谥号敬。刘皇后去世已有六七年，留下了四个儿子，长子叫萧宝卷，二子叫萧宝玄，三子叫萧宝夤，四子叫萧宝融。齐主萧鸾还有几个姬妾所生的儿子，其中最年长的就是萧宝义，老二叫萧宝源，老三叫萧宝攸，老四叫萧宝嵩，最小的叫萧宝贞。即位后，萧鸾想册立储君。几个儿子中，萧宝义虽然最年长，但他是姬妾所生，并且有残疾。于是，齐主萧鸾册立萧宝卷为太子，封萧宝义为晋安王，萧宝玄为江夏王，萧宝源为庐陵王，萧宝夤为建安王，萧宝融为随郡王，萧宝攸为南平王，萧宝嵩为晋熙王，萧宝贞为桂阳王。

建武元年十一月，海陵王萧昭文忽然患病。齐主萧鸾派御医给他诊治，没想到几服草药下去，反将海陵王的性命断送了。可怜十五岁的幼主仅得一副华棺，算是比高武、文惠二帝好上些许吧。至此，齐主萧鸾终于如愿以偿。

拓跋宏南征

魏主拓跋宏迁都洛阳，见百姓逐渐安定下来，又听说南齐内变，萧鸾称帝，他便想趁机出兵，托词问罪。偏巧边界守将上奏说齐雍州刺史曹虎向北魏乞降。魏主大喜，当即令镇南将军薛真度出兵攻打襄阳，大将军刘昶、平南将军王肃出兵义阳，徐州刺史拓跋衍出兵钟离，平南将军刘藻出兵南郑，四路大军齐头并进。魏主又特意安排尚书仆射卢渊去督领襄阳前锋各军，卢渊不愿受任，托词不懂带兵打仗。魏主坚持要他前去，卢渊无奈地叹道："不是我不愿尽力，我只是担心曹虎使诈呀！"相州刺史高闾也上奏说："我国刚刚将都城迁到洛阳，元气还没有恢复，眼下不适合大举兴兵。而且，曹虎虽然向我国乞降，但他并没有派人来做人质，臣觉得他未必是真心投降。"魏主仍然不听，又召集王公大臣商议，想亲自督师南伐。镇南将军李冲以及任城王拓跋澄极力劝阻，唯独司空穆亮主张亲征。其余公卿多半模棱两可，拓跋澄瞪着穆亮说："你怎么能这样呢？刚才我们私底下商议时，你不是也不赞成陛下南征吗？为什么现在出尔反尔，这岂是一个忠臣的行为？如果陛下南征时遇到不测，我们该归罪于谁？"李冲也从旁插嘴说："任城王也是为陛下着想。"魏主拓跋宏生气地说："照任城王这样说，附和朕的就是佞臣，不附和朕就是忠臣，但是朕听说小忠为大忠之贼，不知道任城王有没有听过？"拓跋澄辩驳道："臣天性愚钝，虽然看起来是小忠，但已是竭忠报国，不知陛下口中的大忠，究竟是怎样的？"魏主拓跋宏无词可答，气得目瞪口呆，坐了半晌，拂袖还宫。第二天，竟传出一纸诏书，任命最小的弟弟北海王拓跋详为尚书仆射，令他留京兼掌国事，李冲留京辅助北海王；又令皇弟赵郡王拓跋干、始平王拓跋勰一同统领禁军护卫京都；魏主亲自率大军南下。

　　魏军行进到悬瓠，几次催促曹虎前来会合，曹虎始终没有来，魏主拓跋宏仍旧不肯罢兵。警报传达齐廷，齐主萧鸾令镇南将军王广之、右卫将军萧坦之，尚书右仆射沈文季分别督率司、徐、豫三州的兵马抵御魏军。魏将拓跋衍攻打钟离，被齐徐州刺史萧惠休击败。刘昶、王肃率兵攻打义阳。齐司州刺史萧诞出兵抵御，因出战不利而闭城自守，城外的百姓多半向魏军投降。

　　魏主拓跋宏率三十万大军渡过淮河东行，直抵寿阳。当时正值春雨连绵，魏主亲自登上八公山览胜赋诗，并令侍从撤去麾盖，冒雨巡行，以示与士卒同甘共苦，又亲自抚慰生病的士兵。到了寿阳，魏主呼城中的人答话，豫州刺史萧遥昌派参军崔庆远出城谒见魏主，且问魏主为何无故兴师。魏主拓跋宏道："你问我何故兴师，我倒要问齐主为何无端废立？"崔庆远答："废昏立明乃故今通例，何劳疑问！"魏主又问："废主的子孙如今何在？"崔庆远答："均位居重职，并未遭祸。"魏主一笑，接着开口："齐主若不忘忠义，为何不仿效周公辅成王的旧例，而要自行篡取呢？"崔庆远立即回道："霍光也曾舍武帝近亲，迎立宣帝，都是择贤为主的意思。"魏主又问："霍光怎么不自立呢？"崔庆远道："霍光是异姓，故不自立，我主与废主同宗，正与汉宣帝相似。"魏主被他驳倒，几乎理屈词穷，便强作大笑道："朕本是来问罪的，照你说来，倒是朕不对了。"崔庆远马上阿谀道："见可而进，知难而退，不愧是王师。"

魏主不禁点头，厚赏了崔庆远，令他回城，自己则移兵转赴钟离。齐主忙派左卫将军崔慧景、宁朔将军裴叔业赶赴钟离援助萧惠休。平北将军王广之与黄门侍郎萧衍、太子右卫率萧谏也赶往义阳援助萧诞。萧诞是萧谌、萧谏的兄长，萧谏急着去援救，恨不得能飞到义阳。可是在距义阳城一百多里的地方屯驻了无数魏兵，王广之不敢贸然前进，在萧谏、萧衍二人的再三恳求下，他才拨给二人部分士兵，让他们从小路赶往义阳。

萧谏、萧衍带着小部队赶到与魏军仅隔数里的贤首山，然后在山上遍插旗帜，鼓角齐鸣。当时，魏将刘昶、王肃等人正合力猛攻义阳城，突然听到背后传来鼓声，二人吓了一跳，忙回头一望，隐约望见山上飘扬着无数旌旗，分辨不出到底有多少齐军。二人见状，顿时手足无措，既不敢猛攻义阳城，又不敢派兵进攻山上的齐军。转眼间，天已放亮，城中的守将也望见对面山上的援军，长史王伯瑜当即带着守兵杀出城外，攻打魏军的营垒。驻扎山上的萧衍等人也及时出击，一番混战，魏军支持不住，狼狈撤退。

那时，驻扎在钟离城下的魏主，还没有收到义阳兵败的消息。他正打算趁着锐气渡江，杀齐军一个措手不及，因而亲自督率轻骑南行。司徒冯诞因身体不适，无法随行，不得不与魏主诀别。魏主忍泪出发，还没走多远，就接到冯诞的死讯。魏主不由得涕泪俱下，又听说齐将崔慧景等人即将抵达钟离，他只好立即还军。回到钟离城下，魏主摸着冯诞的尸体，更是难过不已。第二天，魏主将冯诞的灵柩送往京都，又派使者临江发放檄文，历数齐主萧鸾的罪过，然后亲自督兵围攻钟离城。

钟离守将萧惠休智勇双全，再加上齐将崔慧景、裴叔业等人赶来后，驻扎城外，与城中互通音讯，魏主就更不好对付他们了。相持了十多天，魏军没有占到丝毫便宜，反而损伤许多将士。魏主不禁有些沮丧，魏相州刺史高闾及尚书令陆睿又先后上奏，劝他退归洛阳，魏主这才渡淮北去。

魏主率大军北归，但邵阳洲上仍有一万多名魏兵被崔慧景围困。邵阳魏军不得已派使者求和，愿献五百匹好马，只求借一条归乡之路。崔慧景不答应，副将张欣泰说："我们不如放他们回去。否则困兽犹斗，他们如果拼死相争，就算我军得胜，也胜之不武；如果我军战败，反而尽毁前功，岂不是很可惜！"崔慧景便让这群魏兵北还。没想到因为这事，竟遭到萧坦之的弹劾，不但赏赐没了，还挨了齐主的训斥，崔慧景与张欣泰都有些怏怏不乐。

先前，魏兵分四路向萧齐发起进攻。钟离、义阳两路都已经退归，襄阳一路，魏将薛真度无功而返。南郑一路，魏将刘藻与梁州刺史拓跋英会合，先是攻占汉中，后来在南郑遇挫，随即奉命北归，最终安全返回仇池。魏城阳王拓跋鸾攻打齐赭阳，结果吃了一个大败仗，也匆匆退回。督军卢渊本是勉强受命，至此归心似箭，早已丢下军队，返回洛阳了。

回国后，魏主转趋鲁城，亲自祭祀孔子，封孔氏四人、颜氏二人为官，并从孔氏的宗族子弟中选出一人，封他为崇圣侯。又重修园墓，更建碑铭，很有尊圣明经的意思。回到都城后，魏主特立国子太学，四门小学，还选了几位年高博学的人，充作国老，请他们求遗书，正度量，制礼作乐，颂扬太平。

第二年，魏主拓跋宏又下诏改姓元。魏人曾自称是黄帝的儿子昌意的后裔，昌意的小儿子在镇守北国时，将当地的大鲜卑山作为名号。黄帝以土德王，北方习俗将土称为拓，称君王为跋，所以叫做拓跋氏。魏主拓跋宏说土属黄色，是万物之始，因而他特意将拓跋氏改为元氏。朝中所有功臣旧族，如果有姓氏重复的也都得立即更改。就连朝内外的文牍以及平时说话，都不能再使用胡语而改用汉语。魏主元宏①又仿效南朝，推崇门第制度。尚书仆射李冲对此十分反对，他一再劝魏主说："陛下选用官吏，怎么能只看重他们的门第出身，而忽略真才实学呢？"魏主却说："世家子弟，就算才学平庸，品行也一定好过庶民，朕因此录用他们。"李冲辩驳道："傅说版筑，吕望钓叟，他们哪个是出身于名门望族的呢？"魏主有些不悦，说："不寻常的人物，古今只会出现一两位，你们怎么能拘泥于成例？"中尉李彪也插嘴劝阻道："鲁国只有三卿②，为何孔门却分四科③？"魏主说："如果有出类拔萃的人，朕也会加以重

---

① 由于魏主已改姓氏，故后文都称"拓跋"为"元"。

② 三卿：指上、中、下三卿。在这里具体指鲁国的孟孙、叔孙、季孙三大家庭势力。

③ 四科：孔子按照学生不同的品行和专长，将他们分为四科，这四科为德行、言语、政职、文学。

用，不拘一格的。"二李无话可说，相继告退。魏主元宏努力学习华夏文明，表面看来是一个有道明君。哪知他沽名钓誉，诸多粉饰，连在宫闱里面，他都是偏听不明，自己的六七个儿子，也不曾听说他调教有方，一个不能齐家的人，怎么能治国呢？表面上是尊崇孔圣，但他的实际行为却与孔子遗言大不相符。

魏主曾将太师冯熙的两个女儿纳入宫中，因小女儿是冯熙的正室所生，所以册立她为皇后，大女儿乃侧室所生，故封为昭仪。皇后颇有德操，昭仪却独工妩媚，魏主元宏刚开始十分眷爱皇后，但后来觉得中宫的德操却比不上爱妾的多情，而且玉貌花容，妹妹比不过姐姐，于是他开始宠爱昭仪。迁都以后，姊妹花一同入住洛阳宫殿，冯昭仪尤邀宠幸。魏主除朝听政以外，都在冯昭仪的宫中，二人同餐同宿，形影不离。冯昭仪更是施展浑身解数，百般殷勤，笼络魏主，直把魏主的爱情全部转移到她一个人身上，不但后宫无从乞望宠幸，就是中宫的皇后也是寂寂长门。冯皇后虽不是妒妇，但也不免自叹命薄，对魏主心生埋怨。冯昭仪自恃年长，不肯遵循妾礼，再加上皇上对她的宠爱，她更是视妹妹为眼中钉。每回枕边私语，她总是说些皇后的坏话，惹得魏主怒上加怒，竟把冯皇后废去，打入冷宫。不久，经魏主同意，冯皇后去瑶光寺做了尼姑。

冤冤相凑，魏主的长子名叫拓跋恂，是已故皇妃林氏所生。太和十七年，十一岁的拓跋恂被册立为皇太子。他行过加冠礼后，魏主为他取字，叫做元道，并对他说："朕之所以给你取字元道，是因为对你寄托厚望，你应该谨记在心，不要让我失望。"魏主将姓氏由拓跋氏改为元氏时，又将太子的字改为宣道。太师冯熙在平城病故，魏主派太子元恂去吊丧，临行时他嘱咐太子说："朕坐守京都，不便亲自前去，你去吊丧的时候，顺便去拜谒先帝的陵寝，再去你母亲的墓前看看。往返的路上，你就温习经书打发时间吧。"元恂虽然允诺而去，但他十分懒惰，不思上进，再加上身体肥胖，苦于河洛的暑热，这次奉命北去，乐得假公济私，偷享安逸。然而他父亲却十分性急，父子分离不过两三个月，魏主元宏竟下了数道圣旨，催促太子回来。元恂无法推诿，只好硬着头皮回洛阳复命。魏主训责了他几句，令他回东宫勤学。元恂却阳奉阴违，心中暗自埋怨父亲。中庶子高道悦屡次苦谏，元恂不但不听，反而十分憎恨他。

后来，魏主巡幸嵩岳，令元恂留守金墉城，元恂想趁机轻装北去，结果被高道悦所阻，愤恨的元恂当即拔剑一挥，杀死了高道悦。领军奉命严守城门，一面阻止元恂擅自离城，一面派人通报魏主。魏主元宏又惊骇又惋惜，急忙中途折回，责问元恂，并亲自动手杖责太子。打完后，魏主仍不解气，想废黜太子元恂。太子太傅穆亮、太子少保李冲二人忙磕头为太子求情。魏主勃然大怒道："古人说'大义灭亲'，现在不除了这个逆子，将来他必定会祸害国家。南朝永嘉的乱事足以让人警醒，朕岂能姑息养奸？"随即下诏，将元恂废为平民。

当时，恒州刺史穆泰、定州刺史陆睿对迁都始终不满，二人预谋作乱。魏主得到消息后，急忙派任城王元澄捕获二人，并亲自到平城的监狱审讯他们，勒令二人自尽。回到长安，魏主又接到中尉李彪的密报，说外界传言废太子元恂与亲信打算谋逆。魏主大怒，当即赐儿子元恂一壶毒酒，勒令他自尽，并另立二子元恪为太子。元恪的母亲高氏是将军高肇的妹妹。高氏小时候曾梦见自己被太阳追逐，慌忙中，她藏匿在床下，没想到太阳竟变成一条龙，将她绕得密密匝匝，她当下大惊而醒。高氏十三岁入宫，艳丽动人，被魏主召幸数次，生下二皇子元恪，随后又生下一名皇子，取名元怀。元恪成为太子后，元怀也被封为广平王。但冯昭仪得宠后，高氏便被魏主疏远。只是冯昭仪没有为魏主生育一男半女，她知道高氏小时候的梦境后，便暗中毒死高氏，将元恪收为养子。魏主不知内情，见冯昭仪对元恪慈爱有加，还嘉奖一番，却不知这背后另有一番图谋。

东阳王元丕，先前不同意迁都，魏主下诏令群臣改穿汉服后，他仍穿着胡服来来去去。魏主因他经常违逆自己的旨意，将他贬黜为新兴公。随后，元丕的两个儿子与穆泰密谋作乱，魏主元宏在处置穆泰的党羽时，诛杀了他的两个儿子，甚至将元丕也牵扯在内，贬为庶人。当时，北魏宗室里面，元丕的辈分最高，资望也最大，曾为六朝的君主效命。在朝七十年，魏主却突然夺去他的职衔，将他贬黜，朝野都为之叹惜。

魏主远贤近色，好大喜功，先是册立冯昭仪为皇后，后来听说南朝屡次杀害大臣，又准备趁机起兵，进攻南阳。

151

自相残杀的萧氏

齐主萧鸾篡位时，第一大功臣要算中领军萧谌。萧鸾曾许诺他扬州刺史的职务，事成之后，齐主却食言，只是令他兼任南徐州刺史，另任命萧遥光为扬州刺史。萧谌十分失望，曾对友人说："我将自己做好的饭菜，轻易让给了别人。"尚书令王晏听说这句话后，暗中冷笑道："谁还会再为他萧谌打下手？大家现在只能得过且过了。"萧鸾喜欢猜忌，即位后更是密派亲信四处监视众臣。萧谌平时的言行传入齐主耳中，自然免不了疑忌。碰巧北魏入侵萧齐，萧谌的兄弟萧诞、萧诔两人联合击退魏军，为国效力，萧鸾看在功臣的分上，只好暂时隐忍，没有发作。萧谌却不管死活，仗着自己是功臣，大肆干预朝政，因此更加遭到齐主的忌恨。

不久，魏兵退回北方，萧鸾召集群臣，在华林园欢宴。众人畅饮尽欢，直到晚上才散席归去。萧谌刚回到尚书省，御前亲吏莫智明突然奉齐主之命前来宣谕道："假如没有你，朕不会登上今天的大位，但你们兄弟三人也都得到了应得的赏赐。可是没想到你竟会说，你把做好的饭菜让给了别人？到底是什么居心？今天朕赐你自己了断。"萧谌听完圣旨，十分惊骇，转念一想，事已至此，难免一死，便对莫智明说："我与陛下杀高帝、武帝的儿子时，都由你往返传达消息，今天陛下让我去死，你为何不肯出言相救？我做鬼也不会放过你！"说完，服毒自尽。

萧谌死后，萧鸾忙派人去司州诛杀萧诞与萧诔，并将西阳王萧子明、南海王萧子罕、邵陵王萧子贞一并赐死。尚书令王晏因萧谌已死，趁势专权，齐主萧鸾随即又十分忌惮他。始安王萧遥光曾劝萧鸾诛杀王晏，萧鸾迟疑了一会儿说："王晏也曾为我立下大功，而且又没有什么过错，我怎么能杀他？"萧遥光回答说："王晏深受武帝的宠任，但他还是背叛了武帝，陛下能肯定他会为你尽忠吗？"萧鸾不禁变色。不久，亲吏陈世范又对齐主说："王晏曾私下和别人商议，只怕他要图谋不轨。"萧鸾因而愈加戒备王晏，令陈世范注意王晏的动向。建武四年，陈世范又来告密说："王晏将在陛下南郊游猎之际，纠集世祖的亲旧发难。"萧鸾一听，不禁惶恐，当即将王晏召入华林园，让人杀了他。王晏在朝中做事的儿子和弟弟也全部被斩。

萧鸾两次废黜皇帝，王晏都曾参与谋划，他的表弟王思远实在看不过去，对王晏说："世祖有恩于你，你却叛德助逆，将来还有什么脸面活在这世上？如果你现在就自尽，说不定还能保全门户，挽回一些名声。"王晏笑道："我要喝粥，没空想这些事。"晋封为骠骑将军后，王晏还欢喜地对儿子和弟弟们说："思远曾劝我自尽以保全门户，幸亏我当初没听他的话，要不然我哪会有今天的风光呢？"王思远随即应声道："我还是当初的想法，而且你现在自尽，也为时不晚。"王晏仍然没有领悟。濒死前十天，王思远又对王晏说："局势越来越紧迫，当局者迷，旁观者清，还请你早些为自己打算吧！"王晏默然不答，王思远离开后，他还笑着说："这世上竟还有人专门劝别人寻死，真是令人不解！"哪知才过了十几天，便即遭诛。

齐主萧鸾任命萧坦之为领军将军，徐孝嗣为尚书令，以抚慰朝野，安定人心。魏主元宏以为有隙可乘，便率领二十万大军亲征。出发前，他令吏部尚书任城王元澄留守洛阳，中尉李彪、仆射李冲二人辅政；并任命彭城王元勰为中军大将军，令他负责行军事宜。元勰当面劝谏说："陛下不应一味任用皇室中人，应该亲疏并用。臣是皇室宗亲，不应屡次受赏。"魏主不听，仍旧令他调军紧随而来，自己则率大军先向襄阳出发。

以前，镇南将军薛真度曾劝魏主先攻取樊邓，魏主不听，只是令他进攻南阳。魏军大败后，魏主决定报复齐太守房伯玉，亲率大军向南阳进发，结果再次大败。于是，魏主令咸阳王元禧继续攻打南阳，自己则率军趋向新野。

齐主萧鸾听说魏兵压境，忙派直阁将军胡松，协助北襄城太守成公期驻守赭阳城，义阳太守黄瑶防守舞阴。由于雍州的战略地位非常重要，齐主又派豫州刺史裴叔业前去支援雍州。裴叔业建议入侵魏境，牵制魏军，逼魏主回头自保。齐主萧鸾觉得这是个不错的计策，便令他依计行事。裴叔业当即率兵攻打虹城，随后令部将鲁康祚、赵公政率一万兵马攻打太仓口。

魏豫州刺史王肃，令长史傅永率三千勇士堵塞太仓，与齐军夹淮列阵。战前，傅永对部将说："南方人喜欢劫营，今晚是下弦月，夜色苍茫，他们肯定会有所行动。我们将计就计，四面埋伏，杀他们个措手不及！"部将依计行事，果然大破齐军，擒获赵公政。只有几个命长的齐兵逃回去报告军情。

153

傅永奏凯而归，王肃大喜，立即派人向魏主报功。随后听说裴叔业进逼楚王元成，王肃仍让傅永率三千人马前去支援。傅永当即派人和楚王元成定约，布置好埋伏。裴叔业军进逼到城下，一声号炮，前面伏兵杀出，后面傅永率军杀来，裴叔业心慌意乱，夺路而逃。傅永也不追击，只是收集齐军留下的兵械，整军欲归。部将急忙劝他趁势追击，傅永叹道："我军只有三千人，寡不敌众，继续追击的话，只会处于下风。此次进击足以使敌军丧胆，何必要追呢？"随即回去报捷。

王肃再次向魏主汇报傅永的战绩，魏主随即封傅永为安远将军，兼任汝南太守，还封他为贝邱县男爵。傅永不仅有武略，还有文韬，魏主曾叹道："上马能击贼，下马作文章，只有傅永一人啊！"

得到捷报后，魏主当即令统军李佐全力攻取新野。新野太守刘思忌抵挡不住，城池沦陷，自己也被擒获。魏主笑着问他："朕数次劝你投降，你都不愿意，今天想投降吗？"刘思忌朗声说道："我宁可做南朝的鬼，也不会做北虏的臣！"魏主当即杀了他，接着南征沔水。沔北大震。赭阳守将成公期、舞阴守将黄瑶起相继逃往南方。黄瑶起曾害死王奂，魏主想为王肃报仇，便派兵追捕黄瑶起，捕获后，将他押送到王肃那里。见到杀父仇人，王肃分外眼红，当即摆起香案，挖出黄瑶起的心脏，祭奠父亲的在天之灵，然后又将黄瑶起大卸八块，烹煮而食。魏主又移师攻打南阳，逼得势孤援绝的房伯玉不得不出城投降。

齐主萧鸾听说新野、南阳相继陷没，忙令太子中庶子萧衍、度支尚书崔慧业率五千多名将士援救襄阳。刚行进到彭城，就碰到北魏的数万大军，齐军一时招架不住，退回守城。魏军随即转趋樊城，樊城由雍州刺史曹虎坐镇，城上的守御非常严密，魏主知道不易攻克，便转向悬瓠城进军，留下镇南将军王肃一军进攻义阳。

齐豫州刺史裴叔业自大胜楚王元成，听说义阳被围攻，又故伎重施，不救义阳，直攻涡阳，想以此牵制魏军。北魏南兖州刺史孟表因涡阳没有粮草，忙向魏主求援。魏主令安远将军傅永、征虏将军刘藻、辅国将军高聪等人合力援救涡阳，三支军队都归王肃调度。没想到，齐军来势凶猛，北魏的前锋高聪、中锋刘藻都慌忙逃窜，傅永一支孤军也无法抵挡裴叔业，只能狼狈撤退。

魏主得知，将刘聪与高藻发配平州，撤去傅永的官职，并将王肃贬为平南将军。王肃恳请添兵，援救涡阳，魏主却说："你为什么不亲自去援救涡阳，而只是一味向朕要求添兵？朕派发给你士兵，发少了，不足以帮助你制敌；发多了，朕这边又难办，你也要为朕想想呀！义阳能不能拿下，没什么关系，但是涡阳失守，朕唯你是问！"王肃随即撤走义阳的围兵，转而援救涡阳。裴叔业听说北魏十万大军即将杀到，忙连夜撤退。但第二天早上，仍被北魏兵追上一阵乱砍。裴叔业只得带着残军匆匆退守义阳。王肃也收军而去。

齐主萧鸾接连得到兵败的消息，颇为忧惧，渐渐地积忧成疾，不能上朝。宗室各王都前来问安，萧鸾却叹道："我的儿子和萧缅的儿子，还不见他们长大，而高帝、武帝的子孙却日见壮盛。这样下去，他们肯定会对我儿不利！"太尉陈显达谒见，萧鸾谈起自己的忧虑，陈显达劝慰道："此等小王，陛下根本不用把他们放在眼里。"萧鸾闭目不答。陈显达离去，萧遥光进来问安，萧鸾又说起此事。萧遥光心中大喜，当下竭力撺掇，劝萧鸾杀尽高帝、武帝的子孙。萧遥光是想先借萧鸾之手灭尽高帝、武帝后裔，等萧鸾去世，他再杀光萧鸾的子孙，以夺取齐室江山。萧鸾没有察觉萧遥光的意图，还以为他是真心为自己考虑，随即令他去杀高帝、武帝的子孙。高帝、武帝子孙中凡有爵位的全部遇害。

从前，齐世祖武帝在世时，曾梦见一只金翅鸟，突然冲入殿廷，叼食了无数条小龙，而后飞上天空。文惠太子萧长懋也曾对竟陵王萧子良说："我每次看到萧鸾，都觉得恶心，如果不是他福德太薄，必定是他会对我们的子孙不利！"众王死后，齐主萧鸾封萧遥光为大将军，改建武五年为永泰元年。

大司马王敬则，当时正出任会稽太守，他见萧谌、王晏相继被杀，不免兔死狐悲。又听说高帝、武帝的子孙遇害，更是疑惧。他总觉得齐主萧鸾会对他，这个高帝、武帝时的旧将下手，但就是想不出一条保全自己的好计策。齐主萧鸾也的确疑忌王敬则，但看他已是七十多岁的人，并且不在京都，才稍稍对他放心，暂时不想动他。王敬则留居殿廷的长子王仲雄十分擅长弹琴，萧鸾将焦尾琴交给他，令他弹奏，王仲雄随即哼唱起来："常叹负情侬，郎今果行许。"又唱道："君行不净心，哪得恶人题！"萧鸾一听，愈加猜忌和羞愧。病情恶化后，齐主萧鸾特意任命张瓌为平东将军兼吴郡太守，令他防备王敬则。王敬则大惊道："现在东部又没有胡虏侵犯，哪用得着什么平东将军？一定是陛下要杀我了，我不甘心就这么受死呀！"

徐州行事谢朓是王敬则的女婿，王敬则的五子王幼隆曾是太子冼马，他密约谢朓一同起事。没想到，谢朓竟入宫告密，齐主萧鸾当即决定征讨王敬则。消息传到会稽，王敬则的侄子王公林，急忙劝王敬则去京城请罪，并将王幼隆交出。王敬则不答应，竟举兵造反，并扬言要拥立南康侯萧子恪为君主，入都废黜萧鸾。为此，大将军始安王萧遥光，立即恳请萧鸾除掉高帝、武帝的所有子孙。萧鸾此时已病得精神恍惚，没弄清状况就模糊答应了。萧遥光当即派人将高帝、武帝所有的孙子带到西省，甚至连襁褓里的婴儿与乳母也一道召来，然后令太医准备毒药，令都水监准备数十具棺材，想在三更时分毒死高帝、武帝所有的子孙。

魏主退兵

王敬则起事时，扬言要拥立南康侯萧子恪为君主。萧子恪对此毫不知情，他曾是吴郡太守，因朝廷改派别人继任而卸职回京。突然听到和自己有关的谣传，萧子恪吓了一跳，慌忙躲藏到郊外。当晚，从宫中传来消息，说萧遥光将于三更时分杀尽高、武帝的子孙。萧子恪拼死入宫，想为自己辩解，以阻止悲剧的发生。来到建阳门，已是二更三刻了，中书舍人沈徽孚与内廷直阁单景俊正在议论萧遥光的残忍，哀叹自己无从解救。萧子恪重叩宫门，递入诉状，单景俊大喜，忙到寝殿禀报萧鸾。萧鸾此时也已清醒，看完萧子恪递上来的状词后，不禁长叹道："遥光差点让朕成为千古罪人啊！"当下令单景俊前去传话，不准妄杀一人，随后又厚赐高帝、武帝的子孙，派人将他们送回去，而后又封萧子恪为太子中庶子。

不久，传来王敬则率十万叛众，抵达武进陵口的消息。齐主当即令前军司马左兴盛、后军将军崔恭祖、辅国将军刘山阳、龙骧将军胡松四人共赴曲阿，屯兵长冈；又令右仆射沈文季驻扎湖头，都督率各军。王敬则督率大军猛扑兴盛、山阳，胡松率骑兵赶到，来救二垒，从王敬则背后杀入。王敬则部众虽多，不过是乌合之众，一经杀入，顿时溃散。王敬则也在慌乱中，被崔恭祖一枪挑去老命。余众或死或逃，不留一个，叛党就此扫平。

当时，齐主萧鸾已病得奄奄一息，太子萧宝卷急欲逃亡，京都人心惶惶。捷报传来后，众人才安定下来。王敬则的子孙全部被杀，家产也全部抄没。左兴盛、崔恭祖、刘山阳、胡松四人都被封为男爵。

这年七月，齐主萧鸾在正福殿病逝，享年四十七岁。遗诏中任命徐

156

孝嗣为尚书令，沈文季、江祏为仆射，江祀为侍中，刘暄为卫尉；军务委托太尉陈显达处理，内外政务由徐孝嗣、萧遥光、萧坦之、江祏辅佐幼主处理等。齐主萧鸾临死时嘱咐太子萧宝卷说："做事不可落在人后，你要谨记啊！"为了这句遗嘱，萧宝卷委任群小，任情杀戮，将朝政搅扰乱不堪，最终弄得国灭身亡。

萧宝卷即位后，追尊父亲萧鸾为明皇帝，庙号高宗。萧宝卷向来喜欢玩耍，不喜欢读书，齐主萧鸾也不曾斥责他，只是要求他遵守家礼。萧宝卷请求每天入朝，齐主不答应，要他三天一朝。于是他晚上没事干，就通宵捕鼠，恣情笑乐。入承大统后，他不愿过问国事，仍然整天与宦官、宫姜嬉戏，彻夜流连。先帝的灵枢只在太极殿奉安几天，萧宝卷就想立即出殡，徐孝嗣入宫力争，出殡的时间才又延迟了一个月。萧宝卷临丧时丝毫没有悲哀之情，每次哭灵他都借口说嗓子痛。大中大夫羊阐入朝哭灵，悲痛欲绝，不小心冠帽掉在地上，露出光秃秃的脑袋。萧宝卷瞧见后，忍不住狂笑起来，同时大呼道："秃鹙来哭灵了！"身边的人一听，也都捂着嘴偷笑起来。奉灵安葬后，萧宝卷更是百无禁忌，从此欢天喜地，纵乐不休。始安王萧遥光、尚书令徐孝嗣、右将军萧坦之、侍中江祀、卫尉刘暄等人天天劝谏，但他就是不听。眼看着朝纲日益紊乱，祸患就要来了。

听说齐主病故，魏主元宏却下了一道谕旨，不伐邻丧，还说得有理有据，一副仁至义尽的模样。哪知他是因为有三个隐情，不得不归，所以乐得卖个好名声，引兵北去。原来，魏主南下时，曾令任城王元澄以及李彪、李冲留守京都。没想到，李冲一手提拔起来的李彪这次专与李冲对着干。李冲气不过，便向魏主检举李彪的过错，恳请削去李彪的官职。魏主于是将李彪革职，但李冲仍是愤懑不平，没过几天，竟然病逝了。留守洛阳的大臣，三人中去了二人，魏主不免担忧，便有了归国的心思。这是第一个隐情。第二个隐情是，魏主出征时曾调发臣服于自己的高车国士兵，没想到高车兵不愿远征，竟在北方作乱。魏主两次派兵讨伐，都战败而归。魏主不免心焦，打算亲自北伐，所以不能不归。这第三个隐情，竟然是宫闱里的丑闻，魏主愤恨异常，不得不返回洛都，详细调查一切。

原来冯昭仪奸计得逞，被魏主册立为皇后，二人本来是鱼水谐欢，天天缠绵。偏偏魏主连年南下，害得这位冯皇后凄凉寂寞，闷守孤帏。刚巧有个中官高菩萨，名义上是个阉官，实则冒名顶替而来，而且长相英俊，天资聪明，每日入侍宫帏，颇解人意。他先是赢得冯皇后对他的宠爱，然后巧为挑逗，冯皇后知道他的真实身份后，竟然让他侍寝。但天下事若要人不知，除非己莫为，冯皇后虽然买通双蒙等宦官为他们掩饰，但情事终不免泄露出去。当时，魏主的女儿彭城公主正在为刘昶的儿子守寡，冯皇后想让年轻的公主改嫁给弟弟北平公冯夙。于是，冯皇后恳请魏主赐婚，魏主却也允许。然而公主不愿意，居然带着几十名女仆跑到悬瓠城谒见魏主，跪请魏主取消婚约，并说起了冯皇后的不忠之事。魏主将信将疑，又惊又愕，只好暂守秘密，打算立即回京查明一切。

路上，魏主忧愤交加，一病不起。彭城王元勰筑坛祈祷，恳请代魏主忍受疾病之苦。果然神祖有灵，魏主渐渐康复，元勰也安然无恙。走到邺城，又传来高车已招抚的消息，魏主稍稍放心，就在邺城过冬。第二年是魏主太和二十三年，齐主萧宝卷永元元年。正月初，魏主回到洛阳，一入宫，他便令人拿下高菩萨、双蒙二人，并当面审问。二人起初还想抵赖，最后熬受不住大刑，据实招供，并抖出冯皇后诅咒魏主速死的事情。

原来彭城公主南赴悬瓠城时，冯皇后怕公主揭发自己的奸情，忙将母亲常氏召入宫，请她找女巫做法，只求魏主速死，以便自己辅助幼主，临朝听政。如今被魏主查获实据，冯皇后大为惊慌，魏主也气得发昏，旧病复发，卧床疗养。

到了晚上，魏主将高菩萨、双蒙二人捆在室外，召冯皇后前来问话。冯皇后不敢不来，进入房间后，神色忧惧。魏主当即令宫女搜身，没想到，竟从冯皇后身上搜出一柄三寸长的小匕首。魏主大怒，当下喝令斩杀冯皇后。冯皇后慌忙跪下，叩了无数的头，涕泣请罪，魏主才让她坐在一边，然后令高菩萨、双蒙二人交代实情。二人不敢翻供，仍将先前的供词复述了一遍。魏主这时瞪着冯皇后说："都听见了吧？你用过什么妖术，现在一一道来。"冯皇后欲言不言，经魏主一再催迫，她才恳请魏主让身边的人都退下。魏主于是只留下长秋卿白整，并起身取过佩刀，让冯皇后立即招供。冯皇后仍旧不肯说，只是含着一双泪眼，看着白整。魏主会意，用棉花塞住白整的耳朵，然后令皇后从实供来。冯皇后无法再抵赖，只得呜呜咽咽，说了大概。魏主气愤难忍，对着冯皇后的脸"呸"了数声，随即召来彭城王元勰、北海王元祥。二人进来一瞧，见冯皇后坐在一旁，有些局促不安。魏主便指着冯皇后对他们说："她原先是你们的嫂子，现在什么都不是，你们只管坐下，不用理会她。"二人这才坐下。等二人坐定，魏主愤恨地说："这个贱妇竟然想行刺我，可恶至极！你们好好讯问她，不用忌讳什么！"二人见魏主异常愤怒，只好略略劝解。魏主随即开口道："你们不是说冯家女不宜再废吗？那就将这贱妇打入冷宫！"二王离开后，魏主将冯皇后送入中宫。

几天后，魏主有事要问冯皇后，令中官代为询问。冯皇后竟又摆起架子，斥骂中官："我是皇后，应该当面向陛下陈诉，轮得到你来转述吗？"魏主得知后大怒，立即将冯皇后的母亲常氏召入宫中，详述皇后的罪状，并责备她教女不严。常氏不免心虚，怕自己受到牵连，不得已鞭打冯皇后百下，以示自己没有私心。因顾念到文明太后的恩情，魏主不忍心杀死皇后，只是杀了高菩萨、双蒙二人，还令六宫嫔妃照常敬奉冯皇后，唯独不准太子元恪见她，以示与她断绝情意。

当时，齐太尉陈显达、督领将军崔慧景收复雍州各郡，魏将军元英迎战，屡次战败，还被齐军夺去马圈、南乡二城。魏主身体稍微康复，便全力赴敌，杀得齐军大败。魏主虽然欣慰，但因跋涉奔波，再次病倒。彭城王元勰尽心服侍魏主吃饭、喝药，昼夜不离左右，衣不解带。魏主令元勰督管所有军事，元勰当面推辞说："臣连陛下都照顾不过来，哪还有空治军呢？还请陛下改派他人吧！"魏主说："我这病怕是不行了，所以我想让你主持大局，安六军、保社稷，除了你还有谁能担此重任？你就不要再推辞了。"元勰于是勉强受命。

没过多久，魏主病情加重，乘卧舆北归。走到谷塘原，病势加剧，魏主随即对彭城王元勰说："我已经不济事了，但天下还没有平定，嗣子又年幼，那么多的王公大臣，我最看重你！"元勰哭着说："士为知己者死，我深受先皇的重托，理应竭力效命。但臣参政已久，官居要职，如果再被封为辅佐嗣君的第一要臣，那时权威和声势在君主之上，必定会引起嗣君和朝臣的疑忌。不是臣矫情推辞，实在是怕将来嗣君会怪罪下来，以致臣辜负陛下的重托，忍辱而死呀！"魏主沉思半晌，才慢慢说道："你说得也有道理。去拿笔墨来，朕要叮嘱太子几句。"元勰奉命取来纸笔。魏主强撑起身体，倚在案头，握笔疾书。直到手颤得无法再写下去时，魏主才掷笔对元勰说："你把这个交给太子，应该可以免除你的忧虑了。"元勰见魏主十分困倦，连忙扶他躺下休息。魏主喘吁了一会儿，又令他起草诏书，晋封侍中北海王元详为司空，平南将军王肃为尚书令，镇南大将军广阳王元嘉为尚书左仆射，尚书宋弁为吏部尚书，与太尉咸阳王元禧、尚书右仆射任城王元澄同心辅政。写完后，元勰将诏书呈给魏主过目，魏主点头无语。第二天，魏主弥留之际又对彭城王元勰说：

159

"我死后，赐皇后自尽吧！"元勰依照魏主的意思写好诏书，呈给魏主过目。看完诏书后，魏主元宏闭目而逝，年仅三十三岁。

魏主元宏喜好读书，手不释卷，经史百家，无不阅览；善谈老庄，尤其精于阐经释义；才藻丰富，喜欢文章诗赋铭颂；礼贤下士，曾说人君应该推诚接物，与朝臣犹如兄弟。元宏在位二十三年，算得上是一位贤明的君主。

因齐兵还没走远，且担心麾下的士兵有变，彭城王元勰、任城王元澄决定秘不发丧，仍像平常一样用车载着魏主回京。路上有人问安，二人仍像平常那样答复。另一方面，又派人火速通知太子元恪，请他速至鲁阳。太子赶来后，彭城王元勰、任城王元澄当下为魏主发丧，并奉请元恪即位。咸阳王元禧，也从洛阳奔丧而来。他怀疑元勰谋变，所以到达鲁阳城后，先在城外打探了好久，然后才放心入城。一见面，元禧对元勰说："你的处境危险至极啊！"元勰则回答说："兄长见多识广，时时防范，弟弟我握蛇骑虎，不觉得有多艰难。"元禧笑道："我想你一定恨我这么晚才来吧。"此外东宫的官属也都怀疑元勰有异心，暗中戒备。元勰推诚尽礼，不给人留下任何话柄。元恪即位时，他立即跪着将遗诏呈给嗣君。元恪起座接受，一一遵行。当下，令长秋卿白整奉行遗诏，赐冯皇后自尽。

萧宝卷大杀权臣

北魏冯皇后见了毒药，当然不肯喝，边躲边说："陛下一定不会逼我自尽！一定是诸王恨我，想杀我！"后被太监扯住，无法脱身，才服毒自尽。白整随即回去报告嗣主，咸阳王元禧高兴地说："就是没有遗诏，我们兄弟也会设法除掉她，哪能容忍这么一个失德的妇人主宰天下，恣意残害我们呢？"冯皇后死后，魏主元恪遵照遗嘱，仍用皇后礼办理丧葬，追谥幽皇后。魏主元恪随即任命彭城王元勰为司徒，将国事委任他处理，随后奉梓宫回到洛阳。守丧一个多月，才出葬长陵，魏主元恪追谥元宏为孝文皇帝，庙号高祖，并尊母亲高氏为文昭皇后，配飨高庙；并封文昭皇后的兄长高肇为平原公，高显为澄城公。

齐主萧宝卷嗣位以前，萧鸾曾任命萧懿为益州刺史，萧衍为雍州刺史。萧衍听说萧宝卷即位，由萧遥光等六人辅政，便对堂舅参军张弘策说："一国三公，都能乱国，现在六贵同朝，势必相争，看来祸患不远了。避祸图福，没有比雍州更好的去处了，只是各位弟弟都还在京都，我怕他们会受到连累，只好与益州共图良策！"张弘策点头应诺。萧懿是萧衍的兄长，萧衍所说益州二字，便是指萧懿。此后，萧衍秘密招募士兵，制造兵器。中兵参军吕僧珍也暗图不轨，私造战船数千只。

不久，萧懿被调到郢州，萧衍派张弘策去劝兄长说："朝中六贵辅政，人人为自己谋划，争权夺势，必致相残。嗣主手中没有实权，怎肯看着各王公争权夺势，自己只坐拥虚位呢？猜疑久积，嗣主一定有一番大动作。我们兄弟二人幸好驻守外藩，能为自己免祸。趁那些权贵还没开始猜嫌，我们赶紧将各位弟弟召过来，一旦错过这个时机，弟弟们可就无路可走了！况且郢、雍二州兵强马壮，天下安定时，我们可以竭忠效命本朝；乱世时，我们可以匡扶社稷，因时制宜，才能永保万全。我们还是趁早为自己打算，免得将来后悔！"萧懿默然不应，只是摇头。张弘策又劝萧懿说："你们兄弟英勇盖世，如今占据郢、雍二州正好为百姓请命，废昏立明，易如反掌，还请你不要再为嗣主卖命，免得贻笑身后！现在雍州已经做好准备，所以特来问问你的意思，你怎么就不为自己着想？"萧懿勃然大怒："我只知道忠于君主，其他的一概不知！"张弘策回去报告，萧衍为之叹息，忙派部将入都，将骠骑外兵参军萧伟及西中郎外兵萧憺调到襄阳，静待朝廷的消息。

果然永元改元刚过半年，就传来二江被杀的消息。江祏、江祀是同胞兄弟，都是景皇后的侄子，与齐主萧鸾是表亲关系。萧鸾能够得到帝位，他们二人的功劳不小，因此齐主萧鸾格外信任他们，并将辅佐嗣主的重任交给二人。卫尉刘暄是敬皇后①的弟弟，与二江一同领受遗命，辅佐嗣君。当时萧宝卷屡次恣意妄为，徐孝嗣不敢谏阻，萧坦之有时违逆，有时依从，唯独江祏经常力谏到底，惹得萧宝卷十分憎恨他。江祏又时常斥责萧宝卷的宠臣茹法珍、梅虫儿，惹得这二人也十分仇恨他。徐孝嗣常对江祏说："陛下想做的事，你能依从就依从，不要总是反对他。"江祏则说："如果嗣主事事咨询我们，那我就没有什么好担忧的了。"

萧宝卷恣意妄为，让众臣大失所望。江祏想要废黜萧宝卷，改立江夏王萧宝玄，刘暄颇有异议，想立建安王萧宝夤为帝。原来，刘暄曾在郢州辅佐过萧宝玄。当时有人献上一匹好马，萧宝玄想去看看，刘暄说：

---

① 敬皇后：萧鸾的故妃。

161

"马不都一样?有什么好看的。"萧宝玄的妃子徐氏令厨房烤乳猪,刘暄又不许,并对厨子说:"早上已经吃过鹅肉,现在怎么又想吃烤乳猪?"为这两件事情,萧宝玄曾愤恨地说:"舅舅太没有人情味了。"刘暄听说后,心里很不舒服。现在入朝参政,当然不愿意立萧宝玄为帝。江祏因刘暄有异议,便去找萧遥光商量。萧遥光早就想自立为帝了,此时正想下手,怎么肯赞同江祏的意见,推立萧宝玄呢?只因不便明说,他只好旁敲侧击,托词为社稷着想,应立年长一点的君主。江祏探知他的意思后,回来告诉弟弟江祀,江祀也说不能拥立少主,不如推立萧遥光。江祏惶惑不定,万分踌躇。

江祏又找萧坦之商议,说要拥立萧遥光。萧坦之感慨道:"明帝夺位,天下人至今不服,如果现在再上演一出类似的闹剧,恐怕四方会因此而瓦解,我实在不敢参与其中!"江祏随即离开。萧坦之怕被江祏连累,连忙离京回家为母亲守丧。

吏部郎谢朓向来有才,江祏与江祀将他视为臂助。一天,江祏对他说:"嗣主如今大失人心,我本想改立江夏王,但江夏王毕竟年幼,不能担起重任。而始安王年长资深,如果推立他的话,应该不会让众人失望。我这样做,全是为国家着想,并不是谋求富贵啊!"谢朓听后,不以为然,只支吾对答了几句,便立即辞归。碰巧刘沨奉萧遥光之命,拉拢谢朓。谢朓又随口敷衍。刘沨回去报告萧遥光,萧遥光竟令谢朓兼任知卫尉事。谢朓突然身居要职,心中十分恐惧,便将江祀的密谋透露给太子右卫率左兴盛。左兴盛却不敢多说。谢朓又对刘暄说:"始安王一旦入承大统,恐怕刘沨等人将身居要职,到时大人就没有立足之地了!"刘暄装出一副惊慌的模样,等谢朓离开后,他立即去通报萧遥光及江祏。萧遥光说:"既然他不愿意依附我们,那就将他调离京城好了。"江祏却说:"谢朓知道得太多了,不能让他带着这些机密出京!"萧遥光随即与徐孝嗣、江祏、刘暄三人联名上奏诬陷谢朓大不敬,恳请嗣主将他治罪。萧宝卷稀里糊涂允准,谢朓随即被勒令自杀。

萧遥光正想发难,不料刘暄又变卦。原来,刘暄突然想到,一旦萧遥光登上帝位,自己就会失去国舅之位,因而心有不甘。江祏、江祀因刘暄有异议,也不敢立即举事。萧遥光怨恨刘暄阻挠自己的好事,便派人去刺杀他。没想到刘暄竟躲过这一劫。得知是萧遥光暗算自己,刘暄惊惧万分,随即想出一条釜底抽薪的计策。他向嗣主萧宝卷密奏,陈述江祏兄弟的罪状。萧宝卷立即召见江祏,并搜捕江祀。当时江祀刚好在内殿，听到风声，立即派人报知江祐："刘暄已经告密了，我们该怎么防备？"江祐不以为然，只说了"镇静"二字。不料，没过多久，嗣主派人将他拘捕到市曹，江祀也被押来，兄弟俩相对落泪，哽噎难言。只听到一声号令，二人的魂灵飞入黄泉。

萧宝卷除掉江祐后，再没人敢劝谏。他就好像拔掉眼中钉一样，乐得逍遥自在，天天与身边的人嬉戏逗乐，每天都是五更睡下，日落起床，案上的奏章堆积如山，几十天才见他处理一次。那些奏折有时甚至被宦官用来包裹鱼肉，带回家中。一天，萧宝卷乘马出游，对身边的亲信说："江祐常禁止我骑马，如果他还在，我哪能有今天的快活？"亲信一听，连忙拍马屁，说陛下英明。萧宝卷索性再下一诏，将江祐的家人全部处死。

萧遥光虽然躲过这一劫，但心中很是不安。他的两个弟弟中，小弟萧遥昌已经死在任上，二弟萧遥欣是荆州刺史，他本想与萧遥欣密谋起事。没想到萧遥欣又病故，兄弟三人，死了一双，萧遥光孤立无助，异常惆怅。萧宝卷也暗中防备着萧遥光，曾召他前来议事，跟他提及江祐兄弟的罪案。萧遥光更加惊惧，立即告病，不问朝事。

不久，萧遥欣的灵柩被送回京城，送葬的荆州士卒云集东府。萧宝卷怕萧遥光趁势叛变，便想免去他扬州刺史的职衔，仅保留司徒职务，当下召他入朝。萧遥光害怕重蹈江祐的覆辙，不敢前去。随即召集弟弟的部将，托词声讨刘暄，当晚便令骁骑将军垣历生，统领兵马劫杀萧坦之、沈文季二人。萧坦之、沈文季二人听到风声，早已跑到台城去了。垣历生随即劝萧遥光迅速攻打台城。萧遥光狐疑不决，等到黎明，才一身戎装出厅，令部将登城守卫。垣历生又劝他出兵，萧遥光却说："台城不久就会内乱，我们不必动兵。"垣历出府感叹道："先声才能夺人！这么迟疑，怎么能成大事呢？"

萧坦之、沈文季二人进入台城告变，众人异常惊骇。天亮时，徐孝嗣奉旨入宫护卫，左将军沈约也驰入西掖门，人心这才安定下来。徐孝嗣守卫宫城，萧坦之率军讨伐萧遥光，屯兵湘宫寺，右卫率左兴盛屯兵东篱门，镇军司马曹虎屯兵青溪桥，三路兵马一同围攻东府。双方相持了将近一天，最后三军在东府叛将的协助下，攻入东府，歼灭萧遥光等乱党。一场乱事，烟消云散。

萧坦之等人回朝复命，嗣主萧宝卷晋封徐孝嗣为司空，加封沈文季为镇南将军，萧坦之为尚书右仆射，刘暄为领将军，曹虎为散骑常侍右卫将军。萧坦之仗着自己立了大功，十分骄恣，茹法珍等人趁机诬陷他，惹得萧宝卷派卫帅黄文济，率兵包围萧坦之的住处，逼他自尽。

萧坦之有个堂兄叫萧翼宗，刚刚被授任为海陵太守，此时还没有出都赴任。萧坦之死前对黄文济说："我死不足惜，只是我的堂兄向来廉洁，家境也比较清贫，还望大人代我恳请陛下免他一死！"黄文济回宫报告萧宝卷，并提及萧翼宗。萧宝卷立即派黄文济前去搜查，果然萧翼宗的家里一贫如洗。于是，萧宝卷杀掉萧坦之的儿子，赦免萧翼宗的死罪。茹法珍等人还是不满意，又继续诬陷刘暄。萧宝卷惊疑地说："刘暄是我舅舅，他怎么会有异心呢？"直阁徐世标说："明帝是武帝的侄子，他都差点把武帝的子孙灭光，更何况你的舅舅呢？"萧宝卷被他这么一激，便将刘暄拿下，杀死了事。随后，因曹虎家产过多，几乎超过府库里的钱财，萧宝卷一道密诏，也把他除掉，将他的家产全部搬入国库。

徐孝嗣是个文士出身，向来不与人发生冲突，所以他名位虽重，但萧宝卷一直没向他下手。中郎将许准，劝说徐孝嗣伺机废黜嗣主，徐孝嗣回答道："以乱止乱，没有道理。逼不得已的话，也得等嗣主出城游玩，再闭城和群臣商议。"许准再三苦劝，他始终不听。沈文季托词自己年老体弱，不再干预朝政，他的侄子侍中沈昭略对他说："叔父年届六十，官居仆射，虽然奏请辞官，但我想陛下不会轻易放你走啊！"沈文季只是付之一笑，不答一词。

过了一个多月，萧宝卷召沈文季叔侄去华林园议事。沈文季登车对家人说："我这次去了，恐怕就不会活着回来了。"进入华林园，一看，徐孝嗣也被召来，三人都觉得十分奇怪，很是不安。忽然，茹法珍拿着毒酒走了进来，说是嗣主赐三人自尽。沈昭略气愤地站起来，痛骂徐孝嗣说："废昏立明，从古至今都是这样，拜你这个无能的宰相所赐，我们才有今天的下场！"说到这里，取过一杯毒酒，仰头喝干，又将酒杯向徐孝嗣的脸上砸去说："让你做个破面鬼！"说完，倒地身亡。沈文季也服毒自尽。徐孝嗣喜欢喝酒，一连喝了好几杯，才气绝身亡。徐孝嗣的两个儿子，徐演娶武康公主为妻，徐况娶山阴公主为妻，也都被诛杀。沈昭略的弟弟沈昭光本来想逃跑，但不忍心丢下母亲，最后也被杀害。沈昭光的侄子沈昙亮本来已经逃脱，得到沈昭光的死讯后，他悲痛地感叹："全家被杀，我一个人活着还有什么意思呢？"随后也自尽了。

同朝六贵只剩下太尉陈显达一人，陈显达是高帝、武帝时期的旧将。明帝萧鸾在位时，陈显达深怕得罪皇上，因而总是自贬；每次出门，他都坐一辆破车，随从人员也只有十几人，而且又都以老弱居多。一次，明帝赐宴，陈显达借着醉意上奏说："臣现在老了，不能再为国家效力了，陛下赐给臣的荣华富贵，臣深感知足。只是臣还缺一个枕头，恳请陛下再赐给臣，让臣安枕而死。"明帝失色道："你喝醉了，怎么说这样的话？"不久，陈显达又上奏告老还乡，萧鸾自然不准。随后，陈显达奉明帝萧鸾遗命，出师攻打北魏，结果大败而回。御史中丞范岫趁机弹劾他，并恳请齐主萧宝卷立即将他罢官。陈显达也自请降罪，但萧宝卷只是安慰他，却不肯罢免他。不久，萧宝卷又令他督管江州军事，兼任江州刺史。陈显达接到这个诏书，就好像跳出火坑一样，非常快慰。然而没过多久，朝中开始诛杀权贵，并传出谣言，说萧宝卷将派兵袭击江州，陈显达慌忙与长史庾弘远、司马徐虎龙商议起事，打算迎立建安王萧宝嵩为帝。

潘贵妃专宠后宫

陈显达决定起兵攻打建康前，先派长史庾弘远、司马徐虎龙送去檄文。萧宝卷当即调兵遣将，令护军将军崔慧景、后军将军胡松、左卫将军左兴盛等沙场老将全力往讨。陈显达已七十高龄，精力不济，身手也不及从前敏捷，虽然在采石大破胡松，但在京都守城兵和左兴盛军的前后夹击下，只能受死。他的儿子以及部将也全部被诛杀。

豫州刺史裴叔业，听说朝廷屡次诛杀大臣，很是惶恐。朝廷也防他谋变，调任他为南兖州刺史。收到诏书后，裴叔业越发不安，不肯起程。他曾在京都担任殿中直阁的侄子裴植，偷跑回寿阳，劝他说："现在京都人人自危，叔父也应该趁早为自己打算。"裴叔业于是密派亲信马文范去襄阳对萧衍说："大人也知道现在的局势，陛下随时会对我们下手，所以我想去投靠北魏，说不定到时还能封个河南公。你觉得怎么样？"萧衍让马文范回去传话说："陛下身边的人哪有什么远见？如果他们怀疑你，你就暂时将家人送到京都做人质，让他们相信你没有异心；如果京都一再相逼，你可以立即率兵直出横江，切断他们的后路，天下事一举可定。如果投靠北魏，只怕他们会派别人取代你，另择河北等处将你安

165

置，那时岂不是得不偿失？"

裴叔业于是将儿子裴芬之送到建康，但裴芬之离开后，裴叔业仍想投靠北魏，并特意致信北魏豫州刺史薛真度。薛真度劝他早点投降，不要多疑。裴叔业左右徘徊，始终没有下定决心，但却与薛真度经常通信。都中人士渐渐有所耳闻，都怀疑他投靠了北魏。裴芬之怕受到猜疑而下狱，忙溜出京城，返回寿阳。裴叔业见儿子回来了，竟让他立即去北魏乞降。魏主元宏当即令彭城王元勰镇守寿阳，另封裴叔业为兰陵郡公，仍任命他为豫州刺史。齐主萧宝卷得到消息后，愤恨不已，当即令平西将军崔慧景率领水军讨伐裴叔业，又任命萧懿为豫州刺史，令他协助崔慧景西讨寿阳。

崔慧景早已图谋不轨。这次出行前，他密令儿子崔觉第二天出京，驰赴军前。身为直阁将军的崔觉听从父亲的命令，第二天单骑赶到广陵，与父亲会合。大军离开广陵十多里，崔慧景立即召集各军将领商议，哭着说："我深受三代皇帝的恩遇，无以为报，如今幼主昏昧，朝廷浊乱，报恩就在今天。我愿与你们共立大功，共建社稷，你们觉得怎么样？"众人齐声响应。崔慧景当即率军返回广陵，司马崔恭祖立即开城将他们迎入。

在广陵待了两天，崔慧景打算率部众渡江。他先派人去见江夏王萧宝玄，表示愿意拥立他为帝。萧宝玄斩杀来使，一边发兵守城，一边派人通知京城。萧宝卷立即派马军将戚平、外监黄林夫，去协助萧宝玄镇守京口。萧宝卷还以为萧宝玄可靠，不会再生变端，哪知萧宝玄表面上回绝崔慧景，暗地里却和崔慧景勾结。原来萧宝玄与妃子徐氏本来伉俪情深，萧宝卷却因徐孝嗣而逼迫二人分离。萧宝玄一直怀恨在心，借机斩杀来使博取萧宝卷的信任，打算合并台城的将士以增强自己的实力。

戚平、黄林夫二人到了京口，萧宝玄立即与他们密商，试探他们。随后，发现戚平、黄林夫二人不肯合作，萧宝玄当即喝令身边的侍卫取下二人的首级。司马孔矜、典签吕承绪不禁大呼："王爷造反了！"萧宝玄更是怒不可遏，立即送二人去见阎王了。然后令长史沈侠之、咨议柳澄分别统率部众，等待崔慧景。

崔慧景自广陵东返，顺利抵达京口，萧宝玄立即开城放入他们。一番商议，崔慧景做前驱先行，萧宝玄督率大军后进。建康大震。萧宝卷急忙发兵堵截叛军，没想到崔慧景军势如破竹，杀入建康外城，右卫率左兴盛战死。宫中危急万分，多亏卫尉萧畅力守南掖门，并分兵守住各个城门，多方抵御，众心才稍稍安定。见大军久攻不下，崔慧景的前锋将军崔恭祖献上一计，决定火攻北掖楼。崔慧景却说："现在大局已定，何必毁坏那些建筑，将来又要修建，多花冤枉钱。"崔恭祖怏怏退出。崔慧景信佛，喜欢与人谈佛，他从乐游苑移居法轮寺后，整天闲坐，对客高谈。崔恭祖见状，禁不住叹道："现在都什么时候了，哪还有参禅的时间？"

此时，豫州刺史萧懿从采石渡江而来，援救京都，崔恭祖忙到法轮寺，恳请亲自率军迎击。崔慧景傲慢地说："你留在这里，叫我儿子崔觉去迎战吧。"崔恭祖退出后，回头看着寺门，郁闷地说："我倒要看看你们父子俩能干成什么大事，萧懿岂是好惹的人？"

萧懿之前奉命西讨，屯驻小岘，他瞅准裴叔业病故，正要乘虚进攻，没想到京都一纸急诏促令他回援。当时萧懿正在吃饭，一得到消息，他就把筷子一扔，站起来召集各军。整备好后，他立即率领将军胡松、李居士等人回朝，一边渡江东行，一边举火示意。台城的人看到烽火，欢呼称庆。

萧懿军抵达南岸后过了许久，崔觉才领着军队赶来迎战。两边刚接仗，崔觉便领着残众夺路而逃。逃回京都，崔恭祖正在抄掠东宫，得到几名有姿色的女子。崔觉不禁垂涎，竟把崔恭祖拦住，将那几名女子据为己有。崔恭祖本已十分怨恨崔慧景，又被崔觉这一激，怒火中烧，竟与骁将刘灵运一起向台军投降。崔慧景的部众见崔觉战败而回，而崔恭祖又率亲兵离开，料知大势不妙，纷纷逃散。崔慧景也觉得站不住脚，忙带着心腹，打算渡江北去。当时余众还不知情，驻守台城的萧畅趁势麾兵杀出，击毙数百人，众人纷纷逃散。

崔慧景带着亲兵逃亡，途中又被萧懿的巡兵追杀一阵，最后只剩他一人。来到江边，崔慧景想要渡江，渔人见他形迹可疑，便趁机打听，得知他就是叛军首领，渔民一拥而上，乐得杀他邀赏。崔慧景的儿子崔觉尽管做了道人，依旧难逃一死。崔恭祖虽然投顺，但朝廷仍将他处斩，萧宝玄在京中躲了好几天，后因搜查越来越严密，再没人敢收留他，逼得他只好出来自首。萧宝卷将他召入后堂，四面用幛帐将他围裹住，然后令几十名亲信鸣鼓进攻，同时派人传话说："前几天，你就是这样围攻我的，今天我也让你享受一下这美妙的滋味！"一番折腾后，萧宝卷又将萧宝玄拉出来，赐他毒药，让他去见阎王了。

在搜捕余党的过程中，将领搜到一本小册子，上面记着许多叛党的姓名。萧宝卷看都不看，便令侍卫烧了它，同时感慨地说："连萧宝玄都作乱，我再去责怪他人，有什么意思？"随即颁诏大赦，令所有的叛众余孽悔过自新。这确实是萧宝卷即位以后，绝无仅有的美政！偏偏一群奸诈的小人不按诏书办事，只要遇到家道殷实的人，他们便诬陷是贼党，将他满门抄斩，缴获钱财全部充入私囊。有人对中书舍人王咺之说："皇帝没有信用，惹得民议沸腾。"王咺之说："肯定还会有诏书下来，阻止这种暴行的。"果然，不久诏书又下来了，但那群小人横行如故。萧宝卷整天只知道嬉戏游乐，无心过问，放任小人为所欲为。

由于权贵已被消灭干净，萧宝卷更加恣意妄为，经常出宫游玩。每次要经过某条道路时，他总是先派人赶走道路两旁的居民，如果有人冒犯，格杀勿论。因此，自万春门到郊外，周围数百里，都是空家尽室。一天，萧宝卷去沈公城游玩，刚巧有一位产妇临盆，一时无法离开，他便令人剖腹验胎，看看婴儿是男还是女。又有一次，萧宝卷去定林寺游玩，一位老僧因病无法行动，躲在草垛里。萧宝卷瞧见后，便令随行的侍卫拉弓放箭。顿时，百箭齐发，将老僧射成为一个刺猬。萧宝卷自己又对着老僧射了数箭，见每箭都贯穿老僧的脑袋，他还自夸绝技。

萧宝卷还是太子时，纳褚渊的侄女褚氏为太子妃，即位后册立她为皇后。姬妾黄氏为他生下一个儿子，起名叫萧诵，册立为太子，黄氏得以封为淑媛。褚氏姿貌平庸，萧宝卷不怎么喜欢她，黄淑媛稍有姿色，可惜死得早。茹法珍、梅虫儿等人格外效劳，为萧宝卷挑选了几十名美女，充入后宫。其中的翘楚，要算余、吴二姬，萧宝卷封余氏为妃，吴氏为淑媛。后来又得了一个潘家女，是王敬则的营妓，流落京都。这名女子乃天生尤物，妖冶绝伦。体态风流，如春后梨云冉冉；腰肢柔媚，似风前柳带纤纤。一双眼秋水低横，两道眉春山长画，肤成白雪，异样鲜妍，发似乌云，倍增光泽。更有一种销魂妙处，便是裙下双钩，不盈一握。

萧宝卷得到此女，觉得是天女下凡，见所未见。没过几天，便册立她为贵妃，为她挑选各式各样的珍宝，千方百计讨她欢心。潘氏自知受宠，也不让萧宝卷失望，能怎么挥霍就怎么挥霍。每当萧宝卷出宫游玩，她必定穷极华装，一同出游。萧宝卷又总是让她乘车先行，自己骑骏马在后护卫。有时潘贵妃口渴，他竟亲自为贵妃打水。

潘贵妃的父亲潘宝庆，被接到京都居住。萧宝卷称他为阿丈，就是当着茹法珍的面，萧宝卷也不改口，并称梅虫儿为阿兄。营兵俞灵韵善于骑马，萧宝卷向他学骑马时，也称他为阿兄。众人一同玩乐，又一起到潘宝庆家吃饭，并由潘贵妃亲自下厨。饭菜做好后，茹法珍、梅虫儿等人依次列席，不分男女，不分尊卑，恣意欢谑。还有宦官王宝孙，只有十一二岁，生得眉清目秀，酷似女子，萧宝卷非常宠爱他，就是潘贵妃也对他另眼相看。王宝孙娇小玲珑，常坐在潘妃的膝上，一同饮酒。夜深人静，众人兴尽回宫，王宝孙便留在御榻旁陪寝。久而久之，王宝孙恃宠生骄，渐渐干政，甚至还更改诏书，控制大臣。连梅虫儿、王咺之等人也对他怀有惧意。有时骑马入殿，冒犯天子，萧宝卷都不以为意，仍是对他备加宠爱。

萧衍起兵

因萧懿荡平叛军有功，萧宝卷将他留在京都，封他为尚书令。又封他的弟弟萧畅为卫尉，职掌器乐。萧懿的二弟雍州刺史萧衍，立即派亲吏虞安福入都劝萧懿说："你虽然一举平贼，立下大功，但同时也引起了嗣主的疑忌。政治清明的时候，功高位尊的人都难以自保，更何况是现在的乱世呢？现在你要么趁势攻入皇宫，逼嗣主让位；要么托词抵抗胡虏，继续镇守豫州。千万不能放弃兵权，一旦你失权，单单享受高官厚禄，将来一定会后悔！"萧懿摇头不答，长史徐曜甫也从旁苦劝，但他仍旧不听。茹法珍、王咺之等人忌惮萧懿的威权，偷偷对萧宝卷说："萧懿恐怕会造反，臣担心陛下危在旦夕！"萧宝卷矍然起座，当即令茹法珍等人设法除掉萧懿。

徐曜甫得知消息，慌忙在江边备好船只，劝萧懿去襄阳。萧懿却慷慨激昂地说："人生自古谁无死，你见过叛逃的尚书令吗？"萧懿有九个弟弟，除萧衍、萧畅外，还有萧敷、萧融、萧宏、萧伟、萧秀、萧憺、萧恢。萧伟与萧憺已在襄阳。萧敷、萧融等人还在京都，都准备逃匿。茹法珍等人怕萧懿叛变，趁他在尚书省，派人给他送去毒药。萧懿毫不畏惧，只是对着使者叹道："我弟弟在雍州，我很为朝廷担心啊！"说完，服毒自尽。此时，萧懿的弟弟、侄子都已逃离京城，只有萧融被捕处死。萧宝卷又派直后将军郑植去刺杀萧衍。

郑植的弟弟郑绍叔，曾是萧衍的宁蛮长史，茹法珍让郑植先连络郑绍叔，再去行刺萧衍，以确保万无一失。两兄弟见面后，十分欢愉，郑植将朝廷的意思告诉了弟弟。郑绍叔随即又转告萧衍。萧衍特地带着酒肉，去郑绍叔家为郑植接风。饮到半酣，萧衍笑着对郑植说："朝廷特意派你来杀我，所以今天我也特意带着人头来见你。可你为什么不趁早取走我的性命呢？"郑植也大笑说："明天再说吧！今天我们先喝酒。"等到酒阑席散，萧衍又请郑植遍阅城隍府库以及士马、器械、舟舰。看完后，郑植回家对弟弟说："雍州的实力确实不容小觑，看来朝廷还不好攻取。"郑绍叔回答说："大哥回去后，不妨对陛下据实以告，他如果想要攻取雍州，弟弟愿率众人全力赴战，一决雌雄。"郑植住了两天，当即告辞回京。

郑植离开京城的时候，萧懿还没死，所以与萧衍等人见面时，郑植也没提及萧懿的事。噩耗传来后，萧衍向东痛哭许久。到了夜间，他便召来参军张弘策、吕僧珍、长史王茂、别驾刘庆远、功曹吉士瞻等人密商。第二天早上，萧衍召集僚属说："眼下天子昏庸残暴，朝廷小人当道，我想与你们一同起事，废昏立明，共扶社稷！"众人齐声应命。当下，全军备战，整装待发。

萧衍正要出兵，忽然传来消息说，朝廷派辅国将军刘山阳，会合荆州长史萧颖胄，想一道袭取襄阳。萧衍立即派参军王天虎驰赴江陵，放出消息说，朝廷派刘山阳攻袭荆州、雍州两地。同时又致信萧颖胄两兄弟，约他们一同起义，一起杀入建康。萧颖胄两兄弟是南康王萧宝融的僚属，收到书信后，二人都十分犹豫。

刘山阳在巴陵逗留十多天，徘徊不进。一天，王天虎奉萧衍之命给萧颖胄送去用兵计策。萧颖胄忙召来参军席阐文、咨议柳忱密商。参军席阐文说："眼下雍州的实力非常雄厚，京城肯定不是萧衍的对手。就算我们侥幸打败雍州，朝廷也只会疑忌，不见得会容纳我们，所以我们不如诱杀刘山阳，与雍州一同起事，共图霸业！"柳忱接口说："现在朝廷已是非常狂悖，京师权贵没有一个不小心翼翼。还好我们镇守京外，暂时能保全自己。但现在朝廷派刘山阳前来，一看就是想借我们的实力来谋取雍州，这分明是卞庄刺虎的计谋。难道您还没听说尚书令萧懿的事吗？他率数千精兵大破崔氏十万大军，保全京都，没想到最后竟然被诛杀了！况且雍州刺史萧衍雄略盖世，不是刘山阳所能抵挡的。如果刘山阳战败，朝廷肯定会归罪我们，说我们没有竭力相助，到时进退两难，还不如就依阐文的计策呢！"萧颖达听完二人的建议，也说道："他们说得是，大哥不可不依啊！"萧颖胄考虑了一会儿，问道："席参军劝我诱杀刘山阳，可我该如何诱杀呢？"席阐文当即回答说："刘山阳迟疑不进，分明是怀疑我们，我们只好斩下王天虎的首级来换取他的信任。等他欣然前来，我们就好趁机下手。"萧颖胄犹疑不绝："杀掉王天虎，萧衍岂不会怀疑我们？"席阐文朗声道："这也不难，可以先通知他，说是

170

形势所逼，我想他应该会体谅我们的。"

于是萧颖胄一面派使者通报萧衍，一面将王天虎召入内室，伤感地对王天虎说："王参军与辅国将军刘山阳相识，非常抱歉，今天只有借你的脑袋一用了。"王天虎惊骇至极，刚要开口说话，萧颖达从背后就是一刀，将他劈死。没过多久，王天虎的首级就传到了刘山阳手里。刘山阳得到王天虎的首级，又听说荆州即将发兵讨伐雍州，当即高兴地带着十几名随从去与萧颖胄见面。萧颖胄早已布置好埋伏，刘山阳入城后，一声暗号，伏兵齐出。此时，就算刘山阳有三头六臂，也只有毙命的分了。刘山阳的副将李元履听说主帅被杀，忙带着众人前来请降。

萧颖胄怕司马夏侯详不肯一同起事，连忙找柳忱商议。柳忱回答说："这件事也容易办。前几天，夏侯详的儿子向你女儿求婚，大人还没有答应，为大局着想，你就不要再心疼女儿了。"萧颖胄依议而行，果然夏侯详当即答应起事。十三岁的南康王萧宝融，当即被迎立为皇帝，由萧颖胄为他准备即位事宜。萧颖胄随即令萧衍督管前锋各军事，自己督管行留各军事，并加封夏侯详为征房将军，派宁朔将军王法度出驻巴陵。然后又派人将刘山阳的首级送到雍州，约期第二年二月，进兵建康。

萧衍派王天虎送书信时，曾对张弘策说："兵法中以攻心为上策，天虎去荆州送书信，每人都有一封，唯独南康王的部下有两封书信，而且这两封是专门送给萧颖胄两兄弟的。外人肯定会觉得这两兄弟有什么见不得人的隐情，他们也无法为自己辩解，所以只能归附我。两份空函足以平定一州了。"等到萧颖胄想以王天虎的首级换取刘山阳的首级，并派人去征求萧衍的意见时，萧衍也是没有答复，暗示默许。刘山阳的首级送来后，萧衍听说要等来年才发兵，顿时大怒道："行军打仗全靠一股锐气，现在已是箭在弦上，哪有往后延期的道理？"当下要求立即出兵。

南康王萧宝融只得发放檄文，准备攻打建康。当时宁朔将军王法度逗留不进，萧宝融将他罢职，改派冠军将军杨公则进军巴陵，直逼湘州，又令辅国将军邓元起出兵夏口。刚巧夏侯详的儿子骁骑将军夏侯亶，从建康逃到江陵，萧颖胄让他对外声称，说自己是奉宣德太后之命前来迎南康王即位的。年末，萧宝融打算在新年即位，随即将太后的假诏颁示四方。

萧衍部署完毕，正打算起程，竟陵太守曹景宗劝他将萧宝融迎到襄阳，让萧宝融在襄阳即位，然后再出军。萧衍置之不理。长史王茂对张弘策说："现在南康王在别人手中，如果他们挟天子令诸侯，我们就会受制于人，这怎么能行呢？"张弘策如实转告萧衍，萧衍笑着说："如果战败，我们就同归于尽；如果成功，我军威震四海，那时他们敢不听我的话吗？我又不是庸碌之辈，怎么肯受他们控制？"随即率大军起程。上庸太守韦睿，华山太守康绚，梁南、秦二州刺史柳惔相继起兵响应。

萧衍在沔南设立新野郡，安置刚刚归附的兵民，令他们静候调遣。京都已经听到消息，萧宝卷连忙下诏征讨荆、雍二州，接着调兵遣将忙个不停。不料，冠军将军杨公则进逼湘州，湘州行事张宝积出城迎降。杨公则随即进入长沙城，张榜安民。湘州平定。

第二年是永光三年，南康王萧宝融自称相国，任命萧颖胄为左长史，号为镇军将军，萧衍为征东将军，杨公则为湘州刺史。

大军行进到竟陵，萧衍令长史王茂、太守曹景宗率军做前锋，中兵参军张法安留守竟陵城。将领们都恳请萧衍让大部队围攻郢城，小部队袭击西阳武昌。萧衍摇头说："前竟陵太守房僧寄现在固守鲁山，与郢城互为掎角，我如果率大军进攻郢城，房僧寄肯定来断我的后路。所以我想派王茂、曹景宗先率军渡江，与荆州军会合，然后一同进逼郢城。我亲自率兵围攻鲁山，打通沔汉，令郢城、竟陵提供粮饷，江陵、湘中提供士兵。那时兵多粮足，还怕攻不下这二城吗？二城一破，就胜券在握了！"随即令王茂等人率军渡江。

郢州刺史张冲闭城自守，王茂与曹景宗进驻石桥浦。荆州将领邓元起、王世兴、田安之率数千人前来会合王茂、曹景宗。湘州刺史杨公则也率部众来到夏口。萧颖胄令荆州诸军都受杨公则的调度，另任命参军刘坦为长沙太守。刘坦先前在湘州任职，深得民心，这次回到长沙，他动员百姓运粮接济荆、雍军，百姓全都积极响应。萧衍屯兵汉口城阻住鲁山军，并令水军将领张惠绍游弋江中，断绝郢、鲁二城的往来。逼得郢州刺史张冲愤懑成疾，没过多久，便病逝了。临死前，张冲将郢城托付给儿子张孜以及骁骑将军薛元嗣、征房长史程茂。

这边两军正相持，那边南康王萧宝融已在萧颖胄等人的劝说下，在江陵即位，改元中兴。随即册立王妃王氏为皇后；授任萧颖胄为尚书令，萧衍为左仆射，夏侯详为中领军；封晋安王萧宝义为司空，陵王萧宝源为车骑将军，建安王萧宝寅为徐州刺史；又任命将军萧伟为雍州刺史，下诏废黜萧宝卷为涪陵王①。然后大赦天下，梅虫儿、茹法珍等人除外，同时派御史中丞宗夬到夏口慰劳萧衍。

---

① 萧宝卷此时仍在京都称帝，梅虫儿、茹法珍等人辅佐他。

萧宝卷之死

萧衍令王茂、萧颖达等人进逼郢城。薛元嗣不敢出城迎战，只是闭城严守，并派使者到建康求援。萧宝卷已令豫州刺史陈伯之移镇江州，进攻荆州、雍州。得知郢城危急，他忙派军将吴子阳、陈虎牙去援救郢州，屯兵巴口。

吴子阳率军行进到距离郢城约三十里的加湖，见雍州、荆州兵沿路设屯，便不敢上去迎战，只是倚山筑寨自固。当时春水暴涨，王茂奉萧衍之命带着部众入夜偷袭加湖，杀得吴子阳措手不及，慌忙逃窜。郢城、鲁山二地的守兵得知吴子阳败逃，纷纷泄气。不久，鲁山守将房僧寄病死，萧衍趁机劝降，并派小部队堵住城中士兵的去路，将鲁山一举拿下。郢城的守将薛元嗣见大势已去，也只得出城投降。

各将领打算在夏口休整几天再继续进军，萧衍呵斥道："现在不乘胜直捣建康，还要等到什么时候呢？"张弘策、庾域等人觉得有理，于是整军出发，继续东行。

此时，齐主萧宝卷还在京都恣意奢淫。芳乐苑扩建竣工后，他让人在苑中设立许多店铺，又令宦官、宫姜装扮成小贩，然后令潘妃管理市场秩序。如果市场中出现争斗的情形，便由潘妃坐堂审判，该罚该打，全顺着潘妃的心意。就连萧宝卷犯了错，也得跪在堂下，由潘妃坐在上面审讯。潘妃有时大怒，让人用棍杖伺候，萧宝卷始终乐受如饴。不久，潘妃产下一名女婴，但不到百天就夭折了。萧宝卷穿着粗布麻衣为女儿守丧，不沾一点荤腥，天天素菜淡饭，比父亲萧鸾去世时，不知难过多少倍。

潘妃的父亲潘宝庆，与朝中的奸臣谋害富人，夺取富人的钱财，对此萧宝卷一概不过问。只是萧宝卷向来好女色，虽然畏惧潘妃，但仍背着潘妃偷偷求欢。有时艳情传到潘妃耳中，潘妃将他请过来，一顿杖责。于是，萧宝卷禁止侍臣向潘妃献藤条，以期免受责罚。萧宝卷还十分迷信鬼神，他将蒋侯神迎入宫中，尊为灵帝，昼夜祈祷。宠臣朱光尚自称可以看见鬼神，骗得萧宝卷深信不疑。博士范云对朱光尚说："你是陛下最宠信的人，应该多劝劝陛下。"朱光尚笑着回答说："我们不好正面劝谏陛下，那就托鬼神传达好了。"不久，萧宝卷出宫游玩，坐骑突然受惊，他便问朱光尚是怎么回事。朱光尚骗他说："我刚刚看见先帝发怒，不许陛下经常出宫游玩。"萧宝卷一听，怒喝道："鬼在哪里？快带我去，我要亲手杀了他！"随即拔刀准备杀鬼。朱光尚没有办法，只得领着他去寻鬼，绕了几个圈，忙说鬼已逃走，想就此了事。萧宝卷却令他扎一个草人，做成明帝的样子，然后斩下草人的首级，将草头挂在苑门上。

竟陵王萧子良的儿子萧昭胄曾被封为巴陵王。永泰元年，明帝萧鸾残害高帝、武帝的子孙，萧昭胄和弟弟萧昭颖逃到江西做了道人。等到崔慧景率兵杀入建康，兄弟俩忙投奔崔慧景。不料崔慧景战败而死，萧昭胄兄弟二人侥幸没有坐罪，仍回到王府，只是心中总是不安。前任竟陵王防阁将军桑偃入宫后，成为梅虫儿的副将，他想报答萧子良的旧恩，便想拥立萧昭胄为帝。萧昭胄随即劝说巴西太守萧寅以及新亭戍将胡松，谋害萧宝卷，二人都许诺照办。不料，**消息走漏**，萧昭胄兄弟以及桑偃同时被捕遇害。

胡松听说事情败露，十分害怕。碰巧新任雍州刺史张欣泰与弟弟张欣时，派人送来密函，劝他与前南谯太守王灵秀、直阁将军鸿选等人一道迎立建安王萧宝夤为帝。胡松当即回信表示赞成。当时，萧宝卷派中书舍人冯元嗣去援救郢州。茹法珍、梅虫儿、太子右卫率李居士、制局监杨明泰等人到新亭为冯元嗣饯行。张欣泰安排一名死士带着匕首，跟在冯元嗣后面，茹法珍等人刚刚入座，那名死士跳起来就是一刀，冯元嗣的头颅突然掉落在盘子上。杨明泰慌忙救护，也**被刺倒**，剖腹流肠。梅虫儿的手指被剁落几根，忍痛逃出。茹法珍、李居士二人抢先逃回台城。王灵秀也赶到石头城，将建安王萧宝夤接到台城，**张欣泰也立即赶往皇宫。**

茹法珍一看大局不妙，径直冲入台城里的禁城。禁城闭门戒严，不放任何人进城，也不准任何人出城。张欣泰没办法入城，鸿选也不敢发作。萧宝卷在杜姥宅休憩，等到傍晚，**也不见有喜信传来**，又见随行的兵士渐渐逃散，他便打算出城。没想到，**城门已经关闭**，城上也有人把守，并且放箭阻止他前进。萧宝夤只好又折回来，忙找了一个隐僻的地方躲起来。不久城中大肆搜捕犯人，**张欣泰**等人陆续被捕，与胡松一道被杀。战战兢兢的萧宝夤索性主动出来，自请惩处。萧宝卷当即将他召入宫中，问他详情。萧宝夤哭着**回答说**："臣莫名其妙地被人逼上车，从石头城带到台城，然后受到他们的**监视**，无法自由行动。今天，他们突然离去，臣才得以出来请罪。"萧宝卷不禁冷笑，但见他苦苦哀求，便恢复了他的爵位。

随后齐主萧宝卷任命萧宝夤为荆州刺史，冠军将军王珍国为雍州刺史，辅国将军申胄为郢州刺史，骁骑将军徐元称为徐州刺史，令太子右卫率李居士负责讨伐事宜，屯兵新亭，调度各军。不久，又传来江州刺史陈伯之已向萧衍军投降的消息。萧宝卷忙令李居士兼任江州刺史。

萧衍拿下寻阳以后，命骁骑将军郑绍叔留守寻阳，随即带着陈伯之引兵东下。临行时，他对郑绍叔说："你真是我的萧何、寇恂啊！这次出军，如果战败，那是我策略失误；但如果粮草供应不及时，那就是你的过错了。"郑绍叔流泪受命。萧衍见没有后顾之忧，专心向建康进军。

忽然自江陵传来急报，说巴西太守鲁休烈、巴东太守萧惠的儿子出兵峡口，东击江陵，将军刘孝庆败逃，任漾之战死，江陵危急，请立即派杨公则回援。萧衍答复说："杨公则已经东下，如果让他折回江陵，就算是兼程疾进，也来不及回援。鲁休烈这些人不过是一群乌合之众，没有持久作战的能耐，只要镇军萧颖胄稍稍镇静，便足以退敌。必要时，我的两个弟弟还在雍州坐镇，他们可以随时调兵支援。还请镇军慎重行事！"来使回去报告萧颖胄，萧颖胄只得派军将蔡道恭屯兵上明，誓死抵御。

萧衍驱兵东进，直指江宁。萧宝卷因上次的乱事没用几天就平定了，根本没把萧衍放在心上，只准备了一百多天的粮草，并对茹法珍说："等叛众来到白门，我要与他决一死战！"等萧衍的兵马抵达郊外，萧宝卷才筹措守备。因犯中除了被判处死刑的，其他一律被征召来充军。总督军士李居士刚从新亭来到江宁，就被萧衍逼回新亭。萧衍率军乘胜进逼，曹景宗占据皂荚桥，王茂占据越城，邓元起占据道士墩，陈伯之占据篱门。李居士探知吕僧珍的兵少，便率领一万多名精兵偷袭吕僧珍。不想反被吕僧珍军杀得胆战心惊，掉转马头就往回逃，白白给萧衍送去了许多甲械。

萧宝卷忙派征虏将军王珍国以及军将胡虎牙，率领十万名精兵在朱雀航南列阵，令宦官王宝孙拿着白虎幡亲自督战，结果全军覆没，王宝孙更是丢下白虎幡逃命去了。萧衍率军追到宣阳门，都中人人惊惧，宁朔将军徐元瑜率领东府的士兵投降。青、冀二州刺史恒和奉命入京支援，一看萧衍大军的声势，也率众投降了。光禄大夫张环丢下石头城，跑回宫中。李居士孤守新亭，也穷蹙乞降。萧衍入据石头城，令各军围攻六扇宫门。萧宝卷将兵民全部赶入宫城，闭门自守。萧衍的弟弟们之前因避难躲匿到各处，现在都赶赴军前效命，萧衍当即令他们招降附近的守将。于是，京口屯将左僧庆、广陵屯将常僧景、瓜步屯将李叔献、破墩屯将申胄相继投降。

随后又接到中领军夏侯详的密函，说萧颖胄病故，因担心巴东、巴西两军趁机进逼，所以暂时没有发丧。萧衍当即让夏侯详向雍州征兵，自己在军中也绝口不谈萧颖胄。夏侯详随即向雍州征兵，巴东、巴西两军听说援军即将杀来，并且建康危急，当下惊骇溃散。萧惠的儿子及鲁休烈不得已向萧宝融投降。江陵这才为萧颖胄发丧，追封他为丞相，封为巴东公。萧颖胄一死，萧衍在军中更具威望，大权在握，可以为所欲为了。

萧宝卷被萧衍逼困后，将城中的军事全部委托王珍国定夺，任命入京护卫的兖州刺史张稷为副将，令二人率领城中的七万名士兵全力抵御。城外战鼓声声，城内的萧宝卷却玩起了假死的游戏。他总是与侍卫或者后宫强壮的妇女打斗，然后假装被打败，倒地身死，让宫人用木板将自己抬走。他仍像平时那样白天睡觉，晚上活动。有时听到外面的鼓噪声，他便披着大红袍坐在景楼顶上，遥望城外的战况。好几次流矢险些伤到他的腿，他却并不畏惧，只是从容下楼，然后让朱光尚向蒋侯神祈祷。茹法珍发兵出战，一再战败，便恳请萧宝卷发放府库里的银两，以犒劳军队，振奋军心。萧宝卷生气地说："难道贼军杀进来只是要我一个人的命吗？凭什么要我发银子？"后堂贮存了数百具大木头，茹法珍想要把它们移到宫门前做城防，萧宝卷又拒绝说："这是留着修造大殿用的，不准乱动！"

梅虫儿又邀茹法珍一同入宫，对萧宝卷说："一定是大臣不忠心，不然的话，他们为什么到现在还没有击退城外萧衍的大军。陛下应该立即下令诛杀他们，以振军威，这样人人才会争着效命！"萧宝卷迟疑不决，而消息已传到军中。忧惧万分的王珍国、张稷立即密派亲吏出城投降，随即密谋刺杀萧宝卷。

当晚，萧宝卷在含德殿中与潘妃夜饮，仍是笙歌杂奏，莺歌燕舞。半夜时分，后阁舍人钱强偷偷打开云龙门，放入张齐、冯翌，然后带着他们直趋含德殿。当时宴席已散，潘妃已回后宫，萧宝卷因为有些醉意，在殿中的寝榻上休息。突然传来士兵闯入的声音，萧宝卷立即起身，想回后宫。没想到宫门已关，宦官黄泰平一刀刺入他的膝盖，萧宝卷痛极倒地。张齐领着士兵一拥而进，见萧宝卷伏在地上呼号，上去又是一刀，将他劈成两段。萧宝卷年仅十九岁，在位三年。

王珍国与张稷这时也率兵进入大殿，并派博士范云将萧宝卷的首级送到石头城。萧衍大喜，于是留下范云，又派张弘策等人先行入宫，查封府库及图籍。在张弘策的严厉申诫下，军队入城后秋毫无犯。杨公则率兵进入东掖门，护送公卿民众出城，使他们安全归家，不受侵扰。茹法珍、梅虫儿、王宝孙、王咺之等四十一人以及妖艳淫靡的潘贵妃都被拘禁狱中，听候萧衍的发落。萧衍这才率兵进入阅武堂，打着宣德太后的旗号，追废涪陵王萧宝卷为东昏侯，将褚皇后以及太子萧诵贬为庶民。

齐亡梁兴

萧衍入宫后，立即在阅武堂，宣诏宣德太后的命令。此时的宣德太后早已离开皇宫，居住在鄱阳王的旧宅，哪还管什么朝事？萧衍不想以自己的名义废黜和继立皇帝，便借用太后的名义，这也是古今废立的常例。而后又以太后之名，封萧衍为大司马，录尚书事，兼任骠骑大将军、扬州刺史，同时还封他为建安郡公。原尚书右仆射王亮谒见萧衍，萧衍对他说："萧宝卷昏庸无道，你却没有好好辅佐他，现在我能再用你吗？"王亮回答说："如果他是个可造之材，将军就不会有今天！"萧衍不禁大笑，随即任命王亮为长史，晋安王萧宝义为太尉，改封建安王萧宝夤为鄱阳王。萧衍的弟弟萧宏被封为中护军。茹法珍、梅虫儿、王宝孙、王咺之等四十一人被杀。萧衍不忍心杀潘贵妃，特意召来领军王茂商量。王茂说："使得萧齐灭亡的就是她！如果将她留在宫中，一定会招来非议。"萧衍不得已，勒令潘贵妃自缢。随即颁发诏书，革除弊制，将两千名宫女分赐给将士。只有余妃、吴淑媛仍被留在宫中，供萧衍自己享用。还有始安王萧遥光的姜阮氏，也被留在宫中，随意谐欢。

当时远近州郡望风归附，唯独豫州刺史马仙琕、吴兴太守袁昂不肯受命。萧衍派马仙琕的朋友姚仲宾前去招降，结果饭桌上姚仲宾一提及萧衍，便被马仙琕斩首。驾部郎江革致信袁昂，劝他投降，袁昂回信婉拒。于是，萧衍任命李元履为豫州刺史，令他去招抚东土，并告诫他不能以武力相逼。李元履到了吴兴，袁昂仍然不降，只是打开城门，撤去守备，任李元履押走自己。李元履转而招降马仙琕。马仙琕哭着对将士说："我深受国恩，宁死也不能投降。你们都是有父母的人，不能因此连累家人。我是忠臣，你们是孝子，忠孝两全，我也没什么遗憾的了！"

说完，让部将都出去投降，留下数十名兵士闭门坚守。没过多久，李元履的士兵入城，马仙琕令士兵持弓以待，李元履兵不敢相逼。到了傍晚，马仙琕才丢下弓箭说："要杀要剐随你们，我决不投降！"李元履兵这才捉住他，把他押送到建康。萧衍见到马仙琕、袁昂二人，立即上前亲自为他们松绑，并对身边的人说："让天下看看这是多么忠诚的义士！"二人被萧衍感动，这才归降。

萧衍从前在竟陵王萧子良的西邸，结识范云、沈约、任昉等人，和他们聊得很是投机。现在重逢，不禁感慨万千，随即引荐范云为咨议，沈约为司马，任昉为记室。同时，征召前吴兴太守谢朏、国子祭酒何胤，二人却没来。萧衍又将宣德太后王氏迎入皇宫，于中兴二年正月请太后监朝。沈约对萧衍说："萧齐的福运已经过去了。将军应该瞅准机会，登上帝位，要是再谦让的话，只怕将来会后悔！"萧衍沉思了一会儿，说："可以吗？"沈约又说："天时地利人和，有何不可？"萧衍于是嗫嚅道："再让我好好想想。"沈约当即激昂地说："现在不是犹豫的时候，如今帝位唾手可得，将军还想什么呢？如果不早点登位，一旦萧宝融入京，公卿在位，君臣分定，你就没有机会了！再说，如果将来君主贤明，臣子忠诚，那时还有人甘愿为将军效命吗？"萧衍这才点头。

沈约离开后，萧衍又召来范云商议。范云的见解和沈约一样，萧衍欣然道："智士所见略同，你明早与沈约一起过来吧。"范云随即去通知沈约，沈约忙说："你明天早晨一定要等我，我们一起去见大司马。"范云笑着说："你不用这么多心，我明天一定等你。"然后拱手作别。第二天，范云来到宫殿门口，等了好久也不见沈约前来，便向殿中的卫士打听消息。一打听，才知沈约竟早已进去，范云不禁惊诧，本想闯进去，又觉得不妥，于是一直徘徊在寿光阁门外，内心惊疑不定。不久，见沈约出来，范云慌忙迎上去问道："我怎么样？"沈约举手向左，范云这才松了一口气儿，高兴地说："还好，不至于让我失望！"这到底是什么意思呢？原来沈约向左指，便是表示范云被任命为左仆射的意思。

不久，萧衍将范云召进去，递给他几页纸。范云一瞧，竟然有一道内禅的诏书，不由得失声说："好锋利的笔墨！"萧衍也感叹道："沈约的才智，当今无人能比。我兴兵至今，已历三年，各将领同心辅助，各有功劳，但造就我帝业的，只有你和沈约二人！"范云欣然称谢。

没过几天，宫廷里面传来诏书，晋封大司马萧衍为相国，领扬州牧，同时赐给十郡，封为梁公。没过多久，又有一道诏书下来，再赐给梁公十郡，封为梁王。梁国的所有要职，全部仿效齐廷。萧衍当即授任沈约为吏部尚书，兼任右仆射，范云为侍中。范云因上次被沈约抢了先功，这次格外留心，恨不得立即把梁王萧衍抬上去，好做一个开国元勋。萧衍自从二月份被晋封为梁王，一个多月过去了，仍不见他准备受禅，而且他自己也不曾提及受禅的事情。范云不禁格外心焦，常常想找机会提醒萧衍。然而萧衍深居简出，除了出殿裁决府事以外，基本上都在府内休养。范云有事求见，他也常常谢绝。急得范云四处探听，才得知萧衍是被女色所迷，将大事搁起。

　　萧衍的妻子郗氏，是已故太子舍人郗晔的女儿，她自幼聪慧，擅长隶书，精通史传，女工也无不娴熟。宋后废帝刘昱本想将她纳为皇后，但没能如愿。萧齐初年，安陆王萧缅又想娶她为王妃，郗家托词女儿患病，谢绝了这门亲事。建元末年，郗氏竟嫁给萧衍为妻，伉俪和谐。萧衍出任雍州刺史，郗氏跟着丈夫前往雍州。不久，在襄阳病故。郗氏生前喜欢妒嫉，不准萧衍置妾，所以萧衍只有一个小妾丁氏。丁氏是一个村妇，经常受到郗氏的虐待，虽然她十分懦弱，但颇能吃苦，并且从不违逆郗氏的意思，一直毫无怨言。郗氏只为萧衍生了三个女儿，她病故后，丁氏产下一名男婴，取名为萧统，就是后来的昭明太子。萧统才出生几个月，萧衍就出兵围攻郢城，丁氏母子不便随行，只能留居雍城。

　　攻入建康城后，得到余妃、吴淑媛两位美姬，这位多才多智的梁王萧衍竟被色魔扰住，如醉如痴，沉迷于酒色。范云洞悉缘由后，屡次求见。萧衍不好经常谢绝，只偶尔面见一次。范云不好直说，便拐弯抹角劝他戒色。萧衍虽然当面应允，但仍做他的快乐神仙。范云见自己的话不起作用，便邀请领军王茂一同去进谏。王茂是萧衍行军作战的左右手，萧衍有今天的成就，他功不可没，因而萧衍格外优待他，对他的话言听计从。范云得到王茂这个帮手，自然是放胆去做，他不让人通报，就直接去见萧衍。惊得萧衍忙问什么事，范云朗声说道："从前汉高祖在山东时贪财好色，可是入关定秦之后，他财帛无所取，妇女无所幸，连范增也敬畏他有远大的志向，后来他果真取得成功。如今梁主你刚平定建康，海内正要望风归附，你却被色所迷，梁王忍心让众人大失所望吗？"萧衍默然不答，王茂立即跪拜说："范云说得是！还请您为江山社稷着想，不要再留下这个亡国妇！"

　　萧衍被二人缠住，勉强回答说："那我就放她出去吧。"范云趁势建议说："梁王之前把两千多名宫女分赏给将士，只有王领军没有领到一个。王领军为你出生入死，立下汗马功劳，你就忍心看着他形单影只吗？请梁王在余妃、吴淑媛中挑一个赐给王领军！"萧衍惊慌地说："吴淑媛已经怀孕了。"范云当即接口说："吴淑媛既然有身孕，那就请把余妃赐给王领军吧。"说到这里，他用眼神示意王茂，王茂立即叩首拜谢。萧衍心里实在不愿意，转念又一想，大功即将告成，不能为了一个女子，违忤功臣，让他们心生怨恨。于是他慷慨地对王茂说："那我就把余妃赐给你吧！"说着，让身边的侍卫请出余氏，让王茂将人带走。余妃没想到会发生这种事情，急得蛾眉紧蹙，珠泪欲垂，当即拜倒在萧衍面前，嘤嘤泣语。萧衍不等她开口，便拂袖起座说："去吧！不必多说了。"然后又对王茂说："你一定要善待她！"一面说，一面走入内室。余氏不便再留在这儿，只得起身，止住眼泪，随王茂出门，上车前往王茂的宅第。

萧衍放走余妃，又赐给范云、王茂二人很多钱财，当下决定篡位，准备受禅。湘东王萧宝晊，向来喜欢文辞，萧衍十分忌惮他。于是，萧衍诬陷他谋反，将他杀死，并处死他的弟弟们。邵陵王萧宝攸、晋熙王萧宝嵩、桂阳王萧宝贞，不过是一群十一二岁的少年，也都牵连至死。陵王萧宝玄忧惧而死，唯独鄱阳王萧宝寅，半夜翻墙逃到寿阳东城，投降北魏。明帝萧鸾的儿子，只剩下残废的晋安王萧宝义以及江陵嗣主萧宝融二人。萧衍随即假意奉请江陵嗣主萧宝融入都为帝。萧宝融当即带着百官起程前往建康，并任命萧憺为荆州刺史，令他留守江陵。

那边马首东瞻，这边已攀龙附凤，满朝文武纷纷劝萧衍即位。沈约、范云又致信夏侯详，让他强迫嗣主禅位。夏侯详见风使舵，乐得卖个人情，成为新朝的功臣。萧宝融一到姑熟，他便派使者入都，与范云、沈约商议受禅仪式。禅位的诏书也已由沈约拟好，颁布出来。宣德太后王氏，当然不能继续住在皇宫，只能搬出去。

中兴二年四月壬戌日，宣德太后派尚书令王亮等人，捧着御玺去梁王宫，奉请萧衍即位。萧衍得到御玺，踌躇满志，只是不便突然受禅，免不了谦恭地推辞一番。在文武百官的再三恳请下，他才于丙寅日在南效即位，祭告天地，登坛接受百官的朝贺，改齐中兴二年为梁天监元年，颁诏大赦天下。梁主萧衍将齐主萧宝融废为巴陵王，令他暂住姑熟，皇后王氏废为巴陵王妃；追尊父亲萧顺之为文皇帝，庙号太祖，母亲张氏为献皇后；追册已故王妃郗氏为德皇后，追封已故兄长太傅萧懿为长沙王，封弟弟萧融为桂阳王，又追封已故弟弟萧敷为永阳王，萧畅为衡阳王；封文武功臣夏侯详为公侯。

回宫以后，梁主萧衍又召来沈约、范云密商，想把南海郡改为巴陵国，把萧宝融迁过去。范云还没来得及开口，沈约忙说："不能为了虚名，而埋下祸根。"梁主点头，过了一天，便派亲信郑伯禽去姑熟送去毒酒。十五岁的巴陵王萧宝融喝酒自尽，萧衍却说他暴亡，假惺惺地哀痛一番，追尊他为齐和帝，安葬在恭安陵。萧齐自齐太祖萧道成篡夺刘宋的帝位，到齐和帝亡国，一共经历七位国君，共存二十三年。

北魏入侵

萧齐灭亡，萧梁兴起。萧宝义后来被封为巴陵王，因残废得以寿终正寝。居住在宫外的宣德太后，也因是个庸碌的老妇，得享天年。

梁主萧衍大封勋戚。封弟弟萧宏为临川王，兼任扬州刺史；萧秀为安成王，兼任南徐州刺史；萧伟为建安王，兼任雍州刺史；萧恢为鄱阳王，封为左卫将军；萧憺为始兴王，兼任荆州刺史；加封领军中军王茂为镇军将军，中书监王亮为尚书令，左长史王莹为中书监，吏部尚书沈约为尚书右仆射，侍中范云为尚书左仆射；册立皇子萧统为皇太子。又设置谤木、肺石两个匣子，平民百姓如果有什么要陈请的，可以投书于谤木匣中；功臣才士如果有什么冤屈需要陈诉的，可以投书于肺石匣中。生活中，萧衍的衣饰一概从简，饭食也是以素菜为主；朝政上，萧衍选贤任能，知人善任，政吏清明不少。只是还有东昏余孽，推举孙文明为首领，密谋作乱，不过也很快被禁军荡平。

平定乱党才几天，朝廷又接到豫章太守郑伯伦的急报，说江州刺史陈伯之造反，率兵入侵豫章。原来陈伯之跟着梁主入都，梁主恢复他江州刺史的官职，他目不识丁，州府的事情全部交由幕僚处理。别驾邓缮、参军褚绲与朱龙符乐得趁机徇私舞弊。梁主得知后，便想派人辅助陈伯之治理州镇。陈伯之却不愿意，邓缮趁机劝他造反，他当下便哭着对各部将说："我深受国恩，应誓死相报！"随后整军出击。豫章太守郑伯伦赶紧戒严，同时通报朝廷。梁主萧衍当即任命镇军将军王茂为江州刺史，令他率兵讨伐叛党。此时，陈伯之正与郑伯伦交战，不料王茂也率兵杀到。陈伯之内外受迫，只好带着亲眷夺路北逃，投奔北魏。

北魏任城王元澄，刚受任为镇南大将军，他对投奔而来的齐建安王萧宝夤以礼相待。萧宝夤哭着请求为故国复仇，元澄便护送他去洛阳，让他自己向魏主陈请。凑巧陈伯之也跑来恳请北魏发兵讨伐萧梁，元澄便将他与萧宝夤一同送往洛阳都城。

以前，齐和帝萧宝融在江陵即位时，魏镇南将军元英、车骑大将军源怀，为了趁机攻打萧齐曾相继向魏主请命。魏主于是任命任城王元澄为镇南大将军，兼任扬州刺史，让他率兵出征。元澄受命后正要出兵，可是魏主又令他慎重，嘱咐他不要轻进。

这次为了让魏主出兵，萧宝夤天天跪在大殿上恳请魏主为他复仇，陈伯之也恳请魏主出兵，并愿意在军前效命。二人的诚恳让魏主动容，随即允准发兵。过了两天，魏主元恪任命萧宝夤为镇东将军，加封为齐王，督管东阳等三州军事，并给他一万多士兵，令他屯兵东城。又封陈伯之为平南将军，仍任江州刺史，督管淮南诸军事，令他率旧部众屯兵阳石。只等秋冬交季，大举伐梁。萧宝夤感激得通宵痛哭。第二天，拜谢魏主时，魏主见萧宝夤形神憔悴，越发垂怜，便允准他招募勇士，扩充队伍。

萧宝夤叩首辞行，沿途又招募了数千名兵士，并屡次致信任城王元澄，请求他向魏主恳请提早出师。魏主于是调发冀、定、瀛、相、并、济六州两万多士兵，令他们在淮南会师，以及寿阳的三万名屯兵，都归任城王元澄调度。萧宝夤、陈伯之两军也受命于元澄。随后，魏主又令镇南将军元英负责征讨义阳事宜，与任城王元澄同时举兵。

梁同州刺史蔡道恭因用人不当，失去贤首山。任城王元澄令统军党法宗、傅竖眼、王神念率兵分别攻打东关、大岘、淮陵、九山，高祖珍率三千骑为游军，元澄为后应。魏军连拔关要、颍川、大岘三城，白塔、牵城、清溪各城的梁守兵望风溃逃。魏将党法宗等人长驱直进，锐不可当，拔焦城、破九山、入淮陵，一路上势如破竹，没想到却在阜陵受挫。

阜陵由南梁太守冯道根驻守。几个月之前，冯道根就已经开始筹划战备，俨然一副大敌当前的模样。僚属笑他多事，冯道根却回答说："你没有听说过怯防勇战吗？一旦敌寇逼到城下，我们哪有空来部署防备？"果真，壁垒刚竣工，党法宗等两万多名北魏兵将就已攻到城下，城中兵民顿时大惊失色。冯道根却令人大开城门，一身便装从容登城，并且派两百名精骑出城冲阵，速战速回。魏兵见所未见，又见城上高坐

182

的冯道根，笑容可掬，毫无惧色。魏军便以为城中设有埋伏，于是不敢进去，只是缓缓后退。冯道根随即又派了一百名骑兵偷袭高祖珍，也得胜而归，并且扬言将要劫掠魏军的粮草。党法宗等人正担心军中粮草过少，一听到这话，慌忙率兵撤退。阜陵解严，冯道根也被晋封为豫州刺史。

第二年二月，任城王元澄又举兵攻打钟离。梁将军姜庆真乘虚偷袭寿阳。任城王太妃孟氏，一身戎装亲自登城督战，抚慰新旧，严定赏罚，因而人人奋勇，竭力抵御梁军。萧宝夤率兵前来支援，与守兵一起击退梁军，姜庆真败逃。孟太妃忙派使者通报元澄，让他安心进攻。元澄随即把钟离团团围住，并擒获支援钟离的梁将张惠绍。随后因连月淫雨，淮水暴涨，军心不稳，任城王元澄只得退回寿阳。梁军趁机追击数里，俘斩魏军四千多人。元澄因而受到魏主的诘责，并被连降三级。梁主要求交换俘虏，元澄应允，两方的俘虏都因此得以生还。

北魏镇南将军元英，听说任城王元澄无功而返，异常愤慨，当即督兵猛攻义阳。义阳城中司州刺史蔡道恭率领四百多名守兵，靠着仅能支撑半年的粮草，竭力抵御，反而重创魏军，逼得魏军想卷甲退还。不久蔡道恭病故，骁骑将军蔡灵恩代为守城。梁主萧衍派平西将军曹景宗、后军将军王僧炳分别率领三万人马援救义阳。王僧炳率兵先行，在凿岘被北魏冠军将军元逞杀败。后进的曹景宗军大惊，当即停滞不前。

梁主忙派宁朔将军马仙琕出兵。马仙琕军转战而前，兵势颇为精锐。一连取得数次胜利后，马仙琕恃胜生骄，直逼魏将元英的军营，结果陷入埋伏，被北魏七十三岁的老将傅永杀得落荒而逃，连儿子的性命也搭了进去。随后马仙琕召集余众又与元英决战，但却三战三败，只得狼狈奔还。义阳城内的蔡灵恩贪生怕死，慌忙向北魏投降。梁境内的平靖、武阳、黄岘三关的守将纷纷弃关南逃。魏主元恪封元英为中山王，老将傅永及其他将士各有奖赏。

梁廷接连收到兵败的消息，非常惊慌。御史中丞任昉弹劾曹景宗拥兵不救，恳请梁主加以重惩。梁主因为曹景宗拥戴有功，就在南义阳设置司州，令他移镇关南，另外任命卫尉郑绍叔为南义阳刺史。郑绍叔到了义阳，经过一番修整，又将南义阳建成一个重镇。魏军却也不敢进逼，只是占据义阳，在要地建修壁垒。

不久，梁汉中太守夏侯道迁向北魏投降。魏主任命邢峦为镇西将军，邢峦西略梁州，所向无敌。白马守将尹天宝战死，景寿太守王景胤败逃，益州邓元起观望不前，巴西太守庞景民被杀，魏军入据巴西。梁主慌忙派将军孔陵率兵支援西部，随即招诱仇池军将，令他们背叛北魏，与梁军联合夹击魏军。

仇池自杨文德归附刘宋、杨难当向北魏投降后，分南北而治。杨文德的弟弟杨文度占据葭芦，自称武兴王，后来被北魏击毙。杨文度的弟弟杨文弘向北魏谢罪称藩，魏主任命他为南秦州刺史，封为武兴王，兼镇西将军西戎校尉。杨文弘传位给侄子杨后起，杨后起传位给儿子杨集始，杨集始又传位给儿子杨绍先，几代人都臣服于北魏。杨绍先年幼，藩镇里面的事务，全部由他的两位叔父杨集起、杨集义处理。这二人听说汉中已经成为北魏的属地，担心仇池也会沦陷，又经萧梁的招诱，他俩随即鼓动氐人推戴杨绍先为帝，然后出兵截击魏军的粮道。

北魏镇西将军邢峦拨兵杀退氐人，又派统军王足带领一万多名骑兵迎击梁将孔陵。王足连战连捷，将孔陵逼回梓潼，并趁势攻入剑阁，侵城掠池，将梁州十四郡夺为北魏所有。益州大震。梁主令邓元起督管征讨诸军事，援救梁州，另让西昌侯萧渊藻代任益州刺史。

萧渊藻莅镇，见储粮、器械都被邓元起拿走，不禁愤恨交集，当即赶到邓元起的军营，请求拨发一百匹良马。邓元起不肯给，萧渊藻愈加愤慨，压抑着满腹的怒气离开。第二天，萧渊藻借口为邓元起饯行，将他请过来，把他灌得烂醉如泥，然后一剑送他上了西天，随即镇服邓元起部众。但仍有人为邓元起上奏申冤，梁主因萧渊藻是兄长萧懿的二儿子，不忍心责罚他，只是加以责备，将他贬为冠军将军，然后抚恤邓元起的家属。

萧渊藻虽然不到二十岁，但颇有胆识。当时益州乱民焦僧护纠众起事，萧渊藻当即乘轿巡视叛贼的壁垒。乱党聚弓乱射，箭如飞蝗。萧渊藻身边的侍卫忙举起盾牌遮蔽，渊藻却喝令撤去盾牌，并朗声对乱党说："我知道你们都是良民，为什么甘愿做贼呢？如果你们能射杀我就立即放箭，杀不了我就立即投降！"贼众一听，都为之咋舌。又见射出去的箭，都从萧渊藻的身旁飞过，丝毫没有伤到他，贼众更是怀疑他有神人相助。萧渊藻从容退归，贼众连夜逃亡。萧渊藻当即发兵进剿，平定乱党。梁主随即高兴地封他为信威将军。

魏将王足围攻涪城时，邢峦一再上奏恳请立即大举入蜀。魏主元恪却说不急，并任命王足为益州刺史，让他伺机进兵。不到几天，魏主又

184

令梁州军司羊祉接替王足的职务。王足怏怏不乐。当时，魏主对官吏的委任十分谨慎，并且十分排斥自己的亲属。王足担心自己遭到诬陷，平白受害，于是背叛北魏，投靠萧梁。

邢峦失去一员骁将，叹息不已。但因身负镇守梁州的重任，一时无法走开，只好派军将李仲迁镇守巴西郡城。李仲迁好酒好色，上任后广采美姬，饮酒作乐，将郡中公事全部交给属吏办理。甚至邢峦有事，派人去和他商量，他也没空见使者一面。邢峦获悉后，当然痛恨不已，正想撤掉他，没想到巴西已经发生叛乱，李仲迁被杀，首级也被献给萧梁。一座城池，又被萧梁占据了去。

邢峦又恨又悔，随后听说杨集义围攻阳平关，当即派建武将军傅竖眼领兵征讨。傅竖眼在关下大破氐族众人，又乘胜北逐，杀入仇池，将杨绍先押入洛阳。杨集起、杨集义纷纷向魏军投降。仇池自晋惠帝时氐王杨茂搜占据，一直到现在才灭亡。魏主改称仇池为武兴镇，后来又改为东益州。这是梁天监五年，魏正始三年间的事情。

那时，梁主萧衍因失去司梁，无从泄恨，等到王足投降后，他才得知北魏朝廷外戚、宠臣伺机专权，谗害勋旧，而咸阳王元禧、北海王元详等人都已被杀。梁主顿时大喜，当即令扬州刺史临川王萧宏督管北讨诸军事，尚书右仆射柳惔为副将，出兵洛口，调兵北进。

萧梁的反攻

魏主元恪即位时，改元景明。魏主元恪年仅十六岁，无法亲自裁决朝政，于是晋封皇叔彭城王元勰为司徒，录尚书事。元勰一心只想归隐，上任不久，就辞官回家了。太尉咸阳王元禧被晋升为太保司空，北海王元详被晋升为大将军，二王都是魏主元恪的叔父，因而深得魏主的倚重，都得以执掌朝政。魏主尊生母高贵人为太后，并封舅舅高肇为平原公。高肇因此也得以专政。此外太尉于烈兼任领军，于烈的弟弟于劲的女儿被册立为皇后，因此于烈、于劲两兄弟也一同干预朝政。几家贵戚共佐朝政，已是祸乱的征兆，再加上宠臣茹皓、王仲兴、赵修、赵邕、寇猛等人胡乱干政，北魏朝廷更是杂乱不堪。

咸阳王元禧因权势被分，便想废黜新帝，自立为帝。随后阴谋泄露，魏主将他处斩，将他的儿子除去王籍，并将他的家产分给高肇、赵修两

185

家以及内外百官。

北海王元详因揭发元禧，被晋封为太傅，兼任司徒。高肇随即官居尚书令，茹皓为冠军将军。茹皓曾娶高肇的堂妹为妻，妻子的姐姐是安定王元燮的妃子。元燮是元详的叔父，元详常出入叔父家，见叔父的妃子容貌妖冶，很是垂涎。元燮的妃子高氏见元详风姿秀美，远在夫君之上，两人眉去眼来，也不顾婶侄名分，竟做了苟且的事情。不久，高氏又与茹皓搅和在一起。茹皓虽然知道元详的奸情，但见元详的权势正隆，也乐得依附他。直阁将军刘胄、殿中将军常季贤和陈扫静等人都是元详、茹皓二人的党羽，一群人招权纳贿，无所不为。

高肇是高丽人，向来被元详、茹皓所轻视，可是魏主却尊高肇是自己的舅舅，对他格外优待，凡事都要与他商量。高肇便想与元详、茹皓争权夺势。高肇有个侄女貌美色娇，被选入宫中封为贵嫔，此时很是得宠，高肇便嘱咐她向魏主吹枕边风。魏主元恪竟相信高肇的谗言，误以为元详、茹皓二人有异心。正始元年四月，魏主指使中尉崔亮弹劾元详、茹皓、刘胄、常季贤、陈扫静五人。不久魏主赐死茹皓等人，将元详贬黜为平民，囚禁在太府寺。元详的母亲高太妃，妻子刘氏仍居住在旧宅，只能五天探视元详一次。

不久，元详暴毙，魏主又起任彭城王元勰为太师。元勰被逼无奈，只得就职。此时高肇已经掌控朝政大权，并劝魏主派卫队监守各王爷的宅第。元勰再三劝谏，魏主始终不听。从此，外戚手握重权，宗室反而无权了。

魏主听说梁军大举入侵，已出洛口，便任命中山王元英为镇南将军，令他督管扬州、徐州诸军事，率十万兵马抵御梁军；又令镇西将军邢峦督管东讨各军事，并调发定、冀、瀛、相、并、肆六州约十多万人马，接济元英。魏兵还没到齐，梁军已先出击。江州刺史王茂侵入北魏荆州，诱降北魏边境的游民以及蛮民，设立一个宛州，并派宛州刺史雷豹狼袭取河南城。太子右卫率张惠绍入侵北魏徐州，攻入宿预城，擒住守将马成龙。北徐州刺史昌义之，也拔下北魏梁城。

豫州刺史韦睿派长史王超攻打小岘，过了许久，也不见捷报传来。韦睿便亲自去军前巡阅围栅，他见城内也派出数百名魏兵，在门外列好阵势，当下就想发起进攻。部将忙上前劝谏说："我们跟着大人来这儿巡阅前，并没有想到会作战，所以没有带齐装备。还请你先回去，等我们准备好后，立即进军。"韦睿朗声说："我猜现在城中只有两三千人，

186

这个数目刚够守城，他们却无缘无故出城列阵，肯定是自恃骁勇，藐视我军。如果我军先挫败他们的嚣张气焰，让他们心生畏惧，个个寒心，这样一来，此城必定不攻自破!"众将面面相觑，各有难色。韦睿看看他们，当即握起手中的节杖说："朝廷给我这个，并不是让它做我的装饰品。你们跟着我这么多年了，难道还不知道我的军法吗?"众人见他动怒，当下齐心协力冲上前去，猛攻魏兵。魏兵自恃骁悍，齐来争锋，但哪禁得起韦睿军的拼死相搏?韦睿军以一当十，以十当百，竟击退魏兵，又趁势攻城。果然城中大溃，没过多久，便被拿下。合肥城也应手而下。

韦睿体质羸弱，不能骑马，但每次出战他都乘坐白板车，亲临沙场，激励将士。平时他又与士卒同甘共苦，因而深得士兵的敬畏，只要是他的命令，人人争相效命，所以韦睿军战无不胜。前去援救合肥的魏将杨灵胤，听说韦睿军追击合肥城的败兵，慌忙带着五万大军撤退。韦睿率将士径直将败兵赶到东陵，这才从容返回合肥，并将豫州官府迁入合肥城，将合肥城作为豫州的治所。江庐太守裴邃也十分能干，连拔北魏的羊石、霍邱二城。青、冀二州刺史桓和，又攻克北魏的胸山及固城。

梁廷屡次收到捷书，盈廷相庆。哪知胜负无常，得失无定。王茂在河南城被北魏平南将军杨大眼一举杀败，王茂弃甲而逃，雷豹狼也弃城逃走，河南城又为北魏所有。张惠绍从宿预城出发，北攻彭城，却被魏武卫将军奚康生逼回宿预城。魏中山王元英以及将军邢峦陆续进军，连打胜仗。同时，魏平南将军安乐王元诠也督率后军赶到淮南。梁军望风生畏，节节退还。桓和保不住固城，张惠绍保不住宿预，梁军都尽弃前功，仓促逃回南方。

那时，临川王萧宏还逗留在洛口，拥兵不进。他听说魏军进逼梁城，十分畏惧，急忙召集各将领商议，想班师回朝。吕僧珍首先开口说："知难而退，也是行军要诀。"萧宏立即应声说："我也这样想。"柳惔朗声接口道："自我军出兵以来，接连攻克名城，又没有遭遇败仗，怎么能称为'难'?何必撤退!"裴邃也表示认同，说："这次出师，原本就是奔着杀敌而来，明知进取不容易，为什么要畏难呢?"马仙琕激昂地说："王爷怎么能灭自己的威风，甘愿兵败呢?陛下将全国的将士都交到王爷手中，对你寄予了多大的厚望。我们只能为效死而前进一尺，绝对不能因为偷生而后退一寸!"昌义之更是怒气冲冲，胡须根根直竖，朝吕僧珍唾了一口说："吕僧珍，你可真丢人!拥有百万大军，连敌人的影子都没有见到，却要望风撤退。像你这样的庸奴，还有什么脸回去

187

见陛下？"当下，朱僧勇、胡辛生拔剑挺身出来，朗声道："要撤退的站出来，下官多有得罪了！"各将也含怒欲出，吕僧珍忙对各将领说："王爷昨天夜里受了点风寒，他并不是畏惧敌军，而是怕自己的病让大家担心，以致军心颓靡，所以想要立即撤军。"裴邃还有疑问，但见吕僧珍以目示意，他便忍着没说。等众将都已退出去，萧宏也入帐，裴邃问吕僧珍说："大人是梁建国的元勋，今天怎么这样懦弱？"吕僧珍当即在他耳边悄悄说："不是我懦弱，而是王爷不但没有一点谋略，而且十分胆怯。我每次与他商议军事，都不见他有什么主见，照这样的情势，我军怎么能取胜呢？所以不如见机退兵，这样还能保全众人。"裴邃叹息而出。

萧宏见众将神情沮丧，不愿意撤退，便暂时不再提班师的事情，却也不敢派兵迎战。魏军知他没能耐，送给他一条巾帼，萧宏虽十分羞惭，但始终畏缩不前。当时，北魏还编了一首歌谣："不畏萧娘与吕姥，但畏合肥有韦虎！"韦虎指的是韦睿，萧娘指的是萧宏，吕姥指的是吕僧珍。吕僧珍听到这首歌谣，也羞愧万分，于是他恳请让裴邃兵分数路攻取寿阳，萧宏仍是不肯听从。

魏将奚康生派杨大眼向元英请命攻打梁军。元英回答说："萧宏虽然庸懦，但他的部下却有韦睿、裴邃这些良将，不容我们轻视。你们暂时静观形势，不得与他们交锋！"

没过多久，已是深秋，洛口先是暴风大作，然后又突降暴雨，梁军不禁惊哗。临川王萧宏竟带着几名亲信，想在半夜溜走，将士求他留下，他却不理会，扬鞭径直离去。顿时军队溃散，弃甲抛戈，填满水陆。萧宏则乘坐小船渡江，逃到白石垒。当时天还没亮，他就拍打城门，请求入城。衡阳王萧懿的三儿子临汝侯萧渊猷据守垒城，登城询问是什么人。萧宏如实以答。萧渊猷朗声说道："百万雄师，一朝鸟散，国家的前途真是危急啊！如果有奸人趁机谋变，我怎么支撑得住呢？这座城是战略重地，不方便晚上开城，你等天亮了再来吧！"萧宏见不能进城，忙向萧渊猷乞求食物。萧渊猷只好用篮子把食物送到城下，一直到天亮才放他进城。

驻守梁城的昌义之听说洛口的梁军溃散，便与张惠绍率兵撤退。这次梁廷倾尽国力大举兴兵，器械都十分精利，甲仗也十分齐整，出军半年，却只招降了一个反复无常而且对梁廷没什么用处的陈伯之。没过多久，陈伯之也病死了。

魏主元恪令各军趁胜荡平萧梁。中山王元英攻陷马头城,把城中的粮草全部夺走。梁主听说萧宏的大军溃散了,急忙在钟离设防。有人说魏兵将粮草带回北方,应该不会南下。梁主萧衍却说:"这是胡虏的障眼法,我怎么能不防呢?"随即派昌义之驻守钟离城。果然不到几天,魏兵的前队扑到钟离城下。幸亏昌义之已预先防备,所以临危不乱,两军一攻一守,相持多日。

魏主又令邢峦率兵助攻钟离。邢峦不同意,他一再劝阻魏主,说钟离城宜守不易攻,又一再劝魏主先养精蓄锐,再大举入侵萧梁。魏主不听,并将他调回京城,另派镇东将军萧宝夤助攻钟离。果然北魏中山王元英与平东将军杨大眼的十万大军,围攻钟离几个月后,不但没有动摇钟离城分毫,反而被城中的三千名守兵打得伤亡惨重。

钟离守将昌义之怕北魏增派援军,忙向朝廷求援。梁主当即令右卫将军曹景宗督率二十万大军去援救钟离,并让他暂时驻守道人洲,等各军到齐,再一起进发。魏主因魏军出师已久,让元英班师。元英不肯退兵,恳请再宽限几天。魏主又派步兵校尉范绍去视察军情。范绍去钟离城视察一圈,也劝元英回朝,元英仍旧不依。

那时,梁统帅曹景宗已经起程。豫州刺史韦睿也受命会师,受曹景宗调度。韦睿自合肥出发,抄近路赶赴钟离。部众有人怕魏兵势盛,恳请韦睿缓行。韦睿毅然说道:"钟离的兵民困窘已久,我正恨不能插上翅膀去援救他们,又怎么能迂回行军呢?魏军已是我的囊中之物,你们不要担心!"于是星夜前进,才几天就到了钟离城北的邵阳洲。曹景宗也刚赶到。两下相见,很是欢洽。曹景宗本性争强好胜,容易与人发生冲突,但韦睿德高望重,颇为曹景宗所敬仰,所以二人相处融洽,同心协力处理军务。梁主萧衍也担心曹景宗触怒韦睿,预先给他发去一封密函说:"韦睿老成持重,全国的希望都寄托在你们身上,希望你好好待他!"等到听说二人相处得极为融洽,梁主欣然说道:"二将和睦相处,胜利就在眼前了!"

韦睿率部众连夜进逼魏营,在邵阳洲开辟沟堑、修筑堡垒,通宵赶筑。魏中山王元英还以为韦睿军不会那么迅速,所以夜间不加防备。天亮以后,元英出帐一望,见营寨前面一百多步的地方,一座梁营竟拔地而起。元英惊愕不已,不禁用节杖击打地面慨叹道:"什么人竟如此神速?"魏将见梁营连接,横亘洲旁,旗帜器械焕然一新,也相顾心惊。

杨大眼是杨难当的孙子,以勇猛著称,他率一万多骑兵径直杀向韦睿军，不料反被韦睿的车阵杀败。第二天早晨，元英亲自督众迎战，结果只是杀个平手。此后又战了数次，两军都不分胜负。

光阴易过，转眼这场战事已持续一年多了。这年暮春，钟离城与邵阳洲之间的淮水暴涨六七尺。韦睿趁机派前锋冯道根与庐江太守裴邃、秦郡太守李文钊率兵，奋力进击邵阳洲上的魏兵，挫败魏军的兵锋。随后又用小船载满枯草，浇上膏油，纵火焚营，风烈火炽，霎时烟尘缭乱。梁军倾巢出动，战鼓激荡人心，仿佛川鸣谷应，海啸山崩。魏中山王元英弃营逃走，杨大眼也毁营窜去，魏军抛戈弃甲，争相投入淮水。顿时水中死尸无数，几乎阻住淮水。眼看着，魏军被逐走，韦睿当即派人向昌义之报捷。昌义之又悲又喜，不知如何答复，只是说："得救了！得救了！"当下率领残军，出城追杀魏兵。曹景宗与韦睿令各军合力追击，一直杀到濊水上，获得无数俘虏、牲畜和器械。

贤王冤死

曹景宗凯旋而归，梁主宴饮群臣。当时左仆射范云早已病逝，梁主另外任命徐勉为尚书左丞，周捨为右卫将军，令二人一同参政。右仆射沈约一直想参政，梁主虽看重他的才华，却始终不肯重用他。这次在华光殿的宴席上，梁主令沈约赋诗，夸赞战绩。曹景宗也擅长赋诗，他见梁主没有让他赋诗，心中很不舒服，于是起座要求赋诗。梁主萧衍笑问他说："你都那么能干了，何必吟咏呢？"最后在曹景宗的坚持下，梁主萧衍见沈约的文章中，只剩下"竞病"二字没有赋韵，便笑着对曹景宗说："你能用这两个字赋诗吗？"曹景宗一言不发，拿来纸笔，立刻写好四句，呈给梁主。只见纸上写着：

去时儿女悲，归来笳鼓竞。借问路旁人，何如霍去病！

梁主瞧完，拍手叹赏道："文武双全，你可以与陈思王曹植媲美了！"曹景宗叩首道谢。宴毕散座，梁主回宫，立即颁诏，晋封曹景宗为领军将军，并加封为竟陵公；韦睿为右卫将军，加封为永昌侯；昌义之为征虏将军，移督青、冀二州军事，兼任刺史。第二年，曹景宗出任江州刺史，病死在路上，梁主追封他为征北将军。同年，尚书右仆射夏侯详也谢世了。

此时的北魏，魏中山王元英以及镇东将军萧宝夤兵败逃回梁城。北魏的朝臣上奏弹劾，并恳求魏主杀了他们。魏主元恪只是夺去二人的官爵，将他们贬为平民。并将杨大眼调到营州，另任中护军李崇为镇南将军，兼任扬州刺史。李崇沉稳宽厚，深得将士的尊崇。他出镇寿阳后，远近畏服，所以魏军虽在钟离受挫，但淮右安定如常。魏主元恪在朝中宠信高肇，在后宫又深受高贵嫔的迷惑，随即疏远宗室，将一切军国大事委任宠臣办理。彭城王元勰名义上是太师，但有位无权。元勰的兄长广陵王元羽，在朝中担任司空一职，但他嗜酒好色，后来因与人私通，被那妇人的丈夫杀死。元羽的弟弟高阳王元雍继任司空，不久被晋封为太尉，但他学识浅薄，一无所长。广陵王元嘉是太武帝元焘的孙子，也是空有司空职位，没有才干。就连魏主的四个弟弟，如京兆王元愉、清河王元怿、广平王元怀、汝南王元悦等人都因为资望太浅，没能参政，所以北朝的政令几乎全出于高氏之手。

　　皇后于氏本来深得魏主的宠爱，自从魏主有了高贵嫔后，她便渐渐失宠。正始四年，于皇后忽然暴毙。宫禁内外明知是高氏对于皇后下毒，但因她势大，不敢向魏主揭发。魏主已移情高氏，对于皇后的死也不怎么难过，但仍按皇后的丧葬礼仪办理后事。于皇后有个儿子名叫元昌，这年只有两岁。第二年三月，元昌得病，侍御师王显没有悉心照料他，由着他啼哭，两天后，小皇子便一命呜呼了。魏主只有这么一个皇子，忽然夭逝，当然比于皇后过世要哀痛得多。后来在高贵嫔的劝慰下，魏主境过情迁，竟将于皇后母子撇在脑后，就连王显失职的事情，他也既往不咎。不必说，皇子之死又是高氏暗中捣鬼。

　　于皇后的祖父于烈镇守恒州，父亲于劲虽然在京中做官，但孤掌难鸣，始终不敢揭发高氏的阴谋。高氏因而得以逍遥法外，为所欲为。几个月后，高贵嫔被册封为皇后。太师彭城王元勰再三上奏谏阻，堕入迷途的魏主就是不听。元勰不但没有劝醒魏主，反而得罪高氏，成为高氏的仇家。高肇也越发恣意妄为，权倾朝外，惹得怨声四起，朝野侧目。

　　朝中贵戚正嚣张跋扈，为所欲为，忽然传来魏主的弟弟京兆王元愉在信都称帝改元的消息。元愉托词高肇谋逆，魏主被杀，所以不得不继立为帝，入京讨伐逆贼。高肇虽然专横，但终究不敢谋逆，为什么京兆王要凭空捏造，突然作乱呢？

　　原来魏主元恪先前十分友爱兄弟，曾让各位弟弟随意进出宫殿，甚至同榻而眠。弟弟元愉从护军将军升任为中书监，得以参与朝政，这也

191

是常事。魏主为他娶于皇后的妹妹做王妃。元愉不喜欢长相平庸的于氏，于是另纳杨氏为妾。杨氏能歌善媚，很是受宠。元愉因她出身微贱，特意让她拜中郎将李恃显为养父，从此改姓李。不久，李氏又产下一子，取名为宝月。于妃不免妒恨，屡次入宫向姐姐哭诉。于皇后便将李氏召入宫，当面斥责她，并勒令她出家为尼，然后把宝月交给妹妹于妃抚养。元愉不能抗命，但心中总是念着李氏，于是他托人请于皇后的父亲代为求情。于皇后本来就贤淑，被父亲一劝，便勉强同意让李氏回到元愉家。自从高肇专权，高贵嫔被册立为皇后，魏主更加信任外戚，排斥宗亲，甚至对自己的弟弟也格外疏远。元愉喜欢宴饮宾客，又崇奉佛道，府中的钱财自然不够用，他便开始纳贿营私。而害死于皇后的高肇唯恐遭到于氏报复，他因元愉是于劲的女婿，便向魏主揭发元愉。魏主元恪当即把弟弟元愉召入宫中，斥责一番，打了五十大棍，并将他贬为冀州刺史，调离京城。

上任后，元愉越想越恨，又没地方可以泄愤，他便想趁机发难。元愉当即在城南登坛即位，自称皇帝，又把娇滴滴的爱妾册立为皇后，然后逼迫长乐太守潘僧固一同起事。潘僧固是彭城王元勰的舅舅，就因为这层关系，竟将一代贤王元勰牵连进去，令他平白无故地做了枉死鬼。

高肇当即利用这个机会，恳请魏主元恪派尚书李平督军讨伐元愉，又诬陷彭城王元勰与元愉合谋，恳请魏主立即惩处元勰。魏主元恪稍微明白事理，只是派李平讨伐逆贼，将彭城王的案子暂时搁置起来。但高肇怎么肯罢手，他当即唆使朝中一群狐朋狗党联合起来诬陷元勰。再加上那妖艳的高皇后从中煽惑，魏主随即与高肇等人商定，借着宴饮的机会除掉元勰。

第二天，魏主派中使去请彭城王元勰及高阳王元雍、广阳王元嘉、清河王元怿、平王元怀来宫中喝酒，高肇自然也在其中。元勰因王妃李氏刚刚生产，想多陪陪妻子，不愿赴宴，但中使一再敦促，他只得前去。一行人驾着牛车走入东掖门，在过小桥时，牛竟不肯往前走，中使解去缰绳，拉着车进入宫门。列席宴饮，一直喝到黄昏，也不见有什么异样。等到稍有醉意，众人才纷纷起身，各自休息。

才过了一会儿，卫军元珍忽然端着毒酒，闯入元勰的房间，逼他喝下毒酒。元勰惊讶地说："我犯了什么罪？让我见见陛下，也好死个明白！"元珍应声说："你不能见！"元勰朗声说道："陛下圣明，不会无缘无故杀我。一定是有人诬陷我，你把他请过来，我要和他当面对质！"

元珍不做声，只是用眼神向身边的武士示意。武士当即上前用刀背重击元飏，元飏反抗道："皇天在上，怎么能让忠臣被杀！"武士又用刀刃威胁，元飏才取过毒酒，一饮而尽。然而不等毒性发作，武士竟一刀捅死了他。第二天，魏主令人用被褥包裹元飏的尸体，将尸体送回府邸，诈称元飏醉死。李妃得到噩耗，对着苍天痛哭道："高肇，你不得好死！"魏主假意哀悼一番，下诏厚葬元飏，赐谥号武宣，厚慰家属。元飏出殡的那一天，路上挤满了百姓，众人都望着灵柩哭喊道："都是高肇这个小人，冤杀了我们的贤王！"自此朝中内外，更加憎恨高肇。

李平督领各军进攻信都，元愉出城抵御，屡战屡败，只得闭门静守。不久，因人心离散，元愉带着爱妾、爱子从后门出逃，结果一个不漏全部被李平捉获。信都平定。

高肇当即恳请将元愉等人就地处斩。魏主没有答应，只是传令将元愉押回洛阳，打算对他施以家法。李平派部将将元愉等人送往京城，走到野王时，收到高肇的密令，竟逼元愉自尽。元愉毫不犹豫，一口气喝光毒药说："就算陛下赦免我的死罪，我也没脸见他。"随即又与李氏永诀，悲不自胜，不久气绝身亡，年仅二十一岁。李氏与四个儿子到达洛阳，魏主赦免四个孩子，打算将李氏处以极刑。中书令崔光劝谏说："李氏怀有身孕，如果现在行刑，就是一尸两命，还是等她生产完毕，再行刑也不迟。"魏主允准，随即按功行赏，加封李平为散骑常侍，令他立即还朝。李平进入信都时，严禁部下烧杀掠夺，所以回京后，没有东西贿赂中尉王显、高肇，高肇对此十分恼恨。于是，高、王二人一同上奏弹劾，李平竟从功臣变为罪臣。

梁天监七年，北魏郢州司马彭珍背叛北魏向萧梁投降，不久带着梁兵偷袭义阳。平靖、武阳、武胜的守将侯登，也向萧梁投降。北魏悬瓠军将白早生杀死豫州刺史司马悦，自称平北将军，向梁司州刺史马仙琕乞援。梁主萧衍允准马仙琕前去支援，并任命白早生为司州刺史。马仙琕屯兵楚王城，派副将齐苟儿率两千人马援救悬瓠。北魏主又起用中山王元英，令他督管南征各军事，援救郢州；又任命尚书邢峦为豫州刺史，令他率兵讨伐白早生。邢峦于是派中书舍人董绍去招降白早生，没想到白早生竟将董绍押送到建康。邢峦当即率大军围攻悬瓠城。北魏宿预守将严仲贤，见邻境交战，正想戒严，不料参军成景隽把他杀死，竟向萧梁投降。于是北魏的郢、豫二州属境，自悬瓠以南直到安陆均为萧梁所有。北魏只守住义阳一城。

193

中山王元英担心士兵不够调遣，请求添兵支援。魏主令安东将军杨椿率四万大军进攻宿预，令元英率军协助邢峦攻打悬瓠城。两军猛扑悬瓠城，白早生还想死守，不料梁将齐苟儿却突然开城投降。魏兵一拥入城，擒斩白早生以及十多名党徒。

元英又率兵援救义阳。到了义阳，得知梁兵已去，元英便想收复平靖、武阳、武胜三关，随即兵分三路夺关。梁将领李元履、马仙琕相继逃跑。梁主急忙派韦睿前去支援马仙琕。韦睿行进到安陆，听说三关已经失守，忙入城部署战备。部将问他是不是怯敌，韦睿笑着回答说："为将之人肯定会有胆怯的时候，行军打仗怎么能只凭勇气呢？"马仙琕等人陆续退还，北魏中山王元英乘胜追击，想要一雪邵阳旧耻，后来听说韦睿驻守安陆，他不免有些畏惧，于是麾兵撤退。

梁主因连年用兵，国力衰弱，于是特意放北魏中书舍人董绍回国，并对他说："两国交战，连年不息，以致生灵涂炭，民怨四起。今天我放你回国，是想和你们修好。你回去后，告诉你家主子，如果罢兵息民，我愿把宿预还给你们，但是你们也应该把汉中还给我朝。"董绍唯唯遵令。回到洛都后，董绍立即向魏主转达梁主的意思。魏主却不依从，南北交战如故。

过了两年，琅玡土豪王万寿纠众杀官，占据朐山，密召魏兵。北魏徐州刺史卢昶，派部将傅文骥前去支援。青、冀二州刺史张稷与马仙琕军合力将傅文骥逼入朐山，大破卢昶军。

两年后，张稷因不得人心，被乱党及怨民杀死。多亏梁北兖州刺史康绚率兵及时赶到郁洲，捕杀乱党，郁洲才得以平定。魏兵也只得收兵回国。

张稷曾参与谋杀齐主萧宝卷，也算得上是梁开国的功臣。梁主起初封他为左卫将军，他却自以为功高赏薄，心生不悦。梁主每次宴饮群臣，他总是闷闷辞谢。梁主瞧透情形，封他为安北将军，兼任青、冀二州刺史。张稷仍不满足，上任后，懒于治理州郡，守备日益松弛，也逐渐失去民心，惹起民怨。

梁主本来就对张稷不满，又见郁洲叛乱是因张稷而起，于是索性将已死的张稷的官爵追讨回来。后来，梁主与沈约谈起张稷时，还觉得愤愤不平。沈约回答说："这事都已经过去了，陛下不必再深究了。"这话突然让梁主想起沈约与张稷是亲家。当下，梁主愤恨地说："你能说出这话，也算得上是功臣吗？"说完转身入内。沈约突然遭到诘责，不禁惊慌，连梁主走入内室都没有看见，仍是呆坐一旁。直到内监令他退出去，他才迷迷糊糊地回到宅第。结果还没走到床前，沈约就晕倒在地。家人连忙把他扶到床上，给他灌药，他的疼痛才稍微缓解。到了半夜，沈约忽然大叫道："哎哟！不好了，不好了！舌头被割走了！"

胡太后临朝听政

沈约夜卧床中，迷迷糊糊中觉得舌头好像被割走了，痛不可耐，于是他拼命呼救。家人把他唤醒后，他仍觉得舌头有些疼痛。细细想来，梦中齐和帝萧宝融提着一把剑进来，硬是将他的舌头从舌根处切走。沈约越想越慌，忙嘱令家人找来一个巫师，为他释梦。巫师不等他说完，便说是齐和帝的鬼魂在作祟。沈约又忙请巫师做法，自己也每天祈祷，并焚烧忏悔文说："内禅之事，全是梁主萧衍一人所为，与我无关。"谁知忏悔文凑巧被梁主派去为他治病的御医徐奘知晓。徐奘回到宫中，据实禀报。梁主不禁大怒，当即派中使去诘责沈约说："禅让的诏书是你起草的，你怎么能都推在朕头上？"沈约愈加惶急，既怕梁主怪罪下来，又怕冥灵找自己算账，两忧相迫，没过多久，便到地下给萧宝融赔罪去了，享年七十三岁。

梁主还算有情，赐他厚葬。朝臣恳请赐沈约谥号文，梁主则改成"隐"字。沈约一生撰写了许多著作，如一百一十卷《晋书》、一百卷《宋书》、二十卷《齐纪》、三十卷《宋文章志》、一百卷文集。又制成四声谱，自称穷神入妙。梁主萧衍不以为奇，并问参政周舍说："什么叫四声？"周舍以"天子圣哲"四字为例，向梁主讲解平上去入的四声。梁主淡淡地回答说："这有什么奇特的？"随即将韵谱搁起，没有使用。后来，韵谱却流传民间，被推为奇作。

当时，与沈约齐名的还有江淹、任昉等人。江淹，字文通，萧齐时曾担任秘书监一职。梁主起事，他微服前去投靠，后来晋升为金紫光禄大夫，封为醴陵侯。天监四年，江淹逝世，萧主赐他谥号宪。江淹年少好学，曾梦到有位神人交给他一只五色笔，从那时起他便精通文辞；晚年，江淹又梦到那位神人把笔拿回去了，从此他再也写不出一句妙言，当时人人感叹他江郎才尽。

任昉，字彦升，他写文章总是一气呵成，辞藻华丽。据传说他的母

195

亲裴氏一天午睡时，梦见有一面四角悬着铃铛的彩旗从天而降，其中的一只铃铛落入怀中。惊醒后，裴氏发现自己怀孕了，生下来的孩子就是任昉。萧齐末年，任昉担任司徒右长史一职。梁主入都，封他为骠骑记室参军，不久又晋封他为吏部郎中。天监六年，任昉出任宁朔将军，兼任新安太守。担任太守时，任昉清正廉洁，总是拄着拐杖亲自到百姓家里，为百姓排忧解难。任昉去世以后，百姓在城南为他建立一座祠堂，每年春节前后都会去祭奠他。梁主得知任昉去世，也追封他为太常卿，赐谥号敬。

魏主元恪宠爱高贵嫔，将她册立为皇后。高皇后生性嫉妒，不准魏主接近后宫任何一位妃嫔。魏主仅有一儿一女，儿子偏偏夭折。魏主已是不惑之年，却还没有子嗣，因此不免心焦。碰巧宫中有一位胡充华，是司徒胡国珍的女儿，容色殊丽，秀外慧中。相传胡充华刚落地时，红光四绕，她的父亲胡国珍异常惊奇，忙召来一个术士询问。术士回答说："这女婴长大后定会大富大贵。"魏主元恪略有所闻，特意把她召入宫，册封她为充华。高皇后见她纤丽动人，当然对她很是嫉妒。怎奈胡充华巧言令色，一颦一笑都十分娇媚，竟让这位貌美性妒的高皇后也觉得她楚楚可怜，对她另眼相待。魏主元恪趁机与胡充华演了一出鸾凤缘，天子多情，美人有幸。不久，胡充华就挺着肚子在后宫来来去去。

以前六宫的妃嫔都虔诚祈祷，但愿生下公主，不愿生儿子，胡充华却慷慨激昂地说："国家原先立下的'儿子立为储君，母亲必须自尽'的规矩十分苛刻，而且不近人情；但我却不怕一死，宁可为皇室留下一条血脉，也不愿因为贪生，而贻误宗嗣！"

胡充华怀孕后，有人劝她服药堕胎，她不肯。晚上她还焚香，仰头发誓说："恳请上苍让我生下一个男孩，就算是让我死，我也愿意！"不久，胡充华竟真的生下一名男婴，魏主为孩子取名元诩。因怕皇后嫉妒，以致儿子发生不测，魏主还特意挑了一个乳母，将他们安排在别的宫寝里，不但不准高皇后过问，就是胡充华也不能去看望。

过了三年，元诩已经三岁，魏主想册立元诩为太子，下诏改永平五年为延昌元年。加封尚书令高肇为司徒，清河王元怿为司空，广平王元怀为骠骑大将军。这年初冬，魏主册立皇子元诩为太子，并一改旧制，废除了"皇子立为储君，生母必须自尽"的旧规。高皇后与高肇很是不服，劝魏主遵照旧制。魏主始终不依，反而晋封胡充华为贵嫔。高皇后更加愤恨，想毒死胡贵嫔。胡贵嫔忙向中给事刘腾求救。刘腾转告左庶子侯刚，侯刚又转告侍中领军将军于忠。于忠是领军于烈的儿子，他正愁没机会为暴毙的于皇后报仇，现在借公报私的机会来到眼前，他当即向太子少傅崔光询问计策。崔光附耳说了几句，于忠大喜，立即照办。才过了两天，魏主便下了一道对内的诏书，将胡贵嫔迁到别宫，并派亲军严加守卫，轻易不放任何人进去。高氏无从施毒，胡贵嫔得以安居无忧，颐养天年。

清河王元怿怕重蹈彭城王元勰的覆辙，因而对高肇时刻戒备。一天傍晚，在与高肇陪魏主喝酒时，元怿借着醉意对高肇说："陛下还有几个兄弟？为什么要将他们消灭殆尽呢？从前王莽借着渭阳的势力篡夺汉室的江山，如今高大人是不是也想效仿他呀？"高肇不禁惊愕，扫兴离席。不久天气大旱，高肇擅自审讯囚徒，宽赦了许多死囚。元怿又对魏主元恪说："臣听说，为人君者不能将治理国家的重任放手他人，不然就是对上天的亵渎，会遭到上天的惩罚！这也是自古以来天尊地卑，君臣有别的原因。如今司徒高肇身为臣子，竟敢越权擅自审讯囚犯，再这样下去，天灾也不远了！"魏主元恪只是微笑，不发一言。

第二年，魏恒、肆二州发生地震，死伤许多百姓。魏主担心这是上天给他的警告，于是更加提防高氏。转眼又是一年，这年冬季，梁涪人李苗以及校尉淳于诞投奔北魏，恳请立即攻取蜀地。魏主随即任命高肇为大将军，令他率十万大军攻打益州。侍中游肇劝谏说："国家连年大旱，现在不宜用兵。而且蜀地地势险要，不易攻取，陛下怎么能轻信他人，轻率兴师呢？如果一开始就不谨慎决策，到时候后悔也来不及了。"魏主默然不应。

转眼已是年末，过了残冬，便是魏延昌四年正月。高肇西去，还没有捷音，魏主元恪却身患重病，医药无灵，没几天就撒手人世了。侍中领军将军于忠、侍中中书监崔光、詹事王显、庶子侯刚立即到东宫将太子元诩迎入内殿，让他连夜即位。王显是高氏心腹，他忙对众人说："太子明天登基也不迟啊！"崔光当即反驳说："帝位一刻也不能空置，更别说等到明天了。"王显又说："太子即位，也必须先通报中宫。"崔光接口道："皇帝驾崩，太子继位，这是国家常典，哪用得着中宫来下命令！"当下太尉崔光和于忠等人向太子献上御玺，将太子请上皇位。第二天，宫中传出诏书，大赦天下，召回西讨、东防的各军；尊先帝元恪为宣武皇帝，庙号世宗；尊皇后高氏为皇太后，胡贵嫔为皇太妃。

于忠与门下省侍中等官商议国事，说国君年幼，暂时无法亲政，还是请高阳王元雍以及任城王元澄，一同辅政比较好。商议已定，众人当即向高太后奏请。王显不愿让二王执掌朝政，于是假传太后的旨意，想将高肇请来。结果不等他有所行动，于忠等人已先发制人，将他拿下处死，并请出太保高阳王元雍与任城王元澄。朝中文武百官对此均无异议。

高肇西至函谷关时，乘车的轮轴忽然断掉，他心里很是不安。后来又接到新国君召他回京的诏书，高肇更加惶恐。他怕朝廷有变，于己不利，急得朝夕哭泣，神槁形枯。匆匆回国后，家人来迎接他，他都不见，只是穿着孝服，连夜跑入太极殿，痛哭尽哀。高阳王元雍与领军于忠密议，打算除掉高肇，以绝后患。随即二人令卫士邢豹等人潜伏在中书省中，等高肇一哭完，于忠托词有要事商议，把他引入中书省。刚进门，于忠忽然大喊一声："卫士在哪里？"邢豹等人应声而出，把高肇按倒在地。高肇正想张口喊冤，邢豹立即卡住他的喉咙，不让他出声。他的双手又被卫士反捆，动弹不得。邢豹再一用力，就见他眼出舌伸，一命呜呼了。当即一道诏书下来，细数高肇的罪状，说他畏罪自尽，夺去他的官爵，仅以士礼埋葬。到了黄昏，卫士抬出高肇的尸体，把尸体送回高家。

高肇被杀，高太后焦虑不安，胡太妃趁机报怨，竟与于忠等人逼高太后出家为尼。从此，于忠专揽朝政，权倾一时。尚书裴植、仆射郭祚二人憎恨于忠专横，偷偷劝高阳王元雍贬黜于忠。结果元雍还没采取行动，于忠已先诬陷裴植、郭祚二人，勒令他们自尽，并罢免高阳王元雍，令他返居故邸。不久胡太妃被尊为皇太后，而有功于胡氏的于忠也晋升为尚书令，崔光为车骑大将军，刘腾为太仆，侯刚为侍中。

胡太后的父亲胡国珍被封为安定公，兼任侍中。当时，胡太后的妹妹胡氏嫁给江阳王元继的儿子元乂为妻。江阳王元继是道武帝元珪的曾孙，胡太后晋封他为太保，封他的儿子元乂为通直散骑侍郎，他的儿媳为新平君，兼任女侍中。于忠、崔光等人又奏请胡太后临政，胡太后当即应允，垂帘听政。胡太后聪明过人，自幼饱读诗书，又擅长骑射，朝上她亲自裁决内外政事，随手批示；朝外她的骑射技艺也不让须眉，因此能稳住满朝的文武，指挥如意，游刃有余。听政将近一个月，她私下询问众臣于忠的品行如何。群臣揣摩迎合，料知太后对于忠不满，所以都说于忠不够称职。太后点头，随即封于忠为征北大将军，令他出任冀州刺史。于忠离开后，元雍立即上奏弹劾自己，胡太后于是安抚他，任命他为太师，领司州牧。不久，又加封清河王元怿为太傅，兼任太尉；广平王元怀为太保，兼任司徒，任城王元澄为司空，兼任骠骑大将军。元澄随即迎合胡太后的心意，奏请胡太后的父亲参政，胡太后当然允准。

没过多久，群臣上奏时竟然称胡太后为陛下，胡太后居然也自称朕。十二月的时候，胡太后竟然代替幼主去宗庙祭祀。胡太后喜欢出宫游玩，但她经常在途中耐心听取吏民的冤屈，能裁决的，她立即裁决；一时没办法裁决的，她便交给官员办理。而且考核各州郡推荐的孝廉秀才以及官吏时，胡太后都是亲自去朝堂监考，再亲自阅卷，评定甲乙。

第二年，北魏改元熙平。侍中侯刚杀了羽林军，按罪论处，应被革职除籍。胡太后因他曾为自己立功，只是轻微责罚以示惩戒。侯刚仍和从前一样参政，有时还跟着太后游幸宗戚、勋旧各家，往往宴饮到半夜才回宫。侍中崔光援经据典，说太后不能随便出游。

胡太后此时已是游兴大发，随心所欲，怎肯听崔光的话，深居简出呢？历朝妇女多半信佛，胡太后自小深受姑母影响，自然也不例外。她特意令人在崇训宫旁建造了一座永宁寺，又在伊阙口建了一座石窟寺。两寺都极其华丽，京内外的僧尼都入寺瞻仰，络绎而来的人不下十万。扬州刺史李崇一再上奏，恳请胡太后将修建两寺庙的费用裁减一半，用来修葺明堂太学，奏章都石沉大海，毫无音讯。熙平三年，有人献上一只异龟，胡太后把它当成神异之物，并将熙平三年改为神龟元年，颁诏大赦，宴饮群臣。

不久，传来灵寿公于忠的死讯，众人都觉得十分快意，胡太后却下令将他厚葬，追赐他谥号武敬。又过了几天，胡太后的父亲司徒安定公胡国珍也去世了。胡太后为父亲举行丧礼，格外隆重，追封父亲为相国太师，加号太上秦公，并迎来母亲皇甫氏的灵枢，将父母同墓合葬，称为太上秦孝穆君。当时谏议大夫张普惠据理力争，竭力劝谏，说"太上"这个称号不能随便施以臣民。胡太后没有理会。

几个月后，出现月食，胡太后担心自己遭到天谴，便想为自己找个替死鬼挡灾。她密令心腹内侍去瑶光寺，毒死已当尼姑的高太后，随即声称高太后得病暴毙，然后为她草草办理丧葬。满朝文武毫无异议。自此，胡太后越发无所顾忌，竟与一位皇叔成就一段叔嫂奇缘。

199

清河王遇害

胡太后看上的，竟然是清河王元怿，元怿在孝文帝的众儿子中长相最为俊朗。胡太后看上元怿以后，将朝中的要职交给他，不管什么事情都找他商量，还时常到他的宅第夜宴，目逗眉挑。元怿不愿意和嫂子发生奸情，总是虚与周旋，不曾沾染。偏偏胡太后忍耐不住，一天傍晚，托词有要事相商，把他召入寝宫。元怿只好硬着头皮进去，哪知胡太后开口闭口都是床上兵法。元怿自知中计，但已无法脱身，不得不变通一下，应付过去。自此以后，元怿出入宫闱，已成习惯。不久这桩情事在京中传得沸沸扬扬。只因元怿十分有才，又礼贤下士，辅政后朝政也大有起色，所以一时还没有人出来说他的不是。

胡太后听政时期，发生了萧梁与北魏争夺淮堰的事情。梁天监十二年，北魏寿阳城遭遇洪水，房舍都被淹没。待到洪水退去，梁降将王足当即向梁廷献策，说可以在淮河的上游修建一个堰塘，用来淹灌寿阳。梁主萧衍当即派材官将军祖暅、水工陈承伯征调淮、扬的兵民修筑堰塘，并派太子右卫率康绚全权督导淮上各军，守护堰塘。堰塘南起浮山，北抵巘石，自天监十三年初冬开始兴建，一直到第二年的寒冬还没有竣工。工程艰巨，民众苦不堪言，加上天气恶劣，百姓死的死，伤的伤，真可谓一场浩劫。

淮河的堰塘还没有竣工，北魏朝廷已任命杨大眼为平南将军，命他督率各军屯驻荆山，争夺淮堰。梁主萧衍想先发制人，忙派左游击将军赵祖悦袭据北魏的碙石，进逼寿阳。北魏朝廷任命定州刺史崔亮为镇南将军，令他攻打碙石；又任命萧宝夤为镇东将军，令他向淮堰进军。梁将领赵祖悦听说崔亮率军杀到城下，忙出城迎战，结果败回城内。崔亮随即围攻碙石城，并约寿阳镇帅李崇的水军，来个水陆并进。谁知李崇屡次延期，以致崔亮久攻不下。

北魏胡太后听说崔亮还没有拿下碙石城，料知军将不和，特意任命吏部尚书李平为镇军大将军，令他率两千名骑兵前往寿阳，并负责调度各军。李平到达寿阳后，督令李崇立即发兵援助崔亮，同时又催促萧宝夤进攻淮堰。梁左卫将军昌义之奉命援救浮山，途中接到护淮军使康绚击败萧宝夤军的捷报，便与直阁将军王神念逆流而上，援救碙石。魏将崔亮派将军崔延伯驻守下蔡，崔延伯与伊瓮生在淮河两岸列营，千方百计截断硖石城中赵祖悦的去路，又堵截萧梁的援军。昌义之、王神念二人无法前进，只得暂时驻扎梁城。李平亲自来到硖石督战，梁将军赵祖悦出城投降。李平斩杀赵祖悦后，又趁势进攻浮山堰。崔亮因之前李崇不肯及时出兵相助，心生不满，又因李平是李崇的堂弟，越发愤恨。没几天，崔亮便借口生病，请求回朝，且不等李氏兄弟同意，便带着部将径直回到洛阳。李平奏请将崔亮军法处置，胡太后却袒护他，害得李平怏怏不乐，索性全军退回。

魏廷论功封赏，晋封李崇为骠骑将军，李平为尚书右仆射，崔亮为殿中尚书。当时萧宝夤还在淮北，梁主萧衍想招降他，令他袭取彭城。萧宝夤当即将梁主的意思上报魏廷，胡太后将他嘉奖一番，令他静守边防。杨大眼驻守荆山，也暂时按兵不动。

兵事一停，萧梁得以专心修筑堰塘。天监十五年四月，淮堰终于竣工，总长约九里，上游宽四十五丈，下游宽一百四十丈，高二十丈，塘边种植杞柳，每隔几米设置一座营垒。有人向康绚献策说："淮水是四大河之一，如果在堰塘的东面凿开一条水渠，将淮水引出去一部分，那样就能缓解堰塘的压力，堰塘就能长久不坏。"康绚随即照做，并用反间计，派人对萧宝夤说："有了这个堰塘，萧梁的百姓现在只怕开渠，不怕野战。"萧宝夤正担心下游水势暴涨，这下自然中计，他忙在堰塘的北边凿出一条水渠，水日夜分流，但堰塘里的蓄水仍旧不见减少。李崇率军驻扎硖石，筑桥通水，又在八公山的东南修筑魏昌城，作为寿阳城的屏障。寿阳城附近的居民见自家房舍被淹，祖墓被冲，怨声四起。在李崇的抚慰下，他们深恨萧梁，誓死守境，丝毫没有叛心。

梁徐州刺史张豹子，原以为淮堰的监工重任会落在自己肩上，没想到梁主特派康绚监工，并让他听候康绚的差遣。张豹子又羞又恨，随即诬陷康绚与北魏有来往。梁主萧衍虽然不相信，但因堰塘已告竣工，便将康绚召回，令张豹子管理淮堰。康绚走后，张豹子没有细心巡视堰塘，堰塘因受压过重，堤坝有所松动，他自然不知道。当时，魏廷因寿阳被淹过一次，引以为患，特意任命任城王元澄为上将军，令他督管南讨诸军事。大军正要东下徐州，大举攻打淮堰，仆射李平劝谏说："用不了多长时间，淮堰一定会崩塌，我们何必再动用兵力呢！"胡太后于是令任城王暂时屯军，静待秋汛。

一转眼，秋天到了，淮水盛涨，淮堰突然崩塌，声如雷吼，震动三百里。淮堰四周的营垒、村落以及十多万的百姓、士兵全都漂入洪水中，连尸骸都找不到。胡太后大喜，当即重赏李平，并令任城王停止进兵。梁主萧衍见自己空耗了许多银两，浪费了大量人力，到头来却前功尽弃，毫无效用，不免懊恼惆怅。几番自怨自艾后，梁主开始迷信佛教，他下诏令百官祭祀的时候用蔬菜瓜果来代替牲畜，朝野都视为奇闻。群臣商议一番，打算用干肉来代替牲畜，梁主却又下令将面食捏成牲畜模样来替代干肉。

临川王萧宏自洛口逃回来，梁主不但没有惩罚他，还加封他为司徒，仍任命他为扬州刺史。天监十七年，梁主抓获一名刺客，审问后，才知幕后主使者竟然是萧宏！梁主当即将萧宏召入宫，哭着对他说："正是因为我略有才干，才侥幸坐上王位，但即使是坐上去了，我还是提心吊胆地防备。你的才能不及我一半，怎么能妄想皇位呢？而且我对你这么好，你却不懂得感激，真是太没良心了！"萧宏忙鸡啄米似的点头说："我知错了！我知错了！"梁主于是罢免他的官职，勒令他回府。不久，又有人来告密，说萧宏私藏铠仗，包藏祸心。梁主当即向萧宏赠送美食，并亲自去他家喝酒。饮到半酣，梁主径直走入萧宏的后堂，发现三十多所房间里没有什么兵器，只是堆积着许多金银珠宝。萧宏生怕梁主会斥责自己，正十分慌张，哪知梁主反而露出笑容，温和地对他说："阿六，你的生活可真好啊！"随即回到厅堂继续喝酒，一直到深夜才回宫。这事以后，梁主知道萧宏只是贪财积私，没什么大志，便又恢复了他的官职。

梁主的二儿子豫章王萧综仿效晋王萧褒的《钱神论》，戏作《钱愚论》一书讥讽萧宏。梁主当即下令销毁这本书，但书早已流传都中。萧宏因此又羞又悔，稍稍有所收敛，但没过多久，他又故态萌发，做出一桩逆伦的大事。这也是梁主姑息养奸，为私忘公，一误再误所致。

北魏胡太后监朝五年，奢淫无度，一掷万金，毫不吝惜。她又令人在宫内外修筑寺塔，并且派使臣宋云与比慧生等僧徒一起去西域求取佛经。一行人向西行进了约四千里，走过赤巅，才走出北魏边境。又向西走了两年，到达乾罗国，取得一百七十部佛书，而后回国。胡太后将佛书和僧徒们供奉在佛寺，又花费了无数的金银。达官贵人、宦官、羽林军都极力迎合胡太后的意思，出钱在洛阳到处修建佛寺。奢侈之风大为盛行，朝臣都养成奢侈的生活习惯，甚至以斗富为乐。

地方上交的赋税，本来就有限，不可能凭空增添，北魏历朝皇帝都十分节俭，才积下大量钱财。谁知到了胡太后这里，却大肆挥霍，视若粪土。达官贵人虽然有祖宗积蓄、朝廷赏赐，却也为数不多，哪经得起斗富？这些人想要争奢斗靡，免不了贪赃纳贿，剥削吏民。一班下僚蝇营狗苟，恨不得指日高升，荣膺爵禄，所以仕途越发混杂，官品也日渐低下。

镇西将军张彝的儿子张仲瑀，奏请精简官吏，抑制武将。羽林军得到消息后，立即聚集一千多人，在尚书省门前诟骂。尚书省官员急忙关闭大门，将闹事的将士阻在门外。将士们抛瓦掷石，闹了一会儿，又跑到张宅，拖出张彝父子，拳打脚踢，甚至纵火焚宅。张仲瑀的兄长刚叩头求饶，竟被乱党提起来，扔到火中，烧得一团漆黑。张仲瑀死里逃生，他的父亲却在这场暴乱中遇害。胡太后听说事变，慌忙派官吏去安抚，只捕杀了八名闹事的头目，其他人一概不过问。同时下诏大赦，说是将根据习武之人的资望来选拔武将。

怀朔镇的函使①高欢，在洛阳目睹张彝的死状，一回家，他就一边散财，一边结交宾朋。有人问他怎么那么不疼惜自己的钱财，高欢回答说："京中的羽林军焚杀大臣，朝廷都不敢深究，政事可想而知，更何况我只是一个小官吏，又怎么能守得住家财呢？"高欢是渤海蓨县人，字贺六浑。他的曾祖父高湖曾投奔北魏，担任燕郡太守；祖父高谧是北魏御史，因坐罪被流放到怀朔镇，从此高氏几代居住在北魏的北疆。高欢在平城做士兵时，有一户富人的女儿娄氏见他身材魁梧，气度不凡，愿嫁给他为妻。高欢这才有钱买马，报效镇将，当了一名函使，后来竟成为北齐始祖。

北魏尚书崔亮执掌吏部，因官吏多不胜选，他便创立一个新制度，即不管这名官吏是否贤能，只要任用期满，立即换人。这个方法虽然在一定程度上杜绝了那些侥幸进来的人，但贤能之人却因此受到抑制，庸人反而得到高升，并非选才的良策。

宦官刘腾恃功怙宠，由太仆晋升为侍中，兼任右光禄大夫，逐渐干预朝政，卖官鬻爵。胡太后不但不加以禁止，反而提拔他为卫将军。清河王元怿却秉公执法，不肯容情。吏部恳请任命刘腾的弟弟为郡守，元怿将此事搁置不提。散骑侍郎元义被封为侍中领军将军后，骄恣不法，也被元怿裁抑。于是，元义与刘腾二人阴谋报复元怿。

龙骧府长史宋维，由元怿保荐为通直郎。宋维做事草率，没有什么作为，因而总是遭到元怿的严厉训责。元义于是趁机拉拢宋维，让他诬告

---

① 函使：负责函奏往来的人。

元怿谋反。胡太后与元怿通奸，自然祖护情郎，再加上确实没有什么证据，所以谋反一案，元怿无罪，宋维则被打入监牢。元义随即入宫对胡太后说："如果今天杀了宋维，以后果真有人谋反，还有谁敢来告发呢？"胡太后觉得有理，便将宋维贬黜为昌平郡守。元义、刘腾二人见胡太后宠信元怿，便决定用釜底抽薪的计策，来除掉元怿。二人唆使负责魏主膳食的主厨胡定，去诬陷元怿说："元怿用重金贿赂微臣，要微臣毒杀陛下，微臣不敢谋逆，所以前来自首。"魏主只是一个十一岁的幼童，哪能辨清是非曲直，当即令元义诛杀元怿。

这年是北魏神龟三年，刚入新秋。元义奉请魏主驾御显阳殿，刘腾关闭永巷门，以阻挡胡太后前来，又假传胡太后的圣旨，召元怿入宫相见。元怿到了含章殿，元义阻住他的去路，不让他进去见太后。元怿大声训斥道："你是不是想造反？"元义也怒腾腾地说："我不敢造反，却是特意来绑你这个反贼。"元怿还想抗辩，已被侍卫逼入含章东省，监禁起来。刘腾立即又假传胡太后的旨意，宣召大臣，说元怿大逆不道，应立即处以死刑。群臣都畏惧刘腾，没人敢有异议，只有仆射游肇出言谏阻。但元义、刘腾二人竟径直入内禀报魏主，说王公大臣都同意诛杀元怿。魏主没有主见，只是含糊许可。元义、刘腾二人当即将元怿处死。并以太后的名义，将政权交还魏主，同时将胡太后幽禁在北宫。北宫的宫门昼夜都是紧闭的，胡太后与朝内外断绝一切联系，甚至连魏主也无法见到。饥寒交迫的胡太后忍不住哭着叹道："正是养虎为患，才导致今天的下场啊！"

当时任城王元澄已病故，元义与太师高阳王元雍等同掌朝政，改元正光。元义为外御，刘腾做内防，魏主称元义为姨父，并将政事交由他处理。高阳王元雍等人也只能随声附和，不敢违逆。游肇愤愤而终。朝野听说元怿被杀，都灰心丧气，有数百名胡人因元怿之死而在自己的脸上划上刀痕。

魏主探母

北魏相州刺史元熙，是中山王元英的长子。元英攻克平靖、武阳、武胜三关后病故，长子元熙承袭爵位。元熙十分好学，很有文才，只是有些心浮气躁。元英生前本想立元熙的弟弟元略为世子，但元略不愿意。

元熙的妻子是于忠的女儿，元熙借着岳父的威权，升为相州刺史。元熙又与清河王元怿相处得和睦融洽，二人常常通信问候。

元熙上任时，正是初秋。先是狂风骤雨，酿成奇寒，冻死数名随从和十几匹驴马。不久，庭院中又忽然生出蛆虫。一天晚上，元熙正睡得迷糊，突然听到有人对他说："清河王就要死了，他去世三天后，你也免不了一死！如果不相信，你自己去他家看看吧。"元熙恍惚相随，来到清河王家门前。果然看到四面围墙都已坍塌。正惊叹时，鸡叫声突然传入耳中，元熙这才知道自己刚刚做了一场梦。回忆梦境，总觉得不祥，于是向亲朋好友谈及梦境。众人都劝解他，说梦并非现实，不值得相信。得知元怿被冤杀，元熙不禁怒从中来，想起兵讨伐元乂等人。王妃于氏急忙劝阻他，但此时王熙已怒不可遏，早将妻子的话丢在耳边，立即在邺上起事，声讨元乂、刘腾。

黄门侍郎元略、司徒祭酒元纂是元熙的弟弟，二人一听说兄长起事，便都从洛阳奔到邺城，协助兄长举兵。长史柳元章假意依从，暗中却唆使部众闯入州府，杀掉元熙身边的侍卫，拿下元熙、元纂二人，将他们囚禁在高楼上，随即派人向京都报捷。元乂立即派尚书左丞卢同带着诏书赶往邺城，监斩元熙、元纂及元熙的儿子。元熙的首级当即被送到洛阳，他的亲属旧吏竟没有一人敢去收尸，还是前骁骑将军刁整将他收尸殡葬。

元熙的弟弟元略侥幸脱逃，而后投奔萧梁。梁主封元略为中山王，任命他为宣城太守。元乂听说元略在萧梁受封，特意派使者到建康，想与萧梁通好。梁主也料知北魏的深意，于是虚与应酬，没几天，便打发北魏使者归国了。

魏主元诩要求谒见母亲，元乂随即允诺。魏主于是带着文武百官前往西林园，朝见胡太后。在元乂的安排下，魏主与胡太后以及群臣欢宴。饮到半酣，武臣起舞助兴。右卫将军奚康生独舞力士舞，盘旋于阶下，每次抬眼看太后时，手舞足蹈，一副要捕杀罪人的模样。太后窥透他的意思，心中暗暗欢喜，但一时又不敢上前问话。奚康生与元乂二人也算是亲戚，奚康生的儿子奚难当娶了侯刚的女儿为妻，侯刚的儿子是元乂的妹夫，所以元乂幽禁太后一事，奚康生也曾参与。奚康生与元乂一同在朝中做事，奚康生看不惯元乂趾高气扬的样子，屡次当着朝臣的面出言顶撞，二人于是逐渐不和，互生嫌隙。此时奚康生借着舞剑，向太后暗示自己想杀元乂的心意。胡太后毕竟聪明，默视良久。到了傍晚，她要求魏主留宿北宫。侯刚在一旁说："陛下已经朝见完毕，不用在这里留宿了吧?"奚康生当即反驳说:"陛下是太后的亲儿子,太后有命,陛下不可不遵从。"胡太后趁势站起来,携住魏主的手,径直下阶离去。

进入北宫的宣光殿后,太后带着魏主坐上宝座,左右侍臣站立两旁。奚康生仗着酒胆,正想传诏说奉太后之命诛杀元义。没想到,元义已防着这一招,他指使军士闯入殿中,七手八脚地把奚康生带走。两边的侍臣当即哗乱。胡太后见到这个情形,也十分慌张。光禄勋贾粲从容进来对太后说:"现在侍臣惶恐不安,还请陛下出殿抚慰。"胡太后于是起身,刚出殿门口,贾粲便扶着魏主下座,等到胡太后回头一看,魏主早已被贾粲带到显阳殿了。胡太后自知中计,又入殿徘徊。这时贾粲又带着刘腾等人进来,逼胡太后回北宫的居所,然后关闭所有的宫门,并像以往那样挂上重锁。奚康生被押到门下省,当夜受审,第二天便被押到市曹处斩,他的儿子奚难当后来也被暗杀了。

刘腾晋升为司空后,公然收受贿赂。为别人办事时,不管是公事还是私事,都要收银子。朝中过半的大臣都看他的脸色行事,寡廉鲜耻的下吏,则拜倒在他门下,一心想做他的干儿子。刘腾自此权焰熏天,远近侧目。不久,车骑大将军崔光晋升司徒。元义的父亲江阳王元继被封为京兆王。

不久,元义因贪财,发兵征讨柔然。柔然国从前曾被北魏逼入漠北,后来又屡次入侵北魏边境,但都被北魏的兵将击退。北魏宣武帝正始元年,柔然库者可汗又派兵侵犯北魏的沃野及怀朔镇。北魏主派车骑大将军源怀在北疆增筑了九座城垒,设兵防守,柔然才不敢入犯。库者可汗死后,他的儿子佗汗可汗嗣位。佗汗可汗屡次向北魏求和,北魏都不答应。不久,佗汗可汗被高车杀死,他的儿子伏跋继位。伏跋骁勇强悍又有武略,他击毙高车酋长弥俄突,为父亲报仇,逐渐扫灭叛国,转弱为强。后来,伏跋被一个女巫迷住。伏跋的母亲侯吕陵氏便伺机绞死女巫,然后授意群臣杀死伏跋,另立伏跋的弟弟阿那瓌为可汗。

刚过了一个月,伏跋的族兄示发举兵袭击阿那瓌。阿那瓌战败,投奔北魏。北魏迎纳他,并封他为朔方公蠕蠕王。阿那瓌乞请援师,回国讨伐叛贼,但北魏商议许久,都没有决定。阿那瓌实在心急,忙重金贿赂北魏当政的元义。元义这才调发一万五千多人马,任命怀朔镇将杨钧为将领,送阿那瓌回国。尚书右丞张普惠忙上奏劝谏说:"蠕蠕长久以来就是我国的边患。如今我们正好借用这个时机夺取蠕蠕,招抚阿那瓌,使他成为我朝臣民。应当把他留在京都，加以约束，绝对不能送他回国，留下后患啊！"元乂全然不睬。只是催促杨钧迅速部署，立即北行。

当时，示发大破柔然，杀死阿那瓌的母亲侯吕陵氏及他的亲弟弟。偏巧，阿那瓌的堂兄婆罗门纠众讨伐示发，示发奔投地豆干。地豆干把他杀死，国人立即推立婆罗门为可汗。杨钧率军进入柔然境内，担心柔然出兵相拒，忙向朝廷求援。北魏朝廷派使臣谍云具仁前去招降柔然。婆罗门桀骜不驯，但在谍云具仁的劝慰下，他不得不低头，令大臣邱升头等人随谍云具仁去迎接阿那瓌。谍云具仁高兴地回来报告好消息，不料阿那瓌又害怕起来，不敢前进，情愿回洛阳。不久高车王弥俄突的弟弟伊匐，从哌哒搬来援军，袭击柔然，大破婆罗门。婆罗门又窘又急，忙向北魏乞降。

柔然无主，国人这时愿意迎奉阿那瓌，阿那瓌又请求回国。魏凉州刺史袁翻向魏主献策说："现在柔然有两个君主，不如同时招降二人，然后将柔然分为东西两部，由他俩分别据守。这样一来，我国的边境就会安宁许多。"北魏朝廷讨论过后，让阿那瓌据守怀朔北方，地名为吐若奚泉；婆罗门据守凉州北境，就是西海故郡。

没想到，婆罗门心怀鬼胎，才一年便投靠了哌哒。北魏平西长史费穆奉命去讨伐，计歼婆罗门全军，将他押送到洛阳。婆罗门后来饿死狱中。阿那瓌向北魏要粟种，北魏朝廷送去了一万石粟种。谁知第二年收成不是很好，阿那瓌率兵突袭北魏边境，请求赈粮。北魏朝廷派尚书右丞元孚前去安抚，没想到阿那瓌反而拘禁北魏使者，然后率部众南侵，一路掠劫到平城附近。北魏于是派尚书令李崇等人大举北征，阿那瓌这才释放元孚，驱赶民众北逃。李崇追了三千里，还是没追上阿那瓌，只得中途折回。这都是因为元乂贪赂纵奸，酿成兵祸，害得北魏反被夷狄所制。

元乂怙恶不悛，肆意搜刮百姓。他的父亲京兆王元继也十分贪婪，有人请他办事时，他总要收受大笔钱财才肯相助，平时有什么事就委托下属官员，下属官员哪敢违慢。朝廷里的大臣，谁肯毁家报国，当然是竭泽而渔，大肆搜刮百姓。于是四方叛乱迭起。

以前魏都平城四周曾设置了六座城镇，即武川、抚冥、怀朔、怀荒、柔玄、御夷。这六座城镇都在长城的北面，由重兵把守，并且耗资巨大。孝文帝迁都以后，对这六座城镇不管不顾，将士逐渐有了怨言。尚书令李崇奉命出击阿那瓌，长史魏兰根对他说："大人回京后，请代我向陛下建议，将长城北面的六镇改为州郡，这样有利于管理地广人稀的北疆；

207

而且不要只厚待国内的士兵，也要优待驻守边疆的兵将。文武兼用，恩威并施，这样朝廷就没有北顾之忧了。"李崇觉得很对，回京后，便按魏兰根的提议奏请。无奈权贵只识金钱，不顾后患，将李崇的奏章搁起不提。

没想到过了没多久，怀荒镇开始叛乱，就连六镇以外的沃野镇也有豪民破六韩拔陵，聚众造反，并派部将围攻武川镇，进逼怀朔镇。不久，武川镇沦陷，怀朔镇守将杨钧弃城南逃，临淮王元彧率兵救援，结果大败而归。

魏主得到消息，急忙召集群臣问计。吏部尚书元修义，恳请派重臣督军。魏主想任用李崇，李崇急忙以年老为借口推辞重任。魏主不答应，坚持任命他为北讨大都督，并令抚军将军崔暹、镇军将军广阳王元渊等人都听他的调遣。各军陆续北行。

当时西北一带，寇盗四起，纷纷响应破六韩拔陵。秦州刺史李彦为人暴虐，他的部将便趁机杀死他，推立党人莫折大提为秦王。南秦州民众也刺杀本州刺史，以示响应。不久，莫折大提病死，他的儿子莫折念生居然称帝，自号天建元年。魏主任命雍州刺史元志为征西都督，令他前去讨伐莫折念生。莫折念生的弟弟莫折天生率领部众迎战，元志连连战败，最后连岐州也失守了。

元志刚战死在岐州，李崇也败退云中。不久，东、西部同时传来叛变的消息，众叛将纷纷归附破六韩拔陵。魏主这才想起李崇先前的建议，于是下诏将六镇改为州郡，并任命黄门侍郎郦道元去抚慰六镇的兵民。哪知六镇都背叛北魏，郦道元只得中途折回都中。不久，南秀容人乞伏莫于又造反，后来出了一个酋长尔朱荣，召集众人平定了乱事。尔朱荣当即向北魏称臣，详细报告平贼的事情，魏主封他为博陵郡公。尔朱荣的高祖尔朱羽健，最初被封到秀容川。尔朱荣的父亲尔朱新兴善于畜牧，他养的牛羊马驼遍满山谷。刚巧北魏在北疆用兵，尔朱新兴便向朝廷献上自己放牧的马匹助战。叛乱平定后，朝廷晋封尔朱荣为公爵。尔朱荣这才大展宏图，随后广交豪杰，练兵储械，静待时机。

梁主萧衍听说北魏国乱，想趁机一统中原。当时萧梁良将只有韦睿、裴邃二人，韦睿于普通元年病逝，裴邃还健在。梁主于是任命裴邃为信武将军，兼任豫州刺史，令他出兵北伐。裴邃率轻骑杀入寿阳的外城，北魏扬州刺史长孙稚奋力抵御，一日九战，两军旗鼓相当。后来，裴邃因没有后援，只得暂时撤回。随后又攻取北魏的建陵、曲木以及狄城、璧城、司吾。徐州刺史成景攻克睢陵，将军彭宝孙攻克琅琊，曹世宗攻

208

克曲阳、秦墟，李国兴也连拔三关。北魏徐州刺史元法僧，派儿子元景仲向梁军投降。梁主随即任命原北魏黄门侍郎元略为大都督，令他与将军陈庆之率兵前去接应，却被北魏安乐王元鉴击败。元法僧却趁元鉴得了胜仗懈怠的时候，出其不意地杀过去，打了一个大胜仗。梁主于是任命元法僧为司空，封为始安郡公，又令西昌侯萧渊藻及豫章王萧综陆续进军，援助裴邃。

裴邃攻下新蔡郡，又进逼郑城、汝颖一带。北魏河间王元琛及寿阳守将长孙稚，率五万部众前来截击，却陷入裴邃暗设的埋伏。一声呼哨，裴军四面相逼，魏军好似网中鱼、瓮中鳖，任人随意捕捞。长孙稚拼命杀出重围，夺路奔逃。幸亏元琛从后面援应，他才平安回到寿阳，但五万人马已损失了一两万。裴邃自此威名大震，正要乘胜荡平淮甸，进军河洛，偏偏天不假年，裴邃竟一病不起，在军中病故。他的丧葬仪式比韦睿更为隆重。韦睿死后被追封为侍中，赐谥号严；裴邃也被追封为侍中，并封为侯爵，赐谥号烈。淮、淝军民感激他的厚恩，一个个痛哭流涕。

滴血认亲

北魏尚书元修义奉命讨伐莫折念生，中途染上风寒，不便统领军队。魏主便令萧宝夤代任，并任命崔延伯为岐州刺史，兼任西道都督，令他与萧宝夤一同屯兵马嵬。莫折念生的弟弟莫折天生正要在黑水列营，谁知崔延伯率军杀来，并将他逼入了小陇山。岐雍及陇东相继被平定。北魏京兆王元继被任命为大都督，正要出京督统西道各军，随即岐雍的捷报传来，魏主立即诏令各军班师。

当时宦官刘腾和司徒崔光都已病死，元乂整天沉迷于酒色，要么闭门不出，要么出游忘返，无暇顾及宫廷。

胡太后察悉情形，转忧为喜，乘元乂外出的时候，把魏主与群臣召进来，说："元乂不让我们母子相见，隔绝我们母子的往来，却还留着我，留下我又有什么用呢？还是让我削发为尼，聊尽余生吧。"说着，泪珠直往下落。魏主见胡太后一副伤心欲绝的模样，忙叩头劝阻，群臣也跪伏哀求。胡太后置之不理，反而令侍女找来一把锋利的剪刀，就要削发。魏主更加惶急，一面禁止侍女，一面再三苦劝。胡太后还是不肯依从，群臣便恳请魏主陪胡太后歇一晚。晚上，母子俩聊到半夜，太后无非说元义不法，必将作乱，劝魏主早日除掉祸患。魏主身边的人密报，说元义曾派堂弟元洪业，私下向武州人姬库根买马匹，图谋不轨。此时，魏主已十六岁，稍明事理，他也怕自己的帝位被夺，当下便与太后密谋贬黜元义。元义还朝后，魏主便把太后想出家的念头告诉了他。元义巴不得胡太后早些出家，便劝魏主顺着太后的心意，魏主含糊应允。

胡太后将近四十，仍是风韵犹存，她哪肯出家为尼，断绝六欲呢？放出这样的风声，无非是要迷惑元义，让他对自己放松警惕。元义竟被胡太后骗住，不再像从前那样防范胡太后。胡太后随即打着前往嵩山修道的旗号，屡次外出，有时还带着魏主一起外出游玩。元义曾保荐元法僧为徐州刺史，谁知元法僧却背叛北魏投奔萧梁，胡太后屡次提起此事，弄得元义颇为羞愧和悔恨。高阳王元雍的官职虽然在元义之上，却不及元义有权，所以对元义很是畏忌。一天，魏主和胡太后又出宫游玩，元雍趁机将两宫邀请到自己的宅第，开宴畅饮。喝到日落，胡太后与魏主起座，与元雍一同走入内室，谈了许久才出来。外人都无从猜测他们在商讨什么。

过了几天，元雍跟着魏主朝见胡太后，启奏说："元义父子权位太重，不免让人担心。"胡太后于是召来元义，对他说："你如果真是效忠朝廷，为什么不辞去领军的职衔，担任别的官职继续辅政？"元义当即恳请魏主，罢免他领军将军的职衔。两宫当即允准，任命元义为骠骑大将军，兼任尚书令，并改用侯刚为领军将军。元义见是同党接替自己的职务，自然没有怀疑太后的动机。

魏主册立胡太后的侄女胡氏为皇后，却不怎么喜欢她。不久，又另纳一名潘氏女子为充华。这女子名叫潘外怜，有倾国倾城的容貌，深得魏主欢心。宦官张景嵩、刘思逸等人向来与元义不合，便经常对潘充华说元义想加害她。潘充华便向魏主哭诉说："元义心存叵测，不仅想杀臣妾，还想对陛下不利，还请陛下多加留意呀！"魏主自此更是视元义为眼中钉，恨不得马上除掉他。侍中穆绍又劝胡太后贬黜元义。胡太后随即任命侯刚为冀州刺史，将他调离京城，去了元义的一条左臂；不久，又采取同样的手段，调任贾粲为济州刺史，把元义的右臂也断了，这才安心贬黜元义。

正光六年四月初，胡太后再次临朝听政，下诏将元义贬为庶民，并追削了刘腾的官职。清河国郎中令韩子熙当即上奏，恳请为清河王元怿申冤，诛杀元义，将刘腾开棺戮尸。胡太后随即允准，并将刘腾的养子杀死，家产全部抄没。同时派人追杀贾粲，将侯刚贬为征虏将军。侯刚回家后便病死了，魏主任命他的儿子侯熙为中书舍人，又让齐州刺史元顺回朝，任命他为侍中。元顺是任城王元澄的儿子，曾担任黄门侍郎一职，因直言劝谏，冒犯元义，被贬到边境。此次回都后，很受魏主和胡太后的宠眷。他与元义不和，见元义还没死，不免有些忧虑。

一天，元顺入内殿向胡太后禀报朝事。胡太后让他坐在一旁。他拜谢后，发现太后的右手边，坐着一位中年妇人，正是胡太后的亲妹妹，元义的妻子。元顺当下指着那位妇人，对胡太后说："太后怎么能为了自己的妹妹，置百姓的怨愤于不顾呢！"太后默然不答，元义的妻子已经潸然泪下。元顺随即拜辞而出。

以前，咸阳王元禧因谋逆被杀，他的儿子大多投靠萧梁。其中有一个儿子叫元树，被梁主封为邺王。元树致信北魏公卿，揭发元义的罪状。北魏公卿将信函献给太后，胡太后因妹妹求情，不忍心诛杀元义。至此胡太后对侍臣说："刘腾、元义先前向我索要免死令牌，幸亏没有照给。"舍人韩子熙接嘴说："元义等人的罪恶，不是一枚免死令牌就能赦免的，况且太后也没有给他。但现在为什么明知他罪大恶极，却还不杀他呢？"胡太后怅然失意，没有说话。

不久，又有人揭发元义的阴谋，说他与弟弟元瓜招诱六镇投降的百姓，打算在定州起事。胡太后仍旧迟疑不决。群臣坚持恳请诛杀元义，魏主随即赐元义以及元瓜二人自尽。京兆王元继也被贬黜回家，不久病逝。元义的妻子居家守丧，寂寂寡欢。元义的弟弟元罗没有坐罪，竟天天勾引嫂子，没过多久，二人便情同伉俪。

胡太后这次临朝听政，改元孝昌。把从前被禁锢时的困苦日子全部抛在脑后，回到放纵无度，饱暖思淫的旧态。侍中元顺看不过去，再三劝谏，胡太后却充耳不闻。

忽然，豫章王萧综自徐州来洛阳投降。胡太后大喜，嘱令魏主优礼相待。魏主便任命萧综为侍中，封他为丹阳王。萧综是梁主萧衍的次子，母亲吴淑媛本是齐东昏侯的宠妃，萧衍进入建康后，将她据为己有。吴淑媛怀胎七个月，就生下萧综，于是宫里的人都说他是东昏侯的儿子。后来吴氏年暮色衰，渐渐失宠。萧综十岁时，曾梦见一个壮硕的少年抚摩自己的头，萧综暗自惊讶，悄悄对母亲吴淑媛说了这个奇怪的梦。吴淑媛问他梦中少年的形象，萧综大略描述了一番，没想到吴淑媛听完后，哭着对他说："我本是齐宫的嫔御，被当今的陛下所逼，怀胎七月，生下了你。你自然是比不上其他的皇子，但因是太子的二弟，所以还能保全富贵。记住，千万不要把这件事泄露出去！"萧综听了这番话，抱住母亲大哭。但他仍对这件事半信半疑，暗想民间流传，将活人的血滴入死人的骨头，如果血渗进去了，这两个人就是父子，自己不妨一试。萧综于是在夜里带着几名心腹私下挖掘东昏侯的陵墓，并剖棺取骨。没想到，他的血真的渗入骨头。回家后，萧综竟把才一个月大的二儿子掐死，然后埋掉，又派人去挖掘儿子的坟墓，取出儿子的骨头，再次滴血试验，血依旧渗透进去。萧综这才相信自己是东昏侯的儿子。此后，他将齐氏祖宗供奉在密室里，又向梁主恳请征讨北魏。

梁主刚开始不答应，后来北魏将元法僧降梁元略、陈庆之前去接应纷纷大败而回，他才令萧综出京督率各军，镇守彭城，并负责处理徐州府事。同时，让元法僧来京都担任官职。魏主调任临淮王元彧为东道行台，令他率兵进逼彭城。梁主又怕萧综不善战，促令他率兵回京。萧综竟然趁夜投靠元彧。城中失去主帅，自然大溃，魏人攻陷彭城，掳走长史江革等人，并令他们跟随萧综前往洛阳。萧综得到北魏的封赏，随即为东昏侯守孝，穿了三年的孝服，改名萧赞。

梁主得到消息后，大为骇愕，便允准群臣的奏请，革去萧综的爵位，并令吴淑媛自尽。不久，北魏把江革等人送回萧梁，要求梁主送还元略，梁主便答应了北魏的要求。元略回国后，魏主已为他的父亲平反，恢复他父亲中山王的爵位，并封他为侍中，赐给他东平王的爵位，任命他为尚书令，对他格外宠任。梁主萧衍随即召见江革，询问他萧综背叛的具体情况，江革据实陈奏。梁主觉得萧综为生父守孝，算得上是孝子，当即下诏恢复萧综的爵位。并追赐吴淑媛谥号敬，封萧综的儿子萧直为永新侯，令他负责吴淑媛的丧葬事宜。

还有一件暧昧的事情，说起来让人觉得可笑。梁主萧衍的女儿中，临安、安吉、长城三位公主都很有文才。唯独永兴公主顽皮而荒淫，她与叔父临川王萧宏通奸不说，甚至还为了皇后之位，帮助萧宏谋权篡位，刺杀自己的父亲。后来事情败露，梁主萧衍伤心欲绝，把公主撵出了京城。公主也觉得没脸面对父亲，不久暴毙。临川王萧宏忧惧成疾，最后也病死了。萧宏生病期间，梁主还探视了他七次，他死后，梁主又追封萧宏为侍中大将军扬州牧，赐谥号靖。有这样狂傲的弟弟和大逆不道的女儿，梁主不仅千方百计为他们掩饰，甚至还特别优待他们。这真是当断不断，反受其乱了。

与此同时，北魏的祸乱也是日盛一日，一发不可收拾。莫折天生虽然败逃，西北的敕勒酋长胡琛却自称高平王，派部将万俟丑奴侵犯北魏的泾州。萧宝夤、崔延伯移师支援，却被狡猾的万俟丑奴逼入安定，崔延伯中箭身亡。贼势日益强盛，北魏大震。

当时，北道都督李崇病故，广阳王元渊进兵五原。统军贺拔度拔带着三个有勇有谋的儿子，在北魏西部的铁勒，与破六韩拔陵的得力部将卫可孤大战。贺拔度拔战死，他的儿子贺拔允、贺拔胜、贺拔岳三人跑到五原，投入广阳王元渊麾下。元渊见他们骁勇，视他们为自己的得力部将。刚巧，已被杀败的破六韩拔陵又率兵前来，把五原城团团围住。贺拔胜带着自己招募的两百壮士打开东门，英勇地出城迎战，斩杀了一百多名贼兵，击退了破六韩拔陵。元渊接着收复已改为怀朔州的怀朔镇。穷途末路的破六韩拔陵逃到沃野，最后被柔然主阿那瓌斩杀。魏主派中书舍人冯隽去犒劳柔然军。阿那瓌送走冯隽，便自称头兵可汗，盘踞塞外，拥众称雄。

那时还有莫折念生、胡琛两路叛贼还没有扑灭，魏主不得不分头征剿，静待捷音。没想到两路贼寇还没有被歼灭，又冒出两路贼寇来，以致北魏乱祸益炽，势成燎原。一路是柔玄镇乱民杜洛周在上谷造反，改元真王；一路是五原的降民鲜于修礼在定州起事，改元鲁兴。

警报雪片似的传达魏廷。魏主立即任命幽州刺史常景为行台征虏将军，令他与幽州都督元谭讨伐杜洛周；任命扬州刺史长孙稚为骠骑将军，令他与河间王元琛讨伐鲜于修礼。彼此争战数月，元谭直到起用了于荣，军务才有起色。河间王元琛与长孙稚不和，以致魏军在滹沱河战败。魏主罢免二人的官职，改用广阳王元渊为大都督，令章武王元融及将军裴衍做副手，攻打鲜于修礼。

元渊是太武帝元焘的曾孙，与城阳王元徽是堂兄弟。元徽的妻子于氏与元渊通奸，元徽管不住妻子，只有更加憎恨元渊。元渊出征以后，元徽对胡太后说："元渊居心叵测，不可不防！"胡太后便密令章武王元融有所防备，没想到元融却把太后的密诏拿给元渊看了。元渊当即上奏为自己辩护，并弹劾元徽，说他作恶多端，谗害功臣，恳请太后将元徽调离京城，这样自己才能安心作战。胡太后搁置不理。当时，元徽担任尚书令，与郑俨等人朋比为奸，表面上一副柔和、严谨的模样，心里却

213

十分嫉妒他人，并且任性妄为，以致朝政越发紊乱。元渊听说朝廷仍然重用元徽，所以更加疑惧，行军时遇到的大事小事，他都不敢擅自决定，沿途一味逗留。恰巧贼将元洪业杀死鲜于修礼，向元渊请降。元渊正打算派部将前去招抚，不料鲜于修礼的部将葛荣替主子复仇，刺死了元洪业，自立为王，并率部众赶往瀛州。魏廷催促元渊迅速进军，元渊派章武王元融去攻打葛荣，结果元融战死。元渊外畏贼势，内虑谗言，越发进退徬徨，暗自感伤不已。城阳王元徽趁机落井下石，先是弹劾，后是刺杀，逼得元渊仓皇逃入博陵郡界，落入贼手，身首两分。

魏主任命杨津为北道都督，令他率兵抵挡葛荣。并因朔州纷扰，魏主特意任命博陵郡公尔朱荣为安北将军，令他督管恒、朔二州军事。尔朱荣经过肆州时，刺史尉庆宾紧闭城门，不放他进去。盛怒之下，尔朱荣一举登城，把尉庆宾逮回秀容，并擅自任命叔父尔朱羽生为刺史。后来，尔朱荣的兵威越发强盛，不受北魏控制。

萧宝夤称尊

尔朱荣在肆州得到贺拔胜兄弟后，不禁大喜，拍着贺拔胜的肩膀说："你们兄弟肯为我效命，那这天下就容易平定了！"随即封他为军将。行军中遇到的事情，不管大小，尔朱荣都会找贺拔胜商量。贺拔胜等人也乐得为他效力。魏廷此时正忙得没有头绪，怕兵将不够调遣，便想依靠尔朱荣平定北方，根本没顾忌到尔朱荣的野心。

北魏内忧交迫。梁豫州刺史夏侯亶，趁淮水盛涨发兵进逼寿阳。北魏扬州刺史李宪等不到援军，只好向萧梁投降。梁主称寿阳为豫州，将合肥改为南豫州，并令夏侯亶管辖两州。不久，梁将湛僧智、司州刺史夏侯夔攻克广陵。湛僧智奉命镇守广陵，夏侯夔镇守安阳。接着，将军陈庆之与领军曹仲宗攻克北魏涡阳，大破北魏援军。刘宋时期，淮北被北魏占据，萧齐末年，北魏军又占据淮南。如今，萧梁趁北魏内乱，一连攻克两淮城镇。

北魏突然间失去了大量国土，却又无力争回，再加上北方的乱事一日急过一日，真的是寇贼遍地，烽火连天。杜洛周侵略蓟南，转趋范阳，被北魏行台将军常景屡次击败。常景的得力战将只有一个于荣，于荣忽然病故，常景随即失势。幽州百姓居然甘心从乱，竟打开城门迎进杜洛周，幽州沦陷。葛荣以瀛州为老巢，向南进军，攻克殷州、冀州。

西道行台大都督萧宝夤出征数年，只知道添兵添饷，却始终没有做出一点成绩。莫折念生与胡琛不和，两贼互相攻杀。莫折念生屡次挫败，便贿赂萧宝夤，想向北魏投降。萧宝夤派行台左丞崔士和去收复秦州。没想到莫折念生又反悔，杀死崔士和，秦州再次沦陷。萧宝夤自泾阳出发，打算亲自讨伐莫折念生，谁知交战失利，大败而逃，逃到逍遥园东。汧城、岐州相继落入贼人之手，幽州刺史毕祖晖战死，西道都督北海王元颢又被杀败。关中大乱。雍州刺史杨椿急忙募兵作战，保全雍州。魏主加封杨椿为侍中，任命他为行台统帅，令他调度关西各将。莫折念生派弟弟莫折天生大举攻打雍州，在萧宝夤军的协助下，杨椿军大破贼军，雍州解严。莫折念生刚要进逼潼关，却听说莫折天生战死，忙弃关往西逃去。

魏主因萧宝夤战败，将他革职，贬为庶民，又下诏准备西征。得到潼关的捷音，魏主又要北讨葛荣。无奈贼势还没扑灭，有能耐的老将都凋敝殆尽，雍州行台杨椿又上奏称病，恳请朝廷派人接替自己。魏廷再没有什么将领可供派遣，只得又起用萧宝夤，令他督管淮、泾等四州军事，兼任雍州刺史。杨椿卸任还乡，因儿子杨昱将去洛阳，便特意叮嘱儿子转奏两宫，说萧宝夤并非不能胜任，而是有心背叛朝廷，朝廷应谨慎挑选萧宝夤的副手，这样才能束缚他的野心。杨昱奉命到洛阳，当面陈奏魏主母子，然而两宫已是晨昏颠倒，神志迷离，哪里听得进去。

果然，过了没多久，便传来雍州行台萧宝夤谋反的消息。原来萧宝夤西讨莫折念生战败受惩，已经很是不满，虽然又被朝廷起用，但终究十分疑惧。莫折念生回到秦州，被州民杜粲纠众杀死，杜粲随即派人向萧宝夤请降。南秦州城民辛琛也派人向萧宝夤乞降。萧宝夤忙向朝廷报捷，魏主随即恢复他齐王的爵位，仍封他为尚书令。

中尉郦道元向来以严苛著称，办事从不避讳有权有势的皇亲贵戚。司州牧汝南王元悦宠信的小官吏邱念，玩弄权术，为非作歹。郦道元当即将邱念打入监牢，打算处以重刑。元悦急忙向胡太后求情，胡太后便传令赦免邱念。可是郦道元不等诏书下发，就杀掉了邱念，并弹劾元悦，说他姑息养奸。胡太后没有理会。元悦深恨郦道元，随即恳请太后调任郦道元为关右大使。关右是萧宝夤的势力范围，如果朝廷派人去镇压的话，一定会激怒萧宝夤。元悦正是想借刀杀人。魏廷哪里晓得这其中的玄机，当即派郦道元西行。果然，萧宝夤一得到消息，由疑生畏，由畏生恨，决定背叛北魏。他先密派部将郭子恢埋伏在通往雍州的必经之路，伺机斩杀郦道元。郦道元一死，萧宝夤便向朝廷上奏，说郦道元被贼人杀害。魏主责令他立即逮捕凶手，就地正法。萧宝夤当然不理，随即为自己在关中称帝做准备。

行台郎中苏湛人品刚正，向来为萧宝夤所看重。当时苏湛正抱病在家，萧宝夤便让他的表弟姜俭去做说客，苏湛不等江俭说完，便放声大哭。江俭惊慌地问他怎么回事。苏湛边哭边说："我家有一百多口人，如今即将满门抄斩，我怎么能不哭呢？"说完，又哭了好久，才慢慢对江俭说："请替我转禀齐王，齐王就像穷鸟投人，如果没有北魏赐给他的羽翼，他怎能享有万人羡慕的荣宠？他怎么能这样忘恩负义呢！就算现在北魏朝政腐败，但北魏朝廷在百姓心里依旧有声望。齐王的威信和惠德还没有广施于百姓，便想率领一群羸弱的士兵守关问鼎，这怎么可能成功呢？我不能冒险趟这浑水，还请齐王允准我回家，让我自生自灭吧。"江俭回来如实禀报萧宝夤，萧宝夤随即放苏湛回乡。

长史毛遐与弟弟毛鸿宾跑到马祇栅，召集氐、羌族民抵抗萧宝夤。萧宝夤派将军卢祖迁攻打毛遐。不久，萧宝夤自称齐帝，改元隆绪，设置百官，公然穿着帝王的袍服在南郊祭祀，行即位礼。那些伪官吏还没来得及三呼万岁，战败的消息已经传来，卢祖迁战死。萧宝夤神色仓皇，匆匆入城，另派部将侯终德前去攻打毛遐兄弟，并派重兵据守潼关。

正平百姓薛凤贤、薛修义等人也在河东聚集众人，占据盐池，围攻蒲阪，响应萧宝夤。魏主任命尚书仆射长孙稚为行台统帅，令他率兵讨伐萧宝夤，又派都督宗正珍孙讨伐二薛。

长孙稚来到恒农，听说萧宝夤正围攻冯翊，便与部将商议，想援救冯翊。行台左丞杨侃献策说："叛贼占据潼关，必定已经加强防御，所以我军不如先攻取北部的蒲坂，渡河西行，直捣叛贼的老巢。叛贼必定掉头援救巢穴，那时冯翊一定解围，就连潼关的守兵，也会惊慌退走，我军必定可以坐取长安。如果大人认为我的计策可行，那就让我打头阵吧！"长孙稚皱着眉说："你的计策是不错，但薛修义正屯兵河东，薛凤贤又占据安邑，最近又听说宗正珍孙被阻挡在虞坂。这样的情形，我军还能冒险行进吗？"杨侃微笑着说："宗正珍孙那群呆鸟，怎么懂得行军？二薛又都是乌合之众，只能欺吓宗正珍孙，却吓不了我！"长孙稚于是令大儿子长孙子彦，与杨侃带着骑兵自恒农北渡，进据石壁。杨侃当即豪迈地说道："我军暂时停驻在这里，等待步军。我看各位父老乡亲挺无辜可怜。这样吧，你们立即回村，等我军举起三烽，你们当中想投降的，也立即举烽相应，我发誓我军决不会侵犯你们。没有举烽响应的就一定是贼党，我军会专门挑这些村落夺取牲畜，用来犒赏我军。"村民听到这话，立即相互转告。等到官军点燃烽火，他们都举烽相应，火光照彻数百里。薛修义等人屯兵河东，远远地看见烽火齐红，不禁大为惊骇，当即逃回，与薛凤贤一同赶来投降。潼关的守兵一看形势不对，果然纷纷撤走，杨侃立即飞报长孙稚。长孙稚见潼关空虚，便率领全军入关，与杨侃在河东会师。杨侃随即长驱直进，击败萧宝夤的部将郭子恢。而奉命攻打毛遐的侯终德竟与毛遐等人串通，反过来攻打萧宝夤。

萧宝夤忙出城迎战，谁知士兵毫无斗志，还没拉开阵仗，便已先行逃散了。慌得萧宝夤急忙回城，带着妻儿从后门出城，径直投奔万俟丑奴去了。万俟丑奴是胡琛的部将，胡琛被破六韩拔陵的党羽费律击毙，万俟丑奴便召集残众，占据高平，歼灭破六韩拔陵的余党。萧宝夤前来投奔，万俟丑奴封他为太傅，自称天子，忙着设置官属。刚巧波斯国向北魏敬献狮子，万俟丑奴将狮子截留下来，当成吉祥物，称这年为神兽元年。

此时，魏主元诩逐渐长大成人，见识也与日俱增。胡太后怕自己的情事传入魏主的耳朵里，因此猜忌心很重。通直散骑常侍谷士恢，深受魏主的宠信，天天不离魏主左右。胡太后怕他将自己的事情抖出去，随即诬陷他，勒令他自尽。魏主眼睁睁地看着自己的宠臣受死，很是愤恨，母子之间从此有了嫌隙。

当时，葛荣、杜洛周二贼互相吞噬，杜洛周被葛荣击毙，他的党羽纷纷向葛荣投降。葛荣的势焰越发强盛，南趋邺城。安北将军尔朱荣因葛荣南逼，上奏要求亲自率兵东援相州。魏主没有答复。等到将尔朱荣的女儿迎入宫，册封为嫔，魏主才晋封尔朱荣为骠骑将军，令他督管并、肆、汾、广、恒、云六州军事。不久，又晋升他为右光禄大夫。

怀朔镇函使高欢。刚开始与段荣、尉景、蔡隽先等人投靠杜洛周，然后又投奔葛荣，再后来又投靠尔朱荣。尔朱荣见高欢神色憔悴，觉得他很平庸，将他安置在帐下，做自己的随从。一天，高欢跟着尔朱荣进入马厩。马厩中有一匹烈马，不喜欢生人接近，遇到近前而来的生人，总是又踢又蹬。尔朱荣令高欢为这匹马修剪鬃毛，高欢直接就拿着剪刀过去，慢慢地修剪，那匹马竟呆立不动。剪完后，高欢对尔朱荣说："制服恶人的方法也是如此！"尔朱荣暗暗点头，当即把高欢带入内室，秘密询问他对当前局势的看法。高欢说："如今陛下屡弱，太后淫乱，奸臣与小人当道，朝政紊乱，像大人这样具有雄才大略的人就应该伺机起事，成就一番霸业！"尔朱荣大喜道："多亏你一语点醒梦中人啊！"然后又与高欢促膝密谈，一直从中午谈到半夜。后来一有军情，尔朱荣便请高欢参与谋划。

并州刺史元天穆与魏主是同族人，他与尔朱荣十分投契。当尔朱荣表示想进京城，他自然很是赞成。帐下都督贺拔岳又从旁怂恿，尔朱荣随即部署兵马，聚集义勇，积极筹划入京一事。碰巧魏主传来一封密诏，令尔朱荣入京诛杀太后的情夫——中书舍人郑俨、徐纥。于是，尔朱荣有了率兵入京的借口，立即整军出发，令高欢做前锋。

走到上党，忽然又传来一封密诏，令尔朱荣不必入京了。尔朱荣不禁踌躇起来，高欢当即对他说："大人现在骑虎难下，有进无退，为什么还要想那么多呢？"尔朱荣于是决意继续前进。第二天，从都中发来一道哀诏，说魏主暴毙，已经立嗣子为皇帝。过了几天，又传来太后的诏令，说嗣子不是皇儿，而是一名公主，所以太后决定扶持临洪王的世子入承大统。这种迷离恍惚的诏书顿时惹怒尔朱荣，他当即上奏反对。

魏主元诩才十九岁，平时身体也不错，怎么会忽然暴毙呢？原来郑俨、徐纥二人因尔朱荣率兵逼向京城，忙私下与胡太后商议，打算毒死魏主。胡太后已与魏主不和，乐得依从，于是设计将魏主毒死，册立伪皇子为帝。先前，潘嫔生下一名公主，太后假称是皇子，改元武泰。魏主死后，潘妃据实声明自己生的是公主，胡太后只得改立临洮王的世子。从前京兆王元愉因谋逆而被夺去王爵，但是胡太后却追封他为临洮王，令他的儿子元宝月袭爵。元钊是元宝月的儿子，刚满三岁。太后想利用幼儿达到亲政的目的，所以才会迎立元钊。没想到尔朱荣却上奏反对。胡太后看完尔朱荣的奏章，很是惊心，急忙追赐已故魏主元诩为孝明皇帝，庙号肃宗，隆重办理魏主的丧礼。然后派尔朱荣的堂弟尔朱世隆去抚慰尔朱荣，劝他率兵回去。

尔朱荣立新帝

尔朱世隆带着魏廷的诏书刚走到晋阳，便与尔朱荣相遇。兄弟俩叙谈了一会儿，尔朱世隆便将诏书交给堂哥。尔朱荣看完后，对尔朱世隆说："此事我不便依你，你也不用回朝廷了。"尔朱世隆忙说："现在朝廷十分怀疑大哥，所以派我来送诏书。如果你今天把我留在军中，反而会让朝廷的猜疑得到证实，那大哥不就失去了绝好的战机？还请大哥三思啊！"尔朱容随即点头应允。尔朱世隆离开后，尔朱容便与元天穆商议，二人都认为元勰的三儿子元子攸最适合继承帝位。尔朱荣当即派侄子尔朱天光去见长乐王元子攸，转达自己的意思。得到元子攸的肯定答复后，尔朱荣又不免疑惑起来。从前北魏册立皇后时，首先要铸造铜像，如果铜像铸成，那名女子才能被册立为皇后，否则就被视为不祥，立即取消册立资格。尔朱荣于是援例卜吉，也为魏主元弘的子孙们铸造铜像，唯独长乐王的铜像得以铸成。尔朱容随即在晋阳起事。

尔朱世隆回京后，模糊复旨。当听说尔朱荣率兵南下时，他忙潜逃出京，投靠尔朱荣。胡太后得到军报后，十分惶恐，立即召集王公大臣入宫商议。众人都对胡太后有意见，所以没有一个出谋献计。后来，徐纥站出来说："尔朱荣只是一个小小的胡人，怎么敢向朝廷宣战？只派留京的官兵出城迎战，就够他们忙乱一阵了。现在我们只需要扼守险要，以逸待劳。臣以为他们远道而来，人马疲惫，不出几个月，定能剿灭。"胡太后于是任命黄门侍郎李神轨为大都督，令他率部众抵御尔朱荣；又派将领郑先护、郑季明驻守河桥，武卫将军费穆屯兵小平津。

尔朱荣行军到河内，派使者到洛阳，密迎长乐王元子攸。元子攸立即与兄长彭城王元劭、弟弟霸城公元子正，偷偷从高清渡河，到河阳与尔朱荣会合。将士们见到元子攸，争呼万岁。元子攸当即率领尔朱荣渡河南行，并在途中称帝，接受官吏的朝拜。随即晋封兄长元劭为无上王，弟弟元子正为始平王；又封尔朱荣为侍中，都督中外各军事，兼任尚书令、领军将军，封为太原王。当即传诏远近，令附近的官吏归顺。

郑先护向来敬重元子攸，他当即与郑季明开城迎进尔朱荣，费穆也向元子攸上奏称臣。李神轨狼狈地逃回京城。徐纥得到消息，料知大势已去，也无暇顾及胡太后，竟带着眷属连夜逃往兖州去了。郑俨也逃回乡里。胡太后失去两位宠臣，就好像斩去手脚一般，急得不知所措。踌躇许久，才想出一个出家的法子。一剪刀下去，青丝掉落一地。胡太后以为做了尼姑，就可以免罪。哪知尔朱荣仍然不肯放过她，一面召集百官出城迎接新主，一面派骑士入宫，把胡太后及幼主掳到河阴。百官奉召后，急急忙忙捧着御玺，准备好仪仗，赶到河桥恭迎新主元子攸。胡太后见了尔朱荣，还边哭边诉说委屈，说自己被宠臣误导，才做出错事。

幼主只知道哭，惹得尔朱荣拂衣起座，让身边的侍卫把胡太后和幼主拖出去，丢入河里。

费穆进来悄悄对尔朱荣说："大人的士兵不到一万，却长驱直入洛阳，不费一兵一卒却迅速取得成功，这真让我惊叹呀！但是，眼下京中有数百名文武官吏，士兵更是不计其数，如果被他们知道你的虚实，他们一定会作乱。今天如果不大力惩处那些权贵以及他们的亲党，我担心将来大人北还的时候，还没过太行山，京城就会有变呀！"尔朱荣连连点头，转告亲将慕容绍宗，慕容绍宗劝慰他说："胡太后失德，奸臣当道，惹得民怨四起，大人才得以兴兵问罪，肃清宫廷。如果不分忠佞，无故屠杀，定会让人大失所望，到时局势反而对大人不利，所以还请大人三思！"

尔朱荣听不进去，以新主元子攸的名义召集文武百官，令将士们围剿；然后派数十名将士入宫，砍杀彭城王元劭、始平王元子正，逼迫新主元子攸徙居河桥，把他软禁起来。

元子攸忧愤交加，派人转告尔朱荣说："帝王更替，盛衰无常。如今四方瓦解，将军投袂而起，肃清宫禁，这是天意，原非人力所能及！我生不逢时，遭遇衰乱，本不敢妄自觊觎帝位，只因受将军所逼，勉强继承大统。如果现在上天让将军即位，那还请将军早日登上帝位；如果将军谦让皇位，那就请将军为北魏的社稷着想，挑选贤能的君主即位，更要谨慎挑选辅政大臣。我只求能保全一条性命，还请将军不要多疑！"尔朱荣听了这话，又与部将商量。都督高欢劝他早日称帝。可是，将军贺拔岳却劝他说："将军之所以发起义师，就是想铲除奸臣，荡平逆贼。现在逆贼未平，你就想继承帝位，我担心这样做不仅请不来福运，还有可能引发祸乱。"尔朱荣忐忑不安，于是为自己铸造铜像，铸造了四次，都没有成功。他又让功曹参军刘灵助占卜，结果刘灵助也说不吉利。尔朱荣沉吟良久，才对刘灵助说："我如果不行，那元天穆怎么样？"刘灵助应声说："元天穆也不适合登上帝位，只有长乐王的卦象大吉。"尔朱荣向来信任刘灵助。这下不由得惭愧、畏惧起来，从傍晚到半夜，尔朱荣不吃不睡，只是在室中绕行，还一边自言自语说："尔朱荣，你怎么就铸成这样的大错呢？看来只好找一个替罪羔羊，杀死他向朝廷谢罪了！"贺拔岳趁机向他提议杀掉高欢。尔朱荣被他这么一激，便真的打算杀掉高欢，最后经身边的人劝解，他才作罢。

半夜四更的时候，尔朱荣独自骑马出营，到河阳拜谒元子攸，叩头请罪。元子攸不得不抚慰他几句，扶他起来。尔朱荣立即在前面带路，把元子攸引入营中。第二天一早，尔朱荣便打算奉请元子攸入都即位。部将提议说，不如将都城迁到北方，这样可以避免因上次滥杀朝士而引来的报复。尔朱荣又疑惑起来，武卫将军汎礼从旁力谏，他才打消迁都的念头。于是安排仪仗，簇拥元子攸入洛阳城，登上皇位，颁诏大赦，改元建义。

京中的官吏已死了大半，剩下的几个闲散的官吏也都逃避一空，不敢再做官。空旷的京中既没有侍卫值守，也没有官吏当班，只有散骑常侍山伟赶到宫殿，叩首高呼万岁。尔朱荣瞧着这情形，也觉得凄寂得很，于是上奏恳请为那些已故的王公大臣加官晋爵。

魏主元子攸当然允议，追尊父亲彭城王元勰为文穆皇帝，母亲李氏为文穆皇后，将父母的灵牌迁到太庙，号为肃祖；随后尊皇兄元劭为孝宣皇帝，皇嫂李氏为文恭皇后；并找出藏匿在百姓家的侄子元韶，令他承袭彭城王的爵位。其他人如皇叔高阳王元雍、皇弟始平王元子正等，都追赐他们谥号。紧接着又采取了一些招抚旧臣、安抚百姓的措施，京城的吏民这才安定下来，旧臣也相继回朝任职。尔朱荣的部下因拥护有功，都得以升官。

尔朱荣的将士们仍怕遭到报复，都劝尔朱荣请魏主迁都。尔朱荣又动摇起来，再次向魏主元子攸提起迁都的事情。只有都官尚书元谌一人站出来反对，与尔朱荣力争。尔朱荣怒斥道："迁都之事与你无关，你争什么呢？你没听说过河阴的事情吗？"元谌朗声说："国事就是家事。你想用河阴的屠戮恐吓我吗？让你失望了，我不过是宗室里的普通人，活在世上没有什么价值，离开人世也没有什么损失，就算今天肝脑涂地，我也不怕！"这话说完，气得尔朱荣怒火冲天，恨不得立即将元谌处死。多亏尔朱世隆从旁大力劝阻，元谌才保住一条性命。满朝文武大臣无不惊惧，唯独元谌神色不变，慢慢退了出去。

过了几天，魏主元子攸带着尔朱荣登高俯瞰宫殿。见宫阙规模宏大，树木也都阴郁成行。尔朱荣禁不住叹道："我前天真愚昧，竟然有北迁的想法，现在我总算有些明白元谌为什么死也不愿迁都了。"魏主随即又抚慰他，尔朱荣从此绝口不谈迁都。只是郑俨、徐纥、李神轨三人还没有捉获，魏主檄令地方官加大搜捕的力度。郑俨逃回乡里，与堂兄荥阳太守仲明一起起兵，后来被部下杀死了。徐纥逃到泰山郡，投靠太守羊侃，等到听说朝廷下令严厉缉捕，他忙与羊侃投奔萧梁。李神轨下落不明，大概也死在逃亡途中了。汝南王元悦、临淮王元彧、北海王元颢之前为避难投奔南方，听说魏主元子攸正四处寻觅宗室成员，

221

元彧忙恳请梁主放他回国。梁主不便强留，只好同意他回国。魏主当即任命元彧为尚书令，兼任大司马。元彧上任后，不管什么事都敢于直言劝谏。

不久，魏主元子攸打算册立皇后。尔朱荣想将自己的女儿改嫁给魏主。尔朱荣的女儿曾是肃宗的妃嫔，肃宗元诩是元子攸的侄子，名分攸关，怎么能将侄媳妇娶来做妻子呢？元子攸不便依从尔朱荣的意思，却又不敢违逆，犹豫不决。黄门侍郎祖莹便劝他说："事贵从权！现在处于非常时期，还请陛下不要顾虑太多！"元子攸不得已，只好决定册立尔朱荣的女儿为皇后。祖莹立即向尔朱荣报喜，尔朱荣心花怒放，当即把女儿打扮得漂漂亮亮，送入宫中。魏主元子攸一看尔朱氏炫服华容，倒也漂亮，乐得将错就错，册立她为皇后。随后加封尔朱荣为北道大行台。

不久，尔朱荣辞行北去。走之前，特意保荐元天穆为侍中，为录尚书事，京畿大都督，兼任领军将军；行台郎中桑乾、朱瑞为黄门侍郎，兼中书舍人。尔朱荣在朝内密布自己的心腹，他人虽远在晋阳，但仍与在朝中一样，不肯放松半点。魏主也只好得过且过，慢慢等待时机，以便扭转局势。

不久，葛荣率领百万大军围攻邺城。魏主打算亲自征讨，令大都督上党王元天穆率八万人马为前驱，大将军太原王尔朱荣率领十万人马为左军，司徒杨椿带领十万人马为右军，司空穆绍率领八万人马做后应。尔朱荣收到诏书，立即率领七千名精骑兼程疾进，令侯景领兵做前驱，东出滏口。葛荣横行河朔，所过之处都残破不堪，听说尔朱荣孤军前来，便很狂傲地对部众说："就那么点人马，还想和我军较量！你们立即去准备绳索，他们来一个，你们捆一个！"随即列阵数十里，静待尔朱荣军。

尔朱荣率军秘密行进到山谷，随即将骑士分为几个小队。每队约有数百骑，令他们制造尘雾，摇旗鼓噪，以混淆贼众的视听。随即亲自率骁骑绕到葛荣的阵后，打算前后夹击。葛荣只管前，不顾后，猛然间好像听到千军万马杀到的声音，他急忙备战。没想到等了半天，连个敌军的影子都没有。葛荣正打算稍作休息，突然又是喊声四起，尘土滚滚。于是又等了一会儿，仍不见敌军到来。葛荣被搞得惊疑不定。过了一会儿，忽然大笑道："这分明是尔朱荣的疑兵计，他们毫无实力，便想先扰乱我军军心，再给我军以致命一击。我们不要中他的奸计，现在大家不如静坐养精蓄锐。"部众随即各自散开小憩。不料阵前阵后，突然呼哨声迭起，许多铁骑冲入阵内，一阵乱劈。葛荣仓促上马，只顾着督众向

222

前，抵御眼前的骑兵。没想到，忽然从背后杀来一员大将，手起槊落，竟将他挑落马下。一声呼喝，几个健卒一跃而至，立即把葛荣捆住。贼众见首领被擒，无不胆战心惊。那员大将又传令说投降的人免死，于是贼众一齐投戈，匍伏乞降。大将又朗声说道："你们都是有父母妻儿的人，怎么能跟着逆贼去寻死呢？今天，我先放你们一马，要去要留，你们自己决定吧。"贼众多半愿归乡里，俯首拜谢，欢跃而去。冀、定、沧、瀛、殷五州自此肃清。这位厉害的大将是谁呢？正是尔朱荣。

尔朱荣遣散贼众后，仍有几个小头目无家可归，尔朱荣就把他们留在军中效力。可巧小头目中有一个少年，长得虎背猿躯，与众不同。尔朱荣细细一问，得知他叫宇文泰，父亲宇文肱随鲜于修礼战死，于是他来投靠葛荣。葛荣战败后，他又投入尔朱荣军。尔朱荣见他相貌不凡，便提拔他为军将。葛荣被押到洛阳后，斩首示众。魏主加封尔朱荣为大丞相，令他督管河北畿外诸军事，并将他的几个儿子都封为王侯。随后撤回元天穆各军，晋升司徒杨椿为太保，城阳王元徽为司徒。

当时，梁将军曹义宗花了三年时间才攻克北魏荆州，结果荆州又被北魏中军将军费穆收复，连曹义宗也被擒走了。梁主萧衍听说曹义宗被掳，当然不肯善罢甘休，随即想出以敌制敌的计策，封北魏降将元颢为魏王，令将军陈庆之率军协助元颢。元颢随即北行，攻克荥城，擒住北魏行台统帅济阴王元晖，自称魏帝，改元孝基。

北魏大都督元天穆正出军河间，讨伐伺机作乱的伪汉王邢杲。邢杲曾是幽州主簿，国乱当前，他却想趁乱为王，随即召集河北流民，占据北海，侵扰青州。元天穆奉命东征，又传来萧梁入侵的消息，魏主令他见机行事，他便决定先灭邢杲，再讨伐元颢。不到几个月，邢杲被杀。元天穆急忙移军南趋，一路上连接警报，说是元颢引领梁军趁虚深入，攻取梁国，拔下荥阳。元天穆军匆忙赶到荥阳城下，可是陈庆之军又突然杀出来，元天穆军大败。陈庆之趁势追击，攻陷虎牢。虎牢是洛阳的要塞，虎牢一失守，洛阳大震。

魏主元子攸率领几名侍卫慌忙逃往晋阳，一方面寻求尔朱荣的保护，一方面请尔朱荣出兵抵御。元子攸一走，京城顿时大乱。临淮王元彧、安丰王元延明倡议奉迎元颢为帝，随即封府库，备齐依仗，率领百官将元颢迎入都城。

元颢入居洛阳皇宫，改元建武，也照例颁诏大赦，任命陈庆之为侍中，兼任车骑大将军。随后斩杀投降的费穆，招降各州郡。元颢入洛城时，遭遇暴风，走到阊阖门，他的坐骑忽然惊跳起来，不肯入城。还是侍从牵住缰绳，驱赶了好几次，元颢才得以入城。元颢颇有戒心，刚入城时，禁止官兵烧杀掠夺，京城还算安定。一个多月后，元颢渐渐骄怠起来，纵容宠臣恣意妄为，自己也天天纵酒享乐，不再体恤兵民。那些跟随他入都的兵将，横行街市，惹得民怨四起，朝野失望。恒农人杨昱华私下对亲友说：“元颢肯定坐不住皇位，顶多在位六十天。”谏议大夫元昭业也私下谈论道：“从前刘玄自洛阳西行，刚出发，马突然受惊，径直撞向北宫的铁柱，结果三匹马都死了，刘玄后来也一事无成。援古证今，看来新主也坐不住皇位呀！”高道穆的兄长高子儒溜出洛阳，追随元子攸。元子攸问起他洛阳的事情，高子儒回答说：“元颢败在旦夕，陛下不用担心！”元子攸这才稍微安心。

天子除奸臣

　　元颢自铚县出发，转战进入洛阳，途中共攻占三十二座城池，历经大小四十七场战事。而每一场战之所以都能大获全胜，陈庆之功不可没。哪知元颢忘恩负义，暗生二心，他私下与临淮王元彧、安丰王元延明密谋，想要背叛萧梁，因此对待陈庆之也大不如从前。陈庆之隐约觉得不对劲，于是暗中做好准备，并入朝对元颢说：“我军不足一万人，又远道而来，侥幸得胜。一旦北魏的官民知道我军的虚实，突然发兵怎么办？我们不如立即回萧梁，请求支援！”元颢支吾以对，转告安丰王元延明。元延明严肃地说：“陈庆之才七千人，已经很难对付，如果让他回去添兵，他又怎么肯再为我所用呢？大权一去，我们事事都要看别人的脸色行事，恐怕元氏宗社要自此颠覆了！”元颢于是派使者送奏章到梁廷说：“黄河南北两岸都已荡平，只剩下一个尔朱荣，臣与庆之自能擒住他，陛下不用再添兵劳民了。”陈庆之的副将马佛念，私下对陈庆之说：“将军威行河洛，声震中原。眼下功高势重，极有可能遭到猜忌，随时都有性命危险，所以我们不如趁北魏朝廷没有防备的时候，杀掉元颢，占据洛阳。还请将军把握住这个千载难逢的机会！”陈庆之摇头说：“这个计策太冒险了，恐怕行不通。”

　　随后传来急报，说尔朱荣军与天穆军会合，正护送元子攸回京，前锋已到河上。陈庆之急忙去见元颢，元颢令他驻守北中城，自己则据守南岸，抵御尔朱荣军。陈庆之率兵迎战，与尔朱荣相持三个月，接仗十一次，伤亡惨重，但没有溃败。尔朱荣随即转变战术，令侄子车骑将军尔朱兆与都督贺拔胜入夜渡江，突袭元颢。元颢被杀得措手不及，大败而逃，爱子元冠受被擒。安庆王元延明等人也纷纷溃退。陈庆之突然失去倚靠，慌忙召集部众撤退。当时，嵩高水暴涨，必须借用船只摆渡，尔朱荣却率大军从后追来，陈庆之的部众急不择路，有的投河溺死，有的沿河逃散，只剩下数十骑跟着陈庆之。陈庆之急忙令随从下马改换装束，自己也把头发、胡须全部剃掉，装扮成一个佛家弟子，从小路逃到汝阴，奔回建康。

元颢逃到临颍，被临颍县的江丰诱杀了。此时，魏主元子攸早已抵达北邙。中军大都督杨津肃清宫禁，召集百官，出城迎驾，涕泣谢罪。元子攸将他们慰劳一番，住进华林园，随即颁诏大赦，加封尔朱荣为天柱大将军，尔朱兆为车骑大将军，元天穆为太宰。所有北来的军士及随驾文武大臣都加官晋爵。临淮王元彧入宫向魏主请罪，元子攸降旨既往不咎。安丰王元延明自觉无颜面见魏主，所以带着妻儿南奔梁朝，不久病死江南。

尔朱荣在京都待了几天，又回到晋阳，派都督贺拔胜镇守中山，又令统军侯渊讨伐葛荣的余党韩楼。第二年，尔朱荣让侄子骠骑将军尔朱天光与左都督贺拔岳、右都督侯莫陈悦率兵讨伐万俟丑奴。没过多久，万俟丑奴、萧宝夤被一同押送到京都。魏主令人先把他们绑在阊阖门外，示众三天，然后才逼令萧宝夤自尽，将万俟丑奴斩首。

宇文泰曾随军讨伐元颢，魏主封他为宁都子。这次宇文泰又随贺拔岳入关讨平万俟丑奴，魏主元子攸当即晋封他为镇西将军。宇文泰平定关陇时，悉心安抚那儿的百姓。百姓互相传告说："如果能早点遇到宇文君，我们又怎么肯跟着贼人作乱呢？"

尔朱荣接连平定叛乱，不论是勋爵还是威势都越来越显赫，所以他虽居住晋阳，却能操控朝政，而且他的心腹遍布宫廷内外，随时伺察魏主的一举一动。魏主有心振作，不仅将朝政处理得井然有序，还时常与吏部尚书李神隽商议怎么肃清各部，使朝政清明。一天，尔朱荣上奏保荐一人为曲阳县令。李神隽一审查，发觉此人不合格，便将奏章搁置起来。当下，尔朱荣大怒，并擅自调补。李神隽惶恐万分，当即辞官。尔朱荣随即让表弟尔朱世隆代理吏部，并且还想调北方人镇守黄河南岸各州，魏主没有允准。镇守并州的太宰元天穆，竟上奏替尔朱荣说话：

"尔将军曾为陛下立下大功，现在更是一国宰相，他如果恳请变易全国的官吏，恐怕陛下也不能违背，更何况他只是调任几个人做州吏而已，陛下为什么不允准呢？"魏主回复说："尔朱荣如果不是人臣，朕当然得听他的命令；但如果他还懂得为臣之道，怎么会逾越君权，擅自决定百官的升迁、贬黜呢？"元天穆随即转告尔朱荣，尔朱荣当然愤懑不平。尔朱皇后又生性妒嫉，稍遇到不平的事，她就愤恨地说："陛下是由我家拥立的，他怎么能这么专制呢？我父亲原是想自立为帝，只是没有早些决定而已！"尔朱世隆也说："要不是大哥不愿做皇帝，我现在早就是王爷了！"魏主在外受到强权大臣的制约，在内又受到皇后的胁迫，因此总是闷闷不乐。

城阳王元徽的王妃是魏主的外甥女，侍中李彧是魏主的妹夫，因此魏主对元徽、李彧二人格外亲信。这两个人也想仗着魏主的宠信得些权力，无奈尔朱氏从中牵制，于是两个人天天在魏主面前诋毁尔朱荣，劝魏主早日除害。侍中杨侃、胶东侯李侃晞，仆射元罗等人也曾参与谋划。魏主也想除掉尔朱荣，只是一时不敢发作。尔朱荣喜欢游猎，寒暑不辍。一天，他让人绘制了一幅《缚虎图》，呈给魏主，说："臣不想立什么功，只是想北扫汾胡，南平江淮，为陛下统一江山做准备。"魏主见他口气越来越狂傲，对他很是戒备，但表面上仍旧褒奖他的忠诚。

尔朱皇后怀胎九月，将要分娩。尔朱荣上奏恳请入朝，探视皇后。城阳王元徽便对魏主说："陛下正好可以预先设置埋伏，利用这个机会除掉他。"李侃晞却说："尔朱荣这次肯定是有备而来，想杀他没那么容易啊！不如先向他的亲党下手，然后发兵相拒。"魏主犹豫不决，密谋却已泄露出去。中书侍郎邢子才等官吏担心受到牵连，相继东去。尔朱世隆也有所耳闻，于是他写了一封匿名信，贴在门上，上面写着"陛下想杀尔朱荣"。不久，他又将那封匿名信送给尔朱荣。尔朱荣自恃强盛，不以为意，并把那封信撕碎，扔在地上说："世隆真是胆怯，谁敢对我有异心？我偏单骑入朝，看谁敢挠我毛发？"尔朱荣的妻子苦劝不过，只好随着尔朱荣入京。

魏主本想立即对尔朱荣动手，又担心并州的元天穆会伺机发难，因而不得不虚与周旋，优礼相待。尔朱荣入宫与魏主把酒言欢，并借着酒意对魏主说："外人屡次说陛下疑忌老臣，想杀了老臣。"魏主不等他说完，便接口说："朕也听到爱臣要加害我的传言。这些谣言无凭无据，我们都不必当真。"尔朱荣喜得连连称谢。后来入宫谒见魏主时，他的随从只有几名，而且都没有带兵器。魏主见他没有要谋反的意思，也就不想杀他了。城阳王元徽却怂恿魏主说："就算尔朱荣现在不想谋反，也很难保证他将来不会谋反。"魏主于是将元天穆也召回朝，打算一口气除掉他们两个。尔朱荣丝毫没有察觉到魏主的心思，再加上朝臣天天在他面前阿谀吹捧，哄得他心花怒放，扬扬自得。

尔朱荣的小女儿，嫁给魏主兄长的儿子陈留王元宽为妻。尔朱荣曾指着元宽对别人说："我将来定会得到我这好女婿的帮助！"这话传入宫廷，越发惹得魏主嫌恶。不久，魏主梦见自己拿着一把刀在切自己的十指。醒来后，魏主觉得很是惊惧，元徽替他解梦说："蝮蛇螫手，壮士断腕，陛下梦见切自己的手指，可能也是出于这种状况。如果陛下能当机立断，便可以逢凶化吉。"魏主于是决定刺杀尔朱荣。

刚巧这天元天穆也回到京城，魏主便邀请他和尔朱荣来西林园，摆酒接风。尔朱荣向魏主提议，令群臣比试射箭，并当面奏请道："近来有许多大臣不习武，陛下应经常带他们外出打猎，以勉励他们习武。"魏主含糊答应，但心中却越发动疑。第二天，魏主召入中书舍人温子升，问起他董卓的事情。听完后，魏主叹息良久，对温子升说："你也知道朕的心思，朕明知前面的路不好走，也会硬着头皮往前走，况且最后的结局还不一定呢！如果杀了魁首，赦免他的党羽，我想不至于引发意外的祸端吧。"温子升唯唯应命。魏主随即嘱咐他起草赦免尔朱荣余党的诏书，准备诛杀魁首。温子升领命退去。

第二天，魏主元子攸便在明光殿宴请元天穆和尔朱荣，令杨侃等人整顿卫兵，静候命令。尔朱荣与元天穆入座，还没怎么喝，就一起离席了。杨侃等人从东阶进入明光殿，见尔朱荣和元天穆已在中庭，觉得不便动手，便任他们离去了。不久，尔朱荣上奏恳请在陈留王家饮酒，大醉而归，随后称自己旧病复发，不方便入朝，于是一连几天不再入朝。

魏主深恐密谋泄露，寝食不安。城阳王元徽入宫献策说："事不宜迟，陛下为什么不托词皇后刚刚产下太子，然后将尔朱荣召入朝呢？"魏主摇头说："皇后刚刚九个月的身孕，朕怎么能说皇后生产呢？"元徽当即劝慰他说："妇人没到产期便生产，也是常事，尔朱荣一定不会怀疑的。"魏主于是在明光殿设下埋伏，声称皇后刚刚产下皇子，并派元徽去向尔朱荣及元天穆报喜。那时尔朱荣正与元天穆下棋，听到这个消息，元徽突然一挥手，摘掉尔朱荣的冠帽，欢舞盘旋。随即殿中的人也来催促他们入宫，尔朱荣信以为真，当下与元天穆一同入宫贺喜。

魏主听说尔朱荣和元天穆就要进来，不禁惊慌起来。温子升上前对他说："陛下脸色不好，还请陛下赶紧喝些酒壮壮胆。"魏主一连灌下好几杯，渐渐觉得镇定不少。温子升当即取出袖中的诏书，正要呈给魏主过目，却发现远处尔朱荣已经登殿。温子升立即取过诏书，缓缓退了出去。碰巧与尔朱荣相遇，尔朱荣便问他是什么文书，温子升只说了一个"敕"字。尔朱荣见他神色自若，也没看诏书，竟直接走入明光殿。此时魏主面西坐着，尔朱荣与元天穆从御榻的西北入席，坐在魏主的对面。两边还没开始谈话，李侃晞等人已持刀进来。尔朱荣料知事情不妙，立即起身，逼向御座。魏主顺手抽出横放在膝下的刀，用力向尔朱荣砍去。尔朱荣马上倒地，李侃晞追上去，又补了一刀。霎时间，尔朱荣与元天穆一道丧命！尔朱荣的长子尔朱菩提等三十人，随着尔朱荣入宫，也都被伏兵杀死。宫廷内外欢声如雷。

魏主立即登城闭门，令温子升宣诏大赦，并派武卫将军奚毅、前燕州刺史崔渊率兵镇守北中城。尔朱世隆听到风声，当即带着尔朱荣的妻子及部众逃到河阴。尔朱荣的党羽田怡想要进攻宫门，贺拔胜说宫内必有防备，不如先出城，再作打算。田怡这才随尔朱世隆出逃，唯独贺拔胜不肯走。黄门侍郎朱瑞虽然跟着尔朱世隆出城，半途也逃了回来。金紫光禄大夫司马子如一直都是尔朱氏的党羽，当即也弃家投奔尔朱世隆。尔朱世隆本想先回晋阳，司马子如却说："兵不厌诈，现在的天下，只属于强者，如果我们就此返回北部，反会遭到天下人的耻笑，不如分兵据守河桥，再找机会回京师，杀他们个措手不及，说不定还能成功。"于是，尔朱世隆当晚就攻打河桥，擒杀将军奚毅等人，据守北中城。

魏主大为惊惧，派前华阳太守段育前去劝降，没想到段育反被尔朱世隆杀死。散骑常侍高乾与弟弟高敖曹原本是葛荣的部下，后来被魏主招抚。魏主任命高乾为给事黄门侍郎，高敖曹为通直散骑侍郎。尔朱荣奏请贬黜高乾两兄弟，说善变之人不宜再用。魏主只得将他们罢职，让他们回归乡里。高敖曹回乡后又为非作歹，结果被尔朱荣诱捕。尔朱荣入都时，不放心高敖曹，因此也带着他一起上路，到达京城后，把他拘禁在驼牛署。尔朱荣死后，魏主释放高敖曹，并任命他为直阁将军。高乾也从冀州赶到洛阳，魏主任命他为河北大使，令他们兄弟一起回乡募兵，作为外援。

尔朱世隆令族人尔朱拂律归率一千多名胡骑，统一身着白衣前往郭下，索要尔朱荣的尸体。魏主派兵迎击，尔朱拂律归军被散骑常侍李苗率军在马渚上流击攻。尔朱世隆慌忙召回尔朱拂律归，带着众人向北逃去。

　　魏主元子攸令行台都督源子恭出西道，杨昱出东道，二人各率一万人马追击尔朱世隆。源子恭随即屯兵太行丹谷，控遏晋阳。当时，身为汾州刺史的尔朱兆已发兵到晋阳城，打算攻打洛阳。恰巧尔朱世隆带领残众逃回来，二人当下商议，打算先奉太原太守长广王元晔为主，然后进攻洛阳。元晔是前中山王元英的侄子，年轻有为。得到尔朱氏的推立后，元晔欣然称帝，改元建明，任命尔朱世隆为尚书令，尔朱兆为大将军，尔朱世隆的堂兄卫将军尔朱度律为太尉，天柱长史尔朱彦伯为侍中，徐州刺史尔朱仲远为车骑大将军，兼任尚书左仆射。尔朱仲远随即起兵遥应，彼此约定一同攻打洛阳。

　　骠骑大将军尔朱天光正与贺拔岳、侯莫陈悦西往关陇，一接到尔朱荣的死耗也立即南下，准备攻打洛阳。魏主派朱瑞前去招抚，晋封尔朱天光为侍中、仪同三司，兼任雍州刺史。尔朱天光与贺拔岳密谋，想计诱魏主出京，扶植新帝。于是他一面让朱瑞回去禀报魏主说："臣没有异心。"一面又让自己的僚属假意告密："尔朱天光诡计多端，并且图谋不轨！"魏主得到两个迥异的消息，不免怀疑，只好加封尔朱天光为广宗王，而且长广王元晔也加封尔朱天光为陇西王。尔朱天光隐持两端，坐观成败。

　　尔朱兆带领部众向洛阳进军，在丹谷大破源子恭军。尔朱仲远也自徐州北向，攻陷西兖州，擒走刺史王衍。魏主急忙任命城阳王元徽为大司马，录尚书事，任命车骑将军郑先护为大都督，令他与右卫将军贺拔胜一同讨伐尔朱仲远。郑先护怀疑贺拔胜曾依附尔朱荣，所以对贺拔胜很是猜忌。在滑台东境与尔朱仲远交锋的时候，郑先护又持观望态度，以致贺拔胜军战败。贺拔胜一气之下投奔尔朱仲远，然后偷袭郑先护。郑先护狼狈投靠萧梁。洛阳大惊。

　　城阳王元徽毫无韬略，又惜财吝赏，大失人心。魏主与他商议军事时，他一味敷衍，说小贼不足为虑。没想到永安三年十一月，尔朱兆竟率轻骑南来，渡河入都，守城的将士仓促溃逃。魏主仓皇出京，刚逃到云龙门外，就遇到跨马急奔的城阳王元徽。魏主连忙召唤了好几声，结果非但没有将元徽唤回头，反而招来了数十名胡骑，将自己顺手擒走。

征讨尔朱氏

魏主元子攸被胡骑押送到尔朱兆的军营，尔朱兆看都不看他一眼，就把他囚禁在永宁寺，然后带着部将杀入皇宫。宫中的皇子被杀，美貌的妃嫔、公主都被恣情污辱。尔朱兆的部将又肆意掠夺，戕害百姓，所过之处一片废墟。司空临淮王元彧、尚书左仆射范阳王元诲、青州刺史李延实等人都被乱兵杀害。城阳王元徽，后来死在自己一手提拔的寇祖仁手上。

尔朱世隆听说尔朱兆已经成功，立即赶到洛阳。尔朱兆按剑瞪着他说："叔父在朝中待了这么久，耳目应该很广，为什么还让这样的惨祸发生？"说到这里，声色俱厉，吓得尔朱世隆胆战心惊，慌忙跪拜谢罪，才躲过了尔朱兆的诘难。尔朱仲远此时也自滑台进入洛阳。当时河西贼帅纥豆陵步蕃，声称奉魏主的密诏讨伐尔朱兆，进军秀容。尔朱兆急忙带着魏主返回晋阳，令尔朱世隆、尔朱度律、尔朱彦伯等人留守洛阳。晋州刺史高欢没能将魏主截获，便致信尔朱兆，奉劝他最好不要伤害魏主，否则只会令世人唾骂。尔朱兆一把将撕毁来信，竟在三级佛寺中把魏主勒死了。

陈留王元宽也在这次北行中遇害。尔朱兆率领部众到了秀容，屡战屡败，急忙向晋州刺史高欢求援。高欢接二连三地接到尔朱兆的告急信，慢吞吞地来到平乐会师，随即在石鼓山大破河西贼众，击毙纥豆陵步蕃。尔朱兆大喜过望，当即与高欢把酒言欢，结为兄弟。因葛荣的余党仍嚣张地出没六镇，尔朱兆特意向高欢问计。高欢答道："想要一举歼灭六镇的叛众，只有用心腹做统帅，一旦发生叛乱，就唯统帅是问，这样一来叛乱自然就少了。"尔朱兆高兴地问道："这个计策不错！但我该派谁去呢？"旁座的贺拔允接口说："高公就是最好的人选！"话还没说完，嘴巴上已经挨了一拳，顿时满口是血，牙齿也掉了一颗。高欢打了贺拔允一拳后，厉声训斥道："你是什么人，哪里轮得到你来接嘴？"随后又转头对尔朱兆说："请立即杀了他！"尔朱兆摆手说："他说得对，你何必谦让呢？我今天就分兵给你，令你统帅六镇。"高欢依旧谦让。尔朱兆便认为高欢很诚挚，对他越发信任，非让他接受不可。

酒阑席散，尔朱兆已经醉得不省人事了。高欢怕尔朱兆醒来反悔，于是立即走出营帐，向将士宣告自己已被任命为六镇统帅，并迅速建立牙阳曲川，安插尔朱兆的军士。军士们向来忌惮尔朱兆的凶残，趁着这个机会，竞相投到高欢麾下。高欢又向尔朱兆恳请将并、肆两地投降的百姓全部迁到山东。尔朱兆此时正十分信任高欢，自然允准。长史慕容绍宗急得说："万万不可！如今局势混乱，人人都为自己打算。高公雄才盖世，如果再让他掌握兵权就好像蛟龙得到云雨，他还肯受制于人吗？"尔朱兆不服气地说："我们已结为兄弟了！"慕容绍宗反驳说："亲兄弟之间都会背叛，更何况拜把子兄弟呢！"尔朱兆不禁动怒，呵斥道："你竟敢离间我们？"随即喝令侍卫把他押下去，关入大牢。

高欢自晋阳出滏口，正碰到尔朱荣的妻子一行人从洛阳而来。他见队伍中的马匹不错，便立即指挥军士截夺良马。尔朱荣的妻子不敢上前抗争，只好忍着怒气入城，向尔朱兆报告。尔朱兆这才惊疑起来，连忙放出慕容绍宗，与他商议。慕容绍宗当即说："高欢应该还没走远，现在把他追回来，还来得及。"尔朱兆随即亲自出马，一直追到襄垣，才追上高欢。当时漳水暴涨，桥被冲毁，高欢隔水下拜说："我向夫人借马并没有别的意思，只是为防范山东的盗贼着想。没想到王爷竟然误信谗言前来追杀我，我不怕死，但只怕部众因此而叛离。"尔朱兆也立即表示自己没有别的意思，然后跃马渡水，与高欢并坐帐前，抽出自己的宝刀，示意高欢砍自己的颈项。高欢大哭道："尔朱荣将军去世以后，局势更加混乱，我只愿大家戮力同心，共图大业。没想到，将军今天竟说出这样的话！"尔朱兆于是把刀扔在地上，下令斩杀白马，与高欢互相盟誓，当晚留宿夜饮。高欢的部下尉景想趁机斩杀尔朱兆，高欢抓住他的手臂说："现在杀了他，我们肯定无法活着走出去。你别着急，尔朱兆有勇无谋，将来总会被我擒获的。"尉景这才作罢。

第二天，尔朱兆渡河归营，又让高欢过河商谈。高欢上马准备赴约，长史孙腾却牵住他的衣角。高欢于是找了个借口，拒绝赴约。尔朱兆隔河斥责他，他也不理。尔朱兆没有办法，只得赶回晋阳。

尔朱世隆镇守洛阳，扫清盗贼，逐渐恢复商贸。尔朱天光拜见他时，谈及新主元晔，说新主不得民心，不如重新迎立。尔朱世隆也深有同感。二人随即听信郎中薛孝通的提议，先是逼迫元晔禅位，然后拥立广陵王元恭为帝。元恭是孝文帝元宏的侄子，广陵王元羽的嗣子。元恭推辞一番，随即入宫即位，改建明二年为普泰元年，改封长广王元晔为东海王，追封尔朱荣为相国晋王。其他如乐平王尔朱世隆、颍川王尔朱兆、彭城王尔朱仲远、陇西王尔朱天光、常山王尔朱度律等人的封爵不变。车骑大将军高欢及都督斛斯椿等人也加官晋爵。斛斯椿本是北魏东徐州刺史，曾依附尔朱荣。尔朱荣被诛杀时，斛斯椿怕遭到连累，忙跑到南方，依附汝南王元悦。尔朱氏得势后，他又跑回来，被封为将军。

尔朱兆对尔朱世隆先斩后奏的做法很是不满，所以打算发兵攻打他。尔朱世隆忙令尔朱彦伯前去调停。尔朱彦伯费了无数唇舌，才平息尔朱兆的怒意。二人总算和好，但自此以后双方互有嫌隙。

最可笑的是幽州刺史刘灵助本是一个江湖术士，因被尔朱荣赏识，得任幽州刺史。经过一番推算后，他料定尔朱氏必将衰败，随即纠众作乱，竟自称燕王，扬言要为故主元子攸复仇，甚至妄称刘氏将一统天下。幽、瀛、沧、冀四州的愚民几乎都去投奔他，刘灵助随即率领众人南下，占据博陵郡的安国城。

河北大使高乾兄弟曾奉命到冀州招募徒众。尔朱兆为防他叛变，特派监军孙白鹞去冀州城密捕高乾兄弟。高乾当即与前河内太守封隆之袭击信都，杀掉孙白鹞，归附刘灵助。殷州刺史尔朱羽生率兵偷袭信都。高敖曹连铠甲也来不及穿，就带着十几名骁骑杀出城去，径直冲入尔朱羽生军中，舞槊四刺，无人敢挡。他的从骑也英勇无比，以一当百，顿时摧陷敌阵，杀得敌人纷纷窜逃。尔朱羽生魂破胆落，慌忙逃回殷州。

可是高欢硬要出头，扬言要铲平信都，信都人人惊慌。高乾却说："晋州刺史高欢雄略盖世，怎么会甘居人下呢？如今尔朱氏杀君虐民，大失人道，此时正是英雄立功的机会。高欢扬言攻打信都，肯定要有所动作。我们现在去谒见他，正是时候。"随即与封隆之的儿子封子绘秘密到滏口，求见高欢。见面之下，高乾立即献策说："眼下人人都想诛杀残虐的尔朱氏，将军威德昭著，天下的义士都想为你效命。而信都虽然城小，人口少，但赋税足以接济军资，还请将军三思，不要错失良机！"高欢见高乾语气慷慨，句句动人，顿感相见恨晚，随即与他促膝长谈，称高乾为叔父。二人聊到半夜，后来在一处歇息。

第二天，高乾离开后，高欢当即率领部众缓缓东行。路上遇到一个人，乘坐着露天车子，载着几坛浊酒，径直向前驱投递名帖，说是想谒见高公。高欢一看传递进来的名帖，上面写有"南赵郡太守李元忠"几个字，便说："这人是个酒鬼，他怎么会想见我？"于是既不说见，也不说不见。李元忠等了好一会儿，不见回复，便下车独自坐在那儿，大口喝酒，大口嚼肉。一口气灌下好多酒，才对军吏说："我听说高公招揽贤才，所以大老远跑来谒见他。谁知他却怠慢贤士，我真是失望呀！还请你们把名帖还给我，我不想再劳烦你们了。"军吏又去报告高欢。高欢这才让李元忠进来，但态度很是冷淡。李元忠于是从自己的车上搬来酒，抱来筝，一面喝酒，一面弹筝，接着又吟长歌。吟完了，他才对高欢说："现在大局已定，将军还想效忠尔朱氏吗？"高欢朗声说道："我的富贵尊荣都是他给的，我能不效忠他吗？"李元忠叹息道："拘泥于小节，怎么敢称英雄！"随后又问高乾兄弟是否来过。高欢骗他说没有。李元忠疑惑地说："将军说的是真话呢，还是假话？"高欢有些讥讽地说："你醉了！"随即让人扶他出去。李元忠不肯起身，长史孙腾于是对高欢说："他应该是老天派来的，还请将军多多忍耐，不要逆天行事。"高欢只得耐着性子与李元忠交谈。李元忠慷慨激昂地畅谈时事，说到伤心处，呜咽流涕。高欢不禁动容。后来，李元忠献策说："就黄河北岸的形势而言，冀州、殷州两地比较，殷州城小，不能很好的供应粮草和军饷，不利于长远的发展，最好是前往冀州。高乾兄弟必会尽心尽力为将军效命，你可以放心地将殷州交给我。冀、殷二州一合势，沧、瀛、幽、定四州自然也是将军的了。"高欢一听这话，立即站起来，紧握李元忠的手，并为自己刚才的无礼道歉。李元忠留住了一些日子，随即前往殷州，高欢也立即动身赶往信都。

封隆之与高乾打开城门迎进高欢。高敖曹当时正在外面打仗，他听说兄长迎高欢入城，便耻笑兄长如同妇人一般懦弱，并送给他一条布裙。高欢一直看重高敖曹的勇猛，因此特意笼络他，让长子高澄以晚辈的身份去拜见他。没过多久，就将高敖曹收归旗下。

高乾与封隆之本来依附刘灵助，等到迎立高欢为主帅，二人便与刘灵助断绝来往了。魏主也派大都督侯渊、骠骑将军叱列延庆讨伐刘灵助。刘灵助曾为自己占卜说："三月末，我必定入据定州。"没想到，后来反被侯渊取走性命，他的首级恰好在三月末被送入定州。

魏廷击毙刘灵助后，便想谋取冀州，表面上赐封高欢为渤海王，让他入朝听令。此时的高欢哪还肯入京，再受尔朱氏的牵制？当时尔朱世隆升任太保，专揽朝纲；尔朱兆兼督十州军事；尔朱天光被封为大将军，专门管治关右；尔朱仲远镇守大梁，兼任兖州刺史。尔朱氏中尔朱仲远最为贪婪暴虐，他常常诬陷富户谋反，然后将男丁投入河流，再占有妇女和财产。东南各州郡畏惧尔朱仲远有如畏惧虎狼一般，都恨不得杀了他。只因他势力强盛，官民只有忍气吞声。然而高欢却招兵买马，安抚百姓，准备与尔朱氏决一雌雄，所以魏廷让他入朝，他当然找借口拒绝。魏廷也拿高欢没办法，只好另想办法约束他，封他为大都督东道大行台，兼任冀州刺史。

高欢本就雄心勃勃，再加上部将斛律金、库狄乾以及小舅子娄昭、姐夫段荣等人从旁怂恿，他当即决定征讨尔朱氏。高欢先是向六镇的百姓宣称，尔朱兆将把他们发配到胡人的居住地，吓得众人异常忧惧。紧接着高欢又煽动官兵造反，让众人心甘情愿地拥立自己为统帅。

当时李元忠起兵进逼殷州，高欢当即令高乾率兵援应李元忠。高乾扬言援救殷州，单独去见尔朱羽生，与他商量战守事宜。尔朱羽生当即和高乾一同出城作战，高乾伺机刺死尔朱羽生。然后与李元忠会师，用尔朱羽生的首级逼迫城中投降。殷州不攻自破，高乾让李元忠留守殷州，然后匆匆带着尔朱可胜的首级回信都报喜。高欢一副悲痛的样子说："看来只好起兵了！"随即任命李元忠为殷州刺史。同时，发檄文到洛阳，历数尔朱氏的罪状，扬言即将声讨。

尔朱世隆将檄文藏起来，骗魏主说高欢造反。尔朱兆、尔朱仲远、尔朱天光、尔朱度律等人都奉命征讨高欢，由尔朱世隆居中调度。高欢听说尔朱氏大举出兵，当即仔细部署兵马，抵御各军。

一天，一个穿着丧服的人，踉跄奔到军门前，请求面见高欢。高欢一见名帖，立即把来人请进来。那人一到案前，便匍伏在地上，放声大哭。高欢也禁不住掉泪，忙把他扶起来，让他坐在自己身边。那人依旧哭着说："我家一百多口人都死在贼臣手中，听说将军起义兴师，所以我奔波赶来，愿效犬马之劳，报仇雪恨！"高欢叹道："你家世代效忠帝王，没想到逆贼竟连你家也不放过，真是可悲可恨！你放心，如果皇天有眼，一定不会让逆贼漏网的。"随即任命来人为行台郎中，令他参议军事。

这人到底是谁呢？原来是北魏司空杨津的儿子杨愔。杨氏是京城的名门望族，世代忠诚，一家人多是北魏的名士。只因杨津的侄子杨侃曾参与谋杀尔朱荣，而杨家人又多在朝中担任要职，尔朱氏便诬陷杨氏谋反，将杨氏一门老小杀个精光。当时杨愔因在外办事，所以幸免于难，得以投奔高欢。

杨愔非常有才干，他的谋略深得高欢的欢心。高欢因此将文檄、教令之类的事情全部委任他处理，并让咨议参军崔悛做他的副手。杨愔下笔精准，言辞激昂，不管什么文章，一经颁布，世人无不传诵，因此尔朱氏的罪状天下共知。尔朱兆出兵攻打殷州，李元忠一人支撑不住，弃城逃奔信都。尔朱仲远、尔朱度律与将军斛斯椿、贺拔胜、贾显智等人也进军高平，形势相当危急，高欢忧虑不已。

长史孙腾献策说："如今朝廷将我们隔绝，不管我们怎么号令，都没有几人肯听，将士们也日益沮丧。我们不如先立一位元氏宗亲为帝，借此号召远近，团结众心。"高欢十分疑虑，但在孙腾的再三坚持下，不得不奉迎渤海太守鲁郡王元朗为帝。元朗是景穆太子元晃的玄孙，即位后，改元中兴。并任命高欢为侍中丞相，督管朝内外各军事，高乾为侍中司空，高敖曹为骠骑大将军，兼任冀州刺史，孙腾为尚书左仆射，魏兰根为尚书右仆射。

"高王来了"

高欢自信都出发，出兵抵御尔朱氏各军。因听说尔朱氏军容强盛，高欢有些踌躇。参军窦泰劝他用反间计，使尔朱氏自相猜疑，然后伺机进攻。高欢于是密派说客，分数路大肆造谣，这边说尔朱世隆兄弟想谋害尔朱兆，那边说尔朱兆已与高欢约定谋杀尔朱仲远。尔朱兆对尔朱世隆擅自废黜元晔早就不满，谣言越传越烈，他也越发起疑，于是他立即率领三百名轻骑去刺探尔朱仲远。尔朱仲远将他迎入营帐，尔朱兆却手舞马鞭，左右窥望。尔朱仲远见他情态有些奇怪，非常惊讶，彼此神色各异。尔朱兆也没怎么叙谈，便匆匆出帐，上马离去了。等尔朱仲远琢磨出是怎么一回事后，忙派斛斯椿、贺拔胜去解释并安抚尔朱兆。没想到，尔朱兆竟把他们拘禁起来。尔朱仲远大为惊惧，忙与尔朱度律带着部众逃回南方去了。

尔朱兆捆住斛斯椿、贺拔胜后，怒目呵斥贺拔胜说："你犯了两条大罪，应该处死！"贺拔胜问是什么罪。尔朱兆当即厉声说："第一，你杀了卫可孤；第二，尔朱荣将军去世，你没有与尔朱世隆一同回来，反而攻打尔朱仲远。我早就想杀你了，你死之前有什么要交代的，快说！"贺拔胜抗议道："卫可孤是贼党，我们三兄弟和父亲一同为国杀贼，应该是立了大功，怎么能说有罪呢？尔朱荣将军是被君主杀死的，而我当时只知道有朝廷，所以没有顾念到将军。如今强寇迭起，骨肉相残，我们却频频内乱，怎么能抵御外贼呢？我不怕死，我来这里，只是为了告诉王爷应当谨慎，不要失策呀！"尔之兆一听，觉得有理，

235

便没杀他。再经斛斯椿的婉言劝解，尔朱兆便放他们回去，自己则静待高欢前来。

高欢仍担心寡不敌众，又向段荣的儿子段韶问计，段韶说："尔朱氏擅杀天子，残害大臣，屠戮百姓，这种人天理不容。将军顺应时局，替天行道，还怕他什么？"高欢随即进军广阿，与尔朱兆大斗一场，果然大破尔朱兆军。高欢乘胜攻克邺城，封杨愔为行台右丞，并将新主元朗接过来。元朗入城后，晋封高欢为柱国大将军，兼任太师；又封高欢的儿子高澄为骠骑大将军。

尔朱世隆听说高欢得到邺城，急忙联合尔朱兆一同攻打邺城，并请魏主元恭册立尔朱兆的女儿为皇后。尔朱兆得到消息十分欢喜，当下与尔朱天光、尔朱度律和好。斛斯椿与贺拔胜活着回来后，二人悄悄商议。斛斯椿说："如今全天下都怨恨尔朱氏，如果我们继续为尔朱氏效命，最后只会跟他们同赴死地。还不如趁早倒戈，或许还有一线生机。"贺拔胜说："现在尔朱天光与尔朱兆各据一方，我们最好把这些恶人杀光杀尽，免得留下后患，只是具体该怎么做呢？"斛斯椿笑道："这有什么难的？看我的好了。"随即入帐拜见尔朱世隆，劝他立即邀尔朱天光一同讨伐高欢。尔朱世隆听信斛斯椿的话，当即派人征召尔朱天光。

尔朱天光存心观望，不想立即发兵。于是斛斯椿亲自入关面见尔朱天光说："眼下只有王爷才能制服这个嚣张的高欢，难道王爷要坐视不理吗？而且一旦高氏得志，王爷的势力就会大大受挫，我相信王爷不会不懂唇亡齿寒的道理！"尔朱天光急忙说："我也正想出兵呢。"当时雍州刺史正是贺拔岳，尔朱天光忙召他来商量。贺拔岳献策说："当前各王的势力连成一片，高欢绝对不是对手。如果大家能戮力同心，必定是战无不胜。但从将军这方面来说，最好亲自镇守关中，固守根本，然后派精锐与各路大军合势。这样一来，进可破敌，退可自保。"尔朱天光本想听从贺拔岳的意见，可斛斯椿却坚持要尔朱天光亲自率大军赴敌。尔朱天光只好令弟弟尔朱显寿留守长安，自己率兵赶赴邺城。斛斯椿立即回去报告尔朱世隆。尔朱世隆急忙檄令尔朱兆与尔朱仲远两军与尔朱天光会师，又令留守洛阳的尔朱度律也立即赶去。于是四路尔朱军陆续抵达邺城，二十万大军横列洹水两岸，扎满营垒，如火如荼。

高欢召集的所有徒众也不过三万多人，大敌当前，他只好出动所有将士，屯驻紫陌。当时封隆之已升任吏部尚书，留守邺城。高欢亲自出城督师，都督高敖曹也率三千多乡民赶来。尔朱兆出营布阵，质问高欢为什么背弃誓言。高欢朗声回答说："你我曾立誓，要共同匡扶帝室，如今天子在哪里呢？"尔朱兆回答说："魏主元子攸杀害尔朱荣将军，我出兵报仇有什么不对？"高欢当即反驳道："君要臣死，臣不得不死。况且，你敢说尔朱荣将军没有谋反的心思吗？他本就该死，哪里用得着你来报仇？今天，我与你恩断义绝！"说完就擂鼓开战。尔朱氏军仗着人多势众，包抄过来，很是凶猛。高欢率领的中军险些招架不住，高敖曹与高欢的伯父高岳两军，各自派出部分士兵绕到尔朱氏各军的后面偷袭，扰乱了尔朱氏军的阵势。尔朱氏军大惊，纷纷溃散。高欢军趁势反攻，大破尔朱军，贺拔胜与徐州刺史杜德当即投降。尔朱兆见大势已去，对着慕容绍宗抚胸长叹道："都怪我当初不听你的话，养虎为患啊！"说着便纵马西去。尔朱仲远也奔往东郡，尔朱度律、尔朱天光逃向洛阳。

都督斛斯椿对部将贾显度、贾显智说："尔朱氏已经败阵，看来很难东山再起，我们最好将他们赶尽杀绝，免得留下后患。"当晚便搜杀尔朱氏的余党，将尔朱世隆、尔朱彦伯的首级送到高欢那里。尔朱天光、尔朱度律二人也被押送到邺城。

尔朱氏的部将侯景本与高欢一同在北方崛起，后来辗转投入尔朱氏军，现在又投奔高欢。雍州刺史贺拔岳听说尔朱天光战败，便与镇西将军宇文泰商量一番，准备投奔高欢。二人于是径直攻占长安，并将留守长安的尔朱显寿作为降礼献给高欢。高欢随即任命贺拔岳为关西大行台，宇文泰为行台左丞，担任府司马。

随后高欢从邺城出发，护送新主元朗前往洛阳。走到邙山，高欢又变计了，秘密与右仆射魏兰根商议："新主元朗终究是元氏宗族的旁枝，不如仍旧拥戴元恭为帝？"魏兰根说："还是先派人去洛阳看看元恭怎么样，再决定吧。"高欢当即让魏兰根出发。魏兰根回来后，主张废黜元恭。这是为什么呢？原来魏主元恭风姿英挺，魏兰根怕他将来不受控制，所以不想拥立他。高欢随即召集百官，让众人评议一番，究竟该拥立谁为君主。有人说元恭比较贤明，能守住社稷。黄门侍郎崔严肃地说："如果要推立贤明的君主，没有谁会比高王更贤明！广陵王元恭本是逆贼所推立，他怎么配称天子呢？"高欢随即令元朗留居河阳，自己则率领数千骑进入洛阳。

魏主元恭出宫抚慰，高欢竟令军士把魏主软禁在崇训寺中，然后提着剑直奔后宫，打算杀掉两位尔朱皇后。从前魏主元子攸曾册立尔朱荣的女儿为皇后，后来魏主元恭又册立尔朱兆的女儿为皇后，所以宫中有大尔朱皇后、小尔朱皇后之分。尔朱兆进入洛阳时，曾恣意污辱嫔妃、公主。只因大尔朱皇后是他的堂妹，**他便妥为安排，仍让她居住在中宫**。广陵王元恭入承大统时，大尔朱皇后还留在宫中。不久，尔朱兆的女儿也成了皇后，她与大尔朱皇后是**姑侄关系**，二人亲上加亲，格外亲昵，自然不愿分离。偏偏高欢发难，把尔朱氏扫得精光，尔朱氏死的死，逃的逃，单剩姑侄二人在宫中彷徨，相对落泪。不料魏主元恭又被劫走，弄得这位小尔朱皇后越发惊骇，忙到大尔朱皇后的寝宫哭诉，不胜凄婉。大尔朱皇后也触动愁肠，**潸然泪下**。

彼此正呜咽时，忽然有宫人慌张地跑进来喊道："不好了！不好了！高王来了！"这话还没说完，小尔朱皇后已吓得抖作一团，面无血色。还是大尔朱皇后年长，稍微镇定些，收住泪珠儿，端坐榻上。没多久，果然望见高欢提着剑走进来。大尔朱皇后不等高欢开口，就正色诘问道："你就是高欢？我父亲一手提拔，你才有今天的荣华富贵，没想到你竟然恩将仇报，杀死我的伯父、兄弟。现在又闯进宫来，是想杀我姑侄二人吗？"高欢见**她柳眉耸翠**，杏靥敛红，秀丽中露出一种威严气象，不由得有些生畏，又有些钦慕；又见旁边的小尔朱皇后，颤动娇躯，呜呜咽咽，别有一种惹人怜爱的风情。当下高欢的一腔怒气，化为乌有，对大尔朱皇后说："我怎么敢忘记尔朱荣将军的恩德呢？我会与你们共享富贵的。"说完，便把宫人叫进来，让她们好好伺候两位皇后，并派兵保护宫禁。出宫后，高欢忙与部将、僚属商议废立魏主的事情，部将都不发一言。高欢随即朗声说："孝文帝元宏是一代贤君，他怎么能无后呢？现在，他的子嗣仅存汝南王**元悦**。但他人在江南，不如派人把**元悦接**回来，让他承袭大位。"部将唯唯应命，高欢当即派人南下迎接**元悦**。

斛斯椿私下对贺拔胜说："现在是个好机会。如果我们不先发制人，就得受制于人。应该赶紧对高欢下手，**斩除后患**。"贺拔胜劝阻道："他是上天派来扭转时局的人物，现在正是他功勋卓著的时候，杀了他，恐怕不详。"斛斯椿刚开始不同意，但在贺拔胜的再三谏阻下，便也作罢。

光阴似箭，转眼间一个多月过去了，汝南王元悦已从江南来到洛阳。高欢却又不愿拥立元悦为帝，**说他近男色**，性情狂暴，不配继承大统。于是从乡间找出孝文帝的孙子平阳王元修，即广平王元怀的第三个儿子，拥立他为帝。

元修不得已登上帝位，颁诏大赦，改元太昌。任命高欢为大丞相、天柱大将军、太师，世袭定州刺史，又特意加封高欢的儿子高澄为侍中、开府仪同三司。尔朱党羽中的侍中司马子如与广州刺史韩贤二人，因与高欢是旧识，所以司马子如被召回京都，担任大行台尚书，韩贤任职如故。所有尔朱氏的官爵，一概被削夺。高欢另派东南道大行台兼尚书左仆射樊子鹄，与徐州刺史杜德追击尔朱仲远。尔朱仲远窜入萧梁境内，没过多久病死江南。樊、杜二人随即又从萧梁手中夺回谯城。

高欢因谯郡已平定，便想回到冀州，但想到贺拔岳雄踞关中，也是一个隐患。于是他恳请魏主调任贺拔岳为冀州刺史。魏主元修当即派使者入关，宣召贺拔岳回朝。贺拔岳正要单骑入朝，右丞薛孝通问他说："将军怎么就这么轻率地前往洛阳？"贺拔岳回答说："我不怕天子，只怕高王！"薛孝通说："高欢的确是个狠角色，能大破尔朱氏的百万大军，但他虽然威势显赫，却也不得人心。而尔朱兆虽已败逃，但他屯驻在并州的人马不下一万。高欢刚刚对内招抚群雄，对外抗击劲敌，自顾不暇，哪有什么闲工夫来争夺关中呢？将军现在占据这么好的地势，进可控山东，退可封函谷，怎么就甘愿受制于人？"贺拔岳当即起座，紧握薛孝通的手说："你说得是！我决定不南行了。"随即让诏使回去，婉转地辞谢了朝廷的好意。

高欢无可奈何，只得整装回到邺城。走的时候，不忘带上大小尔朱皇后，和貌美如花的任城王妃冯氏、城阳王妃李氏。魏主元修亲自为他们饯行，三杯御酒，一鞭斜阳，天柱大将军高欢纵马向东北奔去，魏主元修随即回宫。

过了十几天，邺城中的尔朱度律及尔朱天光死在市曹。尔朱氏的子弟只剩下一个尔朱兆，从晋阳逃到秀容，负隅自固。第二年正月，尔朱兆被官兵逼近，自缢而亡。并州平定，尔朱军也被歼灭殆尽。只有尔朱荣的两个儿子尔朱文畅、尔朱文略被高欢带回，得以存活。

梁太子病殁

尔朱兆军被剿灭，高欢上奏告捷。魏主当然又是一番褒奖。没想到高欢竟要辞去天柱大将军的名号。魏主元修见他语义诚恳，料知他是因为尔朱荣，不愿受封"天柱"的名号，所以允准。没过多久，幽居于崇

239

训寺的元恭被逼服毒，刚被封为安定王的元朗也被毒死，东海王元晔、汝南王元悦又同时被害。魏主以为敌手已被除净，可以高枕无忧了，哪知当时的大患，不在宗室，而在强藩！

魏主元修即位后，宗室各王陆续回朝拜谒。淮阳王元欣、赵郡王元谌是献文帝元弘的孙子，魏主元修的叔父。南阳王元宝炬、清河王元亶是孝文帝元宏的孙子，魏主元修的堂兄弟。魏主元修任命元欣为太师，元谌为太保，元宝炬为太尉，元亶为骠骑大将军，兼任司徒，侍中长孙稚为太傅。追赐前魏主元子攸为孝庄帝。从前两次临朝的胡太后，溺死之后，尸体被打捞上来，妥善安葬，谥号灵。魏主又追尊皇父广平王元怀为武穆帝，皇太妃冯氏为武穆后，母亲李氏为后太妃。册立丞相高欢的女儿高氏为皇后，并特意挑选一名朝使去送聘礼。

高欢当时已徙居晋阳，并修建一座大丞相府，坐镇西北。朝使到了晋阳，高欢亲自迎接，两人是故交，见面后握手言欢，很是亲昵。这位朝使究竟是谁呢？他就是李元忠。李元忠曾随高欢入据洛阳，后来留在京都担任太常卿，这次送聘礼的重任落在他头上，正是魏主元修因事择人。高欢从容地与李元忠把酒畅谈，聊起一些旧事，李元忠连饮几大杯，才笑着说："从前与您一同起事，轰轰烈烈，很是有趣；近来寂寞得很，无人过问，倒有些郁郁寡欢了！"高欢也大笑，指着李元忠对别人说："就是这个人逼我起兵的。"李元忠戏言道："如果当初您不起兵，我就另寻他处了。"高欢笑着说："起义原无止境，但是像我这样的老翁，是不可能再遇到了！"李元忠乐道："正因为你这种老翁不可多得，所以我才赖着不走。"说着，将须大笑。高欢知道他诚挚，因此殷勤款待。李元忠又坐下酣饮，直到夜阑人静，方才罢席。李元忠一住数天，大宴小宴，多不胜计，尽欢之后才将高欢的女儿接到洛阳，挑吉日行册后礼。

梁主萧衍篡位，建梁已有三十多年，数次改元。天监十九年，改元普通；普通八年，改元大通；大通二年，又改元为中大通。中大通元年，陈庆之狼狈地从北魏逃奔回梁。归国后，梁主仍任命他为右卫将军。一天，陈庆之对散骑常侍朱异说："我以前以为大江以北没有几个有能耐的人，没想到，到了洛阳竟发现北魏的繁荣就连江东都有些相形见绌呢。自此才知道北魏不容小觑！"当时朱异正凭经术深得梁主的宠信，听了陈庆之这番话，他立即转告梁主。梁主这才收敛雄心，不再北伐。

这年冬季，妖贼僧强在北徐州作乱，土豪蔡伯龙纠众响应，北徐州城沦陷。多亏陈庆之当时正镇守北兖州，就近讨贼，斩杀僧强、蔡伯龙，收复北徐州城。先前陈庆之在洛阳时，曾致信萧赞，即梁主的二儿子豫章王萧综，劝他回国。当时，镇守齐州的萧赞答复说愿意南归。后来因陈庆之先回国，萧赞一时不便离开北魏。后来尔朱氏发难，齐州归附尔朱兆，萧赞死在了阳平。梁人偷偷将萧赞的灵柩运回国，梁主萧衍随即用亲子之礼安葬他。没想到假儿子刚去世，真儿子也接踵而亡，而且还是一位贤明仁孝的储君！梁主萧衍晚年为儿子哭丧，哭得眼睛几乎失明。

梁主的长子名叫萧统，梁主刚刚即位，便册立他为太子。萧统自幼聪睿，三岁学习《孝经》、《论语》，五岁能遍诵五经，十岁左右通晓经义；又善于品评诗文，每次出宫游宴都会赋诗，又总是随口吟成，不假思索。天监十四年，太子成年以后，梁主令他处理朝政，他能精准地处理每件事情，评断公正，赏罚分明。平时判定刑罚时，也总是能赦免就赦免，能放宽就放宽，百姓交相称赞太子仁厚。太子为人谦逊，宽和待人，喜欢结交仁人志士，生活清廉。每次遇到淫雨积雪天气，他总会派身边的人巡行乡巷，赈济贫寒之人。在宫中他恪守礼仪，总是在五更之前入朝，然后毫无倦容地等在殿外。普通七年，母亲丁贵嫔患病，他急忙入宫侍奉，衣不解带。丁贵嫔去世，他悲痛至极，不吃不喝。在梁主几次劝慰下，他才吃东西，但很长时间都只吃少量的麦粥。丁贵嫔安葬后，有一个会看风水的道士说贵嫔安葬的地方不利于太子的将来，随即要为太子除邪，将蜡制的鹅及一些别的东西埋藏在墓旁。

宫监鲍邈之起初是太子的亲信，后来与太子不和，他便向梁主告密，说太子有见不得人的事情。梁主立即派人去挖掘，果然得到蜡鹅等东西，顿时惊疑交集，想派人深究此事。经右光禄大夫徐勉再三劝谏，梁主才没有拿问太子，只是杀了道士了事。太子虽然平安无事，却始终因这件事闷闷不乐。中大通三年，太子身患绝症，病情只见加重，不见好转。刚患病时，他生怕为父亲增加忧愁，每当诏使带着梁主的圣旨前来慰问，他总是吃力地亲手回复。不久，病情恶化，他身边的人都想去禀告梁主，他仍旧虚弱地摆摆手说："不能让陛下知道我现在的情况。"没过多久，太子去世，年仅三十一岁。梁主亲自来到东宫，临哭尽哀，赐太子谥号昭明。

昭明太子的死讯传来，满朝文武又惊愕又惋惜。一时间，京师士

241

女，奔走宫门，号哭悲泣。就是四方的百姓，听说太子去世，也满腹哀伤。太子生平著有《文集》二十卷，典诰类的《正序》十卷，五言诗《英华》二十卷，编选历代诗文而成的总集《文选》三十卷等，均传诵后世，被世人推为词宗。太子有三个儿子，长子名叫萧欢，已被封为华容公。梁主本想册立萧欢为皇太孙，但后来却册立三儿子晋王萧纲为太子，为了平息朝臣的纷议，特意晋封萧欢为豫章王，萧欢的弟弟萧誉为河东王，萧誉的弟弟萧詧为岳阳王。

自从魏主元修册立高欢的女儿为皇后，高欢的权势日益强大，仿佛当年的尔朱荣。斛斯椿在京都辅政，担任侍中一职，他早就想除掉高欢，现在更是与南阳王元宝炬、将军元毗、王思政等人屡次向魏主进言，劝魏主戒备高欢。中书舍人元士弼又弹劾高欢，说他接听诏书时，不守礼数，对陛下大不敬。魏主深怕重蹈尔朱氏的覆辙，也有些动疑，于是采纳了斛斯椿的计策，添置了数百名骁勇的内都督部将。然后魏主暗中与关西大行台贺拔岳联系，让他做外援；又封贺拔胜为荆州刺史，表面上是疏离贺拔兄弟，实际却建立了一道藩镇屏障。

当时高乾也担任侍中一职，兼任司空，由于要为父亲守孝而辞官回家，不再干预朝政。魏主元修想让他为自己效忠，于是将他召入华林园，特别赐宴。宴饮过后，魏主对高乾说："司空家世代都是忠良之臣，今天你又为朕立下大功。朕与你名义上虽是君臣，但情同兄弟，朕想和你订立盟约，以示我们的情谊永远不变。"高乾感到莫名其妙，回答说："臣以身许国，怎么敢有异心？"魏主元修坚持要立盟，高乾只好同意，事后也没有告知高欢。后来，高乾听说元士弼、王思政等人往来关西，形迹可疑，他忙致信高欢。高欢收到来信，当即把高乾请到并州面议。高乾随即劝高欢逼魏主禅位，高欢赶紧用袖子遮住他的嘴说："别胡说！过几天我帮你复职。"高乾回到洛阳，高欢立即代为奏请让高乾复职，结果魏主没有应允。

高乾自知大祸临头，想赶紧离开京城，于是急忙致信高欢，请他代为求取徐州刺史一职。高欢再次上奏恳请，魏主便任命高乾为骠骑将军，兼任徐州刺史。高乾还没出发，魏主听说高乾泄露机密，当即给高欢发去一道诏书说："高乾与朕曾私下订立盟约，没想到今天他却出尔反尔，真令人不解！"高欢不曾听高乾谈起立盟之事，因此也有些怀疑高乾暗中搬弄是非，离间君臣，因而将高乾之前送来的密函全部送入京城。魏主立即召来高乾，厉声斥责，高乾愤恨地说："陛下自己图谋不轨，反而诬陷臣，欲加之罪，何患无辞！臣死而无憾，只庆幸没有辜负孝庄帝元子攸。"魏主竟勒令他自尽，又遥令东徐州刺史潘绍业去刺杀高乾的弟弟高敖曹。高敖曹正镇守冀州，听说高乾被杀，急忙派壮士截住潘绍业。搜出诏书后，高敖曹立即带着十多名随从奔往晋阳。高欢抱着高敖曹的头大哭道："陛下怎么能这样冤杀司空呢？真是可悲可叹！"当即，将高敖曹留下，仍像从前那样优待他。高敖曹的二哥光州刺史高仲密也抄小路投奔晋阳。

高乾死后，高欢这才知道中计，自然是悔恨交加，埋怨魏主。魏主元修当时十分信任贺拔岳，屡次派心腹入关，嘱咐他立即对高欢下手。贺拔岳曾派行台郎冯景去晋阳，高欢当即与冯景订立盟约，与贺拔岳结为兄弟。冯景回来后对贺拔岳说，高欢非常奸诈，绝对不能轻信他。府司马宇文泰又亲自去晋阳试探高欢。高欢见宇文泰气宇不凡，想让他留下来，做自己的臂助。宇文泰坚持要回去复命，高欢见留不住，只好放他回去。宇文泰料知高欢必会后悔，出城后便兼程西行。果然刚抵达关前，后面就有兵马追来。宇文泰急忙纵马入关，后面的晋阳兵一看关内守兵的阵势，料知难以得手，只好掉头回去。

宇文泰随即对贺拔岳说："高欢已有篡位的野心，而他现在唯一忌惮的就是将军你。将军只要提前部署妥当，杀掉高欢应该不难。如今，费也头①的骑士不下万人，夏州刺史斛拔弥俄突也有三千多名常胜兵，灵州刺史曹泥、河西流民纥豆陵伊利都拥有自己的部众，但缺一个像将军这样的统帅。将军如果移军近陇，恩威两施，便可立即招抚各部落。然后西抚氐、羌，北控沙塞，还军长安，匡扶魏室，一个高欢没什么好怕的了！"贺拔岳听后，不禁大喜，随即派宇文泰去洛阳密报魏主。魏主当即任命宇文泰为武卫将军，令他按计划行事。不久，魏主又令贺拔岳督管雍、华等二十州军事，兼任雍州刺史。贺拔岳随即西出平凉，以牧马为名招抚各部。斛拔弥俄突、纥豆陵伊利、费也头、万俟受洛乾、铁勒斛律沙门等部落相继归附，只有曹泥不服。众人推举宇文泰镇守夏州。贺拔岳沉吟道："宇文泰就是我的左右手，我怎么舍得调派他呢？"但仔细一想，实在没什么好的人才可供调遣，只好令宇文泰赶赴夏州。

这消息传到晋阳，高欢立即派长史侯景劝纥豆陵伊利投降，纥豆陵

---

① 费也头：代北别部，后成为姓氏。

伊利不依。高欢当即率兵进击纥豆陵伊利，把他捉住。魏主得到消息，派人诘责高欢说："纥豆陵伊利没有侵犯别的地方，也没有背叛我北魏，这么好的一个大臣，你为什么突然发兵攻打，而且发兵之前也不曾向朝廷禀报，你到底是什么意思？"高欢含糊答复，更是千方百计地想要除掉贺拔岳。不久，高欢又担心秦州刺史侯莫陈悦与贺拔岳联合。右丞翟嵩随即献策说："为什么不用反间计呢？我愿意为王爷效力，一定让他们自相残杀！"高欢这才转忧为喜，当即派翟嵩赶赴秦州。翟嵩到了秦州，凭着三寸利舌，一说便妥。回到晋阳后，让高欢安坐观变。

贺拔岳因曹泥不肯归附，便打算率兵讨伐，起程前特意派都督赵贵去夏州征询宇文泰的意见。宇文泰回答说："曹泥死守一座孤城，不足为虑；但侯莫陈悦这种贪诈无信的小人，不可不防！"哪知贺拔岳误会宇文泰的话，反而邀侯莫陈悦会师高平，一同讨伐曹泥。侯莫陈悦欣然前来，与贺拔岳把酒言欢，很是投缘。后来侯莫陈悦将贺拔岳骗到自己的营帐，随后侯莫陈悦的女婿元洪景一刀将贺拔岳送往冥府。

元洪景杀掉贺拔岳后，对贺拔岳的部下说："我奉旨诛杀贺拔岳，此事与你们无关。"贺拔岳的部众都没有异议，侯莫陈悦却不敢招纳他们，只带着自己的人马匆匆回到水洛城。赵贵安葬完贺拔岳，见贺拔岳的部众纷纷走散，便提议请宇文泰回来统领全军。都督杜朔周也极力赞成，当即到夏州去迎请宇文泰。宇文泰与部将商议，大中大夫韩褒说："这是天意，将军不用多疑！"宇文泰当即点头说："我也这么想。侯莫陈悦虽然杀害我元帅，却不敢趁势占据平凉，反而退屯水洛，看来他也不过如此。传令下去，我们立即出发！"

东魏和西魏

宇文泰到平凉招抚了贺拔岳的旧部，并令都督杜朔周率兵占据弹筝峡。杜朔周沿途宣抚，士兵民众都乐意归附。宇文泰随即对杜朔周大加器重，让他恢复本姓，改名叫赫连达。原来杜朔周原本姓赫连，曾祖库多汗因避难而改姓。高欢一得到贺拔岳的死讯，急忙令侯景去招抚贺拔岳的部众，没想到却被宇文泰抢了先。侯景走到安定，刚好碰到宇文泰军，宇文泰愤恨地对他说："贺拔公虽然死了，但我还活着，你来这里想干什么？"侯景大惊失色，忙说："我就像一支箭，任人拉射，实在

244

是身不由己！"宇文泰随即放他回去，继续行军。宇文泰走到平凉，高欢又令散骑常侍张华原、义宁太守王基等人去慰劳宇文泰。宇文泰不肯接受，并想强留张华原，又见张华原始终不乐意，只好放他回去。王基一见到高欢，便恳请立即发兵攻打宇文泰。高欢笑着说："你没看到贺拔岳、侯莫陈悦的结局吗？我自有妙计除掉他。"

魏主召侯莫陈悦回朝，他却不肯。魏主随即任命宇文泰为大都督，令他统领贺拔岳的旧部，并派卫将军李虎做他的副手。李虎本是贺拔岳的部将，贺拔岳死后，他到荆州请贺拔胜去招揽贺拔岳的旧部，贺拔胜不肯。李虎回到阌乡，被高欢的部将抓获，押送到洛阳，魏主封他为卫将军，让他在宇文泰手下做事。宇文泰与李虎一聊，领会到朝廷的意向，他当下致信侯莫陈悦说："贺拔公为国立功，并曾保荐你为陇右行台。没想到你竟忘恩负义，反而归附国贼，危害社稷。现在皇上召我二人回朝，而我的进退视你的情况而定。如果你下陇东趋，我也将走北路回京；如果你还是迟疑不决，那我就要为贺拔公报仇！"

侯莫陈悦置之不理，宇文泰当即占据原州，令侄子宇文导留守原州，然后率兵直逼上邽。南秦州刺史李弼是侯莫陈悦妻子的妹夫，他料定侯莫陈悦必会失败，因而暗中与宇文泰联络，愿意做内应。约定的时间一到，李弼便大开城门，放宇文泰军进城。候莫陈悦率领数十名随从仓皇出逃，最后被宇文泰的追兵逼得上吊自尽了。

宇文泰进入上邽，将府库里的财宝都拿出来犒赏将士。随即令李弼镇守原州，部将拔也恶蚝镇守南秦州，可朱浑道元镇守渭州，赵贵镇守秦州。氐族酋长杨绍先之前已逃回武兴，仍然称王。他听说宇文泰占据关中，忙上奏称藩，并将妻儿送来做人质。高欢听说宇文泰的势力越来越强大，便想重金收买宇文泰。宇文泰当即拒绝，并将高欢的书信上呈魏主，又让雍州刺史梁御入据长安。魏主封宇文泰为关西大都督，略阳县公。宇文泰随即任命都督寇洛为泾州刺史，调任李弼为秦州刺史，任命前略阳太守张献为南岐州刺史，然后招兵买马，储备粮饷，准备讨伐高欢。

之前高欢回晋阳时，曾令封隆之、孙腾留在京都辅政，封隆之担任侍中，孙腾担任仆射。刚巧魏主的妹妹平原公主守寡，孙腾与封隆之又都丧妻，二人见公主长得很漂亮，便争着想娶公主为继室。魏主令妹妹自己选择，平原公主最后选择了封隆之。孙腾又愤恨又嫉妒，屡次中伤封隆之。碰巧封隆之给高欢发去一封密函，说斛斯椿等人擅权，将来一定会谋反。高欢不知封隆之与孙腾有间隙，收到封隆之的信后，他立即致信孙腾，提及封隆之关照的事情，并嘱咐他和封隆之二人提防斛斯椿。孙腾正想加害封隆之，当即向斛斯椿告密。斛斯椿又转告魏主。封隆之听到风声，立即逃回乡里，并应高欢的邀请前往晋阳。后来孙腾因擅自杀掉御史，也畏罪投奔高欢。

高欢派大都督邸珍潜入徐州，强取徐州府库的钥匙。魏主将高欢的朋党建州刺史韩贤、济州刺史蔡儁免职；又增置了数百名将领，准备讨伐晋阳。魏主下诏戒严，假称要南下征讨萧梁，调发黄河南岸各州的兵士。然后与斛斯椿两人巡阅洛水，部署战备。

发兵前，魏主给高欢发去一道诏书，说将打着讨伐梁的旗号，征讨宇文泰、贺拔胜，并希望高欢发兵支援。高欢立即表示将全力以赴。魏主一看高欢的反应，料知高欢已猜透自己的密谋，忙又发去一道圣旨，阻止高欢部署兵力。高欢没有答复。

中军将军王思政对魏主说："高欢的心思可想而知。但洛阳不适合用兵，陛下不如先去宇文泰那里避避，再回来一举收复旧京！"魏主派柳庆去通知宇文泰，宇文泰当即表示同意。当时东郡太守裴侠正要去洛阳，王思政与他商量西巡事宜。裴侠说："宇文泰雄踞秦关，已经拥有自己的半边天，现在的他怎么肯轻易将自己权力交付出去呢？陛下若去他那里，岂不是自投罗网？"王思政说："那你觉得陛下去哪里最为妥当？"裴侠皱着眉说："攻打东边的高欢，祸在眉睫；依靠西边的宇文泰，患在将来。还是先到关右，再作打算吧。"王思政觉得有理，随即保荐裴侠为中郎将。魏主正犹豫要不要投靠宇文泰，忽然传来高欢派骑兵屯驻建兴，逼迫魏主迁居邺城的消息。魏主更加惊慌，当即下诏令高欢退兵。

高大丞相已与魏主元修势不两立，怎肯甘心退兵呢？当下高欢上奏，力诉斛斯椿、宇文泰二人的罪状，说将替君主除掉奸臣。魏主随即下诏斥责高欢，任命宇文泰为关西大行台，并愿意将自己的妹妹嫁给宇文泰为妻，令宇文泰立即派人来京城护驾。然后令贺拔胜支援洛阳，一同抵御高欢军。

高欢此时已召来弟弟定州刺史高琛，令他留守晋阳，并让长史崔暹辅政。同时自率大军向南进军，令高敖曹做先锋，连夜行军，声称只诛杀斛斯椿一人。宇文泰也传檄文讨伐高欢，并亲率大军屯驻高平，前队屯驻弘农。唯独贺拔胜屯驻汝水，作壁上观。魏主随即下诏亲征，督率十万大军屯驻河桥，令斛斯椿做前驱，在北邙山驻扎。

斛斯椿恳请亲自率两千名精骑趁夜渡河，杀高欢个措手不及。魏主觉得主意不错，偏偏黄门侍郎杨宽说："高欢的确不是一个忠臣，斛斯椿也诡计多端，居心叵测，一旦他渡河成功，很难保证他不会是第二个高欢！"魏主于是令斛斯椿停止进军。斛斯椿叹道："近日天象屡次告警，现在陛下又听信谗言，不用我的计策，看来真的是在劫难逃了！"当即派人通知宇文泰。宇文泰随即对身边的僚佐说："高欢犯了兵家大忌，从那么远的地方，疾行而来，我们正好出兵，杀他个措手不及。没想到陛下不去渡河决战，只知道沿河据守。试想黄河万里，防不胜防，只要高欢攻破一处，渡过黄河，到时我们将防不胜防！"说着，急忙令赵贵自蒲坂渡河，直趋并州，又派都督李贤率一千多名轻骑赶赴洛阳护驾。

魏主令斛斯椿驻守虎牢，任命行台长孙稚、大都督元斌之为副将；令行台长孙子彦驻守陕州，贾显智、斛斯元寿驻守滑台。魏主布置妥当，以为险要之地都已有人扼守，高欢军就算插上翅膀也飞不过来了。没想到才过了两天，滑台军司元玄赶到河桥，报称贾显智因怯战而撤退，要求立即派兵支援。魏主急忙派大都督侯几绍前去支援。没过多久，又接到警报，称侯几绍阵亡，贾显智向高欢投降，高欢已从滑台渡河了。魏主仓皇失措，忙向群臣问计。有人建议投奔萧梁，有人建议投靠南方的贺拔胜，有人建议前往西部关中，有人建议死守洛口。建议虽多却没有一个实用的，魏主始终没有下决定。忽然见元斌之踉踉跄跄奔回来，喘着气报告说："高欢来了！"吓得魏主元修不知所措，匆匆跑回洛阳，带着妃嫔及堂妹明月往关西逃去。

南阳王元宝炬、清河王元亶、广阳王元湛等人随魏主一起前往关西，投靠宇文泰。路上，魏主派人到虎牢召回斛斯椿。当时斛斯椿及长孙稚正与高欢的部将窦泰相持，得到圣旨后，斛斯椿立即去见魏主，才知中了元斌之的奸计。元斌之因与斛斯椿争权，所以溜回去骗魏主说高欢已经来了，害得魏主惊骇逃奔。斛斯椿叹息不已，只好随着魏主西行。斛斯椿的弟弟斛斯元寿，因滑台失守，被乱军杀死。长孙稚在虎牢孤军奋战，抵挡不住，立即逃往西部。他的儿子长孙子彦一听滑台、虎牢战败，也丢弃陕州，逃往西部去了。

不料，清河王元亶、广阳王元湛竟在半路上逃回洛阳。只有武卫将军独孤信单骑追上魏主，护送魏主西行。魏主叹道："将军辞父母抛妻儿，竟然跑来追随朕。古人说，乱世识忠臣。朕现在才真正懂得这句话！"

高欢进入洛阳，派娄昭、高敖曹追击魏主元修。二人追赶不上，中途折回。高欢随即召集百官，诘问道："做臣子的，理应匡扶社稷，拯救危乱。君主有过错，你们不加谏阻；君主出宫巡行，你们不加护卫。没事时争宠邀荣，有事时推诿逃匿，你们这样还算是为人臣子吗？你们还有什么脸面待在这里？"众人都不敢答话，唯独尚书左仆射辛雄说："陛下与宠臣之间的密谋，我们无从知晓。陛下乘车西幸，我们如果追过去，那就成了佞臣的党羽，所以我们留下等待王爷。没想到王爷又责怪我们，这样一来，我们进退两难，总之没办法脱罪了。"高欢呵斥道："你们这些要臣，理应尽忠报国，可奸佞当道时，你们可曾进谏诤言？现在国家成了这个样子，到底是谁的错？"说到这里，便令人拿下辛雄、仪同三司叱列延庆、吏部尚书崔孝芬等人，将他们一同处死。随即推立司徒清河王元亶为大司马，令他暂时居住尚书省，处理所有朝事。崔孝芬的儿子中郎崔猷，急忙逃出京都，走小路入关。

宇文泰令赵贵、梁御，率两千名士兵出城迎接魏主。魏主循河西上，与赵、梁二人相遇，指着黄河说："黄河向东流去，朕却逆河西上，如果将来收复洛阳，朕得以谒拜陵庙，那都是你们的功劳啊！"说着，不禁哽咽起来。宇文泰备齐仪仗赶到东阳驿，见到魏主后，摘掉帽冠跪伏在地上说："臣剿贼不利，使陛下蒙尘，真是罪该万死！"魏主忙亲自扶他起来，慰劳道："都是朕不好，使贼寇有机可乘，今日相见，朕真是无地自容。江山社稷都靠你了，还希望你不要辜负朕！"

宇文泰三呼万岁，起身将魏主元修迎进长安。魏主在雍州安顿下来后，颁诏大赦。晋升宇文泰为大将军雍州刺史，兼任尚书令，全权处理军国大事；又分别任命行台尚书毛遐、周惠达为左、右尚书。两位尚书戮力同心，储备粮草，修治器械，精选士马，军容振奋一新。魏主当即将妹妹冯翊长公主嫁给宇文泰为妻，兑现之前的约定。

魏主入关后，贺拔胜令长史元颖留守南阳，处理荆州府事，然后带着部众西进。走到淅阳，探知高欢已攻克潼关，擒获守将毛鸿宾，进军华阴，贺拔胜当下惊惧万分，踉跄往回逃。哪知高欢已派行台侯景攻打荆州，荆州人邓诞将元颖献给侯景，害得贺拔胜无路可逃，不得不与侯景争锋。偏偏士兵毫无斗志，一遇到侯景军，立即弃甲曳兵，四处奔窜。贺拔胜慌忙逃往梁国。

侯景奔赴荆州，向高欢告捷。高欢自晋阳到洛阳，由洛阳到华阴，一路上向魏主呈递四十份奏章，魏主都没有回复，高欢于是打算另立新主。返回洛阳，高欢最后一次派使者报知魏主："陛下如果远赐一纸

248

诏书，许诺回到京都，臣立即率领文武百官肃清宫禁，静待陛下归来；如果陛下没有要回来的意思，国家不可一日无主，臣宁愿负陛下，也不能负社稷！"魏主仍然不回复，高欢当即召集百官元老商议拥立新君。

清河王元亶已将帝座视为己有。偏偏众人商议时，高欢说嗣主应承继孝明帝元诩，不能乱了次序。高欢因而对元亶说："如果要推立王爷为君主，不如推立你的世子，更为妥当。"语还没说完，就听到各大臣同声赞成。元亶羞惭难当，低头出宫，随后愤愤地轻骑南奔，却被高欢派人追回。永熙三年冬，高欢拥立清河王的世子十一岁的元善见为帝，改永熙三年为天平元年。魏地由此一分为二，高氏所拥立的魏主，史家称为东魏；宇文氏所迎奉的魏主，史家称为西魏。

两魏交战

高欢回到洛阳，拥立元善见为新君。十一岁的元善见当然不能亲政，朝政大权尽归高欢一人之手。高欢请新主任命赵郡王元谌为大司马，咸阳王元坦为太尉，仪同三司高盛为司徒，高敖曹为司空。部署已定，他又商议起西侵一事。忽然西部传来警报，说是宇文泰进攻潼关，杀死守将薛瑜，掳去七千名守兵。高欢不禁惊慌，提议立即迁都。东魏主元善见不过是个孩子，能有什么主见？王公大臣也没有什么权势，只得依议迁都。才三天的时间，四十万户人狼狈起程，百官来不及备马，多半乘驴东行。到了邺中，高欢令仆射司马子如、高隆之，侍中高岳、孙腾留在邺城辅政，将相州刺史改为司州牧，魏郡太守改为魏尹，司州改作洛州。任命尚书令元弼为洛州刺史，令他镇守洛阳。高欢则回到晋阳。

西魏主元修在洛阳时，十分好色，他有三个堂妹，都没有嫁人，被他留在宫中。其中西魏主最宠爱的堂妹就是明月，她与南阳王元宝炬同母，封为平原公主；清河王元亶的妹妹也被封为安德公主；还有一个名叫蒺藜的女子也是公主。这三位公主留居宫廷，公然与西魏主过起夫妻生活，高欢的女儿虽然是皇后，但却没有得到魏主的宠爱。西魏主视明月如掌中明珠，片刻也离不开她，就是西奔逃难的时候，也把高皇后撇在宫中，只带明月入关。

249

宇文泰因西魏主元修和堂妹的关系有伤伦理风化，便暗令他人诱出明月，把她杀死。魏主来不及救护心爱之人，只能愤恨宇文泰，自此一直对宇文泰充满敌意。宇文泰心中也十分不安。

不久，已是残腊，高车的一个部落阿至罗派使者前来朝见。元修在逍遥园款待使者，并对身边的宠臣说："这里就好像华林园，让人触景生悲。"散席之后，元修想乘波斯骏马回宫，偏这匹马不受羁勒，跳跃得异常厉害。元修令南阳王给骏马安上马鞍，马仍旧不服，惊腾了一下，竟倒地而死。元修只好换乘另一匹马，谁知走到宫门前，马又惊跃，不肯前进，挨了几皮鞭，马才跑进去。元修身边的潘弥通晓术数，早晨的时候他就对元修说："还请陛下今天多加注意！"元修记在心里，回宫后他对潘弥说："今天没出现什么状况。"潘弥回答说："还要熬过半夜，才能称得上是大吉。"元修似信非信。晚饭时多喝了几杯，聊解忧闷，没想到过了片刻，胸腹绞痛得厉害，西魏主连忙卧倒在床上。但疼痛越来越强烈，辗转呼号，神疲力尽，没过多久，便一命呜呼了。西魏主的宠臣知道是宇文泰做的手脚，却不敢多说。可怜元修在位不满三年，年仅二十五岁。宇文泰将元修的灵柩移放在草堂佛寺中，尊谥号孝武。十年后，元修的灵柩才被安葬在云陵。

西魏主元修死后，宇文泰当即带着王公大臣推立南阳王元宝炬为帝。元宝炬是孝文帝元宏的孙子，京兆王元愉的儿子，在朝中担任太宰一职，录尚书事。第二年元旦，元宝炬在长安即位，颁诏大赦，纪元大统。追尊父亲元愉为文景皇帝，母亲杨氏为皇后；册立妃子乙弗氏为皇后，世子元钦为太子；晋升宇文泰为大丞相，封为安定郡公，令他督管朝内外诸军，录尚书事；封斛斯椿为太保，广平王元赞为司徒，广陵王元欣为太傅，万俟寿乐干为司空。随后西魏主元宝炬派都督独孤信去招抚荆州，东魏派恒农太守田八能在中途截击，独孤信击败田八能，直抵荆州。接着又击毙东魏刺史幸纂，占据荆州。不久，东魏又派侯景、高敖曹攻打荆州，独孤信因寡不敌众，与前锋杨忠投奔梁朝去了。荆州又成为东魏的属地。

当时，渭州刺史可朱浑道元率领三千户部众投奔晋阳。高欢这才知道西魏主元修被杀的事情，随即上奏恳请为元修举哀。太学博士潘崇和说："君主无故抛弃群臣，群臣不必为他守丧。"国子博士卫既隆、李同轨等人主张高皇后守丧，说高皇后始终是元修的皇后，应该穿丧服守丧。东魏主允准。

250

高皇后年轻貌美，不想守寡，勉强为故主穿上丧服，暗中却想另觅佳偶。刚巧彭城王元韶担任司州牧，高皇后见他温文尔雅，风度翩翩，很是喜欢，屡次在父亲面前提起他。高欢向来疼爱女儿，料知她对彭城王有意，便召来彭城王元韶，表示愿将守寡的女儿嫁给他做王妃。元韶见高家势盛，乐得借此攀附，自然满口称谢。高欢随即令女儿精心打扮一番，又将洛阳宫中的珍宝作为嫁妆，把女儿风风光光地嫁了出去。元韶不仅娶国母为妻室，又得到许多珍品，当然喜出望外，感激万分。

高欢越老越荒淫，自从带回大小尔朱皇后，天天左拥右抱，非常快活。大尔朱皇后生有一个儿子，名叫高淯；小尔朱后的儿子名叫高湝，两个儿子都深为高欢钟爱。高欢还有冯娘、李娘、韩娘、王娘、穆娘等宠妾。王娘生有一个儿子，名叫高浚，穆娘的儿子名叫高淹；王娘、穆娘在高浚、高淹年幼的时候，相继去世。等到都城迁到邺城，高欢又得到广平王妃郑氏。郑氏芳名郑大车，妖冶绝伦。郑氏为他生下一个男孩，名叫高润。

东魏天平二年，高欢击败并杀死了在东魏边境云阳谷称帝的刘蠡升，率军凯旋。回到晋阳，忽然得到婢女密报，说世子高澄与郑大车有暧昧的事情。高欢觉得高澄年仅十四岁，不至于会发生这种事情，所以斥责了婢女几句，不准她胡说。随后又有两个婢女作证，当下高欢勃然大怒，把高澄叫进来，杖责百下，然后把他幽禁起来。高澄的母亲是正妃娄氏，高欢能够发迹，多半出自娄氏的帮助，因而两人的感情一直很好。自从高欢广纳姬妾，两人的感情自然比不上从前了，偏又发生这样的事，于是高欢连娄妃也恨起来，拒绝和她见面，并想册立大尔朱氏的儿子高淯为嫡嗣，废黜高澄。

高澄急忙向父亲的旧交司马子如求救。司马子如得到高澄的密函，立即从邺城赶到晋阳谒见高欢。高欢佯装不知司马子如此行的目的，只是一个劲地谈论国事。等到无话可说时，司马子如趁机提起王妃娄氏，并极力为世子高澄辩驳，同时提出要亲自查究真相。高澄心领神会，一口咬定三个婢女诬陷自己。司马子如逼死婢女后，当即向高欢报喜。高欢马上召见娄妃母子，父子、夫妻相对而泣，总算是和好如初。当下高欢设宴款待司马子如，端着酒杯对他说：“要不是你，我们父子就会一直误会下去！”第二天，司马子如辞行，高欢赠给他一百三十斤黄金，高澄也送给他五十匹良马。司马子如一一收受，乐悠悠地回到邺城。

高澄从此不敢再亲近郑大车。郑大车则安然无恙，仍然十分受宠。

这么大的一件事，就这样烟消云散，后庭的姬妾自此也渐渐放纵起来。高欢的弟弟赵郡公高琛留居晋阳，总掌相府之事。他经常出入高欢家，见小尔朱氏长得楚楚动人，竟起了邪念，一有机会就挑逗。时间一久，二人便勾搭起来。那些婢女鉴于前事，没有一人再敢去告发。但天下事若要人不知，除非己莫为。高欢本就老奸巨猾，听到一点儿风声，再加上暗中观察，便已知晓奸情。一天，这对男女正在偷欢，高欢突然破门而入，捉奸在床。盛怒的高欢取过棍杖，猛击高琛，直打得他皮开肉烂，僵卧地上。正要去教训小尔朱氏，小尔朱氏早跪在高欢面前，用那一双泪眼，两道愁眉，娇滴滴的珠喉，向他乞怜。高欢心一软，说："想活的话，给我马上滚！"当即将小尔朱氏逐出家门。高琛因伤势过重，两天后毙命。高欢谎报东魏主，说高琛是暴病身亡。东魏主元善见随即追封元琛为太尉尚书令，赐谥号贞。小尔朱氏被赶到灵州，孤苦了一两年，最后嫁给范阳人卢景璋为继室。

东、西两魏从北魏分裂而来，彼此对峙，北方各镇东投西奔，忙个不停。关内都督赵刚带领东荆州的百姓归附西魏，宇文泰任命他为光禄大夫。赵刚劝宇文泰召回贺拔胜等人，宇文泰随即派他前去召回贺拔胜。赵刚便请朋友梁州刺史杜怀瑶把信函转送到建康。梁主萧衍一直很优待北魏的降将，收到信后，便让贺拔胜等人自己决定。贺拔胜等人表示愿意回国，梁主当即亲自为他们饯行，送他们回去。贺拔胜与独孤信、杨忠三人一同返回长安，各得其职。担任太师的贺拔胜便与宇文泰统帅三军，一心为东征做准备。当时斛斯椿已死，朝政基本上由柱国大将军宇文泰处理，李虎、元欣、李弼、独孤信、赵贵、于谨、侯莫陈崇七人辅政。西魏主又晋封行台郎中苏绰为左丞。

东魏大丞相高欢让世子高澄在邺城辅政，然后让左丞崔暹辅佐儿子。高澄只有十五岁，但办事严峻，威震内外。高澄的弟弟高洋也得到太原公的爵位。高洋貌不惊人，但处理内府事务十分明锐、决断。高欢曾令儿子们整理一堆乱丝，借此考察儿子们的心智。就在其他各子手忙脚乱的时候，唯独高洋抽刀断丝，对兄弟们说："乱的话，就斩了它，这样就不用那么费心了！"高欢于是觉得高洋特别有胆识，因而越来越宠爱他。邺城有高澄，晋阳有高洋，高欢认为内顾无忧，大可放心地与西魏抗衡了。

这年，梁主萧衍派镇北将军元庆和入侵东魏。高欢令高敖曹率三万人赶赴项城，窦泰率三万人赶赴城父，侯景率三万人前往彭城，控御东南。元庆和得到消息，立即撤兵。侯景随即攻陷楚州，掳走刺史桓和，并乘胜追到淮上。梁都督陈庆之发兵迎击，大胜侯景。侯景抛弃辎重，仓皇逃回北方。

高欢此时正一心想着攻打西魏，无暇顾及南方。于是想出一条远交近攻的策略，派使者南下，与萧梁修和。梁主萧衍也有此意，当即允诺与东魏通好，令陈庆之班师。高欢于是调回各军，亲自率一万人马，以迅雷不及掩耳之势攻占西魏的夏州。随后将刺史斛拔俄弥突以及五千户民众迁到晋阳，令部将都督张琼镇守夏州。不久传来灵州曹泥被西魏将士围困的消息，高欢马上调兵救出曹泥，也将他迁到晋阳。西魏随即送来诏书，细数高欢的二十条罪状，并说即将东征。高欢不禁大怒，也斥责宇文泰、斛斯椿为逆贼，并说即将西讨。一下子，两边互相指斥，都说己是人非。高欢想先发制人，因高敖曹、窦泰等人都已北归，他当即令高敖曹移师攻打上洛，窦泰进逼潼关。然后亲自率军赶赴蒲坂，并派人筑造三座浮桥，打算渡河。

西魏大行台宇文泰督兵相抗，宇文泰行进到广阳，探悉高欢军的行踪。他当即对部将说："高贼三面出击，筑造浮桥准备渡河，无非是虚张声势，想牵制我军，给窦泰乘虚西入的机会！窦泰一直是高欢的前驱，屡战屡胜，必定十分骄傲轻敌，我们不如径直袭击窦泰。只要窦泰军一破，高欢肯定立即撤退。"将佐齐声说："舍近袭远，恐怕不妥。如果要袭击窦泰军，不如分兵前去。"宇文泰笑着说："高欢一时不会过河。不出五天，我定会攻破窦泰军。"随即扬言要保住陇右，退回长安，秘密向东进军。

宇文泰有个侄子，名叫宇文深，自幼喜欢打仗。他曾叠石为营，折草为旗，井井有条地布列行阵。宇文深成人后在朝中担任直事郎中一职，屡次参与军事谋划。这次出兵，宇文泰自然想听听他的意见，宇文深回答说："窦泰是高欢的骁将，他与高欢分别从东西两路出击，如果我们攻打蒲坂的高欢，那么我们不仅要和高欢奋战，还得提防后面的窦泰，这样一来，不就前后受敌了吗？所以，我们不如派轻骑偷袭窦泰，他那么性急的人一定会来决战。而等到高欢赶过来援助时，窦泰早已中计被擒。然后我们再趁高欢军沮丧的时候，狠命一击，相信我军定会大获全胜。"宇文泰一听，高兴地说："我们想到一块去了！"随即连夜向东行进。

果然在小关，窦泰军陷入重围。无助的窦泰看着所剩无几的军士，自知无法脱困，自刎而亡。窦泰是高欢的姨父，每次高欢出兵，他都会跟随作战。这次窦泰从邺城出发时，有人说："窦行台，一去不能回！"没想到果真应验。

253

受宠的柔然国

高欢得到窦泰的死讯，不胜悲悼，随即撤去浮桥，退回晋阳。宇文泰的大军也回到长安。高敖曹不知情，仍带着士兵连夜赶到洛城。十多天后，洛城被攻陷。洛州刺史泉企及两个儿子全部被擒。泉企被押入城中，见到高敖曹，仍大声喊道："我不服！"高敖曹也不杀他，只是把他安置在自己幕下。

休兵几天，高敖曹正打算进攻蓝田关。忽然，晋阳那边派来一位使者，转述高欢的命令："窦泰战死，军心动摇，你立即收兵回来。万一路上若碰到势盛的贼军，立即解散部众，以便顺利脱身。"高敖曹不忍心丢弃部众，便令部众先行，自己断后，全军缓缓撤退。西魏军不敢追击，任他们回去。泉企的两个儿子，泉元礼被高敖曹擒走，泉仲遵因伤重不能行动，仍留在洛城。在途中，泉企私下告诫儿子泉元礼说："我已是年过半百的人，死不足畏，但你们兄弟二人正是年轻有为的时候，必须自觅生路，不要因我东去而背叛我们的国家！"泉元礼于是伺机而逃，与泉仲遵暗中联络豪强，杀掉刺史杜窋，西魏随即任命泉元礼为洛州刺史。后来，泉企病死在邺城。

高欢想为窦泰报仇，打算再次出师。没想到宇文泰攻陷恒农，把东魏陕州刺史李徽伯掳去。高欢随即调发二十万大军，由壶口赶往蒲津，令高敖曹率三万兵马出兵河南。当时，关中正闹饥荒，人们自相残食。宇文泰带着不满一万人的部众，驻扎在恒农，已有五十多天。探子说高欢即将渡河，宇文泰便率兵入关。高敖曹围攻恒农，因城中有所防备无法速战速决。长史薛琡向高欢献策说："西魏因连年饥荒，冒死来攻陕州，想夺取这里的囤粮。如今，高敖曹已围攻陕城，断绝他们粮草的来源，现在我们只需要斩断他们的粮道，不跟他们交锋就够了。到了秋天，他们颗粒无收，百姓必定饿死，那时不怕宇文泰不投降。所以我军没有过河的必要！"这时，侯景也站出来说："这次西征，需要慎重行军，如果战败，我们就没办法收集残兵。不如将大军分成两支，相继前进，如果前军得胜，后军接着前进，如果前军战败，后军也可以去支援，这样才是万全之策。"结果高欢两个意见都不听，竟从蒲津渡河。

254

华州刺史王罴把守着入关的第一个重要关口——冯翊城，宇文泰致信勉励他，王罴答复说："丞相放心，有我在，高欢是过不来的！"高欢兵临城下，质问王罴说："你为什么不早些投降？"王罴一身戎装登上城楼，朗声说道："我是这里的守将，生在这里，死也会死在这里。你们谁善战，尽管放马过来，一决雌雄！"高欢料知遇到劲敌，只好移师驻守信原。

宇文泰因高欢兵马入境，急忙征调渭南各州的兵马，但一时之间，各地的兵马都没办法赶来。宇文泰等不及，想立即发兵迎击高欢，各部将担心寡不敌众，请他再等等，看看形势再作决定。宇文泰当即严肃地说："高欢如果杀到长安，必定引起全国百姓的惶恐，这样一来，对我军就更加不利了。所以不如趁他远道而来，士马困顿之际，迎头痛击，还能有一些胜算。"随即下令在渭水架设浮桥，迅速渡河，驻守在距离东魏军仅六十里的沙苑。

各部将虽没有一人违令，但每人脸上都透露出忧惧的神色，而宇文深却向宇文泰庆贺道："高欢镇抚河北，深得民心，如果他据境自守，我们还不好谋取东魏。如今他不管兵士愿不愿意，便调发全国的兵力渡河。他这样做无非是想为窦泰报仇，全军挟恨而来，这叫做忿兵，忿兵必败。现在，我想请丞相调发王罴，让他堵截高欢的归路，这样前后夹击，东魏军所剩无几，不久我们就能统一全境，怎么能不庆贺呢？"

宇文泰正想着进逼高欢的营垒，忽然探马来报，说高欢大军即将到来。宇文泰连忙召集部将，商议制敌的方法。仪同三司李弼献策说："敌众我寡，平地列阵肯定对我军不利，。我们不如再向东行进十里，据守那里的渭曲，好设埋伏。"宇文泰当即将全军迁到渭曲，背水列营，令将士埋伏在营帐两旁的芦苇里，听鼓声行动。

傍晚时分，高欢率军缓缓来到渭曲。远远望见西魏营内偃旗息鼓，毫无声响，营旁的芦苇很深，土地又泥泞，不方便进逼。高欢怕有伏兵，想纵火焚烧芦苇，侯景却说："我军大举前来，应生擒宇文泰，如果用火攻烧死他，反而显得我军没什么能耐，不足向百姓示威！"高欢的部将彭乐也愤愤说道："我们人手这么多，就算让一百个人围攻一个人，都绰绰有余，还用什么火攻计！"高欢于是挥兵直进。就在大军争前恐后，一拥而上的时候，西魏营内突然鼓声骤震，芦苇丛里的伏兵从两旁冲杀出来，把高欢军冲裂成数截。高欢军顿时大乱，纷纷溃退。宇文泰也不追赶，召集兵将回营记功。

高欢奔回信原，本想收拾残军再次决战，没想到各营已空无一人，只得不甘心地跨马东归。到了河边，突然听到后面人嚷马嘶，惊天动地，高欢料知有追兵杀来，只好匆匆急渡。随行的许多将士急着逃生，不等船只摆渡过来，便跃马入河，结果很多被流水冲走了。这次阵仗，高欢共计损失了八万名将士，兵甲更是不计其数。

宇文泰听说高欢逃走，这才督军追击。追到河边，一看高欢已经过河，他便停住不前。都督李穆问道："丞相为什么不乘胜追击呢？"宇文泰叹道："穷寇莫追！我军已大获全胜，不宜再渡河追击了。"第二天，宇文泰率军凯旋回渭南，报捷邀赏。

高欢回到晋阳，异常愤恨。侯景也愤然道："骄兵必败！请给我两万人马，杀那些骄兵一个不备，擒回宇文泰！"高欢犹豫不决，随即问娄妃的看法。娄妃说："如果真如侯景所说，他还能活着回来吗？得到一个宇文泰，失去一个侯景，我们能占多大便宜？"高欢随即打消出兵的念头。高敖曹得到高欢的败信，也立即自恒农退保洛阳。

宇文泰在沙苑取得胜利，便想收复洛阳，随即令行台王季海与独孤信率两万人马前往洛阳，又令洛州刺史李显赶赴三荆。贺拔胜、李弼围攻蒲坂，蒲坂城民开城投降。宇文泰得到捷报，赶到蒲坂，随即平定汾、绛二州。

独孤信来到新安，高敖曹刚好率兵北去，广阳王元湛留守洛阳。没胆略的元湛仓皇奔往邺城，金墉城沦陷。梁州、荥阳、广州等城望风归附。河南各州郡多半成为西魏的属地。

屯兵虎牢的东魏大行台侯景，想收复河南各州，于是派兵四出，夺回南汾、颍、豫、广四州，然后邀高敖曹一同围攻金墉。高欢也率兵赶往金墉。独孤信急忙向长安求援。西魏主元宝炬因洛阳得手，正打算拜谒园陵，一看洛阳又告急，忙令尚书左仆射周惠达辅佐太子元钦，留守长安，然后亲自与宇文泰督军东行，令李弼、达奚武作为前驱，直达谷城。

傍晚时分，全军扎寨，李弼登高遥望，只见群鸟向西北飞来。便说："天色已晚，按说倦鸟该归林栖息，可它们却朝西北方向飞来，一定是贼兵正往这边行进，不可不防！"随即和达奚武移师，屯驻孝水，一面派人打探敌情，一面令军士准备薪柴。没过多久，探马回来说："敌军来了！"李弼当即令将士打着火把，跨马迎击。敌骑被杀得措手不及，一千多人马几乎全被擒获，两名将领，一死一逃。原来，侯景听说西魏大军即将杀到，便打算整兵以待，没想到莫多娄贷文不听候景的命令，邀可朱浑道元一同袭击西魏军。结果被李弼发觉，一场追击，莫多娄贷文丧命，可朱浑道元侥幸生还。

李弼等宇文泰军赶来，一同行进到瀍东，侯景忙撤围而去。宇文泰率轻骑追到河上，侯景回马布阵，北据河桥，南倚邙山，与宇文泰军对仗。两军交锋，才几个回合，侯景见宇文泰执旗指挥，便拔箭射击，正中宇文泰的坐骑。马负伤惊窜，宇文泰随马窜到一里外的地方，然后被掀落地上。侯景立即率兵追赶过来。当时，宇文泰身边没有别人，只有都督李穆紧紧跟在后面。李穆一看侯景率领一百多名骑兵追赶过来，立即假意抽打宇文泰，并厉声训斥道："将士们都在奋勇杀敌，你却临阵退逃，你的主子是谁？"侯景听到这话，还以为自己看错了，于是停马不追。李穆当即把宇文泰拖上自己的战马，一同回到大营，调军再战。

侯景回到军营，还以为宇文泰军一时不会再来，没想到西魏兵突然如潮涌至。侯景来不及布阵，拨马逃去，部兵四散。只有高敖曹自恃勇悍，留下来与宇文泰死战。宇文泰极尽精锐围攻，杀得高敖曹的部下七倒八歪。高敖曹奋勇突出重围，单骑逃到河阳南城。守将高永乐是高欢的侄儿，他与高敖曹向来不合，于是紧闭城门，将高敖曹拒之门外。这时，追兵又已追来，高敖曹悲愤地指着脑袋说："来！来！赶紧拿去，好给你们的开国公！"说着，头颅已被人砍去。

高欢得到消息，如丧肝胆，立即召来高永乐，棍杖伺候。同时追封高敖曹为太师，兼任大司马太尉，而后亲自督率大军去争夺洛阳。两支大军相遇，彼此阵势绵亘，首尾远隔，从早上战到傍晚，交战数百个回合，氛雾四塞，辨不清彼此的实力。西魏左右翼独孤信、赵贵受挫，又不知东魏将相所在，弄得茫无头绪，立即撤退。别的军队当然也纷纷溃散。宇文泰待在营中，也觉得局势不利，立即毁去营寨，奉请西魏主回关中，令仪同三司长孙子彦留守金墉城。

不料长安变乱，留守周惠连带着太子元钦逃到渭北，关中大乱。这场变乱是因为留守长安的西魏将士过少，而之前所掳的东魏将士在旧将赵青雀的指挥下伺机谋乱。雍州刁民于伏德也劫持咸阳太守慕容思庆，同时作乱。西魏主元宝炬留驻阌乡，宇文泰率兵入关讨贼。父老见宇文泰回来，又悲又喜，交相庆贺。宇文泰的侄儿华州刺史宇文导起兵袭击咸阳，斩杀慕容思庆，擒杀于伏德，渡渭水，与宇文泰军会合，击毙赵青雀。宇文泰立即派使者到阌乡报捷，将西魏主迎入长安。宇文泰屯驻华州。东魏丞相高欢进攻金墉，长孙子彦毁去城中的房舍，开门潜逃。高欢入城巡视一番，见遍地都是瓦砾，索性将洛阳城全部毁掉，令洛州

257

刺史王元轨镇守洛阳，然后率军返回晋阳。

这年冬天，西魏又派将军是云宝偷袭洛阳，王元轨弃城逃走。广州也被西魏将领赵刚攻陷，襄、广以西又成为西魏的属地。

当时柔然又强盛起来，头兵可汗阿那瓌雄踞北方。起初，头兵可汗还向北魏称臣，后来北魏分裂，他便把"臣"字削去，和东魏、西魏通好，居中取利。头兵可汗先是向东魏求婚，东魏许诺将宗女兰陵公主嫁给他为妻。于是，柔然帮助东魏侵扰西魏，宇文泰正和东魏交战，无暇顾念北部，便也设法笼络他。西魏主忙派中书舍人库狄峙北赴柔然，商议和亲。头兵可汗有个弟弟塔寒，刚巧还没有娶妻，西魏主随即封舍人元翌的女儿为化政公主，把她嫁了过去。

东、西两魏虽然都用美人计来笼络柔然，但东魏的宗女是可汗的妻子，西魏宗女只不过是可汗的弟媳，两边的权势相差甚远。宇文泰便劝主子元宝炬娶头兵可汗的女儿做妃子，然而头兵可汗定要西魏主册立自己的女儿为皇后，才肯把女儿嫁过去。宇文泰不得已又劝元宝炬为大局着想，忍痛割爱。当时，元宝炬已册立乙弗氏为皇后，乙弗皇后又为他生育数名儿女，就是太子元钦也是乙弗皇后所生。乙弗皇后的父亲乙瑗曾是兖州刺史，母亲淮阳长公主是孝文帝的四女儿。乙弗皇后出身名门望族，并且容德兼备，仁慈且俭朴。此次为顾全大局，乙弗皇后不得不居住在别的寝宫，后来又自愿削发为尼。于是西魏主令扶风王元孚到柔然迎亲。

新皇后郁久闾氏，年仅十四岁，容貌端庄，颇有才识，只是善妒。她因乙弗氏还在都中，便时常和西魏主吵闹。西魏主元宝炬为取悦新皇后，特意任命二皇子元戊为秦州刺史，令他带着母亲乙弗氏赴任。母子俩入宫辞行，与元宝炬相见，三人都不禁落泪。元宝炬密嘱乙弗氏在京外蓄发，再图后会。乙弗氏母子拜辞而去。

皇帝出家

西魏主元宝炬册立柔然女郁久闾氏为皇后，是大统四年的事情。第二年，被废黜的皇后乙弗氏，跟着儿子元戊居住秦州。第三年二月，柔然入侵，举国南来，直抵夏州。西魏主元宝炬立即派使者诘问柔然为何兴兵。柔然主头兵可汗说："一国不能有两位皇后，西魏原来的皇后还健在，说不定将来又会被册封为皇后，而我的女儿就会被废黜，所以我兴师问罪。"柔然远在塞外，怎么会知道西魏宫中的事情？原来，郁久闾氏知道乙弗氏辞行时，西魏主曾嘱咐她蓄发，所以暗中嫉妒，通报柔然，叫父亲兴兵讨伐，好把乙弗皇后除掉，免贻后患。西魏主元宝炬听到这么一个理由，踌躇了好久，叹息道："哪有为一女子大举兴兵的道理？但朕如果不肯割爱，引起寇患，将来还有什么脸面去面对各将帅呢？"随即派中常侍曹宠去秦州，让乙弗氏自尽。乙弗氏哭着对曹宠说："只要陛下安康，天下太平，我死而无憾！"说完，叫来儿子，叮嘱他要多为父亲着想，然后服毒自尽，年仅三十一岁。头兵可汗得知乙弗皇后已死，才率兵退还。

这年，郁久闾氏在瑶华殿待产时，总是听到宫外有犬吠声，心里十分不安。后来临盆生产，胎儿许久都没有下来。御医和巫师相继被召来，有的为皇后诊治，有的为皇后祈祷。郁久闾氏只是圆睁凤目，满口胡话，一会儿说："有位盛装打扮的妇人进来了！"一会儿说："那妇人站在一边，用东西打我！"御医和巫师都没有看见什么妇人，听到皇后这些话，都吓得毛骨悚然，齿牙震颤。好不容易产下一名皇儿，郁久闾氏却两眼一翻，呜呼哀哉，年仅十六岁。当时，宫禁内外都说是乙弗皇后的怨灵作祟，导致小皇后产亡。西魏主元宝炬令人将郁久闾皇后遗骸安葬在少陵原。

东魏接连改元，刚开始因南兖州获得一头巨象，东魏主觉得是吉祥的征兆，改元为元象。第二年册立高欢的二女儿为皇后，营立新宫，又改元兴和。禁止民间立寺，改革停年格①，令百官在麟趾阁议定新制，称为麟趾格。随后东魏主任命侯景为吏部尚书，兼任尚书仆射，令他出任河南大行台，随机防御。

不久，北豫州刺史高仲密阴谋叛变。高欢派部将奚寿兴代为掌管军事，高仲密竟囚禁奚寿兴，将虎牢城作为降礼献给了西魏。高仲密是高敖曹的二哥，东魏主封他为御史中尉，他也尽心尽力地为东魏做事。但后来为什么会叛变呢？原来，高仲密因与妻子反目，休弃妻子，导致与妻子的哥哥崔暹有了嫌隙。自己推荐的御史，都被崔暹排斥，高仲密于是怏怏失望，对朝廷有些不满。崔暹是高澄的心腹，与高澄一同在邺中做事。高澄身为大丞相高欢的世子，姐姐又入宫成为皇后，妻子是东魏

---

① 停年格："格"源于汉代的"科"，是古时的行政法规名称，停年格是北魏孝明帝后实行的选官制度，不问人才高下，只以年资深浅为标准。

主的妹妹冯翊公主，真可谓是元勋贵戚，权焰熏天。崔暹将高澄当作自己靠山，当然在朝中如鱼得风，他的妹妹被高仲密休弃后，当即由高澄出面，嫁给另一位显赫的官员。高仲密也重新娶李氏为妻。李氏以美艳闻名，高澄借口贺喜亲自去审视，一见面，果然是风姿绰约，与众不同。自此以后，高澄暗地垂涎，瞅准高仲密外出的时机，竟跑到高宅把李氏强暴了。等高仲密得到消息跟跄归家，高澄早已离去。李氏衣衫不整地，向高仲密哭诉。高仲密更加愤恨，随即乞请外调，出任北豫州刺史，并暗中和西魏勾结。因高欢派人来夺取自己的兵权，高仲密索性明目张胆，背东归西。

高欢听说高仲密叛变，都是因崔暹而起，便让崔暹回晋阳，想治他死罪。崔暹忙向高澄求救，高澄便替他向父亲求情，高欢这才作罢。不久，西魏主任命高仲密为侍中司徒，令宇文泰督率各军收取虎牢，围攻河桥南城。高欢立即率十万人马赶到河北，抵御宇文泰。宇文泰军想纵火焚桥，却没有得逞，又想偷袭已经渡河的高欢军，没想到反被高欢军攻破营垒。西魏侍中大都督临洮王元柬、蜀郡王元荣宗等人都被掳去。

宇文泰见局势不妙，忙策马西逃。忽然背后有人大叫一声："哪里逃？"宇文泰急忙回头一看，见一敌将威风凛凛，杀气腾腾，飞奔而来。宇文泰禁不住出了一身冷汗，勉强镇定，缓缓对敌将说："你就是赫赫有名的彭乐将军吗？好一个伟男子！只是可惜呀！你怎么就不想想，高欢今天取我的性命，难道明天就不会取你的性命吗？你还是早些回营，收取些金银财宝，多快活几天吧！"彭乐一听，觉得有道理，于是停止追击，放任宇文泰逃去。

当下，彭乐带着宇文泰军营里的财宝回到大营，各将也陆续回来报功。高欢记功时，已有人向他报告说彭乐故意放走宇文泰。而彭乐入帐复命时，还边走边喊："真可惜，让宇文泰逃走了。但他已被吓得失魂丧胆了！"高欢不禁怒起，勃然离座道："你还敢来欺骗我吗？"彭乐本已心虚，慌忙伏地。高欢出手按住彭乐的头往地上磕碰，三举三下，又拔出佩剑，放在彭乐的颈项上，斥责他私自放走宇文泰，并数落之前沙苑一役他轻战致败的罪状。彭乐嗫嚅道："请王爷给我五千名骑兵。这次，我一定为你擒取宇文泰！"高欢更加愤怒，咆哮道："是你放他走的，你还敢说能轻易将他追回来？"说到这里，就想斩杀彭乐，剑连续三次将下未下。各部将已窥透高欢的心意，忙上前求情，黑压压跪满一地。高欢这才还座，令身边的人取出三千匹绢，压在彭乐的背上。彭乐

260

咬紧牙关坚持住，众人硬是听不出一丝气喘的声音。高欢随即缓缓说道："有力不忠，也是徒然！今天我就饶了你，你知道该怎么办了吧！"彭乐连声遵令。高欢当即令人将绢卸下来，仍赐给彭乐，作为他立功的奖励。彭乐拜谢而退。

第二天，高欢军又与宇文泰军交战。宇文泰率领中军，领军若干^①惠率领右军，两路大军夹击高欢军，高欢军战败，兵将几乎都被宇文泰军擒走。高欢带着七名部将落荒而逃，后面追兵又即将赶上来，都督尉兴庆道："请王爷立即离开！我还有数百支箭，足以抵挡一阵。"高欢于是留下兴庆，急忙纵马东奔。兴庆一人堵截追兵，箭尽身亡。

宇文泰料知高欢没有逃远，便让贺拔胜率领三千名精锐继续追击。高欢见贺拔胜追来，忙驱马急奔，贺拔胜率领十三名骑兵拼命追赶。贺拔胜奔驰数里，见手中的长矛已接近高欢的马尾，大呼道："高欢！你的死期到了！"高欢吓得坠落马下。贺拔胜正要上前戳刺高欢，没想到坐骑一蹶，将他掀落下来。原来，东魏将军段韶正赶来援救高欢，他见高欢命在须臾，忙搭弓射箭，正中贺拔胜的坐骑。等到贺拔胜跃起，段韶早已赶来，将高欢扶上马，向东逃去。贺拔胜换乘另一匹马继续追击，不料东魏河州刺史刘洪徽又率兵拦阻。贺拔胜知道无法捉获高欢，不禁对天长叹道："今天没有拿弓箭，难道是天意？"随即带着骑兵西还。

宇文泰还没打算好是否继续进军，冷不防东魏骑兵突然掉头杀回来，宇文泰军被杀得措手不及，只好退入关中，屯兵渭上。高欢本想继续进军，但见士兵疲弊，便收军东归，令侯景收复虎牢。

当时，高仲密也跟随宇文泰入关，将家眷留在虎牢城内，令部将魏光留守。宇文泰派人送密函给魏光，叫他固守待援。没想到侯景截住信使，将密函改了几个字，叫魏光迅速离去。魏光一收到书信，当夜就逃走了。侯景麾军入城，将高仲密的妻子押送到邺都。高澄得到消息，不禁喜出望外，忙盛服出城，迎接高仲密的妻子李氏。绝处逢生的李美人身不由己，只得任他所为。从此，高仲密的妻子就变成了高澄的姬妾。

高澄仗着父亲的威势升任为大将军后，大权在握，文武官吏的赏罚都由他做主，因此他越发恣意妄为。定州刺史库狄乾是他的姑父，大老远从定州赶来谒见他，他却让姑父在门外等了三天，才传令接见。尚书令司马子如、太师咸阳王元坦被他的心腹崔暹弹劾，高澄便说司马子如、

---

① 若干：若干为复姓。

261

咸阳王两人贪得无厌，随即削去两人的官爵。高欢不但没有责备儿子，反而致信邺中的贵戚，说："世子已经年长，你们最好不要触怒他，咸阳王、司马令两位是我的故交，我都没办法解救他们，更别提别人了。"自此以后，朝中的大小官吏无不忌惮高澄。高澄又任命崔暹为御史中尉，宋游道为尚书左丞。二人都是高澄的鹰犬，东魏主对他们呈上来的弹劾奏章，无不照准。高澄的威权几乎盖过父亲，东魏主元善见简直成了木偶，毫无权力，徒拥虚名罢了。

西魏丞相宇文泰自从战败后，便不想再东征，加上太师贺拔胜病逝，国中失去一员大将，宇文泰越发觉得灰心。

梁主萧衍在大通七年改元大同，江南安定，坐享太平。虽然与北方屡次交战，但自北魏分家以后，东魏、西魏便无暇顾及江淮，而且东魏与萧梁修好，边境安宁。梁主萧衍闲来无事，逐渐有了皈依佛门的念头。他先是特意在都中筑造一座宏伟的同泰寺，然后来到寺里，披起袈裟，盘腿坐在蒲团上，俨然成了一个老和尚，还自号三宝奴。更可笑的是大小官吏还得捐钱，替梁主赎身还宫。不久，梁主又舍身同泰寺，仍然披起袈裟，坐上法座，并亲自为部众讲解涅槃经，说得天花乱坠，有条有理。其实都是佛学皮毛，没有得到大乘真谛。讲完以后，梁主甚至还打算居住寺中，不再还宫。群臣再次出钱为他赎身，又一再上奏恳请他回宫。梁主这才点头答应。

南印度僧菩提达摩得知梁朝重佛，便航海到广州。梁主听说有高僧到来，急忙让地方护送高僧入都。当即在内殿召见菩提达摩，让他坐在自己身边，婉言问道："朕打算多造些佛寺，写经度僧，不知这样会不会积些功德？"菩提达摩回答说："没有什么功德。参禅不在形迹，必须由静生智，由智生明，从空寂中体会出来，才有功德可言。"梁主又说："朕在华林园中收集许多经典，高僧前来，能不能为朕讲解，指点迷津？"菩提达摩微笑着说："学在心不在口，一落言论，那就不是上乘。所以明心见性，自能成佛，不在那小小的经论上。"梁主被他两番驳斥，弄得哑口无言。达摩便起身告辞，梁主也不挽留，任由他离去。菩提达摩渡江北行，在嵩山少林寺中面壁十年，方才入寂，他是中国禅宗第一祖。他的弟子慧可承受衣钵，这才是佛学真传。

梁主萧衍尊俗僧慧约为师傅，亲自受戒，并令太子、王公等人都拜慧约为师，受戒的达到五万人。佛学宏旨，他们中没有一人了解，徒然开口谈经，闭口坐禅，又有什么益处？况且梁主身为一国天子，日理万机，怎么能无端被俗僧迷惑，反将政事搁起不理呢？这一失误，导致朝纲废弛，小人当道。贤相周舍、徐勉等人又相继逝世。尚书令何敬容还有些朴实。侍中朱异任官三十年，广纳贿赂，蒙蔽宫廷。梁主萧衍却非常宠信他，对他言听计从。自此朝政更加紊乱，隐生祸乱，而且因梁主好佛，上行下效，士大夫争相空谈，武备松弛。

丹阳隐士陶弘景少年好学，有志养生。齐高帝萧道成曾征召他为诸王的侍读，他虽然应命入都，但仍然谢绝交游，不愿参与国事，不久又上奏辞禄，归隐茅山。梁主萧衍早与他相识，即位后经常和他通信，广谈时事，并劝他出山。陶弘景虽然愿意献策，但始终拒绝出山。当时，世人称他为山中宰相。太子萧纲没有被立为储君时，曾出京镇守南徐州，他一直向往陶弘景的风采，于是特意将陶弘景请到后堂，谈论好多天，才允许陶弘景离去。八十五岁的陶弘景去世时，嘴里还念叨着一首诗："萧衍任散诞，何晏善论空，岂悟昭阳殿，遂作单于宫！"当时，世人说陶弘景的这首诗明明是在讥讽时事，并为萧梁的未来预言。可惜梁廷始终没有领悟。梁主萧衍听说陶弘景过世，特意封他为中散大夫，赐谥号为贞白先生。

大同八年，安城郡民刘敬躬妖言惑众，赶走郡吏萧说，聚众造反。叛贼的党徒一度壮大，但在江州司马王僧辩的出谋划策下，最终被梁主的第七个儿子江州刺史湘东王萧绎一举荡平。

交州刺史武林侯萧谘因苛政暴虐而丧失民心，郡民李贲纠众作乱。萧谘招架不住，向朝廷求援。梁廷派高州刺史孙冏、新州刺史卢子雄前去救援。当时正值春天，瘴气四起，众人溃散而回。萧谘便诬陷孙冏与卢子雄和贼人勾结，故意逗留。朝廷随即赐死孙冏、卢子雄两人。卢子雄的弟弟卢子略为兄长复仇，率兵攻打萧谘，萧谘逃到广州。高要太守陈霸先，召集三千名精壮士兵击毙卢子略。朝廷于是召回萧谘，改任杨瞟为交州刺史；又晋封陈霸先为直阁将军，属府司马，令他率兵讨伐李贲。刚称帝的李贲还来不及多享受几天，便被陈霸先一举剿灭。交州平定。从此，陈霸先的威名震耀南方。

陈霸先是吴兴人，字兴国，小字法生，自称是汉太邱长陈实的后裔。陈霸先从小就有大志向，年龄稍长，便开始涉猎史籍；再长些，开始喜欢研读兵书。他身长七尺五寸，天生帝王相，手臂垂下来长过膝盖。梁主听说他状貌奇特，特令人绘制他的肖像，并因他再次建功，除了封他为西江督护外，还任命他为高要太守，令他都督七郡军事。

侯景叛乱

梁主萧衍信佛，太子萧纲却信奉道教，曾在玄圃中讲论老庄。学士吴孜总是入圃专心听讲，尚书令何敬容说："从前西晋之所以丧乱，就是因为他们的国君崇尚玄虚，现在东宫重蹈此辙，恐怕国家离祸乱也不远了。"这话传入太子耳中，太子很不高兴。后来，何敬容姬妾的弟弟费慧明盗取官米，被禁司捉获，交给领军府惩办。何敬容致信领军将军，请他放费慧明一马。领军将军河东王萧誉是太子萧纲的侄儿，他当然将这事上报太子，又听太子的话，将此事上报梁主。梁主大怒，立即将何敬容罢职。何敬容一去，奸人更加专权横行，搅乱朝政。

大同十二年三月，梁主萧衍又去同泰寺讲了一个多月的三慧经，并设法会，大赦天下，改元中大同。当夜，同泰寺竟遭遇火灾，浮屠都被毁去。梁主叹道："这就是佛经上的魔劫啊！"随即下令重新修造十二层浮屠。梁主萧衍此时年逾八十，虽然精神不错，但终究老态龙钟，不喜欢纷扰的朝事，再加上平时看诵佛经，经常静修，也越发讨厌政治。

当时储君一定，各皇子便愤愤不平。因为梁主不立嫡长孙，却册立庶子为太子，大家资格一样，因此没有一个皇子不觊觎皇位，猜忌东宫。梁主的六皇子邵陵王萧纶性情最为浮躁，喜怒无常，极好出游仪仗出宫游玩。梁主屡次劝诫，他始终不改。梁主只好将他革职削爵，禁锢在狱中。然而没过多久，梁主又恢复他爵位，任命他为扬州刺史，依旧十分纵容他。萧纶派人去买东西，总是不给钱，商民怨声载道，甚至罢市。府丞何智通据实上奏，萧纶竟派人刺杀何智通。梁主忙召回萧纶，将他贬为平民，囚禁起来。可过了几个月，梁主又恢复他的封爵，任命他为丹阳尹。萧纶恃宠生骄，妄想夺取储位。太子萧纲当然嫉视他，上奏恳请调任萧纶为南徐州刺史，梁主允准。还有梁主的五皇子庐陵王萧续出镇荆州，七皇子湘东王萧绎出镇江州，八皇子武陵王萧纪出镇益州，这些皇子都在京外拥有自己的一片天地。二皇子豫章王萧综、四皇子南康王萧绩、长孙豫章王萧欢此时都已去世，对东宫没有威胁。但太子萧纲始终不安，常挑选精卒，将他们安插在自己身边。

梁主萧衍没有体察到暗潮，反而因舍嫡立庶而心怀愧疚，所以对昭明太子的儿子格外好。河东王萧誉被封为湘州刺史，岳阳王萧詧被封为雍州刺史。萧詧见梁主年老，朝廷出现很多弊政，便有了继承帝位的雄心。他暗想襄阳是萧梁的基业所在，自己正好将此地作为根基。于是，萧詧一面招揽贤士，招募士兵；一面认真研究政事，收揽人心，他所管辖的地方，实力渐渐上升。不久，庐陵王萧续病故荆州，梁主调任湘东王萧绎为荆州刺史。平白得到一块宝地，萧绎异常欢喜，连走路都是蹦蹦跳跳的，没几天，靴底都磨穿了。

梁主哪里知道皇子皇孙的用意，还以为他们个个都是孝子贤孙，便没有过多的担忧，每天仍是念佛诵经，蹉跎岁月。中大同二年，梁主再次到同泰寺做和尚，群臣又掏钱为他赎身。满希望佛光普照，天子万年，哪知祸为福倚，福为祸伏，平白地得到一个河南，收降了一个东魏叛臣，便闹得南朝翻天覆地，大好江南变成铜驼荆棘。

原来，东魏大丞相高欢自邙山一役后，按兵不动，休养了两三年。东魏主元善见又改元武定。随后听说柔然将与西魏联合入侵东魏，东魏主急忙令高欢做好战备。高欢却打算继续实施与柔然修好的政策，派行台郎中杜弼，去北方的柔然为世子高澄求婚。头兵可汗说："如果是高王自己娶亲，那我愿意将爱女嫁给他。"高欢得知后，暗想自己已是五十岁的人了，指不定哪天就会突然归西，还是不要再耽误一个公主的好。因此犹豫不决。娄妃知道这件事后，对他说："王爷要为大局着想，就答应了吧！"高欢半晌才说："我如果娶番女为妻，那不是要委屈贤妃了？"娄妃说："国事为大，家事为轻，您就不要再犹豫了！"高欢一笑而罢。不久，世子高澄与太傅尉景都劝他迎娶柔然公主，高欢于是令慕容俨前去送聘礼，迎接公主。

没几天，柔然公主一行人已到晋阳城外。高欢忙出城迎亲，只见柔然的仆从，无论男女都骑马而来，就连新嫁娘也骑着一匹红鬃马，一身便装，腰佩弓矢，落落大方，毫无羞涩之态。队伍的最后是一位番官，竟也是雄赳赳的少年，而且与新娘的长相相似。高欢又惊又喜，问明慕容俨，才知那名送亲的小官员是公主的弟弟秃突佳。当下彼此相见，殷勤问话，高欢随即带着他们进入晋阳城。高欢的姬妾大尔朱氏等人也出城相迎，众人一拥而归。柔然公主擅长骑射，在途中看到飞翔的小鸟，她便从佩囊中取出弓矢，一发即中，鸟随箭落。大尔朱氏不禁技痒，立即从随从手中取过了弓箭，也斜射飞鸟，飞鸟应弦而落。高欢大喜道："我得到这么好的两个女人，能够一起杀贼，岂不是人生一大快事？"

到了府邸，高欢与柔然公主行过婚礼，娄妃果然让出正室，请柔然

265

公主居住。高欢异常感激，一找到娄妃，便向妻子拜谢。娄妃慌忙答礼，边笑边说："男儿膝下有黄金，怎么能向臣妾下跪呢？赶紧回去，别丢下番国的公主，如果让公主察觉，反而不好，你就别顾念臣妾了。"高欢这才起身离开。当晚，一对老夫少妻在新房喜乐融融。只是大尔朱氏的器量狭窄，没有娄妃那么大度，她情愿出家为尼。于是，高欢特意为她建筑一座佛寺，供她静修。

秃突佳对高欢说："出门时，父亲叮嘱我见到外孙后，才可以回国，所以暂时只能多多搅扰。"试想，高欢年过半百，精力渐衰，况且他好酒又好色，之前那么多的宠姬早耗尽他的精力，现在怎么可能说有个男孩就能有呢？然而柔然公主望儿心急，每天晚上弄得高欢精神疲惫，体力透支，不久便形容憔悴，疾病缠身。有时，高欢专门跑到一处幽僻的住所，想休养一些日子，偏偏秃突佳找过来，硬逼迫他去陪公主。高欢稍稍推诿，秃突佳便说些极为难听的话。可怜高欢无从摆脱，只得去陪公主，尽力从事。但时间一久，实在受不了，高欢想出一个办法，说是要督兵攻打西魏。

先前，西魏并州刺史王思，正镇守恒农和玉璧两地，随后被调任为荆州刺史，走之前他保荐韦孝宽继任。韦孝宽莅任后，一听说高欢率军西来，立即赶到玉璧扼守，竭力阻挡高欢军前进。高欢在城下昼夜猛扑，都不见动摇玉璧城分毫。于是他让参军祖珽去招降韦孝宽，说："你独守孤城，总有兵尽粮绝的时候，不如早点投降吧！"韦孝宽厉声回应说："我城池严固，兵多粮足，足以支撑好几年，而且我韦孝宽是堂堂关西伟男子，怎么可能成为你们的降将！"祖珽又对守兵说："韦城主拥有国君赏给的荣禄，按理应该与城池共存亡，报效国君。可是你们这些军民又没有什么荣禄，何苦跟着他送死呢？"守兵都摇头不答。祖珽又射入一副告示，说是谁能斩杀城主，出城投降，就封谁为太尉、郡公。韦孝宽当即在告示后面也写了几个字，说是谁能斩杀高欢，就会得到同样的封赏，然后又将告示射到城外。高欢苦攻了五十多天，始终没能得手，士卒战死、病死的差不多有七万人。兵将都垂头丧气，高欢也旧病复发。一天晚上，有一颗大星突然坠入高欢的营中，营兵大哗，军心离散，高欢这才撤围退归。

当时，远近讹传，说高欢已被韦孝宽射杀。西魏主又颁布一道诏书说："劲弩一发，凶身自殒。"高欢也有所耳闻，勉强坐镇厅堂，接见各高官贵戚。大司马斛律金是敕勒部人，高欢让他作《敕勒歌》，歌词是："敕勒川，阴山下，天似穹庐，笼罩四野。天苍苍，野茫茫，风吹草低见牛羊。"斛律金开头哼唱起来，高欢也依声附和，语带呜咽，甚至落泪。自此，高欢的病势更加沉重，好不容易挨过了残冬。第二年为武定五年，元旦这天刚好发生日食，已无法起床的高欢慨然叹道："真好，日食这天，恐怕就是我的大限，我也没什么遗憾的了！"随即让二儿子高洋去镇守邺郡，让世子高澄返回晋阳。

高澄进来探望父亲，高欢随即叮嘱他后事。高澄回答说："黄河南岸最让人放心不下。"高欢笑道："你是不是担心侯景会叛乱？"高澄连忙应声称是。高欢气息微弱地说："我早就为你想好了。侯景在黄河南岸十四年，飞扬跋扈，只有我还能驾驭他，你们的确制服不了他。我死后，先秘不发丧。库狄乾、斛律金两人性情耿直，一定不会辜负你；可朱浑道元、刘丰生大老远来投靠我，应该也没有异心；韩轨性情不错，你不要苛求他；彭乐性情比较浮躁，你要多加防备。将来能制服侯景的，只有慕容绍宗一人。我一直没有给慕容绍宗高官厚禄，就是特意把他留给你。你要好好待他、重用他，这样一来，侯景虽然狡猾，也不能有什么作为了。"说到这里，高欢气喘了好久，稍微缓和下来，又叮嘱高澄说："段韶忠诚仁厚，智勇双全，如果遇到军机大事，你大可放心与他商议，相信决策不会有误。"当晚，高欢病逝，享年五十二岁。

高澄谨遵父亲的遗命，先不发丧讣，只是伪造高欢的笔迹，令侯景回晋阳。侯景的右脚偏短，所以不擅长骑射技艺，但却足智多谋，高敖曹、彭乐等人都被侯景轻视。他曾向高欢恳请说："请王爷给我三万人马，让我横行天下，为你捉回萧衍老儿，奉请你做太平寺主！"高欢于是给了他十万人马，让他全力谋图萧梁。侯景一向又很藐视高澄，他曾私下对司马子如说："高欢王爷在的话，我不敢有异心；一旦王爷过世，我绝对不想再与鲜卑小儿共事。"司马子如忙用手掩住他的嘴，让他不要乱说。后来，侯景又与高欢定约，说："我离家万里，作战在外，为防止有人从中要诈，请王爷在以后的书信中加上微点，让我知道是你在召唤我。"高欢依他的意思，每次写信给他时，总是在信中加点作为暗号。高澄却不知道这个约定，因此他在征召侯景回晋阳的书信中没有加微点。侯景于是拒绝回晋阳，并秘密派人去晋阳打探高欢的病情。

不久，接到密报，晋阳大小事务都由高澄主持，侯景猜出高欢已经过世，于是决意叛变。当下，他立即致信西魏，说是愿意将河南作为降礼，归附西魏。西魏主元宝炬任命他为太傅，兼任河南大行台，封为上谷公。侯景随即诱骗豫州刺史高元成、襄州刺史李密、广州刺史暴显等人，将他们一举抓获，并派二百名士兵趁夜偷袭兖州。兖州刺史邢子才得到情报，一举擒获所有偷袭士兵，当即传令东方各州严加防范。高澄立即派司空韩轨督兵讨伐侯景。

侯景担心韩轨斩断关、陕一路，便觉得投靠南方的萧梁比较稳妥一些。当下，他派郎中丁和去萧梁请降，说："臣侯景与高澄有间隙，所以愿归附梁。那时函谷以东，瑕邱以西，如豫、广、颍、荆、襄等十三州都将内附；其他州只要稍微招抚，便可以使他们臣服。梁主统一天下，在此一举。"

梁主萧衍看完侯景的书信，立即召集群臣商议。尚书仆射谢举说："近来我朝与东魏通和，边境安宁无事。如果我们招纳东魏叛臣，势必会引发战乱。臣觉得这样不可取！"梁主有些生气地说："机会难得，怎么能这么瑟缩？"群臣大多赞成谢举的看法，恳请梁主不要接受侯景。但却有一人鼓掌说："这是上天赐给的绝好机会，我们不接受，反而会忤逆天意。况且前几天，陛下还做了一场吉梦，那时微臣便预知陛下的梦必定是天下一统的预兆。今天梦境成真，我们为什么不接受呢？"梁主也高兴地说："朕也是这么想，所以才想招纳侯景。"为梁主释梦，劝纳侯景的人又是谁呢？

欺负皇帝的高澄

梁主萧衍在太清元年正月做了一个梦，梦见中原牧守都愿意献出城池，向萧梁投降，整个朝廷一派欢乐祥和的景象。醒来后，梁主还十分得意，当即召来中书舍人朱异，跟他描述自己的梦境，并说："我平时很少做梦，但只要一做梦，便会应验。"朱异立即阿谀道："这正是四海归一的预兆！"现在侯景前来归附，群臣都主张拒绝，唯一坚持接纳侯景的人便是曲意迎合的朱舍人。

梁主听了朱异的话，当即优待来使丁和，令他住在客馆待命。第二天，梁主又召来朱异说："我国现在固若金汤，无一伤缺，如果忽然接受侯景的辖地，以致将来发生纷乱，后悔都来不及了！"朱异劝慰他说："陛下圣明，所以南北都竞相归附我国。现在侯景投降，正是北方各郡的先导，如果我们拒绝他，那么一定会使那些想归附我国的人失望，还请陛下不要再多疑！"梁主于是任命侯景为大将军，封为河南王，令他都督黄河南北诸军事。随后又令丁和回去报告，并派司州刺史羊鸦仁、兖州刺史桓和、仁州刺史湛海珍等人，率三万人马赶往悬瓠，接应侯景。

平西将军周弘正擅长观测天象，数年前他就对别人说："国家将遭遇兵变。"这次听说朝廷接纳侯景，他不禁长叹："祸乱要开始了！"东魏高澄已派韩轨督兵讨伐侯景，又怕各州郡有变，他随即亲自去巡抚，顺便入邺都谒见东魏主。东魏主盛宴款待他，高澄酒酣起舞，异常欢跃，一点都不像刚刚失去父亲的样子。散席出宫后，高澄听说韩轨还在等待征调的士兵，便另派将军元柱率数万人去袭击侯景。哪知侯景已有所防备，并专门为元柱军设置了一个埋伏。元柱中计，大败而还。侯景因萧梁的援军还没有到，只得退保颍川。

不久，韩轨督军包围颍川城，侯景看到城外密密麻麻的士兵，顿时大为畏惧，忙派使者向西魏求救，愿意割让东荆、北兖、鲁阳、长社四城。西魏尚书仆射于谨说："侯景奸诈难测，不必发兵援救。"荆州刺史王思政则建议收纳侯景乘机进取，随即率领一万多名荆州士兵出鲁阳关，向阳翟进发。宇文泰当时正镇守华州，得到西魏主的首肯，他当即任命侯景为大将军，兼任尚书令，并令太尉李弼和仪同三司赵贵率领一万多人援救颍川。韩轨听说西魏的援军即将到来，忙率兵返回邺城。

侯景深恐梁主知道西魏的事情而诘责自己，忙派参军柳昕去萧梁，向梁廷表示自己受困的处境，随后又打算诱擒李弼、赵贵，以讨好梁廷。赵贵正担心侯景要诈，不愿去见他，又听说东魏退兵，他便乐得与李弼一同回国。唯独王思政已带兵进入颍川。侯景见他兵势强盛，不敢乱来，只是借口攻打东魏而屯驻悬瓠，并向西魏乞援。宇文泰又调同轨的戍将韦法保去援助侯景，并令侯景入朝。侯景以十分谦恭的态度款待韦法保。韦法保的长史裴宽看不惯，便私下对韦法保说："侯景面上功夫十足，但他的心思就说不准了。我料定他一定不会入关，将军若设伏杀掉他，最好不过，否则就应时时防备，千万不要信任他，被他的谎话蒙蔽！"韦法保于是不敢相信侯景，也不敢杀他，竟辞别回国了。王思政也觉得侯景心机太深，于是分布各军，占据景州镇。侯景决意归附萧梁，随即致信宇文泰说："我以与高澄同朝做事为耻，更别提和你同朝做事了！"宇文泰当即召回前后所派遣的各军，表示与侯景断绝关系，并将封给侯景的职务都移给王思政。王思政再三推辞后，只接受了都督河南军事的职衔。

梁司州刺史羊鸦仁率兵攻入悬瓠城，梁主将悬瓠改为豫州，寿春改为南豫州，合肥改为司州，并任命羊鸦仁为司、豫二州刺史，令他镇守悬瓠。封西阳太守羊思达为殷州刺史，镇守项城。

不久，梁主萧衍下诏，大举讨伐东魏，并打算任命侄子鄱阳王萧范为元帅。朱异忌惮萧范的英武，忙劝梁主说："鄱阳王英武盖世，的确会威震东魏，但他凶残暴虐，恐怕不能抚慰当地的百姓。"梁主踌躇良久，才回答说："会理怎么样？"朱异忙说："陛下选对人了！"刚巧贞阳侯萧渊明也上奏恳请去前线，梁主于是令萧渊明、萧会理两人督率大军，陆续北赴。萧渊明是梁主的兄长萧懿的儿子，没有什么韬略。萧会理是梁主的孙子，即南康王的儿子，袭封王爵，庸懦而骄傲，行军的路上常触犯萧渊明。萧渊明于是致信朱异，请他劝梁主将萧会理调回京都，朱异随即奏请召还萧会理。当时正值盛夏，天气异常炎热，军士只好缓缓前进，所以沿途逗留，缓期出境。

东魏高澄从邺下回到晋阳，才为父亲高欢发丧。东魏主追封高欢为相国，晋封为齐王，赐给他九锡殊礼，谥号为献武，并亲自去送葬。任命高澄为大丞相，令他都督内外各军，录尚书事，承袭高欢渤海王的爵位。高澄上奏辞去大丞相的职衔，东魏主允准。高澄的弟弟高洋被封为哀畿大都督，仍在邺都辅政。柔然世子秃突佳因高欢已死，便准备回国。高澄因柔然公主正处于青春年华，不愿令她守寡，便想替父亲效劳。好在柔然的风俗里，儿子娶后母为妻的事情屡见不鲜，他便与秃突佳面商。秃突佳随即转告姐姐，柔然公主乐得随缘。高澄立即向公主表述衷情，男欢女爱自是不用细说。只是秃突佳急着回国，也没多陪姐姐，便带着厚礼回柔然去了。

东魏主元善见既擅长骑射，又喜欢文学，世人都说他有孝文帝元宏的风范。高欢在世时，也对元善见十分恭谨，因而群臣面对东魏主，没有一个敢不恭敬。高澄当政后，与父亲的做法大不相同，竟派黄门侍郎崔季舒伺察深宫的动静。元善见当然感到愤懑不平。一经崔季舒报告，高澄顿时怒起，立即驰入邺城，愤愤上朝。元善见看他满面怒容，料知他怀恨在心，只好盛筵相待。高澄斟满一大杯酒，强逼东魏主饮尽，元善见几番推辞，说自己不会喝酒。高澄勃然大怒道："臣劝陛下喝酒，陛下怎么能拒绝臣呢？"元善见忍耐不住，拂袖起座道："自古以来，没有不灭亡的国家，朕连饮酒都不能自主，哪儿还用得着求生？"高澄也拍案怒喝道："朕！朕！狗屁朕！"随即叫来崔季舒说："给他三拳！"崔季舒仗着高澄的威势，竟抡起拳头打了过去，连打了三下，高澄才离开。

第二天，高澄又派崔季舒去谢罪，元善见也只好宽恕他们，并赐给崔季舒一百匹绢。崔季舒离开后，元善见随口咏诵谢灵运的诗道："韩亡子房奋，秦帝鲁连耻，本自江海人，忠义动君子！"侍讲荀济当即会意，忙与祠部郎中元瑾、华山王元大器、淮南王元宣洪、济北王元徽等人密谋诛杀高澄。几人诈称在宫中建造土山，想偷偷挖掘一个地道，穿过北城千秋门，直达高澄的寓所，然后派勇士从地道刺杀高澄。

不料，千秋门的门将听到地下有挖掘声，忙向高澄报告。高澄当即派人挖掘，发现下面竟有一条地道通入宫中，顿时气得神色骤变，大声咆哮，率兵入宫。见到元善见，他也不行礼，竟昂然就座，瞪视东魏主说："陛下是什么意思？想造反吗？"元善见一听，无名怒火高起三丈，立即朗声回应道："自古以来，只有臣子会谋反，哪有君主谋反的奇闻？你自己想谋反，怎么能赖在我头上！"高澄又喝道："微臣父子为社稷尽心尽力，什么时候辜负过陛下？也有可能陛下本意不想害臣，但听信身边的亲信或是妃嫔的谗言，所以才会这样做。"元善见又反驳说："我没有害你的意思，你却有取我性命之心，我连自己都保不住，哪还有空去听信妃嫔的谗言？就算要杀掉那些逆臣，你也只会是最后一个！"高澄这才觉得自己言重了，忙下座叩头，哭泣谢罪。元善见不得已扶他起身，勉强安慰几句，又设宴款待他。高澄借酒浇愁，喝得醉醺醺的才回去。

第二天，高澄派人追究地道的事情，抓获荀济、华山王元大器等人，将他们全部烧死；并将东魏主元善见囚禁在含章堂，派心腹监守，限制魏主的出入。谘议温子升当时正为高欢作碑文，高澄又怀疑他曾与荀济通气，因而等碑文一告成，便把他押到晋阳。温子升后来饿死在狱中，弃尸道旁，抄家灭门。而后，高澄也回到晋阳。

当时，彭城的急报纷沓而来，说梁军入侵，请立即发兵援救。高澄当即派大都督高岳去援救彭城，并打算任命金门郡公潘乐为副将。行台丞陈元康提议说："潘乐的才能不如慕容绍宗，况且王爷过世前曾叮嘱你重用慕容绍宗，所以，不如让慕容绍宗去！"高澄于是任命慕容绍宗为东南道行台，令他与潘乐一同出发。侯景在悬瓠治兵，正准备进攻谯城，听说慕容绍宗督军南来，他当即慌乱起来，仓皇地说："是谁让那鲜卑儿重用慕容绍宗的？难道王爷还没死吗？"当即派人通知萧渊明，告诫他千万不能轻视慕容绍宗，如果取胜，乘胜追击时，千万不能超过二里路。

萧渊明军走了几个月，才抵达彭城。恰好侍中羊侃也带着圣旨赶到

271

彭城，对萧渊明说："陛下让我们在泗水筑造堰塘，截流灌城，得到彭城后，再进军与侯景相应。"萧渊明于是率全军屯驻在距离彭城约十八里的寒山，并令羊侃监工筑造堰塘。只用了二十天的时间，堰塘便告成了。羊侃劝萧渊明立即进攻。萧渊明却有些狐疑，偏偏又接到侯景的来信，他心中更是忐忑不定。没过多久，探马回来报告说："慕容绍宗正率十万大军赶来援应彭城，此刻正在橐驼岘。"羊侃忙在一旁说："敌军远道而来，眼下应该十分疲劳，请元帅不要再犹豫了，赶紧下令出击吧！"萧渊明却不理会。第二天早晨，羊侃又来劝他出战，萧渊明仍是不听。羊侃料知萧渊明必败，索性率领自己的部众屯驻堰塘上游。

第二天，慕容绍宗率部众进逼，并亲自率一万人作为前驱，攻打梁军的左营。营将潼州刺史郭凤急忙出兵抵御，刹那间，箭如雨集。萧渊明刚刚喝醉酒，此时正酣睡在帐中，帐外的战况越来越紧，他却仍在酣睡。部将好不容易把他唤醒，他才发出军令，叫各将领立即援救郭凤，但各将都不敢轻易发兵。唯独北兖州刺史胡贵孙勇敢地出营作战，猛扑东魏军。趁着勇猛，胡贵孙军斩下慕容绍宗军二百颗首级。慕容绍宗见来军十分剽悍，当即麾众撤退。萧渊明得知胡贵孙得胜，顿时胆大起来，上马督军，赶赴战场。一眼望过去，果然见东魏军弃甲曳兵，向北乱窜。萧渊明一时情急邀功，竟把侯景的话撇在脑后，全力追击慕容绍宗。大约追了三五里，突然从背后杀出一支敌军，冲散梁军，前面的慕容绍宗这时也掉头杀过来，来个首尾夹击。梁军本就没有斗志，只是乘兴而来，突然见前后都是敌人，顿时吓得东逃西窜，抱头狂奔。萧渊明也叫苦不迭，策马乱撞，被东魏兵围拢上来，你牵我扯，硬拖下马，活擒了去。胡贵孙也因耗尽气力，身受重伤，被擒去了。其他被俘的将士，数不胜数，梁军损失惨重，唯独羊侃军结阵缓缓撤退，没有损失一人。

那时，梁主萧衍正在殿中小睡，宦官张僧胤慌张地跑进来说："朱异有急事启奏。"梁主忙起身出殿，朱异刚说出"寒山失利"四字，就惊得梁主身子摇晃，几乎要跌落座下。张僧胤急忙从旁扶住他，梁主才叹息道："难道晋朝的悲剧将在我身上重演吗？"朱异默然而退。不久，又有消息说潼州失守，郭凤逃归。从此，梁主风声鹤唳，触处生惊。忽然又传来东魏主的檄文，要求梁主立即诛杀侯景，并向东魏称臣。

梁主不听，并因萧渊明被擒而更加倚重侯景。侯景派行台左丞王伟赶赴建康，通报梁主说："东魏主被高澄幽禁，元氏的子弟大多避难于南朝，请从中择立一人为主，镇抚河北。"梁主便封太子舍人元贞为咸阳

272

王，拨兵护送他回北方。元贞是魏咸阳王元禧的孙子，元树王爷的儿子。元树被东魏擒杀，元贞留在萧梁成为太子舍人，现在梁主允准他渡江即位，称魏主。

此时，东魏将领慕容绍宗已乘胜进攻侯景，侯景退保涡阳。慕容绍宗长驱直入，与侯景交锋。侯景令军士披上短甲，手执短刀，杀入慕容绍宗阵内，只准冲着人脚马足下手，不得仰视。一阵乱刺，东魏兵纷纷倒地，连慕容绍宗也因坐骑突然跌倒而被掀落马下。多亏慕容绍宗身体灵活，反应机警，急忙跳起来，换乘另一匹马逃脱。东魏仪同三司刘丰生也负伤逃去。显州刺史张遵业被侯景擒获。

慕容绍宗等人奔回谯城，副将斛律光、张恃显随即嘲讽他因失律而致战败。慕容绍宗当即反驳说："我作战多年，从没见过像侯景那样狡诈的人。你们如果不服，尽可再去试试，让我看看你们有多大的能耐！"斛律光、张恃显两人当即率军再次出战，结果在涡水被侯景军一阵乱射，张恃显落马被擒，斛律光狼狈地逃回来。慕容绍宗微笑着说："怎么样，不会再怪我了吧？"斛律光惶恐谢罪。第二天，侯景释放张恃显，并约慕容绍宗决一死战。慕容绍宗只是下令各军不得妄动，而后率领将士挖掘沟堑，巩固壁垒，做好打持久战的准备。

聪明的跛子

慕容绍宗固守谯城，从冬天守到春天，不曾出战一次。侯景求战不得，攻城又不克，营中的粮食即将吃尽，正在愁烦时，军士突然入帐通报说："慕容绍宗率领五千名铁骑前来攻营了。"侯景急忙上马出寨，一看敌骑十分踊跃，士饱马腾，勇气百倍。侯景不由得畏忌起来，转头看看身边部众，发现他们也都带着畏惧的神色。侯景当即朗声对众人说："你们的家属都已被高澄杀害了，现在正是报仇雪恨的时候！"部众一听，不禁咬牙切齿，对敌军大喊道："可恨的高澄！杀我全家，我跟你拼了！"慕容绍宗听到这话，急忙停止进军，遥对侯景军说："你们不要被那跛子骗了！你们的家属安然无恙。如果你们肯回头，我敢保证你们能得到原来的官勋！"侯景这边的部众仍然不肯相信。慕容绍宗立即摘掉冠帽，向天发誓。侯景的部众这才相信，一声呐喊，哄然散去。侯景的部将暴显甚至带着部众投靠慕容绍宗。侯景一看局势不利，忙招部众退还，无奈众人都已经有了归降之心，多半奔向北方，不再回头。慕容绍宗此时又麾兵杀来，侯景只好向南逃去，先渡过涡水，又自硖石渡过淮河，昼夜兼程地奔逃。听说后面还有追兵，侯景派人去对慕容绍宗说："侯景打算束手就擒。可是一旦抓获他，将军对朝廷来说还有什么用？"慕容绍宗这才收军不追。

侯景逃到寿春，当即向梁主告败，自请惩处。当时，梁廷已知道侯景战败，但还没有确实的消息。有人说侯景与将士一同战死，弄得梁廷上下都十分忧惧。太子萧纲对太子詹事何敬容说："侯景生死未卜，但最近听说他还没死。"何敬容回答说："如果他死了，倒还是朝廷的幸事。"太子惊奇地询问原因。何敬容从容地说："侯景是个叛臣，做事反反复复，他要活着，将来定会乱国。"太子将信将疑。后来，梁主接到侯景的奏章，得知他没死，立即任命他为南豫州牧，同时兼任原来的官职。光禄大夫萧介上奏劝谏梁主说："侯景是个狡诈的叛臣，不能重用。"梁主只是叹息了一会儿，便将奏章搁置起来。豫州刺史羊鸦仁听说侯景军战败，忙丢下悬瓠城，逃回义阳。殷州刺史羊思迁也丢弃项城，逃回京城。黄河南岸的州郡又重新回到东魏手中。梁主萧衍怒责羊鸦仁等人，羊鸦仁随即屯军淮上。

东魏大将军高澄收复河西后，致信梁廷，想再次通好。于是优待萧渊明，和颜悦色地对他说："先父高欢与梁主交好十多年，今天因一朝失信，而发生这么多的纷扰，我想这肯定不是梁主的本意，一定是侯景煽动所致。你派人回去告诉梁主，如果梁主不忘旧好，我又怎么敢违背先王的遗志呢？不但会释放所有俘虏，连侯景的家属，也会派人送去。"萧渊明大喜，立即派随从回国报信。梁主萧衍之前收到高澄的书信，还不怎么想通好，现在收到萧渊明的书信，忙召集群臣商议。朱异先开口说："大动兵戈，不如许和。"御史中丞张绾也随声附和。唯独司农卿傅歧说："高澄刚打了胜仗，为什么求和？这无非是反间计，想让侯景对我朝产生怀疑，逼他作乱，高澄好从中取利！"偏偏朱异等人坚持请和，梁主也不想继续用兵，于是给萧渊明写了一封回信，让来使夏侯僧辩将信函带回东魏。

夏侯僧辩经过寿阳时，被侯景留住。侯景要来书信一看，只见里面说："高澄大将军既然待你不薄，那就让他派人来重修睦谊吧。"侯景不免十分懊恼。等夏侯僧辩一离开，侯景立即上奏恳请梁主不要被高澄的巧语蒙蔽，并愿意以死来维护萧梁的利益；同时致信朱异，并赠给他三百两黄金，托他挽回局面。没想到，朱异把钱一收，将奏章一扣，便算了事。

梁主派使者去晋阳代为凭吊高欢，并与高澄申议和约。侯景又上奏说："臣与高氏衅隙已深，所以投靠陛下，想仰仗陛下的威灵报仇雪耻。没想到现在陛下想与高氏通好，这样一来，臣将以什么面目留在这里？还请陛下再给臣一次机会，让臣为陛下宣扬皇威！"梁主回复他说："朕早就决定将你留下，自然不会放你走。但是经过上次那场仗，现在朕更想罢兵息民。既然高氏派使者前来请和，朕便想借这个机会暂时修好。你也不要想那么多，只管安心居住吧。"侯景仍旧请战，梁主便把之前的意思重申一遍。狡猾的侯景当即以高澄的名义给梁主写了一封信，要求用贞阳侯换取侯景。梁主不知真伪，当下便想答应，随即召来卿中书舍人傅岐、领军朱异，想听听他们的意见。傅岐说："既然我朝已收纳侯景，就不宜再丢弃他；况且他百战余生，难道肯束手就擒吗？"朱异却辩驳说："侯景战败势孤，只要一纸诏书，便能制服他。"梁主竟听信朱异的话，当即回复说："贞阳侯早上来，侯景傍晚就回。"侯景得到回复后，将信拿给亲信看，说："我就知道萧老头儿是副薄心肠！"

从前，侯景决定归附萧梁，还是行台左丞王伟从旁献的计策，这次王伟又献策说："与其坐以待毙，不如豁出去，杀出一片天地！"侯景随即决定谋反，他先是将寿春居民编为士兵，然后勒令所有百姓将女儿嫁给将士；同时，不停地向梁廷索求军需；并因妻儿死在东魏，恳请梁主从皇亲贵戚中挑一户人家的女儿嫁给他。梁主当即劝他将眼光放低些。侯景收到回复，不禁恨恨地说："将来我一定要把萧老头儿的女儿送给奴隶！"随即又上奏索求一万匹锦缎，要为军人制袍。朱异却用青布打发他，惹得侯景越发愤恨萧梁。梁廷又派建康令谢挺、散骑常侍徐陵出使东魏。侯景得到消息，更是加快谋反的步伐。

咸阳王元贞见侯景有异心，屡次上奏恳请回朝。侯景对他说："我虽然在黄河北岸失利，但江南却在我的掌握之中，你怎么就不能再忍耐一两年呢？"元贞听到这话，越发恐惧，慌忙逃回建康，据实上奏。梁主只是任命元贞为始兴内史，却并不向侯景问罪。当时，左卫将军临贺王萧正德一天比一天贪暴，暗中聚集死士，图谋不轨。萧正德以前曾投奔北魏，与侯景有一面之交，并且与徐思玉是旧交。侯景任命徐思玉为司马，派他去拉拢萧正德。萧正德大喜，立即与侯景站在同一条战线，甚至劝侯景早日起事。侯景当即部署兵马，准备发难。

据守合肥的合州刺史鄱阳王萧范，得知侯景的阴谋后，立即派人潜回京都，通报梁主。梁主也有些怀疑侯景，可是朱异却说侯景的部众都已经离散，侯景不可能造反。梁主于是是回复萧范说："侯景现在还需要我朝，他怎么可能造反呢？你不要多虑！"萧范又上奏说："如果不早点除掉他，将来他一定会危害君臣。如果朝廷不想发兵，那就由臣代劳，讨伐侯景！"梁主仍然不答应。朱异还对萧范派来的使者说："鄱阳王太多心了，难道就不许朝廷容纳一位降臣吗？"萧范得知后，大为愤懑，随即上奏恳请梁主贬黜朱异，讨伐侯景。这些奏章当然被朱异从中拦截，丢到一边。

不久，羊鸦仁将侯景派去的使者押到建康，上奏说："侯景约臣一同谋反，现在臣将他派来的使者献给朝廷。还请陛下立即下令戒备。"朱异反而轻狂地说："侯景手下只有数百人，他能干什么大事？"竟将侯景的使者放回去。侯景越发觉得没有什么好忌惮，当即举兵叛梁，并公然传令四方，说要肃清梁主身边像朱异这样的奸臣。当下出兵攻打马头，捉住守将曹璆。警报飞达梁廷，梁主反而捻须笑道："侯景能有什么作为？看我一纸诏书收了他！"随即任命合州刺史鄱阳王萧范为南道都督，北徐州刺史封山侯萧正表为北道都督，司州刺史柳仲礼为西道都督，散骑常侍裴之高为东道都督，特意任命侍中邵陵王萧纶为统帅，督率各军一同讨伐侯景。另外悬赏，取侯景的人头。

侯景听说梁廷已经发兵，忙向王伟问计。王伟说："一旦邵陵王赶到，必定是彼众我寡的局面，我们肯定会被围困，不如决意向东，直奔建康。临贺王本就在京都，他可以做内应，到时来个里应外合，天下就是将军说了算了！兵贵神速，请立即进军！"侯景随即让小舅子王显贵留守寿阳，然后亲自率兵袭取谯州，攻陷历阳，飞渡横江，袭入姑熟，直趋慈湖。一路上，据守官兵逃的逃，降的降，侯景的八千人马竟长驱直入。

梁廷听说侯景已经渡江，惊慌得不得了。太子萧纲一身戎装入宫，向梁主请示用兵方略。梁主支吾道："这是你的事情，你问朕干吗？现在朕将内外军事一概交付给你，你看着办吧！"太子于是留居中书省，指挥军事，令儿子扬州刺史宣城王萧大器都督城内各军事，任命尚书羊侃为副将，又分派各将士守城，并敛集各寺库的藏钱，将钱财集中在德阳堂，充作军饷。无奈人心动摇，没有一个人肯应征入伍。临贺王萧正德阴谋叛乱，还没有人知晓，竟得到守卫朱雀门这么好的差事。

侯景到了板桥，特意派徐思玉入都见梁主，借机打探城中的虚实。

徐思玉一见到梁主，便声称自己是背着侯景偷跑回来的，而且有要事相商。梁主随即让身边的人都退去，舍人高善宝在一旁大声呵斥道："徐思玉出自贼军，难保他不会对陛下不利，陛下怎么能让他一个人留在大殿？"朱异竟不屑地说："徐思玉会是刺客吗？"梁主听了高善宝的话，也很迟疑。高善宝令徐思玉不必顾忌，直说无妨。徐思玉于是拿出侯景的奏章，里面说："朱异等人迷惑国君，玩弄权术，臣愿率兵入朝，肃清君主身边的小人。"梁主看完，递给朱异。朱异越往下看，越觉得惭愧，最后脸红得都说不出话来。

梁主当即派中书舍人贺季、主书郭宝亮两人，随徐思玉赶赴侯景的军营，慰抚侯景。侯景接过诏书，贺季便问他说："你到底因何而来？"侯景毫不遮掩地说："无非是想做皇帝！"王伟忙走上前来说："我家主人因看不惯朱异等人乱政，所以兴师扫除奸臣。刚才的话是戏言！"侯景却说："连萧老头子都能做皇帝，难道我就不配做皇帝吗？"说着，便将贺季拘禁起来，令郭宝亮回去报信。

当时，梁主建国已四十七年，境内安定承平，公卿、士大夫很少经历阵仗，沙场老将又相继谢世，后起之秀大多成守边疆，或是在邵陵王军前效力。因此，这一场战事全靠羊侃一人镇定指挥，局面才得以稳定。侯景率部众赶到朱雀桁南，早已收到情报的萧正德当即率兵出城相迎。侯景进入朱雀门，朝着宫阙下拜，假意哽咽几声。京都原先有首童谣唱着："青丝白马寿阳来。"侯景想呼应谣言，所以特意挑选白马充作坐骑，并配之以青丝做成的缰绳，乘胜杀入京都。

都中的官民异常惊惧，羊侃随即诈称邵陵王萧纶与西昌侯萧渊藻已经率兵入都支援，众人这才放下心来。只是石头、白下、石头城都已相继沦陷，台城也危在旦夕。侯景军围攻台城，屡战屡败，于是筑起长围，以断绝台城与外面的联系。不久，侯景又派人将一封书信射入城内，上面写着，请诛杀朱异。羊侃当即射出一封回信，悬赏取侯景首级。

两边相持好几天，朱异恳请出城作战，梁主召来羊侃，问他的意见。羊侃说："眼下我军不能轻举妄动。"但在朱异的再三恳请下，梁主还是调发一千多名士兵出城迎战，羊侃的儿子羊鹜也在其中。侯景军一拥而上，两军还没来得及交锋，刚杀出来的士兵就慌忙跑回城里。羊鹜单骑断后，随即被捉去，侯景把他推到城下，逼迫羊侃出城投降。羊侃愤然道："我们全家人都誓死报效国家！他的生死由你掌握，你就不要再说那么多废话，给他一个痛快吧！"侯景于是将羊鹜押回军营。过了好几天，羊鹭又被押来，羊侃随即对儿子说："我以为你已经死了，没想到你还在人世。"说着，便要搭弓放箭。侯景慌忙派人把羊鹭带回军营，留在营中。

太清二年十一月，侯景迎奉萧正德为皇帝。萧正德在太极殿前祭祀，在仪贤堂登位；而后颁布伪诏大赦天下，改元正平；册立世子萧见理为皇太子，授任侯景为丞相，并将女儿嫁给侯景为妻。

侯景在宫阙前扎营，表面上是护卫萧正德，实际上是监禁他。三天后，东府被攻破，侯景随即声称梁主已经过世，令官民奉迎新帝。京中官民都半信半疑。太子萧纲忙请梁主巡城，梁主亲自前往大司马门。城上的守兵一看皇上还健在，禁不住鼓噪流涕，谣言这才平息。

建康被围

侯景见散布谣言的计策失败，便将招降奴隶的书信射入城内。没过多久，朱异家的奴仆便偷偷从墙头顺着绳索溜出城，投靠侯景。侯景当即授任他为仪同三司。从此这个奴仆经常乘坐良马，身着锦袍，往来城下，边走边骂："朱异啊朱异，你做了四五十年的官，才得到中领军的职衔，而我刚向侯王投降，便已经是仪同三司了。"于是群奴陆续溜出城外，跑到侯景军营请降。侯景竟由此得到一千多人的生力军。

侯景初到建康时，军令颇为严谨，不许部下侵扰百姓。但台城经久未能拿下，粮饷也即将告尽，侯景便纵容士兵肆意掠夺。弄得百姓流离失所，无从得食，多半饿死在沟壑里。太子萧见理向来喜欢冒险，总是在夜间与群盗一起抢掠，在一次抢掠中，竟不幸中箭身亡。

梁荆州刺史湘东王萧绎传递梁主的檄文，邀湘州刺史河东王萧誉、雍州刺史岳阳王萧詧、江州刺史当阳公萧大心、郢州刺史南平王萧恪四人一同发兵援救建康。萧绎亲自率三万人马由江陵出发，向东行进。邵陵王萧纶得到京都的警报，立即掉头赶往建康。侯景此时正在江边布置防备，以阻遏萧纶军，没想到萧纶军突然出现，侯景军只好仓皇迎战。不用说，定是萧纶军击破侯景军。侯景退到覆舟山北，招集败军，倚山列营。萧纶进逼玄武湖，与侯景对垒，两军相持不战。

到了傍晚，侯景收军缓缓撤退。安南侯萧骏不疑有他，当即率兵追赶，不料侯景麾众掉头反攻，萧骏抵挡不住，奔往萧纶的军营。赵伯超一看侯景的部众杀来，不等敌军杀到，已逃得不见踪影，各军相顾溃散，萧纶率一千多名残众奔入天保寺。侯景纵火烧寺，萧纶军又逃往朱方。当时正是隆冬天气，冰雪覆道，士卒四处逃散，多半冻死。西丰公萧大春、前司马庄邱慧以及军将霍俊等人来不及逃避，都被擒获，辎重也被侯景夺去。

侯景将萧大春等人押到建康城下，威逼他们欺诈城中的官兵，说邵陵王已经战死。偏偏霍俊不肯顺从，竟朗声喊道："邵陵王稍稍失利，已全军退屯京口。城中的兄弟们，你们再咬牙坚持一段日子，过不了多久，援军就到了！"说到这里，侯景的部众用刀背狠击霍俊的背部，霍俊反抗的言辞更加激烈。侯景敬畏他忠肝义胆，不忍心加害，可是那伪皇帝萧正德却不肯放过，竟把霍俊杀了。

当晚，鄱阳王萧范令世子萧嗣、裴之高、建安太守赵凤举各率兵马入都支援，各军驻扎蔡洲。封山侯萧正表本来被梁任命为北道都督，不料他暗中勾结侯景，接受伪梁主的封爵，成为南郡王，兼任南兖州刺史。萧正表率领一万人的大军屯驻欧阳，声称将支援都城，实际上却打着上流援军的主意。他还诱降广陵令刘询，让刘询烧城作为发难信号。刘询当即转告南兖州刺史南康王萧会理，萧会理当即给他一千名士兵，让他夜袭萧正表。萧正表败走钟离，刘询收集萧正表的军粮，与萧会理会合，商讨下一步行动。

侯景听说萧正表败还，深恐援军四集，索性大举攻城，但仍与台城内的官兵相持不下。不久，羊侃病故，他这一死，城中的官兵就好像失去了主心骨一样，惶惶不可终日。多亏有个名叫吴景的材官①，他发挥自己的聪明才智，积极制造守备战具，极力抵御，所以京都仍旧没有沦陷，只是局势更加紧张。

刚巧，衡州刺史韦粲率领五千名士兵兼程赴援；司州刺史柳仲礼也率一万多人抵达横江，与韦粲会师；裴之高也自蔡洲渡江，接应柳仲礼。韦粲与裴之高一商议，两人决定推戴柳仲礼为十万大军的都督。大军沿淮列栅，与侯景军对峙。侯景也在淮水北岸列栅自固。没过多久，他一把推出裴之高留在东府的弟弟、儿子、侄子等人，远远地对裴之高说："你如果不投降，那就等着看你这些好弟弟、乖儿子们下油锅吧！"裴之高却从容自若，反而令弓弩手瞄准自己的儿子射击。在第二轮放箭之前，

---

① 材官：主管工匠、土木之事的校尉。

侯景慌忙将人质撤走。

柳仲礼分派韦粲去扼守石头城的重要关口青塘，结果韦粲军刚到青塘，就遭侯景军的突袭。这天大雾弥漫，不辨南北，韦粲军被杀了个措手不及，士兵自相践踏，全军大乱。韦粲和弟弟、儿子相继殉难。

柳仲礼刚把大营迁到大桁，正在吃早饭，突然得知韦粲的死讯，他把筷子一扔，几步跨上战马，麾众到青塘，痛击侯景军。侯景军败退，柳仲礼提着长矛追杀侯景，眼看恶贼近在咫尺，一个不注意却被侯景的部将一刀砍中左肩，侯景忍痛不住，仓皇逃去。柳仲礼在部将的护卫下，回到大桁。经过这一战，侯景不敢再渡到南岸，柳仲礼也十分气馁，不敢再言战事。

邵陵王萧纶与东扬州刺史临城公萧大连一同进驻桁南，也推举柳仲礼为大都督。湘东王世子萧方及假节总督王僧辩也已赶到台城下。台城被困多日，和外面断绝一切联系，就是援军的音信也没有办法传递进来。城中的官民异常痛恨朱异，朱异招架不住百姓的唾骂，终于在惭愧和羞愤中病死。梁主深感痛惜，特意追封他为尚书右仆射，百姓更加引以为恨。太子萧纲迁居永福省，到处向人问计，询问怎样才能和援军互通音信。有人建议放纸鸢，可纸鸢放出后，却被敌军截获。不久，鄱阳王世子萧嗣招募敢于给城内送信的死士。部将李朗用了一招苦肉计，他先请人将自己狠狠地鞭打了一顿，然后以逃亡者的身份投靠侯景，随后伺机入城。苦肉计成功后，城中的军民才知道京都外面援兵四集，顿时又激奋又宽慰。梁主任命李朗为直阁将军，赏给他许多钱财，让他先回去。李朗乘夜出城，安全脱离虎口，回到驻地。于是，鄱阳世子萧嗣、湘东世子萧方征集各军，相继渡过淮水，攻毁东府前栅，逼得侯景军稍微后撤。

各援军在青溪扎下营寨，打算继续进攻。碰巧高州刺史李迁仕、天门太守樊文皎率领五千名士兵赶来支援。樊文皎骁勇善战，与李迁仕率兵打头阵，两人所向披靡，不料却在菰首桥东落入侯景军的陷阱，樊文皎战亡，李迁仕逃归。各军得知樊文皎战死，又有些气馁。而且柳仲礼戒于前鉴，不肯再继续进军，对待各将又十分傲慢，不近情理。邵陵王萧纶每天在门外等着被传见，却总是遭到拒绝。于是，军心渐渐离散，谁也不愿再继续前进了。

侯景此时却十分警惕，更因粮饷的问题万分忧虑。王伟随即献策说："就现在来看，台城一时之间还没办法攻克，而援军的势力一日盛过一日，粮饷是我军的一个大问题。我们不如假意向城中求和，拖延时日，等到他们内外懈怠，再一举攻入，便能得志。"侯景连声称妙。

这天，侯景的部将任约、于子悦二人来到台城下，跪伏求和，恳请梁主赐还原镇。太子萧纲以城中穷困为由劝梁主答应和议，梁主勃然大怒道："和不如死！"太子再三劝慰梁主说："都城被围困这么久，援军怯战，至今没有为解围付出多大的努力，我们不如暂时答应和议，再作打算。"梁主踌躇多时，才嗫嚅道："随你决定吧，只是不要让后人取笑就好！"侯景见太子表态，便乞求梁廷割让江西的四个州郡，并要求宣城王萧大器出城相送。中领军傅岐见侯景的条件这么苛刻，立即据理力争："哪有与逆贼修和的道理？他们这样做，无非是把我们当成挡箭牌来退却援军，陛下千万不能轻信！况且宣城王是皇家子孙，国脉所关，怎么能轻易出城呢？"梁主于是任命萧大器的弟弟石城公萧大款为侍中，派他去侯景的军营做人质，并诏告各军暂时不能进军。同时任命侯景为大丞相，令他都督江西四州各军事，领豫州牧，仍封为河南王。

随后，两边各派使者，先是登坛为盟，又歃血为誓。一方是满心期望解围，情真意切；一方却只知行诈，口是心非。盟誓过后，梁主还以为侯景会遵约撤兵，哪知他仍然围住都城，又是找借口延期，又是提要求刁难。

城中的囤粮即将告尽，御厨中的蔬菜也快要吃完。梁主平时喜欢吃素菜，到了此时也只能吃鸡蛋了。邵陵王萧纶献入数百枚鸡蛋，梁主一边亲自检视，一边叹息不已。湘东王萧绎屯驻武城，河东王萧誉屯驻青草湖，桂阳王萧慥屯驻西峡口，却都是观望不前。侯景注意到援军已经懈怠，在东府的米运入石头城后，便有意毁弃盟誓。伪皇帝萧正德及左丞王伟又从旁怂恿，侯景终于决定背叛盟约，他当即上奏陈诉梁主的十大罪恶。

恼羞成怒的梁主萧衍当即在太极殿前设坛，祷告天地，说侯景背叛盟约，不可饶恕。然后征召士兵，打算交战。但此时城中的兵民已不到四千人，而且都十分羸弱。突然传来侯景负约的消息，众人万分惊惧，只能一门心思地盼着城外的驻军能及时救援。然而，城外的柳仲礼却天天在帐中饮酒作乐，并且不许各将领出战。台城里柳仲礼的父亲右卫将军柳津忍受不住，登城对柳仲礼说："你怎么能眼睁睁地看着你的君父坐困台城，却不肯竭力效忠呢？试想百年之后，你将以什么身份自居？"柳仲礼竟面色如常，毫不介意。邵陵王萧纶也屯兵不战，安南侯萧骏劝他说："现在台城的局势不容乐观，如果我们再坐视不救，一旦陛下遭

281

遇不测，王爷将以什么脸面存活于人世呢？我们不如兵分三路，出其不意，一举击退贼众！"萧纶始终不听。

南康王萧会理与羊鸦仁、赵伯超等人，约定晚上渡军作战。结果渡过淮河，萧会理军没有等来羊鸦仁，却等来了侯景的部将宋子仙。萧会理军遭遇突袭，败退而归。侯景军乘势攻城，昼夜猛扑，随后在城内叛徒的导引下，攻入台城。永安侯萧确抵挡不住，慌忙入宫通报梁主说："台城沦陷了！"梁主萧衍听后安卧不动，只是长叹道："我也曾经坐拥江山，没什么好遗憾的了。"然后又转头对萧确说："你快去告诉你父亲邵陵王萧纶，叫他不要挂念我和太子。"萧确正要离开，梁主又叮嘱他记得慰劳将士，萧确领命而去。

不久，侯景的左丞王伟入宫谒见梁主，呈上侯景的奏章，上面写着："臣侯景为了除掉奸佞小人，而率领众人肃清宫禁。没想到竟惊动陛下，所以特意来请罪。"梁主随口问道："侯景在哪里？叫他自己来见我！"王伟回去后，侯景竟率领五百名兵士昂然前来。到了殿前，森严的仪仗尽入眼帘，侯景不禁有些胆怯，忙跪伏在台阶上，照礼节叩首。梁主让他坐到王公的座位上，然后异常严肃地问他："长年征战，你有没有觉得劳苦？"侯景不敢仰视梁主，豆大的汗水从脑门滑落。梁主又问道："你是哪里人？怎么出现在此？你的妻儿还在北方吗？"侯景仍不敢作声，侯景的部将任约在旁边代主子回答说："侯景的妻儿已被高氏屠杀，他只身一人归服陛下。"梁主缓缓说道："你既然想效忠我朝，那就应该约束军士，不得骚扰黎民百姓。"侯景允诺而出，又到永福省谒见太子。太子身边的侍卫都惊骇离散，只剩中庶子徐摛、通事舍人殷不害还守在太子身边。见到侯景，徐摛立即大声训斥道："侯王爷既然来见太子，那就应该按照礼仪拜谒东宫！"侯景当即下拜。太子这才沉缓地开口询问侯景一些事，侯景竟也无法作答。

一离开东宫，侯景不觉松了一口气，转头对同党说："我驰骋沙场多年，面对敌人的刀枪利箭，从来没有畏惧过。今天看到萧公，却不禁有些胆怯。我不想再看见皇上和太子了！"随即纵容自己的部将入宫掠夺两宫的侍卫、宫女，又将王侯将相送到永福省，令王伟驻守武德殿，于子悦屯兵太极殿东堂，矫造诏书，封自己为大都督，督管内外诸军，录尚书事。

外贼内祸并起

侯景矫造圣旨，让援军立即散去。邵陵王萧纶等人立即商议，一致推举柳仲礼为大都督。萧纶说："我们愿意听大将军的调遣，还请将军立即酌定进止。"柳仲礼一派于己无关的态度，也不说话。裴之高、王僧辩齐声说："将军拥有百万大军，怎么能忍心坐视宫阙沦没呢？现在只好竭力一战，还请将军不要再犹豫了！"柳仲礼还是不发一言，各军陆续撤回。邵陵王萧纶奔往会稽。柳仲礼及羊鸦仁、王僧辩、赵伯超等人一同向侯景请降。军士没有一个不悲愤惋惜。柳仲礼入城后，先是谒见侯景，然后谒见梁主。在梁主那里讨了个没趣，柳仲礼转而去拜见父亲。柳津一见到他，不禁大骂道："你不是我儿子，以后不必再见！"侯景令柳仲礼镇守司州，王僧辩镇守竟陵。

建康陷落之前，伪皇帝萧正德曾与侯景私下约定，入城后立即除掉梁主和太子。建康一破，萧正德便率领部众冲向皇宫，偏偏侯景军守住宫门，不准他们进去。萧正德正要喧嚷，哪知侯景的诏书已经下来，任命他为侍中大司马。萧正德正恨侯景背约，现在又惊觉自己的帝位平白无故地被夺去，顿时又恨又悔。当下换掉帝服，入宫谒见梁主，边拜边哭。梁主只是说："哭那些让人觉得伤心难过的事，叹那些已来不及追悔的事，有什么用呢？"萧正德于是挂着两行眼泪，懊丧地离开了皇宫。侯景此时一面防范萧正德，不让他参与政事；一面令前临江太守董绍先赶往南兖州，召南兖州刺史南康王萧会理回京。

萧会理不听僚属的建议，径直回到京都。侯景任命他为侍中，兼任中书令，收取了他的兵权。萧会理一直想着匡复社稷，无奈手无寸柄，只得过一天算一天，静候时机。

湘东王萧绎屯驻武城，始终不肯出兵攻打侯景。等到世子萧方从京都回来，他才知道台城失守，于是索性退回江陵。信州刺史桂阳王萧慥从西峡口进入江陵城，想等萧绎回来商讨军事，再回信州。但是与河东王有嫌隙的雍州刺史张缵给故交萧绎发去一封密函，说："河东王想攻占江陵，岳阳王是河东王的同党，这两个人不可不防呀！"而张缵的同党，萧绎的副将朱荣想铲除桂阳王，于是他也派人告密说："桂阳王留在江陵，无非是想与河东王和岳阳王来个里应外合！"萧绎向来多疑好

283

猜，自然信以为真，匆匆返回江陵。

桂阳王萧慥莫名其妙，忙上前相迎，问候的话还没说完，便被萧绎身边的侍卫拿下。萧慥忙问自己犯了什么罪。萧绎斥责他勾结河东王与岳阳王，图谋不轨，也不给桂阳王辩白的机会，就亲自砍去他的头颅。桂阳王一除，萧绎又派人到汉口收买岳阳王的部将刘方贵，令他袭取襄阳。刘方贵正要倒戈，岳阳王却突然让他回本部。惊疑不定的刘方贵当即据守樊城，拒绝回去。岳阳王发兵征讨，阵斩刘方贵，收复樊城。此时，湘东王萧绎还没有得到消息，他将张缵重赏一番，让张缵赶赴雍州。张缵到了大隄，才收到刘方贵的死讯，但一时不便折回，只好硬着头皮赴任。

岳阳王萧詧已获悉侯景入都，国家无主，自然不肯再安分下去了。他先逼张缵出逃，然后又正大光明地将张缵逮捕并拘禁起来。随后一门心思与萧绎私斗，把国家大事抛到一边，反而使侯景独揽朝纲，任意横行。

梁主萧衍受制于侯景，非常懊恼。侯景推荐得力部将宋子仙为司空，梁主说："宋子仙这人又没有什么特长，怎么能担当如此重任？"侯景又推荐了两名党徒，也不见梁主应允。太子萧纲怕侯景怀恨在心，哭着劝父亲不要太直率，梁主吼道："谁让你来的？如果社稷有灵，将来我们一定会将侯景扫出宫廷；否则就算你朝夕哭泣，也无济于事。"太子挨了一顿训斥，惶恐出宫。侯景纵容自己的部将骑马佩刀出入宫廷。梁主每次发现这种情况，就会斥问值班的守将，直阁将军周石珍随口回答说："这是侯丞相的将士。"梁主瞪过去说："什么丞相？叫侯景就不错了。"

侯景听到这些话，心里很不舒服，于是派私党监视梁主的膳食，一切饮食，能克扣的尽量克扣。梁主有时索求个东西也因侯景从中阻挠而不顺心意。梁主见自己的晚年竟走到这个地步，禁不住悲从中来，时间一久，怏怏成病，卧床不起。太子萧纲经常去探视父亲，每次都因无计可施而急得以泪洗面。可恨的侯景却不肯让御医为梁主诊治，一心期盼梁主早日崩逝，他甚至还派人监视太子的出入。太子更加疑惧，特意给湘东王萧绎发去一封密函，将儿子萧大圜托付给他。湘东王萧绎此时正忙着与两个侄儿决私恨，对于太子的事情不过虚与应付，敷衍了事。太清三年五月初，梁主过世，享年八十六岁。共计在位四十八年，改元七次。

侯景秘不发丧，将先帝萧衍的灵柩迁到昭阳殿，将太子迎入永福省，下令一切照旧；并指派党羽王伟、陈庆陪伴太子，表面上是不离左右地侍奉太子，其实是最大限度地监视太子。太子只能吞声饮泣，不敢反抗。此时，殿外的文武大臣还不知道梁主过世。直到五月下旬，侯景见大局已定，才发出梁主过世的消息，并把梓宫迁入太极殿中，迎奉太子萧纲即皇位，颁诏大赦。侯景屯兵朝堂，分兵守卫，并恳请刚即位的梁主萧纲开恩释放那些沦为奴仆的北方人。萧纲不得不从，侯景暗中招纳那些北方人，将他们纳为己用。不久，一纸诏书下来，梁主追册已故妃子王氏为简皇后，册立宣城王萧大器为皇太子；封萧大心为寻阳王，萧大款为江陵王，萧大临为南海王，萧大连为南郡王，萧大春为安陆王，萧大成为山阳王，萧大封为宜都王；任命南康王萧会理为司空，兼任尚书令。懦弱的萧会理虽然有心讨贼，但终究治不了侯景。萧正德也想请鄱阳王萧范率兵入京，除掉侯景，没想到密谋泄露，萧正德被绞死。

后来，侯景派于子悦出征吴郡，吴郡太守袁君正随即投降。只是新城戍将戴僧遏不肯归降。侯景又派来亮攻打宛陵，宣城太守杨白华诱杀了来亮。御史中丞沈浚与吴兴太守张嵊联合讨伐侯景。侯景令李贤明攻打宣城，让侯子鉴紧逼吴郡，又令仪同三司宋子仙统领东南诸军，任命仪同三司郭元建为尚书仆射，领北道行台，统领江北各军。

永安侯萧确智勇过人，入都后，被侯景委以重任。萧确的父亲邵陵王萧纶担心儿子的安危，经常派密使潜入京都，想召回儿子。萧确对来使说："侯景生性轻佻，一个人就可以将他拿下，我想亲自除掉这贼人，只是苦于无机可乘。请你回去禀报我父王，让他不要为我担心！"来使随即告辞。一天，萧确陪侯景一同游钟山。萧确借口射鸟，拈弓搭矢，却向侯景射去，没想到用力过猛，弓弦突然断掉，那箭射到侯景的马前，突然落地。侯景知道萧确心存不善，当即喝令侍卫拿下萧确。萧确怒斥道："我杀不了你，你尽可杀了我。别想让我为你这狗贼效命！"说着，颈项已挨了一刀，当即毕命。不久，南徐州刺史萧渊藻也以死殉节。

鄱阳王萧范听说建康失守，便打算督率全军入京护卫，僚佐劝谏他说："现在东魏已占据寿阳，王爷一走，他们一定进窥合肥，说不定不等我们平定建康，他们已占据合肥，断绝我们的后路了，那时该怎么办呢？不如等四方兵马齐集，再商议兴师，这样会稳妥些。"萧范听后有些踌躇。果然，东魏派西兖州刺史李伯穆进逼合肥，又派魏收送信给萧范，勒令他让出合州。萧范此时一门心思想着讨伐侯景，不得已把合州割让给东魏，并令二儿子萧勤广去东魏做人质，向东魏求援。儿子一出发，萧范当即率领两万部众屯驻濡须，号召上游各军，邀他们一同救援京都。然而上游竟没有一支军队下来，东魏也没有派出援军，萧范进退两难，在粮饷告尽的情况下，他只得逆流西上。到了枞阳，侯景发兵出屯姑熟，

285

萧范的部将裴子悌率部众投降,萧范更加势危。正在危急关头,江州刺史寻阳王萧大心邀请萧范去江州。萧范随即赶往江州,寓居湓城,然后与各镇通信,想匡复萧梁。

湘东王萧绎对外声称梁主任命他为大都督,令他总督全军。消息一放出去,萧绎连忙征召湘州的士兵,同时又派使者督促湘州刺史输送军需。湘州刺史河东王萧誉早就对萧绎不满,这次当然不肯听命于他。萧绎当即令儿子萧方矩去接替萧誉的职务,并令世子萧方发兵护送。一群人走到麻溪,被萧誉一阵突击,萧方战死,萧方矩逃窜而归。

萧绎又派竟陵太守王僧辩、信州刺史鲍泉出兵攻打萧誉,并要求他们立即启程。王僧辩恳请宽限几天,萧绎立即把他召来,声色俱厉地训斥一顿,并拔剑砍伤他,将他打入狱中。另派鲍泉出击。

鲍泉在湘州击败萧誉。萧誉退保长沙,向雍州乞援。岳阳王萧詧立即令参军蔡大宝留守襄阳,然后亲自率两万大军直逼江陵,遥救湘州。湘东王萧绎十分惊慌,急忙召集僚佐商议,众人都不知该怎么办。多亏狱中的王僧辩为他想出一计,萧绎忙放他出狱,任命他为城中都督。

萧詧大军来到江陵,打算环攻江陵城。偏偏天公不作美,连续几天的大雨,累得大军拖泥带水,锐气尽丧。随萧詧一起行军的新兴太守杜崱见局面不利,立即带着兄弟、侄儿投入江陵城。杜崱的哥哥杜岸甚至带着萧绎拨给的五百名骑兵,径直袭往襄阳。蔡大宝急忙带着母亲龚氏登城防守,随即又派人向萧詧告急。萧詧慌忙撤退,抛弃无数粮械金帛,并杀了随军行进的张缵。杜岸得到消息,连忙又奔往广平,投靠兄长南阳太守杜巘。萧詧的部将薛晖追击到广平城下,乘势围攻。杜巘弃城而逃,杜岸被薛晖捉获,送往襄阳。萧詧见了杜岸,就好像见到杀父仇人一样,先是一阵乱鞭打得他体无完肤,然后把他的舌头拔去,肢解躯体,放进大锅烹煮。尽管将杜岸处以极刑,萧詧仍觉得不够解恨,又派人捣毁杜氏祖坟,焚骨扬灰。

湘东王萧绎想同时除掉萧誉和萧詧,于是令王僧辩专攻萧誉,另派司州刺史柳仲礼屯驻竟陵,攻打萧詧。萧詧慌忙向西魏求救,愿意归附西魏。西魏丞相宇文泰当然乐意应允。萧詧此时顾不得许多,令王妃王氏与世子萧嶚去西魏做人质。宇文泰当即令开府仪同三司杨忠督率三荆等十五州诸军事,镇守穰城。

此时,柳仲礼正率部众赶往襄阳,杨忠随即与行台仆射长孙俭一同攻打柳仲礼,并分兵攻下义阳、随郡,又围攻安陵。柳仲礼急忙率兵回援。杨忠不急着攻打安陆，而是率兵绕到柳仲礼军的前面，又是设置埋伏，又是狂挖陷阱。柳仲礼毫无防备，匆匆回去支援，没想到遭遇埋伏，先是魏兵齐起，紧接着就是跌踢声，铁索声。没过多久，柳仲礼的部众已全部被捆个结实，就连柳仲礼也被人捆住手脚，扛猪似的抬走了。

安陆守将马岫听说柳仲礼被擒，忙开门投降。竟陵守将王叔孙也做了降将。于是，汉东土地全部落入西魏手中。杨忠乘胜杀到石城，进逼江陵，湘东王萧绎急得只好派人请降。舍人王孝祀奉命护送萧方略去北魏军营做人质，卑辞求和。双方议定和约，歃血为盟。

杨忠撤兵后，江陵解严。萧绎随即专攻萧誉，萧誉向邵陵王萧纶求援。萧纶本想去支援，却又担心粮草不足，不敢轻率行事，于是致信湘东王萧绎，劝他休兵。结果萧绎坚持己见，定要申斥萧誉的罪状。萧纶将回信扔到地上，感慨流涕道："萧梁注定要灭亡了！如果湘州再沦陷，我也将死无葬身之地了！"不久，河东王萧誉见守不住长沙城，打算弃城出逃。不料部将慕容华把王僧辩带进城，萧誉还来不及逃跑，就被王僧辩擒获。萧誉忙对王僧辩说："先别杀我，我想见你家主子一面！让我见识一下那个在背后诬陷我的人。"王僧辩不答应，立即取下他的头颅，送往江陵。湘东王萧绎还回首级，令人安葬萧誉，晋封王僧辩为左卫将军，兼任侍中镇西长史。

萧誉战败前，曾拿起一面镜子，想前看看自己的模样。没想到，镜子里的自己竟然没有头颅。一晚，萧誉又看见一个两手垂地的高个子站在屋里，恍惚中，他突然觉得自己被那高个子一把抓住，霎那间，肚子猛地疼痛难忍。萧誉狂呼求救，侍卫急忙进来查看。那时，萧誉已倒在地上，不省人事了。好不容易把他救醒，高个子早已不知去向。萧誉自知躲不过这一劫，最后被王僧辩杀死。

北齐代东魏

湘东王萧绎为梁主萧衍主持丧事，已是隔年。当时，梁主已被安葬在修陵，追尊为武皇帝，庙号高祖。新任梁主萧纲改元大宝，而萧绎仍称太清四年，并用檀木刻了一座高祖像，供设在厅堂，不管遇到什么事都先向高祖禀报，然后施行。不久，他号召远近的王公大臣讨伐侯景。

侯景的部将宋子仙攻克钱塘，渡过浙江，占据会稽。自此，吴郡、吴兴、会稽尽为侯景所有。侯景又与部将侯子鉴来了个水陆夹击，攻克坚固难摧的广陵，杀掉广陵太守祖皓，活埋全城男女，随后由侯子鉴镇守广陵。

侯景凯旋入都，梁主萧纲特意赐宴。饮到半酣，侯景离座跪拜梁主，请求梁主将溧阳公主赐给他为妻。十四岁的溧阳公主是梁主萧纲的爱女，生得娇小玲珑，惹人怜爱。侯景对公主垂涎已久，此时当众跪求，逼得梁主不得不答应。散席后，侯景不由分说带走了公主。

不久，侯景请梁主巡幸西州。一行人浩浩荡荡抵达西州的行宫后，尽情享受丰盛的宴席、动听的乐曲。梁主听着曲子，不禁伤感起来，眼泪也突然掉落，怕侯景见了生疑，忙让侯景随乐起舞。侯景舞了一会儿，说独舞无趣，硬要梁主起座和他对舞。梁主勉强应允，君臣两人随即舞了起来。兴阑席散，梁主对侯景叹道："我十分感激丞相！"侯景回答说："如果不是陛下哀怜老臣，老臣哪有今天？"说完起身告辞。第二天，一行人又返回了京都。

这年，江南连续遭受旱灾、蝗灾，江扬的灾情尤为严重，百姓流离失所，以采食草根为生，最后到处都是饿死的人。就连富室豪家也只能怀揣金玉，奄奄待毙。千里绝烟，人迹罕见，白骨成堆，高如邱陇。侯景不但不怜惜百姓，反而在石头城设立大碓，只要遇到犯法的兵民，便令人像捣药一样将他们捣死。残暴的侯景还曾对部将说："每平定一座城池，你们就屠尽全城的百姓，让天下知道我的威名！"从此，烧杀抢掠成为侯景军行军作战的主要目的。百姓忌惮侯景的残虐，始终不肯归附他，侯景却一再为部将加官晋爵。江南一带的叛乱，侯景都没有能力抚平，更别提淮南了，他只能眼睁睁地看着敌人入境，囊括全淮。到底是哪个国家，竟然这么大胆？就是与萧梁通好的东魏。

东魏大将军高澄视萧渊明为奇才，嘱令他致信梁廷，离间侯景与梁廷之间的关系，逼侯景背叛萧梁，然后东魏好坐收渔翁之利。侯景发难后，梁北徐州向东魏投降，东徐、北青二州也相继向东魏请降。东魏不费一矢，坐得数州。高澄又派高岳及慕容绍宗、刘丰生三人攻打西魏王思政扼守的颍川。王思政身先士卒，与士兵同甘共苦，大破东魏军，击毙慕容绍宗、刘丰生，只剩一个高岳率领残众逃归。高澄随即亲自出征，大破颍川，王思政被请入高澄的军营。高澄见到王思政，忙下座相迎，免去王思政的跪拜之礼，让他坐在自己身边。王思政随即向东魏投诚。高澄于是改颍川为郑州，并对身边的亲信说："我这么高兴，并不是因为得到一个颍川，而是因为得到王思政！”西阁祭酒卢潜说："王思政不能以死殉节，这人有什么好？"高澄笑着说："我有一个卢潜，现在又得到一个王思政，真是天助我也！"

颍川被东魏攻占后，西魏将领赵贵奉宇文泰之命，退兵归国。高澄也率军东归，乘机朝见东魏主。东魏主元善见晋升高澄为相国，封为齐王，令他仍都督内外诸军事。高澄推辞一番，回到晋阳，继续过他惬意的日子去了。

高澄好色的程度远远胜过父亲高欢，父亲一去，他便将后母柔然公主纳为自己的妃嫔，又令黄门侍郎崔季舒给他物色娇娃，充入后房，朝欢暮乐，成为常事。他的二弟太原公高洋娶了一个很漂亮的妻子，高澄暗自艳羡，甚至深感不平。高洋的样貌十分诚恳、朴实，为人慎重。有时他为妻子李氏购办一两件别致的服饰，高澄就立即派人去逼取，李氏自然生气地不肯给，高洋便笑着对妻子说："这东西并不难找，既然大哥想要，就送给他吧。我们不要这么吝啬！"高澄听了弟弟这话，不觉惭愧起来，而且不等他派人去拿，高洋就已将东西送到他手上。高澄因此觉得弟弟很笨，不再猜忌高洋，只是经常调笑弟媳，高洋也假装不知情，二人相安无事。

一天，高澄出外游猎，途中遇到一个绝色女子，问过后，才知道她是北魏高阳王元斌同父异母的妹妹，名叫玉仪，因逃难而流落风尘，沦为歌伎。高澄当即把她带回家，缠绵一晚，便恳请东魏主为她加封。东魏主封她为琅琊公主。玉仪倍加感激，竭力承欢，高澄也更加宠爱她。玉仪有一个同胞姐姐，名叫静仪，面貌与玉仪相似，也是风流放荡。她嫁给黄门郎崔括为妻，因玉仪得宠，她便常来高澄的府邸看望妹妹。高澄得陇望蜀，又想勾搭静仪，好在玉仪并不妒忌，反而从旁撮合，让高澄如愿以偿。高澄随即又为静仪向东魏主乞求公主的封号。黄门郎崔括贪恋利禄，情愿戴着绿头巾，也绝不过问妻子的情事。高澄得到这两位美姬，朝朝暮暮，缱绻情深，有时高兴得私下对她们说："我要做了皇帝，一定会册立你们俩为皇后。"两位绝色女子当然拜谢。不久，高澄便开始动脑筋篡位，他先是请东魏主册立太子，以暗示东魏主推位让国，好将皇位禅让给自己。没想到东魏主以为高澄出于好意，随即册立皇子元长仁为太子。高澄弄巧成拙，只得与散骑常侍陈元康、吏部尚书杨愔、黄门侍郎崔季舒密谋篡位事宜。

刚巧，负责膳食的奴仆兰京进去呈献食物，高澄拍案将他斥退，元康等人忙问他怎么回事。高澄余怒未息："昨晚我梦见他来杀我。现在我正琢磨怎么除掉他，怎么还能让他来进献食物呢？"过了片刻，兰京又捧着盘子进来，将食物放在案牍上。高澄大怒道："我说了，我不吃你送来的东西！你听不懂吗？怎么又跑来胡闹！"兰京却从盘底抽出一把快刀，向高澄劈过去，同时厉声说："我是来杀你的！"话还没说完，外面又跑进来数人，看架势，和兰京是一伙的。眼看局势对自己不利，高澄离座就往内室跑，慌不择路地逃到床底下。兰京率众人追进来，杨愔逃走，崔季舒躲入厕中，唯独陈元康一人与贼众搏斗，肚子被刺，肠出血流，晕倒在地上。众人又上去砍高澄，乱刀齐下，就算是生铁铸成的，也会被斩碎，哪还有不死的道理？

兰京为什么要杀高澄呢？原来，兰京是梁徐州刺史兰钦的儿子，被高澄捉来充当负责膳食的奴仆。兰钦致信高澄，愿意出重金赎回儿子，高澄不答应。兰京又代自己求情，高澄竟用棍杖教训兰京，并呵斥道："你如果再赎身，我就杀了你！"兰京只得私结同党，找机会下手。

高澄的弟弟太原公高洋居住在邺城东双堂，一听说哥哥出事，他忙调集兵马出门，赶到东柏堂，捉获所有的贼人。然后又从容安慰那些慌乱得不得了的王公大臣说："恶奴叛变，大将军身受重伤，但能保住一条性命。"说着，便让侍卫把死尸装扮成昏睡过去的模样，装入车轿，送到自己的宅第。陈元康也被带走，但因伤势过重，半夜死去。高洋秘密替两人料理后事，秘不发表，并令大将军督护唐邕率领部分将士镇遏四方。唐邕没用多少时间便部署完毕，高洋叹为奇才，对他深加器重。而后，高洋令太尉高岳、太保高隆之、开府司马子如、尚书杨愔留守邺城，自己则率领部众入朝谒见东魏主，准备回晋阳。

东魏主元善见收到高澄的死讯，欣慰地对亲信说："天意如此，这下权威该回归帝室了！"话还没说完，高洋已经进来，带领的部众大约有八千人，都紧握兵刃，如临大敌。就在东魏主有些惊愕的时候，高洋上奏道："臣家中有事，需要回晋阳一趟。"说完，转身就走。元善见目送高洋离去，一边掉泪一边自言自语地说："这人似乎也容不下我，不知道朕将死在哪一天！"晋阳的旧臣老将向来轻视高洋，这次高洋召集文武僚属，谈笑风生，英姿勃发，与从前判若两人，惊得在座的文武都不敢貌视他。与此同时，高洋大肆改革政令，笼络人心，使得众人心甘情愿为自己效劳。

第二年是东魏武定八年，高洋见内外悦服，这才为兄长高澄发丧。

东魏主元善见也到太极殿东堂哀悼，下令厚葬高澄，赐谥号为文襄；又晋封高洋为丞相，令他都督内外诸军，录尚书事，承袭齐王的爵位。

高洋的亲信都劝他受禅，继承大统。高洋也有些心动，忙去询问生母娄太妃的意见。太妃说："你父亲像龙，你哥哥像虎，但他们两人始终都是北面为臣，你有什么功德，怎么敢觊觎天位呢？"说得高洋哑口无言。后来在亲信的不断劝解下，高洋才决意篡位。他先是密派心腹陈山提通报侍中杨愔，然后率将士东行。杨愔当即表示愿意为高洋效力，他一边召集太常卿邢邵、秘书监魏收等人，筹备禅位事宜；一边将东魏宗室的各王公请进北宫东斋，不准外人出入。才过两天，杨愔等人便强迫东魏主下诏退位，奉请高洋承继大统。高洋一进入邺城，便召集役夫赶修受禅台。太保高隆之问高洋说："王爷修建受禅台做什么？"高洋不高兴地说："我做什么，不用告诉你吧？知道那么多，你就不怕灭族吗？"高隆之惶恐谢罪，告辞离去。司马子如等人知道高洋心意已决，也不敢再多说什么。很快受禅的各个细节都已经准备妥当，高洋当即派司空潘乐、侍中张亮、黄门郎赵彦深入宫通报东魏主。

东魏主元善见来到昭阳殿，召见潘乐等人，张亮首先开口说："请陛下顺应天意，禅位给齐王吧。"元善见严肃地说："这事关系长远，应该慢慢商议。"侍中杨愔当即进来，从衣袖中取出诏书，逼令东魏主盖印。元善见只好盖印，颤声问道："朕将来住在哪里？"杨愔回答说："北城有座宅院，你可以暂时住在那里。"元善见颤颤地起身下座，前往东廊，一边走，一边咏诵范蔚宗《后汉书·赞》一诗："献生不辰，身播国屯，终我四百，永作虞宾。"随即入宫与皇后、妃嫔诀别，整个后宫一片哭声。李妃看着东魏主离去，不禁吟起陈思王曹植的诗："王其爱玉体，俱享黄发期！"直阁将军赵道德用一乘牛车将元善见送出云龙门。王公百僚一一拜辞，高隆之洒泪告别。元善见随即徙居北城。杨愔派王元韶等人将玉玺呈给高洋。第二天高洋就即位于南郊，接受群臣的朝贺。礼毕还宫，大赦改元，称为天保元年，国号齐。史家称为北齐。

齐初的兴盛

高洋篡位，改国号齐，追尊祖父为文穆皇帝，祖母韩氏为文穆皇后；父亲高欢为献武皇帝，庙号高祖，兄长高澄为文襄皇帝，庙号世宗，奉母亲娄太妃为皇太后。那些继续为北齐效命的东魏各臣都被加官晋爵。宗室高岳等十人被封王，功臣库狄乾等七人也被授以王爵。封皇弟高浚为永安王，高淹为平阳王，高浟为彭城王，高演为常山王，高涣为上党王，高济为襄城王，高湛为长广王，高湝为任城王，高湜为高阳王等等。高洋封故主元善见为中山王，故后高氏为中山王妃，兼称太原长公主，并派官吏监管他们。有时高洋也在朝中宴请中山王，允准他带随从出入宫廷。太原长公主也经常与中山王元善见一同出入宫廷，看护他的饮食起居，尽最大的努力保护他。

高洋册立正妃李氏为皇后，李氏是赵郡李希宗的女儿，是个汉人；册立皇后所生的高殷为太子；并尊文襄王妃为文襄皇后，令她在静德宫修养，封文襄王的儿子高孝琬为河间王，高孝琬的弟弟高孝瑜为河南王；晋升太师库狄乾为太宰，司徒彭乐为太尉，司空潘乐为司徒，仪同三司司马子如为司空，高隆之录尚书事，高隆之的弟弟高淹为尚书令，元绍为尚书左仆射，段韶为尚书右仆射。不久，段韶离官，齐主高洋晋升杨愔为右仆射。北齐初年政治清明，任人唯贤，驾驭得法，内外肃然，的确有一番新朝气象。

西魏大丞相宇文泰听说高洋篡位，当即兴师，由恒农筑桥渡河，进军建州。高洋亲自督兵出驻东城，宇文泰听说高洋军容严整，不禁叹息道："高欢有这么好的儿子，他还不如不死呢！"当时阴雨不止，牲畜几乎病死殆尽，宇文泰只得率部众返回。随后，洛阳、平阳的守将都向北齐投降。高洋又侵犯南边的梁境，夺去南青州、山阳郡以及淮阴、司州、两河、两淮等地。这段时期，北齐算得上是一个东方霸国。

梁主萧纲受制于侯景，不管什么事，都要交由侯景处理，而且又不敢和藩镇通信，只有天天涕泣，听天由命。鄱阳王萧范寓居溢城，本来有心匡复社稷，后来因暂住江州，没有地方可以施展拳脚，于是他改变方针，想将江州据为己有。江州刺史寻阳王萧大心因而与萧范产生嫌隙，二人暗中对抗没多久，萧范竟郁愤而死。不久，世子萧嗣也在晋州被侯景的部将任约所杀。任约进逼江州，萧大心出城迎战，最后战败投降。萧大心的部将徐嗣徽奔往江陵，投靠湘东王萧绎。邵陵王萧纶自鄱阳逃入郢州。当时有一位乱世枭雄，在海南崛起，独自起兵讨贼，拥众北行。这人是谁？他就是西江督护陈霸先。

先前，广州刺史元景仲得到侯景的书信，想迅速起事响应侯景。陈霸先不乐意，他在南海召集士兵杀了元景仲，另迎奉定州刺史萧勃镇守广州。萧勃是梁武帝的侄子，他的父亲是吴平侯萧景。萧勃莅任后，高州刺史兰裕煽动始兴等十郡共同攻打衡州。陈霸先奉命援救衡州，擒斩兰裕，成为始兴太守。上任后，陈霸先广结豪杰，结识侯安都、张偲等有志之士，随即令统将杜僧明、胡颖屯兵岭上，准备讨伐侯景。萧勃派使者劝阻他，陈霸先仍坚持要为国家平定内乱，当即将使者打发回去，随即派人前往江陵，表示愿意受湘东王萧绎的调度。萧绎任命陈霸先为交州刺史，封为南野县伯。当时，南康土豪蔡路养起兵作乱，萧勃任命谭世远为曲江令，令他与蔡路养一同遏制陈霸先。陈霸先随即讨伐南康，在大庾岭与杜僧明军会合，大破蔡路养。蔡路养妻子的侄儿萧摩诃投降，陈霸先收复南康，修整崎头古城，带兵据守。

陈霸先自南康出发，进兵江州，路上要经过赣石旧的二十四滩。一直以来，路人都视二十四滩为险滩，很畏惧这段路途。巧的是陈霸先军行进到这里时，河水刚好暴涨数丈，巨石都被淹没，任军队航行。而当陈霸先行进到西昌时，竟有一条五彩斑斓的龙出现在岸边，世人都惊奇地视为奇兆。湘东王萧绎任命陈霸先为江州刺史。陈霸先恳请萧绎发兵会合，萧绎却无暇顾及，准备攻打郢州。

原来，邵陵王萧纶到郢州后，刺史南平王萧恪推戴他为大都督，请他出头讨伐侯景。萧纶大修兵甲，准备讨伐侯景，偏偏湘东王萧绎容不下他，竟派王僧辩、鲍泉率领水兵偷袭郢州。萧纶察觉后，特意致信王僧辩，说："将军前年为湘东王杀掉他的侄儿，今年又为湘东王攻击他的兄长，将军借此求荣，难道就不怕哪天会被天下人鄙夷吗？所以还请将军三思！"王僧辩将原信交给萧绎，萧绎却仍令他进军。萧纶听说王僧辩继续进军，随即召集众人，挥泪告别说："我没有别的想法，只想灭掉侯景，但是湘东王怀疑我与他争夺帝位，发兵攻打郢州。虽然我也想死守不去，无奈军饷没有储备够；而要迎战，我又怕后世笑话，看来只好暂时去下流避避了！"麾下的将士一再恳请出战，萧纶仍坚决地带着世子萧瓒登舟北去。

王僧辩一入郢州城，便立即向萧绎报捷。萧绎任命世子萧方诸为郢州刺史。萧方诸年仅十五岁，因他的母亲是宠妃王氏，所以萧绎格外钟爱他，特意令他镇守江夏，并令鲍泉辅佐他控遏下游。邵陵王萧纶到武昌，屯兵武昌城，向北齐乞降，齐主封他为梁王。萧纶随即屯驻马栅，打算等齐军到来，再一同攻打南阳。侯景的部将任约正由江州西上，进逼西阳、武昌，他听说萧纶屯驻马栅，当即派兵偷袭萧纶。萧纶猝不及防，只得逃往汝南。汝南是西魏的属地，城主李素原是萧纶的部下。萧纶一入城，便巩固战备，召集士卒，打算攻打安陆。西魏大丞相宇文泰得到消息，忙派将军杨忠攻打汝南。一个多月后，李素中箭身亡，汝南城沦陷。萧纶战死。已向西魏称臣、被封为梁王的萧詧为萧纶收尸，将他妥为安葬。

宁州刺史徐文盛奉湘东王萧绎之命，带着数万勇士东下讨贼，在贝矶大破侯景的部将任约，任约逃往西阳。当时，侯景刚自称汉王，晋升为相国，又加封宇宙大将军的头衔，都督全国诸军。梁主萧纲毫不知情，等文牒呈上来，他看到文牒上的名号，才惊叹起来："将军怎么会有宇宙的称呼？"侯景任命王克为太师，宋子仙为太保，元罗为太傅，郭元建为太尉，张化仁为司徒，任约为司空，王伟为尚书左仆射，索超世为尚书右仆射。军国大权尽在侯景的掌握之中。因任约兵败，侯景随即亲自出征，屯驻晋熙。南康王萧会理见侯景出京作战，都城空虚，便想密谋起兵，诛灭侯景的党羽。没想到，密谋泄露，萧会理等人反被杀害。禀性文弱的武林侯萧谘由此也遭到猜忌，没过多久便遇害了。

侯景听说内变已平，当即由晋熙进逼宣城。宣城守将杨白华出城投降。侯景刚拿下宣城，三吴的义兵又纷纷起事，新吴有余孝顷，会稽有张彪。侯景只得赶回建康，调兵遣将进行抵御。无奈顾东失西，图近忽远，任约屯兵西阳，屡次失利，武昌被徐文盛夺去，告急文书络绎不绝。侯景只得亲自出马，兼程疾进，赶到西阳，与徐文盛夹江筑垒，准备厮杀。

徐文盛按兵不动，等侯景渡江进攻，他才麾兵反击。只见令旗一挥，数百艘小船突然如箭般窜出，攒攻侯景。侯景慌忙迎战，正杀得难解难分，徐文盛一箭射来，本是要射杀侯景的，偏偏右丞库狄式和站在侯景前面，成了侯景的替死鬼，落水丧命。侯景不禁胆寒，慌忙撤退，逃回军营。经过这一战，侯景知道徐文盛是个劲敌，于是拔营撤退，派宋子仙、任约偷袭郢州。

郢州刺史萧方诸只知道嬉戏，不谙军旅之事，辅佐他的鲍泉又是个酒囊饭袋，只知道逗小主子开心。他有时甘心做马，有时卧地做牛，整天游戏作乐，毫不设防。一个小毛孩，一个糟老头，自然守不住郢州城，被宋子仙捆送到侯景的军营。侯景听说郢州得手，竟顺风张帆，越过徐文盛的军营，直入江夏。徐文盛大惊，逃回江陵。

湘东王萧绎已任命王僧辩为大都督，令他率各军前往巴陵。路上，王僧辩听说郢州失守，到了巴陵，他忙派使者通报萧绎。萧绎回信说："贼人肯定会乘胜西下，你只要守住巴邱，以逸待劳，定能获胜！"然后又对僚佐说："侯景如果率水陆两路，直指江陵，那他的确是个聪明人；如果他占据夏首，囤积兵粮，那他还算是个明白人；如果他把全部气力用在攻打巴陵上，那他也只不过是个庸人。巴陵城虽小，但地势险绝，易守不宜攻，有王僧辩在，侯景更是很难攻克。时间一久，侯景军既找不到能充饥的粮草，兵士又极其疲惫，况且到了夏天，疾病盛行，他们哪能破得了巴陵城？"萧绎随即令罗州刺史徐嗣徽、武州刺史杜崱率兵援助王僧辩。

侯景令丁和据守夏首，任约赶赴江陵，然后亲自带着宋子仙攻打巴陵。王僧辩固守城池，偃旗息鼓，静若无人。侯景派轻骑到城下，打听城中的守将。守卒回答说："是王僧辩领军，还有刺史王琳。"城下骑兵又仰头问道："你们为什么不赶紧投降呢？"王僧辩随即教守卒回答说："你们大可以放心地直奔荆州，这座小城不会对你们构成障碍的。"侯景听完骑兵的情报后，觉得十分可疑。恰好已投降的前江夏刺史王珣也在军中，侯景便把王珣反捆起来，推到城下，让他招降弟弟王琳。王琳厉声道："大哥奉命抗拒贼人，却没能为国家殉难，如今你还敢来哄我吗？"说完，便弯弓欲射。王珣红着脸急忙撤退，侯景随即督兵攻城。只听城中鼓声一响，旗鼓大作，矢石如雨点般落下，部众伤亡无数，侯景只好暂时退兵。王僧辩又接连出奇兵，与侯景争斗。侯景身披甲胄，在城下督战。王僧辩却宽袍大袖，乘车巡城，一点儿也不惊慌，反而令守卒鼓吹奏乐。侯景不禁叹服，屡次攻城，都无功而返。

武猛将军胡僧祐奉命援救王僧辩，在湘浦遇到侯景的得力部将任约。胡僧祐随即假装畏敌，把任约军引到羊口，再与前来接应的信州刺史陆法和设伏，计歼任约全军，活捉任约。

侯景屯驻巴陵城下，因部众大多患病，粮草又告急，正想退军。突然，军中传来任约被擒的消息，侯景顿时惊恐地焚营撤退。走之前，任命丁和为郢州刺史，令宋子仙留守郢城，支化仁留守鲁山。陆法和把任约送到江陵，便恳请回信州，并对萧绎说："侯景这狗贼即将被平定，王爷不必多虑，只是蜀贼将到这儿，王爷不可不防！"萧绎于是令他屯驻峡口。此时，任约也愿归降，萧绎随即赦免他的死罪，将他留在军营。同时令王僧辩、胡僧祐率兵东下。王僧辩先攻打鲁山，擒获支化仁，进逼郢州。宋子仙退守金城，王僧辩四面筑垒，环攻不休。宋子仙急得派人请降，表示愿意献出郢城，只请放一条生路。王僧辩假意允许，给他船只，放他回去；又令部将杜龛率领一千名精兵抄近路拦截宋子仙。一坐上船，宋子仙便与丁和飞桨逃窜。逃到白杨浦，天色将晚，宋子仙打算拢舟靠岸。不料，芦苇中突然闪出一支军队，为首的一员大将，装束好似天神，大喝一声："逆贼哪里逃？周铁虎等候多时了！"

萧梁暂定

宋子仙等人逃到白杨浦，兜头遇见的大将名叫周铁虎。周铁虎本是河东王萧誉的部将，萧誉败死后，周铁虎被王僧辩收归旗下。此时，宋子仙已吓得像老鼠一样胆怯，硬着头皮去出战，还没几下就被周铁虎活捉了去。丁和本就无能，见宋子仙被抓，更是吓得缩成一团，坐等被擒。二人的部众有的死，有的降。王僧辩收到丁、宋两名俘虏，当即押往江陵。湘东王萧绎亲自审讯，得知爱子萧方诸已被侯景带走，鲍泉被杀，顿时怒不可遏，将两名俘虏斩首，并令王僧辩进军江州，与陈霸先会师。

这时候，侯景返回建康，看看手下的得力部将所剩无几，暗想自己也没几天日子可以享受，于是有了杀掉梁主、篡夺皇位的野心。在王伟的怂恿下，侯景当即令人起草禅位诏书，逼梁主萧纲盖印，随后拥着梁主到永福省，派兵监守。接着杀了太子萧大器、寻阳王萧大心、西阳王萧大钧以及宗室王侯二十多人。

没过几天，侯景便废掉梁主萧纲，封他为晋安王，随后派人迎立豫章王萧栋。萧栋是昭明太子的长孙，父亲是豫章王萧欢。当时萧欢已经去世，萧栋闲居在家。一天，萧栋正与王妃张氏在园中种菜，门外忽然来了一支仪仗队伍，硬是逼惊慌无措的萧栋跟他们走。一行人即将入宫时，忽然从地上卷起一阵旋风，吹得华盖飞出端门，京都的人都视为不祥。萧栋一入宫，侯景便派人给他换上帝袍，拥着他到武德殿，即位受朝，改大宝二年为天正元年。太尉郭元建从秦郡赶回京都，问侯景："王爷为什么要废黜先前的梁主呢？"侯景回答说："王伟劝我早点断绝百姓的希望，所以才废黜萧纲，另立萧栋。"郭元建朗声说道："我们挟天子令诸侯，还担心诸侯不听话；现在无端废立，更失人心，大祸就在眼前了！"侯景犹豫不决。溧阳公主因顾念父亲的恩德，也希望父亲恢复帝位。侯景向来疼爱公主，又因郭元建那番话，他便打算请回原先的君主萧纲，令新主萧栋作太孙。王伟得到消息，急忙入宫，对侯景说："废立皇帝这种大事，能说改就改吗？"侯景只好作罢。随后，王伟竟又劝侯景杀掉了故主萧纲以及他的子嗣。侯景追尊故主萧纲为明皇帝，庙号高宗。第二年，王僧辩等人入都，将梁主萧纲安葬在庄陵，追尊为简文皇帝，庙号大宗。

新主萧栋即位后，尊先祖昭明太子萧统为昭明皇帝，先父豫章王萧欢为安皇帝，晋升东道行台刘神茂为司空，其他官吏官职照旧。刘神茂听说侯景战败而归，便想密谋反正，因而一得到司空的职衔，他便誓众讨伐侯景，并占据东阳，遥应江陵。江陵大将王僧辩又自郢州东下，直入溢城，与陈霸先会师于屯邱，又率兵拔晋熙，下寻阳，所向无敌，沿路的贼众都被荡平。

侯景急着想称帝，没几天便逼萧栋禅位，号称汉帝，升坛受贺。登坛时，坛前忽然跃起一只兔子，而且竟一跃不见了，随后天空又有白虹贯日。众人都很惊讶，侯景却不为所动，登上太极前殿，改天正元年为太始元年，封萧栋为淮阴王，将他幽禁起来。萧栋的弟弟萧桥樛也被禁锢在密室。即位后，侯景派人出击刘神茂，刘神茂兵败投降，被押送到建康。侯景特意令人制造一个大锉锯，将刘神茂从脚到头寸寸锉碎；又将刘神茂的部将砍去手足，游街示众。

王僧辩、陈霸先两军奉湘东王的号令，于第二年二月初联合讨伐侯景。王僧辩的部将侯瑱带兵攻克南陵、鹊头二地，大军顺流东进。侯景忙派侯子鉴率水兵屯驻淝水，郭元建率陆兵赶往小岘。侯子鉴攻入合肥外城，一听说王僧辩、陈霸先两军即将杀来，他忙退保姑熟。侯景又派将史安和、宋长贵援助侯子鉴，并亲自赶赴姑熟巡视垒栅，对侯子鉴说："敌人擅长水战，你可千万不要在水上和他们争锋，只要固守营垒就好。"说完又返回京都。侯子鉴奉命，舍舟登陆，闭营不出。王僧辩等人到了芜湖，探知侯子鉴在岸边扎住营寨，也不敢轻易前进，逗留了十多天。有人通报侯景，说敌人即将逃跑，还请赶紧发兵杀敌。侯景这才令侯子鉴准备水战，侯子鉴于是由陆登舟，出兵迎敌。王僧辩得到消息，当即率水兵杀到姑熟，大破侯子鉴军。侯景得知战败，异常惊惧，涕泪满面，在床上蜷卧了好久，才起身叹道："是我害了子鉴呀！"

王僧辩督领各部将，乘涨潮之机杀入淮水，而后与陈霸先军分头作战。陈霸先屯驻石头城西面的落星山，王僧辩则进军招提寺北。侯景亲自出兵抵御，率领一万多步兵和骑兵在西州西边列阵。陈霸先一看阵势，对部将说道："我们可以利用贼军人少的劣势，分散他们的兵力，使他们无法养精蓄锐。"随即令士兵分道进军，虚张声势。

侯景想速战速决，纵兵杀入先锋王僧志的阵势里，王僧志稍稍后撤。将军徐度奉陈霸先之命率三千名弓箭手绕到侯景的背部，轮番连射。侯景一看后队伤亡惨重，只好麾兵撤退。这时，陈霸先与王琳、杜龛率铁骑突然杀入侯景的阵势里，王僧辩也率大军扑了过来，仿佛泰山压顶一般，侯景怎么能抵挡呢？只得退入栅中。石头城守将卢晖看侯景败归，料知侯景必定危亡，忙开门请降。王僧辩随即率领部众进入石头城，陈霸先在城外与侯景军相持。侯景军几次突击都以失败告终，部众随即大溃。侯景逃到阙下，呵斥王伟说："从前都是你逼我称帝，现在怎么办？"王伟不做声。侯景又想杀出去，王伟劝阻他说："从古至今，哪有叛变的天子？现在宫中的卫士足以再拼杀一场，陛下离开这里要去何处？"侯景感叹道："现在是天要亡我了啊！"当即用皮囊盛放他的两个幼子，挂在鞍后，与一百多骑亲兵向东而去。侯子鉴、王伟等人逃奔朱方。

王僧辩的军士进入台城后，烧杀抢掠，无所不为，王僧辩却不加禁止。当晚，宫中失火，太极殿及东西堂的所有宝器羽仪全都交给了祝融。王僧辩派侯瑱率领五千精兵追击侯景，而后带着将领们进入禁城。王克、元罗等台城的旧臣也恭迎在道旁，王僧辩当即讥讽王克说："你们侍奉胡虏君主，想必十分辛苦！"王克等人羞惭得说不出话。王僧辩又问他御玺所在。王克嗫嚅道："已被劫持而去。"王僧辩叹道："我王氏百世的恩宠就此坠地无遗了！"当下将故主萧纲的梓宫迎入大殿，率百官哭了一会儿，然后向江陵报捷，请湘东王来建康即位。湘东王萧绎假意推辞，却派人杀掉了萧栋和萧桥樛两兄弟。

王僧辩让陈霸先回广陵，随即亲自善后，招降郭元建、侯子鉴。侯子鉴怕难逃一死，忙与郭元建投奔北齐。只有王伟被捉回建康。王僧辩恨恨地问他说："你身为贼人的宠臣，怎么就不打算为你家主子殉节？"王伟回答说："兴废是天命，如果汉帝早些听取我的意见，他怎么会有今天呢？"王僧辩冷笑数声，把王伟送往江陵，交由湘东王处理。

侯景逃到钱塘，赵伯超将他拒之城外。急得侯景只好北趋松江，结果又被侯瑱追上，一顿痛击。逃脱后，侯景一狠心，将两个小儿子坠入海中，随即与数十名心腹东航入海。没想到，那些心腹见侯景穷途无归，便趁侯景不备，将他的头颅砍下，献给南徐州刺史徐嗣徽换取富贵。徐嗣徽忙将侯景尸首送往建康，王僧辩则将侯景的首级送入江陵，将他尸身陈列于建康市曹。百姓见了，争相上前抢食侯景的肉，连他的骨头都挖走了。溧阳公主也因父亲和兄长遇害，烹食侯景的肉。

湘东王萧绎得到侯景的首级，把首级挂在城门上，展示了三天，然后涂上漆，储藏在武库里。解恨之后，萧绎任命南平王萧恪为扬州刺史；晋升王僧辩为司徒，镇卫将军，长宁公；晋封陈霸先为征虏将军，长城县侯；然后审讯俘虏，杀了王伟等人，只赦免任约、谢答仁。

南平王萧恪等人又上奏劝萧绎继位，萧绎仍没有答应，但已派人去寻找御玺。侯景逃窜时，曾将御玺交给侍中兼平原太守赵思贤掌管，并叮嘱他说："如果我死了，就把这御玺扔到江里去，不要让御玺再落入他们的手中。"赵思贤唯唯受命。得知侯景被杀，赵思贤慌忙带着御玺潜逃。没想到，从京口渡江时，遇到一群盗贼，赵思贤随手把御玺丢在草丛里。逃到广陵后，赵思贤如实告知郭元建。郭元建于是派人去寻找，果然找到御玺。一转眼，御玺便被献给北齐行台辛术，辛术又献给齐廷。从此，南朝的传国御玺为高氏所有。

齐主高洋派散骑常侍曹文皎南下通好。湘东王萧绎也派散骑常侍柳晖出使。两边正欲重修旧好，不料高洋听取郭元建的意见，竟令司空潘乐出兵，与郭元建一道围攻萧梁的秦郡。行台辛术劝阻说："眼下两边信使往来不绝，还请陛下不要无端动兵。"高洋不听。陈霸先此时正镇守京口，他先是派徐度、杜瑱前去救援，后来又亲自前往秦郡，大获全胜。

王僧辩再一次联合百官奉请萧绎即位，萧绎这才于江陵即位，颁布诏书，追尊生母阮修容为文宣太后，册立皇子萧方矩为皇太子，改名为萧元良，萧方智为晋安王，萧方略为始安王。当时，江陵以东，以长江为界，江北地方都属于北齐；江陵以西，仅至峡口，为梁所有；西蜀一带，有益州刺史武陵王萧纪据守，他不服从湘东王萧绎的命令；岭南由萧勃据守，他表面上臣服于萧绎，暗地里却有自己的打算。因而，萧绎虽然称帝，但权力有限，只不过千里以内，尊他为梁主罢了。

突厥崛起

宣州刺史王琳本是有名的武将，他的姐妹又都入宫成为湘东王萧绎的妃嫔，因而深受萧绎的宠信。王琳向来十分宠爱自己那群江淮盗贼出身的部下，一得到封赏便毫不保留地赏赐给他们，那些部众也乐得替他卖命。平乱以后，王琳越发受宠，他倚仗梁主的宠信，任自己的部众恣意妄为。王僧辩镇不住他们，便秘密向梁绎上奏，恳请诛杀王琳。萧绎只是调任王琳为湘州刺史。王琳担心自己会遭不测，于是让长史陆纳先率部众赶赴湘州，自己则去江陵谢恩。临行时，王琳对部众说："我如果一去不回，你们打算将来干什么？"陆纳等人齐声请死，众人洒泪作别。到了江陵，王琳刚走入大殿，便被卫军拿下，打入狱中论罪。萧绎任命皇子始安王萧方略为湘州刺史，廷尉黄罗汉为长史，令他们与太舟卿张载一同到巴陵，安抚王琳的部众。陆纳以及士卒都哭着抗拒，张载向来暴躁，当即厉声喝阻。才喝令了半句，陆纳便令士卒一拥而上，把他捆起来，把黄罗汉也抓起来，然后令王琳的外甥萧方略回去报告消息。

梁主萧绎又派宦官陈旻前去招抚。陆纳却把张载拉出来，剖腹抽肠，将肠子系在马足上，策马飞奔，等张载咽气后，又将他剖心焚骨，带领众人欢舞。因黄罗汉向来谨慎廉洁，才得以免受惨祸。陆纳随即率兵占据湘州。

梁主萧绎又任命宜丰侯萧循为湘州刺史，而后令王僧辩督师征讨陆纳。萧循来到巴陵，整装以待，忽然收到一封陆纳的请降书，萧循微笑着说："这分明是他在要诈，今晚他们必定要来偷袭！"随即部署部将，令他们分头埋伏，自己则独坐胡床，大开垒门等候。半夜时分，陆纳果然用轻舟带着兵士飞驰而来，远远地望见垒门大开，里面端坐着一个人，一动也不动。陆纳不禁惊诧，便令兵上鼓噪前进。即将逼到垒门，那里面的人依旧端坐如故。陆纳怀疑是个草人，正想戳刺试探。不料，两旁突然跃出伏兵，大刀阔斧，奋勇杀来。陆纳料知中计，慌忙号令部众撤退，下舟南逃，退保长沙。王僧辩赶来与萧循会合，一同进逼长沙城。然而一个多月过去了，王僧辩军仍然没能拿下长沙城。梁主萧绎便释放王琳，让他去劝降。王琳一回去，陆纳和部众全跪拜在城上，哭着说："如果朝廷肯赦免大人的罪刑，让你回来，我们愿意立即投降，听凭朝廷的处罚。"王僧辩不答应，仍将王琳送回江陵。

恰逢武陵王萧纪自西蜀发兵入侵江陵，信州刺史陆法和屯兵峡口，与萧纪军相持，并派人向江陵求援。梁主萧绎想要调长沙兵马前去援助，只好赦免王琳的罪刑，任命他为湘州刺史。王琳再次回到长沙，陆纳等人立即投降，湘州平定。梁主萧绎当即调王琳抗拒蜀军。

武陵王萧纪为什么要为难江陵呢？原来，萧纪是梁武帝的第八个儿子，从小就很得宠。大同三年，奉父命出任益州刺史。萧纪曾因道路遥远不肯去，梁武帝因益州是唯一一个可以避祸的地方，非要他去不可。

萧纪于是哭着与父亲作别赴任。侯景入都，萧纪曾得到朝廷的密诏，晋封他为侍中，让他入京护卫。于是，萧纪让世子萧圆照率领三万人马接受湘东王萧绎的调度，讨伐侯景。不料，萧绎却让萧圆照屯兵白帝城，不准他东下。等到梁武帝饿死，萧绎又立即劝阻打算亲自出马的萧纪，同时囚禁正担任西阳太守的萧圆正。萧圆正是萧纪的二儿子。荆州、益州两地自此结仇。萧纪颇有武略，据守蜀地十七年，南开宁州、越巂，西通资陵、吐谷浑，对内劝农桑，对外通商贾，财用丰饶，器甲殷积。由于与江陵有嫌隙，萧纪便听取长史刘孝胜的意见在蜀中称帝，改元天正，与萧栋同一年号。司马王僧略、参军徐怦对他称帝有异议，萧纪随即将二人处死。

梁主萧绎承圣二年，萧纪令益州刺史萧㧑留守成都，随即亲自率军东下。大军行进到西陵，被陆法和修建的七胜城阻挡在峡口。梁主萧绎接到陆法和的求救信很是忧惧，忙向西魏求援。西魏大丞相宇文泰当即对群臣说："攻打蜀地，制服萧梁，在此一举。"各部将都觉得不可行，唯独宇文泰的外甥大将军尉迟回坚持可行，并献策说："蜀地与中原隔绝了一百多年，他们自恃险远，不担心外来入侵，如果我们用铁骑兼程进兵，径直袭取成都，蜀地也就不攻自破了。"宇文泰于是借口援助萧梁，令尉迟回出散关，率军潜入蜀地，径直奔往成都。萧纪正一心东下，突然接到成都的急报，忙派梁州刺史谯淹回去支援。不料谯淹又被尉迟回击败。败报传到西陵，萧纪想率全军返回成都。但在世子萧圆照及益州长史刘孝胜的极力谏阻下，萧纪只好舍西图东，令将军侯睿率七千名士兵遍筑营垒，与陆法和相拒。梁主萧绎任命任约为晋安王司马，令他率兵援助陆法和；又任命谢答仁为步兵校尉，派到西陵；同时，致信萧纪，劝他回蜀地。萧纪不依，但仍以家人的礼仪答复萧绎。

萧纪满心期望旗开得胜，直指江陵，无奈屡战屡败，士兵逐渐疲弊，军饷也逐渐匮乏。同时，成都又在西魏军的围困下频繁告急，萧纪只好派度支尚书乐奉业去江陵求和。不料乐奉业反而对梁主说："蜀军粮草急缺，士卒也伤亡殆尽，胜败马上就能知晓。"梁主萧绎于是拒绝和议。随着战争的艰苦，战事的持久，萧纪的部下多半思归心切。偏偏萧纪对待属下又十分吝啬，因而军心越发涣散。那些坚固的营垒，渐渐一座座地被萧绎军击破。到最后，萧纪的部将死的死，降的降，萧纪因归路被截断，身死敌手，他的几个儿子都被擒获，死在狱中。刘孝胜也被逮入监狱，后来被释放了。

此时，西蜀已被西魏军夺去。尉迟回维持贸易，令百姓恢复生产，毫不吝惜地将奴仆及钱财赏给将士。西魏主任命尉迟回为益州刺史，自剑阁以南，都归他管辖。尉迟回赏罚分明，恩威并施，抚慰州民，招抚异族，华夷甘心归服，从此西蜀版图归入西魏。

梁主萧绎杀掉弟弟萧纪，想将都城迁到建康，在群臣的竭力劝阻下，他才打消迁都的念头，仍安居江陵。随即令王僧辩镇守建康，陈霸先镇守京口。后来，北齐将军郭元建在合肥整治军队，想袭击建康，结果梁南豫州刺史侯瑱率兵迎击，大败齐军于东关。北齐这才安分了些时候。

当时，齐主高洋已趁妹妹中山王妃不备，毒死了已被降为中山王的故主元善见，以及元善见的两个儿子。随即追赐元善见为魏孝静皇帝，将他和他的两个儿子葬在邺城西边；又将正处于悲伤中的王妃转嫁给杨愔。妹妹一改嫁，高洋又派人挖掘中山王的坟墓，把故主元善见的棺材丢入漳水，并焚毁所有元魏神主。彭城公元韶曾娶孝武皇后高氏为王妃，因而得到高洋的宠信。开府仪同三司美阳公元晖业德高望重，他曾跑到宫门外大骂元韶说："你还不如汉朝的老妇人，竟将御玺捧给齐主，为什么当时不把御玺击碎？我知道说这话，只有死路一条，但我倒要看看你还能嚣张多久！"齐主听说这些话，当即召入元晖业，将他杀死。元韶文弱得好像一个妇人，齐主不仅令他剃胡须，施粉黛，穿上妇人的衣服，跟在自己身后，还曾对亲信说："彭城公成为我的妃嫔了！"元韶也不以为耻，得过且过。

齐主高洋又亲征突厥，救援柔然。自从柔然与高氏联姻，往来通好，连年无事。高洋篡夺帝位后，柔然主头兵可汗派使者前去祝贺，高洋也派使者答谢。不料，自西域而来的突厥逐渐成为柔然的祸患。相传，突厥是平凉血统混杂的胡人的一个派系，姓阿史那氏。先前集成一个部落，后来被邻部攻灭，只剩下一个断脚断手的十岁小孩儿，被丢弃在草泽中。有母狼衔肉喂养，这个小孩才保住一条性命。小孩儿长大后，竟与母狼交合，俨然一对夫妇。邻部的酋长派兵杀死了这孩子，怀有身孕的母狼逃到高昌国西北，藏匿在深岩中。后来，母狼生下十个男婴。这十个男婴长大后，离开岩穴，掠来人类的女子做妻子。十户人家一代代地繁衍生息，竟衍化出五百户人家，聚居金山南面，服属柔然，世代为铁匠。金山的形状像一个头盔，番民俗称头盔为突厥，因此住在金山的五百户人家号为突厥。传到大叶护时，突厥逐渐强盛。不久，出了一个叫伊利的人，他强悍过人，招募壮丁攻打铁勒部，降服五万多户人家，自称为土门可汗，并派人向柔然求婚。头兵可汗不答应，并且讥笑他们为锻奴，派人斥责他们。伊利怒斩来使，率部众攻打柔然，一举围住柔然的营帐。头兵可汗屡战屡败，愤懑自杀，他的儿子庵罗辰和他的堂弟登注俟利杀出重围，投奔北齐。伊利也得胜回国，柔然余众拥立登注俟利的二儿子登注铁伐为柔然主。登注铁伐被契丹杀死后，北齐主高洋护送登注俟利回柔然即位。不久，登注俟利过世，众人又推立登注的儿子登注库提为柔然主。

当时，突厥由伊利的弟弟木杆俟斤承袭兄长的王位。木杆俟斤状貌奇异，脸有一尺多宽，棕褐色的皮肤，眼睛就像琉璃，性情刚暴多智，锐意拓地。不久，他再次起兵攻打柔然。柔然酋长登注库提哪是他的对手？只得带着族人投奔北齐。北齐主高洋督军北巡，接收柔然的部众，废黜登注库提，改立庵罗辰为可汗，令他率部众居住马邑川。当下，齐主亲自抵御突厥，突厥主木杆俟斤听说北齐天子亲自出马，连忙惶恐地致信请降。北齐主高洋也是能休兵便休兵，令他每年按时朝贡。

第二年为北齐天保五年，齐主高洋又亲自出击山胡，大破番众，斩杀所有超过十三岁的男子，并将妇女及幼弱当作奖赏，犒劳军士。地势险绝的石楼山终于被攻克，远近的胡人自此再也不敢抗命了。北齐主高洋得志以后，逐渐暴虐起来。有位都督在战场上受到重创，高洋看无法医好他，干脆令人挖取他的五脏，令九人食用，并吃光他的骨肉。此后，高洋便将人看作牲畜，剖割烹炙，几乎成为常事。

自宇文泰入朝处理朝政以后，他的权势日益隆盛，西魏主元宝炬于是将大权拱手相让。宇文泰用苏绰为度支尚书。苏绰尽心尽力地辅佐朝政，以国家为己任，推荐贤才，选拔能人。他每次与公卿谈论政事，总是从白天操劳到晚上。而且事无巨细，了如指掌，因此积劳成疾，最后病逝。宇文泰悲痛欲绝，苏绰的灵柩归葬时，他亲自送出城，酹酒为奠道："你知我心，我知你意，正要一同平定天下，你怎么能舍我而去呢？"说到这里，放声大哭，酒杯坠落到地上，他都没有察觉。直到灵柩走远，宇文泰才怏怏退回。

不久，宇文泰又仿效古时寓兵于农的方法，创设府兵，掌握兵权。元宝炬懂得明哲保身，在位十七年，病故于乾安殿，享年四十五岁。太子元钦即位后，尊父亲为文皇帝，母亲乙弗氏为文皇后，将父母合葬在永陵。第二年，元钦虽然改元，但没有立年号，又册立宇文泰的女儿宇文氏为皇后。尚书元烈为了夺回属于西魏宗室的权柄，想暗杀宇文泰，结果反而被杀。元钦更是十分怨恨宇文泰，总想拔去眼中钉，几个亲信都劝他慎重，

303

他却不听。后来，宇文泰探知元钦的密谋，当下把他废黜，迁到雍州，改拥元钦的弟弟齐王元廓为帝，并逼元廓恢复拓跋氏的姓氏。

三个月后，宇文泰密派心腹到雍州，毒死故主元钦，史家称元钦为废帝。元钦的皇后宇文氏自愿殉夫，也服毒身亡。

陈霸先得权

宇文泰毒死故帝，改立新主，满朝文武都料知他有心篡位，于是都打起了自己的小算盘。偏偏宇文泰迟迟不肯发作，仍然照常办事。不久，他窥伺东南，特派侍中宇文仁恕打着出使的名号，去窥探萧梁的虚实。宇文仁恕到达江陵，凑巧北齐使者也到了，梁主萧绎对宇文仁恕非常有礼，却不顾及北齐使者。宇文仁恕归国禀报宇文泰，宇文泰笑道："他们肯定对我们有什么要求，所以才这么礼遇你。"不久，萧梁果然派使者前去，并提出按照从前的版图重定疆界。宇文泰问梁使者说："你家主人还想开疆拓土吗？他要能保得住江陵，就该烧香磕头了。"梁使者出言不逊，当即被宇文泰呵斥归国。此后，宇文泰越发急着谋取萧梁。再加上已经向西魏投降的萧詧，屡次请示出师的日期，宇文泰便召来荆州刺史长孙俭，和他商议攻取萧梁的方法。长孙俭振振有词，与宇文泰不谋而合，宇文泰当即令他回荆州筹备粮草，为出师做准备。魏将马伯符曾是萧梁的臣子，一直以来十分眷念故国，他忙派人给梁主萧绎送去一封密函，密函上面写着宇文泰的阴谋。不料，梁主萧绎竟十分怀疑马伯符，将密函搁置不理。

广州刺史萧勃请求入朝，梁主萧绎随即调任萧勃为晋州刺史，另调湘州刺史王琳代任广州刺史。王琳在赴任前私下对江陵主书李膺说："我王琳何德何能，承蒙陛下的宠爱，才有了今天的荣耀，我怎么会不知道感恩呢？如今天下还没有太平，陛下便将我调到岭南，如果江陵有什么不测，我怎么来得及赶回来救援？我也知道陛下的意思，他无非是担心我叛乱，可我哪有什么奢求，怎敢与陛下争夺帝位？所以为陛下着想，不如调任我为雍州刺史，让我镇守武宁。这样一来，我就有机会放部众归乡屯田，为国御侮，君臣同心同德，内外无忧，这不是很好吗？"李膺很佩服王琳的言论，只是一时不敢上奏。王琳谢过梁主，告辞而去。散骑郎瘐季才会观天象，他建议梁主留重臣镇守江陵，以躲避即将到来的祸乱。梁主萧绎也略知天象，但却感叹道："祸福在天，我怎么能避得了呢？"于是没有听取庾季才的建议。

到了暮秋，西魏果然派常山公于谨、中山公宇文护、大将军杨忠等人攻打萧梁，全军共计五万人。长孙俭将他们迎入荆州的幕府，问于谨："大军前往江陵，不知萧绎有什么对策？"于谨说："他如果从汉沔席卷渡江，直据丹阳，实为上策；如果他把百姓转移到内城，退保子城，静待援军，那便是中策；如果他不先转移百姓，只是坚守外城，那只能算下策了。"长孙俭又问道："以公之高见，觉得萧绎会怎么做呢？"于谨讥笑着说："我猜萧绎他绝对选择第三条计策！"长孙俭忙问缘由。于谨自信满满地说："萧绎庸懦无谋，多疑少断，他的部将也没几个有胆识，又都眷恋故土，上下偷安，所以我料定他走最后一条路。"长孙俭听后，不禁十分佩服。于谨等人休息了几天，随即率兵南下。

梁武宁太守宗均慌忙向梁廷告警。梁主萧绎忙与群臣商议对策，领军胡僧祐、太府卿黄罗汉却说："两国刚刚通好，又没发生矛盾，应该不至于兴兵入侵。"侍中王琛也插嘴说："前几天，臣奉命出使西魏，宇文泰还温颜相待，怎么会忽然变卦呢？"萧绎于是令王琛再次出使西魏，打探确切的消息。王琛领命而去。

梁主迷信道教，一天，正在龙光殿召集群臣，演讲老子的道德经。忽然从边疆传来警报，说西魏军已经抵达襄邓，叛王萧詧已率兵与西魏军会合，大军即将杀来，不可不防。梁主萧绎于是暂停讲经，下令戒严。不久，梁主收到王琛的书信，上面说："臣已经到达石梵，边境十分安定，看来之前那些警报都是戏言，不足为凭。"萧绎半信半疑，又到龙光殿讲论老子。文武百官都一身戎装，端坐听讲。过了一晚，又传来边境的警报，萧绎还是不相信。直到警报接连传来，萧绎才令主书李膺赶赴建康，任命王僧辩为大都督，兼任荆州刺史，令陈霸先镇守扬州。王僧辩、陈霸先两人正与北齐冀州刺史段韶在边境交锋，失利还师。一听说江陵危急，王僧辩忙派豫州刺史侯瑱、兖州刺史杜僧明先后率兵赴援。郢州刺史陆法和也从郢州入汉口，即将抵达江陵。梁主萧绎却派使者让陆法和回郢州，说江陵的士兵和援军已经足够御敌了。陆法和只得快快不乐地退回去。

此时，西魏军已渡过汉水，宇文护、杨忠两将奉于谨之命率精骑抢先占据江津，堵截从东路来的建康援军。宇文护又攻克武宁，把太守宗均掳去。梁主得到消息，晚上带着妃嫔登上凤凰阁，仰观天象，皱眉叹气说："恐怕这次是真的要败亡了！"妃嫔们一听，都禁不住哭泣起来。萧绎也跟着掉泪，半夜才回宫就寝。第二天早晨，萧绎出津阳门阅兵。不料，阵阵北风迎面吹来，冷得刺骨，萧绎只得折回宫去。

没几天，西魏军已经逼到城下，并四筑长围，断绝江陵的出路。萧绎屡次巡城，看到敌军的强盛，只能四顾叹息，一筹莫展。有时他随口吟诵诗词，令群臣吟出下句，算是消愁的方法。不久，萧绎又写好一封信，派人去催促王僧辩说："刀已经架在我脖子上了！你却还不来！"这封信刚送出去，便被西魏军截获。王褒、胡僧祐、朱买臣、谢答仁人等人几次出城迎战，结果都是败还。

萧绎忙任命王琳为湘州刺史，令他立即回来救援。王琳忙督军北上，让长史裴政走小路，先去通报江陵。刚走到百里州，裴政便被萧詧的部下截获，萧詧对他说："我是武皇帝的孙子，难道就不能做你的主子吗？如果你按我说的去做，我保证你的子孙都能享受荣华富贵，要不然你就立即受死！"裴政忙点头答应。于是，裴政被捆绑到城下，萧詧让他对城上的守兵说王僧辩已经称帝，王琳军孤弱，无法入援之类的话。裴政一面允诺，一面对守兵说："援救都城的大军即将到来，你们再坚持一些日子。我奉命前来通报，不幸被敌军擒获，我愿意殒身报国！"萧詧听后大怒，当即就要下令将他斩首。西中郎参军蔡大业忙上前谏阻说："此人杀不得，杀了他，百姓就会对我们失望，我们就不好拿下江陵了。"萧詧随即释放裴政。

当时，抵制敌军的主将胡僧祐中箭身亡，江陵内外大骇，朱买臣按剑对梁主说："现在只有斩杀宗懔、黄罗汉等人以谢天下！"梁主萧绎叹道："上次移都之事不怪他们，是我不愿意移都，宗、黄二人有什么罪？"这话一传下，众人都愤恨不已，等到西魏军合力攻城，竟有人偷开西门，放敌兵进城。萧绎忙与太子萧元良以及王褒、朱买臣等人退保子城。各将苦战一天，最后相继散去。萧绎进入东阁竹殿，令舍人高善宝焚毁十四万卷古今书册，并想跳进火中自焚。遭到亲信的拦阻后，萧绎用宝剑砍着柱子，边砍边感叹："治理国家的文武之道，今晚被毁得一干二净了！"

当下，萧绎派人出城投递请降书。于谨要求让太子做人质，王褒便奉萧绎之命，将太子萧元良送入西魏军营。于谨听说王褒的书法很好，便给他纸笔，让他写几个字。王褒执笔写道："柱国常山公家奴王褒。"于谨令萧绎出城投降。萧绎一身素装，乘着白马驰出东门，抽剑拍击门扉，感叹道："萧绎，你也有今天！"西魏兵见萧绎出城，当即上前牵住

306

他的坐骑，把他带入军营。刚进入营帐，西魏兵便强迫萧绎向于谨下拜，萧詧也在一旁辱骂。萧绎无可奈何，只得忍气吞声，任凭他人摆布。萧詧将萧绎囚禁起来，于谨又派人逼他写书信，让他召回王僧辩。萧绎不肯写，西魏使者说："写与不写都由不得你。"萧绎回答说："既然由不得我，那王僧辩也不用听我的差遣！"有人问萧绎为什么要焚书。萧绎凄然回答道："正是因为读书万卷，我才有今天，所以我一把火，把它们烧得干干净净。"于谨正犹豫怎么处置萧绎，萧詧却坚持杀了萧绎，并派尚书傅准监刑。命人将沙袋压在萧绎身上，并坐上去把他活活压死，然后草草埋在津阳门外。随后太子萧元良以及始安王萧方略、桂阳王萧大成等人也都被杀死。

梁主萧绎在位三年，享年四十七岁。他生平好学能文，生前所著的辞章，多半流传后世；只是秉性残忍，不懂得宽仁，将兄弟子侄视为陌路，稍与人不合，便想赶尽杀绝，以图快意。最后众叛亲离，连一副棺材都没有。

萧绎一死，萧詧的部将尹德毅便劝萧詧说："魏虏贪婪残暴，任意杀掠，还诬陷王爷，说是由你主使这场杀戮。眼下，江东人民都视你为仇敌，还有谁肯为王爷效命呢？还请王爷设计歼灭于谨等人，不留一个活口，然后招抚江陵百姓，招降王僧辩、陈霸先等战将。这样一来，不出一个月，梁朝全境必定臣服于王爷，西魏也会畏惧王爷。请王爷果断行事！"萧詧沉默半晌才说："你说得不错，但是西魏待我不薄，我怎么能恩将仇报呢？况且突然谋变，我担心失去民心。"尹德毅叹息而出。西魏拥立萧詧为梁主，却只给他荆州以及周围三百里的地方。雍州被西魏占去。宇文泰又添置防兵，据守西城，借口协助萧詧，实际上对他加以监制，并令前仪同三司王悦镇守江陵。于谨将府库珍宝以及宋浑天仪、梁铜晷表等南朝遗传的宝物全部掠走；将王公大臣以下的小官吏以及数万名百姓编制成奴婢，带回长安；将老弱残疾全部杀死，仅留存三百多户人家。萧詧送走魏军，回城四顾，已是寂寞荒凉，惨不忍睹，不由得长叹道："真后悔没有听取尹德毅的建议呀！"

第二年正月，萧詧称帝，改元大定，追尊昭明太子为昭明皇帝，庙号高宗，太子妃蔡氏为昭德皇后，生母龚氏为皇太后，册立妻子王氏为皇后，儿子萧岿为太子。刑赏制度大多照旧，只是仍向西魏称臣。萧詧任命参军蔡大宝为侍中，王操为五兵尚书。蔡大宝足智多谋，通晓政事，萧詧视他为诸葛孔明，对他委以重任。王操的才能仅次于蔡大宝，也竭

307

诚辅政。在君臣同心同德地努力下，荆州开始初具规模，成为一个小朝廷，史家称为后梁。

当时，齐主高洋听说西魏军围攻江陵，曾派清河王元岳攻打西魏的安陆，遥救萧梁。元岳到了义阳，探悉江陵沦陷，随即进军临江。郢州刺史陆法和向北齐投降。北齐随即拥立贞阳侯萧渊明为梁王，令上党王高涣率兵护送萧渊明回建康。

而此时，王僧辩已与陈霸先拥立萧绎的第九个儿子，十三岁的晋安王萧方智为梁主，即皇帝位。王僧辩为太尉，录尚书事，兼任骠骑大将军，都督内外军事。陈霸先为司空，加封镇西大将军。小皇帝追尊皇父萧绎为孝元皇帝，庙号世祖。

一切刚稳定下来，北齐尚书邢子才突然送来一封齐主的文书，王僧辩十分惊疑，邢子才又取出一封信交给他。这封信出自萧渊明之手，要求王僧辩派兵出城迎接他。王僧辩踌躇好久，才对邢子才说："新主刚刚即位，一时间不宜再更换皇帝，还请大人代为通报，谢谢齐主的好意。"邢子才再三劝导，王僧辩仍旧不依。

齐主高洋怎么肯罢休？当即令高涣继续前进。高涣与萧渊明抵达东关，又派人送信给王僧辩。王僧辩急忙派兵抵御，结果大败而归。惊惧交加的王僧辩只好不顾陈霸先的反对，迎立萧渊明为梁主，并恳请萧渊明允准册立晋安王为太子。萧渊明自然允准。

第二天，萧渊明即位，改元天成，封晋安王萧方智为皇太子，任命王僧辩为大司马，陈霸先为侍中。齐军看萧渊明即位，当即北归。萧渊明又上奏齐主，恳请高洋将郢州还给萧梁。齐主见梁已经称藩，便令据守郢州的齐兵归国，并放回之前被俘虏的萧梁居民。萧渊明忙上奏拜谢。哪知没过多久，京口发难，侥幸窃位的萧渊明坐不住这凤阁鸾台，于是新旧交替，那十三岁的小天子再次即位。

先前，陈霸先与王僧辩联合灭掉侯景，两人患难与共，所以感情很好。王僧辩又为儿子王颁聘娶陈霸先的女儿。一双儿女正要成婚，不料王僧辩的母亲过世，两家只好将婚礼延期。王颁的兄长王顗屡次劝说父亲不要亲信陈霸先，王僧辩始终不以为然。在迎立萧渊明为帝一事上，陈霸先因劝不过王僧辩而有些埋怨，并对属下感叹道："武帝众多的子孙中，只有孝元帝萧绎能复仇雪耻，而元帝的儿子有什么罪，凭什么遭到废黜？况且我与僧辩一同为元帝效命，僧辩却因胡房而改立萧渊明为帝，也不知道他是什么意思？为了申明大义，我也顾不得私情了。"于是密谋袭击建康。碰巧王僧辩的记室江旰来到京口，说齐军即将入侵，请他做好迎战准备。陈霸先随即留下江旰，亲自率兵袭击王僧辩，令部将徐度、侯安都率水军趋往石头城，令侄儿著作郎陈昙朗据守京口。

陈霸先军突然来袭，石头城南门的守兵措手不及，纷纷逃散。王僧辩听说陈霸先军杀来，忙上前迎战，不到几个回合，便被杀退，登上南门楼。陈霸先麾众围攻，急得王僧辩仓皇失措，只好婉转求情。没想到，陈霸先毫不留情，反而令部众搬集薪材，准备纵火。王僧辩没有办法，忙带着儿子下楼，束手就擒。陈霸先当即怒问王僧辩说："我犯了什么罪，你竟想借助齐兵讨伐我？齐兵来伐，却为什么不加防备？"王僧辩朗声回答说："我委托你看顾北门，怎能说没有防备？"陈霸先不做声，竟将王僧辩父子绞死在狱中。

前青州刺史程灵洗率部众赶来援救王僧辩，结果大败而退。陈霸先允诺给他兰陵太守的官职，程灵洗才投降。陈霸先随即传檄内外，细数王僧辩的罪状，并且严惩王僧辩的儿子和兄弟。萧渊明听说王僧辩被杀，自知帝位难保，便甘愿退位。陈霸先于是迎奉晋安王萧方智即位，颁诏大赦，改元绍泰。内外文武百官都受到封赏，再次即位的小皇帝任命萧渊明为司徒，建安郡公；陈霸先为尚书令，都督内外军事，兼任扬、徐二州刺史。

梁军大捷

吴兴太守杜龛是王僧辩的女婿，他听说岳父遇害，当即据城抵制陈霸先。王僧辩的弟弟吴郡太守王僧智也响应杜龛，王僧辩的心腹义兴太守韦载也反抗陈霸先。陈霸先当即让侄儿陈蒨回长城故里，筹备军事，防御杜龛。没过多久，杜龛便令部将杜泰率领五千名精兵偷袭陈蒨，想杀他个措手不及。不料，一个多月后，杜泰却败在陈蒨数百人的小队伍面前，只能无功而返。这一时期，陈霸先令周文育攻打义兴，却遭到义兴太守韦载的顽固抵御，陈霸先当即亲自督兵接应周文育，令高州刺史侯安都、石州刺史杜棱留守京都。

谯、秦二州的徐嗣徽有个堂弟名叫徐嗣先，是王僧辩的外甥。王僧辩被杀，徐嗣先便怂恿徐嗣徽投靠北齐。等到陈霸先东攻义兴的消息传来，徐嗣徽秘密联络南豫州刺史任约，乘虚袭击建康，潜入石头城。

陈霸先到了义兴，督兵猛扑，韦载招架不住，只好投降。陈霸先好言劝慰韦载，将他收归旗下，还特意任命韦载的族人韦翙为义兴太守，然后率兵返回建康。令周文育率兵援救长城，又派宁远将军裴忌率轻骑袭取吴郡。裴忌半夜抵达城下，鼓噪登城。王僧智从梦中惊醒，以为大军杀来，忙从后门逃跑，轻舟逃往吴兴。裴忌随即入据吴郡，奉陈霸先之命担任太守。

陈霸先正想急攻石头城，突然听说齐兵带着粮草、牲畜前来援救徐嗣徽，并且援军已到达湖墅。陈霸先有些忧虑，忙向韦载问计。韦载回答说："眼下应立即在淮南筑城，保护东方粮道，再分兵断绝敌军粮草的输运，不出十天，北齐将领的头颅就在我们手上了。"陈霸先依计行事，果然扭转了局势。齐兵在仓门水南岸设立两道木栅，与梁军相拒。侯安都袭击秦郡，俘获数百人，并将徐嗣徽家的琵琶和鹰交给徐嗣徽说："昨天，我去老弟的住处得到这些东西，但是打仗不需要这些东西，所以我特意派人给你送回来。"徐嗣徽大惊，急忙向齐营求援。北齐淮州刺史柳达摩过河列阵，陈霸先督兵猛攻，纵火焚烧木栅，齐兵大败，损失惨重。徐嗣徽与任约率领齐兵，屯驻江宁浦口，结果被侯安都军打败。徐嗣徽慌忙逃走，柳达摩不肯撤退，仍留守石头城。后来因城中的饮水困难，柳达摩不得不向陈霸先提出和议，并要求让陈霸先的世子做人质。陈霸先因建康危急，粮草运输不便，只得点头同意议和。柳达摩这才率兵归国。徐嗣徽、任约投奔北齐。齐主高洋听说柳达摩擅自与萧梁许和，并且损失不少粮械马匹，当即斥责柳达摩，将他处死，又令仪同三司萧轨调集大军南下。

那时，陈蒨、周文育已在杜泰的帮助下率领梁军杀入城中，将醉酒的吴兴太守杜龛一刀了结。杜龛的妻子王氏已在梁军入城时，剪去一头青丝，做尼姑去了。王僧智与弟弟王僧愔及时从后门出逃，投奔北齐。吴兴刚平定，陈蒨忙又和周文育赶到会稽，除掉王僧辩的另一个党羽东扬州刺史张彪。

南方基本被平定，北方的警信却越来越频繁。徐嗣徽、任约仗着有北齐大军撑腰，袭击采石，擒去明州张怀钧。陈霸先急忙派勇士黄丛率兵前去堵截。黄丛仗着一股锐气，迎头痛击，杀死齐兵前队的数百人，惊得齐大都督萧轨的十万大军退到芜湖。萧轨当即致信陈霸先，说是齐军奉北齐主之命来接建安公萧渊明回去，并不是专门来跟南朝争胜的。陈霸先当即准备送萧渊明回去，没想到萧渊明身患重病，没过多久便病死了。齐军等了几天，不见萧渊明回来，于是从芜湖出发，入丹阳，到秣陵。陈霸先急忙令周文育屯驻方山，徐度屯驻马牧，杜稜屯驻大航，抵御齐军。齐军跨淮筑桥，立栅渡兵，从方山直逼倪塘，游骑竟逼到梁京都城下，建康大震。

陈霸先忙召回周文育等人，并亲自督军屯驻白城。周文育率兵赶来，与齐军对垒列阵。一场阵仗，齐兵被擒斩无数。徐嗣徽正侵扰耕坛，却被梁将侯安都截住。侯安都只有十二名骑兵，左冲右突，竟无人敢挡。齐将乞伏无劳单枪匹马迎截侯安都，结果不到三个回合，便被侯安都活捉。徐嗣徽惊骇地带着齐兵退回军营。

在后来的幕府山一战中，齐军全军覆没，陈霸先军活捉徐嗣徽、徐嗣宗兄弟以及齐大都督萧轨。任约、王僧愔两人侥幸逃脱。

梁军凯旋还都，陈霸先把齐帅萧轨麾下的所有将吏全部处斩。建康内外解严。梁主萧方智晋升陈霸先为司徒，封为长城公，并论功赏赐其他将领。陈霸先因侯安都功劳最高，愿意将徐州刺史的职位让给他。梁主萧方智当然照准。不久，又加封陈霸先为丞相，录尚书事，兼任镇卫大将军扬州牧，封为义兴公。踌躇满志的陈霸先渐渐地有了做皇帝的心思。

广州刺史王琳奉命北援江陵，走到长沙便得到元帝殉难的消息，又听说自己的家属也被西魏军掳去。王琳不禁痛哭流涕，随即为元帝发丧，令全军食素，并令部将侯平率水师攻打后梁。没想到，几场胜仗后，侯平竟傲然地拒绝服从王琳的调遣。恼得王琳当即发兵讨伐他，侯平却投靠了江州刺史侯瑱。先前，王琳发兵攻打后梁时，已将手中所有精锐派给了侯平，现在军势越发衰弱，王琳只得向北齐投降。因妻儿被西魏掳走，王琳忙向长安上供，想赎回妻儿。西魏太师宇文泰于是释放他的妻儿，并应他的请求，将元帝及太子萧元良的棺木送到南朝。王琳接回元帝父子的棺木，安葬完毕，便向后梁称臣。从此，王琳一人成为三国的臣仆，这还真是狡兔三窟！

齐主高洋得到齐军惨败的消息，当即斩杀了陈霸先在北齐做人质的儿子陈昙朗。高洋本打算兴兵报复，正碰上宫殿大肆整修，于是他将兴兵一事暂时搁起，一门心思全花在游猎玩乐上。原来高洋自镇压突厥，荡平山胡后，就骄奢起来，整天荒于酒色，肆行淫暴。他不仅召遍京都的娼妓，还将元氏、高氏两族的妇女视为娼妓，恣意奸淫。稍遇到违逆的，他便立即将其处斩。可怜这群妇女为了一条性命，只好不顾羞耻，任他糟蹋！

高澄的妻子元氏被高洋尊为文襄皇后，居住在静德宫。一天，高洋猛然回想起来，说："我大哥曾调戏过我的妻子，今天我该回报他了。"当下，他将元氏移居高阳宅，然后闯入元氏的卧室，用刀相逼。元氏只得屈服。娄太后听说儿子昏狂，便召来高洋，将他杖责一番，并说道："你应该向你父亲和大哥学！"高洋不肯认错，挨了几下，便愤恨地起身出去。不一会儿，他又走回来指着太后说："我应该把你嫁给胡人！"娄太后大怒，从此不再言笑。事后，高洋十分后悔，屡次向娄太后谢罪，娄太后始终不肯正眼看他。高洋自觉无趣，于是饮酒解闷，醉后想起自己的过错，又跑到太后的宫中，匍匐地上，恳请太后原谅自己。娄太后仍然不理睬，高洋不由得恼火起来，一手掀起太后的坐榻，竟将娄太后掀倒在地。侍女忙从旁扶起，发现太后脸上已有伤痕。娄太后站起来二话不说，将高洋撵出宫外。不久，高洋酒醒，更加悔恨，又跑到太后宫中请安。娄太后拒不相见。高洋便让亲信点起火堆，扬言要自焚。太后必竟是个妇人，得知消息后，忙召见高洋，勉强笑着说："你上次因醉酒而无礼，我不怪你。只是以后自己要注意些！"高洋当即召来平秦王高归彦，露出自己的背部，让高归彦杖责自己，并说："不见血的话，我就杀了你！"娄太后亲自扶起高洋，让他不要做傻事。高洋仍是哭着坚持挨了五十板，才穿好衣冠，拜谢太后，呜咽而出。自此，高洋戒酒戒色，安静下来，然而才十天不到，他竟又旧习复发。

高归彦从小失去父母，寄养在清河王高岳家，尝尽寄人篱下的苦头，因此高归彦总想着报复高岳。高岳功高位勋，在城南有一座很奢华的宅第。高归彦便对高洋说："高岳有心篡位，所以才仿造皇宫修建府邸。"高洋因而十分忌惮高岳。高岳向来嗜酒好色，曾召来京都最有名的歌妓薛氏姐妹陪酒。后来薛氏妹入宫，深受高洋宠爱，于是高洋便经常出入薛家。薛氏姐便为父亲求取司徒一职，高洋勃然大怒，训斥道："司徒这么重大的官职，哪是你能求得的？"薛氏姐不服，出言不逊，竟被高洋下令锯死。又因薛氏妹曾陪高岳喝酒，高洋怀疑二人曾通奸，随即召来高岳问话。高岳回答说："臣本想娶她为姜，因嫌她轻薄，就没有娶。臣与她并没有奸情。"高洋不信。等高岳回家，高洋便令高归彦去毒死高岳。高岳不肯喝毒酒，并说自己无罪，高归彦逼迫他说："只要喝了它，你就能保住全家！"高岳只得服毒自尽。高洋将高岳厚葬，却将他的宅第改为庄严寺。薛氏妹仍旧得宠，被册立为嫔御。一天，高洋忽然又想起薛氏妹曾与高岳通奸，郁愤之下，他竟一刀下去，将薛氏妹的首级砍了，藏在怀中，然后去东山游宴。群臣刚入席，高洋突然从怀中拿出薛氏妹的首级，扔在盘子上，群臣大为惊惧。高洋又让侍卫搬来薛氏妹的尸体，将她肢解，并取她的大腿骨做琵琶。琵琶做好后，高洋一边弹一边喝，一边喝一边哭，喃喃自语道："很难再得到如此佳人了。"然后带着尸体，披头散发地哭着走回宫。

高洋平时出宫游玩，喜欢装扮成武夫，兵器不离手。一次，他在路上遇见一个妇人，问道："你说当今的天子怎么样？"妇人随口说："疯疯癫癫的，哪是一个天子的样子？"话还没说完，已被高洋一刀砍成两段。

高洋顺便去岳母家里，李皇后的母亲崔氏忙出门迎接。不料，高洋突然射出一箭，正中崔氏的面颊。崔氏惊慌地询问缘由。高洋却怒喝道："我喝醉酒的时候连太后都不认识，更别说你一个老妇人了！"当下，又用马鞭抽打崔氏，打得崔氏面目青肿，他才离开。一转身，他又跑到五弟彭城王高浟家。见高浟的母亲大尔朱氏风韵犹存，高洋便想寻欢作乐，被拒绝后，他又是一刀劈了大尔朱氏。

高洋还喜欢制造各种长锯、锉锥一类的兵器，并将它们陈列在殿上。每次醉酒，他便用这些兵器残害囚徒，以杀人为乐，连朝中的大臣，都无辜受刑。宰相杨愔深受高洋的宠信，但高洋也将他视为奴隶，经常打得他皮开肉绽。

一天，高洋哭着对群臣说："宇文泰不肯听我的话，怎么办？"都督刘桃枝说："臣愿意率三千兵士，西入关中，把他押到陛下面前。"高洋大喜，当即重赏刘桃枝。侍臣赵道德当即朗声说道："东西两国，势均力敌，我们可以擒获他们，他们也必定能擒获我们。刘桃枝用这种谎话来欺哄陛下，陛下应该杀了他，而不应滥赏！"高洋醒悟道："道德说得是！"于是，他又把给刘桃枝的赏赐给了赵道德。一天，高洋出宫游玩，走到漳水旁，便想跃马驰下陡峭的堤岸，赵道德忙牵住缰绳，极力劝阻。高洋恨他逆旨，拔刀便要刺他。赵道德从容地说："臣不怨恨陛下，臣只会到地下禀报先帝，说陛下淫凶癫狂，不听教训！"高洋默然无语，随即掉转马头，径直回宫。

高洋虽然癫狂暴虐，但朝中有杨愔主持政务，朝臣办事也还算尽心尽力，所以北齐国内安定无事。

南北易主

宇文泰拥立新主后，专权如故，并仿效古制，依周礼改定六官。封自己为太师大冢宰，李弼为太傅大司徒，赵贵为太保大宗伯，独孤信为大司马，于谨为大司寇，侯莫陈崇为大司空，其他官职也都仿效周礼任命。宇文泰曾娶魏孝武帝的妹妹冯翊公主为妻，生有一个儿子，名叫宇文觉。宇文泰被封为安定公时，宇文觉也被封为略阳公。宇文泰的姬妾姚氏，也生有一个儿子，名叫宇文毓，被封为宁都公。宇文毓比宇文觉年长，曾娶大司马独孤信的女儿为妻。宇文泰想立世子，苦于无法抉择，便对各公卿说："我想立嫡子为世子，但怕大司马多心，你们说我该怎么办？"尚书左仆射李远说："从古至今，都是册立嫡子为世子，太师如果担心独孤信有异议，我愿意为太师杀了他！"说着，拔剑挺身而出。宇文泰忙起身拦住他说："你不要这样！"独孤信听说后，忙赶来解释，主张立嫡子为世子。于是，众人都同意李远的建议。散会后，李远向独孤信谢罪说："局势紧迫，不得不出此下策，还请大司马不要怪罪于我！"独孤信也拜谢李远说："今天全靠大人才了结了册立世子的大问题。"随即一笑而散。宇文泰当即册立宇文觉为世子。

西魏主拓跋廓①三年八月，宇文泰北巡渡河，回到牵屯山，忽然患病，而且病势越来越沉重。宇文泰急忙召来侄儿中山公宇文护，对他说："我的儿子都还年幼，但强盛的外寇随时都会进逼，大小国事都靠你来主持了。你不要让我失望！"宇文护连声称是。一行人到了云阳，宇文泰气绝身亡，享年五十二岁，西魏主赐谥号为文。

世子宇文觉嗣位太师大冢宰，承袭安定公的爵位。这年，宇文觉只有十五岁，初次临政，不善谋断，国家大事都由宇文护一人决断。宇文护名位卑微，虽深受宇文泰的托付，但那些有名望的公卿多半不服。多亏大司寇于谨站出来替他说话，才稳住了朝臣。宇文护也努力笼络人心，抚慰文武，整肃纲纪，使朝政有条不紊，满朝文武这才不再有异议。

西魏主拓跋廓又将岐阳田地赐给宇文觉，晋封他为周公。宇文护便想趁宇文觉年幼，诱他篡位，自己好占据大功臣的席位。于是他派人讥

---

① 拓跋廓：被逼又改元氏为拓跋氏。

314

讽西魏主，逼西魏主禅位。西魏主拓跋廓本就没有实权，像傀儡一样，此时，被宇文护这么一逼，当即拱手让出帝位，只求一条生路。第二年正月初，宇文觉即位称天王，朝见百官，国号为周。史家称为北周。周主追尊皇父宇文泰为文王，庙号太祖，皇母元氏为文后；封西魏主拓跋廓为宋公，大司徒李弼为太师，大宗伯赵贵为太傅，大司马独孤信为太保，堂兄中山公宇文护为大司马，兄长宁都公宇文毓为大将军。不久，又封李弼为赵国公，赵贵为楚国公，独孤信为卫国公，于谨为燕国公，侯莫陈崇为梁国公，大司马宇文护为晋国公。

这时，西魏主拓跋廓早已出宫，寄居大司马府。宇文护想斩草除根，索性把拓跋廓毒死，推说是患病暴毙，周主宇文觉追加他为魏恭帝。北魏自道武帝拓跋珪建元以来，传到孝武帝元修入关，共经历九世，有十一位君主，在位共计一百四十九年；东魏一位君主，共计在位十七年，西魏三位君主，在位共计二十三年。

宇文护自恃功高，渐渐专横起来。赵贵、独孤信本就看不惯宇文护，至此见宇文护恣意妄为、揽权不法，便密谋诛杀宇文护。没想到，反被宇文护抢了先，赵贵被杀，独孤信自尽。宇文护一跃成为大冢宰，更加横行霸道。仪同三司齐轨对御正大夫薛善说："按说军国大权应该在天子手中，为什么到现在权柄还在他人的手中呢？"薛善转身就把齐轨的话告诉了宇文护。宇文护当即处死齐轨，任命薛善为中外府司马。北周主宇文觉见宇文护遇事专横，又独断专行，心中也十分愤懑不平。

司会李植、军司马孙恒二人参政已久，因怕宇文护容不下他们，便与贺拔提等人秘密往来，想除掉宇文护。当下，李植、孙恒二人入宫劝北周主宇文觉早些醒悟，早为自己作打算。宇文觉哀叹几声，没有回答，后来被劝说不过，他只得点头应允。随后，宇文觉经常把武士引到后园操练，打算诛灭奸臣。没想到，竟被宇文护察觉，于是李植突然被任命为梁州刺史，孙恒也被任命为潼州刺史，两人相继被调离京城。

宇文觉怀念李植等人，总是想召回他们。宇文护听到风声，当即入宫哭诉说："天下至亲，莫如兄弟，如果连兄弟之间都互相猜忌，那又凭什么去相信一个外人呢？先皇因四海还没有平定，国家随时面临危机，而将辅佐陛下的重任托付给臣，臣不光是为了国家，还因手足情深，所以才那么尽心竭力地辅佐陛下。如果陛下亲自日理万机，能够威震四海，那么臣虽死犹生；但只怕陛下一除掉臣，让那些奸邪之臣得志，到时他们不但会对陛下不利，还有可能倾覆社稷，那臣将以什么面目去见九泉

315

下的先王？臣是陛下的兄弟，做官都已做到宰相的位置上，臣哪还有什么奢求呢？只希望陛下不要被谗言迷惑，疏离骨肉！"听完这些话，宇文觉虽打消召回李植等人的念头，但心里始终很怀疑宇文护。偏偏没过多久，宇文护便在张光洛等人的怂恿下决意谋反，他先是派领军尉迟纲率兵缉捕李植的同谋，又派柱国贺兰祥率兵逼周主退位。在一群雄赳赳的武夫面前，周主宇文觉只得带着姿容秀丽的元皇后出宫，居住旧第。

宇文护当即召集公卿商议，打算将宇文觉贬黜为略阳公，改迎岐州刺史宁都公宇文毓为周主。众臣齐声说："这是大冢宰的家事，一切由大冢宰决定！"宇文护当即将李植的同谋斩首，又召回潼州刺史孙恒、梁州刺史李植两人，杀掉他们以及他们的家眷，只留下两名幼子。

一个多月后，宁都公宇文毓自岐州来到长安。宇文护当即害死略阳公宇文觉，逼元皇后出家做尼姑，然后将宇文毓迎入皇宫。嗣位后，宇文毓大赦天下，在延寿殿接受群臣的朝拜。太师赵国公李弼朝罢回家，不久病逝。周主宇文毓晋封宇文护为太师，授任皇弟宇文邕为柱国，晋封为鲁国公。宇文邕是宇文泰的第四个儿子，自幼便很有器量。宇文泰十分看重这个儿子，他曾对别人说："能完成我志向的，我这个儿子。"这年，年仅十二岁的宇文邕被委以重任，出镇蒲州。

宇文毓的妻子独孤氏被册立为皇后。独孤氏一直想为父亲独孤信报仇，无奈仇人就在眼前，她却杀不了，渐渐地抑郁成病，竟致卧床不起。才当了三个月的皇后，独孤皇后便已香消玉殒，去地下探望父亲了。周主宇文毓虽然悼念亡妻，但也杀不了宇文护，只好蹉跎过去。

铜山西崩，洛钟东应。北周屡次遭遇篡位，南朝也突然生变，步北周后尘。陈霸先成为丞相后，手握重权，已把梁主萧方智视为赘瘤。陈霸先本打算立即篡位，偏巧南方起事，陈霸先不得不派遣部将去征伐，将受禅的事暂时搁到一边。原来，晋州刺史萧勃因王琳回去支援江陵，便迁回始兴。此时，始兴郡已改称东衡州，由欧阳𬱟镇守。不久，朝廷调任欧阳𬱟为郢州刺史，萧勃想方设法招抚欧阳𬱟，这才放他赴任。梁主萧方智即位，晋封萧勃为太尉。萧勃虽然派使者入京朝贺，但仍阳奉阴违。第二年，梁主萧方智改绍泰二年为太平元年，这一年，国家多灾多难，无暇顾及南方。太平二年，陈霸先的野心逐渐暴露出来。萧勃借口讨伐陈霸先，在广州发难，先是派欧阳𬱟做前锋，侄儿萧孜的部将傅泰为副将，又檄令南江州刺史余孝顷率兵会合。

梁廷得到警报，急忙令平西将军周文育调集各军，讨伐萧勃。几场打打杀杀下来，周文育的巧计，再加上萧勃军中几个临阵倒戈的部将，欧阳颜、傅泰被擒，萧勃被杀，萧孜投降，余孝顷逃脱。

周文育奏凯班师，将俘虏带回建康。陈霸先当即释放与自己有旧交的欧阳颜，并因欧阳颜在岭南很有威望，任命他为衡州刺史，让他去招抚岭南。欧阳颜到了岭南，各郡果然都望风归顺，广州很快被平定了。

陈霸先听说余孝顷去投靠王琳，便想拉拢王琳，于是任命他为司空。当得知王琳不肯就职时，陈霸先当即令周文育、侯安都率水兵到武昌，进攻王琳，同时着手篡位的事情。没几天，傀儡梁主萧方智将帝位拱手相让。萧梁自武帝萧衍篡夺萧齐的帝位以来，共传了四代君主，存在了五十六年。

陈霸先在南郊即位，国号陈，改元永定。封梁主萧方智为江阴王，追尊皇父陈文赞为景皇帝，皇母董氏为安皇后；册立前一任夫人钱氏为昭皇后，世子陈克为孝怀太子；册立夫人章氏为皇后。陈霸先年轻的时候曾娶同郡钱仲方的女儿为妻，钱氏去世早，陈霸先又娶章氏为继室。章氏是吴兴人，原先姓钮，过继给章家，便改姓氏为章。

陈霸先的长子陈克早已夭折。他的二儿子陈昌与侄儿陈顼居住江陵时，被西魏掳走，陈霸先封陈昌为衡阳王，陈顼为始兴王。陈霸先其他在京都的侄子，陈蒨封为临川王，陈昙朗封为南康王。陈蒨与陈顼两人是陈霸已故兄长陈道谭的儿子，陈道谭曾在梁朝担任散骑常侍一职。陈昙朗是陈霸先已故弟弟陈休先的儿子，陈休先也曾在梁朝担任骠骑将军一职。兄弟二人都已逝世，陈霸先追封他们为王，让他们的儿子承袭王爵。梁主萧方智被废黜后，最终难逃被斩草除根的厄运，死时年仅十六岁，在位三年。陈霸先追尊他为梁敬帝。

鱼吃人

周文育、侯安都率领一万多名水兵前去攻打王琳。大军来到武昌，武昌守将樊猛早已弃城归附王琳。侯安都正想进兵，不料陈主陈霸先受禅的诏书传到了军营。看完后，侯安都不禁叹息道："如今连出兵的借口都没了，这下我军必败无疑了。"当时，侯安都为西道都督，周文育为南道都督，两员大将坚持己见，互不退让，号令不一，部众也彼此歧视，经常发生争端。大军行进到郢州，与王琳军交锋，大受打击，紧接着又在沌口失利，周文育、侯安都双双被擒。

王琳见到周文育等人，便斥责他们不该助逆，羞得周文育等人低头无语。唯独周铁虎反唇相讥，当下激得王琳将他推出去斩首。周文育、侯安都则被一条长铁链拘系起来，锁在后舱，由宦寺王子晋看管。王琳军前往湓城，经过白水浦时，周文育、侯安都用高官厚禄诱惑王子晋，允诺给他重赏，说得王子晋逐渐心动。当晚，王子晋偷偷释放周文育、侯安都，并用小船将两人送到岸边，跟着他们一起逃亡。熟睡中的王琳哪知道军中出现叛徒，更不知道俘虏已被放走。

陈主陈霸先听说部下全军覆灭，不禁惊慌万分。突然又收到周文育、侯安都的平安信，他当即欣慰地下诏赦免周、侯二人，让他们戴罪立功，并重赏王子晋。

王琳见梁将以及王子晋都不在了，当即懊悔不已，忙把湘州军府移到郢城。又因江州刺史侯瑱回京，王琳特意派樊猛袭击江州。陈主陈霸先本想继续讨伐王琳，但怕西南一带各郡的降将反复无常，便决定先招抚他们，以免作战中途出现变故。于是，侍郎萧乾奉命前往西南，招抚各郡。见西南各郡没有异议，甘心投降，陈主陈霸先当即任命萧乾为建安太守，令他镇抚远近。

此时，王琳到湓城招兵买马，打算讨伐陈霸先，先是笼络北江州刺史鲁悉达，任命他为镇北将军。陈主陈霸先也任命鲁悉达为镇西将军。两边都挖空心思，想把鲁悉达拉到自己这一边。然而鲁悉达狡猾得很，他老实接受所有的赠礼，西不拒王琳，东不却陈霸先，安坐观望，谁也不依。陈主陈霸先让安西将军沈泰袭击鲁悉达，鲁悉达却严兵防守，让对方无隙可乘。王琳想率军东下，也被鲁悉达拦截在中流，无法前进。王琳于是派人向北齐求援，并恳请能让永嘉王萧庄延续萧梁的国脉。萧庄是梁元帝萧绎的孙子。江陵陷没时，七岁的萧庄藏匿在尼姑庵里，后来辗转到建康，再后来成为人质留在北齐。齐主应允王琳的恳请，当即派兵护送萧庄到郢州，并封王琳为萧梁丞相，都督内外诸军，录尚书事。王琳当即迎奉萧庄即皇帝位，改元天启，追尊建安公萧渊明为闵皇帝。王琳以侍中大将军自居，传檄讨伐陈霸先。

陈主陈霸先当即令司空侯瑱、领军将军徐度率水兵做前驱，逆江讨伐王琳。西南衡州刺史周迪听说王琳率兵东下，于是又蠢动起来。为了满足独霸一方、占据南川的野心，周迪忙以护卫建康为借口联络邻近各郡。陈主陈霸先得到消息，急忙派人招抚。周迪于是按兵不动。余孝顷便对王琳说："周迪等人表面上依附金陵，暗中却想伺机发作，如果大军东下，他们必定在我军后方作乱，所以不如先平定南川，再东行。我愿意招集自己的旧部，为将军效命。"王琳当即派部将樊猛、李孝钦、刘广德出兵临川，令余孝顷总督三将威吓周迪。余孝顷先是向周迪征粮，惊得周迪惊慌失措，急忙请和，表示愿意输送粮饷。后来，余孝顷仍然不肯退军，樊猛却不愿意继续进逼，因此两人互有龃龉，以致军心离散。

周迪因余孝顷不肯退兵，忙向邻郡乞援。吴兴太守沈恪、宁州刺史周敷等各郡联合起来援救周迪，擒获刘广德、余孝顷、李孝钦三人。可是樊猛却坐视不理，奔回了湘州。余孝顷被押到建康，陈主将他赦罪释放。只是余孝顷的弟弟余孝劢等人仍死命抗拒，周迪忙向陈霸先求援，陈主便让周文育立即率兵去会合周迪。

就在这次出击中，骁勇善战的周文育被贼性不改的巴山太守熊昙朗倒戈杀害。熊昙朗不仅杀了周文育，还逼令周文育的部将顺从自己，然后进据新淦城，想偷袭周敷。已经得到情报的周敷严阵以待，等熊昙朗一到，便纵兵痛击。周文育的部众也都趁势倒戈，最后逼得熊昙朗走投无路，好不容易杀出来，只剩下一人一骑。奔回巴山后，熊昙朗被村民杀死。

陈主陈霸先还没收到周文育的死讯，特意派侯安都率兵去接应周文育。侯安都将要抵达豫章时，才得知周文育已经遇害，他忙率兵退还。途中，侯安都截获王琳的部将周炅、周南归以及余孝劢的弟弟余孝猷。接连几场胜仗，让侯安都勇气倍增，于是他放胆进攻王琳的前锋常众爱军。常众爱逃入庐山，首级却被庐山人送到侯安都的军营。侯安都当即将常众爱的首级送到建康，然后率兵退回南皖，顺便拜谒在南皖筑城的临川王陈蒨。两人一见面，便攀谈起来。忽然，从建康派来的使者闯进来说："陛下驾崩了，请临川王立即回京。"陈蒨异常惊愕，忙带着侯安都一同回京。都中突然遭遇大丧，内无合适的继承人，外有紧逼的强敌，而在朝中有些分量的老将又大多远征在外，留守京都的中领军杜稜与中书侍郎蔡景历几人入宫商议，打算拥立临川王陈蒨为帝。

陈蒨入居中书省，拒绝继承大统。侯安都便劝他说："现在除了王爷，还有谁有资格继承大统呢？请王爷顾全大局，不要拘泥于小节！"陈蒨含糊答应。侯安都离开中书省，立即召集百官，请章皇后下令，迎立临川王陈蒨为嗣主，百官面面相觑，不敢出言。原来，陈主陈霸先的儿子陈昌被北周掳走，陈主屡次恳请北周放人，虽然北周一直没有答应，但陈主总认为儿子有一天会回来，所以一直没有册立储君，东宫的位子也一直这么空着。陈主临终时昏昏沉沉，几乎说不出话来，竟没有指定继承人，于是百官顾念到章皇后，而有些犹豫不决。侯安都被众人这副踌躇的模样激怒了，当即厉声道："现在四方还没有平定，哪有空去北周迎接衡阳王陈昌？临川王曾为我朝立下汗马功劳，应该继承大统，你们如果有异议，就先跟我的剑发牢骚吧！"说到这里，拔剑出鞘。百官忙齐声赞成。侯安都当即入宫拜谒章皇后，请皇后拿出御玺。章皇后无奈，只好让出御玺，同意陈蒨即位。

临川王陈蒨再三推辞，才来到太极前殿，即皇帝位，颁诏大赦。又追尊大行皇帝陈霸先为武皇帝，庙号高祖，奉章氏为皇太后，册立王妃沈氏为皇后；晋封司空侯瑱为太尉，侯安都为司空，杜稜为领军将军，文武百官也都得以加官晋爵。过了两个月，高祖武皇帝被安葬在万安陵。

齐主高洋一天比一天淫暴，他先是广筑宫殿，接着增造三台，然后又派人修造长城，东西共计三千多里长。当时，大河南北，飞蝗蔽天，伤及庄稼。高洋奇怪地问魏郡丞崔叔瓒说："为什么会有蝗灾呢？"崔叔瓒朗声回答道："《五行志》里面说，动土不是时候，就会有蝗灾。如今陛下外筑长城，内修三台，破坏林地，劳民伤财，所以才会应验书中的话。"高洋不等他说完，便让人狠命殴打他，又把他倒插在厕所里，让他尝尽粪味，才放他回家。崔叔瓒无可奈何，只好自认晦气。

永安王高浚是高洋的三弟。以前，不修边幅的高洋挂着鼻涕与高浚一同去见大哥高澄，高浚当即责备高洋身边的亲信说："你们为什么不替我二哥擦鼻涕？"高洋因此怀恨在心。高浚担任青州刺史期间，政绩颇佳，他听说即位后的高洋酗酒失性，便对亲信说："二哥嗜酒败德，朝臣没有一人敢劝谏，如果由我来当面劝说，你们觉得他会听吗？"这话很快就传入了高洋的耳中，高洋因而更加愤懑。高浚入都后，高洋让他陪自己游东山。席间，高洋脱光衣服，纵酒为乐，高浚当即劝他说："这不是为人君主的作风。"高洋听了，心里很不舒服。随后，高浚又秘密召来杨愔，责备他没有及时规劝君主。杨愔虽然当面道歉，心中却不以为然。又因高洋曾下令，不准大臣与各王来往，杨愔便将高浚的话转奏高洋。高洋顿时大怒道："小人的情性，真令人难以忍受！"当即罢酒回宫。

高浚回到青州后又上奏劝谏，高洋当即召他回京。高浚担心遭遇不测，借口生病，不肯赴京。不久，京都派来使者，硬逼高浚上路。青州当地的吏民深感高浚的恩惠，数千名男女老幼都哭着跑来送他。到了京都，高洋将高浚与上党王高涣关在铁笼里，囚禁在北城地牢中。后来，高洋巡视北城，跑到地牢来探视两个兄弟，要求高浚、高涣唱歌。二人唱得十分悲戚，音颤声嘶，听得高洋不觉感伤起来，当下想释放二人。高洋的九弟长广王高湛向来与高浚不和，忙上前说："陛下怎么能放虎归山呢？"高洋一听这话，不禁默然。高浚当即愤恨地对高湛说："高湛，老天都不会收容你！"高湛在一旁又是笑骂，又是煽风点火。激得高洋当即拔剑戳刺笼中的高浚、高涣，见戳刺不成，他先是放火烧，然后又填埋土石。后来，士卒们挖掘出的尸体没有一块完整的皮肤，遗骸像碳一样焦黑，旁观的人都非常悲痛，高洋却不以为意。

天保十年，彗星出现，太史奏请除旧布新。高洋特意问彭城公元韶："为什么会出现光武中兴？"元韶仓皇地说："因为王莽没有将刘氏斩杀干净。"高洋当即下令，捕杀始平公元世哲等二十五家，拘禁元韶等十九家。被囚禁起来的元韶，数天吃不到一顿饭，他甚至将衣衫也啃噬干净，到最后活活饿死。高洋索性杀尽元氏所有人，将三千具大大小小的尸体抛弃到漳水中。这些尸首随即成为鱼的饵料。百姓捕食鱼时，将鱼腹一剖，里面尽是些人肉屑！百姓于是忌讳吃鱼，好几个月不去网鱼。而元氏的幸存者只有常山王高演的岳父元蛮，因常山王高演是高洋的亲弟弟，元蛮便属于本支近族，所以躲过这一劫。这次惨戮之后，恶贯满盈的高洋突患疾病，喉咙里好像有什么东西卡在那里，吐又吐不出来，咽又咽不下去，连饭也不能吃。拖了两三天，高洋知道自己快不行了，忙将李皇后及常山王高演召到榻前，嘱咐后事。

动荡的北齐

病重的高洋将李皇后召到榻前，握着她的手说："人生必有死，死也没有什么好可惜的！只是我担心儿子还小，怕他不能保全君位。"又转头对高演说，"你要夺权，随你。只是不要杀我儿子。"高演大吃一惊，拜谢而出。高洋又召来尚书令杨愔、大将军平秦王高归彦、侍中燕子献、黄门侍郎郑颐等人，让他们用心辅佐太子。刚交代完，恶贯满盈的高洋便呜呼哀哉了，死时三十一岁。为高洋发丧时，群臣虽都号哭不止，但却是有声无泪，唯独杨愔涕泪滂沱。常山王高演居住在禁中保护灵柩，娄太后想推立他为皇帝。可是杨愔等人却坚持迎奉太子高殷即位，尊皇太后娄氏为太皇太后，皇后李氏为皇太后，晋封常山王高演为太傅，长广王高湛为司徒，平阳王高淹为司空，高阳王高湜为尚书左仆射，河间王高孝琬为司州牧。此外，异姓官员也都各有封赏，并停罢高洋生前营造的工程。齐主高殷追尊父亲高洋为文宣皇帝，庙号显祖，安葬在武宁陵。第二年改元乾明。

高阳王高湜向来喜欢在高洋身边煽风点火，因此很是得宠，太皇太后娄氏很反感他。高洋出殡时，高湜在旁边又是吹笛，又是击鼓。娄氏当即斥责他没有丝毫悼亡的哀思，令人用棍棒痛责，直打得他皮开肉绽，才放他回去。没过多久，高湜也死在家中。

丧事办完，高演便居住东馆，监管朝政。杨愔等人认为高演、高湛二王住在齐主高殷的近旁不妥，便秘密禀告李太后，让高演回自己的府第。高演回府后，便不再过问朝事，中山太守杨休之有事拜见他，他也拒不见客。于是，杨休之对高演的朋友王晞说："从前，周公旦早上看一百篇文章，下午见七十位名士，还担心自己的才智不足，王爷为了避嫌，竟拒绝宾客？"王晞知道他的来意，便笑着回答说："我知道太守的意思了，一定会代你转达，你就放心回去吧！"杨休之离开后，王晞便入内对高演说："现在四海还没有平定，陛下突然接手繁杂的政务，怎么吃得消呢？王爷此时应该待在陛下身边，尽心辅佐。怎么能一回府就闭门谢客，将辅政的重任交由他人来代劳？就算王爷想退处藩位，不过问朝事，但是自古以来功高遭忌，王爷能确保不会发生意外吗？"高演半晌才说："你说我该怎么做呢？"王晞说："周公摄政七年，然后将大权还给武王的儿子成王，所以还请王爷好好想想！"高演反驳道："我怎么敢跟周公比呀？"王晞严肃地说："以王爷今天的地位和声望，想不做周公都难啊！"高演默然不答，王晞随即退了出去。不久，齐主高殷任命王晞为并州长史。王晞与高演诀别，高演嘱咐道："务必谨慎！"王晞会意而去。

此时，朝臣已经逐渐依附高演、高湛二王，杨愔因朝中的爵位泛滥，而大力削罢劣弱官员，结果那些失职官吏也纷纷趋附二王。平秦王高归彦刚开始与杨愔、燕子献站在同一条战线，后来因杨愔没有事先关照他便擅自调遣禁军，总掌禁军的高归彦心生埋怨，于是也转而向二王靠拢。在东宫做事的侍中宋钦道屡次劝高殷说："陛下的两位叔父威权太重，非立即斩除不可！"齐主高殷不答。杨愔等人决意将二王调离京都，让他们出任刺史，于是特意通报李太后，想征求太后的同意。没想到太皇太后娄氏竟听到风声，李愔等人忙变通上次的决定，只是上奏恳请调任高湛为晋阳刺史，任命高演为录尚书事。齐主高殷当即准奏。

诏书下来后，二王立即赴任。高演先去尚书省上任，会见百官。杨愔便打算赴会，侍郎郑颐忙劝他说：“此去凶多吉少，大人还是不要去了。”杨愔感慨道：“我忠心为国，还怕什么？常山王受职，我能不赴会吗？”因而径直赶往尚书省。高演、高湛二王早已设宴相待，勋贵贺拔仁、斛律金都在座，杨愔与燕子献、宋钦道等人陆续入席，高湛起座敬酒，走到杨愔面前，斟好两杯酒，笑着说：“大人是两朝元勋，为国立功，应多敬一杯。”杨愔避座推辞，高湛问道：“大人为什么不端起酒杯呢？”话还没说完，厅后突然冒出数十名强悍的侍卫，如虎似狼地将杨愔、宋钦道等人一一拿住。燕子献刚跑出殿门，便被斛律金的儿子斛律光拽回来捆住。杨愔怒喝道：“你们这些叛逆的王爷想杀忠臣吗？我们为君主着想，削掉藩王的职权，这番忠心为国之举，有什么大罪？”二王没有理会他，只是和众人一起把他们拥入云龙门，高归彦在前带路。禁军见主帅走在队伍前面，便没有上前拦阻，任众人拥进。

高演来到昭阳殿前，击鼓启事。太皇太后娄氏出殿升座，李太后与齐主高殷站在太皇太后的两侧。高演跪下磕头说：“臣与陛下是骨肉至亲，杨愔等人想独掌朝权，故而陷害我们，离间我们与陛下的关系。如果不早点除掉他们，他们一定危害宗社。臣与高湛一同抓获罪人，但不敢擅自裁决，还请太皇太后做主！”当时，殿中有两千多名卫士都披甲待命。曾受高洋厚待的武卫将军娥永乐特意叩刀暗示高殷，想为齐主杀了高演、高湛二王。偏偏齐主口吃，仓促之下，说不出话来。太皇太后娄氏喝令众人后退，娥永乐不肯。娄氏厉声道：“你要不听我的话，我立即让你人头落地！”娥永乐这才哭着退后。娄氏又悲伤地说：“我真是不明白杨愔为什么要这么做？”然后转头看着齐主高殷说：“今天这些逆臣想对我两个儿子动手，只怕明天就该轮到我了。你怎么能纵容他们到这个地步？”高殷还来不及说上一句话，娄氏继续悲愤地说道：“怎么能让我们母子受制于汉族老妇人呢？”李太后慌忙跪下认错，高演仍叩头不止。娄氏又对齐主高殷说：“还不快去安慰你叔父！”高殷张嘴半天，才说了一句：“这些汉人任由叔父处治吧！”高演一听这话，当即起身，传令杀死杨愔等人。朱华门外的高湛一得到命令，便立即将杨愔等人斩首。接着侍郎郑颐、娥永乐也被捕杀。

杨愔死后，中书令赵彦深代杨愔总掌机务。高演自任大丞相一职，都督内外诸军，录尚书事，镇守晋阳。高湛为太傅，兼任京畿大都督。

高演到了晋阳，奏请调赵郡王高睿为左长史，王晞为司马。王晞随即劝高演顺应天意，趁势即位。高演不答应。中书令赵彦深又亲自前来劝他即位。高演见大多朝臣都有这个意思，便入宫奏明太皇太后。太皇太后娄氏询问侍中赵道德，赵道德回答说："王爷不想效仿周公辅政，而想来个骨肉相争，难道他就不怕后世的言论吗？"太皇太后于是没有答应高演的请求。

不久，高演又密奏太皇太后娄氏，说："眼下人心浮动，时局不利，还请母后早定名位，以安天下。"太皇太后娄氏本就有心推立高演，看过奏章，当即下令废黜齐主高殷为济南王，将他迁到别的地方，令高演继承大统，并格外叮嘱高演，不得伤害济南王。高演接到母亲的诏书，当即允诺，然后在晋阳即位，改元皇建，尊太皇太后娄氏为皇太后，将李太后改称为文宣皇后，迁居昭信宫。紧接着，高演便实施各种政举：封赏功臣，礼遇耆老，奖励敢于直言的人，厚葬过世的官吏，并追封他们名德，同时大力革除天保时的旧弊。只是高演太过仔细，不管大小国事，都会亲自考察一番，由此遭来一些大臣的非议。中书舍人裴泽劝他恢宏度量，不要太过苛求。高演笑着说："现在嫌朕苛刻，只怕以后又说朕疏漏呢！"不久，高演想封王晞为侍郎，王晞苦苦推辞，就是不肯接受。有人觉得王晞做作，王晞感叹道："不是我做作，而是我看过了太多的例子，现在备受恩宠的人，很难保证将来仍受恩宠。我何尝不想做大官？但与其做大官，不如守住自己的本分！"

高演晋封弟弟高湛为右丞相，高淹为太傅，高淑为大司马；册立王妃元氏为皇后，五岁的世子高百年为太子。长广王高湛帮助高演篡位，无非是想当皇太弟，高演也曾口头答应。然而即位后，高演便背弃从前的承诺，竟把一个五岁的小孩儿立为储君。长广王高湛自然无法平心静气、就此罢手。

梁丞相王琳听说陈霸先过世，陈蒨刚即位，国内动荡不安，便料定陈廷现在没有精力顾及边境。于是，王琳任命少府卿孙瑒为郢州刺史，让他留守总部，然后亲率大军奉请梁主萧庄屯驻濡须口，并致信北齐扬州行台慕容俨，请他救应。慕容俨当即率部众出驻临江，遥为声援，王琳随即进逼大雷。陈将侯瑱、侯安都、徐度等调集守兵，严加防御。

安州刺史吴明彻向来以骁勇著称，他率兵夜袭湓城，哪知反被王琳军杀得一败涂地。王琳当即率兵东下，抵达栅口，进逼虎槛州。正要与陈军决一死战，郢州的警报又突然传来，王琳怕军心动摇，只得硬着头皮，率领水兵继续东下，直指建康。结果天不遂人意，一阵急劲的西南风吹过，王琳军在芜湖被陈将侯瑱打败。御史中丞刘仲威听说王琳败北，忙带着永嘉王萧庄逃往北齐，王琳的部将樊猛与兄长樊毅向陈廷投降，孙瑒索性将郢州城献给陈军。王琳好几年的经营，霎时连一寸土地都没有留下。突围后的王琳只得郁愤地赶回湓城，带上妻儿投奔北齐。

当时，齐主高演正在篡位，没工夫去关心别国的事情。然而北周大司马宇文护听说陈军那么威武，感到十分担心，他当即放衡阳王陈昌归国，希望陈昌他们自相残杀。没想到，陈昌反被侯安都巧妙杀死，而陈蒨仍稳坐帝位。

这边陈主陈蒨听信北周使者的话，正派侍中周弘正西行，与北周修好。那边北周派军司马贺若敦和将军独孤盛率兵援救湘州，抵御陈将侯瑱。北周两员大将率兵来援，侯瑱抵挡不住，正打算退归，忽然听说周主宇文毓中毒暴亡，北周另立新主。侯瑱料知北周国内必有变动，乐得继续留在湘州，伺机进取。

周主怎么会中毒呢？原来是宇文护指使人干的。周主宇文毓聪明、机敏，又有见识和谋略，深为宇文护所忌惮。宇文护假意恳请归政，没想到宇文毓当即允准。这下弄假成真，宇文护心里很不舒服，于是起了杀心。他买通负责周主宇文毓膳食的官吏，然后伺机投毒，结果了宇文毓的性命。周主宇文毓临终时对群臣说："朕的儿子年幼，不能执掌朝政。但朕的弟弟鲁公宇文邕宽仁大度，海内共知，还请你们同心辅佐他，他将来必会弘扬我朝！"群臣当即迎奉鲁公宇文邕即皇帝位，追尊宇文毓为明皇帝，庙号世宗。第二年，宇文邕改元保定，晋封宇文护为大宰，都督内外军事。那时，支援郢州的北周将军独孤盛已被陈军打得落荒而逃。巴陵向陈朝廷投降，贺若敦也支持不住，拔军北归，随后湘州也向陈朝廷投降了。巴、湘在成为北周的属地之后，历经几年，又为南朝所有。

周主宇文邕刚刚入承大统，不想再兴兵。再加上陈主派周私正前来修好，宇文邕便决意与陈廷和好，随即放陈主的弟弟始兴王陈顼回国，并派司会上士杜杲和周弘正一同南下通好。当时，陈主陈蒨已册立长子陈伯宗为太子，二儿子陈伯茂为始兴王，改封陈顼为安成王。不久，北周的使者抵达建康，陈主不得不与他们商议，互订和约。杜杲向来擅长词辩，除了索回俘虏外，还要求相当的报酬。陈主陈蒨于是答应将黔中地方以及鲁山郡割让给北周，杜杲这才称谢而去。

325

一母生四帝

齐主高演登上帝位后，也想休养生息，却割舍不下南朝。于是，齐主高演任命王琳为扬州刺史，令他出镇寿阳，窥探南朝。陈主陈蒨想修和，但因仇人在前，一时不便游说，也只得将和议的念头暂时搁下。

齐主高演听信高归彦的谗言，害死济南王高殷，从此噩梦不断，弄得他精神恍惚，胡言乱语。皇建二年冬天，高演出外游猎。突然，一只狡兔向他的坐骑冲了过去，高演忙弯弓搭箭，准备射兔。正准备放箭，那只兔子猛地跳跃起来，高演留神一瞧，发现兔子竟然变成一个披头散发、手执戟戈的夜叉鬼。高演不由得身体颤动，坠落马下。左右慌忙将他扶起，但他的肋骨已经跌断，痛得不可名状。回宫后，高演整天躺在床上呼号不止，但医生都束手无策。娄太后亲自去探病，问及济南王高殷，高演一言不发，接连三问，高演默然以对。娄太后愤恨地说："济南王已经被你杀死了吗？那你可真该死！"随即掉头离去。随后高演的病情越来越重，有时痛到无可奈何的时候，总是神志不清，胡言乱语。一会儿说高洋父子来了，一会儿说杨愔、燕子献也来了，一会儿模糊答辩，一会儿又哀求连连。临终时，高演留下一封遗信给弟弟高湛，让他入承大统，信上最后一句话是："善待我的妻儿，不要效仿我的做法。"当下痛极毕命，年仅二十七岁。

高湛本有心篡位，一纸让他即位的遗诏是高湛做梦都想不到的喜事。但鉴于济南王高殷被害，高湛怕高演耍诈，仍旧先派人打探消息。得知高演真的过世，高湛立即跨上骏马，驰向晋阳。一进城，便看到文武百官俯伏在道旁欢呼万岁。哭灵时，高湛也只不过意思一下，哭了两三声。当下，高湛穿上帝袍，登殿即位，颁诏大赦，改皇建二年为大宁元年。封平秦王高归彦为太傅，平阳王高淹为太宰，尚书令段韶为大司马，丰州刺史娄睿为司空，任命弟弟任城王高湝为尚书左仆射，并州刺史斛律先为尚书右仆射，其他官吏也都得以加官晋级。而后，高湛追尊皇兄高演为孝昭皇帝，称元皇后为孝昭皇后，封前任太子高百年为乐陵王。

第二年正月，高湛册立王妃胡氏为皇后。胡皇后是安定人胡延之的女儿。皇后姿貌平庸，性情却极为淫荡。高湛又是个酒色之徒，二人凑成一对，倍极欢昵。册立皇后的这一天，几任国君的皇后、妃嫔以及内外命妇都来庆贺，珠围翠绕，乐美音谐，不但胡氏非常欣慰，就是齐主高湛也格外欢愉。晚上后宫庆宴，高湛也闯进来劝酒，张开一双醉眼，东张西望。突然发现上座有一位半老佳人，仍旧风姿绰约，秀色可餐，高湛不由得魄荡魂驰。仔细一看，原来是皇嫂李皇后。高湛恨不得立即上前亲近，但顾及到体面，只得暂时忍耐，说了几句劝饮的套话，转身离去。

当晚，高湛敷衍了新皇后一宵。第二天黄昏，高湛竟不带随从，独自一人步入昭信宫。宫女报知李皇后，李皇后也惊疑起来，但迫于礼节，只得起身相迎。高湛入宫坐定，一句话也不说，只是紧紧盯视对面的娇颜。李皇后又惊又羞，忙开口问道："陛下到这里来有何贵干？"高湛笑道："朕因晚上没事干，特地来陪伴皇嫂。"李皇后忙说："陛下刚刚册立正宫，又有很多妃嫔，为什么不找她们叙情，偏偏跑到贱妾这里？"高湛仍是一脸的笑意，说："她们没有皇嫂的娇姿，所以朕偷空跑到这儿来。"李皇后见高湛有意调戏，很是惊慌，忙抽身准备离开。高湛立即起身揽住李皇后的腰，李皇后大为惊骇，劝阻道："陛下身为天子，难道不顾及名义吗？"说着顺手一推，高湛不防备，后退了好几步。恼羞成怒的高湛当即瞪着李皇后说："你如果不依我，我就杀了你儿子！"李皇后一听，急得玉容惨白。宫女们早已识相地退避出去了，李皇后被高湛带入内寝，强行污辱。

此后，高湛经常出入昭信宫。李氏已经失节，也乐得随缘度日。春风几度，暗结珠胎。胡皇后耐不住寂寞，也与面貌清秀的给事和士开勾搭起来，二人竟海誓山盟，愿做一对长久夫妻。

高湛对胡皇后的勾当毫不知情，反而怕胡皇后责备他盗嫂而曲意弥缝。胡皇后乘机替和士开求来一个黄门侍郎的官职。不久，胡皇后生下一个儿子，取名为高纬，被册立为皇太子。平秦王高归彦因恣意妄为而遭到侍中高元海、中丞毕义云、黄门郎高乾和三人的弹劾。高湛随即任命高归彦为冀州刺史，将他调离京城。高元海等人又想弹劾和士开。然而，这时的和士开既深受齐主的宠信，又深得北齐皇后的欢心，地位异常牢固，岂是高元海他们所能摇动得了的？果然高元海等人还没来得及呈上弹劾的奏章，便被和士开抢了先，轻轻几句话，便让齐主疏远了高元海、高乾和。不久，毕义云又花钱买来一个兖州刺史的官职。高归彦因遭到贬黜而十分怨恨齐主，想等高湛前往晋阳时，乘虚攻入京都。偏偏此时娄太后逝世，高湛因要守孝，好几个月都没有出宫，高归彦也只得蹉跎度日，暂缓起事。

娄太后自春季惹上风寒后，病情始终不见好转，竟于初夏病逝，享年六十二岁。娄太后生有六个儿子，两个女儿，孕育每个孩子时都做了奇怪的梦。娄太后怀高澄时，梦见一截龙的躯干；怀高洋时，梦见龙头；怀高演时，梦见龙趴在地上；怀高湛时，梦见龙在海中嬉戏；怀两个女儿时，都梦见月亮掉入怀中；只是怀襄城王高清、博陵王高济时，梦见老鼠窜入自己的衣裙。一个母亲生出四位皇帝，也算是奇事。北齐主追尊娄太后为武明皇后，将她与神武帝高欢合葬。

高归彦屡次派人刺探京都的事情，终于被人察觉。高湛当即派大司马段韶、司空娄睿率兵讨伐高归彦。高归彦登城据守，因部将有异议而杀了他们，没想到竟致军心离散。段韶军乘势攻破城池，斩杀了高归彦全家。

高归彦一死，高湛越发淫暴。皇嫂李氏将要生产时，她的儿子太原王高绍德求见，李氏忙将儿子拒之门外。高绍德见母亲不肯相见，顿时懊丧起来，说："儿臣晓得了，一定是姐姐①肚子大了，所以不见儿臣。"李氏听到儿子这番话，禁不住悔恨交加，竟将刚出生的婴儿丢弃了。高湛听说李氏抛弃了自己的骨肉，顿时怒不可遏，手持佩刀，驰入昭信宫。见到李氏，他便怒斥起来："你敢杀我女儿？那我就杀了你儿子！"说着，就让人把高绍德带来，毒打一番，高绍德受不了疼痛，只好长跪乞求。高湛大怒道："你父亲打我时，你为什么不出言相救，今天你还想活吗？"还没说完，又用力猛击数下，打得高绍德血流满面，晕倒在地，气绝身亡。

李氏见到这样的惨状，哀号不止。高湛更加愤怒，逼宫女扒去李氏的衣服，然后用鞭子抽打。打累了，他便让人把李氏丢在宫外的沟渠里。过了好久，高湛才让人把她捞起来。见李氏污血淋漓，狼藉得不成样子，高湛便对宫女说："她要是死了，你们就不必通报；她要是没死，你们就把她撵到妙胜寺，让她做尼姑去！"说完，径直离开了。宫女都于心不忍，等高湛去远了，她们忙上前抢救。好半天，李氏才稍有动静。宫女等她静养两天，缓过气后，才用牛车把她送入妙胜寺，削发修行去了。

这年青州上奏，报称黄河与济水都变得清明，高湛当即改大宁二年为河清元年。北齐扬州刺史王琳屡次恳请出师南侵，高湛本想发兵，但尚书卢潜一再谏阻，陈主又致信请和，高湛于是派散骑常侍崔赡前往南朝示好，陈主也派使者示好。高湛将王琳调回邺城，另外任命卢潜为扬

---

① 姐姐：北齐的习俗是称母亲为姑姑或姐姐。

州刺史。自此，两朝互通岁礼，江南、江北总算平静了七八年。

陈主陈蒨因与北周、北齐和好，便不再担心北部边疆的安危，于是他派司空南徐州刺史侯安都出征西南。从前，东阳太守留异盘踞西南，野心勃勃。陈武帝陈霸先特意将陈蒨的女儿丰安公主下嫁给留异的儿子留贞臣为妻，并任命留异为南徐州刺史。留异只好隐忍自己的野心，暂不发作。陈蒨嗣位后，又任命留异为缙州刺史，兼任东阳太守。但留异仍有谋反之心，并严防边境。陈朝廷容忍数年，陈蒨这才有空暇出兵讨伐留异，于是令江州刺史周迪、豫章太守周敷、闽州刺史陈宝应一同入朝。周敷先到达京都，被封为安西将军，带着厚赐返回豫章。周迪不肯听命于陈廷，暗中与留异勾结，并发兵偷袭周敷，结果反让周敷好好教训了一顿。陈宝应是留异的女婿，自然宁愿抵制陈主的利诱，也要坚持和岳父站在一起。

陈中庶子虞荔，恳请陈主召自己流寓福建的弟弟虞寄人都。陈宝应爱才，就是不放虞寄走。虞寄无法说服陈宝应投效陈朝廷，便躲在东山寺中，借口生病，杜门谢客。当时，留异已被侯安都打败，与儿子留贞臣投靠了陈宝应。周迪在临川也被陈安右将军吴明彻、豫章太守周敷等人夹攻致败，逃往闽州。陈宝应虽然已经失去两路盟友，但却仗着自己据守之地险僻，仍与陈廷抗衡。虞寄又极力劝说陈宝应，但他还是不听，为了安定民心，又大度地分兵接济周迪。

周迪得到援军，又在东兴岭叫嚣，陈廷的护军章昭达一举将他击败。周迪却又招集部众攻占东兴，并致信已升任南豫州刺史的周敷，说是要和谈。周敷信以为真，带领从骑几人来到周迪军营。没想到，狡诈的周迪当即令部众将周敷杀死，并趁势摧毁了周敷的壁垒。

陈廷一面抚恤周敷，一面派都督程灵洗讨伐周迪，并催促章昭达进攻闽州。章昭达率兵连拔陈宝应设立的水栅。凑巧，陈将余孝顷也奉陈主之命赶来与章昭达会合，两军合力猛攻，陈宝应连战连败。在逃往莆田的路上，陈宝应沮丧地对儿子和兄弟说："我真后悔没有听虞公的话呀！否则我也不会有今天！"

两国争亲家

陈宝应此时再怎么逃，也逃不出被陈军追击的命运。到了莆田，只好和岳父留异以及族人束手就擒，两家人都被送到建康，斩首于市曹。

唯独留异的儿子留贞臣因娶皇帝的女儿为妻，得以幸免。虞寄被送入京城，陈主陈蒨当即召见他，温和地对他说："还好你安然无恙。"虞寄拜谢而出。不久，陈主任命虞寄为衡阳王掌书记。衡阳王是武帝陈霸先的儿子陈昌的爵位，陈昌被侯安都溺毙，陈主讳莫如深，只说是失足溺水，追赐谥号为献。因陈昌没有子嗣，陈主便将七皇子陈伯信过继给他，并任命陈伯信为丹阳尹。这次，因虞寄是个难能可贵的贤达之人，陈主特意派他前去辅佐儿子陈伯信。不久，陈主又晋升虞寄为国子博士。虞寄忙上奏请辞，恳请归隐山林。陈主于是应允他回会稽，并任命他为东扬州别驾。虞寄又借口患病，辞掉官职。这时，虞寄的兄长虞荔已经病故，虞寄便带着灵柩还乡。陈主追封虞荔为侍中，赐谥号为德，并亲自出都门送柩。当时，世人称他们兄弟二人为难兄难弟。陈主陈顼太建十一年，虞寄病故乡里。

留异、陈宝应二人被处斩，而漏网的周迪还在东兴一带作乱。陈都督程灵洗奉命率兵讨伐周迪，周迪逃入山谷，几个月后被诱杀。三个元凶都被歼灭，西南基本肃清。只是后梁主萧詧据守江陵，由北周保护，陈主陈蒨不敢贸然进攻。萧詧因封地狭小，又无法东出发泄，郁郁寡欢，最后病逝。太子萧岿嗣位，追尊父亲为宣帝，庙号中宗，改元大保，这也是残喘仅存，有名无实的梁朝罢了。不久，永嘉王萧庄病死在北齐，萧氏已不能重振了。

陈司空侯安都南征北战，功高位勋，于是骄傲起来，他幕下的文人武将竟多达千人，每次大宴宾客，都是千人同饮。侯安都手下的将帅也经常不遵守法度，一旦朝廷追究起来，侯安都便成为部将的护身符。陈主陈蒨向来办事严明，他听说侯安都庇护罪人，心中有些愤恨。侯安都丝毫没有觉察到，骄横如故。有时侯安都入宫陪陈主喝酒，他也不遵照臣子该有的礼节。酒酣时他甚至以一种轻视傲慢的姿态斜斜坐着，一点也不顾及君主的颜面。一天，侯安都陪陈主在乐游园喝酒，对陈主说："陛下觉得现在和当初做临川王，有什么不同？"言语中透露出一股得意之色，陈主默然无语。在侯安都的一再追问下，陈主才淡淡地说："这虽然出自于天命，但也不埋没你的功劳。"侯安都高兴坏了，当即向陈主借供帐水饰。陈主勉强允诺，心中很是不悦。第二天，侯安都带着妻妾到乐游园，自己坐上御座，令宾客、僚属坐在臣子的席位上，效仿君主宴饮群臣的方式行乐。陈主得知后，更加猜疑侯安都的用心，等侯安都回到京口，他便屡次派台使调查侯安都的部下，缉捕有罪的将领。侯安都这才知道陈主的意思，他也密嘱别驾周弘实串通舍人蔡景历，刺探朝廷的事情。陈主获悉侯安都的小动作后，调任他为江州刺史，诱使他入京拜谢，然后一举将他拿下，逼他自尽。侯安都死后，陈主赦免他的家属，并为他办理丧事。

齐主高湛十分宠信黄门侍郎和士开，将他晋封到侍中一职。和士开也不负厚望，百般谄谀，揣摩迎合，高湛几乎一天都离不了他。和士开还曾笑话高湛说："自古以来，没有不死的帝王，尧、舜、桀、纣都已成为一堆灰土，更何况我们呢？眼下陛下春秋鼎盛，大可以放心地将国事交给大臣，抓紧短暂的人生，及时行乐，何必自取烦恼呢？"高湛大喜，随即委托赵彦深掌管官爵，元文遥掌管财用，唐邕掌管外兵，白建掌管骑兵，冯子琮、胡长粲掌管东宫。从此，高湛三四天才上朝一次，就是上朝也只不过是半柱香的工夫。

和士开擅长用槊，胡皇后也十分想学，高湛便令和士开教皇后。胡皇后与和士开暗中偷情好几年，握槊时，两人不仅眉目含情，皇后还故意弄错手势，使得和士开能手把手地教她。高湛高坐饮酒，却没有窥出一丝端倪，反而喜笑颜开，自得其乐。文襄皇帝高澄的长子河南王高孝瑜，看到皇后与和士开两人的亲昵动作，不禁十分愤懑，便对高湛说："皇后是一国之母，怎么能与臣子如此接触呢？"高湛装作没有听见，一言不发，高孝瑜无奈离去。不久，高孝瑜又上奏说："赵郡王高睿的父亲因与小尔朱氏私通而死于非命，陛下不宜太过亲近高睿。"高湛看完奏章，没往心里去。

高睿与和士开自此十分憎恶高孝瑜，他们伺机对高湛说："山东百姓只听说有个河南王，没有听说过陛下。"高湛因高孝瑜是自己亲哥哥的儿子，又与自己同年，不禁有些忌惮。于是，在太子高纬册立斛律光的女儿为太子妃的时候，高湛灌醉高孝瑜，并派亲信娄子彦送高孝瑜回家。当天就传来高孝瑜投河溺毙的消息，高湛当即哀痛地追封高孝瑜为太尉。各王公虽有所怀疑，但都不敢发问。高孝瑜的三弟河间王高孝琬大哭而出，想离开京城。高湛派使者把他追回来，好言劝慰他，仍把他留在京都。

这时，突然传来北周与突厥联合攻打晋阳的消息，高湛惊慌不已，忙亲自率兵赴援。

突厥的伊利可汗击破柔然，可汗阿那瓌自杀，柔然的余众推立阿那瓌的叔父邓叔子为柔然主。邓叔子又被伊利的儿子科罗击败。科罗死后，他的弟弟侯斤即位，称为木杆可汗。侯斤勇略过人，又继续追逐邓叔子，

331

逼得邓叔子投身关中。当时，宇文泰还没有过世，候斤派使者到西魏索要邓叔子，宇文泰不肯给。候斤便西破嚈哒，东逐契丹，北并结骨，威震塞外。东自辽海，西至青海，延袤万里；南自沙漠以北，直至北海以北五、六千里的地方均为候斤所有。候斤实力壮大，又向西魏索要邓叔子，宇文泰不敢不给，当即将邓叔子以及三千多名柔然族人都交给突厥使者。突厥使者将邓叔子等人赶到青门外，屠戮殆尽，只带着邓叔子的首级归国。从此，木杆可汗与北周通好，两国常派使者往来。

宇文觉篡位受禅，两国仍旧交好。宇文邕即位初，北周曾与突厥联合，打算入侵北齐。到了北齐，两国见北齐边境守御十分牢固，便又折了回来。因宇文邕还没有册立皇后，太师宇文护主张周主迎娶木杆可汗的女儿，并派御伯大夫杨荐、左武伯王庆去突厥求婚。就在木杆可汗已经应允，将把女儿嫁给北周时，得到情报的北齐也派人带着厚礼上门求亲。贪财的木杆可汗立即向北周悔婚，并打算把杨荐等北周使者交给北齐使者。杨荐一得到消息，就闯入木杆可汗的帐中骂道："我周太祖宇文泰与可汗结好，曾将数千名投降的柔然部众悉数交给可汗的使者，想借此巩固睦邻之谊。没想到，今天可汗竟想背恩忘义！就算可汗不怕我北周，难道就不怕鬼神吗？"木杆可汗一听"鬼神"二字，不由得打了一个寒战，好久才回答说："你说得是，我决定先与贵国一同平定东寇，再把女儿送到贵国。"随即遣回北齐使者，让杨荐等人放心南归。

北周得到消息后，当即召集公卿商议，决定发兵攻打北齐。周主宇文邕任命杨忠为统帅，令他率领一万名骁骑从北道出发，又令大将军达奚武率三万大军从南道行进，两路大军在晋阳城下会师。骁将杨忠一连拿下北齐二十多座城池，攻破陉岭要隘，兵威大震。突厥木杆可汗又亲自率领十万骑兵赶来会合，两国联军长驱并进。此时，北齐边境的警报往来如织。齐主高湛再沉湎于酒色，也不能不惊起了，他当即亲自督率兵将从邺都急赴晋阳。

齐河清三年十二月，连日大雪，千山一白。北齐主高湛冒雪行进，兼程赶到晋阳，安然入城。入城后，高湛令司空斛律光率三万兵马屯驻平阳，防守南路。斛律光刚率兵离去，北周大将杨忠及突厥可汗一同麾兵直逼城下。高湛登城遥望，见敌兵鱼贯到来，好像潮头涌入一样，没有止息，不觉变色说："这样的敌寇，怎么抵挡得住呢？"说到这里，他匆匆下城，打算带着姬妾向东逃窜。赵郡王高睿、河间王高孝琬连忙上前谏阻，硬是将他留下来。在高孝琬的建议下，高湛把六军的调度权交给高睿，让他统领全军，并让并州刺史段韶执掌军务。

此守彼攻，在一片喊杀声中，三个国家一同过完年。正月初，在高睿、段韶有条不紊地指挥下，北齐军容严整地出城迎战，大破联军。北周将领杨忠逃回关中，突厥的木杆可汗逃到长城以北。北周将领达奚武到达平阳时，还不知道杨忠已败，等得到北齐将领斛律光充满讥嘲意味的书信，他才知道杨忠失败，忙麾兵撤退，途中又被北齐军痛击。

斛律光收兵回晋阳，北齐主高湛一见到他，便抱头大哭。斛律光不知怎么回事，仓促之下，无法劝慰齐主。还是任城王高谐在一旁说道："可能是因为刚击退大敌，陛下喜极生悲。但是也不至于这样啊！"高湛这才停下来，论功行赏，封赵郡王高睿录尚书事，斛律光为司徒。

突然，从邺中传来一封急报，说太师彭城王高浟被盗贼杀害了。高湛大吃一惊，忙仔细询问。使者回答说："一群盗贼冒充诏使闯入高浟王爷的府邸，逼他即位。高王爷不答应，随即遇害。"高湛又惊问道："盗贼已经被捕杀了吗？"使者忙说："已经荡平了，只是满朝文武恳请陛下早日还驾。"高湛随即匆匆启行。回到邺城，他便先去高浟的宅第吊丧，追封高浟太师录尚书的职衔，叮嘱厚葬，然后回宫。不久，高湛封段韶为太师。

过了几个月，邺中白虹贯日、赤星重现。齐主高湛忙命人用一盆水映照出赤星，然后用盖子盖住，想借此破除天象预示的危机。不料，第二天水盆竟无故破裂，高湛十分惊疑。就在这时，博陵人贾德胄呈入一封密函，里面是乐陵王高百年亲笔写的信，里面有几个"敕"字。高湛不禁发怒，当即派人催促高百年入宫。高百年自知难逃一死，将半圆形的佩玉交给王妃斛律氏诀别，这才入宫见高湛。一入宫，高湛便让他写了个"敕"字，发现笔迹与信件上的字迹相符，高湛顿时怒上加怒，喝令侍卫殴打高百年，直打得他血流满地，气息将尽。高百年经受不住，呜咽着求饶说："我愿意做叔父的奴隶。"高湛不答应，竟让人杀了他，并把尸体丢入池中。池水都被染红，高湛才让人把尸体捞起来，葬在后园。十四岁的斛律妃听说高百年惨死，拿着那半块玉佩哀号不止，绝食而亡。死后，玉佩紧攥在斛律妃手中，别人怎么用力，都掰不开她的拳头。斛律光亲自去探视女儿，抚摸女儿的指节，那紧攥的拳头才渐渐松开。

齐主杀死高百年后，宫中又出现流言，一番考证后，追查到顺成宫，得到开府元蛮的书信，信中提及高百年冤死之事。看完信后，齐主勃然大怒。

北周背信兴师

齐主高湛搜查到元蛮的书信，见里面说起高百年冤死的事情，当即动怒，想治元蛮死罪。元蛮急忙贿赂高湛的宠臣，才保住了一条性命。元蛮是高百年母亲元氏的父亲。高百年死后，元氏仍居住顺成宫，不过哀伤于儿子的枉死，徒增一副悲泪罢了。

先前，北周太师宇文护的母亲阎氏及周主的四姑和其他一些亲戚都住在晋阳。宇文泰西入关中时，只让宇文护跟着去。后来，晋阳成为高氏的领土，宇文护的母亲阎氏等人都落入北齐的宫廷。等到宇文护成为北周的将相，已时隔三十多年。宇文护屡次派人去北齐访察，但一直没有得到母亲的音讯。晋阳一役，杨忠败归，宇文护想联合突厥再次大举伐齐。齐主高湛听到风声后，特意派勋州刺史韦孝宽带信给宇文护，告知宇文护他母亲的消息，并说如果北周与北齐和好，就一定送他母亲归国，否则就等着替他母亲收尸。宇文护当即回信说愿意和好，只请放了他母亲。齐主高湛于是先释放周主的四姑，并令人替宇文护的母亲写信，备述宇文护小时候的情形，又将宇文护从前的衣物作为证物，一并带到北周。

宇文护见到四姑，又得到母亲的书信，禁不住号啕大哭，当即取过纸笔，边哭边写，恳请北齐早日释放母亲。齐主高湛收到信后，还不肯放宇文护的母亲回去，又致信宇文护，要求他重重回报。两人一来二去，写了好几封信，高湛才决定释放宇文护的母亲。太师段韶忙劝阻说："北周反复无信，陛下不可轻信。等两国订立和约，再放他母亲回去，这样更稳妥些。"齐主不听，当即派人护送宇文护的母亲阎氏回北周。宇文护正因为北齐不回信而焦虑万分，突然听说母亲已经到了，不禁喜出望外，忙出都门迎接母亲。满朝文武一同贺喜。周主宇文邕也将阎氏迎入皇宫，率领皇亲，向阎氏行家人礼。宇文邕的母亲叱奴氏已被尊为皇太后，现在也与阎氏握手叙欢。宫中一片喜气。

宇文护因母亲回来，非常感激北齐的恩惠，想与北齐缔结和约。偏偏突厥木杆可汗派使者通报北周说，已经调集各部精兵，准备按照约定攻打北齐。宇文护不禁踌躇起来，如果拒绝突厥使者，那就失信于突厥，不如按计划攻打北齐，这样就少了突厥这个强劲的敌人，多出一个盟友。况且母亲已经归家，也没有什么后顾之忧了。这样一想，宇文护当即上奏恳请东征。周主宇文邕于是去太庙祭祀，并亲自为宇文护饯行，嘱令他随机行事。二十万大军随即浩浩荡荡自长安出发。到了潼关，宇文护任命柱国尉迟迥为先锋，令他进逼洛阳，大将军权景宣率山南兵出豫州，又令少师杨㯹出轵关。宇文护军缓缓前进，抵达弘农。宇文护又令雍州牧齐公宇文宪、同州刺史达奚武、泾州总管王雄屯兵邙山，援应先行的三路军队。

杨㯹恃勇轻敌，被北齐太尉娄睿的轻骑杀得落花流水，杨㯹投降。权景宣一路人马十分骁勇，攻克豫州、永州。周主令开府郭彦镇守豫州，谢彻镇守永州。尉迟迥围攻洛阳三个月，毫无战绩。北周统帅宇文护截断河阳的要路，拦截北齐的援兵，然后同尉迟迥军一起攻打洛阳。

齐主高湛忙派兰陵王高长恭、大将军斛律光二人率兵援救洛阳。两人一听说北周人多势盛，不敢贸然前进，而洛阳又派人向齐廷告急，齐主高湛忙召入太师段韶问计。段韶回答说："北周虽然与突厥联盟，准备两面夹攻，但突厥比较狡猾，他们一定会在收到北周的捷报之后才会大举入侵。现在，他们虽然侵犯我国的边境，实际上还不足深虑。眼下北周才是我们的心腹大患，臣愿意奉命南行，与之一决胜负！"高湛欢喜地说："朕也是这么想的。"于是，段韶督率一千名骁骑先从晋阳出发，高湛率卫兵作为后应，也从晋阳启行。出征几天都是阴雾天气，段韶便借着这股阴雾顺河南下，直抵洛阳近郊。北周军还没探查到他们的行踪，段韶却与各将领登上邙山窥察周军的形势。段韶军行进到太和谷，与北周军相遇，段韶当即派人通报高长恭、斛律光两军会师，准备迎战。高长恭与斛律光立即应命，段韶为左军，斛律光为右军，高长恭为中军，全军严阵以待。北周军没有想到北齐兵突然出现在面前，又见他们阵势严整，顿时异常惶恐。段韶朗声对北周军说："我国已经放宇文护的母亲归国了，你们为什么出尔反尔，突然侵犯我国？"北周军自知理亏，却强词夺理说："是上天要我们来的！"段韶当即反驳说："上天向来赏善罚恶，他要你们来这里，肯定是要你们接受惩罚，前来送死的！"

当下，两军交锋，北周军不敌北齐军，被逼到洛阳城下。洛阳城中的守兵一看援军已到，当即出城迎战，接应高长恭军。北周将领尉迟迥无心恋战，撤围逃去；王雄中箭，奔回军营；只剩雍州牧齐公宇文宪及达奚武仍旧坚持抵抗。

傍晚时分，两军各自收军回营。北周牧齐公宇文宪部署兵士，想次日早晨再次出击。没想到，当天晚上王雄因伤势过重死在军营。北周兵

335

士越发恐惧，宇文宪等人无奈，只好传令撤军。权景宣得到洛阳的败报，慌忙丢弃豫州，撤回关中。等齐主高湛抵达洛阳，早已是狼烟净扫，洛水无尘了。高湛很是欣慰，晋封段韶为太宰，斛律光为太尉，兰陵王高长恭为尚书令，其他各将也都按功论赏。因怕突厥入塞，高湛急忙率大军赶回邺都。后来得知突厥撤军，高湛更觉得心安，又恢复了嗜酒好色的本性。

河清四年初夏，齐主高湛采纳散骑常侍祖珽与侍中和士开的意见，禅位给太子高纬。祖珽、和士开两人从此不再担心会出现高湛突然过世，自己失宠的局面了。太子在晋阳宫即位，改元天统，册立斛律光的二女儿斛律氏为皇后。王公大臣随即尊高湛为太上皇帝，遇到军国大事，仍先向他汇报。高湛令胡皇后的妹夫黄门侍郎冯子琮、尚书左丞胡长粲辅佐年轻的国君处理奏章。祖珽被封为秘书监，深受高湛和高纬的宠信。

二十九岁的齐主高湛向来喜欢酒色，这次禅位，他自然乐意将肩头上的重任全部抛却，好好享受一二十年的艳福。然而自从做了太上皇，高湛连年多病，眼看着就要与世长辞。陈主陈蒨也寿数将尽，勉强过了一年，便告病故。

太子陈伯宗即位太极前殿，颁诏大赦天下，追尊皇父为文皇帝，庙号世祖，尊皇太后章氏为太皇太后，皇后沈氏为皇太后，册立太子妃王氏为皇后，皇子陈至泽为太子。封皇叔安成王陈顼为司徒，录尚书事，兼督内外军务。

第二年为光大元年，中书舍人刘师知、仆射刘仲举受遗命辅政，两人常在禁中参决政事。安成王陈顼位隆望重，入居尚书省，为刘师知等人所忌惮。于是，刘师知暗中与尚书左丞王暹商议，想让陈顼出京任职。东宫舍人殷不佞向来浮躁，他参与这次密谋后，立即跑去对陈顼说："宫中传出消息，说眼下国内安定无事，王爷可以迁居东府，处理州府事务。"陈顼一听，当即准备搬出尚书省，记室毛喜忙劝他说："陈氏刚刚坐拥天下没几天，根基还不扎实，国内外危机四伏。太后为陈氏江山着想，特意将王爷召入尚书省，让你辅佐朝政，巩固根基。殷不佞的话必定不是太后的本意，王爷可以立即向太后求证，不要让小人的奸计得逞！"陈顼又询问领军将军吴明彻的意见，吴明彻也赞同毛喜的观点。陈顼于是借口生病，仍居住尚书省，并召来刘师知，留他长谈，暗中却派毛喜试探太后的意思。太后沈氏说："眼下嗣君幼弱，所以我委托刘师知、刘仲举二人处理政务，绝没有别的意思。"毛喜又试探嗣主陈伯宗，陈伯宗也说："这是师知所为，朕一点都不知情。"毛喜急忙回去禀报陈顼。陈顼当即拘住刘师知，然后亲自去后廷谒见两宫，陈诉刘师知的奸诈，并拿出已经写好的诏书，请陈主陈伯宗盖印。当晚，刘师知就被逮入监狱，随后赐死。刘仲举被降为光禄大夫，殷不佞被罢官，王暹被处斩。从此，大小政务都由陈顼经手。后来，刘仲举又与右卫将军韩子高密谋除掉陈顼，结果密谋泄漏，二人一同被处斩。

湘州刺史华皎听说好友韩子高被杀，很是不平，于是派人向北周、后梁乞援。结果北周和后梁的援军都被陈湘州刺史吴明彻等人击败。安成王陈顼随即成为第一大功臣，晋升为太傅，领司徒，加殊礼，可以佩带宝剑上殿，入朝不用跪拜。始兴王陈伯茂恨陈顼专权，因而屡次在朝内中伤陈顼。安成王陈顼索性夺据帝座，胁迫太皇太后章氏出面，召集百官，将陈主陈伯宗贬黜为临海王，始兴王陈伯茂降为温麻侯。

淫后杀贤王

陈始兴王陈伯茂被贬出内城，前往京外时，突然遭遇盗贼的袭击，死在车中。门吏当即上报朝廷，朝廷立即下令缉捕人犯。然而过了好几天，却连一个盗贼的影子都没有捉到，京都的吏民这才知道是陈顼主使。

当时已是光大二年深冬，距来春也就一个多月的时间，朝中的百官都请陈顼登位。陈顼装模作样地谦让，故意拖延。到了第二年元旦，他才登殿即位，接受大臣的朝贺。改元太建，改尊太皇太后为皇太后，皇太后为文皇后，册立王妃柳氏为皇后，世子陈叔宝为太子，二皇子康乐侯陈叔陵为始兴王，三皇子建安侯陈叔英为豫章王，四皇子丰城王陈叔坚为长沙王。第二年，皇太后章氏去世，陈主陈顼追尊章太后为宣太后。刚刚办完太后的丧事，十九岁的临海王陈伯宗又突然暴亡。陈伯宗在位不到两年，史家称他为陈废帝。陈主陈顼下诏抚慰临海王妃，并令人妥善奉养前太子陈至泽。陈至泽年仅四岁，能懂得什么，因此暂时幸免。

陈主陈顼窃位之际，正是齐主高湛嚣张的末期。高湛成为太上皇以后，所有执政的佞臣，如赵彦深、元文遥、和士开等人揽权如故。河间王高孝琬见朝政日益腐败，十分愤慨，每次心里不舒服，他便弯弓射击那些写有奸佞小人名字的草人。和士开等人却禀报太上皇说："高孝琬

337

大逆不道！他把草人当作太上皇，不分昼夜地射击。"高湛此时正担忧自己多病的身体，一听和士开这话，不觉怒起。当时，传唱着这么一首童谣："河南种谷河北生，白杨树上金鸡鸣。"和士开当即指出河南、河北就是河间，"金鸡鸣"三字，隐寓金鸡大赦的意义，说谣言应该是高孝琬散布的，他想借以蛊惑人心。高湛便打算召高孝琬问讯。

碰巧，高孝琬得到一颗会发光的舍利子，他用长矛制成幡旗，安置在舍利子前面。高湛立刻派人搜查，竟搜出数百张长矛做的幡旗。这下，高湛不疑有他，认定高孝琬想谋反，于是喝令武卫将军赫连辅玄鞭打高孝琬。高孝琬连呼叔父饶命，高湛怒斥道："你是什么人？敢称我为叔父？"高孝琬忙说："臣是神武皇帝高欢的嫡孙，文襄皇帝高澄的嫡子，东魏孝静皇帝元善见的外甥，为什么不能称你为叔父？"高湛更加愤怒，竟用巨杖猛击高孝琬的双腿，只听"咔嚓"一声，高考琬双腿的骨头都断了，高孝琬霎时毙命。高湛令人将尸骸拖出去，葬在西山。高孝琬的弟弟安德王高延宗因兄长过世，哭得眼睛都出血了，随即又扎出一个高湛模样的草人，一边鞭打一边发问："你为什么要杀我哥哥？"高湛得知后，派人把高延宗抓来，用鞭子打了他二百下。高延宗僵卧无声，高湛以为他已经咽气，便令人把他拖出去，没想到高延宗竟又苏醒过来，高湛也就不愿再追究下去。

秘书监祖珽想专政，于是他极力陈诉赵彦深、元文遥、和士开三人的罪状，并请好友黄门侍郎刘逖将奏章呈给齐主。结果刘逖不敢转呈，赵彦深等人已有所耳闻，先向高湛检举自己。高湛随即穷诘祖珽，祖珽便揭发赵彦深等人朋党弄权以及和士开卖官鬻爵的事情，高湛当即将祖珽打入监狱。

左仆射徐之才精通医术，每当高湛患病，他便奉命前去诊治，随治随愈。和士开想取代徐之才的位置，便劝说高湛调任徐之才为兖州刺史。而后，和士开果然得到左仆射的职务。十几天后，高湛旧病复发，急忙派人追徐之才回来。然而徐之才还没到，高湛已经病危，临死时他紧握和士开的手说："千万不要辜负我呀！"说完，便闭眼咽气了。第二天，徐之才赶回来，和士开便骗他说太上皇已经病愈，要他返回兖州。

三天后，和士开排除顾虑，下令发丧，追尊高湛为武成皇帝，庙号世祖。高湛在位五年，当了四年太上皇，死时三十二岁。太上皇后胡氏被尊为皇太后。从此，胡氏与和士开更加毫无顾忌，日夕言欢。

太尉赵郡王高睿与侍中元文遥，怕胡太后的妹夫黄门侍郎冯子琮干预朝政，于是与和士开想方设法将冯子琮调离京都，出任郑州刺史。而后，赵郡王高睿又与大司马冯翊王高润、安德王高延宗、司空娄定远、侍中元文遥等几名权贵联合，恳请齐主高纬将和士开调离京城。和士开是皇太后的情夫，只听胡太后一人的话，怎么肯听他人的调遣，自取寂寞呢？齐主高纬昏庸懦弱，当然拗不过胡太后，所以朝臣再怎么恳请，也始终没有得到允准。刚巧胡太后在前殿宴饮权贵，赵郡王高睿挺身而出说："和士开是奸佞小人，他收纳贿赂，扰乱宫廷，臣实在看不下去，所以冒死直言。"胡太后顿时怒喝道："先帝在时，王爷为什么不早点说？现在是不是看我们孤儿寡母好欺负？今天除了喝酒，什么都不要多说！"高睿愤懑之下又说了一通更为尖锐的话，而后将帽冠往地上一扔，拂袖而出。娄定远、元文遥等人也都离席而去。

第二天，高睿又来到云龙门，令元文遥入宫弹劾和士开。元文遥三入三返，始终不见胡太后答应。左丞相段韶让胡太后的兄长度支尚书胡长粲为太后传谕旨说："先帝即将出殡，万事急不得，还请王爷三思而后行！"高睿等人这才散去。胡长粲入宫复命，胡太后欢喜地说："多谢兄长成全我们母子俩！"随后，胡太后与齐主一起召问和士开，和士开回答说："陛下刚刚即位，大臣都觊觎权柄，所以想让臣出京任职，以剪去陛下的羽翼。陛下不如诏告高睿等人，说先帝生前曾觉得可以任用元文遥与和士开两人为州吏，等安葬完先帝，就遣发他们两人。"胡太后和齐主都觉得这个计策不错，当即颁诏任命和士开为兖州刺史，元文遥为西兖州刺史。安葬完先帝后，高睿等人催和士开赴任，胡太后忙找借口，想留住和士开。高睿又入宫苦劝，胡太后于是赐高睿一杯美酒。高睿当即严肃地说："臣是为谈论国家大事而来，不是为了一杯美酒！"说完，径直离去，令娄定远看住宫门，不准和士开再入宫。

和士开却只用几名美女、几件珍宝就轻易收买了娄定远的心，随即入宫拜谒胡太后和齐主高纬。一见到胡太后和齐主，和士开"扑通"一声跪下，然后一把鼻涕一把泪地说了起来："先帝过世，臣羞于不能随先帝一起去死！眼下朝中大臣似乎都有拥戴王爷的意思，臣这么一去，朝中必定会发生翻天覆地的变化。臣深受先帝的恩惠，却只能辜负先帝，真是无颜与先帝相见于地下啊！"说到这里，伏地痛哭。胡太后与齐主高纬也都哭了起来，急忙向和士开问计。和士开当即回答说："现在臣已经入宫，也就没什么好担心的了。陛下只要一纸诏书，就能解决问题。"胡太后忙令和士开起草诏书，任命娄定远为青州刺史，斥责赵郡王高睿不顾臣节。

赵郡王高睿接到诏书，愤懑不已，勉强过了一晚。第二天一大早，高睿便要入宫直谏，妻儿都竭力劝阻他，顿时惹得他勃然大怒："这是攸关社稷的大事，我宁愿去地下见先皇，也不忍心看到小人当政！"说完，拂袖而去。入朝门时，又有人对他说："王爷还是不要进去的好。说不定这一去就不能回来了！"高睿却说："我上不负天，下不负地，死也无恨！"随即入宫力劝胡太后坚持之前的提议。胡太后默不作声，返身入内。高睿惆怅地出宫回府。刚走到永巷，突然一群卫兵围住他，将他拉到华林园勒死。高睿死时年仅三十六岁。他死后，京中接连降下三天大雾，内外吏民都为之喊冤。

和士开恢复原任后，依然出入宫禁，与胡太后长叙幽欢。娄定远见风使舵，立即巴结和士开。和士开倒也不为难他，彼此相安无事。领军高阿那肱是和士开的朋党，又曾在东宫做事，因而深受齐主高纬的恩宠，被提拔为尚书令，并得到淮阴王的王爵。高纬又封养护过自己的女婢陆令萱为郡君。陆氏随即拉拢高纬宠爱的女婢穆舍利，并将她当做靠山。二人惺惺相惜，争先到齐主面前你称我赞，高纬竟封陆令萱为女侍中，穆舍利为弘德夫人。陆令萱的儿子骆提婆与穆舍利称兄道妹，骆提婆因父亲是个罪犯，便趁机改为姓穆。穆舍利随即为穆提婆和陆令萱的弟弟陆悉达谋求高官厚禄。陆氏自此权焰熏天，在朝中作威作福，连和士开、高阿那肱两人都老着脸皮，甘愿做她的义儿。

此时，前秘书监祖珽已被放出地牢，担任海州刺史。虽然他已在狱中变瞎，却仍想触摸权柄，于是他致信陆悉达说："赵彦深颇为阴险，早已野心勃勃想独揽大权，你们姐弟俩怎么会是他的对手呢？为什么不早些用智士，来保全你们自己？"陆悉达立即将意思转告给陆令萱，陆令萱又转告和士开。和士开很欣赏祖珽的胆略，想让他成为自己的朋党，便不计前嫌，与陆令萱一起劝说齐主高纬。齐主高纬也正怀念祖珽，当即决意召回祖珽，让他官复原职。

陇东王胡长仁是胡太后的兄长，他一直对和士开很不满。和士开便暗中在胡太后与齐主面前诋毁胡长仁，想方设法除掉了他。琅玡王高俨是齐主高纬的亲弟弟，自小备受父母的疼爱，他也看不惯和士开与陆令萱的所作所为。和士开因此十分猜忌高俨，天天入宫诬陷他。齐主于是令高俨迁到北宫，革掉他太保的官职，只留下中丞一职。

那些寡廉鲜耻的朝臣见和士开扳倒亲王，更是趋炎附势，争相拜和士开为义父。唯独治书侍御史王子宜看不惯和士开，又听说和士开想将琅玡王调离京城，他连忙赶到北宫对高俨说："王爷之所以被疏离，都是因为和士开在挑拨离间。我刚刚听说和士开又想将你调到京外。王爷怎么能轻易出北宫，与百姓为伍呢？"高俨的亲信开府高舍洛、中常侍刘辟疆也劝他早些为自己打算，不要受人所制。高俨于是私下与太后的妹夫右仆射冯子琮商议，说："我想杀了和士开这个卑鄙小人！"冯子琮此时已与和士开有嫌隙，当即表示赞成，并许诺援助。高俨随即令儿子高子宜上奏弹劾和士开，恳请将和士开逮捕问罪。冯子琮于是将奏章混入一大堆文书里，一起呈给齐主过目。齐主高纬看了几道奏章，便觉得厌烦，对冯子琮说："你看着办吧。朕没有耐心看这些。"冯子琮巴不得听到这句话，他当即令领军库狄伏连逮捕和士开。库狄伏连恳请再上奏一次，向齐主问个明白。冯子琮厉声说："琅玡王的奏章已经被陛下批准，用不着再次上奏！"库狄伏连于是连夜率五十名壮士埋伏在神兽门外，等和士开凌晨入朝经过时，把他抓了起来，送交廷尉，然后通报北宫。高俨大喜过望，当即派心腹冯永洛去斩和士开。

除掉和士开后，高俨的党羽仍不肯罢手，他们逼高俨率三千名军士屯驻千秋门，打算废黜高纬。高纬得到消息后，惶急万分，忙禀报胡太后。胡太后听说和士开被杀，已是悲痛交加，又见高纬前来泣诉，越发觉得愤不可耐，便说："你立即去召斛律光，让他捉拿逆子高俨入宫！"高纬忙又召见斛律光。斛律光听说高俨杀死和士开，当即拍手大笑道："不愧是龙子！一出手便不同凡响！"随即入宫面见齐主。见齐主已经做好出战的准备，斛律光当即恳请高纬亲自出战。一行人来到千秋门外，斛律光朗声呼道："大家来呀！"高俨的党羽向来敬畏斛律光的威名，见到斛律光亲自出马，当即惊散。齐主高纬立马桥上，遥呼高俨的名字，高俨定住不动。斛律光抢步上前，握住高俨的手，笑着说："天子的弟弟杀一个汉人奴隶，有什么好慌张的？"随即将高俨带到齐主面前，代为求情说："琅玡王还是个少年，举动轻率，将来年长些，一定知道悔改，臣愿意为他乞求陛下恕罪！"齐主当即拔出高俨的佩刀，用刀柄照着高俨的脑袋打了几下，便走了。高俨的党羽库狄伏连、王子宜、高舍洛、刘辟疆等人都由高纬亲自射死。他们的尸体先经斩首，再经肢解，最后被暴尸于市曹。胡太后严厉斥责高俨，高俨哭着说："是冯子琮让儿臣这么做的。"胡太后将高俨留在宫中，当即派人杀死了冯子琮。

不久，在祖珽与陆令萱的怂恿下，齐主调任赵彦深为兖州刺史。祖、

341

陆二人接着又设法对付高俨。陆令萱对齐主说："琅玡王高俨聪明英勇，当今无人能比。将来必定不肯屈居于人下，陛下还是早日除掉他才好！"高纬犹豫不决，忙召来祖珽商议。祖珽又引出两个故事，一个是周公杀管蔡，一个是季友杀庆父。高纬随即决定诱杀高俨，他先是骗高俨外出打猎，然后令人勒死他。胡太后得到小儿子的死讯后，哭了一场，这事也就过去了。齐主追赐高俨为楚帝，谥号为恭哀。高俨的王妃李氏被称为楚后，入居宣则宫，遗腹子后来竟被囚禁致死。

小人的花招

胡太后失去和士开，寂寞无聊起来，但她天性淫荡，怎么肯就此歇手？一个偶然的机会，她又与寺院里的和尚勾搭起来。事情被齐主得知后，高纬先杀掉和尚，然后令宦官邓长颙率领众阉把胡太后迁到北宫，将她幽禁起来了。

陆令萱趁这个机会，竟想代做太后，忙与祖珽商量。结果两人相互吹捧，成就了祖珽，晋升为左仆射，陆氏依旧是个女侍中。

祖珽的势力一天比一天强盛，朝野为之侧目。只有太傅咸阳王斛律光每次看到祖珽在朝，便远远地骂道："阴毒小人，不知今天他又要玩什么花招了！"又召集各将领，对他们说："边境消息、兵马处分这些事，从前赵彦深在朝时，经常与我们商议后才做决断。如今盲人入朝执掌机密，却不与我们商议，我担心国家大事终究会被他耽误呀！"各将领都叹息不已。祖珽也知道斛律光恨自己，于是贿赂斛律光的奴仆，想知道斛律光有没有在背后讥讽他，奴仆回答说："王爷每天晚上抱膝闷坐，常常自叹道，盲人入朝，国必危亡。"祖珽听了这话，愤恨不已。陆令萱的儿子开府穆提婆想娶斛律光的女儿为妻，斛律光不肯。齐主想将晋阳田赏给穆提婆，斛律光又谏阻道："这田地自神武帝高欢时代开始，每年都用来种植饲养马匹的草料，以防止外寇的入侵。如果将此田赐给穆提婆，那不是妨碍军务吗？"齐主于是打消了这个念头。穆提婆从此怨恨斛律光，与祖珽一样想伺机除掉斛律光。

斛律光的女儿斛律氏是齐主高纬的皇后，温良贤淑；弟弟斛律羡是幽州刺史兼任尚书令，因善于治兵，被突厥敬称为南可汗；大儿子斛律武都是开府仪同三司，兼任梁、兖二州刺史，并娶高洋的女儿义宁公主为妻。斛律光的父亲斛律金在世时，曾对斛律光说："我虽然没有读过书，但也知道自古以来，没有几户外戚能撑到最后。如果你女儿得宠，不仅她会遭到宫中贵人的嫉恨，我们也会遭到朝中贵人的妒忌；如果你女儿没有得宠，不仅我们，连她也可能遭到天子的憎恶。我们家因忠勤而富贵，绝对不能仗着有个在宫中做皇后的女儿而骄恣。我本不愿意让你的女儿入宫，无奈怎么推辞，先帝都不答应。我真担心以后会发生什么变端！"斛律金年老去世，斛律光谨遵父训，节俭持身，忠诚事主，不好声色，不贪权势，杜绝馈赠，罕见宾客。每当朝廷有事商议，他总是先听取别人的意见，最后一个发言，一旦发言则总是有理有据。有时遇到需要上奏的事，他便请人代为执笔起草，自己在一旁口授，概从朴实。行军之道他也仿效父亲，营舍还没扎好，将士还没有安定下来，他绝不会先进入自己的军帐休息；在营不脱甲胄，临阵身先士卒；士卒犯错，他便用棍杖责罚，绝不会滥杀，因此将士都乐意为他效力。洛阳一役，他被封为右丞相，兼任并州刺史。随后，他屡次与段韶出兵攻打北周，击败北周勋州刺史韦孝宽于汾北。段韶也攻取北周的定阳。但齐主高纬宠任奸佞，恣意玩乐，不愿意用兵，于是召回斛律光、段韶两军。段韶还没回到京都，便病故在军中。段韶是神武皇后娄氏的外甥，跟斛律光一样是个将相之才，有勇有谋，只是比较好色，所以当时世人推崇斛律光甚于段韶。后来，北齐的其他旧臣陆续谢世。斛律光岿然独存，成为北齐的柱石。北周不敢越境生事，斛律光也不曾自夸功绩。

只是北周的勋州刺史韦孝宽被打败后，一直想报复斛律光，于是他特意制造谣言，派奸细把谣言传入邺中。祖珽随即利用谣言煽风点火，对齐主说："斛律氏世代掌管兵权，名声威震关西和突厥。斛律光的女儿是当今的皇后，大儿子又娶公主为妻，很难保证他没有野心。还请陛下早作打算！"齐主半信半疑，犹豫不决。

不久，齐主又接到一封来自丞相府的密函，上面说："斛律光奉诏率兵西归，原本打算逼陛下禅位，但没有成功。听说他家里私藏着大量兵器和铠甲，私蓄数千名奴仆，并且常派使者去斛律武都那里，阴谋往来。还请陛下早日下手，以防不测。"高纬看完密函，对宠臣何洪珍说："我常怀疑斛律光想要谋反，没想到竟真让我猜对了！"说完，便让何洪珍向祖珽问计。祖珽说："这有什么难的！就请陛下赐斛律光一匹骏马，跟他说明天陛下游幸东山，让他乘这匹马同行。斛律光一定会入朝拜谢。那时，只需要两三名壮士，便可捕杀他。"何洪珍回宫禀报齐主，齐主高纬照计施行。斛律光果然中计，单骑入朝拜谢。走到凉风堂，下马步行，突然有人从背后猛扑过来，斛律光几乎被扑倒。稳住重心，回头一看，只见刘桃枝怒目而立，斛律光当即呵斥道："桃枝你怎么能做这种事？我没有对不起国家！"刘桃枝不回答，又招集三名力士，把斛律光扑倒，用弓弦卡住他的脖颈，把他扼死，颈血溅地，历久犹存。

齐主当即下诏，诬陷斛律光谋反，派禁军到斛律光的宅第抓捕斛律光的儿子斛律世雄、斛律恒伽，勒令他们自尽。只有斛律光的小儿子斛律钟因年幼，幸免于难。祖珽派郎官邢祖信收检斛律光的家产。邢祖信报告祖珽说："只搜到十五张弓，一百支箭，七把刀，御赐的两柄槊。"祖珽厉声问道："没有别的东西了吗？"邢祖信朗声道："还有二十束枣杖，听说是用来惩罚犯错的家奴的！"祖珽不觉有些惭愧，低声对邢祖信说："朝廷已经重惩斛律光，你犯不着代他昭雪。"邢祖信慷慨而悲怆地说："我是疼惜国家又少了一员良相呀！"说完便退了出去。旁人怪他太耿直，邢祖信却说："连贤相都死了，我的余生还有什么好可惜的！"

齐主又派使者去梁州杀斛律光的大儿子斛律武都，随后令中领军贺拔伏恩去杀斛律羡。贺拔伏恩抵达幽州，还没入城，门吏便赶去通报斛律羡说："来使一身戎装，马身上有汗水，恐怕要对将军不利，还请将军下令，将他们拒之门外！"斛律羡训斥道："我们怎么能怀疑朝廷派来的使者呢？"随即出城迎接贺拔伏恩。贺拔伏恩宣读完诏书，便令人将斛律羡拿下，就地处决。斛律羡临刑叹息道："女儿是皇后，公主嫁入家，我家富贵到这个地步，这个昏恶的天下怎能容纳得下呀？"随即从容受刑，五个儿子都被杀死。贺拔伏恩回京复命，除了陆令萱母子以及祖珽的奸党，朝野上下没有一个人不为其称冤。

北周将军韦孝宽得到消息，欣喜若狂，庆幸自己的计谋得逞，他急忙报知周主宇文邕。周主也喜出望外，当即颁诏大赦天下，举朝庆贺。满朝文武相互告慰说："斛律氏一死，北齐唾手可得了！"

齐主高纬的皇后斛律氏因相貌平庸，没有得到齐主的恩宠，于是被废黜，迁居别的宫寝。胡太后自愧失德，为了取悦齐主，特意将兄长的女儿召入宫，让她魅惑齐主。齐主高纬是登徒子一类的人物，他一看胡氏美艳，自然被迷住，当即册封胡氏为昭仪。胡氏又是好言相劝，又是委婉责备，没过多久，胡太后便被齐主从北宫请回来，悉心奉养。此时，弘德夫人穆舍利已为齐主生下一个小皇子，名叫高恒，齐主册立他为皇太子。斛律氏被废黜后，按说皇后的位置应该由穆氏替补，偏偏中间又加进一个胡昭仪。经过一番争斗，齐主册立穆氏为右皇后，胡氏为左皇后。穆氏仍旧不满意，又让义母陆令萱想办法。陆令萱因册立皇后一事，已与胡太后结为姐妹，于是她便在胡太后面前诋毁胡皇后，挑拨她们姑侄的感情。胡太后听信谗言，将侄女胡氏赶回家。自此，宫中就只剩一位穆皇后。

周主宇文邕与突厥联合侵犯北齐，结果两次都以失败告终。太师宇文护由弘农退还，与各将领入朝请罪，周主宇文邕将他们全部赦免。第二年春季，北周改保定六年为天和元年，屡次派使者到突厥迎亲。突厥木杆可汗因北齐强盛，便派使者去北齐示好，想将女儿嫁到北齐，并扣留北周的使者。偏巧突厥遭遇将近一个月的暴风雨，大部分番民的帐篷被毁坏。木杆可汗以为是遭到了天谴，忙释放北周使者，将爱女嫁到北周。周主宇文邕亲自出城迎接，入宫后册立阿史那氏为皇后。皇后虽然出自番族，但相貌颇为端庄，宇文邕也优礼相待，二人相处得十分和睦。

不久，宇文护的母亲阎氏病逝，宇文护暂时离职，回家守孝。不到数月，周主又任用他，让他入朝监国。天和五年，周主宇文邕下诏，加赐宇文护殊礼。宇文护自恃功高，久揽政权，大肆屯兵私邸，他的府邸威严程度甚至超过宫阙。他的儿子、僚属又倚仗他的势力在外横行霸道，胡作非为。周主宇文邕对此不加干预，一群王公大臣猜不透北周主的意思，大都屡进屡退，虚与周旋。

天和七年三月初，发生日食，宇文护召问稍伯大夫庾季才说："近日天象怎么样？"庾季才说："还请王爷听后不要生气。近日天象告变，王爷最好将大权归还天子，而后告老还乡，享受天伦之乐。这样，王爷的子子孙孙就能常做藩王，享受你的恩泽。否则后面的变化，就不是我所能知道的了！"宇文护沉吟半天，才轻轻呼出一口气说："我也这么认为，但眼下不是说走就走得了的。要不然，我也不会蹉跎到今天。千万记住，你今天说的这些话，不要告诉别人。"庾季才这才知道宇文护十分介意，当即唯唯而去。随后又致信宇文护，极为诚恳地劝谏他，但宇文护怎么听得进去？然而不待宇文护发作，周主宇文邕已经与朝臣密谋妥当，准备先下手为强。

宇文护出巡同州，回京复命，周主宇文邕当面将他慰劳一番。宇文护恳请拜见叱奴太后，周主当即应允。而就在宇文护拜见叱奴太后的时候，周主瞅准时机，猛击宇文护的头部。宇文护没有防备，被击倒在地。

周主当即向宦官何泉使眼色，何泉拿着御刀手颤不已，一刀下去，却没有砍伤宇文护。这时，埋伏在隔壁的卫公宇文直一跃而入，手起剑落，把宇文护劈成两段。叱奴太后吓得惊慌失措，周主宇文邕忙婉言安抚她，说："宇文护想谋害太后和儿臣，所以儿臣决意诱杀他。"太后听后，没有异议。宇文邕当即召入宫伯长孙览，让他捕杀宇文护的世子宇文训、昌城公宇文深、谭公宇文会、莒公宇文至等人以及宇文护的党羽柱国侯龙恩、膳部下大夫李安等人。

除掉宇文护及其党羽，周主宇文邕当即颁诏，细数宇文护的罪状，赦免罪状较轻的党徒，并改天和七年为建德元年。

给北齐一个教训

周主宇文邕亲政以后，追尊略阳公宇文觉为孝闵皇帝，册立皇子鲁公宇文赟为太子。晋封太傅尉迟迥为太师，柱国窦炽为太傅，大司空李穆为太保，齐公宇文宪为大冢宰，卫公宇文直为大司徒，赵公宇文招为大司空，柱国辛威为大司寇，绥德公陆通为大司马。此外如宇文神举、宇文孝伯及王轨等人都加官晋爵。庾季才也被封为大中大夫。当时老成宿将，如燕公于谨、郑公达奚武、随公杨忠等人都已去世。杨忠的儿子杨坚，曾担任小宫伯一职，宇文护见他相貌非凡，想拉拢他做自己的心腹。杨忠密嘱儿子说："两姑之间难为妇，你最好不要掺和进去。"杨坚谨遵父训，所以宇文护伏法被杀，杨坚没有受到迁连。天和三年，杨忠过世，杨坚袭爵为随公，便是后来篡夺北周皇位的隋文帝。

陈主陈顼即位后，转眼间已两三年。这两三年内，还算没有大事，只是欧阳颁的儿子、广州刺史欧阳纥于太建元年冬造反，叛乱在第二年就被平定。原来，华皎叛变陈廷、投奔北周以后，陈主陈顼的疑心就变得很重，他怀疑欧阳纥也有心谋反，于是任命他为左卫将军，令他回京。欧阳纥不禁惶惧起来，竟举兵造反。陈廷的车骑将军章昭达奉命讨贼，一举荡平叛乱。凯旋时，章昭达又顺道进攻后梁。后梁主萧岿与北周总管陆腾联合抵御，结果仍不敌章昭达。后梁又向北周告急，周主派将军李迁哲前去支援。章昭达遇到强敌，鏖战数次，失利而还。不久，章昭达病逝，陈主因刚刚失去得力大将，担心北周伺机入侵，忙派使者出使北周，北周也派使者出使，两国自此和好。

好不容易过了五年，仲春的时候下了一场雪，晚上有一道白虹自北方贯入北斗紫宫。陈太史占卜星象，说北齐将发生内乱以致灭亡。陈主陈顼雄心勃勃，打算讨伐北齐，公卿大多对此有异议，唯独镇前将军吴明彻赞同陈主的决定。陈主于是任命吴明彻为主帅，裴忌为副将，令他二人统率十万大军讨伐北齐。

吴明彻出秦郡，另派都督黄法氍出历阳。北齐见派去救应历阳的援军被黄法氍击破，忙又派开府尉破胡、长孙洪略与侍郎王琳率兵援救秦州。齐主高纬将西兖州刺史赵彦深召回来，任命他为司空，封为宜阳王，让他参与军机。赵彦深暗中向秘书监源文宗咨询用兵方略，源文宗说："朝廷虽然拥有那么多的精兵，但陛下一定不愿意都分派出去。如果陛下只分派数千人迎战，那么这些人只能充当陈军案板上的鱼肉。尉破胡人品卑劣，我想王爷你也知道，此次出兵必败无疑。眼下最好让王琳统领各军，并招募三四万名淮南士兵，他们和陈军风俗相通，一定熟知陈军的弱点，容易制胜；同时令旧将出屯淮北，这样一来，万无一失。王琳与陈朝廷积怨已久，他肯定不会中途倒戈，我们如果不推诚重用王琳，甚至还派他人制肘，那么一定是自取速亡！"赵彦深叹道："这个计策确实足以制胜，但我力争数天，始终不见陛下采纳。事已至此，我还能说什么呢？"二人因此相顾流泪。源文宗刚被调任为秦陉刺史，此时哭着告辞而去。

果然，北齐军在吕梁大败。尉破胡被陈廷年轻的将领萧摩诃重创，最后逃脱。长孙洪略战死，王琳孤身进入彭城。

吴明彻分兵进攻，连下瓦梁、阳平、庐江等城，黄法氍也攻破历阳，进攻合肥。陈军势如破竹，北齐的城邑大多望风而降，高唐、齐昌、瓜步、胡墅各城陆续划入陈的版图。陈军又攻克潊口、青州、山阳、广陵各城。北齐令尚书左丞陆骞率领两万人马援救齐昌，结果援军被陈西阳太守周炅一番蹂躏，陆骞抱头逃窜。北齐令王琳移守寿阳，与扬州道行台尚书卢潜、刺史王景显一同防守寿阳外城。吴明彻料知刚进入寿阳城的王琳军此时相当疲惫，于是当夜突然发起进攻，果然一举得手，攻入外城。没花多少工夫，陈军又拿下内城。王琳等人被擒获，而后被杀。

北齐将领皮景和原本奉命援助寿阳，但他却在距离寿阳三十里的地方屯兵不进，眼睁睁地看着寿阳沦陷。齐主高纬颇为忧惧，穆提婆、韩长鸾安慰齐主说："寿阳本是南朝的土地，就当物归原主了吧！而且就算我国失去黄河南岸的领土，仍算得上是一个龟兹国。人生苦短，陛下应该及时行乐，何必为那么多事愁烦呢？"齐主于是转忧为喜，酣饮如故。不久，抛兵弃甲的皮景和逃回京都，齐主反而夸赞他全师北归，封他为尚书令。

北齐仆射祖珽先前百般向齐主献媚邀宠，掌握政权后，他却又想罢黜小人，沽名钓誉了。因此他与陆令萱母子逐渐不和，相互攻讦，互有龃龉。祖珽的旧账被翻检出来，齐主当即调任他为北徐州刺史。恰逢陈军下淮阴，攻克朐山，拔取济阴，攻入南徐州，直逼北凉州。祖珽一个盲人督领州军出城迎战，竟然大获全胜。穆提婆因仇恨祖珽，不肯发兵援助，他以为祖珽必定城亡身死，没想到祖珽竟上奏报捷，真是出人意料。但后来，祖珽终究没有被迁调，不久，病死在任上。陈都督吴明彻奏凯班师，陈主陈顼加封他为车骑大将军，任命为豫州刺史。

齐主高纬丧师失地，毫不知愁，反而十分猜忌兰陵王高长恭，并有意加害他。后来，听说高长恭自尽，高纬很是喜慰，但表面上还想掩饰，追封高长恭为太尉。高长恭一死，亲王中又少了一员勇将。齐主却不知这是在自折手臂、自取速亡。

除掉心腹大患后，北齐主高纬一面大肆修筑宫苑，穷极庄严；一面广采妃嫔，天天乐得左拥右抱。穆皇后含酸吃醋，当然要消灭自己的劲敌，然而除掉一个，来了一双，除掉一双，又来四个。齐主高纬封了许多夫人后，恣意取乐，通宵达旦，逐渐疏远穆皇后。穆皇后没有办法，只能与自己宠爱的奴婢冯小怜相对哭泣。

冯小怜聪明伶俐，相貌也很可人，会弹琵琶，能歌善舞，她替穆皇后想出一个计谋，要将自己作为诱饵，离间齐主和诸多宠妃。穆皇后倒也赞成，将冯小怜盛装打扮一番，让她去服侍齐主。齐主高纬见她冰肌玉骨，妖冶妩媚，不由得神魂颠倒，巫山一梦，爱不胜言，从此格外宠爱她。大小筵席，总是与冯小怜同席；外出乘马，他也必与冯小怜同骑。高纬还曾亲自创作一支无愁曲，谱入琵琶，与冯小怜对弹，嘈嘈切切，琵琶声远远地传到宫外。当时，世人都称高纬为无愁天子。高纬深深庆幸得到这位冯美人，随即册立她为淑妃，对她言听计从，并将内外国政都交给陆令萱、穆提婆、韩长鸾、高阿那肱等人处理，眼看着朝中欺上瞒下的风气越演越烈，北齐就要灭亡了。

边打仗边梳妆

齐主高纬一天比一天昏淫，不但穆提婆母子、韩长鸾、高阿那肱几人掌握政权，就是宦官邓长颙、陈德信等人也可以参与机要，其他的内外宠臣也都得到高官厚禄。这一时期，朝廷竟封出一百多名王爷，数千名仪同郡君。大量的封赏，使得府库亏空，因此卖官鬻爵、收受贿赂的风气逐渐盛行，弄得民不聊生，百姓大多行乞。齐主高纬竟也在华林园旁设立一个贫儿村，身穿破烂的衣服，向路人行乞，作为乐事。

消息传入北周，周主宇文邕决定讨伐北齐，随即检阅军队、封王封爵。正打算出师，不巧太后叱奴氏病逝，周主宇文邕只得将讨伐北齐的念头暂时搁在一边，极为孝顺地为太后守丧。

刚办完丧事，京城又遭遇内乱。先前，周主宇文邕崇尚儒学，曾在太学中养老乞言，遵守古礼。随后又禁佛、道二教，毁掉所有经像，逼令僧道还俗，并将寺庙、道观全部改成官署，允许各王爷入住。唯独卫王宇文直挑了一个幽僻、简陋的庙宇，作为居所。齐王宇文宪问宇文直说："弟弟的子女也不少，为孩子着想，应该挑一个宽敞些的宅院才对。怎么挑这么简陋的一处宅舍呀？"宇文直惆怅地说："能找到一个容纳我自己的宅第就不错了，还管什么儿女呢？"宇文宪早就知道他对自己的官爵一直很不满，现在又察觉他对朝廷充满怨愤，因而十分警惕他。

不久，周主宇文邕巡幸云阳宫，令右宫正尉迟运辅佐太子宇文赟，据守京都。卫王宇文直借口身体不适，谢绝与周主同行。等大队人马走远后，宇文直却纠合党羽径直袭击肃章门。正在殿中的尉迟运急忙防堵，与守兵一起击破贼党，擒获宇文直。周主宇文邕得到消息，急忙赶回京都。毕竟宇文直是自己亲弟弟，所以周主不忍心杀他，只是将他贬为平民，幽禁起来。同时，升任尉迟运为大将军，重重地犒赏他一番。宇文直被囚禁后，贼心不改，还想谋反。周主无奈，只得杀了他以及他十个儿子。

内乱平定后，讨伐北齐一事又被提上议程，柱国于翼进谏说："两国相争，互有胜负，只能劳民伤财，不利于国家的长治久安。不如解严，继续与北齐通好，使他们放松对我国的戒备，然后我们再乘机进兵，一举便可平敌。"周主宇文邕犹豫不决，征询内外大臣的意见。勋州刺史韦孝宽呈上奏章，也提出静观其变、伺机进取的观点。

周主于是召来开府仪同三司伊娄谦，从容地问道："朕想用兵，却不知是否能早些发兵？"伊娄谦回答说："听说齐主十分荒淫，以致朝政紊乱，民不聊生。而且北齐的骁将斛律氏也已被当朝的奸人谗害。眼下，我们正好趁他们上下离心之际发起进攻，相信一定能大获全胜。"周主笑道："朕也是这个意思，还是劳烦你以通好为名，借机窥探他们的虚实。"伊娄谦受命而出，周主又让小司寇元卫与他同行。伊娄谦到齐廷后，齐主高纬昏昏聩聩，也不知刺探伊娄谦的意图。只是当朝的权贵对北周的举动略有所闻，因而秘密盘诘伊娄谦等人。不料，北周参军高遵不慎吐露实情，北齐随即扣留伊娄谦等人，不肯放他们回国。周主宇文邕等了许久，都不见伊娄谦回来，便下诏讨伐北齐。令柱国陈王纯、荥阳公司马消难、郑公达奚震，各自领兵做前锋，称为前三军；总管越王宇文盛、赵王宇文招、周昌公侯莫陈琼，各自领兵做后应，称为后三军；总管齐王宇文宪率两万名部众趋往黎阳，随公杨坚、广宁公薛迥率领三万名水兵将士自渭川入黄河，梁公侯莫陈芮率领部众驻守太行道，申公李穆率领三万人马守河阳道，常山公于翼率领两万人马出陈、汝。北周主宇文邕亲自率六万大军自长安出发，经河阳趋往河阴。前汾州刺史杨敷的儿子杨素愿意率领父亲的旧部做先驱，周主称他为壮士，准许他先行。

进入齐境后，周主当即传令军中的将士，禁止伐树践禾，违令者立斩。行进到阴城下，周主亲自督兵攻打，不过几天，便拿下了阴城。齐王宇文宪也攻入武济，围攻洛口，拔取东、西二城，纵火焚船毁桥。然而不久，周主因劳累而病倒，又见湹城、金墉两地不容易拿下，他便按兵不动。当时，北齐的沙场老将多半过世，连司空赵彦深都已逝世，高阿那肱只好硬着头皮前去抗敌。周主听说北齐大军即将到来，当即下令连夜班师。北周齐王宇文宪、于翼、李穆等人听说周主班师，便放弃了一连攻下的三十多座城池，跟着大军回国。北齐右丞相高阿那肱见周军撤退，便下令凯旋回朝，他还以为是自己的威势吓走了北周军，因而越发趾高气扬，睥睨一切。

周主宇文邕回到长安，便令太子宇文赟巡抚西土，顺道讨伐吐谷浑。吐谷浑向来是北魏的番属，但后来北魏分为东魏、西魏，两魏互相征战，吐谷浑王夸吕便自称可汗，居住伏俟城，占据青海西部三千多里的地方。夸吕还仿效北魏朝廷设立官制，但吐谷浑的风俗与突厥相同，都是以畜牧为生。吐谷浑王夸吕还曾率部众入侵西魏边境，结果被西魏和突厥打得跪地求饶。宇文氏篡位建立北周后，夸吕又骚扰北周的边境。周主因夸吕反复无常，令太子西征。没想到，大军刚抵达伏俟城，还没遇见一个敌人，生性爱玩的太子便在亲信和随军大将的劝说下率军东还。周主自然大怒，除了杖责太子宇文赟外，又将太子的亲信罢官除名。等到周主再次东伐，太子宇文赟又将亲信郑译等人召了回来。

　　周主初次讨伐北齐是在北周建德四年秋季。建德五年冬季，即齐主高纬武平七年，北周第二次讨伐北齐。这年，周主宇文邕召集群臣说："朕去年行军，不巧患病，所以不得不中途撤军。但是我军虽然没有重创敌军，却也探察到敌情，北齐行军如同儿戏。眼下又听说北齐朝政越发紊乱，小人当道，民不聊生。此时正是攻取的时候，如果不果断决定，将来一定会后悔。上次出军失利是因为我军没有扼制北齐的咽喉，晋州是高氏的根基所在，向来是军事重镇。我们如果攻打晋州，北齐一定发兵援助，到那时我军严阵以待，一定能制敌获胜。而后乘势杀入，直捣北齐巢穴。这样一来，北齐将就此划入我北周的版图！"朝中的将相仍是面有难色，周主宇文邕勃然大怒，道："机不可失，时不再来，如果有谁敢阻挠出师，朕就以军法处置！"当即令越王宇文盛、杞公宇文亮、随公杨坚分别率领右三军，谯王宇文俭、大将军宝泰、广化公邱崇分别率领左三军，齐王宇文宪、陈王宇文纯率兵做前军，各军陆续出发。太子奉命留守京都，周主宇文邕亲自督率各军趋往晋州。晋州刺史崔景嵩等人突然被北周军猛攻，晋州城中粮草匮乏，只得向北周投降。不久，北周军又一举攻破平阳城。

　　此时，齐主高纬正带着冯淑妃在天池狩猎。从早上开始，晋州及平阳的警报一连三次传达京城，但右丞高阿那肱却说："大家正玩在兴头上，边疆稍有战事，也是常事，何必急着奏报？"到了傍晚，传来平阳失守的消息，齐主高纬大吃一惊，想立即回京。偏偏冯淑妃意犹未尽，要再多玩一会儿。高纬便陪爱妃又玩了好久，才带着猎物回宫。第二天，齐主召集各军，出城迎战，令高阿那肱率前军先行，自己带着冯淑妃随后而来。周主令开府大将军梁士彦镇守晋州，自己则亲自到平阳督战。途中收到北齐军大举来援的消息，周主便返回长安，避开敌锋。各将领急忙谏阻，宇文邕微笑着说："朕自有主张。"当即麾军西还，留下齐王宇文宪断后。

　　齐主听说北周已撤军，急忙派骁将贺兰豹子追击北周军。宇文宪与宇文忻各自率领一百名骁骑，轮流交战，边战边撤。贺兰豹子拼命穷追，宇文宪便将他诱入绝地，一举击毙。而齐主高纬率大军围攻平阳，北周

351

晋州刺史梁士彦带着人马及时入城抵御。北齐军昼夜猛扑，气焰颇盛。可高纬一会儿让爱妃冯氏瞻仰圣人的遗迹，一会儿又照顾爱妃的安危，以致北齐军屡次丧失攻入平阳城的战机，齐兵个个怒气冲天，暗骂冯妃。

周军安全撤退后，周主先是让齐王宇文宪屯兵涑川，遥遥援应平阳。随后，因平阳的战事一天紧过一天，周主忙令宇文宪率领部将先向平阳进发，自己又召集八万大军，直指平阳。北齐军也担心北周军突然杀到，因而在城南穿凿壕沟，依壕自守，得知北周军即将到来，他们忙在壕沟依北列阵，张皇兵势。周主令齐王宇文宪去打探北齐军的阵势，宇文宪回来说："齐兵虽然多，但都缺乏斗志，相信我军今天就能大破敌军！"周主欢喜地说："如果真如你所说，那我就没什么好担心的了。"随即下令进逼北齐军。然而壕沟宽达数丈，北周军没有一人敢尝试逾越，只是一个劲儿地在壕沟以南鼓噪。

从日出到日落，南北两军还没有决战，齐主问高阿那肱说："今天能作战吗？"高阿那肱说："我军虽然人多，但能够上场作战的还不到十万，还是不要作战的好。我们不如退守高梁桥，以逸待劳。"话还没说完，武卫安吐根忽然闪出来说："只要冲过去，刺取一小撮贼人，把他们丢入汾水中也就了事了！"齐主高纬正徬徨不决，军内的参将们又齐声说："他们有天子坐镇，我们也有天子坐镇。他们的天子能大老远赶来，专门督战，为什么我们就要坚守示弱呢？"高纬点头说："说得是！"当即令军士填埋壕沟，准备出击。周主大喜，立即麾动各军，向前进攻。两军刚刚碰面，便杀到一块儿。齐主高纬与冯淑妃并马观战，一看北周军来势凶猛，齐左军似乎难以招架，向后倒退，冯淑妃仓皇变色道："败了！败了！"穆提婆也忙喊道："大家快逃！"齐主高纬来不及辨明情况，竟带着冯淑妃奔往高梁桥去了。

开府奚长急忙上前谏阻，恳请齐主回到军前督战，武卫张常山也追过来，请齐主回去勉励将士。齐主高纬正想勒马返回，穆提婆却拉住他的右肘说："陛下不要轻信。"冯淑妃就又在旁作态，柳眉锁翠，杏靥敛红，一双翦水秋瞳，几乎要垂下泪来。弄得齐主仓皇失措，不由得扬鞭继续撤退。这一鞭下去，北齐军顿时溃败。齐主高纬逃奔到洪洞，刚坐下来休息，冯淑妃便拿出镜子，重施脂粉。突然，又传来北周军追杀过来的消息，高纬立即抱起冯妃上马，向北逃去。

结果刚回到晋阳，便收到北周军进逼的消息，高纬慌得不得了，急忙向群臣问计。群臣都建议守城力战。没想到，北周军步步紧逼，北齐军节节败退。开府贺拔伏恩向北周投降，留守高壁的高阿那肱又被北周军击溃，周军即将杀到眼前。高纬忙令安德王高延宗、广宁王高孝珩募兵守卫晋阳，又打算逃往北朔州，如果晋阳失守，再投奔突厥。高延宗得到消息，一再入宫谏阻。齐主不听，仍派心腹将胡太后及太子高恒送往北朔州，自己则与冯淑妃整顿行装，做好随时逃奔的准备。

过了几天，城外鼓声大震，北周军已杀到晋阳。齐主大惊，忙下诏改元隆化，任命安德王高延宗为相国，兼任并州刺史，并对他说："并州就看你的了，我现在就离开！"高延宗的一腔热泪，仍是留不住高纬与冯淑妃。

北齐灭亡

齐主高纬本想逃往突厥，但见随从一个个离去，他转而趋往邺都。穆提婆本随齐主北行，但见一路上随行官员逐渐离散，便决定投敌求荣，当即偷偷跑回去向北周军投降。周主宇文邕封他为柱国，任命他为宜州刺史。穆提婆随即宣扬周主的威德，奉旨招降北齐的王公大臣。愤怒的齐主当即下令捕杀穆提婆的家属，刁猾阴险的陆令萱自知难逃一死，不等铁链套头，便服毒自尽了。

唐邕在北齐德高望重，与并州将帅推立安德王高延宗为国君。高延宗拗不过众人，只好即位，召集流亡的王公大臣。臣民听说新主登基，颇为踊跃，都不召自来。高延宗每见一位将吏，就拉着对方的手，叫着他的姓名，流涕呜咽，感动得众将吏甘心为他效命。连妇女、老人、小孩都自发组织起来，投砖石以抵御敌人。但此时的并州已危若累卵，怎么经得起北周军狠命一击？

周主督军围攻晋阳，劲骑四合，就像乌云一样。不久，并州被攻破。北周兵将扮成平民的高延宗押到周主面前，宇文邕下马想和高延宗握手，高延宗推辞道："我一个败将哪敢碰皇上！"周主朗声道："两国天子本没有仇怨，我是为解救黎民百姓而来的。你不要害怕，我不会加害于你！"说着将衣冠还给高延宗，并令将士好好款待他。唐邕等人也都向北周军请降，唯独齐昌王莫多娄敬显奔往邺都，齐主高纬任命他为司徒。

353

之前被北齐扣留的北周使者伊娄谦至此被释放，而泄密的高遵也因伊娄谦代为求情而被赦免。周主想进取邺都，随即召来高延宗问他北齐的情况。高延宗说："如果任城王高湝据守邺都，那臣可能猜不出来是什么样的结局；如果邺都由高纬自己固守，那陛下就可以兵不血刃了。"周主当即令齐王宇文宪先出发，将晋阳委托给并州总督陈王宇文纯驻守，宇文邕也亲自督军赶往邺都。邺都接连接到警报，高纬忙悬赏募军，但当兵士应征入伍后，高纬却没有兑现诺言。斛律孝卿请高纬亲自慰劳将士，并叮嘱他到时务必慷慨陈词，以求感动人心。齐主高纬自然应允，可说起官话，鼓舞各将领时，他竟将斛律孝卿代的话忘得一干二净，站在那儿痴笑起来，左右也不禁失笑。将士们对此愤恨地说："这种皇上不值得我们为他效命！"因此，和北周军作战时，众人都毫无斗志。

　　不久，有史官观望天象，说国家将遭遇巨变。齐主高纬便想借禅位来冲喜，借以扭转天命。此时，北朔州行台仆射高励刚刚将胡太后及太子高恒送回邺都。一转眼，便是元旦。这天，八岁的齐太子高恒居然即皇帝位，改元承光，下令大赦；尊齐主高纬为太上皇，皇太后胡氏为太皇太后，皇后穆氏为太上皇后；任命广宁王高孝珩为太宰。高孝珩向来嫉视高阿那肱，于是便和莫多娄敬显密谋，打算除掉高阿那肱，不料竟让狡猾的高阿那肱躲过这一劫。高孝珩随即上奏恳请亲自率兵出战，但高阿那肱、韩长鸾却不相信他，奏请给他一个沧州刺史的官职。高孝珩临行时，愤懑地对高阿那肱说："朝廷不让我率兵打仗，是不是怕我造反？我如果能大破宇文邕，进军长安，到那时就算是造反，也与国家无伤。眼下局势这么紧蹙，你们怎么能这么猜忌呢？真是让人寒心！"说完，叹息而去。

　　高纬得知北周军即将杀到，忙采纳群臣的提议，先派人护送太皇太后、太上皇后去济州，然后派人送幼主东行。高纬自己还没来得及启程，周军已经开始攻城。无奈之下，高纬只有调兵出战，然而不到半个时辰，北齐军就大败而回。高纬忙带着冯淑妃从东门出走，令武卫大将军慕容三藏留守邺宫。

　　北周军毁掉城门杀了进来，北齐的王公大臣纷纷投降，只有领军大将军鲜于世荣拒不投降，仍旧与北周军对抗。宇文邕见无法招抚，便派人杀了他，随即又招降慕容三藏。慕容三藏见抵挡不住北周军　便向北周军投降，当即便得到仪同大将军的官职。周主唯独对莫多娄敬显毫不留情，一见到他，便斥责他的罪状："你本镇守晋阳，却携妾弃母逃入

354

邺都，实为不孝；你表面上为北齐出力，暗中却向朕请降，实为不忠；朕已经允准你投降，你却首鼠两端，实为不信。你犯了这三条大罪，朕还能容你苟活吗？"当即令人把他推出斩首。

北齐国子博士熊安生博通五经，他听说周主入都，急忙令家人打扫门庭。家人问他为什么。熊安生说："周主重道尊儒，他肯定会来见我的。"过了半天，周主果然出现在熊家，并赐给熊安生一辆马车。不久，周主又十分礼貌地将北齐中书侍郎李道林请入宫，特意请他讲解齐朝的政教风俗及人物善恶，并千方百计挽留他。但在李道林的坚持下，宇文邕还是很有礼地送他回去了。

邺城安定后，周主宇文邕当即派将军尉迟勤东追齐主。北齐太上皇高纬渡河入济州，又令幼主高恒禅位给任城王高湝；并替高湝起草好诏书，尊太上皇为无上皇，幼主为宋国天王；令侍中斛律孝卿将禅文及御玺送往瀛州。斛律孝卿竟带着禅文和御玺回到邺城，献给了周主，而高湝却对禅位的事一点儿也不知情。北齐洛州刺史独孤永业拥有三万人马，听说晋州失守，他忙上奏恳请率兵出战，结果北齐朝廷竟没有回应。并州沦陷的消息传来后，独孤永业长叹数声，派儿子独孤须达向北周军请降。周主封独孤永业为上柱国，加封为应公。高纬穷途无援，便想投靠南朝。他当即带着穆皇后、冯淑妃、幼主高恒及韩长鸾、邓长颙等数十人奔往青州。却将胡太后留在济州，令高阿那肱镇守济州关，并派内参田鹏鸾向西行进，探察敌军的动静。途中，田鹏鸾被北周军截获，北周兵诘问他齐主的所在。田鹏鸾只说是齐主南行，想出境。周兵知道他撒谎，当下狠命杖击他的手脚。结果田鹏鸾至死也没透露齐主的行踪。高纬到青州后，本想立即出境，高阿那肱却一面密告周军，一面万般阻挠高纬等出境。北周军一到济州关，高阿那肱便立即迎降。北周大将尉迟勤先赶到济州掳走胡太后，后来又进军青州。得到消息的高纬还没逃多远，便被北周军擒获了。

宇文邕住在邺都的几天，赈灾扶贫，彰善惩恶。并因北齐斛律光、崔季舒等大将冤死，而特意为他们昭雪，加封谥号，将他们改葬；同时厚待他们的子孙，将北齐朝廷抄没的家产屯田，全部还给他们。周主曾对身边的人说："如果斛律氏还在人世，朕哪能得到邺都？"

高纬到达邺都，宇文邕走下宫殿的台阶以礼相迎，将他与太后、幼主及皇后、各王公大臣等人暂时安顿在邺宫。高纬在位，共计十二年；幼主高恒受禅称帝，不到一个月；高延宗在晋阳称尊，也只有两天；任

355

城王高湝，没有接到禅位的谕旨。北齐，自高洋篡夺东魏主的皇位开始，到幼主被擒，存在了二十八年。

邺都失守，高湝与沧州刺史广宁王高孝珩会师于信都，准备攻打北周。周主先是让高纬致信招降高湝，见高湝拒绝投降，便派齐王宇文宪、柱国杨坚率兵攻打高湝、高孝珩两人。两天后，两军交战，二王大败，双双被擒。宇文宪对高湝说："王爷何苦至此！"高湝叹道："我是神武帝高欢皇帝的十儿子，兄弟十五人，现在只剩我一个。眼下宗社颠覆，如果我为国捐躯的话，死后也还有脸去见列祖列宗！"宇文宪大为赞叹，并把他的妻儿还给他。宇文宪又召问高孝珩。高孝珩将国难归咎于高阿那肱等人，说得声泪俱下。宇文宪竟感动得亲自为他洗疮敷药，并将他与高湝送到邺都。周主温和地接见这两位北齐王爷，将他们留在军中。

不久，北齐定州刺史范阳王高绍义又起兵攻打并州。北周东平公宇文神举一举将其击败后，高绍义投靠突厥。自此，只有东雍州行台傅伏、营州刺史高宝宁仍抗拒北周。

周主宇文邕分派官吏镇守所得到的各州郡，然后率军西还，并带走北齐上皇高纬等人。经过晋州时，周主派高阿那肱等一百多人去汾水招降傅伏。傅伏率全军出城，隔水问道："皇上在哪儿？"高阿那肱回答说："在周主的军中。"傅伏仰天大哭，当即率部众回城，面北哀号。过了好久，傅伏才出城向北周投降，周主问他说："你为什么不早点投降？"傅伏哭着回答说："臣三代效命于北齐，一直食齐主的俸禄。如今，臣因不能以身殉国而深感羞愧！"周主当即下座，握着他的手说："为人臣子，就是要如此。"随即将自己刚刚啃过的羊肋骨赐给傅伏说："我把它赐给你，寓意骨亲肉疏。"随后，封他为上仪同大将军。回关中后，周主极为隆重地去太庙献俘虏，然后回朝接受百官的朝贺。高纬等人也不得不俯伏行礼，周主封他为温国公。同时，北齐其余各王也都被封爵。

虎父犬子

高纬被封为温国公后，向周主宇文邕哀求一人，这人就是淑妃冯小怜。宇文邕生气地说："朕视天下如敝屣，你却割舍不下一个妇人。"话虽如此，但仍将冯妃还给高纬。高纬再三拜谢，带着爱妃离去。不久，周主宴饮高氏各王公。席间周主令高纬起舞助兴，高纬脸上没有丝毫为难之色，乘着三分酒意，舞了一会儿。只有高延宗悲不自胜，宴罢回府，他竟想服毒自尽，经女婢再三苦劝，他才暂且偷生。秋尽冬来，有人诬告高纬，说他与宜州刺史穆提婆谋反。周主当即召来穆提婆，让高氏几人当堂对质。众人同声呼冤，高延宗却只是哭泣，不肯多说。随后高延宗自尽，高纬父子以及齐宗室各王都被赐死，穆提婆当然也被斩首。高孝珩已于先前病逝，所以能够归葬山东。高纬的弟弟高仁英是个疯子，高仁雅是个哑巴，二人因而被免去死罪，流放到四川。高氏其余的亲属故旧全部被发配边疆，客死他乡。高纬虽然在位十二年，死时却只有二十二岁，他的儿子高恒死时只有八岁。史家称高纬为齐后主，高恒为齐幼主。

高伟的母亲胡氏已四十，风韵犹存，高恒的母亲穆氏年仅二十，姿色更佳，二人流落街头，无依无靠，只好在长安卖身度日。北齐任城王高湝与高纬一同被赐死，周主将高湝的王妃卢氏赐给大将斛斯征。卢氏蓬头垢面，一直跪在佛前念经，不肯与斛斯征言笑，斛斯征便任由她出家当尼姑去了。高纬的妃子冯小怜则被周主赏给代王宇文达作姬妾。宇文达原本与妻子李氏伉俪情深，自冯小怜入门，夫妻逐渐反目。后来杨坚杀了宇文达，篡夺了北周的帝位，又将冯氏赐给李氏的兄长李询。李询的母亲为替女儿出气，天天谩骂冯小怜，而且只准她穿粗布衣裳，让她干最重的活。冯氏不堪蹂躏，只好寻死。

北齐范阳王高绍义投奔突厥。这时，突厥木杆可汗早已去世，他的弟弟佗钵可汗继承汗位，对高绍仪相当器重。与高绍义同宗的营州刺史高宝宁在担任营州刺史时，深得民心，周主便派使者去招降高宝宁。不料高宝宁不但不依，还派人劝高绍义称帝，突厥对此也表示赞成。高绍义随即攻进平州，自称齐帝，改元武平，任命高宝宁为丞相。佗钵可汗也招集各部，声称拥立范阳王为齐帝，要代北齐报仇。周主宇文邕正要督兵讨伐北齐刚组成的小朝廷，突然又传来陈廷派司空吴明彻出击吕梁、围攻彭城的消息。周主便决意先攻打南方，派大将军王轨率兵支援。原来，陈主陈顼听说北周灭掉北齐，便想争取徐、兖两地，因而令吴明彻督军北伐。陈军行进到吕梁，击败北周徐州总管梁士彦，乘胜围攻彭城。但一个多月过去了，彭城还没有拿下，陈中书舍人蔡景历便对陈主说："士兵疲弊，将领骄傲，这样的军队不适合远征，还请陛下降旨班师。"陈主陈顼不但不听，还说蔡景历蛊惑军心，将他罢职。而此时，北周大将军王轨已出兵南下，匆匆赴援。吴明彻得知北周出师，更是锐意进攻彭城，天天督兵猛扑。但在梁士彦的多方抵御下，彭城依然久攻不下。

不久，探报传入陈营，说北周大将王轨已率军进入淮口，部署战备，遏断陈军的归路，并在淮河两旁筑垒屯戍。陈军不禁惊惧起来，将领萧摩诃当即献策说："眼下王轨已开始封锁下游，虽然他们在淮河两旁筑好堡垒，但还没有屯驻进去，我们不如迅速派兵抢占这些堡垒，不然归路一断，我们都将成为俘虏了。"吴明彻却捻须微笑道："冲锋陷阵，要数将军厉害；但长远谋略，则要听听老夫的高招。老夫自有安排，将军不必急躁！"萧摩诃失色而退。

蹉跎了十几天，下游已经封锁，水路也已截断。北周军随即赶来救彭城，吴明彻正苦于腹背受敌，萧摩诃又入帐恳请道："当前只有突围一条路了。还请总督率领步兵乘车先行，由我率领数千名铁骑为你阻遏敌锋。"吴明彻惆怅地说："将军的计策原是不错，但我身为总督，必须亲自断后，骑兵最好还是在前面开路，所以请将军统率骑兵先行。"萧摩诃无奈，只得率领骑兵先出发，吴明彻随后撤退。刚督率水兵退到清口，吴明彻军就被正等着他们的北周军突袭。陈军无路可逃，纷纷投水自尽。吴明彻因病无法作战，连人带船被北周军掳去。唯独萧摩诃与将军任忠等人从陆路偷偷绕过北周军营，全师而回。

陈主陈顼听说吴明彻被擒，才后悔没有采纳蔡景历的意见，于是将蔡景历召入京都，封为鄱阳王，任命他为咨议参军。没过几天，陈主又升任蔡景历为外散骑常侍，兼任御史中丞。这年，蔡景历病故，享年六十岁，被追封为太常卿，谥号为敬。六十七岁的老将吴明彻被掳到长安，忧愤而死。陈后主陈叔宝嗣位后，追封他为邵陵县侯。

周主宇文邕得到彭城的捷报，先是封赏功臣，接着又改元宣政，并亲自去云阳宫召集各军，决定北讨。不料兵马还没调齐，疾病已开始逞威。宇文邕只好下诏暂停军事，召来宗师宇文孝伯，握着他的手说："我怕是不行了。一切全都拜托你了。你一定要尽心辅佐太子，不要让我失望！"宇文孝伯哭着受命，恳请周主乘车回京。然而刚接近京都城门，周主宇文邕便与世长辞了，死时只有三十六岁，在位十九年。

周主宇文邕沉毅而有谋略，即位时韬光养晦，除掉宇文护后，他开始亲自处理政事。宇文邕治政勤廉，持身节俭，他的衣物甚至棉被都是用布缝制的；而后宫也只有两名妃子、三名世妇、三名御妻而已；并且后宫的服饰，他也要求一概简朴。到了校兵阅武的时候，宇文邕总是亲自步入山谷，不辞劳苦；每当宴饮将士时，他又总是执杯劝酒，或者亲手将所赐物件交给对方。讨伐北齐时，宇文邕见一名军士光着脚行进，他便立即脱下自己的靴子，赐给那名军士。在百姓眼中，宇文邕更是一位贤明的好国君，只是太子宇文赟却没有他半点遗风，并且性情十分荒淫。宇文孝伯曾向宇文邕提议另选一位贤达的皇子做太子。宇文邕不同意，只是请宇文孝伯好好辅导太子。不久，宇文邕又召来宇文孝伯问道："我儿最近长进没有？"宇文孝伯回答说："皇太子近日倒没有什么过失。"周主不觉欢喜起来。然而不久，王轨陪周主喝酒时，竟起身抚摸周主的胡须说："多贤明的父亲，只恨后人昏庸孱弱！"周主脸色一变，下令撤席，并责备宇文孝伯说："你常跟我说太子没有过错，但今天王轨竟说这话，显然是你欺瞒朕了。"宇文孝伯忙叩首谢罪说："臣听说一旦父子俩的感情很好，那么别人再怎么说这个孩子不好，做父亲的都不会听信。所以陛下不能忍痛割爱，那臣也只好结舌！"宇文邕沉吟了好一会儿，才慢慢说道："朕既然放心地把太子交给你，还请你勉力教导他！"宇文孝伯再拜而退。

周主病故，太子宇文赟即位，尊父亲宇文邕为武皇帝，庙号高祖，尊奉嫡母阿史那氏为皇太后，生母李氏为帝太后，册立太子妃杨氏为皇后。杨氏小名丽华，是柱国随公杨坚的大女儿。北周建德二年，杨氏被纳为太子妃，此时册立为皇后，杨家的权势从此越来越强盛了。

先前，宇文赟因父亲严厉管教，只好收敛起来，登上皇位后，他便恢复故态，渐渐放纵起来。当时周室的勋亲，第一人要算贤明骁勇的齐王宇文宪，因而太子宇文赟一即位，便收回了叔父宇文宪的兵权，并将他处死。随后，周主宇文赟封有功于自己的于智为柱国，齐国公；又任命赵王宇文招为太师，陈王宇文纯为太傅，越王宇文盛为太保，代王宇文达、卢国公尉迟运、薛国公长孙览三人为柱国兼大司马。皇后的父亲杨坚也被晋封为柱国兼大司马。从前，王轨曾对武帝宇文邕说："太子坐不住北周的江山，杨坚势必会谋反。"武帝恼怒地说："如果天命果真如此，那朕又能做什么呢？"杨坚得知后，自是韬光养晦，至此得以执掌军政，掌握重权。当时，高绍议那边稍有小动作，便被北周大将宇文神举扑灭。

周主宇文赟看国内外大略安定，乐得恣情声色，任意荒淫。一次，他摸着身上被父亲杖责后留下的疤痕，竟谩骂父亲的灵柩说："你死得也太迟了！"因此，宇文赟虽然在守孝，却没有一个孝子的模样，居丧不到一个月，他便不顾大臣的劝谏，将父亲的灵柩匆匆埋葬了。这年冬天，稽胡帅刘受逻千在汾州造反，并向突厥求援。北周越王宇文盛带着宇文神举大破突厥，吓得稽胡帅刘受逻千惶惧乞降。越王宇文盛凯旋而归，宇文神举留镇并、潞、肆、石等四州，号为并州总管。

第二年正月初一，周主宇文赟在露门接受朝拜，颁诏大赦，改元大成。他先是设置四位辅官，任命越王宇文盛为大前疑，蜀公尉迟迥为大右弼，申公李穆为大左辅，随公杨坚为大后丞；然后大摆戏台，庆赏了好几天。有几名大臣见戏台一直没有撤除，便上奏劝谏。宇文赟不但不听，反而刻意让戏子夜以继日地演戏；同时，广采美女，增筑宫阙，大兴徭役，真的是穷奢极欲，唯恐不及。即位初期，宇文赟嫌高祖时期订立的刑罚过于严厉，而特意减刑；后来因犯罪几率升高，以及朝臣的劝谏，他又重新审定刑法，竟比高祖时还要苛刻。宇文赟还密嘱亲信监视群臣，一旦发现哪位大臣有过失，他便下令诛杀，而他自己却天天沉迷于游宴，有时一连十几天都不上朝。群臣要有什么事需要陈请，都得由宦官代为上奏。

当时，大将军王轨出任徐州总管，他见朝政日益混乱，便对亲信说："我曾劝谏先帝撤换储君，为的就是保住大周的江山，但先帝终究没有听取。如今新君嗣位，朝政日益紊乱，大祸就在眼前。而我奉命镇守的徐州十分接近强寇，如果我明哲保身的话，叛逃求生，易如反掌，但是我又怎么能弃忠义大节而不顾呢？况且我曾蒙受先帝的厚恩，发誓终身为国家效命，所以绝不能因嗣主的关系而背叛国家。眼下只有等死了！"不久，大祸果然临头，一位百战功臣，竟死于非命。原来，一天周主摸着自己身上的杖痕问中大夫郑译说："当时，是谁向父皇说我的不是的？"郑译向来与王轨、宇文孝伯不和，趁机说是王轨、宇文孝伯二人所为。宇文赟便恨恨地说："我发誓要杀了他俩！"郑译随口又将王轨摸先帝胡须的事情抖了出来。宇文赟越发愤恨，当即派人除掉王轨。

上柱国尉迟运私下对宇文孝伯说："我俩都曾和王轨一起为先帝效命，如今忠心耿直的王公无辜被杀，我们可能也要遭遇不幸，怎么办呢？"宇文孝伯回答说："我们堂上有老母，地下有武帝，为臣为子，能去哪里？忠孝大义不允许我们逃生！现在不如乞求外调，说不定还能免祸。"尉迟运依计而行，不久便出任秦州总管。几天后，周主宇文赟召问宇文孝伯说："卿知道齐王宇文宪谋反，为什么不早些通报？"宇文孝伯朗声回答道："齐王忠心耿耿，怎么会谋反呢？他因小人诬陷，而被冤杀。臣深受先帝的嘱托，正万分羞愧没能及时谏阻陛下，此外还能说什么。如果陛下要怪罪臣，那么臣将因有负先帝的嘱托而甘心受死！"宇文赟不觉惭愧起来，低头不语，但宇文孝伯告退后，他竟下诏赐死宇文孝

360

伯。又因宇文神举曾在先帝面前说自己的坏话，宇文赟索性再施辣手，派人送去毒酒，逼宇文神举自尽。尉迟运到秦州后，接连收到宇文孝伯、宇文神举的噩耗，忧惧成疾，也跟着死了。

一帝五后

周主宇文赟即位后，先是封儿子宇文衍为鲁王，不久又册立他为太子，没过几天，竟打算传位给儿子。宇文赟年方二十，太子宇文衍刚满七岁，宇文赟怎么突然想内禅了呢？原来，他因耽恋酒色，不愿早起视朝，所以想将帝位传给儿子。各位王公大臣不敢违忤，只好请出东宫太子，将他扶上御座。太子宇文衍莫名其妙被架到大殿，几乎要号哭出来。当下草草成礼，众人仍将宇文衍送回东宫。宇文赟为儿子改名为宇文阐，改大成元年为大象元年，称东宫为正阳宫，设置纳言、御正诸卫等官；又自称天元皇帝，尊皇太后为天元皇太后。每次面对臣下，宇文赟都自称为天，臣下朝见他，也必先斋戒三天，沐浴一天，才能进宫。他又不准臣民有"高、大"的称呼，他将高祖改称长祖，高氏改成姜氏；名字中如"大"、"上"之类的字，都改为"长"字；并且还不准境内的妇人涂脂搽粉，只有身份尊贵的宫人乘车出行时才能用粉黛打扮一番。宇文赟又令人修了一尊佛像、一尊道像，将两尊像安排在自己身边一同看戏。臣下稍稍劝阻他，他便让人棍杖责罚，每打一次就是一百二十下，叫做天杖。就连宫人甚至皇后、宠妃，只要违逆他，都得接受这种责罚。

皇后是杨坚的女儿杨氏，地位稍次的是朱氏，芳名满月。朱氏当年因亲人获罪而被送入东宫，入宫时她已二十多岁了。那时十一二岁的宇文赟已十分好色，他见朱氏貌美多姿，便召她同寝。不到两年，朱氏便为宇文赟产下一个小皇子，就是现在的小皇帝宇文阐。地位仅次于朱氏的是元氏，她是开府元晟的二女儿，十五岁时选入宫，因容貌秀丽，年龄较轻，被封为贵妃。只是宇文赟多多益善，得陇望蜀，又将大将军陈山提的八女儿选入宫，封为德妃。不久，在史官的阿谀奉承下，宇文赟称皇后杨氏为天元皇后，册立贵妃朱氏为天元帝后。不久，又将司马消难的女儿选宫，封为正阳宫皇后；随即尊帝太后李氏为天皇太后，将天元帝后朱氏改称为天皇后，并册立妃子元氏为天右皇后，陈氏为天左皇后。元氏的父亲元晟被封为翼国公，陈氏的父亲陈山提被封为鄅国公。内史大夫郑译本非皇亲国戚，因办事牢靠，也被封为沛国公。就在北周朝政渐渐混乱的时候，突厥突然派使者请求和亲。宇文赟慷慨允诺，特意封赵王宇文招的女儿为千金公主，将她许给突厥，唯一的条件是突厥必须交出高绍义。突厥使者唯唯而去，却一直不见回复。宇文赟见北方已安定，便想入侵南方以示天威。于是，他任命上柱国韦孝宽为行军元帅，让韦孝宽与行军总管杞国公宇文亮、郕国公梁士彦一同出兵讨伐陈朝。韦孝宽进拔寿阳，宇文亮攻取黄城，梁士彦攻克广陵，陈朝的吏民望风退走，江北一带陆续落入北周的手里。

大象二年正月初，宇文赟令人在御座的左边绘制太阳，右边则绘月亮，改称诏制为天制，将诏敕改称为天敕。过了几天，他又尊皇太后阿史那氏为天元上皇太后，帝太后李氏为天元圣皇太后，册立天元皇后杨氏为天元太皇后，天皇后朱氏为天太皇后，天右皇后元氏为天右太皇后，天左皇后陈氏为天左太皇后，正阳宫皇后司马氏为皇后。宫中大庆，所有的王公大臣都奉命带着自己的妻室入朝庆贺，宇文赟竟看上了杞国公宇文亮的儿媳尉迟氏。尉迟氏是蜀国公尉迟迥的孙女，西阳公宇文温的妻子，生得面容秀丽，玉骨冰姿，自然被好色的宇文赟看中。在宴会上，宇文赟暗嘱宫女把尉迟氏灌醉，然后扶到别的寝宫休息，宫女自然照办。散席之后，宇文赟得偿所愿，而且一连留住尉迟氏十几天。

杞国公宇文亮料到儿媳已经被皇帝轻薄，待儿媳回来，他便密嘱儿子宇文温彻底盘问。尉迟氏如实相告，宇文温当然悔恨，宇文亮也觉得懊丧。宇文亮当即决定除掉韦孝宽，收取他的部将，然后拥兵入京，废黜周主宇文赟。这晚，宇文亮率兵偷袭韦孝宽，不幸被韦孝宽割下脑袋，首级送入京都。宇文赟当即令禁军抄没宇文亮的家产，杀死宇文亮的儿子宇文温、宇文明，又将宇文温的妻子尉迟氏带回宫中。

没多久，宇文赟竟公然封尉迟氏为长贵妃，接着又封为天左太皇后。而原先拥有天左太皇后称号的陈氏被另封为天中太皇后。

天元太皇后杨氏性情柔婉，向来顺从周主的旨意，就是和她地位相等的四位皇后，她也处得很好，五人始终互相敬爱，感情颇深。只是宇文赟因好色过度，不但精力大不如从前，情绪也十分混乱，暴喜暴怒，而且越发令人不可捉摸。有时宇文赟一天到晚都在施行杖刑，并且都是数百下的杖罚，连五位皇后也曾饱受杖刑的折磨。杨皇后到底和他是结发夫妻，免不了婉言规劝。没想到，狂怒的宇文赟竟当场让人打了杨皇后一百二十下。杨皇后仍旧从容劝解，惹得宇文赟大怒道："你去死吧！我待会儿就灭了你全家！"随即将杨皇后拖入别的寝宫，逼令她自杀。杨皇后的母亲独孤氏得到消息，慌忙赶到宫中，向宇文赟磕头谢罪，直到她磕破头，宇文赟才将杨皇后放出来。不久，宇文赟又打算除掉杨坚，他对身边的侍卫说："朕已经宣召杨坚入宫，等他进来，你们只要发现他脸色异常，就给朕动手！"侍卫都领命静候。不料杨坚入宫后，容止端详，神情自若，最后竟安然而退。

杨坚小时候与郑译是同窗，郑译见他龙颜凤表，额上有五柱入顶，手中又有"王"字纹路，料知杨坚将来必定不同凡响，因而愿意和他深交。当官后，杨坚担心罹祸，曾私下对郑译说："我一直想出京做事，还请郑大人多为我留意些合适的位置。"郑译笑道："愿意为杨公效劳。"杨坚忙欢喜道谢。不久，杨坚果然得到一个扬州总管的职务，正要奉命与郑译一道督兵讨伐陈朝，不巧杨坚患有足疾，没能赴任。

仲夏的时候，天气异常炎热，宇文赟去天兴宫避暑，当晚便病了。因咽喉疼痛难忍，他忙在第二天赶回宫中，召来小御正刘昉、中大夫颜之仪，想要叮嘱后事。怎奈此时宇文赟的喉咙已疼得说不出话来，刘昉等人安慰几句，便退了出去。颜之仪径直回府，刘昉则与郑译、柳裘、内使大夫韦謩、御正下士皇甫绩等人商讨国事。商议完后，几人一致决定请杨皇后的父亲杨坚辅政。杨坚再三推辞，随后便也点头应允，而后随刘昉、郑译入宫侍奉周主。宇文赟竟就此命绝。刘昉、郑译当即主持宫禁，矫诏令杨坚总管内外兵马事，并一一署名。唯独颜之仪抗议，说应由德高望重的亲王辅政。刘昉见无法征求他的同意，便代他署名，而后将诏书颁发下去。各军遵旨行事，都听杨坚的调遣。杨坚随即让颜之仪去索取御玺，颜之仪正色说："御玺是天子的东西，宰相怎么会想得到它？"杨坚不禁动怒，本想治他死罪，转念一想，现在不宜滥杀，便贬黜他为西边郡守。接着便为故主宇文赟发丧，将幼主宇文阐迎入天台，大赦犯人；尊阿史那太后为太皇太后，杨皇后为皇太后，朱皇后为帝太后；同时，勒令陈皇后、元皇后、尉迟皇后等人出家做尼姑。当了一年多皇帝，又当了一年多太上皇的宇文赟被尊为宣皇帝，死时仅二十二岁。

宇文赟有六个皇弟，依次为汉王宇文赞、秦王宇文贽、曹王宇文允、道王宇文充、蔡王宇文兑，最小的是荆王宇文元。二十岁的汉王宇文赞庸碌无能，杨坚便推举他为上柱国右大丞相，表面上对他很是尊崇，却始终不给他实权。杨坚自封为左大丞相，秦王宇文贽被封为上柱国，因其他皇叔都很年幼，便没有入朝参政。百官因畏惮权势而听命于左大丞相杨坚。杨坚见朝内无事，便担心起京外的五位藩王，为了防止他们造反，杨坚当即召他们入朝。赵王宇文招、陈王宇文纯、越王宇文盛、代王宇文达、滕王宇文逌五人收到宇文贽的死讯，忙赶回关中。此时，突厥佗钵可汗派使者吊丧，并顺道迎娶千金公主。杨坚便与赵王宇文招商议一番，仍遵照先前的约定，将宇文招的女儿嫁到突厥。突厥佗钵可汗于是也如约将高绍义擒献给北周。杨坚因刚刚颁布大赦的诏书，便免去高绍义的死罪，把他流放到蜀中。不久，高绍义忧郁过世。

杨坚将正阳宫改为丞相府，并在丞相府中封亲信侍卫郑贲为丞相府宿卫，郑译为丞相府长史，刘昉为司马。他还笼络擅长舞文弄墨的御正下大夫李德林，令他做府属；又拉拢有韬略的内史大夫高颍，任命他为司录。高颍上奏提出的革除弊政、删略旧律等要求，都得到杨坚的批准。杨坚执政清廉，持身节俭，渐渐地朝内外达官贵人都被他笼络，相继诚服于他。

国内外安定无事，于是，执掌内外朝政的左大丞相杨坚萌生了篡位的野心。当时，朝中让杨坚最为忌惮的便是相州总管蜀国公尉迟迥。尉迟迥的母亲是宇文泰的姐姐，再加上尉迟迥本身又曾为北周立下不朽的功业，杨坚便想除掉功高望众的尉迟迥。因而杨坚特意让魏安公尉迟惇带着诏书去相州宣召父亲尉迟迥入都，参加周主的丧葬仪式，同时任命上柱国韦孝宽为相州总管，让他前去代任。

尉迟迥见了诏书，知道杨坚想谋逆篡位，所以不肯应诏，并派都督贺兰贵去迎接韦孝宽。韦孝宽走到朝歌时与贺兰贵相遇，两人晤谈好久，韦孝宽见贺兰贵言行极为放肆，料知事情有变，他连忙支走贺兰贵，趁机逃回了关中。

杨坚得知韦孝宽安全逃归，便派侯正破六韩裒去相州，联合相州长史晋昶除掉尉迟迥。尉迟迥察破隐情，杀掉两人，随即号召部众讨伐杨坚。杨坚当即任命韦孝宽为元帅，辅以梁士彦、元谐、宇文忻、宇文述、崔弘度、杨素、李询七位总管，调集关中的将士前去攻打尉迟迥。韦孝宽刚启程，雍州牧毕刺王宇文贤便与五位王爷①密谋，打算除掉杨坚。然而机警的杨坚察觉事情有异，当即诬陷宇文贤谋反，随即捕杀宇文贤以及他的三个儿子。只因外乱刚刚兴起，杨坚不便对五位王爷下手，便装

---

① 五位王爷：即赵王、陈王、越纯王、代王、滕王五人。

364

作不是很了解宇文贤案件的内情，并任命秦王宇文赞为大冢宰，杞公宇文椿为大司徒，借以安定众心。然后调遣士兵，征集粮饷，全力平定外乱。

尉迟迥收纳侄儿青州总管尉迟勤后，又遣使招纳并州刺史李穆。李穆为向杨坚表示诚意，却隐隐鼓励杨坚取得帝位。杨坚欢喜地答复道谢，并令韦孝宽锐意前进，不要有所顾忌。尉迟迥又想招纳东郡守于仲文，于仲文不从，尉迟迥便派兵攻打。于仲文逃到长安，得到河南道行军总管的官职，当即率兵回击尉迟迥。此时，郧州总管荥阳公司马消难因身为皇后的父亲，愿意保住周室，随即举兵响应尉迟迥。杨坚忙任命柱国王谊为行军元帅，令他攻打司马消难。

毕刺王宇文贤被杀后，赵王宇文招越发不安，他又邀请杨坚过府饮酒，想趁机杀了杨坚，结果不但计谋没有成功，反遭到杨坚的诬陷。杨坚趁机诬陷他与越王宇文盛谋逆，并发兵围攻二人的府第。

杨坚建隋

赵王宇文招、越王宇文盛一除，杨坚当即重赏护卫自己逃离虎口的大将军元胄。当时，益州总管王谦也在蜀起兵，响应尉迟迥、司马消难。尉迟迥又致信后梁，恳请后梁发兵声援。后梁的将领竟也劝梁主发兵，梁主萧岿踌躇不决，令中书舍人柳庄去北周查探。柳庄来到北周拜见杨坚，杨坚当即握着他的手说："从前我在江陵时，深蒙梁主的眷顾，如今国君年幼，时局艰难，感谢梁主此时还能记挂我。请大人回去代为转告，我愿意与梁主遵守旧约，共保岁寒！"柳庄回国后，将杨坚的话一字不改地转告，并对梁主萧岿说："尉迟迥虽是旧将，但已一把年纪，随时都有可能作古；司马消难、王谦两人才能庸劣，必定没有什么大的作为。眼下，周朝的将相基本上都已归附杨氏，看来尉迟迥等人终会覆灭。我们不如保境息民，静观其变。"梁主萧岿因此敛兵不动，坐壁上观。

北周行军元帅韦孝宽已率大军抵达武陟，与尉迟迥军仅隔一条沁水，刚巧水势暴涨，两边便相持不战。韦孝宽的长史李询密报杨坚说："总管梁士彦等人都已收受尉迟迥的贿赂，因而逗留不前。"杨坚很是忧虑，便与内史郑译等人商议，打算更换将领。李德林劝谏说："大人与将军们同是国家的重臣，如今大人挟主示威，将军们才勉强听从你的号令。如果大人不推诚以待，总是满怀的猜疑，将来谁还肯供你差使？况且纳贿一事是真是假还没有判定，如果大人临敌换将，必会使军中人人自危，军心一散，大势便去了。"杨坚愕然道："那现在该怎么办？"李德林献策说："为今之计，不如立即派一位既有才干又有声望的官员，去军前暗中调查。如果将军们果真有异心，谅他们一时之间也不敢变动；万一他们真的叛变，也容易制驭。"杨坚大悟道："要不是你这番话，险些误了大事。"当即派少内史崔仲方去监督各军。崔仲方因老父在山东，不愿去督军。杨坚又改派刘昉、郑译，结果刘昉以自己没有做过将领为借口推辞，郑译干脆把老母亲抬出来压阵。杨坚不禁着急，多亏司录高颎站出来请命，杨坚当即令他出发。高颎日夜兼程赶到军前，与韦孝宽商量一番，决意在沁水较浅的地方筑桥渡军，一决胜负。

尉迟迥的儿子魏安公尉迟惇令十万大军稍稍后退，想等韦孝宽军渡过一半时突然攻击。韦孝宽乘势渡桥，鸣鼓齐进，随后又毁掉浮桥，自断归路，逼得将士们人人思进，奋勇杀敌。尉迟惇被逼回邺城，父亲尉迟迥、小弟尉迟祐带着十三万部众从城中杀出，尉迟迥的弟弟尉迟勤也率领五万部众由青州赶来救援兄长。韦孝宽酣战一场，见局势不利，只好撤退。当时，邺城城下观战的士民不下数万，行军总管宇文忻叹道："看来只好智破敌军了！"说着，竟让兵士拈弓搭箭射击观战的百姓。百姓惊骇溃散，哗声如雷。宇文忻立即大呼道："贼兵败了，贼兵败了！将士们，为什么不乘势立功呢？"众人一听，气势大振，再接再厉，杀入尉迟迥阵。尉迟迥的部众已被百姓扰得心慌意乱，哪还禁得起敌军的大规模反攻？当下仓皇四溃。尉迟迥支撑不住，急忙与两个儿子逃回城中。韦孝宽军一举拿下邺城，并逼得尉迟迥窘迫地登上城楼。北周将军崔弘度追了过去，他见尉迟迥就要弯弓放箭，急忙脱去头盔，远远喊道："总管大人还认识我吗？我妹妹是你儿媳呀！今天这种局面，我无法徇私，但因为是亲家，我请总管大人早些为自己打算，不要再踌躇下去了。"尉迟迥把弓一扔，破口骂了杨坚数十声，拔剑自刎。崔弘度见状，对弟弟崔弘升叹道："你可以去取他的头了。"崔弘升当即砍下尉迟迥的首级，献给韦孝宽。尉迟勤与尉迟惇、尉迟祐三人，在逃往青州的路上被捕，韦孝宽派人将他们押到长安。杨坚赦免了尉迟勤，将尉迟惇两兄弟斩首。

接着，关东的叛吏也被韦孝宽荡平。杨坚当下将相州州城迁到安阳，毁去邺城，并把相州分为毛州、魏州。此时，北周行军总管于仲文也击败尉迟迥的部将檀让，将檀让押送到京都。司马消难听说尉迟迥败亡，吓得魂不附体，忙派人向陈朝乞援。陈军还没出发，杨坚派去的大军就杀到了，司马消难不等大军攻城，便连夜投奔陈朝。陈主陈顼任命他为车骑将军，兼任司空，加封为随公。杨坚因外患将彻底消除，便封自己为大丞相，撤去左右丞相的官衔，又杀了五位王爷中的陈王宇文纯以及他的儿子。

益州总管王谦本想等各军得胜再出兵，没想到各军都逐渐瓦解烟消，王谦心惊肉跳，非常忧虑。隆州刺史高阿那肱因被杨坚外调，而怏怏失望，随即向王谦献计。但最后高阿那肱不但没能助王谦保住军队，甚至连自己的脑袋也献了出去。

郧国公韦孝宽班师不久，便病故了，享年七十二岁。杨坚很是悲痛，追封他为太傅，赐谥号为襄。高颎随军还朝，杨坚越发宠信他，任命他为司马。刘昉的职权自此被取代，郑译也遭到疏离。杨坚虽然没有撤掉郑译的官职，却暗中告诫官属，说凡事不必向郑译禀报。郑译觉得自危，忙向杨坚请辞，杨坚出于礼貌自然将他慰勉一番。周室的五位王爷，已被杨坚残害了三人，现在只剩两位没有实权的王爷，一个是代王宇文达，一个是滕王宇文逌。杨坚仍不肯放过他们，索性诬告他们通敌叛国，勒令二人自尽。没过多久，杨坚便威胁周主宇文阐下诏，晋封自己为相国，晋爵随王。不久，又逼周主加赐他九锡礼，同时赐予他仿效朝廷设置官阶的权力。随王妃独孤氏随即被册立为王后，世子杨勇便是王太子。

大象三年二月，杨坚逼周主宇文阐禅位，他先是假惺惺地推辞一番，然后才登上帝位，接受御玺。建国号为隋，改元开皇。杨坚原本承袭父亲的封爵，号为随公，他却因"随"字中有一个寓意为"走"的部首，觉得不吉利，所以去掉那个部首，改为"隋"字。然后令有司奉册到南郊祭天。少内史崔仲方恳请将遗留下来的周氏官仪改为汉、魏时期的旧制，杨坚允准。隋朝随即置三师、三公及尚书、门下、内史、秘书、内侍等五省，御史、都水二台，太常等十一寺，左右卫等十二府，分司定职。又设置上柱国到都督共十一个等级的勋爵官位，用来鼓舞武将立功；特意晋升朝散大夫七个等级的散官，用来表彰文官的贤能。杨坚改称侍中为纳言，任命相国司马高颎为尚书左仆射，兼任纳言一职。相国司录虞庆则为内史监，兼任吏部尚书。相国内郎李德林为内史令，元胄为左卫将军。追尊皇父杨忠为武元皇帝，庙号太祖。皇母吕氏为元明皇后，册立独孤氏为皇后，长子杨勇为皇太子。

杨氏本是弘农人，相传是汉太尉杨震的后裔。杨坚的六世祖杨元寿

367

曾在后魏时期担任武川司马一职，因此留居武川。杨元寿的玄孙就是杨忠。杨忠跟随周太祖举兵关西，随即得到普六茹氏的姓氏。杨忠的妻子吕氏在生杨坚时，满屋子的紫色霞气。有位来自河东的尼姑便对吕氏说："这孩子骨相非凡，最好不要在尘俗里抚养他。"吕氏便托尼姑选择了一处适合静养的宅舍，带着孩子迁居到那里，尼姑也经常来探望她们母子。一天，吕氏忽然发现怀中的小杨坚头上长出犄角，遍体出现鳞片，顿时惊骇地把婴儿丢在地上。刚巧尼姑正往屋里走，她一看到地上的小杨坚，忙把婴儿抱起来说："你惊动了儿子！害他晚些才能得到天下。"吕氏忙鼓起勇气，上前仔细打量，发现杨坚身上并没有什么犄角鳞片。到杨坚懂事的时候，尼姑早已云游到别的地方，不知下落了。杨坚踏上仕途后，屡次被周主提拔至显要的官职，并且他一再遭受周室君臣的猜忌，却总是大难不死。现在，杨坚竟篡夺周室的皇位，把北周主宇文阐贬为介公，迁居别的寝宫。又因司马消难叛变，杨坚将司马消难的女儿即宇文阐的皇后司马氏废为平民。

北周太后杨氏，起初因嗣君宇文阐年幼，很担心外族对自己不利，所以对父亲入朝辅政很是欢喜。后来她见父亲有篡位的野心，很是不平，经常向父亲表示不满，但一介女流怎么违抗得了当朝的宰相呢？杨氏只能忍气吞声，迁延过去。不久，父亲杨坚竟然篡位，杨氏更加愤惋，屡次与父亲当面争执。杨坚也自觉惭愧，不再去看望女儿，只是让妻子独孤皇后去抚慰。随后，杨坚改封女儿为乐平公主，又见女儿正值韶华，想让女儿改嫁，偏偏女儿抵死不从，杨坚也就作罢。北周太皇太后阿史那氏历经变乱，而后病终。杨坚下令按照皇后的礼仪为她操办丧事，将她安葬在周武帝陵。周太帝太后李氏与介公宇文阐迁居别的寝宫，李氏十分愤慨，最后出家为尼，法号常悲。介公宇文阐的生母朱氏也随李氏一同削发为尼，法号法净。

周氏诸位小王爷都被降为公卿。杨坚另封皇弟邵国公杨慧为滕王，同安公杨爽为卫王；封儿子杨广为晋王，杨俊为秦王，杨秀为越王，杨谅为汉王；并任命并州总管申国公李穆为太师，邓国公窦炽为太傅，幽州总管任国公于翼为太尉，金城公赵煚为尚书右仆射；又封汉安公韦世康为礼部尚书，义宁公元晖为都官尚书，昌国公元岩为兵部尚书，上仪同长孙毗为工部尚书，杨尚希为度支尚书，同族的雍州牧邗国公杨惠为左卫大将军，永康公杨弘为右卫大将军，侄儿陈留公杨智积为蔡王，杨静为道王。不久，杨坚任命晋王杨广为并州总管，上柱国元景山为安州总管，当亭公贺若弼为楚州总管，新义公韩擒虎为庐州总管，神武公窦毅为定州总管。窦毅是邓国公窦炽的侄儿，他的妻子是周太祖第五个女儿襄阳公主，夫妇俩只生有一个女儿。隋主受禅的消息传来后，窦毅不满十五岁的女儿摸着胸口叹息道："我恨自己没有生为男儿身，不然我一定会替舅舅家除掉杨坚。"窦毅夫妇忙捂住女儿的嘴说："不要乱说！小心招来灭门惨祸！"后来她嫁给唐公李渊，成为唐朝的开国皇后。

内史监虞庆则劝隋主杨坚彻底灭掉宇文氏，断绝后患。高颎、杨惠也随声附和，李德林却坚决反对。隋主杨坚脸色一变说："你是个书生，不懂国家大事。"随即令宿卫各军搜捕宇文氏宗族，将周太祖宇文泰的所有儿孙全部逮捕到狱中，勒令他们自杀。不久，又将九岁的介公宇文阐害死在宫中，赐谥号为静帝。总计北周自闵帝宇文觉篡位建国，到静帝宇文阐亡国，中间历经五代国君，存在了二十五年。

亡国的蓬岛仙女

隋主杨坚十分看重一个人，任命他为太子少保，兼任纳言度支尚书。这人是谁呢？就是西魏度支尚书苏绰的儿子苏威。苏威五岁的时候，父亲过世，因而苏威是在哀痛中长大成人的。周太祖宇文泰因他颇有美名，为他向西魏主求取了美阳县公的封爵。后来，大冢宰晋公宇文护强行把自己的女儿嫁给苏威为妻。苏威见宇文护擅权，担心某天灾难会降临到自己头上，于是逃入山中，隐居寺庙。此后，朝廷屡次征召苏威，他都拒绝出山。隋主杨坚担任丞相的时候，苏威在高颎的引荐下，被杨坚重用。一个多月后，苏威听说杨坚将要受禅，他连忙又逃归田里。高颎恳请派人追苏威回来，杨坚沉吟一会儿，说："他如果不想听到和我有关的事，那就先不要召他回来。"受禅几个月后，杨坚因对李德林不满，又将苏威召回来，委以重任，追封他的父亲苏绰为邳公，让他袭爵。苏威从此与高颎一同参政，并逐渐受到杨坚的宠信。苏威曾劝隋主杨坚减徭轻赋，尚俭戒奢，杨坚对此很是赞赏，不但除去一切苛征，还将雕饰旧物全部毁除。苏威又对隋主杨坚说："臣的父亲曾告诫臣说，只要读过一卷《孝经》，便足以立身治国。"隋主杨坚当即深表赞同。

隋主杨坚一直认为北周订立的刑律过于宽泛疏简，于是令高颎、杨素修正刑律。高、杨二人采魏、晋的旧律，取齐、梁之长，坚持折中，删去一些惨绝人寰的刑罚，审定连坐的惩罚只限于谋反。同时，调整刑罚的程度，允许庶民上诉。但隋主仍认为律法太严，又让苏威再审议减刑，要求法令要更加简要，疏而不漏；并设置律学，专门研究律法，并且随时改订。隋唐以后的刑法之所以简明，基本上都是源于此。

郑译辞职回家，不免快快失望，于是他偷偷请道士为自己祈福，不料被一个他曾殴打过的婢女上报，说他滥用巫蛊之术。于是，隋主杨坚召来郑译，问他说："我没有对不起你，你这样做是什么用心？"郑译无法替自己辩护，只好低头谢罪。隋主杨坚不忍心重罚他，只勒令他闭门思过。不久，宪司弹劾郑译，说他不孝，没有将母亲安置在身边，用心奉养。隋主杨坚当即责令郑译熟读《孝经》，不久，又任命他为隆州刺史。郑译赴任没多久，便恳请回京治病，杨坚于是在礼泉宫赐宴，还给他原来的官爵。

当时，岐州刺史梁彦光、新丰令房恭懿两人的政绩最为卓著，隋主于是调任梁彦光为相州刺史，提拔房恭懿为海州刺史，并令全国的牧守以二人为榜样。从此官吏大多称职，百姓也安居乐业。不久，隋主杨坚领悟到，正是因为宇文氏的孤弱才导致北周灭亡，于是他特意把三个儿子调任出去，让儿子们做藩王。晋王杨广为河北行台尚书令，蜀王杨秀为西南行台尚书令，秦王杨俊为河南行台尚书令。杨坚还和南朝通好，与民休息。边境上每次捉到陈的奸细，杨坚便让人赐给奸细衣物、马匹，遣令奸细回国。但陈廷却不依不饶，派将军萧摩诃等人入侵隋朝的边境。隋主杨坚当即派兵讨伐陈军，却收到陈主陈顼的讣告以及陈朝新主陈叔宝的请和信，杨坚便下诏班师回朝。

陈廷却在陈主陈顼的丧葬期间，生出一场内乱。原来，陈主陈顼的子嗣最多，共生有四十二个儿子。大儿子就是已被册立为太子的陈叔宝，二儿子是野心勃勃的始兴王陈叔陵，三儿子是江州刺史豫章王陈叔英，四儿子则为母亲曾是酒家女的长沙王陈叔坚。始兴王陈叔陵性情淫暴，却极会掩饰自己。他常常在府邸或外面恣意妄为，却在父亲陈顼的面前装出一副谦逊好学的模样。陈主陈顼被他蒙蔽，格外宠溺他，先是任命他为扬州刺史，令他都督扬、徐、东扬、南豫四州的军事，不久，便让他入东府参政。陈叔陵见堂弟新安王陈伯固不仅深受陈主陈顼的宠信，和太子陈叔宝关系也很亲近，便十分忌恨陈伯固，想除掉他。可是陈伯固十分聪明，他不仅一次次化解眼前的危机，还成功地成为陈叔陵的心腹。太建十年，陈主派人在娄湖旁修筑方明坛，任陈叔陵为王官伯，让他统领

370

百官；又亲自到娄湖誓众，并分派使者，颁诰四方。陈叔陵成为盟主后，越发想夺取皇位，只因父亲清明，不敢冒昧行事。

太建十四年春，陈主陈顼忽然病倒，日子一天天过去，陈主的病势也逐渐加重。太子陈叔宝忙入宫照顾父亲，陈叔陵、陈叔坚等人也入宫侍疾。陈叔坚因母亲何氏地位低下，经常遭到陈叔陵的鄙视，所以二人向来水火不容，每次入朝，两人总是互相趋避。此次入宫侍奉父亲，两人只好一同进去。入宫前，陈叔陵对典药吏说："切药的刀太钝了，你把刀磨利点儿才好用。"典药吏没听懂，陈叔陵却已踱入宫，在宫中厮混了两三天。一天，陈主突然病发过世，宫中仓促准备丧事。陈叔陵却嘱咐身边的仆人去外面拿剑，仆人莫名其妙，取来朝服木剑。陈叔陵一看，顿时大怒，顺手一掌，把仆人打出去。一旁的陈叔坚已瞧透隐情，因而格外留心陈叔陵的举动。第二天，给陈主穿寿衣时，太子陈叔宝伏地痛哭，陈叔陵找到锉药刀，走到陈叔宝背后，突然砍了下去，正中颈项，陈叔宝猛叫一声，晕倒在地。柳皇后异常惊骇，慌忙扑上来救护陈叔宝，又被陈叔陵连砍数下。陈叔宝的乳母吴氏急忙跑到陈叔陵的后面，扯住他的右肘。这时，陈叔坚也抢步上前，叉住陈叔陵的喉管，一面夺取他手上的刀，把他拉到顶梁柱旁；一面划破自己的衣袍，用残破的锦缎把他捆在柱子上。由于那柄锉药刀太钝，太子陈叔宝和柳皇后只是受伤而已，二人早已仓皇爬起来，随吴氏步入内屋。陈叔坚急忙问太子陈叔宝说："是现在杀呢？还是待会儿再杀？"见陈叔宝已入内屋，陈叔坚还想追问，才移了几步，陈叔陵已扯断锦缎逃走了。回到东府，陈叔陵急忙召集亲信，释放东城的囚犯，用重赏诱使他们充为士兵，并派人去新林征集部将。部署已毕，陈叔陵披上铠甲，带着白布帽，登上城西门，号召兵民及各王将帅。没想到竟没有几人响应，只有新安王陈伯固单骑赴召，帮助陈叔陵指挥部众。

陈叔坚见陈叔陵逃脱，急忙向柳皇后请命。柳皇后当即派人征召右卫将军萧摩诃。萧摩诃奉旨率领士兵攻打东府，屯驻城西门。陈叔陵不觉惶急，忙把王妃和爱姜七人全部投入井中，然后带着陈伯固连夜出逃。在逃亡的路上，二人被萧摩诃的部将所杀。

陈叔宝登上帝位，颁诏大赦。封陈叔坚为骠骑将军，兼任扬州刺史；萧摩诃为车骑将军，兼任南徐州刺史，绥远公；册立皇十四弟陈叔重为始兴王。追尊大行皇帝为孝宣皇帝，庙号高宗，皇后柳氏为皇太后。陈主陈顼在位十四年，享年五十三岁。

371

陈叔宝嗣位后，因颈伤未好，便将宫内的事委托给柳太后决断，朝中大事委托长沙王陈叔坚决策。陈叔坚渐渐骄纵，势倾朝野，陈叔宝因而有些忌恨他，但看在他讨逆有功的分上，暂时隐忍过去。不久，陈主陈叔宝加封陈叔坚为司空，册立妃子沈氏为皇后，皇子陈胤为皇太子。陈胤的生母是孙姬。孙姬难产而死，所以陈胤是由沈皇后一手抚养大的。太建五年，陈胤被册封为嫡孙，不久，又被封为永康公。陈胤聪颖好学，博通大义，颇擅文辞，这次被册立为储君，满朝文武都十分欢喜。第二年正月，改元至德。陈叔宝亲政后，先是将陈叔坚外调，陈叔坚入朝辞行时，陈主却又将他留在京都。陈叔坚既没能专政，又没能外调，自此郁郁寡欢。他雕刻出一个木偶想为自己祈福，不料却被人诬告他诅咒陈主。陈主当即将陈叔坚抓捕下狱，问罪的时候，陈叔坚回答说："臣没有别的意思，只不过因陛下前亲后疏，想为自己祈福而已，没想到会触犯陛下。臣罪该万死，只请陛下先下明诏责备九泉下的陈叔陵，免得臣下去被他欺辱。"陈叔宝想起陈叔坚之前的功劳，便免去他的死罪，放他回府。不久，任命他为侍中，兼镇左将军。

陈叔宝做太子时与善于辞令的太子詹事江总走得很近，江总常常导引陈叔宝纵酒近色。陈主陈顼听说后，罢黜江总的职务。而陈叔宝一嗣位，便任命江总为祠部尚书；没几天，又晋升他为吏部尚书；紧接着，连尚书仆射的官职也给了江总。侍中毛喜是几朝的勋旧，陈主陈叔宝被陈叔陵刺伤后，毛喜与陈叔坚共同主持军事，建立了不小的功业。陈叔宝十分敬重毛喜，有时还召他入宫宴饮。毛喜觉得先帝刚刚下葬，丧期还没过，不应如此酣饮，又见后庭欢宴时所作的诗章十分淫艳，更觉得看不过去，只是一时不便多说。刚巧陈叔宝酒酣，让毛喜赋诗，毛喜本想立即规诫陈主，又怕惹得陈叔宝酒后发怒。于是，他慢慢走上台阶，走到一半，他便假装发病，扑倒在台阶上。惊得陈叔宝忙让人扶他下去休息。待毛喜离开，陈叔宝酒也醒了。想到毛喜摔倒的细节，陈叔宝对江总说："我真后悔召来毛喜，他其实没有病，只不过想阻止我欢饮。没想到他竟这样欺骗我，真是奸诈至极。"说着，便想派人捉拿毛喜。经中书舍人傅𬘭求情，又看在毛喜是元老的分上，陈宝叔便把毛喜贬为永嘉内史。

自从毛喜被调离京城后，满朝文武噤若寒蝉，没有一人再去规劝陈主。陈叔宝日益荒淫，不是纵酒，就是纵欲。因沈皇后清新寡欲，陈宝叔便另从外面召来龚氏、孔氏两名女子，并封她们为良娣。龚氏有个女婢名叫张丽华。当年，年仅十岁的张丽华随龚氏一起入宫，侍奉陈主。凭着自己的娇小玲珑、善解人意，很快便赢得了陈叔宝的欢心。两三年后，张丽华更是以自己少女特有的娉婷袅娜、妖艳风流，使得陈叔宝几乎离不开她。不久，张丽华生下一个男孩，取名为陈深，陈叔宝越发宠爱她们母子，将他们视若奇珍。待陈叔宝即位，立即册立张丽华为贵妃，龚、孔二氏却只是贵嫔。沈皇后本就性格恬淡，至此干脆将后宫的事情全部交由贵妃主持，自己不过挂个皇后的虚名，过着静阅图史，闲诵佛经的生活。

张贵妃有一头七尺长的青丝，发黑如漆，光可照物，并且脸若朝霞，肤如白雪，目似秋水，眉比远山。每当她在阁上靓妆玉立，凭轩凝眺，飘飘乎如蓬岛仙女下临尘世。张贵妃聪明灵慧，博闻强记。起初她只是执掌后宫，后来竟干预起朝政了。陈叔宝荒于酒色，很少视朝，百官有事要禀报，都得写在奏章上，由宦官蔡脱儿、李喜度传递。陈叔宝则常将贵妃抱在膝头上，和贵妃一同批示。张贵妃又总是笼络内侍，无论太监还是宫女都极力称赞贵妃的德惠，陈主更是宠爱张贵妃。自此陈朝内外联结，表里为奸，后宫的亲属招摇犯法，只要向张贵妃乞求，张贵妃必定代他们洗刷罪名。王公大臣，也只要张贵妃一句话，便遭到陈主的疏离排斥。因此，江东小朝廷，不知有个陈叔宝，只知道有位张贵妃。

都官孔范更是与孔贵嫔结为姐弟，一味地阿谀迎合。陈主宠信奸佞，弄得朝臣一致反感，百姓怨言不断。又因陈主要大兴土木，而国库不够支取，所以百姓的日子变得更为艰难。孔范又自称文武全才，曾傲然对陈主说道："朝外诸将不过是一介武夫，如果指望他们有什么远见，那还真是找错人了。"陈叔宝竟也认同，随后只要将帅稍有过失，便罢去他们的官职，夺取他们的兵权，把他们的部众分配给文官。从此，文武懈体，上下离心，陈朝离覆亡不远了。

一女事三夫

隋主杨坚曾在陈朝大丧期间，派使者吊丧，不料竟收到陈主陈叔宝傲慢的答复。杨坚愤怒至极，便想南伐，但又想到国家正在兴建新的都城，突厥也还没平定，便暂时将南伐的念头搁下。原来，长安城地方狭小，宫阙也很简陋，隋主便想营建一个新的都城。于是，在尚书苏威、高颎的支持下，一个由高颎全权规划的新都城在龙首山麓开始施工建造。

一年后，新都告成，取名为大兴城，隋主当即择定吉日迁都。新都城的一切规模都比旧都雄壮数倍。隋主杨坚自然惬意，随即遣将兴师，征讨突厥。

突厥称雄漠北始自伊利可汗，伊利将汗位传给儿子科罗，科罗将儿子摄图丢在一边，把汗位传给弟弟俟斤。俟斤就是木杆可汗，木杆可汗临死时，又把汗位传给弟弟佗钵可汗。佗钵可汗封兄长的儿子摄图为尔伏可汗，令他统领东部，封弟弟褥但的儿子为步离可汗，让他据守西部。当时，北齐还没灭亡，与北周争着拉拢突厥，每年都会送突厥大量锦缎。佗钵可汗曾笑称北周、北齐为儿子，说："两儿这么孝顺，哪还用得着担心国家会贫困？"不久，北齐被北周灭掉，佗钵可汗因来不及援救北齐，便屡次侵犯北周，并收留北齐的范阳王高绍义。北周主宇文赟将赵王宇文招的女儿嫁到突厥，佗钵才把高绍义擒献给北周，与北周通好。一年后，佗钵可汗得病暴毙，临终时嘱咐儿子庵逻说："我的兄长没有把汗位传给他儿子，却传给了我，我始终记挂着他的恩德，我死后，你要让着大逻便，不得和他争夺汗位！"庵逻哭着应允。等佗钵去世后，庵逻果然准备迎立大逻便，可是突厥的部众说："大逻便的生母出身微贱，我们不愿意迎立他。"摄图奔丧而来，感慨地对国人说："如果迎立庵逻，我愿意率着兄弟们跟随他；如果迎立大逻便，我就据境抗争，准备好长刃利矛，和他决一雌雄。"国人一听摄图的话，更加踊跃，决意迎立庵逻为嗣君。大逻便没有得到众人的认可，心里很不舒服，常常派人责骂庵逻。庵逻便决定将汗位让给摄图，因摄图年长有力，国人纷纷表示赞同。摄图随即迁居都斤山，封自己为沙钵略可汗。庵逻降居独洛水，称为第二可汗。大逻便又派人对沙钵略说："我和你都是可汗的儿子，按理我们都应承袭父亲的汗位。而如今你称尊，我却没有席位，这公平吗？"沙钵略无可辩驳，便封大逻便为阿波可汗，让他统领北部。又封叔父玷厥为达头可汗，让他管辖西部。四位可汗各自统领部众，分镇四面。沙钵略居中抚驭，颇得众心。突厥有个风俗，就是父亲死了，儿子可以娶后母为妻；兄长死了，弟弟可以娶嫂子为妻。北周十五、六岁的千金公主自然愿意再嫁给沙钵略为妻，好再做可贺敦。"可贺敦"三字，是番俗对皇后的称呼。

当时，隋朝已经取代北周，千金公主听说宗祀覆没，自然十分伤心，于是恳请沙钵略为北周复仇。沙钵略可汗得到这么好的妻子，又正是新婚燕尔，鱼水情深，当下召集臣属，慷慨激昂地对他们说："我是周室的亲戚，

374

如今隋公杨坚无故篡夺周主的帝位，如果我们不为周室复仇，还有什么脸面见可贺敦呢?"群臣纷纷听命，沙钵略当即派使者去营州联络原北齐刺史高宝宁。隋主杨坚刚刚登上帝位，忙着改革朝政，无暇北伐，只是令上柱国阴寿镇守幽州，京兆尹虞庆则镇守并州，让他们屯边修城，以守为战。

当年千金公主出嫁时，司卫上士长孙晟护送公主出塞，被突厥的可汗留住。沙钵略可汗的弟弟处罗侯是突厥部落中有名的统领，他因欣赏长孙晟善长骑射，与长孙晟走得很近。摄图成为可汗后，十分疑忌处罗侯，听说处罗侯暗地里与长孙晟盟誓，他便将长孙晟遣回关中。长孙晟在突厥数年，熟悉当地地理形势及风土人情。回朝后，便向隋主杨坚一一讲解。隋主杨坚非常赞赏他，封他为奉车都尉。等到突厥入侵，长孙晟随即提议讨伐突厥。隋主杨坚当即召来长孙晟商议战守事宜。长孙晟口陈形势，手画山川，状写虚实，了如指掌。隋主杨坚十分欢喜，便依长孙晟计议，派太仆元晖出伊吾道，笼络达头可汗，并赐给他狼头大旗。达头可汗随即派使者向隋主答谢。隋主杨坚封长孙晟为车骑将军，让他带着礼物出黄龙道，笼络奚霫、契丹等国。契丹于是甘心做向导，秘密地把长孙晟引到处罗侯的地盘。见到处罗侯后，长孙晟重申之前的约定，诱使处罗侯归附隋朝。见处罗侯应允，长孙晟当即回国报捷。

沙钵略可汗还不知道隋廷的计划，号召诸位可汗，带着四十万大军突然杀入长城，自兰州趋到周槃。隋朝行军总管达奚长儒虽然只有两千屯兵，却一点也不慌张，带着部众有节奏地边战边撤。转战三天三夜，突厥兵竟损伤了数千人。沙钵略怕达奚长儒诱敌，便停止不追。达奚长儒负伤回到关中，被封为上柱国。沙钵略可汗分兵四掠，追击隋朝的边疆将士，并想乘胜深入，偏偏达头可汗不依，竟带着本部的士兵离去。长孙晟又散布谣言，说铁勒部落已与隋朝联络，将踏平沙钵略的帐篷。沙钵略可汗听到谣言后，忙收兵出塞。

第二年为隋朝开皇三年，春暖草肥，突厥骚扰隋朝北境。隋主杨坚决意出师，任命卫王杨爽为行军元帅，令他率同河间王杨弘及豆卢勣、窦荣定、高颎、虞庆则等人，分八路出塞向突厥进攻。杨爽走到朔州，探知沙钵略就在距离军营仅数十里的白道，当即冲杀过去。沙钵略被杀得措手不及，仓皇出塞。

幽州总管阴寿听说突厥败还，当即攻打北齐营州刺史高宝宁，一举拿下营州。高宝宁后来被自己的部将杀死。卫王杨爽等人多半归朝，只留下秦州总管窦荣定以及长孙晟。窦荣定率领三万名步兵径直出凉州，与阿波可汗相拒。阿波可汗屡战屡败，便想率领部众撤回去。长孙晟乘机派人去劝他投降，并离间他和其他几个可汗。阿波可汗竟真的派使者随长孙晟回隋朝了。

沙钵略早已得知消息，不等阿波返回，他便率兵杀入阿波的居所，杀死阿波的母亲和妻儿。阿波失去家园，忙投奔达头。达头随即协助阿波攻打沙钵略，连战连胜，收复许多故地，二人的势力也日渐强盛。沙钵略的部众大多叛归阿波，沙钵略就此衰败。只是为了夫妻情意，沙钵略仍旧不肯停止与隋朝抗争，又鼓动余众入侵幽州。刚刚上任的幽州总管李崇因寡不敌众，中箭身亡。隋廷得到消息后，派高颎出宁州，虞庆则出原州，令二人率领大军铲平突厥，同时派人通知阿波与达头夹攻沙钵略。沙钵略三面受敌，惊慌得不得了，只得与可贺敦商议向隋朝请降，千金公主只好勉强答应。沙钵略当即派人去隋朝乞求和亲，并代千金公主上奏，恳请将姓氏改为杨氏，甘愿做隋主的女儿。隋主便册封千金公主为大义公主，应允与突厥通好。

阿波可汗自此与沙钵略可汗不合。阿波独立于北方，渐渐地拓土掠地，东控都斥，西越金山，龟兹、铁勒、伊吾各部落甚至连西域的一些小国都来依附他，阿波随即自称为西突厥。沙钵略既担心阿波，又畏惧达头，于是派人向隋朝告急，说是愿意率部众度过漠南，寄居白道川。隋主应允，并令晋王杨广率兵支援，接济他粮草、兵械。沙钵略得到资助后，击败西部的阿波，便与晋王杨广立约，原意永远臣服隋朝。当下派儿子库合真去隋朝朝拜。库合真来到隋都，隋主先在宗庙祭祀，然后将两国和好的消息颁告内外，并殷勤款待他。库合真带着许多珍宝回去报告沙钵略，沙钵略大喜。从此，沙钵略派使者按时朝贡，隋朝也常派使者示好。

隋主虽然征服沙钵略，但担心胡人会随时入侵，于是征召民役修筑长城。并在国内选择地理位置特殊的地方设置粮仓，使粮食能源源不断地输入关中。又开凿了一条自大兴城开始，东到潼关的沟渠，并引入渭水，打通运道，名为广通渠。尚书长孙平建议说："每年秋季，向每户居民征收一石粟麦，富人多征，穷人少征，然后将这些粮食储备起来，预防饥荒。"隋主允准，取名义仓，又减轻徭役，允许百姓酿酒，禁止私下制盐，求取遗书，崇尚五礼，罢郡为州。颁甲子元历，真是新朝气象，国泰民安。

西方的党项、羌部落闻风而来，恳请能成为隋朝的藩属。隋主抚慰来使，并赠给使者大量的礼物，送他回国。但吐谷浑太子崐王诃前来乞降，隋主却不答应，原来吐谷浑王夸吕经常出兵骚扰陇西，成为隋朝的边疆隐患。开皇六年，夸吕年老昏庸，喜怒无常，经常无端废黜并杀掉太子。轮到皇子嵬王诃被立为储君，嵬王诃力改前辙，想率领本部一万多户族民向隋朝投降，于是上奏隋廷，请隋朝派兵护卫。隋主杨坚感慨地说："吐谷浑风气浮薄，不纯朴敦厚，与中华的风俗迥然不同，他们父不慈、子不孝，朕以德训人，怎么能帮助嵬王诃成为大逆不道的恶贼呢？"随即召来使者，正色对他说："为父的有过失，做儿子的应当劝谏，太子怎么能投靠敌人，甘愿成为不孝子孙呢？普天下都是朕的臣民，他们都知道做善事，让朕放心。如果太子投靠了朕，朕只会让太子谨守孝道，又怎么会发兵助他大逆不道呢？"来使唯唯而去。嵬王诃也不敢再恳请隋朝发兵。

不久，隋朝廷罢掉相州刺史梁士彦的刺史一职，把他召还京师，给他一个闲散职务。梁士彦向来认为自己功高，觉得朝廷应该重用自己，这次调迁，自然有些埋怨朝廷。没过多久，与梁士彦同功的右领军大将军宇文忻也被罢官，原因是高颎对隋主说他有异心，不能久握兵权。二人闲居京师，逐渐往来密切。宇文忻随即建议梁士彦谋反，梁士彦又秘密与柱国刘昉商议，刘昉当即表示赞同。但没等三人有所行动，便被已经知情的隋主杨坚捕杀了。

开皇七年，突厥沙钵略可汗得病身亡，隋主杨坚因此停朝三天，并请太常卿前去凭吊。沙钵略有个儿子名叫雍虞闾，性情十分懦弱，沙钵略临终时，将汗位传给弟弟处罗侯。处罗侯忙把汗位推给侄儿雍虞闾，雍虞闾又把汗位推给叔父处罗侯，两人谦让了好久，处罗侯才登上汗位，称为莫何可汗，并派使者去隋朝说明情况。隋主杨坚派车骑将军长孙晟带着礼物前去庆贺，处罗侯接受隋主的封赏，款待长孙晟，派兵将隋军送到边境。而后，处罗侯带着隋廷所赐的旗鼓耀武扬威，轻易地擒获了西部的阿波可汗，随即上奏隋朝，请示处置阿波的方法。隋主召集群臣商议，最后听取长孙晟、左仆射高颎的意见，赦免阿波的死罪，把他流放到荒郊，令处罗侯乘便管束，阿波愤郁而死。不久，处罗侯在与西部胡人的征战中中箭身亡。雍虞闾受到部众的拥戴，称为都蓝可汗。此时，千金公主还是半老徐娘，风韵犹存，雍虞闾便援引俗例将她占为己有。于是千金公主第三次做了可贺敦。

梁陈并亡

隋主杨坚荡平西北，便想谋取东南，不巧后梁寻衅，杨坚召集军队，大举南下。于是后梁被隋灭掉，陈也跟着灭亡了。

梁主萧岿因仁孝俭仆，深得民心，尉迟迥发难时，萧岿采纳柳庄的建议，没有与杨坚为敌。等到尉迟迥败亡的消息传来，萧岿召来柳庄，对他说："要不是你的那番话，我朝现在已经灭亡了。"后来，萧岿派人向登上帝位的杨坚表示祝贺，并且每年都按时朝贡。隋主杨坚也对他恩礼相加，经常赐给他贵重的东西，还将萧岿的女儿纳为儿子晋王杨广的王妃。萧岿在位二十三年，于开皇五年五月病故，谥号为孝明帝，庙号世宗。萧岿的儿子萧琮嗣位后，屡次发兵侵扰隋朝。第二年，隋主杨坚征召萧琮入朝，江陵的父老来送萧琮上船时，都哭着说："我们的国君恐怕会一去不复返了。"隋廷因萧琮离开江陵，特意派武乡公崔弘度率兵前去镇守。崔弘度行进到都州，萧琮的弟弟萧瓛和叔父萧岩怕崔弘度率兵偷袭，忙向陈荆州刺史陈慧纪求降。陈慧纪赶到江陵，萧岩等人忙带着一万多官民投奔陈。隋主得到消息，忙令高颎率兵去支援崔弘度，陈军这才撤退。高颎留兵驻守江陵，然后自己回国报捷。隋主杨坚决意不让萧琮回去，竟把江陵改为郡县，派官吏去治理那里的居民，于是后梁灭亡。后梁自萧詧称帝，共经历三代国君，存在了三十三年。萧琮留居长安后，隋主封他为莒国公。

隋主杨坚一直想攻打陈，曾向高颎问计，高颎回答说："江北地寒，收成较晚，江南的水田早熟。如果我们在他们收获的季节，向他们炫耀兵马，扬言将攻打陈，他们必定屯兵守御，旷废农时。等他们处于戒备状态，我们又收兵而回。这样两三次，他们一定会说我们只不过是虚声恫吓，不足为虑。这时我军再渡江，直指建康，相信倦怠的他们一定不是我们的对手。再加上江南的房屋大多都是茅竹建成的，又没有地窖可以用来储备粮草，我们如果秘密派人顺风纵火，他们的粮草一毁，就更不是我们的对手。"隋主杨坚大为赞赏，于是如计施行。陈兵果然受困，当陈收纳后梁的萧岩等人时，隋主更加愤慨，当即对高颎说："朕身为百姓的父母，怎么能因一条河的阻挡，而不去拯救受难的子民呢？"高颎忙恳请出战。隋主随即大造战船，群臣恳请隋主秘密行事，隋主说：

"我将要替天行道，何必守密呢?"并将船桨丢入江中，任它东下，并颁诏说："陈朝如果知道改过，我又怎么会讨伐它呢?"

此时的陈主陈叔宝正深居高阁，整天花天酒地，两耳不闻朝中事。中书舍人傅縡上奏劝谏，结果被杀；江总、孔范这些小人阿谀奉承，反而被加官晋爵。至德五年元旦这天，有人报称甘露降，灵芝生。陈叔宝大喜，立即将这年改为祯明元年。诏书刚刚颁布，就发生地震。一群巧于献媚的臣子又随口捏造，说地震是阳气振动，万汇昭苏的吉兆。后梁的萧岩、萧瓛渡江请降，陈廷又是一番庆贺，颁诏大赦。封萧岩为平东将军，任命他为东扬州刺史；封萧瓛为安东将军，任命他为吴州刺史。太子陈胤还是像从前一样勤奋好学，他曾在太学讲诵《孝经》，而且身体力行，时常派人去探望母后，嘘寒问暖。皇后沈氏也经常派人去东宫抚慰太子。张贵妃集三千宠爱于一身，想为自己的儿子谋取皇位，竟与孔贵嫔串通一气，诬陷皇后、太子，说他们秘密往来，图谋不轨。孔范等人也愿意做证人。仁义有道的储君就此遭到废黜，降为吴兴王。张贵妃的儿子陈深，竟被立为太子。

不久，怪象迭出。先是暴雨不断，郢州水发黑，淮渚暴溢，大量的老鼠公然奔往淮河想要渡江，河里漂着无数鼠尸；然后是东冶铸铁的时候，空中忽然伴随着轰隆隆的雷声堕下一个火红色的东西，弄得铁汁溅出墙外，毁掉了不少民居；接着临平湖的蔓草突然间大片死亡，临平湖没几天便干涸了。朝野上下惊诧地视为奇事，哗传一时。陈叔宝有所耳闻，也有些惊异，随即卖身佛寺，化作寺院的奴隶，想避开噩运。张贵妃便说些鬼神之言来蛊惑他。陈宝叔忙又召集巫师在宫中祈福，并修建大皇寺，在寺内雕造七级浮屠。结果，在大皇寺快要竣工的时候，一场大火却把它吞噬了。朝中有愤懑不平的大臣站出来规劝陈主陈叔宝，但陈叔宝不但下令斩了那些直言劝谏的人，而且愈发荒淫。一年逝去，又是春来，陈叔宝派散骑常侍袁雅去通好隋朝，又令散骑常侍周罗睺屯驻峡口，侵扰隋朝的峡州。隋主正准备让散骑常侍程尚贤去陈朝示好，忽然听说峡州被侵犯，便决定讨伐陈朝。

陈主听说隋朝即将大举进攻，忙派散骑常侍许善心向隋朝修和。隋主将使者留在客馆，致信陈廷，细数陈主的罪恶。并在寿春设置淮南行省，任命晋王杨广为行省尚书令，在太庙祭祀一番，下令南征。然后又任命秦王杨俊及清河公杨素两人为行军元帅，让杨广出六合，杨俊出襄阳，杨素出永安；并令荆州刺史刘仁恩出江陵，蕲州刺史王世积出寿春，庐州总管韩擒虎出庐江，吴州总管贺若弼出广陵。集合五十一万八千人的大军，令九十名总管都听晋王杨广的调遣。任命左仆射高颎为晋王元帅府的长史，右仆射王韶为司马，令二人负责参议军事，辅佐晋王杨广。

陈主陈叔宝令散骑常侍周罗睺督率巴峡沿江各军抵御隋军。隋朝秦王杨俊屯兵汉口，节制上流。杨素率水师下三峡，打败驻守狼尾滩的陈朝将领戚昕，而后秋毫无犯，继续督兵东下，舳舻蔽江，旌旗耀日。杨素容貌壮伟，坐在大船里，就像金甲神一样，惊得沿途的陈军都视他为江神，纷纷溃散。江滨各地相继告警。陈朝舍人施文庆、中书舍人沈客卿反将战报扣留下来，不肯上报。朝臣听说隋军逼近，忙向陈主献策，但陈主却听信施文庆、沈客卿等人的话，坚信隋军不可能逾越长江天堑，因而继续喝酒作乐，过着快乐赛神仙的日子。

祯明三年正月初，陈主陈叔宝上朝时，大雾弥漫，殿中漆黑一片，他却不以为奇。退朝以后，张贵妃带着众妃嫔前来庆贺，陈叔宝当下开筵欢饮，灌得烂醉如泥，入寝鼾睡。第二天，从采石镇发来一封急报，说隋朝将军贺若弼从广陵率兵渡江，韩擒虎也自横江夜渡采石，沿江一带大多已经失守。施文庆等人不敢再扣留战报，只好如实奏报陈叔宝。陈叔宝这才惊慌起来，忙召集公卿商议军事，下令内外戒严。任命骠骑将军萧摩诃、护军将军樊毅、中领军鲁广达三人为都督，司空司马消难及刚刚授任的湘州刺史施文庆两人为大监军。令南豫州刺史樊猛率水兵出白下，散骑常侍文奏率兵镇守南豫州。当时，陈叔宝甚至将僧尼道士都拉来服役。这边正调将遣兵，陆续出发；那边已乘风破浪，踊跃前来。贺若弼攻拔京口，擒获南徐州刺史黄恪。韩擒虎先攻下采石，继而攻陷姑熟，接着又攻入南豫州城，擒获樊猛的妻儿。樊猛正与左卫将军蒋元逊游弋白下，突然听说妻儿被掳，顿时心惊不已。陈叔宝怕他有异心，想派镇东大将军任忠去替代他，先让萧摩诃试探樊猛的意思。樊猛当然不愿意，萧摩诃将樊猛的意思禀报陈叔宝，陈叔宝也觉得不便改调，仍令樊猛照旧办事。

屯驻新蔡的鲁世真与弟弟鲁世雄一同向隋军投降，并招降自己的父亲鲁广达。鲁广达忙向陈廷上奏请罪，陈叔宝抚慰他一番，让他继续督军。无奈隋军所向披靡，贺若弼从南路进逼，韩擒虎从北路进逼，势如破竹，如入无人之境。陈叔宝不断收到警报，急忙令司徒豫章王陈叔英屯驻朝堂，萧摩诃屯驻乐游苑，樊毅屯驻耆阇寺，鲁广达屯驻白土冈，孔范屯驻宝田寺，吴兴援将任忠屯驻朱雀门。不料，贺若弼进据钟山，韩擒虎进攻新林，隋朝元帅晋王杨广又派总管杜彦协助屯驻新林的隋军。驻守蕲口的陈朝将领纪瑱被隋朝蕲州总管王世积逼走，陈朝的吏民大为惊骇，相继投降隋朝。

陈叔宝向来只会玩乐，到了此时，除了哭也没有别的办法，萧摩诃屡次恳请出战，他总是犹豫不决。一天，陈叔宝忽然跃然出殿说："这种相持的日子，朕过得厌烦得很，让萧郎出战！朕想看看胜负到底是谁家。"萧摩诃被召入宫后，陈叔宝忙说："将军一定要为我决一胜负！"萧摩诃回答说："出兵打仗，无非是为了国家，为了自己，今天出战，我还要为我的妻儿努力。"陈叔宝大喜道："如果能击败敌人，我愿意与你休戚与共。"萧摩诃拜谢而退。任忠叩首力谏，恳请陈主为时局着想，坚守京都，不要轻易出战。陈叔宝不理他，只是宣召萧摩诃的妻儿入宫。

来到战场，萧摩诃正准备冲锋陷阵，突然得知自己年轻的妻子竟被留住宫中好几天了。萧摩诃的心略噔一下，暗叫"不好！"禁不住骂了几声昏君，于是不愿尽力，只是观望不前。隋军四面杀到，鲁广达、孔范、樊毅、任忠四位将领招架不住，纷纷逃归。萧摩诃心灰意冷，也想逃回去，无奈自己年老体弱，没有年轻时候的矫健，一时杀不出去，随后被隋军擒获。隋兵将萧摩诃送到贺若弼面前。贺若弼当即下令把萧摩诃推出去斩首，却见他面不改色，贺若弼暗暗称奇，于是为萧摩诃松绑，把他留在军营中。

任忠回到宫里，忙劝陈主陈叔宝暂时离开京城避避风头，陈叔宝不愿意。不久，隋军杀入京都，文武百官纷纷逃走，只剩下留在殿中的尚书仆射袁宪和留在省中的尚书令江总。陈叔宝见空旷的大殿中只有一个袁宪，不禁哭着说："我待你向来不像待他人那么好，如今却只有你肯留在这里，看来江东的气数真是尽了！"说着，便匆忙入内，想躲起来。袁宪正色说："现在隋军都已经杀进来了，陛下还想逃往哪里？不如正衣冠，御正殿，傲然地面对他们！"陈叔宝不等他说完，便摇头说："兵锋怎么好轻易尝试？我自有妙计。"说还没说完，人已经入内。陈叔宝急忙带着张贵妃、孔贵嫔两人来到景阳殿的后面，三人捆成一束，藏入井中。

韩擒虎率兵杀到殿中，四处搜寻陈叔宝的踪迹，最后从景阳井里提出三个没有断气的男女。沈皇后仍像往常一样淡定。十五岁的太子陈深开门静坐，等到隋军排闼进来，陈深从容地对他们说："在外作战，一定很辛苦吧？"隋军见他神情自若，竟向他致敬，没有侵犯他。退守乐游苑的鲁广达被逼无奈，最后向隋军投降。

贺若弼听说韩擒虎已抓到陈叔宝，便召陈叔宝相见。陈叔宝异常惶恐，忙向贺若弼下拜，贺若弼说："小国君主就是大国的上卿，下拜也属于常礼，入朝后，你不失作为一个归命侯，何必那么惊惧呢？"随即把陈叔宝监禁在德教殿，想把韩擒虎的功劳抢过来。就在这时，高颍已奉晋王杨广之命来建康料理善后事宜。高颍的儿子高德弘随后而至，传达杨广的命令，要求留下张丽华。高颍勃然大怒道："从前姜太公灭商纣时，曾蒙面斩妲己，像张丽华这种妖妃，哪能让她继续毒害世人？"说完，便令士兵去砍张贵妃的首级。

南北统一

正急着赶往建康的晋王杨广听说高颍已经杀了张丽华，不由得惊愤道："高公，我一定会重重报答你的！"杨广进入建康后，高颍上前迎接，杨广虽然心里十分憎恨他，但却不露声色，仍然像往常那样慰劳他和将士们，随即安抚百姓，监斩施文庆、沈客卿等人。而后令高颍与元帅府记室裴矩收图籍，封府库。当时，军民都说晋王贤德，哪知他是沽名钓誉，笼络人心。

隋主听说江南已经平定，很是欣慰，当即褒奖各位勇将，并派人告诉陈朝使者许善心："陈已经灭亡了，你可以向我朝投诚。"许善心不禁大哭，穿着粗布孝服，在客馆西向的台阶下铺了一条草席，端坐在草席上，向东方哭了三天三夜。隋主随即颁诏慰问他，第二天又任命他为通直散骑常侍，并赐给他一件官袍。许善心哭完尽哀，这才回房换衣服，然后出门向北垂泪朝拜，接受隋朝的诏书。第三天早晨，许善心来到大殿谢恩时，又伏在地上哭得悲不自禁。隋主对身边的人说："我灭掉陈国，真高兴能得到这样一个人，他既然能怀念旧君，将来他一定会是我朝的忠臣。"随即让许善心平身，去门下省上任，许善心泣拜而退。从此，许善心甘愿成为隋朝的臣仆。

此时，陈朝水军都督周罗睺与郢州刺史荀法尚还在坚守江夏；荆州刺史陈慧纪也正派内史吕忠肃进逼巫峡。隋朝秦王杨俊和清河公杨素都被陈军阻住，无法前进。就在两方人马打得一团火热时，建康被困的消息传来，陈军顿时失去斗志。不久，建康平定，隋主让陈叔宝写信招降陈军。周罗睺与将士们大哭三天，而后投降，陈慧纪感叹一番，也向隋军投降了。自此上江平定，巴陵以东，尽为隋朝所有。江州、豫章依次投降，隋朝于是撤去淮南行省，令各将分道前去平定各州郡。陈朝的吴州刺史萧瓛料知隋朝容不下自己，因而顽固抵抗，后来被隋朝大将军宇文述率兵擒获。东扬州刺史萧岩慌忙向宇文述投降，宇文述便将他们关在一个囚车里，一同押往长安。隋主杨坚责备他二人负国忘恩，当即下令处斩。

陈顼的第十六个儿子，湘州刺史岳阳王陈叔慎刚刚莅任，城中的将士听说隋军已占据距离湘州不远的荆门，便纷纷打算投降。陈叔慎在厅中设宴，召集文武僚属，举酒对他们说："君臣大义，能就此扫地吗？"一句话，说得众人禁不住呜咽起来，随即决心和隋军抗争到底。然而一个小小的湘州，能召集多少勇士？隋军见招降失败，一拥而上，湘州当即被攻陷。十八岁的陈叔慎被带到驻扎汉口的秦王杨俊面前，因言辞激烈，当即被杀。

拿下湘州后，隋军继续进军岭南。高凉郡太夫人冼氏恩威并重，深得民心，她的声望甚至传达岭外。因儿子石龙太守冯仆壮年去世，冯仆的儿子冯魂还是一个少年，郡内的大小事务便全赖冼太夫人主持。陈朝被隋朝灭掉以后，岭南的几个郡县便奉冼太夫人为主，称她为圣母，冼太夫人便担当起保境安民的重任。晋王杨广因岭南没有平定，便让陈叔宝致信冼太夫人，劝谕她归附隋朝。冼太夫人于是召集首领商议，众人相对痛哭一阵，最后冼太夫人尊重民意，决定迎接隋使，当即派冯魂率众人迎接隋朝使者。隋军又趁势灭掉逃到岭南的一些顽固的陈朝遗臣。岭南大略平定。隋主封冯魂为仪同三司，册封冼太夫人为宋康郡夫人。衡州司马任瓌劝都督王勇占据岭南，拥立陈氏的子孙为帝。王勇没有采纳这个提议，而是带着部众向隋朝投降，任瓌弃官离去。于是陈朝全境都划入隋朝的版图，陈朝灭亡。陈朝自武帝陈霸先篡位，到陈叔宝投降，共经历五位国君，存在三十二年。

自晋元帝东渡，安居江淮以来，中间历经东晋、宋、齐、梁、陈五朝，共历时二百七十三年，最后被北朝吞并，中国再次统一。唐代的李延寿作《南北史》把隋朝列入北史中，无非是因为隋朝起自北方，脱胎于北周，而后又仅传了一代君主，便被李唐吞灭，所以隋朝属于北史的一部分。

晋王杨广将要凯旋时，奉诏毁平建康的宫阙，鼓励农耕，并在石头城增置一个蒋州。一切布置好后，杨广奏凯还朝，并带走陈叔宝以及他的后宫佳丽、王公大臣。隋主杨坚亲自到骊山慰劳凯旋各军，一同进入长安。在太庙进行献俘礼，礼毕入朝，隋主晋封晋王杨广为太尉。杨广谢恩而出。第二天，隋主杨坚在广阳门外召见陈叔宝等人，先是抚慰他们，接着责备他们君昏臣佞，导致亡国。陈叔宝及王公大臣都惶恐地趴在地上，不敢说一句话。屏息许久，才听到被赦免。陈叔宝叩首谢恩，余众也随着叩谢。陈朝的司空司马消难之前因得罪隋朝而投奔陈朝，此次被俘，隋主杨坚本想治他死罪，但还是赦免了他。不久，又特别召见他。司马消难羞愧不已，再加上一把年纪，不久便过世了。不久，鲁广达也病故了。

隋主杨坚在广阳门宴请将士们，并论功封赏。封杨素为越国公，贺若弼为宋国公。韩擒虎因遭到弹劾没有得到爵位。有人说他没有严厉管束部将，在他的军营中竟发生淫污陈朝宫女的事情。韩擒虎愤愤不平，于是与贺若弼在隋主面前争功。争闹了一番，最后隋主温和地说："你们两个都是朕的功臣，不要再争了。"随即晋升韩擒虎为上柱国，韩擒虎这才退下。

隋主又召入高颎，当面封他为上柱国，晋封他为齐公，并对他说："陈朝平定不久，有人诬告爱卿谋反，朕已把他斩了。我们志同道合，岂是他人所能离间得了的？"高颎再拜称谢。隋主随后任命秦王杨俊为扬州总管，令他都督四十四州军事，镇守广陵；令晋王杨广镇守并州。陈朝都官尚书孔范等误国的佞臣都受到隋主的重惩。陈叔宝留居隋都，得到隋主的优待，只是他的姐妹大多没入隋朝的宫廷。其中一个妹妹入宫为嫔，就是后来的宣华夫人，另一个妹妹被隋主赐给了杨素，还有一个妹妹被赐给了贺若弼。陈叔宝对此全不在意，只是屡次恳请监守他的官吏帮他去求一个官职。监守官如实禀报隋主，隋主杨坚讥笑道："这个陈叔宝真是没心没肝。"接着，又问陈叔宝平时做什么。监守官回答说："陈叔宝通常都是醉醺醺的，很少有清醒的时候。"得知陈叔宝喝酒喝得很厉害，隋主便对监守官说："让他节制些才好。"监守官正要遵旨而退，隋主又说："随他吧，不然叫他怎么过日子？"隋主当即把陈氏子弟分置到边疆的州郡，让他们在那里务农生活。又赏给陈叔宝相当于三品官的俸禄。并任命陈朝的尚书令江总为上开府仪同三司，仆射袁宪、骠骑将军萧摩诃、领军任忠三人为开府仪同三司，水军都督周罗睺为上仪同三司。此后南北统一，朝野清平，隋主令武将及其子弟学习文史，并销毁民间的所有兵甲。

当时，高颎与苏威深受隋主的宠信，几年没有被晋升的李德林经常与苏威争论，高颎又总是偏袒苏威，排斥李德林。后来，李德林被贬黜为湖州刺史，不久，又辗转到怀州，最后病死。

隋主平定陈朝以后，开始猜忌臣僚，总是派亲信监视朝廷内外，一旦发现臣子有过错，他便不管过错的大小，一概加以重罪。因担心官吏贪污受贿，隋主又私下派人去贿赂官员，一旦这名官员收受贿赂，便立即斩首。隋主每次在殿中鞭打臣下，一定要将这人打死，如果没死，他便下令斩首。高颎屡次上奏劝谏隋主，隋主始终不看奏章，在兵部侍郎冯基再三地恳切劝谏下，隋主才有些悔意。但却转而怨恨群臣，怪他们没有及时劝谏，随即又谴责数人。柱国郑译乘机献媚，请求修正雅乐。隋主便让太常卿牛弘、国子祭酒辛彦之、博士何妥等人商讨音律。牛弘说中国传统的音乐大多出自江南，隋主便让他们与许善心、姚察等人参酌订正。

雅乐还没谱成，江南各州郡再次大乱。越州的高智慧和苏州的沈玄相继揭竿起事，自称天子，东攻西掠，陷没许多州县。陈朝故土大半受到震动，隋朝几乎前功尽弃，南北又要分疆了。原来，江东已养成奢靡的习俗，历代的刑法大多又很舒缓，军民已经适应这样的生活环境，但隋朝平定陈朝后，施行和旧政大为迥异的新政，军民随即抱怨不停，有人趁机造谣说隋朝要把南方人都赶入关中，使得百姓异常惊骇。高智慧、沈玄二人趁机作乱，百姓纷纷依附，这才出现夺城池，杀守令的混乱局面。消息传到隋廷，隋主十分忧虑，当即派越国公杨素率兵南征。几番辗转作战，江南被平定，高智慧、沈玄及其余党被歼灭殆尽。杨素率军凯旋，受到隋主的嘉奖。

杨素北归后，番禺夷人王仲宣又造反，纠集叛众围攻广州。柱国韦洸急忙招募兵士，开城迎战。贼势很是凶猛，韦洸招架不住，忙退回城中，登城督兵防御，接着向高凉求援。冼太夫人派孙子冯暄领兵援救韦洸。冯暄到达衡岭一看，屯兵岭上的贼党是相识的陈佛智，两人竟将战事搁到一边，闲聊了起来。冼太夫人听说冯暄逗留，当即派人把他抓起来，另派孙儿冯盎袭击陈佛智。陈佛智没有防备，被冯盎军杀死。此时韦洸已中箭身亡，由副使慕容三藏代理军事。隋廷也派给事郎裴矩南行剿抚。裴矩行进到南康，击斩王仲宣的部将，而后进驻南海。碰巧冯盎与慕容三藏会合，击走了王仲宣。冼太夫人又亲自赶来接应，三人便一同到南海迎接裴矩。裴矩听说冼太夫人要来，倒也不敢怠慢，忙命军士排班恭候。过了一会儿，来了一位唇红齿白的少年军将，紧跟其后的是一位头戴金冠的老妇人，身披银铠，上面撑着锦伞，下面跨着战马，前导骑兵，后拥步兵，虽然已是年过花甲，但仍是春盈眉宇。裴矩不禁暗暗喝彩，还没开口晤谈，已先下马候着。冼太夫人令孙儿下马，自己也从容下鞍。慕容三藏从后面迎上前来，为冼太夫人及冯盎引见裴矩。彼此行过了礼，略谈几句，便一起回到广州。裴矩因冼太夫人在岭南有很高声望，便请她一同巡行，安抚各州郡。冼太夫人也不推辞，当即与裴矩带着兵士出城巡抚。苍梧首领陈坦、冈州首领冯岑翁、梁化首领邓马头、藤州首领李光略、罗州首领庞靖等人都来参见。裴矩于是奉旨封他们为县令，让他们尽心镇守旧部，各首领欢跃而去。

岭南平定，裴矩当即派人回京报捷，隋主封冯盎为高州刺史，追封冯盎的祖父冯宝为谯国公，冼太夫人为谯国夫人，特意给他们印章，应允他们设幕府，置官属，令他们见机征发六州兵马，方便行事。并赦免冯暄，封他为罗州刺史。裴矩回京后自然也得到厚赏。冼夫人将隋主给的赏赐收起来，每年大会时，她便陈列出梁、陈、隋三朝给的奖赏，并对子孙说："你们一定要一片赤心向着天子，我之所以能侍奉三代君主，就是因为我的一片忠心，你们看看这些赏赐，这便是忠孝的报酬。"仁寿初年，老夫人寿终，隋廷赐谥号为诚敬夫人。

现世的阎罗王

隋主杨坚取得帝位，左卫大将军杨惠功不可没，起初隋主封他为邗国公，不久便晋封他为广平王，让他执掌禁军。改名为杨雄的杨惠那时极为受宠，长安人士称他为"四贵"中的第一人。"四贵"除杨雄外，还有苏威、高颎、虞庆则。杨雄又因宽待下士，深得众心。隋主杨坚因而有些忌惮他，改封他为司空。杨雄知道隋主想夺取他的兵权，便杜门谢客，不再参与朝政。没过多久，隋主改封他为清漳王，后来又改封他为安德王。

滕王杨慧曾娶周武帝宇文邕的妹妹顺阳公主为妻，因杨慧俊逸兼有文采，时人称他为杨三郎。隋主任命他为雍州牧，除了经常让他坐在自己身边，还亲切地称他为阿三，随后又给他改名为杨瓒。杨瓒虽是隋主杨坚的亲弟弟，但他也因隋主篡夺周室的皇权、屠灭宇文氏，而觉得杨坚过于残忍。顺阳公主悲悼自己的宗亲，更是暗地憎恨杨坚，并因与独孤皇后素不相容，而越发惆怅。独孤皇后家世尊贵，资质聪颖，隋主十分宠爱她。每当隋主上朝，皇后便并肩陪着隋主走到殿阁前；并密派宦官伺察朝政，等隋主退朝，两人同返燕寝时，皇后便婉言指出隋主的不当之举，随即恳切规劝。对于皇后的劝谏，隋主总是欣然接受，因此宫中称隋主与独孤皇后为二圣。皇后还曾与隋主密誓，隋主不能和别的妃嫔生有皇子。试想独孤皇后如此专宠，怎么能不忌恨顺阳公主，不在中间煽风点火呢？果然隋主听信皇后的话，劝杨瓒休妻。杨瓒夫妇伉俪情深，杨瓒当然不忍心离弃公主，便再三乞求隋主开恩。隋主只好应允，但自此开始疏远杨瓒。开皇十一年，杨瓒陪隋主饮酒，刚回到寝宫，便觉得肚子异常疼痛，才一会儿便倒地毙命了。隋主杨坚没有追封他封号，并将顺阳公主迁出宫廷，除去属籍。当晚，上柱国郑译病死，隋主却又是凭吊，又是赐谥号。朝臣因此愤懑不平，纷纷上谏，隋主才勉强赐杨瓒一个"穆"字。

太子通事舍人苏夔，是尚书右仆射苏威的儿子。苏夔不仅文章写得好，谱就的音律更是出色。越公杨素十分器重苏夔，还曾戏弄他的父亲苏威说："杨素无子，苏夔无父。"当时，苏夔与国子博士何妥共同讨论正乐，意见不统一，于是二人召集百僚商议。没想到趋炎附势的群臣因忌惮苏威的权势，几乎都赞同苏夔的提议。何妥愤恨地说："我做了四十多年的官，怎么能让一个后生小子任意屈辱呢？"随即上奏弹劾苏威父子以及礼部尚书卢恺、吏部侍郎薛道衡、尚书右丞王弘、考功侍郎李同和等人，说他们朋比为奸，滥用私权。隋主令四皇子蜀王杨秀及上柱国虞庆则下去核实，得到证实后，当即罢免苏威的官爵，将他调到开封。卢恺被罢职，薛道衡等人则遭到贬黜。

隋主任命杨素为右仆射，让他与高颎共掌朝政。杨素比高颎有风度，却远没有高颎有器量，朝廷权贵如苏威等人几乎都被他讥讽过，大臣们自然对他很有意见。大将军宋国公贺若弼尤其不服，他一直觉得自己的功劳足以让自己拥有宰相的职位，没想到权位却被功劳不如自己的杨素给夺走了，因此越想越不平。入朝拜谒时，贺若弼经常出言不逊，隋主杨坚对他说："我用高颎、杨素为两人为宰相，你却说他们二人只会吃饭，你到底是什么意思？"贺若弼抗议说："高颎与臣是故交，杨素是臣的亲戚，臣知道他们二人有什么能耐，所以才会那么说。"隋主不禁变色。王公大臣们察言观色，当即弹劾贺若弼对朝廷不满，应该被处死。

387

隋主便令人把他逮捕入狱，后来想到贺若弼到底是个大功臣，便赦免了他的死罪，把他贬为平民。一年后，又赐还他的爵位。而后，隋主也赐还苏威邳公的爵位，封他为纳言。

相传开皇十六年十一月，韩擒虎在家时，邻居的母亲见韩擒虎家门前的仪卫十分壮观，不禁上前诧问。卫吏回答说："我们特地来迎接王爷。"说完就不见了。不久，突然患病的邻居莫名其妙地走向韩擒虎家。门吏将他拦住，病人大声说："我是来拜谒大王的。"门吏问他要谒见什么王。病人答称阎罗王。门吏当即喧噪起来，韩擒虎的家人得知后，便要殴打病人。韩擒虎急忙出来，阻止家人动手，并派人送病人回家，然后对家人说："我生为上柱国，死做阎罗王，我也知足了。"当晚，韩擒虎便得病不起，不久便过世了，享年五十五岁。

第二年二月，隋主令杨素到岐州北督造仁寿宫。杨素推荐宇文恺、封德彝为土木监。宇文恺与封德彝只知道阿谀奉承，一经委任，格外效力，于是平山填谷，建造宫殿。可怜这群工匠白天拼命干活，晚上还要赶工，再加上工程艰巨浩大，没多久便大批大批地病倒在工地上，加上没有医生治病，最后都奄奄毕命了。监工把这些尸骸推入坑谷，尸上填尸，差不多像小山一样。当下充作地基，筑成平地，花了两年多时间，才把仁寿宫造成。造出来的宫殿的确是规模宏伟，金碧辉煌，其代价却是一万多条人命。

隋主杨坚令仆射高颎前去探视，高颎回来说过分奢华，劳民伤财。隋主向来十分节俭，一听这些话，自然十分憎恶杨素。杨素颇为忧惧，急忙派人向独孤皇后求救，独孤皇后当即答复他，让他别担心。不久，隋主杨坚亲自去巡视仁寿宫，果然太过奢侈，便召来杨素当面诘责道："朕之所以叫你来督造这座宫殿，是因为朕看你老成谨慎，能识大体。原本以为你能体察我的心意，没想到你竟然建造得这么华丽，你让我怎么面对天下的百姓？"杨素无法辩驳，只得叩头谢罪。隋主杨坚全不理睬，径直去便殿休息。杨素正忐忑不安，怕遭到严谴，封德彝悄悄对他说："大人别过分忧虑！等皇后一来，大人就准备领赏吧。"话刚说完，已有人报称皇后驾到。杨素忙上前迎见，独孤皇后将他慰劳一番，便入见隋主。杨素不敢跟着进去，过了半晌，才奉召进去。隋主坐在上座，还没发话，独孤皇后便从旁婉劝道："他知道我们夫妇年老，又不会找什么乐子自娱，所以把这座宫殿弄得这么繁华，好让我们夫妇安享天年，他可真称得上是忠臣孝子了。"此时，隋主已经不像先前那么严厉。杨素当即拜谢。独孤皇后又代为请求，将杨素重赏一番。杨素忙对独孤皇后说：
"老臣没什么功劳可言，封德彝监工最为辛苦，这些赏赐应该给他。"独
孤皇后点头说："皇上自会封赏封德彝，你也不要推让了。"杨素拜谢而
退。不久，隋主晋升封德彝为内史舍人。此后，隋主经常带着独孤皇后
巡幸仁寿宫。隋主杨坚也心为物役，渐渐地贪恋声色了。

　　嫁到突厥的大义公主经过两次改嫁已成为都蓝可汗的可贺敦。大义
公主虽然改姓杨氏，但她的心里始终认为自己是北周的公主，因此只要
一抓到机会，她便煽动都蓝可汗和隋朝作对。隋朝想方设法笼络都蓝可
汗，并让他杀了大义公主，都蓝就是不愿意。当时，处罗侯的儿子染干
自封为北方的突利可汗，他派人到隋朝乞请和亲。隋朝内史侍郎裴矩对
使者说："你们能杀了大义公主，就答应和亲。"突利可汗当即散播谣
言，说大义公主将谋害都蓝可汗。接着又致信都蓝，挑拨他与大义公主
的关系。都蓝果然中计，杀掉大义公主，又立即向隋廷上奏求婚。开府
仪同三司长孙晟向隋主献策说："都蓝可汗这么反复，看来他不是诚心
归附我朝。我们还不如招抚染干，让他迁入我朝南疆，这样一来，就算
都蓝有异心，他也干不出什么大事。"隋主依议，当即派长孙晟去慰谕染
干，应允将公主嫁给他。染干自然喜出望外，只是隋朝还没有指定哪位
公主，染干也没有立即来迎亲，因此又耽搁了三四年。

　　这三四年间发生了一些大事。一是史万岁征服南宁蛮酋爨震，收降
三十多个部落；二是周法尚讨平桂州俚帅李光仕，隋朝另派令狐整为总
管，令他镇抚华夷；三是汉王杨谅东伐高丽，无功而返，高丽王元亦派
遣使者来谢罪。这三件是对外的军政。还有并州总管秦王杨俊因贪恋女
色而遭到王妃崔氏下毒谋害，杨俊患病被革职，崔妃被赐死。杨素劝谏
隋主，隋主说："周公还能杀掉管蔡，我又比不上周公，怎么能因他是
我儿子而枉法？"就在杨俊病重时，隋主才晋封他为上柱国，不久，杨俊
便病死了。长史什柱与鲁公虞庆则的爱妾通奸，因而什柱诬告虞庆则谋
反。隋主竟杀掉虞庆则，晋封什柱为柱国。宜阳公王世积出镇凉州时与
皇甫孝谐发生冲突，皇甫孝谐便上奏说："王世积曾让一个道人给他看
相，道人说他以后定会大福大贵，并说他的妻子将来是皇后。王世积因
而蠢蠢欲动，贿赂一些官吏，还请陛下早日惩处他。"隋主也不追究真
假，便将王世积召回京城处斩。左卫大将军元旻、右卫大将军元胄、左
仆射高颎因曾接受王世积的馈赠，也受到惩处。两元被罢官，只有高颎
幸免，皇甫孝谐被封为上大将军。大都督崔长仁犯法当斩，隋主因他与

389

独孤皇后是表亲，便想减刑，皇后却说："既然他触犯国法，我怎么能徇私呢？"崔长仁随即被处死。皇后的异母弟弟独孤陀在延州当刺史时，纵容女婢饲养会杀人的猫鬼。不巧，独孤皇后与杨素的妻子同时患病，御医认为是猫鬼作祟，隋主怀疑是独孤陀所为，一得到证据，便赐独孤陀自尽。皇后三天不吃东西，哭着为独孤陀求情说："如果陛下因独孤陀蛊政害民而赐他自尽，臣妾不敢多说什么。但如果是因为臣妾而赐他自尽，臣妾实在痛心，还请陛下赦免他的死罪！"隋主只好答应，随即下令严禁蛊毒魔魅等邪术。

开皇十九年，隋主决意西征，任命汉王杨谅为元帅，高颎、杨素、燕荣等为副将，令他们分道讨伐突厥。原来，突厥北部的突利可汗娶到隋朝的安义公主，并南徙到都斤山，成为隋朝的屏藩。都蓝可汗听说突利娶到公主，立即想到隋朝拒绝自己求亲，顿时气得无名火高起三丈，随即与达头可汗联合侵犯隋朝。突利可汗急忙通报隋主，隋主当即调兵遣将征讨突厥。

赶走两路番军后，隋主封突利为启民可汗，并令长孙晟到朔州督建大利城，为启民营造居地。突厥的散众大多都来投靠启民，启民随即带着一万多口人迁徙。没想到安义公主竟在途中病死，隋主又将义成公主嫁给启民，并开辟夏、胜二州间的旷地，让他的番民畜牧，同时令上柱国赵仲卿屯兵五原，为启民抵御达头可汗。代州总管韩洪等率一万军兵镇守恒安，作为后援。不久，达头可汗率领十万骑兵入侵，被赵仲卿杀得落荒而逃。隋主采纳长孙晟的计策，将启民迁徙到五原，以免他遭到不测，同时派杨素出击都蓝可汗。杨素军还没出塞，都蓝已被部下杀害，达头自立为步迦可汗，突厥大乱。启民奉隋主之命派人去招降并抚慰突厥部众，当即便有许多番众投靠启民。第二年夏天，达头抚定境内后，又来侵犯隋朝。晋王杨广奉命率同杨素、史万岁、长孙晟分道出击，杀得突厥落花流水。史万岁追出塞外，达头一听到史万岁的名号，逃得更快。不久，达头又派侄儿俟利伐攻打启民，隋朝立即发兵援助启民。启民与隋军一同击退俟利伐后，上奏感谢隋主，并表示愿意永远效忠隋朝。隋主令赵仲卿增筑金河、定襄二城，保护启民，启民感激涕零。

独孤皇后专宠

隋主杨坚治国已有十八九年了，内安外攘，物盈民康，算得上是一个太平世界。古人说："存不忘亡，安不忘危。"这正是持盈保泰的真理。无奈饥寒思盗，饱暖思淫，是人之常态。隋主杨坚虽然称得上英武，到底不是圣主明王，自筑造仁寿宫后，他也渐渐纵情酒色，迷失在纷华里面。只因独孤皇后生性善妒，别事她都能通融，就是不准隋主召幸宫娥，所以隋主只能眼睁睁地看着那些如花似玉的美姬，就是碰不得。

一天，独孤皇后因身体不适在宫中调养，隋主趁机前往仁寿宫消遣愁怀。仁寿宫内的宫女不下数百，隋主左顾右盼就是找不到一个绝色。隋主郁郁无聊，信步蹀入一座别苑，刚巧一位妙龄女子正轻卷珠帘，与隋主打个照面，女子慌忙出来迎驾，上前叩头。隋主让她起来，仔细端详，只见她秋水为神，冰玉为骨，乌云为发，白雪为肤，更有一种娇羞形态，令人销魂。隋主从来没有见过这样的美女，禁不住心痒难熬，便开口问道："你叫什么名字？什么时候进宫的？"宫女跪下说："贱婢是尉迟迥的孙女，因爷爷谋逆，被押入宫廷，充当打扫宫廷的女婢。"隋主又说："不必多礼，你就带朕逛逛这园子吧。"尉迟女便起身，冉冉前行，引隋主入苑。隋主满眼只有这女子的身影，哪儿还看得到苑中的花花草草？一路上随口与尉迟女问答。尉迟女料知隋主对她有意，乐得柔声娇语，卖弄风情。隋主更加动情，竟与尉迟女走入室中，叫来酒肴，让尉迟女陪酒。尉迟女顺从地喝了几杯，顿时红霞上脸，让人越看越觉鲜艳。隋主几杯下肚，酒意升腾，索性放开情怀，与尉迟女调起情来。尉迟女若即若离，半推半就，隋主哪还记得什么皇后，什么旧盟，当晚竟在苑中度过。又一连留住好几天，才回朝听政。

独孤皇后的病稍稍好转，她见隋主连续几天晚上没有回来，便密派内侍去打探消息。内侍以实相报，独孤皇后顿时气得七窍生烟，趁隋主上朝的时候，悄悄带着宫监侍女前往仁寿宫。不久，隋主处理完政事，入宫去探望皇后，见独孤皇后不在寝宫，便问旁边的内侍。内侍起初只是含糊答复，后来看到隋主动怒，才说皇后去仁寿宫了。隋主一听，吓得非同小可，忙跨马追了出去。到了仁寿宫，隋主急忙前往尉迟女的住处，远远地便听到独孤皇后的喝骂声。走到窗旁，隋主向内一望，只见里面摆着一具血肉模糊的尸体，仔细一看，不是别人，正是前几天相偎相倚的尉迟女。再看独孤皇后高坐在上，就像母夜叉一样，双眉直竖，两目圆睁，分明瞧见隋主，仍是满口胡言，端坐不动。隋主向来害怕独孤皇后，一时不敢发作，悲愤交集下，索性转身上马，扬鞭而去。独孤皇后恃宠作威，正想等隋主进来，再好好发泄几句，一看隋主脸色大变又径直离去，皇后也着急起来，下座追了出去，连呼"陛下快回来"。隋主根本不理睬，疾驰出宫，急得独孤皇后仓皇失措，慌忙令内侍去宣召高、杨二相。等高颎、杨素两人赶来时，隋主早已离开好久。一问明情况，两人立即带着几名内侍匆匆追出去。足足追了二三十里，两人才发现隋主正骑着马在山村慢慢前行，忙齐声叫道："陛下要去哪里？"隋主回头一看，见高颎、杨素二位宰相赶来，便勒马停住。二人忙下马，跑到隋主的马前，挽住缰绳，跪下劝谏说："陛下为了何事竟独自一人外出？怎么能不顾念社稷呀？"隋主不禁长叹道："说来也真让人羞愧，自古以来，哪个帝王没有三宫九嫔？朕召幸一个宫女，那宫女便被独孤皇后打死。朕想就是普通老百姓，也一心想着再娶几个妻妾，再买几个歌婢，朕贵为天子，反而没有这种自由。唉，还不如住到民间，过那种逍遥自在的生活呢。"高颎说："陛下错了。陛下万般辛苦，才得到天下，现在怎么能为一个妇人而看轻天下呢？还请陛下三思，立即回宫！"隋主沉吟不语。杨素也在一旁极力劝谏，说："山野村乡，即不方便也不安全，陛下不要在这里委屈自己。"隋主正为难时，远远地看见仪仗以及文武百官都来迎驾，便决意回朝。回到宫里，已是半夜，独孤皇后倚阁等着，心中很是不安。听说隋主已经回来，她才放下心来。隋主原本不肯入宫，但禁不住高颎、杨素的再三苦劝，走到阁门，独孤皇后忙对着他下拜说："都怪臣妾一时糊涂，触怒陛下，臣妾该死。但请陛下念在臣妾侍奉陛下数十年的分上，饶恕臣妾。"隋主回答说："朕不是不顾念夫妇情分，只是觉得你太狠心了。事已至此，也不必多说了。"独孤皇后涕泣拜谢，依旧和隋主并肩入宫。从此，独孤皇后在女色方面对隋主不再那么苛刻，没过多久，隋主便宠幸之前选入宫的陈叔宝的妹妹，将尉迟女抛在脑后。

高颎追回了隋主，但也得罪了独孤皇后。原来，高颎为劝隋主回朝时曾说独孤皇后是妇人。独孤皇后得知后，以为高颎心存藐视，所以快快不乐，对心腹内侍说："我因高颎是我父亲的至交，对他十分敬重，没想到他竟这么藐视我，我堂堂一国之母，他怎么能轻视我为妇人？"高颍还不知道自己说错了话。一天，隋主对他说："有位神仙对晋王杨广的王妃说'晋王一定会得到天下'，你觉得晋王怎么样？"高颍正色回答："储君已经册定好了，怎么能说换就换？况且册立太子也要按照长幼次序。"隋主默然，高颍随即退出去。就因为这句话，独孤皇后怒上加怒，恨不得立即除掉高颍。原来，隋主的五个儿子都是独孤皇后所生，但她尤其偏爱二皇子晋王杨广。隋主曾对群臣说："朕没有什么姬妾，五个儿子出自一个娘胎，应该不会发生争储的事情。"哪知一母所生的兄弟也会暗中排挤，再加上生母本人的偏爱，随即酿成废立的争执，反而使高颍无端牵入漩涡，从而获罪遭贬。

太子杨勇是隋主杨坚的长子。杨勇性情十分坦率，不喜欢矫饰，经常参决军国大事，而且意见大多很中肯。只是隋主崇尚俭约，杨勇却喜欢好奢华。隋主曾因此而责备他，杨勇在父亲面前允诺改过，但时过境迁，又像往常一样。一次过节时，百官都去东宫庆贺，杨勇让艺人们奏乐，在歌舞中接受庆贺。隋主得知后，越发不舒服，特意下诏告诫群臣说："此后不得擅自朝贺东宫。"杨勇因而渐渐失宠。独孤皇后向来憎恶男人宠姬忘妻，偏偏杨勇的宠姬纷纷生下儿子，唯独不见王妃元氏有喜，独孤皇后因此更加厌恶皇太子。凑巧，太子妃元氏因心脏不好突然过世，独孤皇后怀疑是杨勇的宠姬云氏下的毒，越发为太子妃不平，每当太子来问安时，独孤皇后总是一脸怒意。太子杨勇也不细细体察，竟让云氏掌管东宫内政。独孤皇后暗暗咒骂，并派内侍侦察，只等太子犯下什么过错，好立即请隋主废黜他。

诡计多端的晋王杨广一直想夺取储君的位置，他窥知父母的心思后，自然巧为迎合。杨广有数名姬妾，但他只与萧妃同寝，就算姬妾生有孩子，他也不让养育。每当听说隋主及独孤皇后要来府邸，杨广便只留下又老又丑的女婢、仆役供差使，然后与萧妃穿戴简朴，恭候在门前。看着乐器上厚重的尘埃，素淡的屏帐，隋主当然惬意，独孤皇后也觉得十分欢喜。隋主和皇后回宫，另派人来探查，杨广与萧妃总是在门前迎候，不问贵贱地款待来使，使者要走时，杨广又忙塞给使者许多东西，因此宫中的内侍没有一个不称赞晋王杨广仁孝。隋主杨坚密派相士来和去看自己的儿子，来和回来对隋主说："晋王的眉骨隆起，是大富大贵的面相。"隋主又问上仪同三司韦鼎说："朕的几个儿子当中，你觉得谁最适合做储君？"韦鼎随口说："陛下与皇后最爱哪位皇子，哪位皇子就最合适册立为太子。"隋主笑道:"你不肯明说吗?"韦鼎又说:"陛下已经决定了,臣哪还需要多说。"说完便退去了。

不久,晋王杨广出京镇守扬州,才半年他便跑回来面见父母。等到要上路时,他又装出欲去不去、欲言不言的样子。弄得独孤皇后十分不安,忙问他到底怎么了。杨广便悄悄对皇后说:"儿臣受到太子的猜忌和责备,只怕某天父皇会听信太子的话,赐儿臣一杯毒酒。"说完,便呜呜大哭,皇后将他安慰一番,劝他放心。杨广这才离去。

独孤皇后决意废立,屡次在隋主面前挑唆是非。隋主因此将东宫勇猛的卫士调入禁城。朝臣没有一人敢劝谏,唯独高颎站出来说:"东宫的宿卫,不便多调。"隋主不等他说完,便冷冷说道:"朕时常出巡,身边的卫士应该多些,太子哪需要那么多的壮士?而且我这样做,也是怕重蹈前朝的覆辙。你就不要再多说了。"听了这一席话,高颎羞惭而退。原来高颎的儿子高表仁曾娶太子杨勇的女儿为妻,隋主话中的寓意自然让他难为情。不久,高颎的妻子病故,独孤皇后趁机对隋主说:"高仆射老了,他的妻子又突然过世,陛下不如为他娶一房妻室,也好有人照顾他。"隋主随即询问高颎的意思。高颎含泪回答说:"臣已经老了,准备退朝斋居诵经,不愿再纳继室了。"隋主哀叹一番,也不勉强他。过了几个月,高颎的小妾生下一个男孩。隋主颇为高颎喜慰,独孤皇后却很不高兴,对隋主说:"陛下还能相信高颎吗?之前陛下想为他续娶,他不要。现在看来,他是因为爱妾而欺骗陛下。陛下怎能继续信任他?"隋主觉得皇后说得有理。后来,与高颎商量废立的事情,高颎又以长幼伦序为由,拒绝废黜现任太子。于是隋主越发猜疑高颎有私心,随即派人再次审查王世积一案。不久,有人报称高颎的确曾和叛贼联系。隋主当即罢掉了他左仆射的职衔。

先前,汉王杨谅东伐高丽时,隋主任命高颎为长史,并将杨谅托付给他。杨谅年少任性,与高颎意见不和,以致军队无功而返。杨谅回去对独孤皇后说:"儿臣差点被高颎杀了。"独孤皇后于是对高颎颇有意见,杨谅也恨不得置他于死地,而晋王杨广也因为张丽华的事情屡次在独孤皇后面前说高颎的不是。独孤皇后随即暗地里唆使高颎的属僚上奏诬告高颎谋反。隋主派人下去审查,那些污吏当然乐得落井下石。隋主气得夺去高颎的爵位,将他贬为庶民。高颎的老母亲曾劝诫他说:"你现在要什么有什么,记得谨慎些,好保住自己的脑袋!"高颎被贬黜后,回忆起母亲的话,十分庆幸隋主没有要他的命。

394

晋王杨广听说高颎被革职，当然十分欢喜，便想趁机将储君的位置抢过来，可想了半天也想不出一个好方法，最后想到了足智多谋的安州总管宇文述。于是上奏请调宇文述为寿州刺史。隋主哪知他的密谋，当即批准。宇文述赴任时，顺道谒见杨广。杨广殷勤款待他，并向他问计。宇文述建议他笼络隋主亲信的杨素，让杨素从中周旋。杨广担心杨素不肯帮助自己，宇文述随即毛遂自荐，表示愿意先去说服杨素的弟弟大理少卿杨约，再由杨约说服杨素。杨广大喜过望，当即拿出许多财宝，让宇文述带上入关。

一切都顺利进行，只是心怀鬼胎的杨素却找不到机会进言。碰巧一天隋主召他入宫陪宴，独孤皇后也在座。杨素开口便称赞晋王杨广怎么孝顺勤俭，怎么雍容大度，并说杨广的相貌酷似隋主。隋主还没开口，独孤皇后便对杨素说："杨大人也看重阿㦜①吗？阿㦜这么孝顺，就是儿媳萧氏也很识大体，一点儿也不像我那总是猜忌亲兄弟的大儿子和儿媳。唉，我就担心阿㦜遭人暗害。"说着说着，竟哭了起来。独孤皇后生杨广时，曾梦见一条金龙游入内室，整个房间红光缭绕，后来金龙突然坠落地上，跌断了龙尾，变成老鼠的模样，只是体格像牛一样大。梦到这里，独孤皇后猛然惊醒，随即产下杨广。杨广的额头饱满宽广，头角峥嵘，独孤皇后很是欢喜。过了三天取名时，独孤皇后向隋主描述自己的梦境，隋主半喜半忧，仔细思量，总觉得凶多吉少，但后事茫茫，世事难料，因婴儿眉开额阔，便取名为广。杨素随即顺着皇后的意思，索性把太子杨勇的过失陈述了一大篇，惹得隋主十分懊恼，感叹了一番。杨素拜辞回府后，独孤皇后又偷偷派内侍给杨素送去许多金银珠宝，杨素乐得拜受。

废黜杨勇

太子杨勇安居东宫，喜欢歌舞美色，免不了有三五个媚臣出来大献殷勤。就是宠姬云氏的父亲云定兴，也经常搜罗一些奇珍异宝，献进东宫来取悦太子。左庶子裴政屡次劝谏太子，杨勇始终不听。裴政便对云定兴说："大人这样做，为陛下所不悦。并且元妃突然过世，世人都误

---

① 阿㦜：杨广的小字。

以为是大人的女儿云氏下的毒，大人最好立即引退，这样才能保全身家性命。"云定兴不以为然，并将裴政的话转告给太子。太子杨勇当即疏远裴政，调任他为襄州总管，改用唐令则为左庶子。唐令则擅长音乐，杨勇让他教导宫人，东宫自此弦歌不辍。右庶子刘行本责备唐令则说："庶子的责任是以正道辅佐储君，你怎么能为了取悦太子，甘心沦为天下的罪人？"唐令则听后，也觉赧然，但为了讨好东宫，又不好改过。当时，还有一位直臣看不下去，站出来指责唐令则，怪他误导太子，说如果被隋主知道东宫歌舞达旦，太子也会被连累。不料，太子杨勇生气地说："我想行乐，你别多事！"那位直臣自知话不投机，只好离开东宫。那位直臣是谁？他就是太子洗马李纲。后来，太子又与左卫率夏侯福扳手劲儿，刘行本等夏侯福出来，便训斥他说："太子宽容，赐你颜色，你是什么人物，敢如此恣肆无礼？"随即将夏侯福抓了起来。太子杨勇又千方百计把夏侯福解救出来。

杨勇周围不是姬妾，便是幸臣，整天歌宴陶情，不顾后患。等到隋主打算废黜他的消息传到东宫，杨勇才着急起来。慌乱之下，他竟相信会占卜的王辅贤的话，在东宫设立平民村，想以此化解这场劫难。隋主听说太子杨勇滥用邪术，便让杨素去打探虚实。杨素站在晋王杨广那边，自然不会替杨勇说好话，在东宫转了一圈，便回去对隋主说："太子杨勇满怀怨言，只怕他会谋反。"隋主半信半疑，后来经过独孤皇后派人侦察，他便相信了，当下便派人监查东宫的动静。宫廷内外都知道太子杨勇即将被废黜，个个见风使舵，落井投石。晋王杨广更是迫不及待地盼望佳音，他派人暗中贿赂太子的宠臣姬威。自此，太子只要一有过失，姬威便密告杨素。于是，宫廷内外喧声诽谤，说得太子杨勇无恶不作，自古罕见。

听着愈来愈烈的谣言，隋主重惩东宫的官属，又经姬威添油加醋地诽谤，隋主便将太子杨勇的儿子以及他的党羽也禁锢起来。杨素趁机诬陷替太子说好话的左卫大将军五原公元旻，隋主派武士将元旻拘捕下狱，连同裴弘也被抓入监狱。

开皇二十年十月，隋主决意废黜太子杨勇。杨勇见到宣召他的朝使，大惊失色说："父皇不是要杀掉我吧？"使臣支吾以对。杨勇只好硬着头皮，随使者进入武德殿。只见殿阶上下，兵甲森列，殿内东边站着百官，西边站着各王公，御座中坐着甲胄耀煌、威灵赫濯的皇帝杨坚，不由得心胆俱碎，匍伏阶前。内史侍郎薛道衡高高站在阶上，大声宣读废黜太子的诏书。诏书一读完，只见杨勇的儿子都被带上大殿，接着便被摘去冠带。薛道衡继续对杨勇说："你犯下这么多罪恶，人神共弃，想保住储君的位置，怎么可能？"杨勇当即摘掉帽冠说："多谢陛下饶我不死。"说着，泪如雨下，踉跄而去。满庭的王公大臣没有一个不感慨怜悯的，但也不便多说。杨勇有十个儿子，其中被封为长宁王的大儿子杨俨恳请充当禁宫侍卫。隋主不觉有些怜悯，想将杨俨留下，但是杨素坚决认为这样做不可取，隋主怏怏不乐。第二天，元旻、唐令则、邹文腾、夏侯福、元淹、萧子宝、何竦七人被斩，他们的妻妾以及儿子都没入官庭为奴。

太平公史万岁在朝堂上见太子被废，暗暗为太子叫冤，便不辞而退。隋主回忆起来，召问杨素说："史万岁为何突然告退？"杨素回答说："大概是去谒见太子了。"隋主当即召问史万岁，史万岁听说杨素诬陷，不服地说："先前征讨突厥时，杨素没有将陛下的赏赐如数发放，惹得将士多半埋怨。杨素其实是个老奸巨猾的佞臣，还请陛下不要轻信他。"隋主此时正十分宠信杨素，自然极力驳斥，但史万岁仍然反抗，并且越说越尖锐。盛怒之下，隋主令人把他推出去斩首。过了一会儿，隋主有些后悔，忙派人追回成命。但史万岁的魂灵已进了枉死城，哪里还追得回？文林郎杨孝政劝谏说："太子因小人误导才会做错事，陛下只要加以教诲，他一定会改过。陛下不该废黜太子。"隋主大怒，令人杖责杨孝政，杨孝政只好自认晦气，忍痛而出。隋主又召来东宫的官属，责备他们辅导无方，众人都万分惶惧，没人敢答话。唯独太子洗马李纲说："废立大事，满朝文武大臣都觉得陛下做得不好，但是没人敢提出，今天臣就算是死，也要替太子说句公道话。太子本是性情中人，近朱则赤，近墨则黑。如果陛下选择正确的人辅导太子，太子一定是个能守住鸿业的贤明储君。只怪当初，陛下用唐令则为左庶子，邹文腾为家令，这二人只知道谄媚，太子怎么会不被他们导入歧途呢？这是陛下自己的失误，不能都归罪太子。"说到这里，李纲伏地呜咽。隋主也觉得有些惨然，叹息许久才说："李纲怪我，也不能说是无理，但你只知其一，不知其二。我选你作为东宫的僚属，偏偏杨勇不肯亲信，所以就算我委派贤能的人去辅佐他，又有什么用呢？"李纲又回答说："臣之所以不被亲信，就是因为那些奸人在太子身边，混淆太子的视听，蒙蔽东宫。如果陛下早些下令斩杀他们，并派贤才辅佐太子，臣怎么会被太子疏弃呢？自古以来，国家废立储君总会导致亡国，还请陛下三思，不要后悔。"隋主听了，勃然变色，抽身入内。群臣都为李纲担心，李纲却从容退去。不久，隋主下诏，将废太子杨勇移到内史省，享受五品官的待遇，同时晋封李纲为尚书右丞。朝臣纷纷钦服李纲的胆识，交口称颂隋主的贤明。

过了几天，隋主册立晋王杨广为太子，举国大震。杨广还讨好地向隋主恳请百官不必向东宫称臣。隋主杨坚嘉奖他的礼让，当即允准。杨广随后任用宇文述为左卫率，洪州总管郭衍为左监门率。隋主又将废太子杨勇移到东宫，禁锢在幽室，并令杨广好好管束。后来，杨勇觉得自己虽然犯错，但还不至于遭到废黜，便想向隋主申冤。杨广却不肯让他见隋主。杨勇于是爬到树上，大声呼冤。杨广却对隋主说杨勇被癫鬼所迷，变得有些癫狂。隋主于是让杨广从严禁锢杨勇。从此，杨勇便像囚犯一样，失去了自由。

隋主还以为立储对了人，正十分欢喜。太史令袁充又不失时机地禀报好的天象。隋主当即改开皇二十一年为仁寿元年，颁诏大赦天下。晋封杨素为左仆射，苏威为右仆射，文武百官都被晋爵。

才过了一年，岐、雍二州就发生地震，无数民宅被毁。秋天的时候，独孤皇后受凉染病，不久便病重过世了，享年五十岁。隋主十分感伤，令礼官操办丧仪，将灵柩停放在白虎殿。太子杨广在灵柩前号啕大哭，悲不自胜，然而回到东宫，他照常饮食，照常欢笑，一点也不像悼亡的模样。外人不知实情，反而极力称赞太子孝顺厚道。转眼间已过了三个月，独孤皇后的灵柩被安葬在泰陵。泰陵是由上仪同三司萧吉挑选的，当时萧吉挑好陵地，上奏说："据臣占卜得知，我朝将长存三千年，陛下将传位二百世国君。"隋主说："吉凶都是由人来决定的，不关陵墓的征兆。"话虽如此，隋主仍旧十分欢喜得到风水宝地，竟决定将陵寝选在泰陵。萧吉悄悄和好友说："先前宇文述奉太子之命嘱咐我好好选择山陵，好让太子早些继位。我回答他说，所挑的陵地能保证四年之内，太子必定君临天下。可是跟你们说实话太子一嗣位，隋朝必定灭亡。我对隋主所说的三千年，其实就是三十年，传二百世国君实际上只能传二世。你们都好好记着，看我的预测会不会应验。"萧吉的朋友也似信非信，将这件事搁到一边。

隋主的四皇子蜀王杨秀生得容貌壮伟，很有胆识，不到三十岁，便是一脸的大胡子，引得朝臣为之侧目。隋主曾对独孤皇后说："杨秀将来肯定会谋乱。我在位一天，他肯定不敢乱来，到他兄弟即位时，他必反无疑。"独孤皇后因杨秀没有犯什么过错，便没把隋主的话当真。隋主

398

则调任杨秀为蜀州刺史。

　　杨秀在益州任职时，极为奢侈，车马衣服都仿效天子的标准定制。隋主听说后，便对群臣说："杨秀坏了我的家法！"当即派人去谴责杨秀，但杨秀始终不肯改过。太子杨勇因受诬陷而被废黜，晋王杨广继立为太子，杨秀十分不平。杨广怕杨秀对自己不利，忙偷偷嘱托杨素在隋主面前诬陷杨秀。隋主当即召回杨秀。杨秀入都谒见隋主时，只见隋主满面怒容，一言不发，便打算拜别出宫。这时，隋主让朝臣责备杨秀，杨秀谢罪说："臣愧受国恩，出京镇守藩地时，没有遵守国法，罪该万死。"太子杨广听说杨秀遭到责骂，很是欣慰，却装出一副疼爱弟弟的模样，率同各王公入宫替杨秀求情。隋主反而更加生气地说："他现在如此奢靡，以后怎么了得？你不必多说，我自有办法处置他！"当即把杨秀交给法司。开府仪同三司庆整劝谏说："废太子杨勇刚刚被贬黜为平民，秦王杨俊又已病故，陛下只有这几个儿子，却为什么总是严惩他们呢？并且蜀王杨秀十分耿直，一旦受到重惩，说不定他会想不开而做傻事。还请陛下三思！"隋主大怒道："你敢多嘴，我先割断你的舌根！"随即下令，将杨秀斩首市曹，以谢百姓。群臣都跪伏殿庭，为杨秀求情。隋主便让杨素等人处理。

　　太子杨广偷偷做出两个木偶，先是把木偶的手捆扎起来，又在木偶的心口钉入长钉，然后将隋主及汉王的名字写在木偶上，并写着："请西岳慈父圣母立即派遣神兵，收去杨坚、杨谅的神魂。"然后让人把木偶埋在华山下，又暗嘱杨素发掘"罪证"。杨素不仅呈上杨秀的罪证，甚至诬称杨秀制造谣言，说京师妖气很重，蜀地十分吉祥。隋主看着罪证，拍案盛怒道："天下怎么会有这种不肖子孙？"当即把杨秀贬黜为平民，幽锢在内侍省，并且不准他与妻儿相见。杨秀上奏称谢说："多谢陛下的怜悯，饶我不死。请陛下让我见一见我的儿子，并赐我一处巢穴，让我的尸骸有个归宿。"隋主反而下诏细数杨秀的罪状。杨秀见到诏书，莫名其妙，这才明白自己是遭人诬陷。无奈身陷牢狱，就是想申冤也是妄想，只能坐以待毙。贝州长史裴肃替杨秀求情，隋主便对裴肃讲了一番自己的道理，而后罢掉他的官职，让他回乡。

杀父烝母

太子杨广为了储君的位置，想方设法陷害兄弟，全亏杨素一力帮助，他才如愿成为太子。而杨素的威权也日益隆盛，他的叔父、兄弟都成为尚书、公卿，他的儿子、侄子也大多成为柱国、刺史。再加上他家资万贯，宅第奢华，所以满朝文武没有几个不依附他。唯独尚书右丞相李纲及大理卿梁毗，两位正直不阿的大臣敢于直言上谏。梁毗甚至上奏弹劾杨素："杨素仗着皇上和太子的宠信在朝中为所欲为，放眼望去，朝野上下几乎都是他家的亲戚或党朋。臣担心他将来会有谋反之心，还请陛下早日酌情处置，使得鸿基永固！"隋主大怒，竟将梁毗打入监狱，亲自审问。梁毗毫不畏缩，仍旧坚持自己的说法："杨素仗着陛下的恩宠恣意弄权。太子杨勇及蜀王杨秀获罪遭废，满朝大臣无不震惊恐惧，唯独杨素扬眉奋肘，一副幸灾乐祸的模样。"隋主听到这话，突然挂念起自己的两个儿子，不由得吞声饮泪，不愿再审问下去。第二天，隋主就下诏赦免梁毗，并对杨素说："你只是国家的宰相，对于朝政不应过问得那么细致，隔三五天到省中来评论大事，便已十分尽职。"接着隋主就调任杨约为伊州刺史。杨素见隋主开始猜忌自己，已经很不安，又见吏部尚书柳述参与机密，紧握政权，他更觉得心如芒刺，愤懑不平。

以前，隋主的五女儿兰陵公主曾下嫁仪同王奉孝。公主十八岁那年，王奉孝过世，隋主便想让女儿改嫁。晋王杨广因妻子的弟弟萧玚正在择偶，于是恳请隋主把公主嫁给萧玚。怎奈隋主决意把宝贝女儿嫁给内史柳述，柳述因而被提拔为吏部尚书。太子杨广向来与柳述不合，见柳述受宠预政，更加憎恶他。再加上杨素的抱怨，眼看着隋主身边虎狼无数，怎么会相安无事呢？当时，有位博识广闻的龙门人王通，目睹朝政混乱，料知祸乱不远，便向隋主提出太平十二策。后来发现隋主没有采用，王通打算回乡。这时，向来仰慕王通的杨素忙把他接到自己的府第，劝他出仕。王通婉言拒绝，见杨素始终不肯改过，他便告辞归乡，教授学生。后来，唐朝开国时的房玄龄、魏征等贤臣都出自于王通的门下。隋大业末年，王通病故家中，他的弟子们称他为文中子。

隋主杨坚自独孤皇后过世后，十分宠爱陈叔宝的妹妹，并封她为贵人。陈叔宝也因此经常被召见。隋主让人修葺陈氏宗祀，以便能让陈叔宝祭祀，但陈宝叔受宠后早把亡国的痛苦丢在脑后了。仁寿四年，陈叔宝病死隋都，享年五十二岁，隋廷追封他为长城县公，赐谥号为炀。史家称为陈后主，或者沿用隋朝的封号，称他为长城公。陈叔宝死于仁寿四年仲冬，隋主杨坚却比他早死好几个月，并且死得不明不白。一个统领中原的君主最后反不如一个亡国奴，说来真是可怜可痛！

原来，继陈宝叔的妹妹陈贵人之后，隋主杨坚又在后宫选出一位绝色美人蔡氏，并封她为蔡贵人。两位贵人轮流服侍，隋主虽然快意，但女色毕竟消耗精神；况且隋主白天还要处理繁杂的政务，一位六十多岁的老人哪禁得起这样的折腾？起初，隋主还能勉强支撑，敷衍了一年多，终于累得骨瘦如柴，百病层出。仁寿四年春天，隋主带着两位贵人去仁寿宫调养身体，走之前将大小国事交给太子杨广打理。三个月后，隋主因感染风寒而卧床不起。两位贵人和随驾的人员惶急得不得了，连忙通报东宫太子以及王公大臣。太子杨广立即去探望父亲，左仆射杨素、吏部尚书兼摄兵部尚书柳述、黄门侍郎元岩等人也都随太子一同前行。到了大宝殿，众人依次走进隋主的寝室，来到榻前。隋主正含糊念叨："要是皇后还在，朕就不会生这么重的病了。"太子杨广已站在一旁听着，思忖了好久，才开口叫了声"父皇"。隋主慢慢睁开眼睛，往四周看看，说："你来了吗？我等你已经很久了。"杨广一副哀愁的模样，哽咽着详细询问病情。隋主大略说了些，杨素忙上前请安。隋主握着他的手叹息好久，并说自己凶多吉少。杨素等人忙出言劝慰，隋主这才点点头，安排太子杨广住在大宝殿，以便侍奉自己。众人退出去后，杨广悄悄交代了杨素几句，杨素唯唯而去。不用想，太子杨广见隋主病重，当下十分欢喜隋主就要晏驾，于是嘱咐杨素赶紧留意，准备登基。杨素离开后，太子杨广仍觉得不放心，因而经常写信询问杨素。杨素也逐条解答，回复太子。

不料，宫人误将杨素的回信送到了隋主的手里。隋主展开一看，顿时肝气上冲，咳喘得异常利害。两位贵人慌忙上前为他捶背抚胸。过了好一会儿，隋主才慢慢平复下来，悲叹数声，蒙眬睡去。一觉醒来，已是半夜，见两位贵人还守在自己身边，隋主不禁万分怜惜。第二天便下诏，加封陈氏为宣华夫人，蔡氏为容华夫人。册封礼结束后，两位夫人一起来到床榻前向隋主杨坚叩谢。谢恩后，二位夫人依次出去更衣。

隋主见两位夫人都出去更衣，便闭目养神，似睡非睡。忽然听到门帷的响动不同以往，隋主忙睁开眼睛向外一望，只见宣华夫人抢步进来，来到床榻前，一副慌张的神态。隋主仔细一打量，见环佩还是原来样子，只是钗钿已偏，不由得惊问道："你为何这般慌张？"宣华夫人欲言又止，经隋主一再诘问，她才呜呜咽咽地说出"太子无礼"四个字。隋主猛然坐起来，捶打着床榻说："我怎么能把国家交给这个畜生？独孤，你误了我呀！"说着，便让人去宣召柳述、元岩，宣华夫人劝也劝不住。待柳述与元岩赶来，隋主喘着气说："快…快宣召我儿！"柳述回答说："太子就在殿外，臣马上去召他进来。"隋主又喘了口气，急急说了声"勇、勇"。柳述、元岩当即遵旨而出，商量说："废太子杨勇现在被禁锢在东宫，必须要皇上下诏，才能把他召来。"两人当即找来笔墨，代为起草赦免的诏书，研究了好半天，诏书才写好。二人正要去东宫宣诏，突然从外面跑进来许多卫士，竟要抓捕他们，柳述、元岩忙问缘由。卫士也不说话，只是乱推乱扯，把他们拥到大理寺狱中。这时，太子左卫率宇文述拿着诏书走到他们面前，宣读诏书，说他们趁皇上生病，阴谋叛乱，想谋害东宫，现在奉命将两人拘捕入狱。二人就像做梦一样，隋主明明亲口嘱咐他们宣召废太子柳勇，怎么突然中途变卦，另颁出一道诏书？这诏书究竟从哪儿来的，而且来得这么快？

原来，太子杨广调戏宣华夫人，见宣华不依，他慌忙密召杨素商议。杨素惊诧地说："坏了！坏了！"杨广越发着急，几乎要跪下求杨素想办法。杨素忙挽住太子，口中还是吞吞吐吐，急得杨广对天发誓，说永远不负杨素的恩德。杨素这才捻须沉吟了好久，附在杨广耳边悄悄说了几句。杨广当即转忧为喜，立即带着东宫卫士赶到殿里，将正商议诏书而且毫无防备的柳述、元岩两人逮捕入狱。太子杨广一面派兵严守宫门，禁止出入，令宇文述、郭衍严密监查；一面密嘱右庶子张衡去探问隋主的病情。

张衡走进大殿，一看隋主圆瞪两眼，拼命咳嗽，陈夫人和蔡夫人手忙脚乱在旁抚摩隋主的胸背，他便把两位夫人逼了出去。没过多久，张衡便出来通报太子，说皇上驾崩了。太子杨广与杨素忙进去一瞧，果然见隋主一命呜呼，气息全无，只是眼睛还睁着。杨广当即哀号起来，杨素却摆手说："别哭！别哭！"杨广忙停下来询问原因。杨素急忙回答说："此时不便发丧，等太子登上皇位，再宣布陛下晏驾的消息，这样会好些。"杨广自然依议，忙分派人手，全力封锁隋主过世的消息；同时令杨素起草遗诏，安排即位事宜。

虽然秘不发表，但是宫中总不免有些消息。宣华夫人陈氏自退入后宫，已十分惊疑。没过多久，又传来隋主驾崩的消息，宣华夫人更觉得悽惶无主。想要去看看隋主的遗容，却听说宫禁内外都由东宫的兵卒监守，宣华夫人不禁玉容失色，坐立不安。到了傍晚，忽然有使者送来一个小金盒，说是太子殿下叮嘱送过来的。宣华夫人暗想，这盒中必是毒药，不禁颤抖娇躯，哭着说：“我自国亡被俘，便抱定必死的决心，承蒙先帝的宠幸，我才活到今天，哪知红颜薄命，到头来终是一死。唉，就让我了结余生吧。”说着，便要打开盒子。偏偏两手无法动弹，宣华夫人哽咽道：“昨天为了名节，我得罪东宫，哪知他这么无情，竟要我死！”说完，又哭了起来。使者急着回去报告，便催促她说：“这盒里未必放着毒药，你先打开看看再说吧。”宣华硬着头皮，取过金盒，打开一看，哪是什么鸩毒，竟是几个彩线制成的同心结。宣华心中虽然安定不少，但脸却突然有些发烫，放下盒子，倒退数步，坐下不说话。使者又催逼道：“既然是喜事，夫人就应该收下。”宣华夫人低头无语，不肯起身。宫人们便在旁边你一言我一句地劝慰，逼得宣华夫人只得勉强站起身来，取出同心结，对着金盒拜了一拜。使者当即抱着空盒子回去复命。

　　当天，宣华夫人满腹踌躇，悲喜参半，没吃夜膳，便躺在床上，长吁短叹。恍惚中，自己好像还在服侍隋主，眼前是隋主喘息的模样，耳中却突然听到“畜生”二字。宣华夫人猛然惊醒，向外一望，灯光月色，映入床帷，正是一派新秋夜景。突然听到有人传报说：“东宫太子来了！”宣华夫人的心突突乱跳，都不知道怎么对待太子。接着进来几个宫女，拽的拽，扶的扶，把她搀起来，你推我挽，出来迎接太子。此时，太子杨广已走进房间，春风满面，趋近芳颜。宣华夫人只好上前轻轻呼了声殿下。杨广笑着回答说：“夫人请坐！”一面说，一面注视宣华夫人，只见她黛眉轻轻锁着，一头青丝有些散乱，穿一套淡素的衣裳，一脸的素容别具风韵。杨广又惊又爱道：“夫人这是何苦？韶华不再，好景难留，今宵月影浑圆，正好及时行乐。”宣华夫人斜坐一旁，似醉似痴，低头不语。杨广又说：“我对夫人倾心已久，所以先前有些冒犯，承蒙夫人回心转意，收取信物。现在我特地过来践约，还请夫人不要再推却我的情义！”说着，竟想来拉宣华夫人。宣华夫人这才惊慌地说：“蒙殿下错爱，臣妾不是不知感恩，只是臣妾已是先帝的人，所以不能接受陛下的情义。况且殿下即将登位，到那时一采选，后宫的女子哪个没

403

有倾城之貌？像臣妾这种残花败柳，哪值得陛下驻足？还请殿下尊重些，不要让别人看笑话！"杨广大笑着说："夫人错了。西施、王嫱就在我眼前，我哪还需要去采选？如果论礼义的话，为什么文君夜奔，反而称为韵事？所以还请夫人不要这么固执。"宣华夫人还要推却，杨广却已欲火焚身，起身说："千不是，万不是，都是夫人的不是，谁让夫人生得这么貌美，使我寝食难安呢？我情愿抛弃富贵，也不愿错过佳人。"说到这里，左右一望，宫人都识相地退避出去。杨广当即牵起宣华夫人的玉臂，将她拉入寝室。宣华夫人只好随他进去。

第二天，杨广一登上皇位，便将先帝的丧事交由杨素办理，自己则踱入后宫，继续与宣华夫人调情去了。史家称杨广为隋炀帝。

大兴土木

第二天清晨起床，宣华夫人想到自己失节，不禁羞愧难当，但木已成舟，无法挽回，不如将错就错，博取新皇的恩宠。主意已定，宣华夫人便把自己打扮得娇娇滴滴，打算等新主退朝去恭贺一番。可转念一想，自己都做出那些丑事了，怎么面对别人？如果出去迎驾，一定会招人讥笑。想来想去，还是决定在寝宫等着。傍晚时分，宫人传报说皇上驾到。宣华含羞相迎，俯伏门前说："陛下万岁，臣妾陈氏朝贺！"新皇帝当然大喜，一个箭步上去搀扶，和宣华夫人一同走入寝宫。宫人立即摆上宴席。杀父盗母的隋炀帝杨广与宣华夫人把酒言欢，备极温存。宣华夫人也放开情怀，浅挑微逗，更加旖旎可人。不用说，当晚又是说不尽的缠绵。

第二天，被调回京城的杨约奉命处理完先帝的丧事，前来复命。隋炀帝将他褒奖一番，便退入后庭，召来杨素说："你弟弟果然能干，这下我再没有后顾之忧了。"原来，隋炀帝宣召杨约入都，就是让他带着捏造的遗诏除掉废太子杨勇，顺便将柳述、元岩二人发配到岭南。杨勇死后，隋炀帝为掩人耳目，听信杨素的建议，追封杨勇为房陵王，但却不让他的子孙承袭爵位。

这时，外面突然递进来兰陵公主的奏章说："请陛下撤免我公主的封号。我愿与夫君柳述一同前往岭南。"隋炀帝冷笑道："世上还有这种呆女子。给我宣召她入宫，我要当面劝导她。"语刚说完，内侍便去宣召公主。不到半天，兰陵公主出现在宫中，行过礼，隋炀帝便劝她改嫁，公主抵死不从。隋炀帝大怒道："天下怎么会没有好男子？难道你就一定要跟着柳述去受苦吗？我偏不让你跟他去！"公主哭着回答说："先帝把我嫁到柳家，如今柳述有罪，我也应当坐罪受罚，不愿陛下徇私枉法。"隋炀帝始终不答应，并呵斥她出去。兰陵公主悲号而出，与柳述诀别。最后公主忧郁而死，死前上奏说希望隋炀帝开恩，允准把她葬在柳述身边。隋炀帝看完奏章，当然越发愤恨，让人把她葬在洪渎川。柳述始终没有被召回京都，后来死在岭南。

隋炀帝斥退公主，见天色已晚，正想去宣华夫人那里，不料又来了一个哭哭啼啼的美貌宫嫔，说是要出家为尼。隋炀帝凝神一瞧，原来是容华夫人蔡氏。只见她颦眉泪眼，仿佛雨后的海棠花，虽然比宣华夫人稍逊一筹，但也是世间少有的姿色。天下好色的男子往往得陇望蜀，隋炀帝得到了宣华夫人，自然又想得到容华夫人。当下，隋炀帝好言劝慰容华夫人，叫她安心住在后宫，说绝不会亏待她。容华夫人这才抽抽搭搭地退了出去。到了晚上，隋炀帝便蹑入容华夫人的宫中。容华夫人比宣华夫人胆小，又听说宣华夫人已做了先导，她便决意步宣华夫人的后尘，暂图眼前的快乐，因此纷扰的后宫又上演了一出长夜欢。享受了六七天，隋炀帝才将先帝的梓宫请回京师，追尊隋主杨坚为文皇帝，庙号为高祖。守丧才两个月，隋炀帝便将灵柩安葬在泰陵。

隋炀帝担心汉王杨谅作乱，屡次征召他入朝。第一道敕旨，是在他即位之前，他捏造诏书，盖上父亲的御玺，然后派车骑将军屈突通去宣召；第二道敕旨，才是隋炀帝以自己的名义宣召杨谅。哪知汉王杨谅两次拒绝入京，并发起了战争。原来，杨谅出京镇守并州时，父亲杨坚曾悄悄跟他说："如果有诏书宣召你，你就看诏书上面的'敕'字旁边有没有一点；再看看诏书上面的章印能不能与玉麟符相合，这两个条件都具备，你再回京。"然而，屈突通带去的诏书并不具备这两个条件，杨谅一看便知京都有变，一再诘问屈突通。屈突通始终不肯吐露实情，杨谅只得让他回去。等第二道诏书传来，杨谅更是不愿意回京，当即调兵发难。由于不知道京都究竟发生了什么事，杨谅便借口杨素谋反，宣召将士入京护卫君主。总管司马皇甫诞哭着劝谏，杨谅不听，并且把他囚禁起来，随即派大将军余公理出太谷，进趋河阳；大将军綦良出滏口，进逼黎阳；大将军刘建出井陉，进攻燕赵；柱国乔钟葵出雁门，柱国裴文安、纥单贵、王聃直指京师。杨谅率领数百名骁骑突袭蒲州。拿下蒲州后，杨谅改变主意，召回裴文安，任命他为晋州刺史，王聃为蒲州刺史，并让纥单贵堵住河桥，扼守蒲州。代州总管李景起兵抗拒杨谅，杨谅派部将刘嵩去偷袭，结果偷袭失败，刘嵩的首级被挂在城门上。杨谅得知消息后，十分愤怒，又让乔钟葵率领三万士兵去攻打代州。没想到乔钟葵的三万大军竟与代州数千名战士相持不下。

消息传达隋廷，隋炀帝急忙找杨素商量。杨素从容地恳请亲自率军作战。果然老将善谋，只有五千名骁骑的杨素才用了一个晚上，便收复蒲州，杨谅的部将王聃投降。隋炀帝当即宣召杨素回朝，任命他为并州道行军总管，兼任河北道安抚大使，让他统率大军讨伐杨谅。杨谅听说隋廷大举兴兵，便亲自去介州堵御，令府主簿豆卢毓以及总管朱涛留守并州。豆卢毓是杨谅妃子的兄长，曾劝阻杨谅起兵，这时他又劝朱涛拒绝杨谅入城。朱涛大惊道：“王爷将守城的大事托付给我们，你怎么能说这种话？”豆卢毓见朱涛不肯依自己的意思，便把朱涛杀死；又放出狱中的皇甫诞，与他商议军事；并与开府仪同三司宿勤武联合起来，关闭城门拒绝杨谅进城。城中还没部署好，便有人去通报杨谅，杨谅慌忙率兵回来，在西门守卒的帮助下，入城杀掉了豆卢毓与皇甫诞。

杨谅的部将余公理自太行下河内，正值朝廷的行军总管史祥出守河阴。两军刚刚交锋，轻率无谋的余公理便被隋军杀得落荒而逃。史祥乘胜向黎阳进发，杨谅的部将綦良不战自溃，被围困了一个多月的代州城，也在朔州刺史杨义臣的援救下解围。见晋、绛、吕三州都向杨素的四万大军投诚，杨谅忙派部将赵子开率领十万大军屯守高壁，结果又得到赵子开的败报。

惊慌的杨谅打算率领十万余众去嵩泽堵御隋军，又因秋雨连绵，不便行军，杨谅便想率军撤退，谘议参军王颎劝阻道：“杨素孤军深入，兵马疲敝，王爷如果率领轻骑袭击，一定能成功。如果这时撤军，只会动摇军心，等杨素长驱杀来，还有谁肯为王爷效力？”杨谅不听，退保清源。王颎是梁朝大将王僧辩的儿子，颇有智略，他见杨谅不肯采纳自己的提议，就回去对儿子说：“汉王必败，赶紧收拾行李跟我走，免得被敌人擒获。”王颎父子随即伺机潜逃。杨谅麾下还有一个七十三岁的陈室旧将萧摩诃。杨素军进逼时，萧摩诃率众人出战，但将士们都没有斗志，单靠一个萧摩诃有什么用，最后萧摩诃反被杨素军擒去。杨谅放弃清源，退保晋阳。他本来仗着王颎、萧摩诃二人做后盾，不料二人一逃一擒，杨谅丧失两条臂膀，不由得异常焦灼。杨素军又乘胜攻城，把并州城围得跟铁桶似的。眼见得朝不保夕，杨谅只好登城请降。杨素一面押送杨谅去长安，一面分兵搜捕杨谅余党。没过多久，叛党基本荡平。王颎本打算投奔突厥，因路梗道绝，自尽身亡。他的儿子穷途末路下投奔旧识，结果遭到出卖，被隋廷斩首。随后萧摩诃也被斩首。并州吏民因杨谅而获罪的有二十多万家。杨谅被贬黜为庶民，禁锢起来，最后饿死。隋文帝的五个儿子，除隋炀帝杨广以外，已有三人丧生，只有被禁锢的蜀王杨秀还没遭到迫害。

隋炀帝平定并州后，又开始恣意淫乐，坐享太平。只是碍于名义，他不好公然封宣华、容华两夫人，只能将她们收为嫔御，令她们住在别的寝宫。然而万般隐瞒，仍瞒不住萧妃的眼睛，萧妃冷嘲热讽，说得隋炀帝也觉得十分羞愧。

在深宫待了没几天，隋炀帝便想出外巡游，找些乐趣。术士章仇太翼随即迎合隋炀帝，说雍州不适合久居，隋炀帝适宜居住洛阳。隋炀帝听后大喜，随即率领妃嫔王公巡幸洛阳，令大皇子晋王杨昭留守长安。于是凝结了十万百姓的血汗，一条自龙门直达上洛的护城河出现了。隋炀帝又在要地设置关防，借以守御。同时，改洛阳为东都，大力营建宫阙。一群曲意逢迎的官吏不顾百姓死活，昼夜督促赶筑，先建造了几座官苑，作为隋炀帝的行宫。炀帝便在行宫里过了残冬。

第二年元旦，隋炀帝在行宫接受朝贺，改元大业，大赦天下。随即册立萧妃为皇后；并派侍臣到长安宣诏，册立晋王杨昭为皇太子，晋封宇文述为左卫大将军，郭衍为左武卫大将军，于仲文为右卫大将军；改豫州为溱州，洛州为豫州，废掉各州的总管府。过了一个多月，杨素从并州还朝，拜谒隋炀帝。隋炀帝晋封杨素为尚书令，并赐给他和部将诸多的珍宝，众臣叩首谢恩，欢呼万岁。隋炀帝欣然大悦，任命杨素为东都总监工，让他负责营建宫室。一个多月后，二百万百姓便造成了许多规模宏大的屋宇。

隋炀帝觉得东都人少，显得萧条，便令洛州城内的居民以及各州的富商大贾全部迁到宫旁居住，共计数万户的居民在此落根。不久，东都便成为一个繁华胜地，富庶名区。过了一些日子，隋炀帝嫌杨素所督筑的宫室不够华丽，又令将作大臣宇文恺与内史舍人封德彝另造离宫，力求精美。

宇文恺与封德彝这两个佞臣一得到命令，便到洛水南岸忖度形势，开辟数十里的地方，大兴土木。又差人去全国各地搜集奇材异石，通过水陆运输，源源不断送到东都。同时将海内外的奇花佳木、珍禽异兽觅取来，作为离宫的点缀。为了一座离宫，不知耗费了多少钱财，累死了多少性命。在无数百姓的尸体上，这座规模宏大、金碧辉煌的宫室终于落成了。竣工当天，隋炀帝便大力将宫室赞赏一番，又把宇文恺与封德彝两个功臣夸赞一番。游玩了几天，隋炀帝给离宫起名为显仁宫，并令皇后、妃嫔等人都迁入离宫，索性就此安居。

入住显仁宫的日子，畅意而多姿。萧皇后宽仁大度，居住京都的宣华夫人随后便被接到这里，隋炀帝越发惬意。自此今日赏花，明日玩月，饮酒赋诗，备极愉快。只是隋炀帝是个贪得无厌的主子，看着显仁宫中的奇树异花多半自江南采来，他便想巡幸江南，顺便好好欣赏名震一时的六朝金粉。但要去巡幸，也需铺排一番局面，才显得皇帝威风。隋炀帝当即下诏，说将要巡历淮海，观风问俗。诏书一下，宇文恺、封德彝等人便争着来献策，这个说怎么通道，那个说怎么登程。尚书右丞皇甫议说："走陆路可能不方便，不如由水路南下，这样可以沿途饱览美景，不至于劳苦。只是江河基本上都是东西流向，要想南北通航，就必须开通济渠，将洛水引入黄河，再将黄河水引入汴河，汴河的水则引入泗河，这样才能与淮水相通。"明白人一看，便知道这样的开凿工程极其耗时耗力，不知需要多少年才能完工。隋炀帝不管三七二十一，下令照办。数百万的工役在烈日下挥汗如雨，在风雪肆虐下汗湿衣襟，倒下了无数，才修成那一段段宽阔的航道。沿岸的行宫建起来了，巡幸的龙船造好了，隋炀帝踏着百姓的血汗准备启程了。

小郎君和老不死

隋廷中有一位老宰相对隋炀帝的劳民伤财之举十分不赞成。这位宰相不是别人，正是杨素。杨素正想入宫劝谏，可巧隋炀帝召他入宫侍宴。来到显仁宫，见过隋炀帝，杨素满腹谏议，但一时不便开口，只好入座侍宴。才喝了几盅，杨素便停住不饮，隋炀帝一再劝酒，他站起来答谢说："老臣听说酒和色这两样东西势必会亡国，不但老臣需要节制饮酒，就是陛下也不宜耽情酒色。"炀帝听了，觉得万分扫兴，便说："你说得虽然有理，但如今天下太平，朝廷无事，把酒消遣，也没有什么危害。

况且我朝还剩几个像爱卿这样的勋旧？今天难得共聚一堂，就尽兴地多喝几杯吧。"杨素见话不投机，便又说："陛下有没有听过防微杜渐？从前的圣帝明王都是谨言慎行，国家才得以长治久安。"炀帝默然不答。刚巧有宫人上前斟酒，杨素怕自己的杯子又给满上，忙用袖一拂，宫人来不及防备，竟将手中酒壶里的酒洒在杨素身上。杨素此刻万分恼火，正愁没地方发泄，当下便迁怒宫人，勃然变色道："你这蠢材，如此无礼！怎么敢在天子面前戏弄大臣？要朝廷法度干什么用？请陛下加重惩责！"隋炀帝默然无语。杨素竟喝令侍卫把宫人拉出去，并厉声说："国家政令，全被你们这些妇人、小人破坏了，怎能不严惩？"侍卫见隋炀帝不发话，又见杨素怒不可遏，只好把宫人拉下去，打了二十下。杨素这才对隋炀帝说："不是老臣唐突陛下，而是想借着今天的惩治，让这些宦官、宫妾晓得，陛下虽然仁爱，还有老臣执法相绳，以后他们就不敢如此放肆了。"隋炀帝已十分不悦，但暗想自己能够有今天，还得多谢杨素，就是万分难耐，也得含忍过去。当下强颜为笑道："爱卿无私地为朕执法，整肃宫廷，真是一个忠臣呀！"杨素随即起座告辞。隋炀帝也不挽留，让他自便，而后退入后宫，与皇后、妃嫔调情解闷去了。杨素悻悻回到家里，对家人说："偌大一个郎君，由我一力促成，使他成为国君，现在他却酒色昏迷，这怎么了得？"杨素自恃功高，有时当着隋炀帝的面，直呼隋炀帝为"郎君"。隋炀帝始终不曾驳斥他，就是为了实践先前那句"绝不辜负"的诺言。

一天，杨素入宫禀报国事，正碰上隋炀帝在池边钓鱼。听完国事，隋炀帝便邀他坐下一同钓鱼，杨素也不管君臣上下，当即让人搬来金交椅，与隋炀帝并坐垂钓。当时正值初夏，随着日头渐渐升高，天气也热了起来，隋炀帝让人撑起华盖。宽大的华盖刚好蔽住两人，杨素毫不避让，从容钓鱼。隋炀帝钓了数尾，杨素偏偏一条也没钓着，隋炀帝便对他说："爱卿文武双全，看来也有不擅长的，否则为什么钓了这么久，一条也没钓着？"杨素本就争强好胜，怎么禁得起隋炀帝的奚落。当即应声说："陛下只钓到小鱼，老臣却要钓一条大鱼，陛下没有听说过大器晚成吗？"隋炀帝一听，不由得愤恨交加，又见华盖下的杨素神采秀异，相貌堂堂，数绺长须在微风吹拂下飘动如银，恍然有帝王的气象。隋炀帝越发忌恨，将钓竿一丢，借口去方便，便到后宫去了。萧皇后见隋炀帝面带怒容，便上前询问缘由。隋炀帝说："杨素老贼骄肆得很，朕真想派内侍杀了他。"萧皇后不等隋炀帝说完，忙劝阻他说："不行！不行！杨素是先朝老臣，又为陛下建立不小的功绩，如果陛下杀了他，别人怎么肯服？况且杨素又是一员猛将，不是几个内侍就能制服得了的，万一让他逃脱，在京外兴兵，陛下将来怎么对付他呢？"隋炀帝半晌才说："投鼠忌器，朕只是随便说说。"说完，长叹数声，又出去钓鱼。刚巧杨素钓着一尾金色鲤鱼，便向隋炀帝夸耀说："有志者事竟成，老臣钓着一条大鱼了。"隋炀帝强笑不答。杨素看出隋炀帝不高兴，随即拜辞而去。

　　不久，宣华夫人过世，隋炀帝悲痛不已，连续几天不去上朝。王公大臣都入宫问安，杨素当然也不例外。刚走到殿门口，忽然一阵阴风扑面吹来，杨素不由得毛发直竖。定睛一瞧，见有一人头戴皇冠，身穿龙袍，手中拿着一把金斧钺，走下殿来，这位威灵显赫的皇帝不是隋炀帝杨广，竟是隋文帝杨坚！杨素不禁有些惊惧，转身就要逃开，耳边却传来隋文帝凄厉的声音："狗贼休走！我想册立杨勇为储君，你不但不依我，还与逆子杨广和起伙来谋害我，让我死得不明不白，今天我特地来取你的狗命！"杨素越发惊骇地想逃跑，偏偏脚下像被什么东西绊住，无法前进，后面的隋文帝似乎已追上前来。杨素只觉得脑袋上挨了一下，痛不可耐，当即晕了过去，口吐鲜血不止。殿上的卫士一见杨素跌倒，立即上前搀扶，发现他不省人事，便把他送回家。家人忙请来医生诊治，杨素半晌才醒来，看着家人，凄声叹息道："我活不长了，你们给我预备后事吧。"家人一听，连忙四处访求名医。隋炀帝也派御医去诊治，御医回来说："杨大人的病看来是无法痊愈了，只能过一天是一天。"隋炀帝听后，很是欢喜，只是一想到宣华夫人，就长吁短叹起来，萧皇后便劝慰他说："人死不能复生，陛下不要太过悲伤。"隋炀帝说："佳人难再得，叫朕怎么忘怀呀？"萧皇后微笑着说："天下这么大，难道除了宣华夫人，就再没有别的佳丽吗？"这话点醒了隋炀帝。隋炀帝当即下令采选宫女。

　　不到一个月，各地送来大量的美女，内监许廷辅将美女的姓名编辑成册，递交隋炀帝。隋炀帝一盘算，发现名册里面记载的女子不下一两千人，便自忖道："难道天下真有这么多美女吗？可能他们连嫫母、无盐都采来了。"转念又一想："既然已经选集了这么多女子，总会有几个让朕满意吧。那些相貌平庸的，就让她们在宫中打扫，看着满园的春色，也挺不错。人还是愈多愈妙！只是显仁宫虽大，但究竟是个宫殿，需要另辟一所园子，才好安置这些女子。"计划已定，隋炀帝便召来一群佞臣商议，其中内史侍郎虞世基的提议最让人满意，隋炀帝便让他负责督造苑圃。

虞世基在洛阳城西边开辟二百里的地方，先构建一片内海，再在外面营造出五处大湖，暗寓天下五湖的意思。每湖方圆十里，四面砌成长堤，长堤上面的奇花异草数不胜数，并且百步一亭，五十步一榭，亭榭两旁又栽植些红桃绿柳。湖内有青雀舫、翠凤舸，并有一艘龙舟。这五湖都与内海相通。内海方圆四十里，中间筑有三座大山，一座叫蓬莱，一座叫方丈，一座叫瀛洲，好似海外三座神山。山上添造的楼台殿阁备极工巧，山高一百多丈，向西眺望可以看到长安，向南远望可以看到江淮。湖海交界的地方造有一所正殿，恢宏绝伦，不用细说。内海北岸一带筑成一道弯曲的长渠用来引接海中活水。在长渠最美的地段，置有一座大院。大院里面有十六个别院，专门用来安顿宫人。才用了几个月时间，工程便已告捷，隋炀帝当即带着皇后、妃嫔前去新苑游幸。那阁楼个个钩角相连，竞巧争新；海水澄青，湖光漾碧；三座神山葱茏佳气，更有十六院点缀风流，桃成蹊，李列径。仿佛是缥缈云天，荣福之地。隋炀帝非常高兴，当下便为新苑命名为西苑，也称芳华苑。五湖十六苑也有了各自的名号。

定完名称，已近昏黄，四面八方的悬灯、红烛映在水面上，绕成一片霞彩。隋炀帝格外高兴，当即让人备好酒宴，把酒言欢。喝了数巡，隋炀帝对萧皇后说："十六院已经造就，朕打算挑选十六位谨厚的淑媛，作为每院的主持，你觉得怎么样？"萧皇后含笑回答说："臣妾听说许廷辅已经把美人都带进来了。陛下为什么不现在挑选呢？"隋炀帝大喜道："皇后真是宽洪雅量。"没多久，美人来了，隋炀帝便边喝边瞧，真是柳媚花娇，目不暇接。况且灯光半焰，醉眼微蒙，一时之间也辨不出什么妍媸，只觉得一簇簇娇娃拨动人的心弦。还是萧皇后替他品评，这个是肉不胜骨，那个是骨不胜肉，这个是瑜不掩瑕，那个是瑕不掩瑜，好不容易选出了十六位姿容窈窕、体态幽娴的淑媛。隋炀帝当即封她们为四品夫人，让她们管理各自别院的事情。接着萧皇后又选出三百二十名美人，每院分二十名，让她们学习吹弹歌舞，以备侍宴。其他女子则分派到各处楼台亭榭，充当职役。一千多名女子拜谢而去，好似风卷残云，浪逐桃花，都去得无影无踪了。此时已是深夜，酒兴已过的隋炀帝这才与萧皇后返回显仁宫。

玩乐了没几天，隋炀帝便想南下赏花，凑巧皇甫议上奏说河渠已通，龙舟也已经造成。隋炀帝游兴勃发，当即下诏，安排仪卫，准备游幸江都。宫廷内外一接到诏书，接连备办了十多天，忙得疲惫不堪，才有点眉目。就在朝廷大臣忙里忙外地准备时，隋炀帝也动手把两个留在京都的堂兄杨纶和杨集发配到了边疆。没有了后顾之忧，隋炀帝这才拟定仲秋南巡，随即任命左武卫大将军郭衍为前军统领，右武卫大将军李景为后军统领，让两人随驾南巡；同时赐五品以上的文武官员坐楼船，九品以上的官吏则坐竹船；并令黄门侍郎王弘监督龙舟，奉迎车驾。

　　一转眼到了出巡的日子。这天，隋炀帝与萧皇后打扮得异常华丽，坐着一乘金围玉盖的逍遥车，率领显仁宫、芳华苑内的三千粉黛，从东都出发。逍遥车的前后左右的随行人员骑着高头大马，穿着蟒衣玉带。在前领路的是左卫大将军郭衍，在后护卫的是右卫大将军李景，两人各带着千军万马。大队迤逦到了通济渠。隋炀帝与萧皇后被扶下逍遥车，走入河岸边的红色小楼船。其他男女都鱼贯而下，登上便舟。一出洛口，就看见有两艘大船停泊中流，最大的一艘便是龙舟。龙舟高四十五尺，长二百尺，共分为四层。最上面的一层有正殿、内殿、东西朝堂，中间的两层共有一百二十个房间，这些房间都用金玉装饰而成，下面的一层条件较为简陋一些，是内侍的居所。不用说这船是为隋炀帝准备的。龙舟旁边的那艘船叫做翔螭舟，它的规模和装饰比龙舟略逊一筹，这船是萧皇后的坐船。另外有九艘同样精致的船，充作水上的宫殿，还有漾彩、朱鸟、苍螭、白虎、玄武等数千艘船，分别承载王公大臣、妃嫔、公主以及用来装载内外百司供奉的物品。最奇怪的是五楼、道场、玄坛等数十艘船是专门为僧尼、道士、番客准备的。总共有八万多名船工，光龙舟、翔螭舟就占用九千多人。卫兵所乘的船只又分为平乘、青龙等数千艘，他们的坐船由自己开动。龙旗舞彩，画舫联樯，逶迤二百多里，岸上又有数队骑兵夹河而行。所过州县五百里内的居民都被勒令敬献美食，往往一州就要供应出数百车山珍海味。隋炀帝、萧皇后及后宫的妃嫔却总是品尝丁点儿，便将食物抛在河中。自古以来，帝王巡幸天下，谁有这么奢侈，这么骄淫！

412

北巡西征

隋炀帝南巡路上，觉得那些为他赶筑出来的行宫不够完善，四十多所行宫，他只在每处停留了一两天，便扬帆直奔江都。江都是南方胜地，山清水秀，扬名海内，隋炀帝与皇后、众妃嫔朝赏夕宴，日子过得相当快活。度过残年，便是大业二年元旦。隋炀帝在江都接受文武百官的朝贺。第二天，东京将作大臣宇文恺送来一封奏报，说洛阳宫苑告竣。隋炀帝当即晋封宇文恺为开府仪同三司。过了正月，隋炀帝便下诏令吏部尚书牛弘、内史侍郎虞世基预备车服仪卫，为起驾回东都作准备；又封开府仪同三司何稠为太府少卿，让他监制服饰，并送到江都来。何稠参古酌今，让人将日月星辰巧妙地绣进隋炀帝的龙袍，又将皇后以及众妃嫔、百官的服饰缝制得异常华丽，一切都为了让隋炀帝满意。为了制造羽扇，隋炀帝曾让州县官吏采办羽毛，州县官便让百姓捕杀大鸟，百姓四处网罗，鸟类几乎绝迹。乌程有棵高一百多尺的大树，上面有一个鹤巢，里面栖息着一只大鹤和几只小鹤。百姓奉令前来捕鹤取羽，因高不可攀，便提着斧头打算伐树。那只大鹤似乎了解人们的意图，怕小鹤受到伤害，竟赶忙啄拔自己的羽毛，并把羽毛抛了下来。当时，世人反而称此为瑞兆，并谣传说："天子造羽仪，鸟自献毛羽。"州县官乐得献媚，当即借着民谣，洋洋洒洒地写了一篇贺章。隋炀帝看完奏章，格外欣慰，每次外出游幸，便让卫士打着羽扇，羽扇的队伍竟绵亘二十多里。

两个月后，江南春暮，桃败柳残，隋炀帝这才下诏起驾。大队自江都出发，像来时一样浩浩荡荡地开回东都，只是比南下时更为华丽。四月份，千乘万骑驰入东都。隋炀帝在端门颁诏大赦天下，并免去本年全国的租赋，同时允准五品以上的文官乘车，五品以上的武官跨马。留守长安的太子杨昭听说父亲已回东都，便立即恳请觐见，隋炀帝自然允准。父子相见，本该言谈问询一番。然而隋炀帝被酒色迷了心窍，早把"父子有亲"的古训丢到一边，所以见到太子时，他也只是淡淡问了一两句，便让太子退下去了。太子杨昭在洛阳待了一两个月，一再恳请探望父亲，隋炀帝虽然不曾拒绝，但总是催促太子赶紧回长安。杨昭叩首表示想在父亲身边多待几天，却遭到隋炀帝的一顿斥责。不久，就传来杨昭病故

413

的消息,隋炀帝只是哭了几声,便草草地办理丧葬事宜。并赐太子杨昭谥号为元德;册封杨昭的三个儿子,大儿子杨倓为燕王,二儿子杨侗为越王,最小的杨侑为代王;同时册封秦孝王杨俊的儿子杨浩为秦王。太子杨昭刚刚过世,又传来杨素病逝的消息。杨素因病没有随同隋炀帝南巡,病重的时候,家人还想为他访求名医。杨素却说:"别费心了,就让我去吧!"隋炀帝得到杨素的死讯,当即欢喜地对亲信说:"如果杨素不死,我一定会灭他九族!"随即下令厚葬杨素,以掩人耳目。

先前,废太子杨勇有十个儿子,大儿子名叫杨俨,曾被封为长宁郡王。父亲杨勇被废黜后,杨俨和弟弟们被削爵夺职,外公云定兴沦为官奴。隋炀帝嗣位,听说云定兴有巧思,便把他召到东都,让他督办营造御用器物。云定兴见宇文述十分得宠,便购来许多珍珠,串成一副宝帐,把它送给宇文述。宇文述喜出望外,随即替他讨来一个督造兵器的差使,并对他说:"兄弟你做的兵器,皇上十分满意。但为什么皇上一直不肯重用你?我想问题就出在长宁郡王身上。"云定兴愤然地说:"他这个没用的东西还活在世上干什么!为什么不劝皇上把他们兄弟几个全部杀了?"宇文述随即奏请处置杨俨等人,隋炀帝当即依议,派人毒死长宁郡王杨俨,并把他的七个弟弟发配到边疆。不久,又赐他们自尽。剩下的两个年幼的弟弟被贬为庶民。

突厥的启民可汗自从迁居碛口,非常感激隋室的恩德,每年都派使者朝贡。大业二年冬季,启民可汗恳请入朝觐见隋主。隋炀帝为张皇威,夸示番俗,令太常少卿裴蕴征集天下音乐世家的子弟,让这些人充作乐户。甚至平民百姓,只要会谱音乐,也都被勒令进入太常肆,于是四面八方的地方音乐汇集于东都。不但八音六律吹拍成腔,隋主还召来各地的艺人,让他们演习各种鱼龙杂戏。练习好了,隋炀帝便带着皇后、妃嫔在西苑精翠池畔观赏节目。只见有只舍利兽先来跳跃,激得池水四溅;接着绿团鱼与扬子鳄等鱼鳖都浮出水面,丛集两岸;紧跟着鲸鱼喷雾蔽日,一眨眼又化成一条长七八尺的黄龙。不久,又见有两个带着斗笠的人缓缓上场,斗笠上各有一人在那儿轻歌曼舞,那曼舞的人又总是突然腾空而起,彼此交换处所。最让人惊奇的是神鳌负山、幻人喷火,这两种技艺千变万化,备极神妙。隋炀帝啧啧叹赏,当即让京兆、河南两地府尹为艺人赶制锦衣。两京的彩缎,霎时被搜括一空。隋炀帝还亲制艳词,令乐正白明达凑造新声,按曲度腔,将新乐章谱写得极为哀艳。朝政方面,隋炀帝特意建立进士科,按诗歌的优劣来晋选人才。

高颎闲居没几年，便被隋炀帝征用为太常卿，他非常不赞成散乐，并站出来说："弃本逐末，有碍盛治。"隋炀帝哪里肯听？反而记恨起之前高颎不赞成自己为储君的事情。高颎又私下对太常丞李懿说："从前，周天元①迷恋糜乐以致亡国，这段历史刚刚过去，皇上怎么能效尤呢？"这话不小心传入隋炀帝耳朵里，隋炀帝越发厌恶高颎，只是一时不便发作，只好暂时忍耐。

大业三年，启民可汗来隋廷庆贺元旦，隋炀帝铺排仪仗，奏乐欢迎。启民跪拜完毕，奉命坐下后，就东张西望，十分艳羡汉人官吏的威仪。一进入客馆，启民便急不可待地上奏恳请隋炀帝允准自己穿汉服。隋炀帝起初不肯，当见到启民的第二份奏章后，也就允准了。隋炀帝对尚书牛弘说："我朝完备的衣冠，使得单于也为之艳羡，这难道不是古今盛治吗？"牛弘极口颂贺。隋炀帝又说："这当然也是你们的功劳。"说着，就赐给牛弘一百匹丝帛。牛弘谢恩而退。启民可汗一住就是数天，天天受到隋廷的款待。辞行时，启民可汗恳请隋炀帝北巡，隋炀帝正有此意，当即便应允下了。

到了初夏天气清和的时候，隋炀帝以安抚河北为借口，征用河北十多个郡县的壮丁，让他们凿穿太行山，以便通往北部并州，接着启程到赤岸泽。启民可汗想入塞迎驾，隋炀帝不答应，只是让他在帐守候。两个多月后，山路凿通，隋炀帝这才从赤岸泽出发，到达北部的榆林郡。为了出塞耀兵，隋炀帝想经过突厥部落，前往涿郡，但又怕惹得启民可汗惊慌，便派武卫将军长孙晟先去传报一声。启民带着各部落酋长与长孙晟相见。长孙晟见帐篷内外脏乱不堪，便指着帐篷前的青草说："这长在帐前的青草被你这么宝贝似的留着，一定是因为它的根十分香。"启民没有领悟，拔起草认真嗅了一下，然后回答说："不香"。长孙晟有些讥讽地说："天子巡幸，各侯王应该亲自打扫自己的领地，以表敬意。那棵草，我以为你留着是因为它是香草，没想到它原来只是一株寻常的草。"启民这才知道长孙晟有意嘲讽，慌忙谢罪说："这是我不经意的过失。我的骨肉都是天子所赐，现在有机会报答天子，怎么敢不尽力呢？只不过因居住在荒僻的塞外，不晓得贵朝规矩，才有了今天的怠慢。多谢将军赐教，让我受惠不少。"说着，便拔出佩刀，伐去庭前草。帐中的达官贵人及部落酋长也相随效仿，不久帐篷内外的草都被除尽。

①周天元：北周宣帝，宣帝自号天元。

415

长孙晟回到榆林后，隋炀帝便从榆林北境出发，到达东部的蓟州。此次北巡，隋炀帝又派人筑出一条宽一百多步，长三千里的大道。启民可汗带着义成公主赶来谒见来隋炀帝，吐谷浑、高昌两国也派使者朝贡。隋炀帝大悦，又是赐豪宴，又是赐丝帛。启民随即上奏恳请将所率部落汉化。隋炀帝不同意，告诫启民说各民族有各民族的特点，突厥虽然臣服于隋朝，但应保存自己的优势。接着又让宇文恺筑造出一个可以容纳数千人的大帐篷。帐篷落成后，隋炀帝南向高坐，两旁备设仪卫，下面是奏乐的乐队，然后威风凛凛地宴请启民等人。各胡人酋长大为惊骇，又十分欣悦，争着向隋炀帝献牛羊驼马。隋炀帝也拨给他们二十万段锦帛，作为答赐，并赏给启民马车以及鼓吹幡旗。

　　不久，隋炀帝又征发一百多万壮丁增筑长城，西达榆林，东到紫河。尚书左仆射苏威极力劝谏，隋炀帝不听，太常卿高颎、礼部尚书宇文恺、光禄大夫贺若弼私下议论说："皇上给启民的赏赐过于丰厚。"不料有喜欢献媚的臣子，奏劾他们三人，说他们三人对皇上不满。隋炀帝最恨臣下直言，再加上对高颎的忌恨，当即下令将三人处斩，苏威被罢官，萧皇后的兄弟内史令萧琮也被罢官。

　　没过多久，隋炀帝又出巡云中，逆金河而上，卫兵前呼后拥，多达五十多万人，旌旗辎重，千里不绝，而且宇文恺奉命筑造的观风行殿不仅可以移动，还能容纳数百人。这种气势、这种巧作引来胡人的阵阵惊叹。此后，胡人每次来谒见隋炀帝，都在距离御营十里外的地方下马膜拜。

　　启民可汗回到自己的属地，将一切整顿干净，恭候隋炀帝的到来。十多天后，隋炀帝款款而至，启民率领部落酋长跪着把他请进帐篷。宴席上，启民禀报说："高丽派使者来此通好，还请皇上启示臣该怎么做？"隋炀帝当即召进高丽使臣。使臣惶恐顿首，牛弘便宣诏说："朕因启民诚心归附，而亲自巡视他的部落，明年将去巡视涿郡。你回去告诉你家主子，让他最好早点朝贡，不要疑惧，朕会一视同仁，像对待启民一样对待他。如果你们敢违抗朕的命令，朕必会与启民一同攻打你们的国土，到时候可千万不要后悔！"高丽使者唯唯而去。群臣继续欢宴。

　　没过多久，已是仲秋，隋炀帝起驾南归。走到太原，晋阳宫已经开始营建，爬上太行山，一条九十里长，南通济源的直道紧跟着出现。在御史大夫张衡宅中，宴饮了三天，隋炀帝才回东都。

　　当时，西域的胡人基本上都在张掖互市，吏部侍郎裴矩奉命掌管市易事宜。在寻访了许多商民后，裴矩特意编撰出《西域图记》，极为详细地描述了西域山川风俗。同时他还绘制出三条通往西域的路，即北路入伊吾，中路入高昌，南路入鄯善，三条路在敦煌汇总。回朝后，裴矩怂恿隋炀帝征讨西域，于是隋炀帝野心勃勃，也想学秦始皇、汉武帝威名远扬。于是晋升裴矩为黄门侍郎，令他回到张掖利诱胡人，使得西域各国竞相来到中原。

大业四年春天，隋炀帝一面征发河北一百多万民夫，让他们凿穿永济渠，使沁水南达黄河，北通涿郡；一面继续增筑长城，使长城自榆谷向东逶迤数百里。紧接着，隋炀帝又游幸五原，顺道巡阅长城。他视民命如草芥，看金钱如粪土，不等晋阳宫告竣，又下令修建汾阳宫。不久，又派谒者崔君肃去西突厥，征使他们朝贡。

自从大逻便占据突厥西境，自称阿波可汗，突厥便分为东西二部，阿波被处罗侯献给隋朝后，西突厥国人又拥立泥利可汗。那时，西突厥由泥利的儿子达漫，即泥撅处罗可汗当政。崔君肃奉诏西行，泥撅处罗可汗十分倨傲，不肯起身相迎。崔君肃运用三寸不烂之舌，不但说得处罗哭着跪拜受诏，并且决意与隋朝联合攻打吐谷浑。

大业五年，春光明媚，冰消雪融，隋炀帝整顿行装，出巡河右。当时，裴矩已诱令铁勒部攻打吐谷浑，西突厥也适时出击，再加上隋军大举出袭，吐谷浑被击破，吐谷浑可汗伏允潜逃。

隋炀帝来到燕支山，高昌王麹伯雅、伊吾①的吐屯设②及西域二十七国的使臣都匍匐道旁。河西仕女的盛装打扮，仪仗队伍的纷繁壮观当然让隋炀帝大肆地炫耀了一番。吐屯设想向隋廷献上数千里地方，隋炀帝当然喜慰，分别设置西海、河源、鄯善、且末等郡，让卫尉卿刘权驻守河源，大开屯田，抵御吐谷浑，保护通往西域的道路。裴矩因绥远有功，被晋封为银青光禄大夫。

上天示警

西域各国的归附让隋炀帝欢喜不已，他当即在观风行殿赐宴。高昌

---

① 伊吾：地名。

② 吐屯设：官名，监守伊吾的官员。

王等人在观风行殿里落座，其他的使臣都陪坐在庭阶上，一两千人一边欣赏九部乐，一边观看鱼龙杂戏，一边品尝美食，备极喧闹。散席时，隋炀帝又搬出许多绢帛赏赐所有夷人，为了博得几声"万岁"的欢呼，又耗去无数百姓用血泪换来的资财。隋炀帝回京时，经过大斗拔谷，因山路险窄，仅容一人一骑，大队人马鱼贯而行。不幸又碰上风雪交加的恶劣天气，前后无法相顾，累得大队断断续续，众人疲劳不堪。驴、马被冻死了十之八九，吏卒也多被冻死，后宫的妃嫔主子们和内侍狼狈相持，与军士杂宿山间，男女无别，一塌糊涂。

隋炀帝顺路进入长安。住了两三个月，觉得长安没什么好玩的，他便很不耐烦地转赴东都。此后，隋炀帝视东都为乐国，不愿再回到长安。从此朝朝暮暮，花天酒地，再加上四面八方都会按时进贡，隋炀帝于是玩有可玩，赏有可赏，乐有可乐。当时各地进贡，有献明珠异宝的，有献虎豹犀象的，有献名马的，有献美女的。唯独道州献上一个矮个子的平民，叫王义，生得浓眉秀目，舌巧心灵。隋炀帝第一次见到这般身材短小、举止玲珑的人，也觉得奇异得很，却故意诘问他说："你有什么技能，竟敢献上自己？"王义从容回答说："陛下使西域各国竞相归附，又不嫌弃割草打柴的人，所以我一个南方的小百姓也想趁机感受一些皇上的王气。我虽然没有什么奇能绝技，但却有一片愚忱，还请皇上收下！"隋炀帝笑着说："朕有无数文臣猛将，没有一个不竭诚为朕效命，朕要你有什么用？"王义不慌不忙地说："皇上宽宏大度，惠及百姓，小臣无处求生，只好前来投靠皇上，以期在皇上的庇护下生活。"隋炀帝最喜欢听拍马屁的话，听完王义这几句话，不熔自化，当即让王义留在自己身边。好在王义知情识意，留下来以后，他事事体察隋炀帝的心意，无微不至，于是隋炀帝越来越宠爱他，甚至一刻也离不开他。

一天，隋炀帝辍朝入宫，回头见王义跟在身后，不禁皱眉说："你侍奉朕也有些时候了，可惜终究非宫中之人，不能随朕入宫！"说着，又叹了几声，径直入宫。王义不好跟进去，只好在宫门外痴痴地站着。凑巧老太监张成自宫中出来，瞧见王义踌躇的样子，便问他怎么了。王义忙把隋炀帝的话重述了一遍，并请张成想办法。张成微笑着说："想要入宫，非得净身不可。"王义刚开始还不明白什么叫净身，等张成一解释，他竟不管死活，托张成替他买药，忍痛自宫，结果一连病了好几天。隋炀帝不免问及，张成便将王义自宫的事情说了出来，隋炀帝一听，感动得连叹"忠义"两字。等王义疮痕痊愈，隋炀帝便允准他出入宫寝，

418

有时还让他睡在自己床榻下面，像待宫女一样待他。

　　大业六年正月，有十几个手中持花、口中自称弥勒佛的素衣盗贼潜入建国门作乱，结果被隋炀帝的二儿子齐王杨暕及时率兵歼灭。杨暕这次功绩显著，觉得太子早逝，此次应立自己为储君。但为保险起见，他还是请巫师作法，以防止隋主册立已故太子的长子为储君。不久，事情泄露，杨暕虽然保住爵位，但已失去隋主的宠爱，以及被册立为储君的机会。京都中出现盗贼，也算是一种骇闻，隋炀帝却不以为意，仍然照常行乐。

　　当时，各番的酋长带着随从来到东都，隋炀帝又要夸耀自己的富丽，暗暗下旨说："不论城内城外，所有的酒馆、饭店，如果遇到番客，都要用上等酒肴款待，不能索要钱财！"同时，隋炀帝又让有司在端门街上搭设许多锦栅，排列许多绣帐，就连丛林杂树中，也都要缠着彩色的丝帛，又传集乐户和杂耍艺人，于是京城内外有的唱歌，有的跳舞；这边放烟火，那边打秋千；这里耍长竿，那里蹴圆球。百戏杂陈，哗闹得不可名状，光是吹箫品竹的艺人就多达一万八千人。欢腾自黄昏持续到破晓，连日不休。那些番众看了，都惊异道："隋朝如此繁华，真不愧为天朝啊！"于是成群结队，纷纷游赏，有的去酒馆喝酒，有的到饭店吃饭，壶中都是佳酿，盘中都是珍馐。酒足饭饱后，番众正要付钱，店主都摆手说："不要，不要，我们富饶得很，一顿便饭算什么钱呀！"番众越发称奇，便来来往往，喝过了酒，再去痛饮一番，吃过了饭，再去大吃一通，乐得大快朵颐。有几个狡黠的胡人奴隶穿街逐巷，偶然发现穷得衣不遮体的贫民，不禁笑问东都百姓说："大隋也有贫民，为什么不把树上的丝帛给他们，免得他们一副窘迫的模样？"百姓羞惭得无法回答。隋炀帝哪里知道这些？任番众游宴一个多月，才把他们请走，并且还极力褒奖裴矩，群臣也只能随声附和罢了。

　　隋炀帝的宠臣，除了裴矩外，还有大将军宇文述、内史侍郎虞世基、御史大夫裴蕴、光禄大夫郭衍、工部尚书宇文恺等人。司隶大夫薛道衡呈上一章高祖颂，隋炀帝看完后，竟觉得薛道衡在讥讽自己，随即将他严谴一番。裴蕴向来与薛道衡不合，趁机弹劾他恃才放旷，目无君上。隋炀帝便令人抓捕薛道衡，将他处以绞刑，并流放他的妻儿。

　　曾参与谋杀隋文帝的御史大夫张衡，已出任榆林太守，后来，又被调到江都，督造行宫。张衡仗着自己曾为隋炀帝立功而颇为骄纵，但听说薛道衡无辜被杀，他也为之不平。刚巧杨素的儿子礼部尚书杨玄感奉命来江都办事，张衡见到他，不谈别的，只一个劲儿地说薛道衡枉死。杨玄感当即据实上报，江都丞王世充也上奏说张衡在督造行宫时捞取私利，二人一起弹劾张衡，由不得隋炀帝不信。隋炀帝当即就想派人杀死张衡，但一想张衡于自己有功，便革去他的官职，将他放归田里。隋朝的文武官吏，也只有吏部尚书牛弘终身富贵，他病逝后，隋炀帝不但赐了谥号，还加封侯爵。

　　自从隋炀帝安住东都，后庭的佳丽一天多过一天。隋炀帝总是今晚到这院留宿，明天到那院流连，不但十六院的夫人承蒙恩宠，就是三百二十名美女也有机缘受到宠幸。隋炀帝甚至邀僧尼道士一同巡游宫苑，称为四道场。有时他就在苑中宴饮众人，众人不分男女，随意入座，巾钗厮混，简直是不拘形迹，杂乱无章。几个稍有姿色的杨氏妇女竟公然留宿僧徒，就是妃嫔、公主也免不了与幸臣交欢。隋炀帝对这些事情置之不理，算是盛世宏恩。

　　一天晚上，隋炀帝泛舟北海，想与数十名内侍同登海山。忽然月亮被薄云遮住，夜色一下子迷离起来，隋炀帝只好在海边的观澜亭中小憩。三分酒意，七分迷梦，恍惚中，凭栏四望的隋炀帝看见一只小船缓缓靠过来，船中好像还有不少人，他以为是十六院中的美人前来迎驾。霎时，小船泊在亭前，有一个人首先登岸，内侍上前通报说："陈后主求见。"隋炀帝忘了陈后主早已过世，只记得自己与陈后主很谈得来，便令人传见。片刻工夫，果然见陈后主款款而来，一身素白衣装，有种仙人的韵味。隋炀帝忙起身相迎，陈后主屈身参拜。隋炀帝忙用手搀住他说："朕与你是故交，何必拘此大礼。"说着，便让他在自己身边坐下。彼此坐定后，陈后主开口说："没想到今天再见到陛下，陛下已贵为一国之君，不知陛下还记得我陈叔宝吗？"隋炀帝惊奇地询问说："我俩已有些年没见面了，这些年你在哪里，过得怎么样？"陈后主说："我一亡国之君，还有什么地方可去？无非往来漂泊，做一个异乡孤客罢了。"隋炀帝又问道："你怎么知道朕在此处？还特地拜访朕。"陈后主回答说："我听说陛下登上皇位，安享承平，便十分钦服，刚开始还以为陛下必定勤政爱民，没想到陛下也像我从前一样，只知道玩乐，图取眼前的快活。听说前不久，陛下又发动民役，凿通洪渠，东游维扬。我一时技痒，特意前来向陛下献诗章。"说完，便从怀中取出一页纸，捧呈隋炀帝。隋炀帝听了陈后主的话，已是不舒服，勉强接过诗章，在月色下凝神细瞧，只见上面写着：

隋室开兹水，初心谋大赊。一千里力役，百万民吁嗟。水殿不复返，龙舟成小瑕。溢流随陇岸，浊浪喷黄沙。两人迎客至，三月柳飞花。日脚沈云外，榆梢噪冥鸦。如今游子俗，异日便无家。且乐人间景，休寻海上槎。人喧舟番岸，风细锦帆斜。莫言无后利，千古壮京华。

隋炀帝看完诗章，似解非解，但还是觉察出诗里的讥讽意味，不由得愤恨地站起来说："生死由命，兴亡有数，你怎么知道我开河通渠，只对后人有利？"陈后主也起身说："看你那副豪气，还能撑得了多久？恐怕将来的结果，还不如我呢！"边说边往岸边走去。隋炀帝赶紧从后追逐，又听到陈后主揶揄说："去吧，去吧！继续玩乐去吧！反正不久我们会在九泉之下相见。"隋炀帝也没怎么辨悟他的意思，仍尽力追去。而陈后主已经上船，船中有一位花容玉貌的绝世美人，可惜月光半明半灭，一时看不清楚。隋炀帝正想回头让侍卫留下这艘小船，不料海面上突然卷起一阵阴风，吹得人毛骨悚然，等到风过浪平，哪儿还有什么小船？更别说什么美人了。隋炀帝这时才猛然惊悟，暗想陈叔宝早已过世，船上的美人，很可能就是张丽华，这二人都是鬼魂，他们怎么突然来见我！当下惊出一身冷汗，隋炀帝忙睁开双眼，仔细一望，见自己仍坐在亭中，便问侍卫说："你们可曾见到过什么吗？"身边的侍卫说："没看见什么呀！奴才只看见万岁爷默然无语，好像在休息，便不敢惊动。"隋炀帝越发惊疑，忙乘船返回西苑，就近去往迎晖院。一看到院妃王夫人，隋炀帝便跟她说起刚刚与陈后主相见的事情，王夫人也十分惊奇，宠妃朱贵儿却说："日有所思，夜有所梦，说不定是陛下想起张丽华，所以才有这样奇怪的梦境。也说不定是花月精魂晓得万岁爷在海中寂寞，便故意来逗弄陛下。这样的幻梦，陛下不必介意！"隋炀帝听了，这才释疑。当晚自然留宿迎晖院。

又是一个日沉月上的凉爽夜晚，隋炀帝带着王义悄悄走进栖鸾院。院妃李庆儿正躺卧帘下，沉睡未醒，隋炀帝见月光下的她柳眉半蹙，樱唇微启，杏脸上现出一种慌张的神情，好像欲言难言，便对王义说："她可能在做噩梦，快叫醒她！"王义走到榻前，连叫了数声李娘娘，李庆儿这才醒转过来，但已挣扎得满身是汗，弱不胜娇。隋炀帝亲自扶她起来，她坐了半晌，才明白状况，忙起身下拜说："臣妾刚刚睡着了，不知陛下驾到，有失迎候！"隋炀帝说："没什么。你刚刚梦见什么了，竟现出这样慌张的神色？"李庆儿说："臣妾正在梦魇，多亏陛下让人将我唤醒，但梦中的情节支离破碎，是吉是凶，臣妾不敢直说。"隋炀帝安慰她说："没关系，你梦见什么就说什么。"李庆儿这才说："臣妾梦见，陛下像平常一样带着臣妾去巡游各院，到了第十个别院，那里李花盛开，陛下便开宴赏花，臣妾仍侍奉在皇上身边。哪知一阵风起，花光突然变成火光，烈腾腾地烧了过来。臣妾赶紧逃开，回头一看，陛下竟还在烈焰中，臣妾急忙呼人救驾，偏偏四下没有一个人，臣妾急得不得了。就在此时，陛下让人将臣妾唤醒。臣妾也不知这梦到底是凶还是吉？"隋炀帝沉吟半晌，才强解说："梦往往是相反的，梦死正是得生，火势威烈，朕却坐在火中，这正是得威得势，有什么不吉？"李庆儿这才欢喜起来。隋炀帝又让人摆酒为她压惊，饮到夜静更阑，才携手入帏，共做好梦。

早上，隋炀帝路过明霞院，碰到院妃杨夫人。杨夫人满脸笑意说："陛下来得正好，臣妾正要前来报喜。"隋炀帝便问是什么喜事。杨夫人说："今年的李树长势很旺，荫达数亩。"隋炀帝淡淡地说："玉李为什么突然很繁盛？"杨夫人欢喜地说："昨晚院中所有人都听到空中传来一个声音说，李木当繁茂，今天早上臣妾去瞧了瞧，果然看到李树茂盛无比。"隋炀帝正因李庆儿梦见李花而有些心慌，现在又听说李树突然很繁盛，便料知不是吉兆，于是转头对王义说："你去交代院役，让他们赶紧砍伐李树。"王义回答道："眼下我朝国势蒸蒸日上，连树木也来助兴，这正是吉兆。就算是不祥，也希望陛下修德化灾，伐树又有什么用呢？"隋炀帝于是作罢，在明霞院中赏玩了一天。第二天，去晨光院游玩，院妃周夫人迎上来说："院中的杨梅，今天繁盛得很。"隋炀帝高兴地问："杨梅有没有李树茂盛？"旁边的宫女回答说："没有李树繁茂。"隋炀帝一听，掉头就走。后来杨梅和李树同时结果，院妃将两种果实呈了上去，隋炀帝便问哪种口感好。院妃回答说："杨梅虽好，但带着一丝清酸，确实是没有李子甘美。"隋炀帝叹道："人人都恶杨好李，上天想暗示朕什么呢？"

征战高丽

大业六年，隋炀帝杨广又想南幸江都，萧皇后等人因无法忍受长途跋涉，婉言劝阻，可隋炀帝坚持要去，并对皇后和妃嫔们说："你们都到过江都，也领略过那儿的风景，不要说那儿山川秀美，就是一花一木也比这里鲜艳，当前虽然是草木零落的季节，但朕想江都绝对没有这里荒凉，所以想去游览一番，聊解愁闷。"说到这里，便有一美人插嘴说："陛下原来是觉得荒凉呀！这样吧，请陛下给臣妾三天时间，三天后，臣妾一定会让这芳华苑百花盛开。"隋炀帝一瞧，原来是清修院内的秦夫人，不禁冷笑道："你有什么神术，能使万象回春？"秦夫人嫣然一笑说："臣妾怎么敢在天子面前说大话？请陛下安心等待，三天后自见分晓。"隋炀帝半信半疑，好不容易过了三天，便到苑中探验真伪。一进苑门，果然花木盛开，芳菲斗艳，就是池沼中的芙蓉也都披着翠叶，新鲜可爱。隋炀帝当下惊喜得很，极口称奇。那十六院的夫人已带着许多宫女出来迎驾。秦夫人先笑着问："陛下觉得这苑中花木和江都的相比怎么样？"隋炀帝迟疑地说："你先回答朕，你这幻术是从哪儿学来的？不然的话，这种天气，花木怎么会开得这么繁盛？"众夫人一听，不禁哑然失笑，越发惹起隋炀帝的疑心。再三穷诘，众人才说出真相，原来是剪彩为花，制锦做叶，费了三天三夜的工夫，才布置得花团锦簇。隋炀帝仔细一审视，才辨明真假，随即对秦夫人说："你竟有这种奇思妙想，也算得上是巧夺天工了。"当下，隋炀帝便与众夫人到处游玩，只见红一团，绿一簇，仿佛是春回大地。

安居一个月后，隋炀帝看着这些艳而不芳的假花假叶逐渐生厌，仍决意前往江都。皇后和妃嫔们也不好再拦阻，便由着他南下。只是这次南巡，萧皇后没有随同前往，十六院的夫人也只去了一小半，比第一次南巡简便得多。江都宫监王世充一听说皇上驾到，忙出城迎接，导引隋炀帝入城。隋炀帝到行宫巡视一圈，先是觉得一切布置让人十分满意；又见到那些来叩见的宫女个个仪容俊雅，眉目轻盈，觉得十分畅快，当下将王世充嘉奖一番。可惜此时琼花已经凋谢，来春才会再开，隋炀帝因而羁留江都，并想着东游会稽。当下，他便让人凿通江南河，自京口直达余杭，共计八百多里，使得龙舟能随意通行。无奈工程一时不能告成，他只好耐心待着。

不久，接到虎贲郎将陈稜的捷报，说是已经攻破琉球，击毙国王遏刺兜，掳回数千名男女。原来，琉球是东海的一个岛国，风俗类似于倭人。倭人即日本，比琉球稍大。大业四年，倭王阿每多利思北孤，曾致信隋廷说："日出处天子致书，日没处天子无恙。"隋炀帝一看，觉得十分不舒服，便对鸿胪卿说："蛮夷的书信如此无礼，以后不要再呈上来！"第二年，隋炀帝派文林郎裴清出使倭国，倭王却优礼相待，并派使者朝贡。隋炀帝问过倭国使者，才知道倭国东南还有个琉球，便派羽骑尉朱宽入海招抚。不料，琉球国王不肯屈服，隋炀帝便让陈稜出兵袭击。琉球一灭，隋炀帝便想征服高丽，随即宣召高丽王高元入朝。先前，隋炀帝在突厥时，已命令高丽使臣回去传话，让高丽国王派人朝贡。如今都过了两年，高丽王始终没有派人朝贡。这次，宣召高丽王入朝的圣旨发到高丽许久，仍然不见高丽有所动静。隋炀帝不禁动怒，当即为攻打高丽做准备。

　　大业七年仲春，隋炀帝带着许多宫女乘坐龙舟，自江都出发，经过永济渠，直指北部的涿郡。途中，隋炀帝颁诏四方，令远近将士齐集涿郡，东讨高丽；又令幽州总管元弘嗣立即前往东莱海口，督造三百艘航船。元弘嗣不敢怠慢，当即带着属吏昼夜督造。工役天天泡在水中，没有上岸休息的时间，没过多久，自腰部以下都生蛆化脓，却又得不到医治，只能等死。隋炀帝轻视民生，又征发江淮以南一万多名水手，三万名弓箭手，三万名凿冰手；并令河南、淮南、江南三地造出五万乘战车送到高阳，供载衣甲幔幕，令兵士自己携带行军用品赶赴军前；同时调来两河的民夫，让他们为军队服务。随后，又拨派江淮民船，让它们负责将黎阳及洛口各地仓米运到涿郡。霎时舳舻千里，往返常常数十万人，昼夜不停，死亡相继。隋炀帝则抵达涿郡，歇在临朔宫，继续迷恋酒色。那些随行的官吏自然也过着安心舒适的生活，只是朝征粮，暮征兵，三令五申，苦了那些兵民。

　　大业八年孟春，历经千辛万苦，天下兵民才赶到涿郡。隋炀帝召来合水令庾质，询问他说："高丽的兵民还没有我朝一个州郡的百姓多，现在朕想率大军前去征讨，你觉得获胜的把握大吗？"庾质回答说："以众临寡，我军一定能获胜，但是臣不希望陛下亲自率兵征讨。"隋炀帝脸色一变，说："朕怎么可以未战先退，自挫锐气呢？"庾质忙说："胜负是兵家常事，如果陛下率军出击，未克而返，反而有损陛下的威灵。陛下不如留在这儿坐镇指挥，让猛将劲卒兼程疾进，杀敌人个出其不意，这样定会大获全胜。兵贵神速，如果迁缓行军，恐怕我们就失去战机了。"隋炀帝不听，反而斥责道："你这么胆小怕事，就留在这里好了。"随即下诏，将全军分为左右两翼，左十二军出镂方、乐浪等道①，右十二军出粘蝉、襄平等道。各军络绎登程，直指平壤。隋军总计一百一十三万三千

---

　　① 道：古代行政区划名。在少数民族聚居的郡下设道。

八百人，号称两百万大军，再加上输送器械、粮饷的人，隋军更是显得人多势众。隋炀帝备具仪仗调度大军。每军置有大将、副将各一人，统领四十队骑兵和八十队步兵，骑兵和步兵都分为四团，各团都有一员部将，各团之间的铠甲和旌旗颜色各异。辎重散兵也被分为四团，令他们在步兵队伍中行进。于是前军先行，后军继进，两军相距约四十里，护卫皇帝的六军最后出发。总共用了四十天，隋军才全部走出涿郡城，首尾衔接，鼓角相闻，旌旗绵亘九百六十里，真是自古以来，少见少闻的军仪。

途中，隋炀帝又任命段文振为左候卫大将军，令他出南苏道。段文振在路上罹患重病，随即上奏隋炀帝，说迂回行军不可取，并再次提出兵贵神速。隋炀帝看完奏章，没往心里去。不久，段文振的死讯传来，隋炀帝虽然痛惜，但对段文振奏章中的话仍是半信半疑。花了好几天的时间，才到达辽水，众军会师，临水为阵。高丽兵利用辽水拒敌防守，隋军无法前进。工部尚书宇文恺奉命造好三道浮桥，右屯卫大将军麦铁杖勇做先锋，率军杀进扑面而来的高丽兵中。隋兵渡水迎战，溺死无数。麦铁杖一跃登岸，闯入高丽兵阵内，虎贲郎将钱世雄、孟督也跃上岸，与麦铁杖先后杀入，十荡十决，就像猛虎出山一样，高丽兵被杀死无数。无奈后队不能跟上，三人奋身死战，因势孤力竭，相继捐躯。隋军不得已收兵毁桥，撤回西岸。

隋炀帝听说麦铁杖战死，追封他为宿郡公，接着又下令接桥迎战。这次各军依次奋进，渡过辽水，大战东岸，杀得高丽兵七零八落，隋军乘势围攻辽东城。隋炀帝也渡辽东进，令尚书卫文升招抚辽左百姓，并下诏告诫各军将领说："朕这次东征，是想征讨有罪的人以抚慰百姓，并非为功名而来。你们当中有些将领为了邀赏而轻兵袭击，孤军独斗，这完全违背行军的本旨。朕打算让你们分三路进军，哪路大军要攻击时，必须先通知其他两路大军，不得轻进，朕不想看到过多的伤亡。并且军事行动前，必须先上奏，静待回复。如果有谁敢擅自行动，就算有功，朕也必定严惩他。"各将领接到这道谕旨，没有一人敢先动。

半个月过去了，辽东城还没有拿下。隋炀帝不禁焦急起来，亲自去巡阅城池形势，却发现城不高、壕不广。怒火中烧的隋炀帝当即召来各将领诘责道："你们竟然视朕为木偶？朕想亲自东征，你们多半不希望朕来，朕便想来看看你们到底什么行径，果然发现你们这么怕死，不肯

425

尽力！难道朕越是对你们宽松，你们就越是玩忽法令？"说到这里，声色俱厉。将领们十分惊慌，慌忙谢罪，众军决定进攻平壤。

右翊卫大将军来护儿率领江淮水军浮海先出发。在距离平壤六十里的地方大破高丽兵后，来护儿不等其他军队汇集，便冒险轻进，结果被平壤城的高丽兵杀得狼狈逃回海浦。左翊卫大将军宇文述、右翊卫大将军于仲文、左骁卫大将军荆元恒、右翊卫将军薛世雄、左屯卫将军辛世雄、右御卫将军张瑾、右武侯将军赵孝才、涿郡太守左武卫将军崔弘升、虎贲郎将卫文升九位将军各率大军会齐于鸭绿江西岸。高丽先是派人诈降，诱引九路大军渡到东岸，又用羸兵弱卒将九路大军引入埋伏，杀得隋军大败，隋军将领辛世雄阵亡。经过一天一夜的逃亡，隋军奔回鸭绿江西岸。来护儿听说宇文述等败归，也自海浦奔回，九路大军出击，只有卫文升一军全然而归。

攻打平壤城时，去了三十万五千人，而回到辽东城的，却只有两千七百人，资储器械更是丧失殆尽。隋炀帝又惊又怒，忙乘坐龙舟返回东都，留下民部尚书樊子盖据守涿郡。回到东都后，九位大将自然受到惩罚，唯独卫文升被晋封为金紫光禄大夫。于仲文出狱不久，便病死了。前御史大夫张衡虽然已被革职，放归田里，隋炀帝怕他有怨言，便派人监视。一天，隋廷忽然收到张衡的小妾告变的书信，上面说张衡对当今陛下有怨言。隋炀帝当即赐令张衡自尽，并派使臣去监视。张衡临死时说："我做了多严重的错事呀！哪还敢奢望活得久些？"监刑官忙塞住自己的耳朵，逼令他快些自尽。

一转眼，便是大业九年，隋炀帝又想征讨高丽，再次征集天下兵士，汇集涿郡。孟夏四月，以宇文述为前驱的隋军杀入高丽。隋炀帝亲自督导大军攻打辽东城，高丽守兵随机守御，仍像上次一样，两军相持不下。隋炀帝用遍各种攻城工具四面扑城，仰攻用云梯，俯攻用锹凿，始终不见效果。隋炀帝又让人造出一百多万件布囊，里面装满土石，然后将布囊从墙根下堆积起来，堆到与城墙平齐时，便令战士登上去作战。与此同时，高出城墙许多的八轮楼车搭载着数百名弓箭手，弯弓竞射。城中防不胜防，危急万状。隋军正要一鼓攻入，不料内讧迭起，警报频来，逼得荒淫骄纵的隋炀帝只好引军折回。

内乱渐起

为了征讨高丽，隋廷征兵索粮，以致百姓困苦不堪，百姓只好铤而走险，相聚为盗。于是平原、济阴、齐郡、北海、河间、渤海等地相继传来警讯。暴客饥民相随趋集，有的地方甚至聚集十多万人，他们四处剽掠，所过村邑尽为废墟。地方官吏与贼众接战，往往败退。唯独齐郡骁勇果决的张须陀击败贼寇，取得一点成就。但群盗如毛，山东糜烂，单靠张须陀一支军队，也只能保护一方，不可能四面兼顾。隋炀帝虽有所耳闻，但觉得都是些小贼，不足为虑，所以再次东征。哪知有个勋臣的后裔也乘势揭竿，在黎阳起兵，这下隋炀帝惶急起来，不得不放弃到手的战果，回头处理国事。

在黎阳起事的究竟是什么人呢？原来就是楚国公杨素的儿子杨玄感。杨玄感体貌雄伟，擅长骑射，并且喜好交游。蒲山郡公李密的祖辈是北周的将领，他的父亲李宽又是隋初的柱国，李密承袭父亲的爵位，并在隋廷中担任左亲侍一职，他与杨玄感是患难与共的朋友。李密睿智而机敏，他曾对杨玄感说："临阵决胜，我不如你；居内运筹，你却不如我。"杨玄感十分叹服他的话，因而两人非常要好。

当时，礼部尚书杨玄感奉命在黎阳督办粮饷，他听说山东盗贼四起，料知天下从此多事，又想到父亲死时，隋炀帝曾说杨素如果不死，定会灭他九族，因而十分忧虑。虎贲郎将王仲伯、汲郡赞治赵怀义趁机劝他谋变，杨玄感于是故意让粮船逗留，迟迟不肯发往涿郡，以伺机起兵。同时秘密召回从征辽东的弟弟武贲郎将杨玄纵、鹰扬郎将杨万硕，还有留在京师的小弟杨玄挺以及李密。刚巧将军来护儿调集水兵自东莱入海，即将抵达平壤。杨玄感一面密遣家奴绕道进入平壤城，散播谣言说来护儿怨期谋反，以煽惑人心；一面进入黎阳城募兵，并以讨伐来护儿为名，召集邻近各郡的兵士。同时任命赵怀义为卫州刺史，东光县尉元务本为黎州刺史，河内主簿唐祎为怀州刺史。唐祎不肯受令，暗地逃回。与杨玄感一同督办粮饷的御史游元对他的举动也很不赞同，杨玄感见无法说服他，便把他杀死了。

组建了一支由五千名运粮壮丁以及三千名船夫构成的军队，杨玄感誓众说："当今的天子如此暴虐，视民命如草芥，我们还要继续忍受他摧残吗？那些从征辽东的兄弟们战死无数，我们还能见死不救吗？今天，我与你们并肩奋战，伐无道，救百姓，你们愿意吗？"众人踊跃听命。杨玄感大喜，当即部署军队。正巧李密与杨玄挺一同赶来，杨玄感忙将李密迎入营帐，向他问计。李密回答说："天子远在辽东，如果出其不意地长驱入蓟，扼住咽喉，高丽得知我国内变，必定从后偷袭。不出十天，东征的各军就会因粮资匮乏而不得不投降，就算不投降，也必定溃散。这是上策。"杨玄感忙问："中策呢？"李密继续说："关中为都城所在，如果率众西行，路上不攻打别的城池，直取长安，那时就算天子回朝，也为时已晚。占据长安后，据险临敌，进可战，退可守。这不失为中策。"杨玄感又问："剩下的就是下策了吗？"李密点头说："如果就近攻打东都，一举拿下它的话，也足以号令四方。但只怕东都那些人，早已从唐祎那儿得知大人起事的消息，并抢先固守，若是率兵攻打东都，只会贻误战机。说不定不等拿下东都，就遭遇天下兵马的四面包围，那时大势一去，我也无能为力了！"杨玄感笑着说："眼下文武百官的家属都在东都，我如果拿下东都，先声夺人，东征的官吏绝对不寒而栗。所以你的下策，其实是上策。长驱入蓟，太过冒险；攻打关中，又有些迂远。并且一路上只顾行军，不去攻打城池，这怎么能示威呢？"杨玄感于是没有依李密的计策，竟带着众人径直杀向洛阳。果然东都这边早有防备，杨玄感极尽精锐攻城，但留守东都的樊子盖也不示弱，一守一攻，杀伤相当。

留守长安的代王杨侑听说东都被围，忙派刑部尚书卫文升前去援救。杨玄感用羸兵弱卒把卫文升引到埋伏中，一声号鼓，杀死卫文升兵无数。三天后，两军再次交战。刚刚拼杀到一块儿，杨玄感就让人大声呼喝："官军已经抓获杨玄感了！"卫文升兵莫名其妙，东张西望，杨玄感却带领数千名精骑突然杀入卫文升阵内。一场厮杀，卫文升兵死了一大半，只剩下八千人，保护着卫文升，狼狈退去。自此，杨玄感兵威大震，越来越多的人愿意投到他麾下。没过多久，八千人的队伍摇身一变，竟成了十万大军。

随同隋炀帝东征的右武侯大将军李子雄，因受到猜疑而逃回洛阳，投靠杨玄感，并劝杨玄感称帝。杨玄感转问李密，李密回答说："尽管极有可能遭到杨公的猜忌，但我还是要说，请不要称帝！试想自黎阳起兵以来，虽然取得数场胜利，但杨公究竟未定一郡，未服一县，这样称尊的话，未免让人不服。况且现在我们还没有攻克东都，而天下救兵即

428

将到来，如果不挺身力战，早定关中，到时不要说尊位，就是我们的身家性命也说不定保不住。还请杨公三思！"杨玄感冷笑无言，虽然不再提称尊的事情，但心中不免存有芥蒂，于是渐渐疏远李密，把元福嗣当成心腹。元福嗣每次参与谋划都首鼠两端，李密忙劝谏杨玄感说："元福嗣并没有从心底成为我们的同盟，他一直在作壁上观啊！杨公如果要成就一番大事业，就不能让这种奸人留在身边，还请明断，趁早杀了他！"杨玄感摇头说："你说得也太过了，福嗣还不至于像你说的那样。"李密无奈地退去，对亲信说："忠言逆耳！杨公不信我的话，反而将匪贼视为亲信，恐怕将来我们都逃不了成为俘虏的命运。"

不久，隋炀帝返回涿郡，发兵四逼，令武贲郎将陈稜攻打黎阳，武卫将军屈突通进逼河阳，左翊卫大将军宇文述继进，右骁卫大将军来护儿又从东莱援应，就是两战两败的卫文升也收拾余众，屯驻邙山南面，与杨玄感一天数斗。杨玄感的弟弟杨玄挺伤势过重，死在军中。杨玄感这才有些惊惧，又听说屈突通的兵马即将杀到，他忙依李子雄的计策发兵拦阻通晓军事的屈突通过河，偏偏东都樊子盖又出兵骚扰。眼看着屈突通率领大军长驱而来，于是东有屈突通，西有卫文升，再加上樊子盖的夹攻，三路动手，就算杨玄感再怎么骁勇，也招架不住，三战三败，无法支持。杨玄感又向李子雄问计，李子雄建议攻打关中。杨玄感当即引军西行，不料途中他因贪图近利，而停止前进，攻打弘农宫，急得李密直叹气。三天后，屈突通、宇文述等人率大军陆续追来，杨玄感不得不撤退，边战边行。路过董杜原时，追兵围困杨军，杨玄感大败，仅率十几名骑兵窜入林木间。辗转到葭芦戍，杨玄感饥渴交迫，自知难免一死，回头一看，只剩弟弟杨积善一人。杨玄感哭着对弟弟说："一败至此，我还能说什么？我不能忍受别人的侮辱，你杀了我吧。"杨积善一时无法狠下心来，忽然见后面尘头大起，料知又有官军追来，他忙抽刀砍死杨玄感，准备自杀，偏偏手颤刀落，只能由着已经逼到面前的追兵带走。杨玄感的弟弟中，只有杨玄纵逃脱，但不知下落；而杨玄感的朋党中，只有李密一人逃去。

隋炀帝还想杀尽杨玄感的党羽，令大理卿郑善果到东都从严勘查。郑善果不管三七二十一，只要和杨玄感有牵连，他便下令斩杀。一时间，竟有三万多人遇害。跟随隋炀帝东征的兵部侍郎斛斯政，因曾与杨玄感暗地通谋，忙逃入高丽。斛斯政与弘化留守元弘嗣是姻亲关系，隋炀帝因斛斯政逃亡，便也怀疑起元弘嗣，当即令卫尉少卿李渊去捉拿元弘嗣。

元弘嗣入狱后，李渊担任弘化留守。卫尉少卿李渊是陇西郡成纪人，表字叔德，生得仪表堂堂，气宇不凡。他的祖父就是西凉武昭王李暠的七世孙，名叫李虎。李虎因辅助宇文氏创建北周天下，得到大野氏的赐姓，死后还被追封为唐公，他的儿子李昞袭爵。李渊承袭父亲李昞唐公的爵位，在朝中担任卫尉少卿一职。李渊留守弘化，便是唐朝发展的初基。隋炀帝又怎么能预料后事呢？他以为李渊忠心耿直，便挑选他外出任职。那时，李渊也确实效忠，依诏奉行。

隋炀帝从涿郡安安稳稳地到了长安，但全国的盗贼仍是此起彼伏。追剿了一段时间"伪天子"、"假弥勒"，隋炀帝又记挂起自己的东征了。面对闹得不可开交的内乱，隋炀帝却以为是刁民作乱，不足为患，仍旧下诏征天下军兵东征，群臣都不敢进谏。

大业十年仲春，隋炀帝再次前往涿郡，一路上士兵相继逃亡。好不容易到了怀远镇，已是夏尽秋来，前锋来护儿率兵在卑沙城大破高丽兵。高丽兵败奔平壤，来护儿当然追逼，途中遇到前来请降的高丽使者，说是愿意送还斛斯政。来护儿忙请示隋炀帝，隋炀帝大喜，当即令他带着斛斯政班师。来护儿、高丽使臣、斛斯政一到涿郡，隋炀帝立即令将士奏凯入关，随后将罪犯斛斯政献告太庙。大将军宇文述上奏说："斛斯政犯了谋逆、叛国的大罪，为天地所不容，为人神所共弃，如果只照国法处死，陛下怎么能惩戒乱贼呢？还请陛下变例处置！"隋炀帝允准，先让人把斛斯政押出金光门，捆绑在柱子上，令公卿百僚轮流放箭，等到斛斯政被射成刺猬，再让人肢解尸体，最后割肉烹煮，把烹煮好的肉分给百官。百官大多暗地抛掉，只有几个佞臣媚吏捧着肉大嚼大咽。高丽使臣带着隋主的谕旨回国。隋炀帝等了好久，始终不见高丽国王朝贡，便再次令将帅整顿兵马，更图后举，但也是有名无实，随口说说而已。

国内越来越纷乱，隋炀帝仍不以为意，又想离开长安，巡幸东都。太史令庾质谏阻他说："三次伐辽，使得民生凋敝，陛下此时应镇抚关内，让百姓把全副心思放在农桑上面。三、五年后，百姓的生活稍微丰实些，陛下再出巡东都比较好。"隋炀帝听后十分不舒服，决心东幸。庾质便借口身体不适，不肯随行，隋炀帝大怒，当即把他打入监狱，让他饿死。一回到东都，三千粉黛又各使出狐媚手段，挑逗隋炀帝。隋炀帝当然愿意长醉温柔乡里。

大业十一年，江都丞王世充与齐郡丞张须陀大破齐郡贼人孟让，并扫平余贼。隋炀帝高兴地封王世充为江都通守，张须陀为河南讨捕大使。

430

不久，又有涿郡人卢明月作乱，张须陀在得力战将罗士信与秦琼的辅助下大破卢明月的十万大军，再次立功。

燕门关之围

卢明月虽然败死，上谷贼王须拨又自称漫天王，据地称燕国。更有贼目魏刀儿自称历山飞，二贼各拥众十万，北连突厥，南掠燕赵。隋炀帝杨广听说盗贼蜂起，百姓逃亡，便将百姓迁入长安城，就近给田；并令各郡县、驿亭、村坞增筑城垒，随时提防。

当时，有个叫安伽陀的方士对隋炀帝说："李氏将会成为天子，还请陛下杀光李姓人。"隋炀帝因此有些疑忌，想起父亲在日时，曾梦见洪水淹没都城。而眼下，朝中的李浑是隋初太师李穆的第十个儿子，并且李氏属于世袭之家，宗族强盛。李浑不仅姓李，他名字中的"浑"字有水，而他的侄儿将作监李敏，小名又叫洪儿！种种疑点，让隋炀帝觉得不能不先发制人，当即召入李敏，说他小名不好。李敏表示愿意改名，可是他哪里知道隋炀帝是叫他自杀，免得受刑，只是没有明说而已。一出宫，惶惧的李敏忙找表叔李浑商议。二人为了求生，天天私下商议对策，不料二人私议的情况被李浑的冤家宇文述得知。原来，李穆病故后，按理应该由长子的儿子李筠袭爵，李浑却谋杀侄儿李筠，并向宇文述求助，承诺愿意将家产分一半出来，作为酬劳。宇文述便在隋炀帝面前代为吹嘘，使得李浑承袭父亲的封爵。后来，李浑竟背弃约定，没有酬谢宇文述，愤恨的宇文述便日夜想着报复。此时，隋炀帝正想对李浑下手，一听到宇文述的密告，便暗嘱郎将裴仁基弹劾李浑与李敏。李氏叔侄一背上蓄谋不轨的罪名，隋炀帝便把他们打入监狱。宇文述又落井下石地诬告二人曾谋反，并诈诱李浑的妻子自首。于是不光李浑叔侄被斩，李浑的宗族也坐罪遭刑。一群冤死鬼，共入冥府，就连李浑的妻子也没能自保，被人毒死。

那时突厥启民可汗已死，他的儿子咄吉世嗣位，被隋廷册封为始毕可汗。始毕又娶父亲的妻子义成公主为妻，并上奏请示隋炀帝，隋炀帝鉴于突厥自古的习俗，也就允准了。始毕是个有勇略的人，继位不到几年，部落便强盛起来了。隋朝黄门侍郎裴矩怕强大起来的始毕将来对隋朝不利，忙向隋炀帝奏请册封始毕的弟弟咄吉设为南面可汗，以分减突厥的势力。隋炀帝依议派使臣去册封，没想到咄吉设十分懦弱，不敢受诏，隋朝使臣只好又跋涉千里，捧着诏书回朝。始毕得知后，对隋廷搬弄是非的举措十分不满。没过多久，突厥又有谋臣被裴矩谋害，始毕自此与隋朝恩断义绝。

　　大业十一年初夏，汾阳宫告竣，隋炀帝带着妃嫔和三皇子赵王杨杲游幸汾阳。因怕途中遇到盗贼，隋炀帝特意调任李渊为山西、河东抚慰大使，让他先行清道。果然，龙门一带盘踞着母端儿、敬盘陀等贼人，李渊当即发兵剿捕，击破母端儿，收降敬盘陀，隋炀帝得以安全抵达汾阳宫。新建的汾阳宫异常华丽，但是受地势限制，不是很宽敞。百官、士卒无法入居宫城，只能散布山谷，扎下营寨，暂时栖息。由于天气渐热，隋炀帝为避暑，竟在汾阳宫住了一百多天。好不容易迎来秋高气爽的天气，偏偏他却不想南归，又想顺道北巡。一出长城，忽然碰到自突厥来的密使，说是奉义成公主之命，前来送信。隋炀帝取过书信一瞧，失色惊叫："不好了！不好了！始毕要来杀我了！"说着，一面让人留住来使，一面下令回朝。众人听说有急变，仓促回头，拥着隋炀帝返回长城。刚入雁门关，就猛然听到呼哨声、人马声，杂沓前来。隋炀帝当即登城北望，远远地看见胡骑漫山遍野而来，前队是弓箭手，还没到关下，都已是弯弓搭箭。霎时，雨点般的利箭射了过来。只听"嗖"的一声，一支利箭穿透隋炀帝的御盖。隋炀帝忙把头一摸，正侥幸脑袋没被射着，没想到那支五尺有余的硬箭突然从他的袍袖下掉了出来。隋炀帝惊得一身冷汗，忙跑到城下，与赵王杨杲相对涕泣，哭得眼睛红肿，悔不可追。将士上前请示："关外约有数十万人马，如果开关迎战，恐怕寡不敌众。还请陛下下令拒敌严守。"隋炀帝踌躇好久，勉强镇定心神，这才出来对众将士说："可恨的始毕，无端偷袭，你们若是努力抗拒贼人，那么人人有赏！这次如果能活着回去，在朝中供职的就加官晋爵，没有职位的就官居六品！"将士们一听这话，齐呼万岁，就是寻常士兵也想乘此邀功。因此，全军上下没有一人不摩拳擦掌，据关死战。始毕麾众猛扑，守卒也抵死不退，两方相持了一个月左右。

　　隋炀帝又下诏，招募天下兵马，邻近的守吏纷纷赶来护卫国君。屯卫将军云定兴也募集壮丁救急。应征的人多不胜数，其中有一个少年豪杰也来报名参军，云定兴见他气宇非凡，便把他召进营帐，细问他的籍贯。那人回答说："晚生姓李，名叫世民，是现任抚慰大使李渊的次子。"云定兴欢喜地说："将门生将，看来古语不假。只是你年纪还小，

432

恐怕现在不能为国效力。"李世民朗声道:"世民今年已十六岁,大人怎么知道我不能效劳?况且将在谋不在勇,难道只有临阵杀敌,才称得上是大将?"云定兴不禁称奇,忙让他坐下,问起救驾的计策。李世民从容说道:"始毕突然兴兵大举,围攻天子,就是笃定我们仓促之下无法调来援兵,所以他才如此猖獗。眼下这里兵少,仓促募兵,只能招来一帮乌合之众,自然无法救驾。依我看,我们不如虚张声势,作为疑兵,白天引动旌旗,使旌旗绵延数十里;晚上则击鼓相应,喧声四达,让胡虏以为我们已经有大队人马赶到。他们的计谋无法得逞,自然望风逃去。"云定兴拍手称赞,施行李世民的计策。始毕果然疑惧,不敢急攻雁门关。

　　隋炀帝又秘密派人去突厥,请义成公主想办法解围。义成公主便致信始毕,骗他说北方告急。始毕无法前进,只能撤兵回去,解决后患。隋炀帝看始毕已经退去,便放心大胆地派人追击,捕杀了些老弱残兵,才启程南返。走到太原,宇文述等人仍想回东都,忽然有一位老臣进谏说:"近年来盗贼不断,士马疲敝,还请陛下速回长安治理国家。"隋炀帝一瞧,见是光禄大夫苏威,便感叹道:"你说得对,朕依你。"原来,苏威虽然因劝阻隋炀帝修筑长城而遭到贬黜,但没过多久,又被起用为纳言,接着被隋炀帝晋封为光禄大夫,并被加封为房公。隋炀帝见苏威已退了出去,忙又召入宇文述商议。宇文述建议说:"那些随陛下北巡的官吏,他们的妻儿基本上都在东都,就算是要回长安,陛下先在洛阳待几天,又有什么关系?等我们在东都休整好了,再从潼关入长安也不迟。"宇文述这些巧为迎合的话,当然让人觉得很中听。隋炀帝便不回关中,竟自太原南下,直达东都。

　　一回到东都,隋炀帝看着街巷,对侍臣说:"还是大有人在,不可不防。"侍臣虽然不解,但仍唯唯称是。后来,经过慧黠之徒从旁窥测,才了解到隋炀帝说这话,是因为担心还有杨玄感的余党混迹于都中。其实臣民的叛乱,全仗国君从善慰抚,哪是一味嗜杀所能治平的?并且隋炀帝喜杀吝赏,十分刻薄。先前荡平杨玄感时,他只赏主帅,不赏副将;这次固守雁门的将士共计一万七千人,大家都浴血奋战,才取得最后的胜利,然而事后,隋炀帝只赏了一千五百人,与在雁门所颁布的谕旨全然不符。将士便觉得王言似戏,有所抱怨,樊子盖为众人请愿,说不能失信于人。隋炀帝脸色一变,冷冷地说:"你想收揽人心吗?"樊子盖碰了一个钉子,哪还敢再多说。自此,军心大散,将士们都不似从前那么忠诚。

回到东都后，隋炀帝始终不愿意回关中，整天沉迷于酒色，灌黄汤，偎红颜，不顾性命地恣情欢悦。只是一人的精力有限，哪能把数千美女一一召幸？临幸的美人原是不少，没临幸的也有很多。一天，内侍呈上一个锦囊，里面装着不少诗笺。隋炀帝随意抽出几张看了起来，只见那上面的字迹十分秀丽，诗意又极哀伤，让人禁不住想轻轻吟诵。第一张纸上面是首自感诗：

　　庭绝玉辇迹，芳草渐成窠。隐隐闻箫鼓，君恩何处多？欲泣不成泪，悲来强自歌。庭花方烂漫，无计奈春何？春阴正无际，独步意如何？不及闲花草，翻承雨露多。

　　隋炀帝读完，不禁大惊道："这明明是埋怨朕呀！能写这样辞章的女子，一定也具有美貌，怎么朕竟不知道她？"再看第二张纸，上面写的是梅花：

　　砌雪无消日，卷帘时自颦。庭梅对我有怜意，先露枝头一点春。香清寒艳好，谁惜是天真？玉梅谢后和阳至，散与群芳自在春。

　　隋炀帝忙看第三张纸，有首妆成诗：

　　妆成多自惜，梦好却成悲，不及杨花意，春来到处飞。

　　还有首自伤诗：

　　初入承明殿，深深报未央。长门七八载，无复见君王。春寒侵入骨，独卧愁空房。飒履步庭下，幽怀空感伤。平日新爱惜，自待聊非常。色美反成弃，命薄何可量？君恩实疏远，妾意待彷徨。家岂无骨肉，偏亲老北堂。此方无双翼，何计出高墙？性命诚所重，弃割良可伤。悬帛朱梁上，肝肠如沸汤。引颈又自惜，有若丝牵肠。毅然就死地，从此归冥乡。

　　隋炀帝看到这首诗，不觉惊叫起来："难道她已经死了吗？"忙问内侍说："这锦囊到底是谁的？"内侍回答说："这是宫女侯氏遗物，她已自缢身亡了。"隋炀帝潸然泪下，看起了手中第四张纸上面的诗：

　　秘洞扃仙卉，幽窗锁玉人。毛君真可戮，不肯写昭君。

　　一读到这首诗，隋炀帝转悲为怒道："原来是这厮误事。来人，给朕把他捉来！"侍卫忙问捉拿什么人，隋炀帝说是内监许廷辅。等侍卫离开，隋炀帝又问内侍说："侯女死在哪里？"内侍忙回答说："在显仁宫。"隋炀帝忙赶入宫中，内侍把他引入侯氏的寝室。只见静静躺在那里的侯女含着一副愁容，两腮上的红晕好似一朵带露的娇花，不曾敛艳。隋炀帝顿足道："美人虽然已去，但仍美得如同桃花。真让人痛恨！真让人怜惜！"

最后的南巡

隋炀帝杨广抚摸着侯女的脸庞，一边落泪，一边说："朕本爱才好色，没想到宫闱里面，竟有你这样才貌双全的女子，偏偏我们不曾相逢！朕虽辜负了你，但你也未免薄命。到了九泉，就不要再怨朕了。"说完又哭，哭完又说，絮絮叨叨，好似潘岳悼亡，感念不休。忽然侍卫进来报告说："许廷辅已经带到了。"隋炀帝立即出宫御殿，见了许廷辅，恨不得一脚踹死他，当下厉声诘责，问他选召宫女时，为什么遗漏了侯女。许廷辅极口抵赖，隋炀帝把他呵斥出去，交给刑官严讯。经刑官严刑拷问，许廷辅才招供说："奴才向侯女索要贿赂，她不肯，奴才便决意把她埋没。"隋炀帝得知后，怒不可遏，当下杀了许廷辅。然后亲自写祭文，令内侍备好香果，准备祭奠侯女。

一番"呜呼哀哉"，两句"痛不可言"的祭文读完后，隋炀帝又泪下如雨，呜咽不止。在内侍的劝解下，他才收住眼泪，让人照夫人的礼节厚葬侯氏，又让郡县官厚恤侯夫人的父母。等隋炀帝一回来，众美人想方设法为他解闷，萧皇后也赶来劝慰，然而他始终有几分不快。此后，隋炀帝总觉得自己身边的佳丽，没一个比得上侯夫人，因而闲居索兴，游玩无心。芳草尽成无意绿，夕阳都作可怜红，正是隋炀帝当日的情景。

萧皇后本善逢场作戏，顺风敲锣，她看隋炀帝如此凄切，便劝慰他说："侯女都已经死了，想她又有什么用呢？况且天下这么大，怎么会没有第二个侯夫人？只要留意采选，臣妾认为一定会有绝色到来。"隋炀帝听了，不觉又触起往事，想到江都风景，便对萧皇后说："现在要选美女的话，除非是六朝金粉，说不定还有侯夫人这样的奇女子。如果一直待在关中或者洛阳，恐怕今生就再也不能遇见这种女子了。"萧皇后这才觉得自己说错话，忙说："陛下何必长途跋涉，派一些官吏去江东物色好了。"隋炀帝说："俗语说得好，眼见是真。朕看朝内外官吏，多半是靠不住的，如果都是许廷辅一类的人物，那岂不是一误再误？"说着，便让人整备龙舟，准备南巡。萧皇后自知无法劝阻，只好由着他南巡。妃嫔等人打点好行装后，隋炀帝满心期望立即上路，不料内使回来报告说："龙舟被杨玄感的乱党焚毁了，现在只好另造龙舟。"隋炀帝一听，

435

立即令江都再造龙舟。

那时，四面八方的反贼竞相迭起，可怜生灵涂炭，隋炀帝却还沉迷于酒色，不问世事。大业十二年元旦，隋炀帝上朝受贺时，发现有二十多个州郡的官吏没有派使者入京朝贺，这才知道寇盗又猖狂起来。当下，隋炀帝一面发兵讨伐盗贼，一面在东都东南筑造宫苑，打算巡幸。

大业十二年的一天，西苑忽然失火。当时，隋炀帝正在苑中，他还以为是反贼闯入西苑，急忙躲匿草间。幸亏西苑里人多，大家七手八脚把火扑灭。经过这件事，隋炀帝竟有了心病，每次一睡熟，他便在梦中惊呼有贼，被身边的妃嫔摇醒，他才得以安睡片刻。不久，又是夏天，萤火虫飞得漫天都是。隋炀帝突发奇想，让宫苑内侍齐捉萤火虫，收贮纱囊。等到夜游海山时，隋炀帝让人释放纱囊中的萤火虫，霎时光遍岩谷。都中的人远远望见，还以为西苑又失火了，哪晓得竟是一片萤光。

隋炀帝欢喜地回去酣睡一宵，第二天接到一封急报，竟是盗贼魏刀儿的部下甄翟儿率领十万部众入侵太原，将军潘长文战死的消息。太原要地出现逆贼，隋炀帝大为心惊，急忙调遣山西、河东慰抚大使李渊前往征讨甄翟儿。以后，警报频繁地传达东都，左翊卫大将军宇文述怕隋炀帝不高兴，常常私自扣留警报。

一天上朝时，隋炀帝问群臣说："最近反贼局势怎么样？"宇文述站出来说："已经少了很多。"然而光禄大夫苏威却悄悄地退隐柱后。隋炀帝随即召问苏威，苏威回答说："臣不曾参与军机，也不知道现在反贼是多了还是少了，臣只是疑虑反贼越逼越近。"隋炀帝忙问他为什么觉得反贼已经逼近。苏威继续说道："前天臣还听说反贼占据长白山，今天却听说他们已经近在汜水，并且往日的租赋丁役，现在都没了着落，难道他们就不可能化为反贼吗？"隋炀帝听完，却说："这小小的贼人不足为虑。只是那高丽王高元，至今不见他来朝贡，这才叫可恨！"苏威朗声应答道："高丽在外，贼人在内，臣觉得外贼不可恨，内贼着实让人担忧。况且陛下在雁门时，曾许诺不再东征，现在却出尔反尔，弄得民不聊生，百姓怎能不相继为盗？"隋炀帝勃然变色，拂袖退朝。

到了端午节，百僚争献珍玩，唯独苏威献上一部《尚书》。有人从旁诋毁苏威说："《尚书》里面有五子之歌，苏威一定想借此谤讥陛下。"隋炀帝那时还没明白苏威用意，听到这话，当然越发愤怒。

不久，隋炀帝又提起讨伐高丽，满朝文武没有谁再敢谏阻，唯独苏威入内奏请道："陛下想要讨伐高丽，哪用得着募兵？只要赦免各地的贼众，就能马上得到一支百万大军。陛下带着他们东征的话，他们一定人人思奋，立功赎罪，那时高丽唾手可得。"隋炀帝一言不发，面有愠色，苏威当即退了出去。御史大夫裴蕴进来说："苏威口出狂言，天下哪有那么多贼人？"隋炀帝恨恨地说："老顽固真奸猾，虚张贼势，想威胁朕！朕真想将他治罪，但念在他多年效忠朝廷，朕也就忍让他一二。"裴蕴随即告退，又唆使别人上奏弹劾苏威。隋炀帝当即免去苏威的官职，将他贬黜为庶民。过了一个多月，又有人诬陷苏威和突厥暗中往来。隋炀帝仍旧不忍心杀他，只是将苏威以及他的儿孙三代除名。

时光易过，又是秋来。江都上奏说龙舟已经造好，并且规模比先前的还要宏丽。隋炀帝大喜，当即准备南幸，令儿子越王杨侗留守东都。右候卫大将军赵才进劝谏说："眼下百姓疲弊，盗贼四起，陛下应该立即回西京安抚百姓才对，怎么能置百姓性命于不顾，反去南巡呢？"隋炀帝大怒，当即将他打入监狱，还有一两个直臣极力劝阻，结果都被处斩，于是再没有一人敢站出来说话。这次南巡，隋炀帝将后宫的所有佳丽、满朝的文武都带了去，仪仗比第一次南巡时还要繁盛。启程这一晚，秋高气爽，水面上凉风阵阵，拂除了白天的余暑，但隋炀帝却怎么也睡不着。他起床打开舰窗，眺望夜景，却听到一片歌声，顺风而来：

我兄征辽东，饿死青山下；

今我挽龙舟，又困隋堤道。

方今天下饥，路粮无些小，

前去千万里，此身安可保？

暴骨枕荒沙，幽魂泣烟草；

悲损门内妻，望断吾家老。

安得义男儿？焚此无主尸；

引其孤魂回，负其白骨归。

隋炀帝听完，异常气愤，当即令侍卫缉捕唱歌的人。侍卫领命而去，闹了半夜，却没发现那歌夫的踪迹。隋炀帝彷徨了一整晚，天亮时，亲信回来报告说："昨夜无人唱歌，所以侍卫无从缉捕。"隋炀帝虽然惊疑，但也只好将此事丢在一边，下令继续前行。

在一片欢声笑语中，龙舟经过雍邱，渐渐抵达宁陵地界。忽然，虎贲郎将护缆使鲜于俱进来禀报说："前面水势湍急，阻碍龙舟，龙舟驶不过去。"隋炀帝奇怪地问道："朕前两次游幸江都，都不见有什么搁浅，怎么今天就受到阻碍了呢？"说着，便召入宇文述，想问个明白。宇

437

文述回答说："从前，占天监的大臣说睢阳有王气环绕，眼下龙舟停留的地方接近睢阳，臣想可能是地脉的关系，以致河道的深浅忽然发生了变化。"隋炀帝不高兴地说："就是地脉变迁，也没有这么迅速吧。"当下查找当时凿河的人员，找出监修宁陵至睢阳一路河道的麻叔谋。碰巧麻叔谋也随驾同行，隋炀帝当即盘问他，麻叔谋说："臣之前开凿河道时，测量得极为精准。今天忽然发生淤浅，连臣也不知道是怎么回事。"隋炀帝慢慢说道："有可能是开凿河道的工役偷工躲懒，以致今天龙舟搁浅，你说现在怎么办？"麻叔谋忙说："让臣再去开挖，将功赎罪。"隋炀帝冷笑道："如果就一个地方有问题的话，那还好解决，只怕前面还有许多处。"果然一经测探，自雍邱至灌口，共有一百二十九处淤浅。隋炀帝大怒道："这明明是那些工役不肯尽心开掘，以致耽误国家大事，朕如果不严惩他们，怎么震压天下？"随即让人搜捕曾开凿淤浅处的工役，把他们埋到岸下，让他们生做开河夫，死做抱沙鬼。可怜这一百二十九个地段的五万多名百姓无辜受刑。

麻叔谋见朝廷坑杀了那么多河工，也觉得心寒，连夜催督兵民，掘通淤道，让龙舟逐段过去。到了睢阳，隋炀帝猛然记起宇文述的话，暗想睢阳留有王气，那就应该掘断龙脉，这样才能免患。当即召入麻叔谋，正色问道："开凿河道时，睢阳这个地方，你曾掘去多少坊市？"麻叔谋忙回答说："睢阳有灵气，不好触犯，所以臣不敢开掘此地。"隋炀帝勃然大怒道："朕身为天子，世间万物都应当为朕效命，睢阳有什么不好触犯的，显然你有什么隐情。"麻叔谋答辩说："陛下厚爱百姓，臣见睢阳坊市复杂，便改道开河。况且另外勘测的河道，又不怎么迁远，何必定要动睢阳呢？"炀帝一听，觉得有理，但仍让人去查探河道，看看究竟会不会迁远。没想到，查证出河道迁远二十里左右，隋炀帝当即将麻叔谋打入监狱。

麻叔谋到底是出于什么目的，不开掘睢阳？原来，麻叔谋本是个贪财暴敛的人物。之前他奉旨开凿河道，哪管民居多不多。一天，在上源驿旁开凿时，挖出一口绝大的棺木。麻叔谋认为棺内必定有宝藏，揭盖一瞧，里面没有什么珍宝，只躺着一具容貌如生的尸体，头发长过胸腹。搜查半天，麻叔谋只得到一块石铭，上有古篆，找人一翻译，才知里面写的是："我是大金仙，死来一千年；数满一千年，背下有流泉。得逢麻叔谋，葬我在高原。发长至泥丸，更候一千年，方登兜率天。"麻叔谋忙自备棺木，将棺材里的人安葬城北。挖掘到陈留时，朝廷派人送来一双白璧，在张良庙祭祀，向神借路。祭祀完毕，突然刮起一阵大风，白璧竟在众人面前消失了。后来，有个中年农夫在回家的路上遇到一个很有气度的贵人。那贵人把农夫召到面前，拿出白璧说："给我把他交给十二郎，跟他说我把一双白璧还给他，让他用命来报答。"农夫莫明其妙，但仍跪拜收受，一抬头，那贵人已不知去向。农夫非常惊愕，料知这双白璧大有来历，忙将它献给麻叔谋，并转述神的启示。麻叔谋细忖一番，也想不出那番神语的寓意，但见白璧很是莹洁，便将它收入私囊，并杀死农夫灭口。后来，隋炀帝死在江都，他在位虽有十三年，扣足了却只有十二年，人们这才得知"十二郎"三字，竟是指隋炀帝。麻叔谋继续监工。河道开凿到雍邱，有一祠宇挡在路上，麻叔谋找来村民问是谁的祠墓。村人回答说："古时相传，里面有一座隐士墓，十分灵兆。"麻叔谋不屑地说："什么隐士？敢在此处挡路？"当即让人进去掘墓。才挖了数尺，忽然一声怪响，下面露出一个黑洞，里面灯火荧荧，没有一人敢进去。只有武平郎将狄去邪愿意进去窥探，麻叔谋欢喜地将他夸赞一番："狄郎胆量过人，真称得上是荆轲、聂政一样的豪杰啊！"狄去邪扎束完毕，用绳系住腰，被人慢慢放了下去。

巨鼠的名字叫阿麽

穴洞深约数十丈，很长一段时间过去，狄去邪的脚才触及地面。狄去邪见有路可通，便解掉腰中的绳索，一边给自己打气，一边前进。走了一百多步，狄去邪进入一间石室，见东面和北面各有四根石柱，由两条铁索禁锢着一头巨兽，形状像牛，仔细一瞧，竟是一只人间罕有的巨鼠，狄去邪不由得大吃一惊。突然，石室的西面轰然一声，狄去邪慌忙回头，见有一个道童自门洞出来，对他说："你是狄去邪吗？"狄去邪忙回答："是。"道童脆声说："皇甫君已经等你很久了，你赶紧进来吧。"狄去邪随他进去，见里面是一个宽敞的大堂，堂上坐着一位长须神君，身穿红袍，头戴云冠，看不出是什么神仙。狄去邪倒身下拜，那神君端坐不动，也不发话。站在神君旁边的绿衣官吏等狄去邪参拜完，便让他起身，把他带到西阶上站着。过了好一会儿，神君开口说："给我把阿麽带上来！"阶下当即有人应声而去。不久，便见几名武夫牵进来一只巨兽，正是刚刚被捆着的巨鼠。狄去邪没想到巨鼠的名字竟与隋炀帝的小字相同，但此时也无从询问，只得屏气站在那里。只听到堂上的神君斥责巨鼠："我让你暂时脱去皮毛，成为中原国君，你竟敢虐民害物，不遵天道，该当何罪？"大鼠点头摇尾，一副冥顽不灵的模样。神君越发愤怒，让武士痛击巨鼠的脑袋，巨鼠大吼一声，声似雷鸣。武士本要继续击打，突然见一童子捧着天符自空中翩然而下。堂上的神君连忙起座，跪拜在地上，俯伏听旨。童子宣读天符："阿麼要在人间待十二年，现在期限未满，暂时不用动刑。等期限一到，自有人送它去死。"说完，径直而去。堂上的神君回到座位，仍把巨鼠禁锢在原处，并召来狄去邪说："你回去告诉麻叔谋，为了答谢他挖掘我的坟墓，来年我定会赠他两把金刀。到时候请他不要嫌我的礼轻。"说完，就让绿衣人带狄去邪从别的门出了古墓。

经过一片幽僻丛杂的树林，又过一段曲折离奇的小径，眼前豁然一亮，狄去邪回头一看，已不见绿衣吏的踪影，狄去邪只好蹒跚独行。又走了大约三里路，眼前出现一座茅舍，一个老者静坐在土塌上，狄去邪忙上前问路。老者回答道："这里是嵩阳少室山下，你从哪儿来的？"狄去邪便详细地描述了自己的经历。老头儿说："既然你能进去一趟，想必也一定能悟通玄机。回去后，你只要辞官，便能脱身虎口。"狄去邪称谢而行。回头再瞧茅屋，又没有影迹了，狄去邪自知身入仙境，又蒙仙人指点迷津，不能不回去向麻叔谋转告神君的话。到了宁阳，狄去邪见到麻叔谋后，简略地说了一下自己的经历，并转告神君的话。可麻叔谋却视他为狂人。原来，狄去邪进入坟墓没多久，坟墓忽然崩陷，麻叔谋以为狄去邪已死，没想到竟看到活生生的狄去邪。狄去邪将错就错，当即颠三倒四，发狂而去，隐居终南山。不久，宫中传出隋炀帝一连几个月头痛的消息，狄去邪更是坚信自己遇到仙人，随后修道僻谷，最后无疾而终。

河道开凿到宁陵，麻叔谋患上风湿，坐立不安。医生说用羊羔做药引，有奇效。麻叔谋如法炮制，果然痊愈。自此蒸食羊羔，习以为常。宁陵富户陶榔儿因自家墓地逼近河道，便盗取婴儿，割去头足，蒸好后，充做羊羔献给麻叔谋，以期保住先人的坟茔。麻叔谋大嚼大咽，觉得其中滋味远胜羊羔，便穷诘陶榔儿。陶榔儿不肯说实话，麻叔谋让人劝酒，把他灌醉，才得知实情。没想到麻叔谋非但不惩，还赏给陶榔儿十两银子，并让人保护他家祖坟，随后派人窃取婴孩，宰割蒸食。一时间，宁陵、睢阳境内，突然消失了数百名婴孩，两地境内一片哀声。曾担任开凿河道副使的令狐达上奏弹劾麻叔谋，奏章却被收受贿赂的中门使段达扣留。

麻叔谋逍遥法外，监督凿河工程直至睢阳城。睢阳当地的富户都怕自家宅墓被掘，忙筹集三千两黄金，想献给麻叔谋，只是苦于没有门路。那时，麻叔谋正监督工役挖掘一古冢。打穿石室，室内的漆灯棺木等物件都已遇风化灰，只留下一块石铭，上面写着："睢阳土地高，竹木可为壕；若也不回避，奉赠二金刀。"麻叔谋不解，转问当地人。当地人说："据古时传闻，这里是宋国司马华元的墓室。"麻叔谋不屑地说："小国陪臣，我会怕他？"

到了晚上，麻叔谋正睡得很香，忽然有人出现在他面前，说是什么公要见他，麻叔谋当即随来使前行。大约走了一里路，麻叔谋恍惚看见前方出现一座宫殿，来使径直带他进去。一进去，就看见上面端坐着一位君王，身穿紫红绫绡衣，头戴一顶进贤冠。麻叔谋向他拱手一拜，君王也起座答礼，并说："寡人便是宋襄公，奉天命镇守此地，将近两千年。今天将军来此开掘河道，寡人奉天命回护此城，绝不会让百姓流离失所。"麻叔谋不说话。君王又说："五百年后，这里会诞生一位君王，上天让寡人保护这里，守护将现世的君王。将军怎么能因暴主逸游，掘伤王气？"麻叔谋仍然不说话。忽然殿外有人进来禀报说："大司马华元来了。"不久，就看见一个穿紫衣的大官走了进来，向君王行礼。君王和他说起保护睢阳的事情，又说还没得到麻叔谋的应允。紫衣官怒视麻叔谋说："上天让我们保护此城，哪家的顽奴毁了我的坟墓，又想掘毁此城？"随即对君王说："这顽奴如此倔强，应用严刑伺候他。"君王问道："哪种刑罚最严酷？"紫衣官回答说："把铜烧熔，从口灌入，烂腐肠胃，这种刑罚最严酷。"君王点头允准。紫衣官当即喝令侍卫把麻叔谋拉到铁柱前，扒去他的衣冠，把他捆在柱上，又有一人端着一盆铜汁走了过来，那铜汁似乎还在沸腾。眼看着铜汁就要灌入嘴中，麻叔谋吓得魂不附体，连忙大呼道："我愿意听大王的话，保住此城！"国君当即让人为他松绑，并还给他衣冠。看着跪拜的麻叔谋，紫衣官微笑道："上天赐给你三千两黄金，让你回人间取。"说完，一挥手让人带他出去。麻叔谋听说有银子可拿，忙私下问冥使："上天怎么给我银子？从天上掉下来吗？"冥使回答说："阴注阳受，睢阳百姓自然会给你送银子，你放心去吧。"一面说，一面推倒他。麻叔谋大吃一惊，随即醒来，这才明白自己不过做了一场梦。第二天，家奴就带着三千两黄金进来，说是睢阳百姓献的，只请开掘河道时不要从城中过。麻叔谋想起昨夜的梦境，只好老实收受那些黄金，随即令工役绕道西偏，蜿蜒东回，竟将睢阳城腾出来。

河道开凿到彭城，路经大林，遇到徐偃王墓。麻叔谋让人开掘，掘了数尺，遇到一面用生铁熔成的墙壁，旁边有道石门，整个布局看起来很庄严。墓门被巨石撞开后，麻叔谋往里一望，见有二童子站在门内，对他说："我王等将军已久，快请进来！"麻叔谋不知不觉地跟着他们进去。走了一会儿，面前出现一个宫殿，进入大殿，殿上也坐着一个大王，冠服雍容。麻叔谋忙下拜，大王也起身答礼，并温和地对他说："寡人的坟茔刚巧挡在河道上，今天我请将军来，就是想请将军保护寡人的坟茔。寡人愿以玉印作为酬谢。"说完，就取出玉印，交给他。麻叔谋一瞧，那玉印竟是历代帝王受命的御玺，不觉又惊又喜，又听那大王继续说："将军必须保护好这宝物，这可是刀刀的预兆呢！"麻叔谋不明所以，茫茫然地出了墓室，当下让工役将坟茔恢复原状。那时，隋炀帝刚巧丢失国宝，派人四处搜觅许久，仍不见御玺的下落。宫中只好暂时守住这个秘密，没有对外宣布。而麻叔谋得到国宝，还真以为是神灵相助，自己将来必定身登九五，越想越快活，忙把国宝藏好，不让外人知道。

等到被逮入睢阳监狱，麻叔谋这才惶急起来，怎知令狐达已经在隋炀帝面前弹劾他说："麻叔谋盗食他人的婴孩，又因私下收受睢阳百姓献上的三千两黄金，而擅自改易河道。"隋炀帝细诘一番，段达受贿的事情也暴露出来。隋炀帝当即派人查抄麻叔谋的私产，不但搜出许多黄金，还有一双白璧以及一个受命御玺。隋炀帝大惊道："黄金与白璧还好说，朕的国宝怎么被他取走了？"当即召问令狐达，令狐达回答说："听说麻叔谋曾让陶榔儿窃取他人的婴孩，莫非国宝也是由他们盗走的？"隋炀帝脸色霎时一变说："麻叔谋今天盗我宝，明天将盗我头，这还了得！"当即让法司严刑审问。麻叔谋据实招供，问官却说他凭空捏造，并认定陶榔儿是巨盗。陶榔儿被活活打死，隋炀帝认为："麻叔谋确实犯有滔天大罪，但念在他开凿河道没有功劳，也有苦劳，朕决定赦免他的子孙，将他腰斩结案。"行刑前那天晚上，麻叔谋在狱中梦见一名童子从天而降，对他说："宋襄公与大司马华元特意派我来感谢将军的护城厚意，并令我奉送去年向将军许诺的两把金刀。"麻叔谋忙开口索取。童子厉声道："死到临头了还没领悟，明天早晨你就能收到！"麻叔谋当即惊醒，

442

细想梦境，才悟出那是不祥的征兆，只能感叹说："我性命怕是保不住了。"第二天一早，腰斩的诏书已传下来，麻叔谋被捆到河滨，斩为三段，家产全部没收。中门使段达被贬黜为洛阳监门令。睢阳、宁陵一带的百胜听说麻叔谋被斩，大感快意，男男女女都跑到河边争着看麻叔谋的尸体，你一砖，我一石，把他砸成肉酱，才各自散去。

隋炀帝在睢阳待了几天，继续南下，一路上没遇到什么阻碍。只是大将军宇文述在路上病故，他的两个儿子宇文化及、宇文智及分别被任命为右屯卫将军、将作少监，两人随驾南巡。宇文智及的弟弟宇文士及是个本分的人，他的妻子是隋炀帝的大女儿南阳公主，这次南巡，一对小夫妻也跟着随幸江都。

这边銮驾畅游，那边反贼益炽。一直潜逃的李密藏匿在淮阳村舍，改名为刘智远，并聚众起义。当地的郡县长官有所怀疑，当即派人去缉捕他，又被他逃走。当时，东都法曹翟让因获罪将被处斩，狱吏黄君汉看他是条汉子，擅自释放他，让他逃生。翟让潜逃到瓦岗寨化身为反贼，单雄信、徐世绩等人纷纷投到他麾下，没过多久，便壮大到一万多人。李密逃脱后，往来于各贼帅之间，劝他们乘乱崛起，谋取中原。各贼帅刚开始不信，经李密天花乱坠地说了一通，他们逐渐动心，随即推举李密为盟主。李密联络各贼，就像苏秦约纵一样。众人暗地议论说："眼下到处都在流传'杨氏将灭，李氏将兴'。此人一再脱险，莫非他是王者不死？"因而都很崇敬李密。一时间，越来越多的人投靠李密，在李密的出谋划策下，隋廷的百战骁将张须陀阵亡。自此，反贼更加猖獗，隋廷接连打败仗，全国各地都开始拥兵造反。真是一波未平，一波又起，弄得四方官吏茫然无措，只好得过且过，任反贼为所欲为。

李密听说天下大乱，便想趁机进取东都，以便号召四方，随即让翟让率兵攻取洛口仓。洛口仓一拿下，李密开仓发粟，任百姓恣意拿取，贫民大悦。原宿城令祖君彦也从昌平赶来依附，李密任命他为记室，请他掌管文书。留守东都的越王杨侗令虎贲郎将刘长恭率一万五千人援救洛口，又让河南讨捕使裴仁基自汜水西进，从后夹攻。没想到，两路大军都被李密击破。

李密与翟让威名大振，翟让推举李密为君主，号为魏公，自称元年。李密登坛受封，封翟让为上柱国，兼司徒东郡公。单雄信、徐世勣为左、右大将军，其他将卒各有封赏。随后，赵魏以北、江淮以南的贼帅都争着响应李密，表示愿受领导。李密封给他们官爵，让他们镇守原地，随

443

后将洛口城作为据地，特设行军元帅府。

李密又诱降河南讨捕使裴仁基，封他为上柱国。张须陀的部将秦琼、罗士信前来投靠李密，程咬金、赵仁基也带着部众归附。李密任命他们为总管，让他们统率部卒，并令记室祖君彦写好檄文，堂堂正正地声讨隋炀帝杨广，随即进逼东都。

檄语煌煌，战鼓喧天，乱世枭雄李密得机得势，风靡海内，似乎兴王盛业，要属此人。哪知后来的真命天子，却另有一李。

李渊兴兵

李密传檄四方，各地反贼纷纷响应，按说中原是唾手可得，偏偏天命所归，不属李密，却付诸太原留守李渊。李渊奉隋炀帝之命调兵讨伐甄翟儿，大破甄翟儿后，留守太原。当时，晋阳令刘文静因与李密是姻亲关系，被逮捕入狱。随父亲来到太原的李世民见好友刘文静坐罪入狱，便经常去看他，并代为叹惜。刘文静惆怅地说："近来天下大乱，性命轻似鸿毛，除非汉高祖、光武帝复生，或许我还能重见天日。"李世民生气地说："你怎么知道没有枭雄？我今天来看你，就是想与你共议大事，难道我是来效仿那些儿女为你哭泣的？"刘文静建议李世民劝父亲袭取关中，李世民颇为踌躇，刘文静又附耳授计，他才喜悦而去。

原来，晋阳宫监裴寂是李渊的老友，刘文静料知李世民劝不动父亲李渊，便叮嘱李世民结交裴寂，让裴寂从中周旋。裴寂嗜酒好赌，李世民便投其所好，请他喝酒赌博，并故意输钱。相处一段时日，李世民见时机已经成熟，便将密谋和盘托出。裴寂缓缓回答说："只怕你父亲不肯，怎么办？"李世民一再恳请，裴寂想了一会儿，才说："有了有了，你就等着我的好消息吧。"过了一两天，裴寂将李渊请入晋阳宫，盛宴相待，喝到半醉时，走出两个美人过来劝酒。已经醉酒的李渊糊里糊涂地把两美人当成歌伎，乐得借色陶情，畅饮遣怀。没过多久，李渊便在美人的陪伴下，入寝沉睡了。第二天天大亮，李渊才醒来。睁开眼睛一瞧，身边竟躺着两位美人，李渊不禁咄咄称奇，连忙问她们来历，没想到竟是晋阳宫中的尹、张二妃。李渊大惊而起，慌忙出宫，召问裴寂。裴寂却笑着回答说："没事。"李渊失色道："这是天子的行宫，尹氏、张两位美人又是天子的妃嫔，你怎么能让她们来陪我？如果让天子知道了，我还能保全性命吗?"裴寂大笑说:"唐公! 你怎么这么胆小! 不要说几个宫人,就是隋室江山,你也可唾手取来。"李渊只是不停地跺脚,连呼:"误我!"忽然有人进来禀报说,突厥兵入侵马邑。李渊只好匆匆出宫,派副留守高君雅率兵援救。

几天后,高君雅的败报传来,李渊很是不安。李世民趁机劝父亲兴兵,却遭到李渊的呵斥。第二天,李世民又跑去向父亲摆明事实,讲清利害关系,李渊不禁叹道:"家破身亡,因你而起;化家为国,也因你而成。"虽是如此,但因家眷还在河东,李渊一时不敢发难。忽然从江都传来消息,隋炀帝派使臣来太原督战。李渊越发惊惧,再加上李世民与裴寂的劝说,他当即整顿兵马,准备起事。不巧江都又传来消息,隋炀帝令李渊照旧供职。李渊稍稍放心,暂且按兵不动。但李世民却等不及了,他早已暗地差遣心腹去接家眷,等眷属一到太原,便准备兴师。李渊的妻子正是北周上柱国窦毅的女儿。窦毅的妻子是周武帝的姐姐襄阳公主,隋主杨坚篡取北周主的皇位时,窦毅的女儿曾恨自己不是男子,不能救护舅舅家。那时,窦毅已将女儿视为奇女,后来为女儿挑选夫君时,他让应试者射击屏风上孔雀的眼睛,李渊一箭中的,被他招为女婿。窦氏生有四个儿子,一个女儿,大儿子叫李建成,老二就是李世民,三儿子叫李元霸,四儿子叫李元吉,女儿则嫁给临汾人柴绍。当时窦氏已过世,李元霸也早逝。李建成、李元吉一接到李世民的密信,便邀柴绍一同赶赴太原。李渊经不住裴寂的催促,于是放出刘文静,让他矫造圣旨,发往太原、西河、雁门、马邑等地,说是朝廷决定讨伐高丽,以激起民变。

马邑的乱党头目刘武周,将自己掠得的几名汾阳宫的妃嫔献给突厥,请求突厥的援助。突厥竟册立他为定杨可汗,国号为元。又有一些流民在西北一带闹事,刘武周也逼近太原,闹得李渊无法图存,只得冒险起事。碰巧高君雅回城求援,李渊干脆将他与副留守王威两人一起除掉。

李建成、李元吉与柴绍一同抵达太原,李渊自然可以安心发兵了。刘文静怕受到突厥的牵制,劝李渊拉拢突厥。突厥始毕可汗唯利是图,当然愿意出兵帮助李渊,并建议李渊自称天子。李渊不敢突然称王,只是表示尊隋炀帝为太上皇,拥立代王杨侑为帝,并派李建成、李世民攻打西河郡。李建成与李世民往返才九天,不但拿下西河郡,还赢得百姓的赞颂。李渊大喜过望,自称大将军,又是设置官吏,又是发仓赈民。裴寂随即被封为大将军府长史,当即将晋阳宫中的妃嫔、珍宝全部送到将军府。

新秋时节，李渊督兵西行，令小儿子李元吉留守晋阳，并传檄四方，说是发兵入关，拥立代王。留守西京的代王杨侑却派虎牙郎将宋老生屯驻霍邑，大将军屈突通屯驻河东，抗拒李渊。这时，李渊又接到李密的来信，李渊只好虚与周旋，推举李密为盟主，并请他塞住河洛，牵制隋兵。几天后，前驱李建成、李元吉阵斩宋老生，攻克霍邑，并乘胜拿下临汾、绛郡，随后又招降韩城。出使突厥的刘文静也带着五百名突厥兵、两千匹马赶来会合。李渊分出部分人马留守河东，然后率大军渡河，围攻屈突通。关中士民陆续归附。李渊又让李建成、刘文静屯驻永丰仓，守住潼关，控制河东；让李世民、刘弘基去攻打渭北；自己则居住长春宫，居中调度。一天，忽然来了一支娘子军，为首的女英雄正是李渊的女儿，柴绍的妻子。骨肉重逢，自是十分欢愉。李世民屯驻泾阳，招纳了关中近九万的贼众，柴绍夫妇也随李世民一同进军。代王杨侑急忙派人保护关中，登城防御。李世民自泾阳出发，一路秋毫无犯，经过延安、上郡、雕阴各境，当地的民兵无不叩马迎降。李渊随即启程西行，前去与李世民会合。不久，长安城下便汇集了二十多万人马，城中的兵民自然招架不住，没几天城池就被攻破了。李渊拥立十三岁的代王杨侑为皇帝，尊隋炀帝杨广为太上皇，改元义宁；封自己为大丞相，都督内外军事，晋封为唐王；册立儿子李建成为世子，封李世民为秦公，李元吉为齐公。

这时，刘文静也押屈突通到了长安。李渊见了屈突通，忙为他送绑，并好言劝慰。屈突通唯命是从，李渊当即任命他为兵部尚书，兼封蒋公，让他去河东城招降通守尧君素。尧君素却是一个硬汉子，死不低头，羞得屈突通满脸通红。李渊便暂时将河东搁置一边，一心打探东都的消息。

自从李密进逼东都以来，留守东都的越王杨侗一再派使臣向江都告急，然而虞世基却对隋炀帝说，越王少不更事，十分慌张。等到警报频繁传来，隋炀帝才让将军庞玉等人去援救东都。越王杨侗派段达出兵与庞玉军夹攻李密。李密大败，退回洛口。不久，李密又部署部众进逼东都，大败隋军。有人建议李密趁势杀往江都，挟天子以令诸侯。刚巧王世充奉隋炀帝之命率领江淮精兵攻打李密。李密无法东行，只好与王世充对垒，不久又除掉了疑忌已久的翟让。一山难容二虎，王世充料知李密、翟让二人必不相容，想等翟让除掉李密再进取。没想到竟传来翟让

446

的死讯，王世充顿觉失望，仍旧徘徊洛水，与李密对垒。这消息传入长安，李渊当即任命李建成为抚宁大将军，李世民为副将，让他们率兵渡河南下，援应东都。李渊这一招其实是在牵制李密，与他争中原。

忽然从江都传来急报，说隋炀帝被杀，宇文化及拥立秦王杨浩为帝。李渊不禁痛哭道："我为国效忠，却不能救护君主，怎么能不哀痛？"原来，隋炀帝到了江都，比从前更为荒淫，后来精力枯竭，百病缠身，再加上天下大乱的局势，他便不想回北方了。一天，隋炀帝对萧皇后说："外面想杀朕的大有人在，朕虽然失去天下，但仍旧可以在这里过神仙似的日子。我们就只管眼前的快乐吧！"萧皇后向来十分柔顺，这次自然也随声附和。又过了几天，隋炀帝早上起床，照了半天的镜子，而后对萧皇后说："这么好的头颅，不知谁会把它砍下来呢？"萧皇后惊异地问他怎么说这种话。隋炀帝回答说："贵贱苦乐，循环不息，这有什么好惊异的？"不久，江都的粮草已经吃光，护驾的关中将卒都想回乡。虎贲郎将司马德戡与直阁将军裴虔通，也私下勾结同僚打算西归。有个宫女听说后，忙通报萧皇后说："外面已经有人想造反了。"萧皇后说："你可以亲自跟皇上说。"宫女随即禀报隋炀帝，没想到隋炀帝大怒道："你知道什么国事，敢来胡说？"当即喝令侍卫把宫女拉出去处死。自此，再没人敢多嘴了。

司马德戡、裴虔通串通虎牙郎将赵元枢，赵元枢又联络将作少监宇文智及，并推举宇文智及的兄长宇文化及为主帅。胆小的宇文化及经不住众人的怂恿，勉强允诺。司马德戡当即召集骁勇的军吏，部属军队，准备起事。

隋炀帝当然也有防备，并因略识星象，而经常在晚上观天象。因连日来星象不佳，隋炀帝忙召问太史令袁充，袁充哭着请他修德避祸。隋炀帝忧愁地起身，进入便殿，低头抽泣。一回头，见王义仍站在身边，隋炀帝开口说："你是不是也知道天下将乱，为什么不跟我说？"王义哭着说："天下大乱，由来已久，小臣在深宫当差，不敢干预朝政。如果我逾越本分，早些向陛下吐露的话，只怕臣的骨头早已腐朽。"隋炀帝迷惑地说："你今天敢说实话，总算是让我明白自己做过什么。"第二天，王义呈上一份奏章，直指隋炀帝的从政过失。隋炀帝看完，不禁叹息道："自古以来，哪有不亡的国家，不死的主子？"王义跪下哭着说："到了今天，陛下竟还想为自己掩饰过错。臣曾听陛下说：'朕将跨三皇，超五帝，俯视商周，成为万世不可及的圣主。'到了今天，时局已经发展到

447

连京城都回不去，这难道就是陛下曾经的豪言壮志？"隋炀帝无法再为自己辩解，只是哭着说："你真是朕的忠臣，只是这世间没有后悔药。"王义继续哽咽道："都怪臣从前贪生怕死，不肯说，现在臣愿一死，报谢陛下的恩惠。只请陛下自爱!"说完，叩头而去。隋炀帝再次细看王义的奏章，突然有人进来说："王义自刎了。"隋炀帝惊叹道："有这等事情？可悲可痛!"随即让人将王义厚葬。当天又接到各地的警报，隋炀帝急得没有办法，只好自嗟自叹。

好不容易又过去几天。一天晚上，隋炀帝与皇后等人饮酒消遣。忽然东南角上火光冲天，并伴有一片喧噪声，隋炀帝慌忙召入直阁将军询问原因。直阁将军不是别人，正是密谋作乱的裴虔通。裴虔通进来对隋炀帝说："草坊突然失火，外面的兵民正在扑救。没什么大事，还请陛下不要担心!"隋炀帝这才放心。裴虔通当即奉命外出严守，隋炀帝则继续饮酒，然后醉醺醺地带着萧皇后、朱贵儿安然同寝了。

不久，鸡声报晓，天色微明，叛兵已拥入玄武门，大刀阔斧杀入宫来。玄武门本有强壮的宫奴把守，但当晚他们都奉假诏去休息了。司马德戡杀进宫殿，如入无人之境，再加上裴虔通做内应，大内的侍卫逐渐被替换成叛军。右屯卫将军独孤盛与千牛备身独孤开远一看情况不对，忙出来诘问裴虔通。裴虔通回答道："事已至此，识时务者为俊杰，将军只要不参与，就能取得富贵。"独孤盛当下愤恨地骂道："老贼竟说出这样的话来!"当即拔刀与裴虔通奋战。司马德戡率领叛众杀进来助战，独孤盛被刺死。独孤开远奔到阁门前，想请隋炀帝亲自督战，结果在阁门外大呼大叫了半天，也不见一人答应。叛党已追杀过来，独孤开远回马接战，因寡不敌众，被掀落马下，最后被乱兵擒去。阁内无人把护，叛党斩门而入，径直奔往寝殿，寻找隋炀帝。

南北朝收场

裴虔通、司马德戡带着乱党闯入正寝搜寻隋炀帝杨广，却发现空帏寂寂，不见一人，众人当即退出，分头去别处搜寻。走到至永巷，撞见一个带着包裹，匆忙逃生的宫人。裴虔通一把揪住他，问他隋炀帝的去处。宫人推说不知道。裴虔通把刀一举，宫人忙指向西阁。裴虔通放走宫人，领着乱党，闯入西阁，校尉令狐行达拔刀先破门进去。隋炀帝与萧皇后、朱贵儿从正寝逃匿到西阁，猛然听到外面人声喧杂，正想开窗俯看，却撞到令狐行达耀武扬威，恶狠狠地持刀过来。隋炀帝惊骇地问："你想来杀我吗？"令狐行达说："臣还不敢造反，只是想奉请陛下回京。"说着，便登楼逼隋炀帝下来。隋炀帝看到裴虔通，愤恨地说："朕一直以为你忠心耿耿，没想到你也会背叛朕。"裴虔通忙说："臣不敢造次，只因将士思归，想奉请陛下回京而已。"隋炀帝叹道："朕不是不想回去，只因粮草还没运来，所以一再延期。算了，今天就跟你们一同回去吧！"裴虔通当即退出，让令狐行达把守阁门，不准外人出入，而后派人去迎接宇文化及。宇文化及赶到朝堂，先是在坐骑上俯首，自称罪过，随后被司马德戡扶下马，拥入殿中，推戴为丞相。

过了半天，裴虔通又进入西阁对隋炀帝说："百官都等在朝堂，请陛下出去抚慰。"隋炀帝刚开始还不想出阁，最后硬是被裴虔通逼上马，挟持出宫门。萧皇后、朱贵儿一副蓬头散发的狼狈模样跟在马后。几人就要进朝堂，宇文化及忙向裴虔通摇手说："不用带他进来！"裴虔通忙把隋炀帝带到寝殿，然后与司马德戡持刀看管三人。隋炀帝随即询问虞世基在哪里。叛党马文举厉声回答说："已经斩首示众了。"隋炀帝叹道："我犯了什么罪，竟沦落到这种地步？"马文举冷笑道："陛下违弃宗庙，在国内数次南巡，又东征高丽。为了你穷奢极欲的生活，无数百姓命丧黄泉。你还能说无罪吗？"隋炀帝辩驳说："朕辜负百姓，但没有辜负你们。你们要什么，朕给什么，为什么你们要辜负朕？今天的事，谁是主谋？"司马德戡恨恨地说："怨恨你的何止一人？"话还没说完，忽然有一弱女子振着娇喉，挺身骂道："哪里来的狂奴，胆大妄言！就算陛下有过失，你们也该好好辅佐，怎么能这般无礼？更何况三天前，陛下还专门让人为你们缝制絮袍。陛下对你们这么体恤，你们却恩将仇报，反而敢威胁陛下！"司马德戡瞪过去，见是隋炀帝的宠妃朱贵儿，便反唇相讥："如今天下大乱，就是因为你们这些淫妇蛊惑陛下造成的。你还有脸说话？"朱贵儿仍不停口地大骂逆贼，惹得司马德戡性起，顺手一刀，将一道芳魂先送入鬼门关。杀了朱贵儿，司马德戡又对隋炀帝说："臣的确辜负陛下，但如今天下大乱，两京已被盗贼占据，陛下欲归无路，臣也求生无门，既然臣已算不得一名忠臣，那就让臣坚持到底。请借陛下的脑袋一用，让臣向天下谢罪！"隋炀帝听了，吓得魂飞天外，哑口无言。隋炀帝的小儿子，十二岁的赵王杨杲见父亲被众人相逼，上前牵着父亲的衣服，号啕大哭。裴虔通听得生厌，索性也给他一刀。隋炀帝叹道："天子死自有法,怎么能让人把刀架在脖子上?拿毒酒来吧。"叛党不依。令狐行达又上前逼他自尽,隋炀帝于是解下练巾,交给令狐行达。令狐行达当即将练巾往隋炀帝脖颈一套,用力一绞,一个昏淫无道的主子气绝归天。隋炀帝在位共计十三年,享年五十岁。

叛党杀掉隋炀帝,忙向宇文化及汇报。宇文化及对众人说:"昏君已经死了,我们要赶紧拥立新帝。不如迎立被囚禁的前蜀王杨秀吧。"众人喧嚷道:"斩草要除根,怎么能再迎立蜀王?"于是不等宇文化及下命令,众人便分头搜杀,将蜀王杨秀、齐王杨暕等王以及杨氏宗戚全部斩首。唯独隋炀帝的侄子杨浩因与宇文化及有些交情,得以幸免。御史大夫裴蕴、左翊卫大将军来护儿、太史令袁充等人都被处斩。而隋炀帝的宠臣黄门侍郎裴矩,由于曾将搜括来的妇人分配给将士,并在宇文化及入宫时,迎拜马下,所以保住了一条性命。前光禄大夫苏威也去祝贺宇文化及,宇文化及优礼相待,尊他为元老。百官听说苏威入朝庆贺,也相继朝贺。只有给事郎许善心没有入朝,宇文化及当即派人去许家,把他抓到朝堂,问他为什么不朝贺。许善心说:"大人是隋朝的臣子,我许善心也食隋朝的俸禄,难道天子被杀,我还有心称贺?"宇文化及无可辩驳,让人为他松绑。许善心拂衣而出,绝口不提一个"谢"字。宇文化及不禁动怒道:"这人太负气,不能留着!"当下派人把许善心追回来杀死,然后将尸体送到许家。许善心九十二岁的老母亲范氏,看到灵柩没有掉一滴泪,只是摸着灵柩,叹息说:"能为国家而死,不愧是我儿子。"说完,拄杖回到床边躺下,绝食而死。

宇文化及自称大丞相,封弟弟宇文智及为左仆射,宇文士及为内史令,裴矩为右仆射。司马德戡、裴虔通等人各有封赏。料理完事情已是傍晚,乱党喜悦而归。宇文化及闲着无事,便想带着几名亲兵去寝宫看看。走入正宫,却看见一群妇人围着萧皇后在啼哭。宇文化及朗声问道:"你们哭什么?"萧皇后先前亲眼目睹朱贵儿的死状,吓得魂胆飞扬,逃入后宫,此时又听到宇文化及的喝声,她以为宇文化及要杀她们,不由得起身离座,向后躲避。宇文化及见她玉容乱颤,衣装散乱,便觉她可怜得很,再看看别的妇人,无一不是满脸泪痕,装束不整。当下一股怜悯之情油然而生,宇文化及不禁抚慰这帮妇人说:"皇上昏庸无道,所以才遭遇横祸,但是这件事跟你们没有关系,你们不用害怕。"一群美人儿你看看我,我瞧瞧你,没有一人敢说话。还是萧皇后大方地说:"将军请坐,我们大家命在须臾,还请将军设法保全!"宇文化及再次注视萧皇后，更是暗暗称奇。原来，萧皇后虽然已是四十多岁的人了，但看上去却跟三十出头一样，依然是风姿卓绝，秀色可餐。宇文化及当即靠前一步说："皇后不必过于悲伤，如果不嫌弃，臣愿与娘娘共享富贵。"说着，便让人上酒，要为妃嫔们压惊。没过多久，酒肴已经备好。众妃嫔起初还觉得有些羞耻，两三杯酒下肚后，彼此忘怀，居然有说有笑，将宇文化及当成隋炀帝的替身。只有萧皇后婉转地问道："将军既然是兴义举，那为何不迎立杨氏后人，以表明自己没有私心呢？"宇文化及说："我当然想这么做。现在杨氏后人只有秦王杨浩，明天我就立他为帝。"萧皇后有礼答谢。酒酣饭饱，撤席后，宇文化及醉醺醺地让众美人都回自己的居室，他则搂住萧皇后，同入欢帏。

第二天，宇文化及便匆匆地将秦王杨浩推上皇位，草草地将隋炀帝安葬了。秦王杨浩迁居尚书省后，一天到晚被十多个卫士监守，就像关在牢里的罪犯一样。国家大事也都由宇文化及兄弟专断。

享受了好几个月，宇文化及禁不住众人的恳请，这才恋恋不舍地回长安。一路上，宇文化及像隋炀帝一样骄奢淫逸，激得将卒又悔又恨，就连司马德戡、赵行枢等人都想谋杀他。听到风声的宇文化及当即诱杀司马德戡等人，然后带领部众向巩洛进发。途中被李密阻住，宇文化及便暂时在东郡休整，好与李密交锋。

唐王李渊本想袭取东都之后再称帝，刚巧李建成、李世民自东都回来，劝他称尊，号召天下，李渊便自封为相国。过了几天，在群僚再三劝说下，李渊逼隋帝杨侑禅位，公然称帝，接受群僚的朝贺，改义宁二年为武德元年，封废帝杨侑为酅国公，追封太上皇杨广为隋炀帝。唐朝自此建立。

留守东都的各官收到隋炀帝被杀的噩耗，又接到关中警报，随即推立越王杨侗为帝，改元皇泰。段达、王世充同为纳言，元文都为内史令，三人共掌朝政。不久，传来宇文化及率叛党西归的消息，东都百姓都十分惊惧。有人向朝廷提议招降李密，联合抗拒宇文化及，元文都大为赞同，当即派人去劝降李密。李密正担心东都的王世充与西归的宇文化及同时出击，左右夹攻，一听说东都想招抚自己，李密乐得将计就计。自此，李密与王世充罢兵息争，全力抗拒宇文化及。

不料，王世充一心想除掉李密。他先设法除掉支持李密的元文都及其党羽，顺势独揽大权，然后计歼李密军。李密因轻率大意而痛失全局，只好带着残众向李渊投降。李渊封他为光禄卿，赐他邢国公的爵位。但李密仍不知足，后来又与王伯当叛变，最终被李渊部下行军总管盛彦卿杀掉。只有奉李密之命据守黎阳的徐世勣，免得一死，并得到唐朝赐给的李姓。

这两年内，四方仍旧扰攘不堪，叛贼乱党，忽起忽灭，不可胜数。宇文化及退到魏县后，见兵力逐渐衰弱，便怪宇文智及当初无故发难，害自己背上杀主的恶名。宇文智及当然不服，两人一闹，当下众叛亲离。宇文化及叹道："人总有一死，但如果能当一两天的皇帝，我死也甘心。"随即毒死秦王杨浩，自称许帝。才当了半年的皇帝，宇文化及就被窦建德生擒，而后在炀帝灵位前斩首示众。萧皇后被突厥可贺敦义成公主接走，还有隋炀帝的小孙子杨政道①，也随萧皇后同赴突厥。突厥册立杨政道为隋主，把他与萧皇后安顿在定襄。

自从东都的大权落入王世充手中，王世充渐渐地骄恣不法，先是自封太尉尚书令，然后自称郑王，并加九锡礼，最后竟废黜东都主杨侗，自称皇帝，国号为郑。杨侗被降为潞公不到一个月，王世充就派人送去了毒酒。于是东都死了一个杨侗，西京死了一个杨侑，兄弟二人不约而同，去见阎王。自此，杨家称帝的子孙覆亡已尽。总计隋朝自隋文帝篡夺北周以来，共经历四位国君，存在了三十七年。隋史自此告终，南北史也随之收场。

---

① 杨政道：齐王杨暕的遗腹子。

452